KB162966

그 개들의
목줄을 손에 쥐고

차한나 장편소설

-1-

동아

그 개들의
목줄을 손에 쥐고 1

초판 1쇄 인쇄일 | 2022년 02월 09일
초판 1쇄 발행일 | 2022년 02월 18일

지은이 | 차한나
펴낸이 | 박성면
펴낸곳 | (주)동아

출판등록 | 제406 - 3960100251002007000071호
주소 | 경기도 파주시 문발로 115, 세종대학교출판부 206호
전화 | (031)8071 - 5201
팩스 | (031)8071 - 5204
E - mail | bear6370@hanmail.net

정가 | 12,800원

ISBN 979-11-6302-561-0 (04810)
        979-11-6302-560-3 (set)

ZERO

Romantic Fantasy

-1-

그 개들의 목줄을 손에 쥐고

차한나 장편소설

ZERONOVEL

동아

목 차

Prologue

'가이드는 센티넬의 개.'

역사상 가장 강력했던 센티넬 황제가 세운 카를 제국은 가이드를 개 취급했다.

마계의 침공은 인간계와 마계의 경계가 허물어질 때 시작되었다.

압도적인 무력으로 인간계를 점령한 마족들은 인간들의 마지막 성지인 카를 제국마저 집어삼키려 했고 제국은 선천적 이능력자인 센티넬들을 내세워 이를 막았다.

센티넬은 영웅, 그리고 가이드는 영웅의 시중을 드는 하인일 뿐이다.

가이드는 능력을 과하게 사용한 센티넬을 진정시켜 주는 존재지만 센티넬들은 가이드를 귀히 대하지 않았다.

센티넬이 지켜 낸 제국이기에 센티넬만이 중요하게 여겨졌다.

그러나 한 번이라도 전쟁에 나가 본 센티넬들은 안다. 가이드가 얼마나 필요한, 아니, 소중한 존재인지.

가이드가 없는 센티넬은 존재할 수 없다는 사실을 알고 싶지 않아도 깨닫게 된다.

특히 강대한 이능을 지닌 센티넬일수록 이를 절절하게 느꼈다.

"무너지지 마라!"

황태자보다 뛰어난 이능을 지녔다는 소문이 있는 자이거 대공 레온하르트가 불의 방벽을 더 두껍게 치며 목이 터져라 외쳤다.

"버텨! 조금만 더 버텨라!"

마물들이 불의 방벽에 녹아내리자 방벽 너머에서 마족들이 진을 쳤다. 병사들이 한시름 놓으려는 그때, 한 마족이 검은 마기를 화살처럼 쏘아 불의 방벽을 갈랐다. 마기의 화살이 한 병사의 목 줄기를 꿰뚫었다.

"크아악!"

단말마의 비명과 함께 쓰러진 병사는 한둘이 아니었다. 부관이 나서서 레온하르트에게 외쳤다.

"각하! 이미 폭주의 전조가 보이는 이들이 있습니다!"

"지원군은 없습니까? 후퇴하게 해 주십시오!"

"부상병들을 마족의 먹이로 던져 줄 셈이냐! 조금만 더 버텨라!"

전진은 일 보도 어렵지만 후퇴는 백 보도 쉬웠다. 여기서 후퇴하면 기껏 수복한 땅까지 빼앗길 가능성이 컸다.

레온하르트는 이를 악물며 심장 깊은 곳에서부터 이능을 끌어냈다. 불이 더 거세지고 방벽이 더 두꺼워졌다. 활활 타오르는 불길에 공기가 뜨겁게 달아올랐다.

자이거군은 레온하르트의 이능과 합력할 수 있는 이능을 지닌 센티넬들과 마법사들이 많았다. 그들은 레온하르트의 이능에 힘입어 불의 방벽 너머에서 모래 폭풍을 일으켰다.

방벽 너머에 있던 마족들이 방벽을 기웃거리다가 뒤로 물러나는 게 보였다. 그러나 아예 후퇴하지는 않았다.

오랜 전쟁으로 마족 역시 인간들에 대해 알게 된 것이 있다. 센티넬들은 가만히 두면 모든 이능을 소진해서 죽는다. 마족들은 레온하르트가 알아서 죽어 나자빠지기를 기다렸다.

'제기랄!'

레온하르트는 입 안에서 욕설을 짓씹으며 눈을 부릅떴다. 그는 끝을 알 수 없는 강맹한 이능을 지녔다고 알려져 있지만, 이는 무능력자들의 말일 뿐이다.

전쟁터에선 이능은 써도 써도 모자랐고, 이번 칼덴 공국 수복 작전은 방어전이 아니라 공성전이었기에 평소보다 더 많은 이능을 필요로 했다.

'가이드가 있다면……!'

사실 가이드의 가이딩에도 한계는 있다. 특히 레온하르트처럼 강한 센티넬은 보통 가이드들로는 감당이 되지 않았다.

레온하르트는 제대로 피로를 풀지 못한 채로 계속 이능을 사용하였고 결국, 심장에 고여 있는 근원 이능까지 쓰게 되었다. 근원 이능은 태어날 때부터 갖고 있는 생명력과 같아 가장 강력한 힘으로 여겨지지만, 이 힘을 쓰는 것은 수명을 깎아 쓰는 것과 진배없다.

심장이 점점 비어 가는 것만 같은 감각에 몸이 비명을 질렀다. 레온하르트가 목구멍에서부터 올라오는 피를 뱉어 냈다.

"퉤!"

"대공 각하!"

검은 핏덩이가 섞인 피는 그의 몸 상태가 위험하다는 걸 알려 주는 신호였다. 그렇지만 물러날 수 없다. 마족들은 불의 방벽이 꺼지면 당장이라도 달려들 테니까.

"부상자를 뒤로 보내고 대열을 맞춰라!"

레온하르트는 소매로 피를 닦아 내며 외쳤다. 심장이 너무 크게 두근거려서 제대로 된 생각을 할 수가 없었다.

이렇게 버티는 것보다 차라리 핵심 전력을 빠르게 죽여 버리는 게 더 승리할 확률이 있을 텐데, 전신에서 힘이 빠져나가고 있어 머리가 돌아가지 않았다. 불을 제어하는 손이 조금씩 떨리기 시작했다.

그런 지휘관의 태도는 빠르게 전염된다. 모두의 얼굴이 절망으로 물들려던 그때.

"모두 일어나세요."

크고 또렷한 목소리가 모두의 귀에 닿았다. 아니, 딱히 목소리가 큰 것도, 또렷한 것도 아니었다. 다만 목소리에 인도력이 담겨 있을 뿐.

듣는 것만으로 센티넬들의 동요를 가라앉혀 주는 목소리였다.

한 센티넬이 경외 어린 목소리로 외쳤다.

"레이디 율리아나!"

'레이디 율리아나? 그녀는 지금 황태자 전하와 있어야 하는데……'

황태자 알렉산더의 가이드인 율리아나는 수복한 칼덴 성에서 안전하게 있어야 했다. 황태자는 인류 최후의 보루로서 최우선으로 보호받아야 할 존재이며 황태자의 가이드 역시 같은 존재니까.

군인으로서 훈련받은 가이드 부대조차 여기까지 따라오지 않았거늘, 그녀가 어떻게 이 최전방에 있단 말인가?

의문을 입으로 내기도 전에, 힘 빠진 등에 가느다란 손이 닿았다. 레온하르트는 꼴사납게 신음을 터트리지 않기 위해 턱에 힘을 주었다. 그러나 다 참지는 못했다.

"윽……!"

닿은 손에서부터 따스한 힘이 쏟아져 들어왔다.

그 힘은 난폭하고 압도적인 것이 아니다. 부드럽게 감싸고, 따스하게 풀어 주는 힘이다. 인도력은 곧장 상처 입은 심장으로 스며들었다.

금방이라도 사지가 조각날 듯 불안정했던 몸이 점차 안정되어 가는 것이 느껴졌다. 온기를 머금은 인도력이 몸 구석구석을 휘돌며 폭주하려던 세포들을 가라앉히고 격려했다.

텅 비어 가던 심장이 다시금 힘을 얻어 힘차게 이능을 뿜어내기 시작했다. 며칠간 푹 자고 일어난 것처럼 온몸에 활력이 돌았다. 그리고 동시에, 등을 짚고 있던 율리아나의 몸이 푹 무너졌다.

"알마예르 영애!"

레온하르트는 번개처럼 빠르게 율리아나를 받쳐 안았다. 집중력이 흐트러졌지만 불의 방벽이 무너지는 일 따윈 없었다. 강 옆에 뿌리를 내린 나무처럼 끝없이 힘이 솟았다.

품에 안은 율리아나는 너무 가녀렸다. 마족과의 근접 전투에서도 절대 지지 않는 레온하르트는 이 작은 여인이 제게 누구도 줄 수 없던 단단한 안정감을 주었다는 게 믿기지 않았다.

아니, 가능할 지도 모른다.

창백하게 질린 얼굴을 보니 그녀가 얼마나 무리했는지 알 수 있으니까.

"영애. 영애! 정신 차리십시오. 다시 칼덴 성으로 돌아가서야 합니다."

"괜찮, 아요. 각하께선 정말…… 강하시네요. 설마 이렇게 힘을 많이 쓸 줄은 몰랐어요."

율리아나는 새하얗게 질린 얼굴로 몸을 일으키며 말했다.

"폭주 직전의 센티넬들을 데려와 주세요. 제가 가이드하겠어요."

"영애!"

"할 수 있어요. 아니, 해야 해요. 여기서 무너질 수는 없잖아요. 그렇죠?"

맑은 하늘색 눈이 레온하르트를 똑바로 응시했다. 구름 한 점 없는 것 같은 푸른 하늘. 마족이 점령한 어둠의 땅에서는 볼 수 없는 푸르디푸른 빛.

레온하르트는 그 눈빛에 저도 모르게 고개를 끄덕였다.

"……위험 수준의 센티넬들을 데려와라!"

율리아나가 차근차근히 폭주 직전의 센티넬들을 가라앉히며 가이딩을 해 주자 부대의 분위기가 바뀌었다. 센티넬이 아닌 병사들도 황태자의 가이드가 직접 최전방까지 와 주었다는 사실에 고무된 것이다.

그리고 방벽 너머에서 동향을 지켜보고 있던 마족들이 하나둘씩 후퇴하기 시작했다. 아까까지는 버티기만 하면 쉽게 이길 수 있으리라고 계산했겠지만 상황이 변했기 때문에 흥미를 잃은 것이었다.

"마족들이 물러난다!"

"우리가 승리했다!"

"와아아—!"

병사들의 환호를 들으며 율리아나는 희미한 미소를 짓다가 그대로 쓰러졌다. 레온하르트는 율리아나를 받아 안으며 문득 제 냄새가 신경이 쓰였다. 불 냄새와 재 냄새를 풍기는 자신을 곱게 자란 영애가 불쾌하게 생각하지는 않을까, 걱정이 되었다.

미움받고 싶지 않다.

'아⋯⋯.'

레온하르트는 이를 악물며 표정을 갈무리했다. 그는 승리의 기쁨에 도취된 병사들에게 외쳤다.

"레이디 율리아나가 우리를 구하셨다!"

황족이자 자이거 대공이자 최전방에서 몸을 사리지 않고 싸운 용맹한 센티넬 영웅의 말에 병사들이 화답했다.

"레이디 율리아나!"

"율리아나 만세!"

"대공 각하 만세!"

환호와 함께 병사들은 승전보를 울리며 칼덴 성으로 귀환했다.

이후 레온하르트는 칼덴 공국의 영토를 완전히 인간의 땅으로 선포하는 절차를 마친 뒤 돌아갈 예정이었다.

자이거 대공가는 제국과 인류의 방패이자 창검이다. 자이거 대공 레온하르트는 인생의 대부분을 마족과 싸우며 보냈고 정치와 가십과 동떨어진 삶을 살았다.

그렇지만.

레온하르트는 병사들과 함께 승리의 기쁨을 만끽하는 율리아나를 바라보았다.

알렉산더의 옆에 서 있을 때는 본 적 없는 환한 웃음이 온 얼굴에 가득했다. 언제나 빛을 잃고 탁했던 눈은 메마르고 타락한 땅에서 유일한 희망처럼 반짝였다. 푸른 하늘을 담은 눈동자가 자신을 보며 웃자 마음이 울렁거렸다.

승리에 도취된 탓일까. 레온하르트는 율리아나로부터 시선을 떼려 애를 쓰며 잠시 죽은 동료들을 위해 묵념했다.

'…내가 왜 이러지.'

묵념 중에도 불쑥불쑥 떠오르는 얼굴에 입 안을 아프게 깨물었다.

다음 날, 알렉산더와 함께 제도로 향하는 율리아나의 행렬을 먼발치에서 보고 난 후에야, 수런거리던 마음이 천천히 가라앉았다.

욕심을 버리는 것은 언제나 익숙했다.

Chapter 1. 다시 시작하는 열두 살

또각또각 높은 구두 굽이 계단에 부딪히는 소리가 시끄럽게 울렸다. 구두 소리는 일정하지 못하고 불안정하게 튀었다. 율리아나는 넘어질 듯 말 듯 비틀거리고 휘청이면서 탑을 올랐다.

허억—. 허억—.

숨이 턱 끝까지 차올랐다. 약해 빠진 몸은 갑작스러운 움직임에 놀라 용량이 작은 폐를 쥐어 짜 댔다. 볼품없이 마른 다리는 구두를 신고 몇 층이나 되는 계단을 올라갈 수가 없었다. 결국 중간부터는 구두를 벗어 던지고 맨발로 올랐다.

온몸이 후들후들 떨렸다. 앙상한 팔로 계단 손잡이를 거의 부둥켜안다시피 한 채로, 율리아나는 겨우 탑의 꼭대기 층에 올라설 수 있었다.

휘이잉—.

탑의 꼭대기에 올라서서 창밖을 내다보자 세찬 바람이 느껴졌다.

정말 오랜만에 느껴 보는 상쾌함이었다. 차가운 바람 덕분에 어지럽게 흔들리던 시야가 깨끗해져서 땅 아래의 것들이 무척 작게 보였다. 아름다운 궁들로 이루어진 드넓은 황궁은 높은 위에서 보아도 아름다웠으나 장난감처럼 작았다.

똑. 율리아나의 손등에 차가운 물방울이 떨어졌다.

"비가 오려나?"

창문으로 몸을 내밀어 위를 올려보았으나 밤하늘은 야속하리만치 쾌청했다. 구름 한 점 없이 깨끗하고 맑아서 수많은 별들이 반짝이는 은하수가 그대로 다 보이는 아름다운 밤하늘이다. 그럼 이 물방울은 어디서……

후두둑.

"아."

율리아나는 깨달았다. 빗방울이 아니었다. 이건… 눈물이었다. 그녀의 눈에서 흘러내리는.

"눈물이 나는 것도 몰랐네."

율리아나는 손으로 두 뺨을 닦아 냈다. 얼마나 울었는지 뺨은 세수라도 한 것처럼 온통 젖어 있었다. 눈물을 닦아 내는 지금도 끊임없이 흘렀다.

눈물샘이 고장이라도 난 걸까. 아니, 눈물샘이 문제가 아니다. 지금 고장 난 곳은 심장일 테니. 심장이 갈가리 찢겼는데 눈물샘 따위가 대수일까.

율리아나는 창문 밖으로 몸을 내밀어 아래를 바라보았다. 탑이 이렇게 높았나? 매일 보긴 했어도 들어와 본 적은 처음이라 이렇게 높은 줄은 몰라서 새삼 놀라웠다.

죄를 저지른 센티넬 귀족을 가두기 위해 지어진 첨탑에는 현재 아무도 머물고 있지 않았다. 다만, 첨탑 옆, 죄인의 수발을 들기 위해 지어진 작은 건물에서 머무는 율리아나는 이 탑을 매일 보았다. 그래서 죽기로 결심했을 때 망설이지 않고 이 탑으로 달려왔다.

계단을 오르는 도중, 황태자의 약혼녀가 번듯한 별궁도 아니고 첨탑 옆의 건물을 사용하는 것 자체가 말이 되지 않는다는 것도 깨달았다.

'황태자비 궁이 수리 중이라 임시로 쓰라고 하더니, 애초에 그 궁을 쓰게 할 생각이 없던 거지. 그것도 안젤리카를 위해서였을까.'

그렇게 생각하니 헛웃음이 터졌다. 자신의 자리를 빼앗아서 안젤리카에게 주었다고 생각했는데, 어쩌면 그들로서는 자신이 안젤리카의 자리를 빼앗았다고 여겼는지도 모르겠다.

아니, 그럴 것이다. 그게 아니라면 이렇게 잔인할 수 없다.

"죽어야 하는데…. 죽는 게 낫다고 생각했는데……."

두려웠다.

무서웠다.

억울하기도 했다.

율리아나는 아득하게 멀어 보이는 땅을 보며 눈물을 흘렸다. 눈물은 뺨으로 흐르지 않고 그대로 뚝뚝 바닥으로 향해 떨어지다가 사라졌다. 공기 중으로 흩어진 것일까. 사랑을 위해 물거품이 되었다는 어느 동화 이야기가 떠올랐다.

"……나도 사라져 버릴 수 있으면 좋을 텐데."

아니, 태어나지 않았다면 좋았을 텐데.

율리아나는 눈을 감았다.

사랑은커녕 상처만 켜켜이 쌓여 가는 약혼 생활이었다. 물론, 상처를 준 사람은 율리아나가 아니라 그녀의 약혼자였다.

제국의 작은 태양인 알렉산더 카를. 제국의 모든 여자가 꿈꾸는 황태자의 약혼녀라는 자리는 율리아나에겐 지옥일 뿐이었다.

'아악! 전하…! 잘못했어요, 제발…! 제발 그만…!'
'잘못? 잘못했으면 벌을 받아야지.'

자비 없이 날아오는 손길. 율리아나는 알렉산더를 떠올리면 그의 잘생긴 얼굴보다도 그의 커다란 손이 먼저 떠올랐다.

분명 처음 봤을 때부터 난폭하지는 않았다. 난폭하기는커녕 다정했다. 어미를 모르는 사생아라도 휴렌의 여동생이지 않느냐며 제법 허물없이 대해 주기도 했고, 그녀에게 이유 없이 화를 내는 휴렌과 바이델을 막아 주기까지 했었다.

정을 줄 상대가 없던 율리아나는 그 작은 호의를 구명줄처럼 붙잡았다. 그에게 순식간에 빠져들었다. 온 마음과 온몸을 바쳐 은애했다.

그리고 알렉산더의 다정한 미소는 온데간데없이 사라졌다. 율리아나가 알렉산더의 폭주를 막기 위해 정말 몸을 던진 순간부터.

'빌어먹을 가이드! 가이딩을 핑계로 내 침실에 기어 들어온 것이냐? 뻔뻔하기 짝이 없군! 이 수치도 모르는 암캐 같으니!'

알렉산더는 폭언을 퍼부었고, 이를 들은 휴렌은 무정한 표정으로 말했다.

'전하께서 너를 책임지느라 안젤리카와 헤어지지 않았느냐. 투정 부리지 말고 그 정도는 감당하도록 하거라.'

알렉산더가 전투 중에 폭주 상태에 접어들었기에 도와달라고 한 사람은 큰 오빠인 휴렌이었다. 하지만 휴렌은 마치 율리아나가 알렉산더를 유혹한 것처럼 말했다.

그러나 이해하려 했다. 휴렌의 말대로, 알렉산더는 자신을 책임지기 위해 사랑하는 연인과 헤어졌으니까.

'그렇지만 왜 모두가 안젤리카를 사랑하는 건데? 알렉산더뿐만이 아니라 휴렌과 바이델까지. 도대체 왜?'

율리아나가 알렉산더와 약혼한 후부터, 휴렌과 바이델은 안젤리카와 어울리기 시작했다.

율리아나는 지난 무도회에서 가족인 휴렌과 바이델 그리고 그녀의 약혼자인 알렉산더가 아름다운 안젤리카를 둘러싸고 크게 웃던 장면을 떠올렸다.

'절 놀리시는 건가요? 너무해요!'
'하하. 그대의 반응이 귀여우니 그러지.'
'화내는 모습이 뭐가 귀엽다고 그러세요?'

입을 삐죽이며 토라진 체하는 안젤리카와 그녀를 둘러싼 채 다정하게 웃던 남자들.

벽의 꽃이 되어 샴페인만 축내던 율리아나는 그 무리에 낄 수 없었다. 조금이라도 다가가려 하면 매서운 눈초리들이 채찍이 되어 그녀를 사납게 때렸으니까.

"흑…. 흐흑……."

율리아나의 눈에서 눈물이 줄줄 흘렀다.

'피 한 방울 섞이지 않은 타인에게도 그렇게 다정할 수 있는데. 왜 가족인 나한테는 이렇게 잔인해? 왜 나한테는…. 애정 한 조각도 주지 않아? 왜?'

그래도 스스로를 다독였다. 그래도 가족이니까 언젠가는. 언젠가는 나를 다시 봐 줄 거라고.

황태자의 약혼녀가 되었을 때도 가족들이 자신을 귀히 여겨 줄까 설렜었다. 가족들에 대한 기대는 없다고 생각했는데 눈을 감았다 뜨면 기대감은 잡초처럼 무성히 자라나 있었다.

그러나 그들이 율리아나에게 주는 건 증오와 비웃음뿐이었다.

"…이번에도 그랬지."

율리아나는 텅 빈 눈으로 허공을 보았다. 칼덴 공국의 영토를 수복한 승전 연회는 성대하게 열렸다. 마지막 전투에서 율리아나는 가이드로서 크게 활약했기에 알렉산더와 가족들에게서 칭찬을 듣지 않을까 기대했었다.

그러나 그런 일은 없었다. 그래도 섭섭한 마음을 애써 달래려 했다. 연회 끝 무렵에 더 큰 사건이 터졌기에 어쩔 수 없었다면서.

황제의 사망.

그 어떤 일보다 큰 사건이 아닌가. 율리아나는 황태자의 약혼녀로서 알렉산더를 보필하려 했다. 알렉산더는 그런 그녀를 비웃듯이 황궁 내 그녀의 처소가 아닌 후작저로 돌아가기를 명했고, 다음날 후작저로 첩지가 도착했다.

율리아나는 황태자의 약혼녀였다. 황제가 승하한 지금, 황태자인 알렉산더는 황제가 될 것이고 약혼녀인 율리아나는 황후가 될 것이었다.

그러나.

황제 대리인의 자격으로 율리아나 알마예르에게 황비의 품계를 내리노라.

첩지에는 율리아나를 황후가 아니라 황비로 임명한다고 쓰여 있었다.

"이게 대체 어찌 된 일이냐!"

황비 첩지를 받은 알마예르 후작은 크게 노하여 율리아나를 불러 호통을 쳤다. 첩지 내용을 모르는 율리아나는 의아해하면서도 우선 용서부터 빌었다.

"죄송해요, 아버지. 하지만 제가 어리석어서 아버지께서 무슨 일이시기에 이렇게 화가 나셨는지 모르는 탓에……."

"읽어 봐라!"

툭. 눈앞에 떨어진 황궁으로부터 온 첩지를 읽은 율리아나의 눈이 흔들렸다.

'황비? 내가 왜 황비야? 그리고 황비라는 품계가 있었나?'

율리아나의 의문을 읽기라도 한 듯 후작이 말했다.

"황태자가 고(古)문서를 뒤져 예전에 황비라는 품계가 있었다는 걸 알아내어 다시 부활시켰다더구나."

와그작.

심장은 종이로 만든 것일까.

마치 어린애의 손안에서 구겨지는 종이처럼 심장이 뭉그러지는 기분이었다. 율리아나의 눈이 텅 비어 갔다.

"황비를 들인다 해도 당연히 그 여자가 황비여야지. 네가 얼마나 못났으면 가이드이자 약혼녀로서 몇 년을 봉사했는데도 이딴 대접을 받는단 말이냐."

후작은 분노하며 율리아나를 노려보았다. 저 눈길을 받으면 율리아나는 자신이 세상에서 제일 하찮은, 아니. 하찮다는 말만으로는 표현이 되지 않는, 끔찍하고 역겨운 존재가 된 기분이었다. 땅바닥을 비참하게 기는 벌레가 된 듯한 감각. 율리아나는 뱀 앞에 선 더러운 쥐새끼처럼 움츠러들었다.

"죄송해요, 아버지. 그러나 제 뜻이 아니에요. 저도 황비는 싫어요. 아시잖아요, 지금도 전하께서 저를 어떻게 대하는지. 지금도 그런데 황비가 되면 절 얼마나 더……."

허울뿐이라도 좋다. 허울뿐이라도, 상대에게 가장 중요한 존재가 되고 싶었다. 어차피 자신 따위는 영영 사랑받지는 못할 것이다.

황제에게 가장 중요한 존재는 황후일 터. 황후가 될 수만 있다면, 알렉산더가 누구를 사랑하든 상관없다. 진정 사랑하는 여인을 황비로 앉히든, 애인이나 정부가 몇이든, 상관없다.

그런데 그 자리마저 주지 않으려 하다니.

황비라니.

그래도 이렇게 아버지가 화를 내는 걸 보니 희망이 보였다. 아예, 이참에 이 약혼을 모두 무효로 하면 되지 않을까. 그런 희망을 갖고 입을 여는 순간.

"아버지. 저 황비는 정말 싫—."

"쯧. 여기서 이 첩지를 거절해 봤자 가문만 우스워질 뿐이지."

"……네?"

알마예르 후작은 율리아나를 위아래로 훑었다. 차갑게 품평하는 눈. 이 물건의 가격이 얼마일까, 감정하는 눈이었다.

와장창—!

그 차가운 눈빛에 율리아나에게 남아 있던 작은 희망이 산산조각 났다.

후작이 입술을 열어 최종 판결을 내렸다.

"황비가 황후에 비해 떨어지는 자리이긴 하나 황제의 부인인 것은 변하지 않는다. 그렇게 알고 입궁을 준비하도록 해라."

"아버지!"

"듣기 싫으니 나가라."

율리아나가 힘이 빠져 일어나지 못하자 후작은 하녀들을 시켜 그녀를 데려가게 했다. 질질 끌려 나가며 본 알마예르 후작은 기분이 나빠 보이지도 않았다. 그저, 후련해 보였다.

"드디어 저 물건을 눈앞에서 영영 치워 버리는군."

작게 중얼거리는 말에 와르르, 율리아나의 비참한 생을 지탱해 주던 마지막 기둥마저 무너졌다. 이제 율리아나의 생은 아무 의미도 없어졌다.

그래서 이 자리에 섰다.

휘이잉—.

높은 탑의 꼭대기에는 세찬 바람이 불었다. 창틀 위로 올라선 몸이 휘청거릴 정도로 세찬 바람이었다.

바닥을 내려다보자 눈앞이 핑 돌았다. 율리아나는 입술을 꽉 깨물었다. 비릿한 피 맛이 났지만 느끼지 못했다. 다리가 벌벌 흔들리고 몸이 사시나무 떨리듯 떨렸다.

사실은, 죽고 싶지 않다.

사랑하는 만큼 사랑받고 싶었다.

그러나 그게 불가능하다는 걸 깨달았으니까, 이 비참한 생을 더 이어 나가고 싶지 않았다.

'황비가 되면, 더 비참해질 뿐이야. 알렉산더는…… 나를 때려죽일지도 몰라. 아니, 죽일 거야. 시간문제겠지. 내 남편이 나를 언제 죽일까 벌벌 떨며 살고 싶지 않아. 나를 남보다 못하게 여기는 가족의 애정을 구걸하며

살고 싶지도 않아.'

율리아나는 눈을 부릅떴다.

첨탑의 난간 위로 올라서자 사방이 캄캄했다. 먹구름이 낀 하늘마저 검었다. 위도 아래도 모두 새까만 어둠.

'캄캄해. 어두워. 무서워. 하지만, 이번만 힘내면 돼.'

이번만 힘내면, 더는 힘내지 않아도 된다.

힘내서 버티며 살아가지 않아도 된다.

버틸 뿐이기만 한 삶은 싫다.

살짝 미소 지은 율리아나는 그대로 어둠 속으로 뛰어들었다.

잠시 공중을 유영했던 몸이 그대로 아래로 추락하기 시작했다. 죽는 건 무서웠지만 죽은 후에 자신을 미워하지 않는 먼저 떠난 사람들을 만날 수 있다고 생각하니 그리 무섭지 않았다.

'엄마. 이제 엄마 곁으로 가요.'

엄청난 속도로 추락하며 율리아나는 환하게 웃었다.

퍽!

제 머리에서 나는 것 같지 않은 커다란 소리와 함께 의식이 멀어졌다. 새빨갛게 물든 시야가 가물거렸다. 천천히 온몸에서 힘이 빠져나갔다.

'이게 죽는 거구나. 생각보다 괴롭지 않네.'

지금 느끼는 고통보다, 아버지의 냉대가 더 아팠다. 휴렌의 싸늘한 눈초리가, 바이델의 폭언이 더 아팠다. 안젤리카에겐 더없이 다정한 남자인 알렉산더가 제게만 세상에서 가장 잔인해지는 남자인 게 더 아팠다.

그 누구에게도 사랑받지 못하는 존재라는 사실이 더 아팠다.

'고통 없는 세계로 가고 싶어…….'

이런 선택을 한 죄인을 신께서 거두어 주시길 바라는 것도 사치일까. 죽어 가는 와중에도 눈물이 흐르는 게 우습다고 생각하던 찰나.

"……리아나! 율리아나!"

누군가 다급히 자신을 부르는 소리가 들렸다.

누군가 다급히 자신의 상처를 틀어막으려 애를 쓰는 몸짓이 느껴졌다.

'누굴까? 설마 아버지? 오빠?'

더 궁금해할 새도 없이 율리아나의 눈앞이 새까맣게 물들었다.

암전.

죽음이었다.

* * *

따끈한 온기가 느껴졌다. 마치 엄마의 품속처럼.

'이게 사후세계라면 진작 죽을걸.'

어머니가 돌아가신 뒤로 느껴 본 적 없는 따스한 온기에 율리아나는 눈물이 날 것만 같았다.

'계속, 계속 이대로 있고 싶다…….'

꿈결처럼 생각하고 있을 때, 멀리서 그녀를 부르는 소리가 들렸다.

"……아나."

음, 누구지?

"……리아나!"

뭐야, 깨우지 마. 난 이대로 더 있을 거야.

"……율리! 너 언제까지 잘 거니!"

화악! 몸을 감고 있던 따스함이 갑작스레 사라지자 빈자리를 싸늘한 공기가 채웠다. 율리아나는 화들짝 놀라 눈을 반짝 떴다. 눈앞에는…….

"어, 엄마?"

"그래! 도대체 몇 번을 불러야 일어날 거니? 아침 다 됐으니까 나오라고 하는데도."

"……."

율리아나는 멍하니 입을 벌린 채 자신에게 잔소리를 쏟아 내는 엄마를 바라보았다. 율리아나와는 확연히 다른, 밤하늘처럼 아름다운 검푸른 머리칼, 별처럼 반짝이는 하늘색 눈동자.

엄마였다.

이미 10년도 전에 죽어 버린.

"어, 엄마……."

"……어머, 율리. 얼마 혼내지도 않았는데 왜 울어?"

"흐흑, 엄마…. 엄마……."

"어머 어머. 얘가 왜 이래……. 나쁜 꿈이라도 꿨어?"

"엄마. 엄마아……. 흐엉. 엄마……."

유일한 구명줄이라도 되는 것처럼, 율리아나는 엄마에게 매달렸다. 아직 덜 자란 손으로 엄마를 꽉 부여잡고 어디도 가지 못하게 옥죄려 했다.

그러나 그런 필사적인 손짓 없이도, 그녀는 율리아나를 꼬옥 마주 안아 주었다. 아주 당연하다는 듯이.

"엄마 어디 안 가. 울지 마, 우리 딸. 응?"

애정을 듬뿍 담아 어르는 말에 율리아나의 눈에서 눈물이 퐁퐁 흘러나왔다.

어디 안 가긴. 갔었잖아. 날 두고 갔었잖아. 모두가 날 싫어하는 이 세계에, 나만 남겨 두고 떠났었잖아.

원망하고 떼를 쓰고 싶었지만, 그 말을 했다간 엄마가 눈앞에서 사라져 버릴까 봐, 율리아나는 아무 말도 못 한 채 그저 엄마의 품에 안겨만 있었다.

엉엉, 길고 긴 울음에 어린 몸은 쉽게 지쳤다. 물론 엄마의 다정한 토닥임도 한몫을 했을 터다.

엄마는 가느다란 팔로 율리아나를 안아서 작지만 포근한 침대로 데려가 눕혔다. 그리고 자신도 옆에 누운 채 율리아나를 등기둥기 얼렀다.

"우리 율리. 많이 놀랐어? 엄마랑 다시 자자. 다시 자고 일어나면, 악몽은 다 사라져 있을 거야. 엄마가 약속할게."

"으응, 싫어. 안 잘래……."

자지 않겠다고 눈을 비볐지만, 어린 몸은 쉽게 의지를 배반했다. 퉁퉁 부은 눈을 애써 부릅떴지만 시야는 가물거리만 했다.

율리아나는 제대로 된 상황파악도 하지 못한 채로 다시 잠들기 시작했다.

엄마는 그런 딸아이가 귀엽다는 듯 피식 웃으며 다정한 손길로 땀에 젖은 이마를 훔쳐 주었다.

고급은 아니지만 깨끗한 비누향이 나는 엄마.

사랑하는 엄마.

'그래, 이 모든 게 다 악몽이라면 좋겠다.'

멀어지는 의식 속에서 율리아나가 바랐다.

그러나 그녀의 바람은 이루어진 적이 없었다.

반짝.

눈을 뜨자 이번엔 주변에 아무도 없었다. 율리아나는 침대에서 벌떡 일어나서 주변을 살폈다.

'얼마나 잔 거지?'

아니. 질문이 잘못되었다.

'……지금이 언제지?'

창문 밖으로 정오가 지나 해가 노란 빛으로 하늘을 물들이고 있었다. 햇볕이 작은 방 안으로 쏟아져 들어와 모든 사물을 비추었다.

흰 커튼이 달린 소박한 집. 절대로 귀족가의 저택이나 별장이 아닌, 평민의 집.

'후작가로 가기 전에 엄마와 살던 집이 맞아.'

침대에서 내려온 율리아나는 사물이 더 커 보이는 느낌에 의문이 들었다.

'키 높이가 달라졌어. 아니, 내가 작아졌어.'

제 몸을 내려다보자 짤뚱한 다리와 작아진 손이 보였다. 짧은 다리로 달려가 질이 좋지 않아 흐릿한 거울에 몸을 비춰 보았다.

구불구불한 은발에 젖살이 통통하게 오른, 어린 얼굴.

12살의 자신이었다.

'눈이 엄청 부었네.'

금붕어 눈처럼 띵띵 부어오른 눈. 엄마를 만나서 울었던 게 진짜 사실인 걸까? 하지만 사실로 믿지 않기엔 눈앞에 보이는 현실이 너무 분명했다.

'내가 어린 시절로 돌아온 거야?'

과거 회귀라니.

곰곰이 생각해 보았지만, 시간을 돌릴 수 있다는 이능이나 마법에 관해서는 들은 적이 없다.

오히려 이런 생각도 들었다.

'시간을 되돌아온 게 아니라 그냥, 내가 이상한 꿈을 꾼 게 아닐까?'

차라리 이게 이치에 더 맞아 보인다.

평생을 자신이 평민인 줄 알던 소녀가 무의식중에 품고 있던 신분 상승의 욕구 때문에 허무맹랑한 꿈을 꾼 것이다.

물론 허무맹랑한 꿈이라고 하기엔 너무 괴롭고 비참했지만, 그게 진짜였다는 것보다는 꿈인 편이 더 이해가 잘 된다.

'우리 엄마가 알마예르 후작의 정부였다니, 말도 안 돼.'

피식 웃으며 방문을 열고 나간 율리아나는 그대로 얼어붙었다.

"……후, 후작님."

방금 전까지 떠올리고 있던 알마예르 후작이, 바로 눈앞에 있었다.

기억보다 젊은 후작의 얼굴은 신(神)처럼 근사했다. 햇볕을 받아 보랏빛을 띠는 푸른 머리칼은 뒤로 깔끔하게 넘기고 있었고 훤히 드러난 단정한 이마 아래로 큼직한 이목구비가 붓으로 그린 것처럼 조화를 이루고 있었다.

그래서 더욱 사랑받고 싶었다. 강한 권력을 쥔 아름다운 아버지에게 애정을 갈구했었다.

덧없는 꿈이었지만.

그때, 얼음처럼 차게 식은 은회색 눈동자가 날카롭게 빛나며 율리아나를 노려보았다.

"날 아나?"

철렁, 율리아나의 심장이 아래로 떨어졌다. 만약 그녀가 꿈을 꾼 것이든, 시간을 되돌아온 것이든, 알마예르 후작은 율리아나를 모르는 게 당연하다. 그런데.

'저렇게 모르는 사람처럼 바라보니까…….'

반사적으로 가슴이 아팠다. 그러나 곧장 생각을 고쳐먹었다.

'아니, 차라리 모르는 사람처럼 보는 게 나아. 꿈속에서는, 살인범을 보는 것보다 더 경멸하듯 바라보셨으니까.'

율리아나는 제 입술을 깨물었다. 자고 일어나 울고, 다시 자기까지 물 한 방울 마시지 못했던 입술이 쩍쩍 갈라졌다.

"저는……."

후작님을 모릅니다. 라고 말하려 했던 율리아나는 새삼스럽게 눈앞에 있는 남자를 보고 깨달았다.

'잠깐만, 후작님은…… 엄마와 무슨 관계지? 내 아빠가 맞긴 한가?'

꿈속의 기억을 떠올렸다. 원래 알마예르 후작을 만난 건, 엄마가 죽은 날이었다.

* * *

율리아나가 사는 마을엔 학교가 없었다. 학교는 도시나 준도시급의 커다란 마을에만 있는 것이었고, 보통 평민 아이들은 마을에서 주먹구구식으로 어른들의 일을 돕다가 어깨 너머로 글자를 익히는 식이었다. 그마저도 제대로 익히지 못하는 경우가 태반이었다.

그러나 엄마는 글자와 숫자를 잘 알았다. 글자와 숫자를 제대로 읽고 정확히 셈할 수 있는 사람은 서기관이나 사제급의 학력을 지녀야 했다. 마을 사람들은 엄마가 과거에 신전의 사제였다가 율리아나를 갖게 되어 도망쳐 나온 게 아니냐는 추측을 했다.

가끔 율리아나에게 '애비 없는 아이를 낳고도 이렇게 번듯하게 살 수 있는 건 똑똑한 머리 덕이다'라며 칭찬 아닌 칭찬을 하기도 했다.

글자와 숫자를 잘 아는 덕에 촌장의 일을 도우며 삯을 받는 엄마는 낮이며 밤이며 바빴다. 낮에는 일을 했고 저녁엔 아이들에게 글자를 가르쳐 주었다. 율리아나는 이미 다 배웠기에 굳이 배울 필요가 없었지만, 엄마를 보고 싶어서 수업에 참여하곤 했다.

그런 엄마가 어디서 병을 얻어 왔는지, 율리아나는 알지 못했다. 촌장을 따라 다니며 일을 하다가 상단 일행이 묻혀 온 전염병이나 유행병에 노출된 것인지, 혹시 주민들 중에 소나 돼지의 새끼 수를 속여 몰래 키우는 사람이 있지는 않나 점검을 나갔다가 축사에서 더러운 진흙 먼지를 들이마신 것인지, 아니면 이 당시에 감기나 폐렴을 앓다가 죽은 사람들이 많았는데 엄마도 그랬던 것인지.

율리아나의 작은 머리로는 알 수가 없었다.

다만 엄마는 율리아나에게 자신이 아픈 것을 최대한 숨기고 또 숨기다가 율리아나가 어떤 마음의 준비도 하지 못했을 때 죽었다는 것만은 알았다.

심지어, 율리아나는 엄마가 침대에서 죽어 갈 때 밖에서 친구들과 신나게 놀고 있었다. 놀다가 어디서 엄마가 부르는 소리가 들리는 듯해서 집에 갔을 때.

'……네가 엘라의 딸인가?'

살아 있는 사람처럼 보이지 않는 창백한 엄마를 지키듯 서 있던 남자가 율리아나를 적대적으로 노려보고 있었다.

그 남자가 바로 알마예르 후작이었다. 엄마의 장례를 치러 주고 율리아나를 후작저로 데려가 딸로 공언한, 엄마의 남자이자 율리아나의 친부.

아니, 율리아나가 지금껏 엄마의 남자이자 아빠로 알고 있던 남자.

'그땐 엄마가 죽었다는 사실에 놀라서 울고불고하느라 몰랐는데 이제 보니까…….'

엄마와 알마예르 후작은, 귀족과 그의 정부라고 하기엔 어딘가 닮은 구석이 있었다.

엄마는 검은색에 가깝긴 하지만 어쨌거나 검푸른 머리칼에 하늘색 눈을 지녔고, 알마예르 후작은 시릴 정도로 파란 머리칼에 은회색 눈을 지녔다.

밝고 활달한 성품의 엄마와 어둡고 무뚝뚝한 알마예르 후작은 언뜻 보면 연결 고리가 전혀 없어 보이지만, 꿈속의 일들을 모두 겪으며 몸의 나이와는 달리 한층 정신이 성숙해진 율리아나는 뭔가 이상함을 느꼈다. 물론, 꿈속의 일들을 의심하기 때문도 있었다.

'꿈에서 내가 알마예르 후작저로 가긴 했지만, 그게 곧 현실에서 일어날 일이라는 뜻은 아니야. 우선, 꿈속에서는 후작과 만난 타이밍도 달라. 그렇다면…….'

알마예르 후작은 엄마의 애인이라기보단 오히려…… 친인척으로 보인다. 닮은 구석이 없는 것으로 보아 직계는 아니더라도 방계 혈통 정도는 되지 않을까.

"왜 대답을 하다 말지?"

차가운 목소리가 그녀의 생각을 끊었다. 율리아나는 아차, 정신을 차리며 말을 골랐다.

'나는 12살 아이로 보이니까, 그래도 어느 정도 실수해도 봐줄 거야. 그리고 여긴 꿈이 아니잖아. 후작은 날 싫어하지 않아. 싫어할 만큼 잘 알지도 못해.'

스스로 되뇌어 보지만 꿈속에서 자신을 경멸하듯 보던 은회색 눈동자가 겹쳐 보여서 목소리가 덜덜 떨렸다.

"어, 엄마가 지나가듯 말씀하신 적 있으세요. 귀, 귀족 친척이 있다고……."

쥐어짜듯 뱉은 말에 후작은 한동안 침묵을 유지했다. 그리고 조금 뒤 작은 중얼거림이 살얼음판 같던 침묵을 깼다.

"……친척? 어이가 없군."

작은 중얼거림에 율리아나의 작은 용기가 와장창 박살이 났다. 율리아나는 벌벌 떨며 자신도 모르게 슬금슬금 뒷걸음질 쳤다.

역시, 꿈속에서처럼 현실에서도 엄마와 후작은 연인 사이인 걸까?

'그 꿈은 예지몽이었던 걸까? 앞으로 나는…… 그렇게 비참한 삶을 살게 되나?'

식은땀이 등줄기를 타고 흘러내렸다. 몸은 차갑게 식는데 그와 반대로 머리는 점점 더 뜨거워졌다.

'그렇게 살기는 절대 싫어.'

눈물이 나올 것 같아 입술을 꽉 깨물고 다짐하는데, 혼자 뭔가를 생각하던 알마예르 후작이 그녀를 보고 눈을 크게 떴다.

"이봐, 너……."

"율리, 엄마 왔다!"

때마침 문이 열리고 엄마가 들어왔다. 율리아나는 이 긴장 상태를 깨트린 엄마를 신의 사자처럼 바라보며 활짝 웃었다.

"어, 엄마!"

후들거리는 다리를 움직여 그녀에게 뛰어가는 모습을, 알마예르 후작이 어떤 표정으로 보고 있었는지 율리아나는 몰랐다.

"……."

지끈.

알마예르 후작은 괜히 이상하게 지끈거리는 머리를 손끝으로 문지르며 율리아나와 니엘라의 격한 재회에서 한 걸음 떨어져 있었다.

"몸이 차갑게 식었잖니! 왜 침대에 있지 않고. 테이블에 너 먹으라고 수프도 떠 놨는데…….”

자다가 흘린 땀과 새로 흘린 식은땀으로 흠뻑 젖어서 얼음장처럼 차가워진 딸을 끌어안고 당황하던 니엘라는 그제서야 집 안에 우두커니 서 있는 남자를 보았다. 그녀의 하늘색 눈이 커다랗게 뜨였다.

“오, 오빠?”

‘뭐? 오빠?’

엄마가 알마예르 후작을 부른 호칭은 충격적이었고, 반대로 안심이 되기도 했다.

‘애인 사이가 아니구나. 친척이었어. 다행이다…….’

하루 종일 물 한 방울 마시지 못한 채 수분을 배출하기만 한 몸은 정신의 과부하를 견디지 못했다.

몸은 정신을 보호하기 위해 잠시 폐업 선언을 했고, 율리아나는 이번엔 잠이 드는 게 아니라 탈진하여 의식을 잃었다.

“율리! 율리아나!”

‘역시 그냥 꿈을 꾼 건가 봐. 그럼 엄마도 죽지 않겠지. 다행이야…….’

멀어지는 엄마의 목소리를 들으며 율리아나는 배시시 웃었다.

* * *

“옳지, 착하지. 그래. 꿀꺽 삼키렴. 아이, 착하다.”

의식을 잃은 율리아나를 침대에 눕힌 니엘라는 뜨거운 물수건으로 딸의 전신을 닦아 주고 뽀송한 옷으로 갈아입혔다. 그리고 묽게 끓인 수프를 그녀의 입술로 흘려 주었다.

‘아침에 일어나서부터 울더니, 몸살 기운이 있던 걸까.’

집에 남은 흔적을 보니 하루 종일 제대로 먹은 것도 없던데, 애가 이대로 크게 아플까 봐 걱정이 되었다. 수프를 반 그릇쯤 먹인 니엘라는 율리아나를 조심히 눕히고 턱 밑까지 이불을 꼭꼭 덮어 주었다.

그런 그녀의 모습을 알마예르 후작이 못마땅한 얼굴로 보았다.

"애가 몸이 약해 보이는데."

"이 마을에선 비교적 건강한 편이야."

보통의 평민 여성과는 달리 니엘라는 임신했을 적에 풍부한 영양소를 섭취했고 율리아나가 태어나고 난 뒤에는 유모에게 배웠던 지식으로 아이에게 좋은 것들을 챙겨 먹였다. 율리아나는 건강한 편이다.

물론, 센티넬인 오빠에겐 턱없이 약해 보이겠지만.

"아니, 약해 보여."

"……그건 오빠가 센티넬이라서야."

"내가 그 기준도 모른다고 생각하나?"

"일반인 '아이'의 기준을 알긴 해? 오빠네 애들은 다 센티넬이니까 우리 율리보단 훨씬 건강하겠지."

"엘라."

"내 육아 방식에 이래라 저래라 하지 마. 내 딸이야."

"……."

알마예르 후작은 입술을 짓씹으며 제 누이동생을 내려다보았다.

거칠거칠해진 얼굴과 끝이 다 일어난 머리칼. 물론 이 마을에선 그녀보다 빼어난 미색은 없겠지만, 알마예르의 검푸른 꽃으로 불리던 그녀가 누릴 수 있는 지위와는 비교할 바가 아니었다.

"돌아가자."

"싫어."

"니엘라 알마예르!"

"싫어! 나는 절대로 내 딸을 귀족으로 키우지 않을 거야!"

"네 딸인 것만으로 이미 그 아이는 귀족이다."

"오빠는 내 말이 무슨 뜻인 줄 알잖아!"

"……."

"이 아이의 머리색을 봐. 이 아이가 겪을 일이 눈에 그려지지 않아?"

니엘라의 아름다운 하늘색 눈에 눈물이 어룽어룽 맺혀 뚝뚝 굴러떨어졌다.

율리아나의 머리칼은 순은을 뽑아 낸 듯한 은발이다.

알마예르 가문의 직계는 푸른색 머리를 타고난다. 개개인의 머리색은 다양하지만, 강렬한 푸른 빛깔이 힘의 강도를 나타내는 것은 가문의 특징이다.

그러나 율리아나의 머리는 은색. 다른 말로는, 푸른기가 하나도 없다고 봐야 한다.

검푸른 머리색을 지닌 알마예르는 가문의 역사상 드문드문 있었다. 니엘라의 머리도 검푸른 색이다. 그러나 율리아나처럼 깨끗한 은발의 알마예르는 단 한 번도 없었다.

"나는 무능력한 알마예르로 살면서 너무 힘들었어. 사람들이 내 머리칼이 아름답다고 할 때조차 날 비웃는 것 같았어. 그런데 율리아나는?"

깨끗한 은색의 머리칼은, 가장 강력한 센티넬 가문의 피를 타고 났지만 알마예르의 능력이 하나도 없는 돌연변이라는 말이나 마찬가지.

친부에게 인지 받지 못한 사생아인 데다가 센티넬 능력까지 없다니. 사교계에서 율리아나를 어떻게 바라볼 것인가, 그것이 니엘라의 걱정이었다.

알마예르와의 혼맥을 위한 이용하기 쉬운 장기 말로 볼까? 아니면 흥미로운 장난감 취급을 할까.

'친부의 혈통이 알려지는 것도 문제야.'

니엘라는 눈을 질끈 감았다.

율리아나가 알마예르로 들어가는 순간부터, 사교계에 데뷔하기도 전에 사람들의 구설에 오를 것이다.

그 모든 것을 예상할 수 있는 니엘라는 절대로 율리아나와 함께 수도로 가고 싶지 않았다.

이미 몇 차례 동생을 설득하러 온 적 있는 알마예르 후작은 결말 없는 논쟁에 한숨이 터져 나왔다.

"그러게 누가 그따위 놈팡이와—."

"그 사람을 그렇게 부르지 마."

"그렇게 믿을 만한 남자라면 너는 왜 홀로 수도를 떠났지?"

"……이만 가 줘. 율리는 쉬어야 해."

"그래. 다음에 또 오지."

문으로 걸어가던 알마예르 후작이 문 앞에서 멈췄다. 그리고 빙글 뒤를 돌아 어릴 때나 부르던 친근한 애칭을 불렀다.

"엘."

"응?"

"이곳에 제대로 된 의사가 있나?"

"의사?"

"그래. 네 딸이 만약 단순한 몸살감기가 아니라면?"

"……뭐?"

"치사율이 높은 홍역에 걸린다면, 볼거리나 풍진에 걸린다면. 이 지역에 치료해 줄 의사는 있나?"

"……."

"네 육아 방식엔 관여하지 않겠다. 그러나, 네 육아 방식이 아이에게 해를 끼치면 어떡할 것이냐. 아이가 죽고 나서도 그래도 내 방법은 틀리지 않았다고 외칠 테냐?"

"……."

"생각해 보거라."

알마예르 후작은 대답 없는 동생을 지나쳐 그대로 집을 나갔다.

후작이 타고 온 마차는 니엘라의 집 뒤의 눈에 띄지 않는 폐건물 뒤에 숨겨 두었다. 뛰어난 센티넬인 그는 순식간에 마차에 도착할 수 있었으나 일부러 천천히 걸었다. 일반인보다 더 느린 걸음으로, 아주 아주 천천히.

결국.

벌컥!

"오빠!"

문이 열리고 니엘라가 율리아나를 이불에 둥둥 감아 안고 뛰쳐나왔다. 눈물 때문에 얼굴이 흠뻑 젖은 니엘라가 새근새근 잠든 율리아나를 알마예르 후작의 품에 안겼다. 이불 무게까지 더해진 12살짜리 여자아이. 제법 묵직한 무게였으나 알마예르 후작에겐 솜털만큼 가벼웠다.

그러나, 따뜻했다.

"흑……. 우선, 율리를 데려가서 치료해 줘."

니엘라는 그의 손에 낡은 가방도 쥐여 주었다. 비죽, 곰 인형의 팔이 가방 밖으로 튀어나온 것을 보니 급하게 마구 쓸어 담은 듯했다.

알마예르 후작의 시선이 율리아나를 떠나 니엘라에게로 향했다. 그의 눈빛이 기이하게 빛난 것을, 제 딸의 얼굴을 눈에 담느라 바쁜 니엘라는 알지 못했다.

"너는?"

"……이대로 바로 갈 수는 없어. 정리해야 될 게 많아. 연락할게."

"그래. 그럼 오늘은 율리아나만 데려가마."

율리아나가 들으면 까무러칠 소리를 한 알마예르 후작은 그녀를 안아 들고 마차로 갔다. 니엘라는 엉엉 울며 제 딸아이를 안고 사라지는 그의 뒷모습을 눈 한번 깜빡이지 않고 바라보았다.

폐건물 뒤의 가문의 문장을 표시하지 않은 검은 마차.

알마예르 후작이 다가가자 마차에서 그의 비서가 나와 문을 열었다. 그는 무심결에 후작이 품에 안고 있는 천 뭉치를 보았다가 깜짝 놀랐다.

"그 아이는 후작님의……."

"조카다."

"네, 짐칸에서 푹신한 걸 좀 꺼내겠습니다."

비서는 마차의 짐칸에서 담요며 물, 주전부리 등을 꺼내어 한 짐을 들고 마차로 들어왔다. 그리고 후작의 옆자리에 담요를 푹신하게 깐 뒤 아이를 어떻게 눕혀야 할지도 모르는 것 같은 알마예르 후작에게서 아이를 받아서 이불을 적당히 편하게 풀어 주고 아이를 위에 눕혔다. 베개까지는 없는 터라 그녀의 머리는 그대로 담요 위에 평평하게 놓았다.

"으음……."

침대에서 푹신한 베개를 잘 베고 자던 율리아나는 갑작스레 불편해진 잠자리에 칭얼거리다가 베개를 찾았다. 팔을 뻗어 주변을 더듬더듬 베개를 찾다가 그나마 베개 같은 높은 턱에 머리를 대고 다시 곯아떨어졌다.

"……."

"……풋! 죄, 죄송합니다. 마부, 출발하게!"

알마예르 후작의 허벅지를 야무지게 베고 자는 아이와 그 모습을 황당하게 바라보는 후작이라. 후작 밑에서 일한 후로 처음으로 웃음을 참을 수 없던 순간이었다.

비서 벤은 연결 창을 통해 마부에게 최대한 덜컹거리지 않게 이동할 것을 당부하며 힐끔힐끔 후작의 조카딸을 훔쳐보았다.

'아직 이름도 모르는 아가씨입니다만, 저는 아가씨를 무척 좋아하게 될 것 같네요.'

마차는 율리아나를 태운 채 수도로 향했다. 그 모습은 율리아나의 꿈속 모습과 비슷한 듯 전혀 달랐다.

* * *

"마님. 마차가 수도 공용 트랜스포터에 도착했습니다. 한 시간 안에 후작님께서 도착하실 예정입니다."

"그래요."

집사의 보고를 들은 후작 부인 로젤리타가 남은 찻잔을 비웠다. 쪼르륵, 하녀가 빈 찻잔을 채워 주던 때, 집사가 몸을 수그려 그녀의 귀에만 들리도록 작게 속삭였다.

"마차에는 작은 여자아이가 동승한 상태였다고 합니다."

"……."

집사는 그 말만 건네고 방을 나갔다. 로젤리타는 그녀도 모르게 입술을 세게 깨물었다.

달그락달그락.

소서를 쥔 손이 떨려서 찻잔과 부딪치는 소리가 났다. 하녀는 불안한 얼굴로 그녀를 힐끔거렸다. 씨근거리며 숨을 작게 내쉬던 로젤리타는 결국 화를 참지 못하고 찻잔을 바닥으로 내던졌다.

쨍그랑!

"꺄악!"

찻잔이 자신을 향해 날아오는 줄 안 하녀가 몸을 움츠리며 소리를 질렀다. 로젤리타는 붉게 달아오른 얼굴로 하녀를 노려보았다.

"시끄럽구나. 나가 있으렴."

"네, 네, 죄송합니다. 마님."

하녀가 나가고 문이 닫혔다. 로젤리타는 분노에 차서 소리를 지르며 테이블을 뒤엎고 제 머리를 헝클어트렸다.

"감히! 밖에서 딸을 낳아 와? 우리 비앙카가 있는데도! 아아악!"

로젤리타는 자신의 방과 연결된 아기 방으로 넘어갔다. 아기를 돌보던 유모가 머리를 산발을 하고 새빨간 얼굴을 한 로젤리타를 보고 기겁하며 뒤로 물러났다. 로젤리타는 언제 화를 냈냐는 듯 화사하게 웃으며 새근새근 낮잠을 자는 제 딸아이를 보았다.

"귀여운 내 천사. 자는 모습도 사랑스럽구나."

그녀는 아직 화가 가라앉지 않아 부들부들 떨리는 팔로 보들보들한 비앙카의 뺨을 쓸었다. 그 손길에 비앙카는 잠투정을 하다가 몸을 돌렸고 로젤리타는 버럭 화를 내며 비앙카의 어깨를 억세게 잡아 돌렸다.

"엄마 손길을 거부해? 너마저 그러면 안 되지, 비비!"

갑작스런 고통에 비앙카가 화들짝 경기하며 깨어나 와앙, 울음을 터트렸다. 뒤에서 대기하던 유모가 다가왔다. 비앙카는 머뭇거리다가 유모에게 손을 뻗으려 했다.

찰싹!

로젤리타가 비앙카의 손을 때리고 여린 손목을 꽉 붙들었다. 그녀의 일그러진 얼굴은 평소의 고운 얼굴과 전혀 달랐다.

"비앙카! 너도 엄마가 안 보이니? 네 엄마는 나야! 나라고!"

"으앙, 잘모, 잘못했어요……. 유모오……."

"마님. 고정하세요."

비앙카와 유모의 목소리는 들리지도 않는다는 듯, 로젤리타는 허공을 보며 이를 갈았다.

"아무도 내 자리는 못 뺏어!"

* * *

열에 들떠 잠에서 깬 율리아나는 가물거리는 시야로 주변을 보았다. 침대를 감싼 화려한 캐노피와 침대를 둘러싼 사람들의 인영이 흐릿하게 보였다.

익숙한 방, 익숙한 사람들. 그리고 아픈 몸.

그래서 율리아나는 꿈속으로 되돌아왔다고 생각했다.

아니, 정확히 반대였다.

이게 현실이고 엄마를 만난 게 꿈이라고 생각했다. 율리아나는 10년 전 엄마를 잃고 비참한 삶을 살다 투신했다. 그런 그녀가 알고 보니 그 모든 기억이 꿈이며 10년 전에 돌아가신 줄 알았던 엄마와 행복하던 시절로 되돌아왔다는 사실을 믿을 수 있을 리 없었다.

믿고 싶어도 마음 한구석에서는 부정했다.

'내게 이렇게 좋은 일이 일어날 리 없어.'

자신을 사랑, 아니. 좋아해 주는 이 하나 없이 10여 년을 보냈다. 그런 그녀가 비관적인 생각을 하는 건 어쩌면 당연한 일이었다.

수천 개의 바늘로 콕콕 찌르는 듯한 고통도 그녀의 추측을 부추겼다.

'죽기 직전에 행복한 꿈을 꾼 걸 거야. 투신한 보람이 있네.'

아마도 의식을 잃기 전에 자신을 발견한 누군가가 조치를 취한 게 아닐까 싶었다.

신경 써 준 것은 감사하지만 결론적으로 그 사람은 쓸데없는 수고를 들였다.

죽을 작정으로 뛰어내렸는데 어떻게 아직 살아 있는지는 모르겠지만, 살아나 봐야 죽을 날을 기다리며 목숨을 연명하는 하루하루가 될 뿐이다. 자신을 돌보는 의사에게도 헛수고를 시키는 셈이다. 자신을 돌볼 시간에 다른 이를 돌본다면 훨씬 보람찬 일을 할 수 있을 텐데 미안한 마음이 들었다.

그래서 율리아나는 잘 떨어지지 않는 입술을 움직여서 의사가 있는 것으로 짐작되는 쪽으로 말했다.

"괜찮······아요. 치료하지 않아도······."

말이 끝나자 고요한 침묵 후에 웅성거리는 소리가 났다.

심한 몸살을 앓고 있는 율리아나는 귀까지 먹먹해서 사람들이 무슨 말을 하는지도 알아듣지 못했다.

'내 말이 제대로 안 들렸나?'

다만, 이 소란통에 자신의 목소리가 제대로 들리지 않았나 싶어서 다시 말했을 뿐이었다.

"어차피 죽을, 테니까······. 고치지 않아도, 돼요······."

남은 힘을 쥐어짜서 말한 탓에 율리아나는 말을 끝내자마자 다시 의식을 잃었다.

'아, 드디어 죽는구나. 더는 아프고 싶지 않아……'

까무룩 눈을 감은 율리아나를 보며 그녀의 말을 놓치지 않고 똑똑히 들은 이는 기가 찬다는 얼굴을 했다.

"얘, 대체 정체가 뭐야?"

바로 알마예르 후작의 둘째 아들, 바이델이었다.

바이델이 율리아나의 방에 숨어 들은 건 호기심과 괘씸함 때문이었다.

바이델의 아버지, 알마예르 후작은 차갑고 무뚝뚝한 사람이다. 아내와 자식들에게도 정을 주지 않는.

그런 후작이 외출했다 귀가하면서 품에 큰 담요 뭉치를 안고 있었다. 아 랫사람에게 시킬 만한 일을 손수 하다니, 대체 그 물건이 무엇인가 싶어 다들 궁금해했고, 담요 사이에서 스르륵 부스스한 은발이 삐져나오자 다들 깜짝 놀랐다.

알마예르 후작이 손수 안아서 후작저로 데려온 여자아이!

바이델은 제 옆에 선 후작 부인을 보았다. 그녀는 이 현실을 믿지 못하겠다는 듯 눈을 부릅뜨고 있었으나 모든 사람이 거의 비슷한 반응이었다.

그런 반응에도 아랑곳하지 않은 후작은 집사에게 바로 "의사를 불러라." 라고 명한 뒤 아이를 2층까지 안아서 침대에 눕혔다.

'쟤가 대체 누구길래? 황녀가 와도 저거보다 무관심할 텐데!'

아버지가 모두에게 공평하게 무관심하다고 여겼던 바이델의 속에서 부아가 치밀었다.

여자애가 들어간 방에는 의사와 그 조수들이 찾아왔다. 바이델은 방 밖에서 기다리다가 견습 집사에게 "쟤는 대체 누구냐."며 여자애의 정체를 캐물었지만 그녀의 정체는 집사장만 알고 있었기에 모른다며 고개를 저었다.

늙은 집사장은 만만치 않았다. 후작의 허락이 없다면 후계자인 휴렌에게도 쉽게 입을 열지 않는 그가 고작 차남인 바이델에게 여자애의 정체를 말해 줄 리 없었다. 그래도 쥐가 날 정도로 머리를 쓰자 그럴듯한 결론을 내릴 수 있었다.

'설마, 아버지의 사생아?'

여자아이의 머리칼은 은발이었다. 알마예르는 이능 혈통이 강해서 보통 센티넬이 태어나곤 하지만 종종 일반인도 태어났다.

아버지는 작위 문제 때문에 귀족 애인은 두지 않았다. 그렇다면, 아버지의 평민 정부가 낳은 아이라고 추측할 수 있다. 이렇게 애만 데려온 것을 보면 그 여자는 죽었을 가능성이 크다.

'평민에게서 아이를 보다니 아버지답지는 않지만……. 아버지도 실수를 할 때가 있나 봐.'

바늘 하나 들어갈 것 같지 않은 아버지의 실수.

이거 하나는 마음에 든다.

'저 여자애는 괘씸하지만.'

감히 평민 주제에 귀족의 아이를 가질 생각을 하다니. 괘씸하지 않은가?

센티넬은 제국을 지키기 위해 신이 내려 준 존재다. 평민들은 센티넬 귀족이 자신들을 지켜 주는 것만으로 평생을 감사하며 살아야지, 그 이상을 탐내면 안 된다.

'뭐, 저 여자애보단 아버지의 애를 밴 그 어미가 괘씸한 거니까 봐줄까.'

그렇게 생각하던 바이델은 문 근처에서 서성이다가, 하녀들이 물수건과 대야를 들고 드나드느라 정신이 없는 틈을 타서 몰래 방으로 들어가 여자애를 구경했다. 아버지를 닮았는지 궁금했다.

그리고 얼굴을 구경하려던 때, 그 말을 들었다. 아마도 센티넬인 바이델 외엔 다른 사람은 듣지 못했을 작은 말이었다.

"괜찮……아요. 치료하지 않아도……."

할딱거리는 숨 사이로, 체념 짙은 목소리가 띄엄띄엄 흘러나왔다.

"어차피 죽을, 테니까……. 고치지 않아도, 돼요……."

바이델은 여자애가 깨어나면 관대한 태도를 보일 예정이었다.

'너 같은 게 아버지의 사생아라니 마음에 들지 않지만, 평생 가문을 위해 봉사할 거라 맹세하면 관대히 넘어가 주지.'라고 교육할 말도 생각해 두었다.

그런데 죽을 테니 치료하지 않아도 된다니? 대체 무슨 말인가?

어이가 없어서 침대 맡으로 다가갔는데, 희미하게 달싹거린 입술 사이로 작은 말이 흘러나왔다.

"더는 아프고 싶지 않아……."

그 말을 마치자마자 땀으로 범벅되어 괴롭게 일그러졌던 얼굴이 부드럽게 풀어졌다.

마치 죽음을 받아들이듯이.

쿵.

바이델은 저도 모르게 제 가슴께를 꽉 쥐며 입술을 깨물었다.

'뭐야? 얘……. 나보다 어려 보이는데, 죽는 게 나을 만큼 많이 아팠던 거야?'

아버지의 사생아로 살았다면 그렇게 부족하게 살진 않았을 것 같은데. 왜 이렇게 불쌍한 마음이 드는 거야?

바이델은 하녀의 부름을 듣고 서둘러 온 집사장에게 물었다.

"얘, 대체 정체가 뭐야?"

* * *

타닥타닥, 벽난로가 타올라 짙게 내린 밤을 몰아내는 밤.

율리아나는 어느 순간 눈을 떴다. 누운 채로 고개를 돌리는데 이마에서 미지근해진 수건이 툭 떨어졌다.

'여긴…….'

무거운 몸을 일으키자 너무 익숙한 풍경이었다.

침대를 감싼 캐노피도, 침대 너머의 장식장도.

율리아나는 화들짝 놀라 침대 밖으로 나갔다. 카펫과 소파까지, 모조리 다. 괴로웠던 꿈속에서 쓰던 방과 똑같았다.

어렴풋하게 자신이 열에 들떠서 했던 추측이 떠올랐다.

엄마를 만난 게 꿈이고, 자신은 죽지 않았을 거라는 추측.

손을 올려 더듬더듬 몸을 만졌다. 상한 데 없이 멀쩡했다. 율리아나는 방에 있는 거울 앞으로 달려갔다.

"……꿈이, 아니잖아."

여전히 작은, 12살의 몸이었다.

율리아나는 다리에 힘이 빠져서 그대로 바닥에 주저앉았다. 땀을 닦고 입혀 두었던 얇은 잠옷 너머로 대리석의 찬 기운이 올라왔지만 그걸 느낄 새가 없었다.

'이건 아무리 생각해도 말이 안 돼.'

괴로웠던 기억을 꿈으로 치부하려 했다. 그러나, 디테일은 약간 달라졌어도 현실과 꿈속에서 본 것이 너무 똑같았다.

엄마에게 알마예르 후작이 찾아온 것, 한 번도 본 적 없는 알마예르 후작이 꿈속 그의 얼굴과 똑같은 것, 꿈속에서 쓰던 방과 이 방이 완벽하게 같은 것.

아무리 현실도피를 하려고 해도 이쯤 되니 율리아나는 인정할 수밖에 없었다.

꿈인가, 회귀인가. 이 의문의 답은 후자라는 사실을.

'회귀라니. 시간을 돌아왔다고? 그럼, 왜 회귀 전과 다른 일이 생기는 거지? 나는 지금 왜 후작저에 있는 거지?'

주변을 둘러보았지만 엄마는 없었다. 율리아나의 심장이 쿵쾅거렸다.

설마 엄마가 돌아가신 걸까. 하지만 분명히 살아 계셨는데……!

'아냐. 나쁜 생각은 하지 말자. 엄마가 아픈 나를 데리고 후작저에 온 걸

수도 있어. 다른 방에 계실지도 몰라. 찾아야겠어.'

율리아나는 후들거리는 다리를 일으켜서 커다란 방을 빠져 나갔다.

어둠이 내린 후작저는 낮과는 달리 고풍스럽다기보단 삭막하고 두려운 공간처럼 보였다. 특히 어린아이에겐. 그러나 고작 이런 으스스한 분위기에 두려움을 갖기엔 율리아나는 너무 많은 일들을 겪었다.

마른 다리를 억지로 세워 후작저의 빈방들을 하나하나 확인하던 때.

율리아나는 한 방문 앞에 섰다.

"……비앙카가 쓰던 방."

자신이 지금 12살이라면 비앙카는 아직 살아 있을 것이다. 비앙카는 율리아나와 여섯 살 차이고 회귀 전에 비앙카가 죽었던 나이는 7살이니까 아직 1년이 남았다.

율리아나는 고민하다가 조심히 문을 열고 들어갔다.

고급 원목으로 만든 커다란 아기 침대가 방 중앙에 있었다. 율리아나는 발소리를 죽이고 침대 옆으로 갔다. 장밋빛 통통한 뺨을 가진 사랑스러운 아이가 곤히 자고 있었다.

"……."

율리아나는 덜덜 떨리는 손을 뻗어 비앙카의 보드라운 뺨을 콕 찔러 보았다.

말랑하고 따끈했다.

"……흑!"

엄마를 봤을 때도 느꼈던 감정이 밀려왔다. 회귀 전에 죽었던 사람이 살아 있는 것을 보았을 때의 감격.

율리아나는 손으로 입을 막고 소리 없이 울었다.

엄마와 비앙카.

이번 생엔 두 사람 모두, 죽지 않으면 좋겠다. 아니, 겨우 그 정도가 아니다.

'내가, 무슨 짓이든 할 거야. 두 사람이 행복하게 살 수 있도록. 그게 내

가 회귀한 이유일지도 몰라.'

율리아나는 눈물을 닦으며 다짐했다. 그녀는 조심히 비앙카의 방을 나가서 다시 빈방을 열어 보며 엄마를 찾아다녔다.

심한 몸살을 앓다가 막 깨어난 몸은 그런 과로를 견디지 못했고, 결국 율리아나는 복도 한구석에서 쓰러져 잠들었다.

고용인의 하루는 동이 트기 전부터 시작된다.

쓰러진 율리아나를 발견한 사람은 후작저의 하녀였다. 그녀는 전날 율리아나의 방을 드나들며 잔시중을 들던 하녀였기에 찬 돌바닥에 쓰러져 있는 율리아나를 보고 기겁을 했다.

축 늘어진 12살짜리 여자애를 혼자서 옮기는 것도 문제거니와 괜히 자신이 이 일의 덤터기를 쓸까 싶어서 그녀는 당장 하녀장에게 달려갔고 방에서 몸단장을 하던 하녀장은 거의 날듯이 나타났다.

어제 집사장은 하녀장에게만 귀띔해 주었다.

'아가씨는 후작님의 조카따님이라네.'

후작의 여동생이 사라진 건 10년도 넘은 일이지만 후작저에서 오래 일한 하녀장은 후작이 그의 누이동생을 얼마나 귀애했는지 똑똑히 기억하고 있었다.

'행방불명되었던 여동생이 남긴 고명딸'이라니, 어쩌면 친자식보다도 더 애틋해할 수도 있겠다는 생각이 들어서 자리를 털고 일어나면 똘똘한 하녀들을 붙여드려야지, 생각하고 있었다.

'그런데 복도에서 쓰러져 있어? 집사장이 알면 무슨 생각을 하겠어!'

얼굴이 새하얗게 질린 하녀장은 직접 율리아나를 안아 침대에 눕히고 손수 시중을 들었다. 얼음장처럼 차가워진 몸이 기겁스러울 정도였다.

방의 온도를 올리고 뜨끈한 탕파를 몇 개나 침대 안으로 밀어 넣자 차갑게 얼었던 몸에 점점 온기가 돌았다.

한참을 시중을 들던 하녀장은 하녀에게 건더기가 거의 없는 진한 고기국물 수프를 가져오게 하여 율리아나의 입 안으로 흘려 주었다. 입 밖으로 흘리는 것이 더 많았지만 이렇게라도 먹이지 않으면 여린 몸이 버티지 못할지도 몰랐다. 아이들은 정말 별 이유 없이 죽으니까.

"콜록, 콜록……. 으음……."

"아가씨, 이거까지만 삼키세요. 네, 잘하셨어요."

하녀장은 수프 그릇이 바닥난 것을 보고 안심하였다. 일단 몸속까지 뜨끈하게 데워졌을 테니 큰 탈이 나지는 않을 것이다.

추위에 덜덜 떨던 아이의 얼굴이 아까와는 달리 한결 편해진 것을 보며 하녀장이 생각했다.

'그런데, 니엘라 아가씨는……. 살아 계신 건가?'

니엘라가 살아 있었다면 이렇게 아이만 덜렁 데려오지는 않았을 터.

고용인에게 모든 사정을 알려 주지 않는 고용주 때문에 하녀장의 머리가 팽팽 돌아갔다.

'니엘라 아가씨가 살아 계셔도, 돌아가셨어도 상황은 같아. 이 아가씨는 니엘라 아가씨만큼 총애받을 거야. 줄을 잘 서야 해.'

하녀장은 고개를 끄덕이며 율리아나를 살뜰히 살폈다.

또 율리아나가 모르는 사이에, 작지만 소소하지만은 않은 변화가 생겼다.

정오가 지난 시간, 율리아나는 자신을 부르는 소리에 잠에서 깼다.

"아가씨. 아가씨, 혹시 일어나셨나요?"

"으음……. 네, 일어났어요."

몸이 무거웠지만 일어날 만했다. 언제나 주눅이 들어 있던 율리아나는 고용인의 요구를 거절하는 법이 없었고 그 습관은 회귀 후까지 이어졌다.

작은 손으로 눈을 비비며 일어난 율리아나는 제 얼굴로 들이 밀어진 것에 화들짝 놀라 뒤로 몸을 물렸다. 하녀는 당황하며 몸을 깊이 숙여 사죄했다.

"죄, 죄송합니다. 얼굴을 닦아드리려던 것이었습니다."

"아니에요. 죄송할 것까진……."

율리아나는 주변을 둘러보며 고개를 갸웃거렸다.

'내가, 침대로 돌아와서 잤던가? 분명 어제 엄마를 찾다가……. 그대로 잠들어 버렸던 것 같은데.'

일단은 그게 문제가 아니었다.

자신은 회귀했기 때문에 이곳이 후작저라는 것을 알고 있지만, 원래의 율리아나라면 영문을 모를 것이다. 원래 자신이 평민인 줄 알고 살던 아이가 이렇게 하녀를 보며 태연하게 응대하고 있는 건 분명 남들이 보기에 어색할 터.

율리아나는 빠르게 머리를 굴려 회귀한 기억이 없는 아이가 할 법한 말을 했다.

"그런데 여기가 어디죠? 엄마는 어디에 계세요?"

"어, 어머니요? 저는 아는 바가 없습니다. 잠시만 기다려 주세요, 아가씨."

하녀는 얼른 뛰어나가서 하녀장을 불러왔다.

점심 식사를 마친 의사에게 아가씨의 상태가 많이 좋아진 것 같다고 설명하고 있던 하녀장이 의사와 함께 방으로 들어왔다.

"오, 정말 많이 좋아지셨군요. 물론 제가 처방한 약이 어린아이에게 잘 듣기는 합니다."

의사는 율리아나의 나아진 상태를 보자마자 으스대었다.

"선생님, 제대로 진단해 주시지요."

"네. 그럴 생각입니다. 아가씨, 아— 해 보세요. 아—."

"아, 아……."

"잘하셨습니다. 네. 목 안쪽이 부었던 것도 거의 가라앉았군요."

침대 맡에 앉은 의사는 율리아나의 얼굴과 입 안을 자세히 보고 열을 재는 등 제법 전문적인 모습을 보였다. 하녀장은 그 모습에 감탄하면서도 밉살스러운 말을 뱉던 의사를 눈으로 흘겼다.

'같은 평민이면서 뭐라도 된 것처럼 으스대기는.'

"거의 다 나으시긴 했지만 그래도 하루 이틀 더 약을 드시는 게 낫겠군요."

의사는 양피지에 처방전을 휘갈기고 조수들을 데리고 나갔다. 방에는 하녀장과 다른 하녀뿐이다. 율리아나는 눈치를 보다가 다시 물었다.

"저기, 저희 엄마는 어디 계신가요?"

"……!"

그 말에 하녀장은 하녀를 노려보았다. 그녀가 "아가씨가 깨어나셨습니다."라고만 말을 전했던 것이다.

말을 잘못 전한 하녀는 찔끔하여 뒤로 물러났다. 하녀장은 하녀를 단단히 혼내 주리라 생각하며 머리를 굴렸다.

'니엘라 아가씨가 살아 계시나? 아니, 아니지. 사고가 있었을지도 모르고……. 일단 내가 뭐라 입 댈 건 아니야.'

"너는 일단 아가씨께서 적당히 요깃거리 할 만한 것들을 챙겨 오거라."

"네."

하녀장은 하녀를 방에서 내쫓은 뒤 말씨를 부드럽게 꾸며 율리아나에게 답했다.

"아가씨. 제가 아가씨를 어떻게 부르면 될까요? 존함을 알려 주실 수 있을지요."

"존함이라니……. 그냥 율리아나라고 부르시면 돼요."

"네, 율리아나 아가씨. 혹시 아가씨께서는 아가씨를 데려오신 분을 알고 계신가요?"

"음……. 잘 모르겠어요. 제가 좀 아팠는데, 눈을 뜨고 나니 여기였어요."

"그러시군요. 아가씨를 데려오신 분은 알마예르 후작님이시고, 여기는 알마예르 후작님의 수도 저택이랍니다."

"후작님……."

율리아나는 잘 모르겠다는 듯 입을 다물고 눈을 굴렸다.

'엄마가 후작님께 오빠라고 하긴 했는데……. 진짜 친척지간인가? 귀족

가문의 직계와 방계는 혼인하기도 하니까 오빠라고 불렀다고 해서 무조건 안심할 수는 없어.'

회귀 전에 밖에서 낳아 온, 근본도 모르는 사생아라고 철저하게 무시당했었던 율리아나는 신중에 신중을 기했다.

지금 이렇게 상냥하게 대해 주는 하녀장과 의사도, 회귀 전에는 그녀를 투명인간 취급하며 무시하곤 했다.

율리아나가 신중하게 구니 애가 타는 것은 하녀장이었다. 그녀의 입을 열어 무엇이라도 알고 싶었던 하녀장은 끙끙거리며 기다리다가 백기를 들었다.

"제가 아가씨께 알려드릴 수 있다면 좋을 텐데. 저도 자세히 아는 바가 없으니 우선 집사님께 보고하겠습니다. 우선 뭐라도 요기를 하시며 푹 쉬고 계세요. 불편한 건 없으실까요?"

"네. 없어요."

"그럼 필요한 게 있으시다면 이 줄을 당겨서 사람을 부르시면 됩니다."

"네. 감사합니다……."

회귀 전에는 어쨌거나 귀족의 신분이었기에 고용인들에게 인사를 하지 않았다. 그러나 지금은 아직 귀족이 되지 않은 상태. 율리아나는 일부러 고개를 숙여 하녀장에게 인사했다. 웃어른을 대하는 어린아이처럼.

"아이고, 아가씨. 제게 이러시면 안 됩니다."

율리아나는 타인에게 사랑을 받는 법은 몰랐으나 엄마가 돌아가시고 평생을 눈칫밥을 먹고 살아온 덕택에 눈치가 빨랐다. 게다가 하녀장은 이미 아는 인물이었다. 그녀가 자신의 권위를 인정받고 어른 대접을 받고 싶어 하는 걸 잘 알았기에 율리아나는 일부러 이렇게 행동했다.

"그래도…… 감사한걸요. 저를 돌봐 주셨죠……? 감사합니다."

눈치를 보듯이 말하자 하녀장의 입가가 씰룩씰룩거렸다. 기뻐서 웃음이 나는데 차마 웃으면 안 되는 상황이기에 참은 것이리라.

"감사하실 것 없습니다. 당연히 제가 해야 할 일인걸요. 조금만 기다려 주세요, 상냥하신 아가씨."

하녀장은 신이 난 걸음으로 방을 나갔다. 곧 하녀가 커다란 쟁반에 많이 씹지 않아도 되는 부드러운 음식들을 가져왔다.

으깬 감자를 녹인 치즈와 함께 뭉근하게 끓인 감자 수프, 고소한 냄새가 나는 부드러운 흰 빵과 보기만 해도 입 안에서 녹을 것처럼 얇게 저민 소고기.

꼴깍.

배가 고프다고 생각하지 않았는데 음식을 보자 미친 듯이 허기가 밀려왔다. 아파서 밥을 먹지 못한 게 이틀하고도 반이 넘었으니 뱃속에서 천둥이 쳐도 이상하지 않았다.

"자, 잘 먹겠습니다."

율리아나는 숟가락으로 수프를 한술 떠서 맛보았다. 보통의 감자 수프가 아니었다. 값비싼 향신료를 넣어 뒷맛이 깔끔하고 고급 치즈를 듬뿍 사용하여 누린내가 전혀 나지 않는 수프였다. 정말 맛있었다.

'어차피 지금은 예법을 지키지 않아도 되겠지.'

율리아나는 황태자의 약혼녀로서 몸에 익힌 예법도 다 내던진 채 허겁지겁 수프를 떠먹으며 손으로 빵을 쥐어 입에 욱여넣고 삼켰다. 포크로 고기를 찍어 연신 입에 넣었다. 분명 얇았는데 씹을 때마다 육즙이 흘러나온 건 어떤 조화일까.

고기의 짭짜름한 맛 때문에 다시 빵을 먹었고, 빵으로 입 안이 퍽퍽해지자 수프를 떠 마셨다. 세 가지 음식의 조화가 탁월했다.

한참을 먹는 데에 집중하고 있던 때.

똑똑.

노크 소리가 들린 후 문이 열렸다. 집사와 하녀장일 거라 생각하고 고개를 든 율리아나의 몸이 딱딱하게 굳었다.

툭.

손에 들고 있던 빵이 쟁반으로 떨어졌다.

"깨어났다더니, 정말이군."

예상은 틀리지 않았다. 집사와 하녀장이 온 것은 맞았다. 그러나 그 앞에 알마예르 후작이 있을 줄은 몰랐다.

게다가.

"어때. 음식은 입에 맞나?"

'이런 말도 안 되는 질문이라니.'

너무 놀란 율리아나는 두 손으로 입을 틀어막았다.

"……?"

곧 히끅! 히끅! 목이 졸린 새가 내는 듯한 가녀린 딸꾹질 소리가 적막한 방 안에 울려 퍼졌다.

히끅! 히끅!

작은 딸꾹질 소리를 막으려고 입을 틀어막는 아이는 애처로울 정도로 안돼 보였다. 하녀장은 눈치 빠르게 처신했다.

'높은 사람이 온 것 같으니까 당황한 것 같은데, 내가 나서야지.'

"후작님. 아가씨께선 이곳으로 오는 동안의 기억이 전혀 없으신 듯합니다. 혹시 아가씨께 이곳에 온 경위를 알려 주신 적 있습니까?"

"……없다."

"그럼 설명해 주시는 편이 나을 듯합니다."

"내가?"

하녀장은 최대한 공손한 표정을 지으며 답했다.

"저는 아가씨께서 어떻게 이곳에 오게 되셨는지 모르는지라……."

"그렇군."

평생 남에게 설명하는 일 따윈 자신의 몫이 아니라고 여기던 후작이었으나 이번은 상황이 달랐다. 쓰러진 아이를 어미에게서 넘겨받아 데려온 사람이 바로 자신 아니던가.

후작은 긴 다리를 움직여 율리아나에게로 성큼성큼 걸어갔다.

'……내가 다가갈 때마다 움찔움찔하는 것 같은데. 기분 탓인가?'

자기 자식을 포함한 타인에게 무심한 후작이지만 니엘라의 딸인 율리아나에게는 약간의 예외를 두었다. 그러나 그건 율리아나가 특별하기 때문은 아니었다.

'이 아이가 여기 있고 싶어 해야만 엘도 이곳에 남겠다고 하겠지.'

니엘라를 붙잡기 위한 수단. 율리아나의 가치는 그것뿐이었다. 그러나 그 수단을 대하는 태도조차도 다른 이들에겐 예외적인 모습이었다.

자식들이 뭘 하거나 신경도 쓰지 않는데 조카딸이 아프고 두려워한다고 신경을 쓰다니, 남들 눈엔 각별해 보일 수밖에 없다.

후작은 율리아나의 옆에 뒷짐을 지고 서서 나직한 목소리로 말했다.

"내가 누군지는 아나?"

"……알마예르 후작님이요."

"그래. 날 봤을 때도 알아봤지. 네 엄마와 친척이라고 알고 있다고 했나?"

"네……. 아닌가요?"

율리아나는 용기를 내어 고개를 들었다. 그 얼굴을 보며 알마예르 후작은 불쾌한 감정과 기꺼운 감정을 동시에 느꼈다.

율리아나는 니엘라와는 다른 머리색을 지녔지만 눈동자 색만큼은 니엘라의 색과 같았다. 하늘색 눈. 또한 율리아나의 얼굴은 엄마와 아빠의 가장 좋은 부분을 떼다 반반 섞어 놓은 듯 조화로웠기에 알마예르 후작은 율리아나를 볼 때면 사랑하는 니엘라와 죽여 버리고 싶은 남자를 동시에 볼 수 있었다.

"……"

그러나 니엘라가 죽은 것도 아니고, 이 아이를 빌미로 니엘라를 이곳으로 데려올 계획을 짤 수 있었기에 알마예르 후작은 죽이고픈 남자의 얼굴은 무시하기로 했다.

그렇게 마음먹으니 곧 율리아나가 그 남자보다 니엘라와 더 닮아 보여 조금은 귀엽게 느껴지는 것도 같았다.

"친척이 아니다. 직계 가족을 친척이라 부르진 않으니까. 네 엄마는 10년도 더 전에 잃어버린 내 여동생이다."

"여동생, 이요?"

"그래. 엘이 내 유일한 여동생이니 너 역시 내 유일한 조카딸이지."

율리아나는 충격을 삼키려 애를 썼다.

'말도 안 돼.'

도무지 이해가 가지 않았다. 이 말이 사실이라면, 회귀 전에는 대체 뭐였을까?

'왜, 내가 후작의 사생아에서…… 조카가 된 거지?'

회귀 전에는 분명 알마예르 후작의 사생아로서 갖은 구박을 다 먹었는데, 왜 지금은 유일한 조카딸이라고 하는지.

게다가 말하는 어조마저 평소 후작의 어조와는 달리 퍽 다정하지 않은가. 마치 부드럽게 회유하듯이 말이다.

'대체 회귀 전과 뭐가 달라진……. 아.'

달라진 게 있다.

바로, 엄마의 생사.

'설마, 엄마가 죽지 않은 채로 후작저에 와서…… 이렇게 달라진 건가?'

엄마가 죽지 않은 것과 자신이 사생아에서 조카딸로 처지가 바뀐 것이 무슨 상관이 있는지 모르겠다.

먼 친척이자 연인 관계였다면 차라리 이해가 가지만, 직계 가족이라고 하니 더욱 이해가 가지 않았다.

극심한 혼란을 느낀 율리아나의 눈이 크게 진동했다.

알마예르 후작의 말은 아직 끝나지 않았다.

"네 엄마는 신변을 정리하고 이곳으로 오기로 했다. 네가 아파서 너 먼저 내 편으로 보냈지. 그러니 엘이 올 때까지 푹 쉬고 있으면 된다. 엘과 너는 이제 내 보호 아래 있게 될 테니까."

그렇게 말한 후작의 입가에 만족스러운 미소가 걸렸다. 멀리 있던 하녀장과 집사는 보지 못했지만, 율리아나는 그 미소를 똑똑히 보았다.

'후작이 웃는 건……. 회귀 전에도 한 번도 보지 못했는데.'

회귀 전 율리아나가 후작저에 왔다고 만족스러워한 적이 없었으니 그가 만족한 것은 엄마의 존재일 터.

대체 엄마는 후작에게 어떤 존재인 걸까.

각별한 여동생의 자식을 사생아로 소개한 이유는 무엇일까.

도무지 알 수 없는 것투성이다.

지끈거리는 머리에 율리아나는 이마를 짚으며 미간을 찌푸렸다. 후작이 그 모습을 보고 걸음을 뒤로 물렸다.

"그럼 쉬거라. 저녁에 너를 소개하는 만찬이 있을 거다."

"네? 만찬이요?"

"만찬은 저녁 식사라는 뜻이다."

"그건 저도 알아요. 그렇지만…… 굳이 저를 소개하는 자리를 만들 필요까진 없을 것 같은데요……."

그럴 필요까진 없다는 율리아나의 말에 후작도 동의하는 바였다. 그러나 후작은 니엘라가 율리아나와 함께 떠나지 않도록, 율리아나를 이곳에 확실히 뿌리내리게 하고 싶었다.

후작은 다른 친척과 아비 없이 어미와 단둘이 자란 율리아나가 핏줄의 정을 그리워할 것이라 짐작하고 다정한 목소리를 가장했다.

"지금껏 혼자 자라서 외로웠을 테지. 내 아들들이 그리 다감하지는 않지만 없는 것보단 나을 거다. 둘째는 네 또래이니 정 붙이기도 좋을 것 같구나. 소개해 주마."

"그래도……"

"내가 언제나 시간을 낼 수 있는 게 아니니 거절하지 않으면 좋겠다."

반박을 딱 자르는 말에 율리아나는 입을 다물었다.

아무리 회귀하여 알마예르 후작이 그녀를 경멸하지 않는다고 해도 15년에 걸쳐 쌓인 두려움까지 사라진 것은 아니었다. 율리아나는 가만히 고개를 끄덕였다.

"그럼 쉬거라."

알마예르 후작은 시립해 있던 하녀장과 집사에게 명했다.

"이제 계속 여기 있을 아이니 급한 대로 옷을 구해 오고 알아서 믿을 만한 아이들로 시중을 붙이도록. 엘도 곧 올 테니 엘의 방도 말끔하게 청소해 두고."

"예, 후작님."

"명 받들겠습니다."

빠릿한 하녀장과 온후하게 명을 받는 집사를 확인한 뒤 알마예르 후작은 그대로 미련 없이 방을 나갔다. 그는 방을 나서는 순간 율리아나에 관한 것을 잊었다.

후작이 방을 나가자 하녀장과 집사는 서로 시선을 교환했다.

황녀가 집에서 머무는 것처럼, 아니 그 이상으로 율리아나를 모셔야 한다. 두 사람 사이에 무언의 합의가 이루어졌다.

하녀장이 하녀들에게는 단 한 번도 보여 준 적 없는 다정한 미소를 지으며 율리아나에게 자신을 소개했다.

"그럼 아가씨. 제 소개부터 다시 하겠습니다. 저는 후작저의 하녀장을 맡은 지나라고 합니다."

"저는 후작저의 집사장, 머튼입니다."

"아, 안녕하세요. 저는 율리아나예요. 성은…… 평민이라 없다고 생각했어요."

하녀장은 그 말을 바로 받았다.

"니엘라 아가씨의 따님이시라면 율리아나 알마예르이시지요. 예전에 니엘라 아가씨를 모신 적이 있는데, 시간이 흘러 그 따님까지 모시게 되다니 영광입니다."

"그, 그렇게 존칭으로 말씀하시지 않으셔도……. 편하게 대해 주세요."

"아닙니다. 후작님께서 귀애하시는 조카따님께 어찌 경거망동하겠습니까. 조금 쉬고 계시면 만찬 참석 준비를 해 드리겠습니다. 오늘 만찬에 참여하시는 줄 알았더라면 더 빨리 움직였을 텐데, 제 실책입니다."

"실책이라니, 아니에요. 부담 갖지 마세요."

"상냥하신 아가씨. 그럼 저는 이만 나가서 준비를 하겠습니다. 20분 뒤에 올 테니 쉬고 계셔요."

"네."

"오늘은 제가 도울 부분이 없을 것 같군요. 다만 필요한 게 있으시다면 언제나 저를 편히 생각하시고 불러 주시길 바라겠습니다."

하녀장의 말이 끝나자 집사장 머튼은 깍듯하게 인사를 올리고 방을 나갔다.

탁.

모두가 방을 나가고 문이 닫히자 혼자가 되었다. 율리아나는 저도 모르게 한숨을 푹 내쉬었다.

대체 왜 바뀌었을까? 당황하지 않으려 해도 너무 바뀌어 버린 상황에 진이 다 빠졌다.

"하아……."

아무도 없는 방에서야 그나마 한숨을 돌릴 수 있었다. 얼마간 미동도 하지 않고 누워 있던 그녀는 자신이 머물고 있는 방이 예전에 쓰던 방이라는 것을 깨닫자 문득 어떤 생각이 났다.

"혹시, 그것도 그대로려나? 비밀 일기장."

율리아나는 침대에서 내려와 침대 밑으로 기어 들어갔다. 빗자루가 닿지 않는 깊숙한 곳, 작은 율리아나의 몸집으로 충분히 들어갈 수 있는 그 틈에 버려져 있는 낡은 일기장.

회귀 전, 몸도 정신도 어렸던 율리아나가 너무도 슬퍼서 이 세상에서 사라져 버리고 싶었을 때, 침대 밑에 들어갔다가 발견했던 물건이었다.

"있다!"

먼지와 혼연일체로 뭉쳐 있던 일기장을 꺼내자 공기가 탁해지고 저절로 기침이 나왔다. 눈물이 찔끔 났지만 반가움이 앞섰다.

'이 일기장 덕분에 그나마 내가 버텼던 거야.'

센티넬과 가이드는 주인과 시종이라 불리는 관계다. 심지어 어떤 이들은 시종이 아니라 개라고 부르기도 하지만……. 그러나 이 일기장의 주인은 센티넬과 가이드를 전혀 다른 관계로 생각하는 듯했다.

흔히들 떠올리는 주인과 시종, 메인과 보조라는 구도가 아닌 동등한 관계로 보는 파격적인 시각.

일기장의 주인은, 가이드를 색다른 형태의 센티넬로 보았다.

일반적인 센티넬이 발산형 능력자인 것뿐이고 가이드는 흡수형 능력자인 것이라고 새로운 해석을 했다.

방출계인 센티넬은 방출이 눈에 보이고 방출할 수 있는 힘에 한계가 있기에 제 마음대로 능력을 조절할 수 있는 것처럼 보이는 반면 가이드는 흡수가 눈에 보이지 않고 한계 없이 언제나 흡수하기에 이를 조절할 수 없다고 생각하는 것뿐이라고 했다.

일기장은 일기장이라기보단 연구 논문 초고에 가까웠다.

이 일기장을 처음 발견했을 때는 무슨 말인지 알아듣지 못해서 구석에 처박아 뒀었는데, 나중에 가이드로서 혹사당할 때 이 일기장이 큰 위로가 되었다.

'가이드와 센티넬은 본질적인 차이가 없이 동일한 존재다.'라는, 논리적인 추론에 입각한 가설을 떠올릴 때면 율리아나는 알렉산더를 가이딩하며 비참한 일을 당했을 때에도 견딜 수 있었다.

'그땐 자세히 읽지 못했는데, 이번엔 외울 정도로 자세히 곱씹어 가며 읽을 거야. 관련 논문이 있나 찾아도 보고.'

굳게 결심하는데 똑똑, 문을 두드리는 소리가 들렸다. 율리아나는 손에 쥔 일기장을 어떻게 해야 하나 주변을 둘러보다가 다시 침대 밑으로 기어가서 안에 넣어 두고 나왔다.

"아가씨, 들어가겠습니— 어머! 아가씨, 얼굴이 왜······."

깜짝 놀란 하녀의 말에 주변에 있던 거울을 보았다. 거울 속엔 굴뚝 청소를 한 것처럼 얼굴과 손에 검댕이 잔뜩 묻은 꾀죄죄한 소녀가 있었다.

"물수건으로 많이 닦기는 했지만, 이번엔 제대로 싹싹 씻으셔야겠어요. 자, 욕실로 가요. 뜨거운 물을 받아 놨답니다."

하녀장은 율리아나를 욕실로 데려간 뒤 욕실에 뜨거운 물을 길어 놓고 있던 어린 하녀들에게 말했다.

"하이디, 루시. 아가씨를 깨끗이 씻기고 아름답게 꾸며드리렴."

"네, 하녀장님."

"맡겨만 주세요."

눈을 빛내는 두 사람을 보며 율리아나는 괜히 불안한 마음에 손을 꼭 쥐었다. 걸치고 있던 옷이 순식간에 벗겨지고 뜨겁지만 향기로운 물에 몸을 풍당 담갔다.

"그······. 너무 뜨거운 것 같은데요······?"

"조금만 더 참으세요. 많이 불린 다음에 때를 밀어야 아프지 않게 술술 나온답니다."

생긋 웃는 기 센 하녀들에게 율리아나는 이길 수가 없었다.

그렇게 율리아나는 때 빼고 광내는 변신의 시간을 갖게 되었다.

뽀득뽀득 소리가 날 정도로 깨끗이 씻고 나온 율리아나는 그 뒤로 기나

긴 단장의 시간을 거쳤다. 몸의 수분이 날아가지 않아야 한다며 몸과 머리에 향유를 바르고 손톱 발톱을 깨끗이 다듬는 등.

'처음 이 집에 왔을 때도 이런 걸 했던가? 아니었던 것 같은데.'

회귀 전, 귀족 영애는 손톱 거스러미마저 흉볼 거리가 되는 것을 몰랐었다. 이런 꼼꼼한 케어를 받고 사교계에 나갔다면 비웃음을 덜 샀을까?

'……어차피 지난 일이야. 쓸데없는 생각이야.'

회귀 전에는 알마예르 후작가에 빌붙은, 환영받지 못하는 사생아이자 특이한 여자 가이드에 불과했다. 하녀들의 꼼꼼한 케어 정도로 바뀔 만한 처지가 아니었다.

이번처럼, 후작이 신경 쓰는 조카딸이 된다면 모를까.

'대체 왜 신경 써 주는지는 모르지만, 이것도 잠깐의 변덕일지도 몰라. 괜히 들뜨지 말고 최대한 평정심을 유지하자.'

온몸이 보들보들 촉촉해지자 하녀들은 율리아나에게 부드러운 속옷과 슈미즈를 입혔다. 둘 중 하이디라 불린 하녀가 옷을 가져와 속옷 위로 옷을 입혀 주었다.

급하게 구해 온 기성복이라 발등까지만 가려지는 짤뚱한 드레스였지만 율리아나가 이 나이 대에 입어 본 그 어떤 드레스보다 화려했다.

마치 튤립의 꽃잎처럼 어깨를 감싸는 캡이 달린 반소매 드레스는 열두 살보다는 조금 어린 나이의 소녀를 위해 만들어진 듯 디자인이 약간 유아틱 한 구석이 있었다.

아이 같은 면이 강조된 디자인인 만큼 율리아나를 사랑스럽게 보이게 해 주었다.

살짝 잘록하게 들어가는 허리선 아래로 풍성하게 퍼지는 치맛단이 움직일 때마다 황홀하게 나풀거렸다.

루시는 얼른 그녀에게 하얀 스타킹을 신겨 주고 구두를 내밀었다. 둥근 코의 검은 구두는 깔끔해서 차림을 마무리해 주었다.

율리아나는 하녀가 비춰 주는 거울을 통해 드레스를 입은 자신의 모습을 보았다.

"……."

파란색의 화려한 드레스.

대대로 푸른 한색 계열의 머리칼을 타고나는 알마예르 후작가는 파란색을 상징색으로 쓰고 있다. 후작가의 직계 가족에게 소개되는 만찬 자리에 파란색의 드레스를 입고 간다는 의미를 모를 정도로 율리아나는 둔하지 않았다.

"와, 아가씨. 정말 잘 어울리세요!"

"혹시 어울리지 않을까 걱정했는데, 처음부터 아가씨께 오려던 옷인가 봐요."

파란색에도 다양한 톤이 있어 어울리지 않는 색도 있지만 다행히 지금 입은 드레스는 조금 톤이 다운되어 잿빛이 도는 파란색이라 은발을 더욱 돋보이게 해 주고 있었다.

'……낯선 기분이야.'

너무도 꿈결 같은 순간이다. 아니, 꿈에서조차 감히 바란 적 없는 순간이다. 사생아가 아니라 당당히 가문의 일원으로서 가족에게 소개되는 자리라니.

그렇지만 두근거리는 심장은 곧 빠르게 가라앉았다.

'내가 얻어 낸 건 아니니까.'

스스로 직접 얻은 게 아니라면 갑자기 사라졌을 때에도 항의할 수 없다. 어느 날 갑자기 후작이 태도를 바꿔 싸늘하게 대한다면 고용인들 모두 그녀를 싸늘하게 대할 것이다.

생각해 보니 회귀 전의 삶도 그랬다.

'내가 뭔가를 잘못해서 그런 취급을 받았던가?'

아니었다.

그때도 율리아나는 잘못한 게 없었다. 지금과 마찬가지로.

'결국, 뭐든지 내 손으로 해내야 해.'
율리아나는 주먹을 꽉 쥐며 앞으로의 일을 점검했다.
비앙카가 죽지 않도록 돕고 이후의 삶은 엄마와 행복하게 사는 것만을 목표로 살아야겠다고 다짐하며 단장을 마치던 그때.
똑똑.
하녀들이 뭐라 대답하기도 전에 문이 열렸다. 율리아나는 반사적으로 열린 문을 바라보았다.
"……아."
알마예르 후작과 비슷하지만 더 색이 짙어 거의 회색으로 보이는 잿빛 눈과 검푸르게 물결치는 바다색 머리칼.
휴렌 알마예르였다.
'휴렌……. 오라버니.'
하마터면 소리 내어 부를 뻔한 이름을 목구멍 뒤로 삼킨 뒤 율리아나는 용기를 내어 작은 가시를 세웠다.
"노크 후 바로 문을 여시다니. 제가 옷을 입고 있던 중이었다면 어쩌시려고요?"
하녀들은 깜짝 놀랐다. 율리아나를 오래 봐 온 것은 아니지만 씻길 때부터 몸단장할 때까지 싫은 소리 하나 하지 않아 유순한 줄 알았던 아가씨가 이렇게 날을 세우다니. 물론 휴렌이 잘못한 것이었지만 바로 이렇게 바른말을 할 줄을 몰라서 그녀들은 당황했다.
물론 제일 당황한 사람은 휴렌이었다.
"……미안하군. 이미 준비를 마쳤을 줄로 생각했다."
"거의 끝나려던 참이에요."
두근두근, 심장이 너무 뛴 탓에 율리아나는 자신이 휴렌의 사과를 받지 않았다는 사실도 깨닫지 못한 채 거울로 시선을 돌렸다.
하녀들이 머리를 말리고 인두로 상한 부분을 지지며 컬을 넣어 준 덕에 평소에는 부스스하게 방방 뜨던 머리칼이 차분하게 가라앉아 찰랑거렸다. 하녀들은 옆머리를 땋아 드레스와 한 세트인 머리 리본을 뒤에 달아 준 뒤 휴렌에게 볼일을 보라는 듯 뒤로 물러났다.

문가에서 기다리던 휴렌이 율리아나에게 다가왔다.

저벅.

저벅.

먼지 한 톨 묻지 않은 구두가 카펫을 밟으며 걸어올 때마다 율리아나는 눈을 질끈 감고 싶었다.

휴렌은 그녀를 가장 심하게 혐오하던 인물이다. 아마도 황태자와 절친한 사이였기에 그녀를 더욱 싫어했으리라. 그래서 나쁜 생각만 들었다.

'휴렌 오라버니는 이번에도 날 싫어할 거야. 처음엔 아니어도, 점점 혐오하게 될지도 모르지.'

'오라버니…. 저 너무 힘들어요. 전하께서 저를…!'

'입 닥쳐라. 감히 전하와의 일을 발설할 셈이냐? 그리고 오라버니라니, 그딴 호칭으로 날 부르지 마라. 넌 내 동생이 아니다.'

얼룩덜룩한 멍을 달고 눈물로 휴렌을 찾아도 그는 절대 율리아나를 도와주지 않았다. 그는 율리아나의 손을 잡고 억지로 인도력을 흡수한 뒤에 용건이 끝났다는 듯 그녀를 바닥에 내팽개쳤다.

'오라버니…!'

'사생아 주제에, 황태자의 약혼녀가 되다니. 과분한 위치에 올랐으면 감사할 줄 알아야지. 몸만 취해지고 버림받은 네 어미처럼 될 셈이냐?'

가장 도와주길 바랐던 상황에서 자신을 외면하고 경멸하던 휴렌의 얼굴이 눈앞에서 떠올랐다. 목욕을 해서 따끈해졌던 몸이 손끝부터 차갑게 식어 갔다.

'괜찮아. 그건 없던 일이야. 이미 없던 일이 된 거야.'

율리아나가 속으로 읊조리며 주먹을 꽉 쥐었다. 작은 주먹이 애처로울 정도로 바들바들 떨렸다. 그녀의 지적에 선 휴렌이 그 모습을 보며 생각했다.

'고양이 새끼 같군. 무력한 주제에 발톱을 세우며 바들거리는 게.'

피식 웃음을 짓다가 생각을 바꾸었다.

'무력하니까 발톱을 세우는 건가. 어린애라 그런지 제법 깜찍하게 구는군.'

자신을 지킬 수단이 없으니 그런 식으로라 방어적으로 군 거라면 이해가 되었다. 어린 여자애가 엄마와 떨어진 채 갑자기 환경이 바뀌면 놀라고 긴장할 수밖에 없을 터.

언제나 상냥하고 비굴한 모습만을 보이던 주변 사람들과 다른, 날을 세운 여자애가 휴렌은 그저 신기했다. 그래서 장단을 맞춰 주기로 했다. 단순한 변덕이었다.

휴렌은 최대한 무해하게 보이도록 율리아나의 앞에 한쪽 무릎을 꿇어 시야를 낮추었다. 하녀들이 헉, 숨을 삼켰다.

"아버지, 알마예르 후작께서 내게 너를 만찬장까지 에스코트하라고 명하셨다. 레이디를 에스코트할 영광을 내게 주겠는가?"

그 말에 휴렌의 의중을 몰라서 바들바들 떨던 율리아나를 보며 휴렌이 가르침을 내려 주는 듯 덧붙여 말했다. 아주 무감한 눈으로.

"이럴 땐 그러겠다고 하면 된다."

"……!"

신사다운 척하는 휴렌이 언제든 태도를 바꿔 자신을 경멸할지도 모른다는 두려움에 몸이 떨렸다. 그러나 그의 말을 들으니 자신의 처지를 알겠다.

눈에서 비늘이 벗겨지는 것처럼 세상이 달라 보였다.

'그래. 지금의 나는…… 귀족이지만 어떤 사연으로 평민들 사이에서 살다

온 불쌍한 사촌 여동생이구나. 알마예르 후작이 신경 쓰는. 그러니까 휴렌도 이렇게 잘 대해 주는 거야.'

그러니까, 두려워하지 않아도 돼.

율리아나는 두려움을 삼키듯 침을 꼴깍 삼키고 휴렌을 바라보았다.

'역시. 내게 별생각 없는, 그저 무관심한 얼굴이야. 그저 자신에게 주어진 일을 빨리 마무리하고 싶을 뿐인.'

그렇다면 휴렌이 맡은 그 일을 얼른 끝내 주면 된다.

율리아나는 최대한 떨림을 참으려 애쓰며 작은 손을 내밀어 휴렌의 커다란 손에 올렸다.

휴렌은 아직 17살이었지만 덜 여물었을 뿐, 이미 성인의 체격과 비슷하게 컸다. 그가 율리아나의 손을 잡고 몸을 일으키자 웅크려 있던 산이 일어나는 것처럼 거대해졌다.

율리아나는 움찔 몸을 뒤로 물리려 했다가 꾹 참았다. 그 모습을 보던 휴렌이 눈에 이채를 띠었다.

'평민처럼 자라던 아이라 해서 영 못 쓸 물건일 줄 알았는데. 자존심을 세우는 게 제법 알마예르답군.'

날 때부터 후작의 후계자로서 귀족적인 고고함을 두르고 자란 휴렌은 귀족적이지 못한 귀족을 가장 싫어했다. 아니, 혐오하는 것은 귀족뿐만이 아니었다. 제 본분을 지키지 못하고 제 할 도리를 하지 않고 주제넘게 구는 것들을 모조리 혐오했다. 평민 주제에 오르지 못할 나무를 쳐다보는 짓거리, 상인 주제에 감히 귀족의 자리를 넘보는 짓거리 등등.

그런 엄격한 기준이 있는 휴렌에게 지금 율리아나의 태도는 나쁘지 않아 보였다.

'그래. 아무리 평민 사이에서 자랐다 해도 귀족의 피가 어디 가지는 않지.'

어차피 앞으로 알마예르로서 살아야 할 텐데 비굴한 것보단 이런 자존심이라도 있는 게 나았다.

"그럼 만찬장으로 가도록 하지."

"네."

모르는 사이에 휴렌에게 좋은 평가를 받은 율리아나는 긴장한 채로 만찬장으로 향했다.

휴렌이 알마예르 후작의 설명을 들었다고 해서 다른 이들까지 들었다는 뜻은 아니다.

어차피 알마예르 후작과 휴렌을 제외하면 바이델과 로젤리타, 비앙카밖에 남지 않지만 바이델과 비앙카는 어리기에 굳이 말할 대상이 아니라고 여겼을 터.

그러나 부인이자 후작가의 안주인인 로젤리타에게 아무것도 이야기하지 않은 것은 문제가 있었다.

후작 본인은 아무 문제도 못 된다고 생각했다. 문제라는 인식조차 없었다. 그에게 로젤리타는 그럴 만한 가치가 없었다.

후작은 아직 채워지지 않은 의자를 보며 혼잣말을 했다.

"늦는군."

"아마 아가씨께서 준비가 덜 되셨던 모양입니다."

"여자이기는 하지만 그래도 아이인데 그렇게 오래 걸리나?"

"만찬이 처음이실 테니 하녀들이 그에 맞는 준비를 하느라 그랬을 겁니다."

"그렇군."

그에 맞는 준비라는 것이 정확히는 모르지만 내내 앓다가 이제 눈을 뜬 아이이다. 아마도 뭔가 준비할 것이 많았으리라 여긴 후작은 별말을 덧붙이지 않았다. 그 모습을 보며 로젤리타가 분통을 터트렸다.

귀족들 사이에서 기다림은 일종의 기 싸움과 같은 영역이다. 로젤리타는 시작부터 진 기분을 맛봐야 했다.

"여보. 아무리 그래도 집에 사람을 들이는 일인데 제게 설명은 해 주셔야 하지 않나요?"

"설명하기 위해 이 자리를 만든 것 아니오."

"그 전에 따로 언질을 주셨어야지요!"

"뭐 하러?"

"저, 당신의 부인이에요!"

"새삼 아는 이야기를 늘어놓을 필요는 없는데."

"여보!"

"오는군."

복도에서부터 만찬장을 향해 걸어오는 율리아나와 휴렌. 이미 율리아나를 니엘라의 딸로 강하게 인식하고 있는 알마예르 후작은 귀족 영애답게 꾸민 율리아나가 제 어미와 꼭 닮아 보였다.

니엘라를 꼭 닮은 율리아나와 자신을 꼭 닮은 휴렌의 모습이, 마치 과거 행복했던 시절의 저와 니엘라의 모습과 겹쳐 보였다. 무척, 흡족했다.

'맙소사. 지금 저 애를 보고 웃었어? 비앙카가 태어났을 때도 웃지 않았던 남자가?'

그리고 그런 그의 모습을 본 로젤리타는 무척, 흡족하지 않았다.

* * *

긴 만찬 테이블의 상석엔 알마예르 후작이 앉아 있었다. 후작의 왼편으로 후작 부인 로젤리타가 앉아 있었고 그녀의 옆에 유아용 의자에 앉은 비앙카가 있었다. 후작의 오른편엔 휴렌의 자리를 띄우고 바이델이 앉아 있었다.

'아마도 내 자리는 바이델의 옆이겠지.'

율리아나는 그렇게 짐작하며 휴렌의 에스코트를 받아 테이블 쪽으로 왔다.

'먼저 인사를 하고 앉아야 하나?'

고민하는데 알마예르 후작이 먼저 그녀를 불렀다.

"율리아나. 이쪽으로 오거라."

"……네."

'설마 옆에 세워 인사를 시키려는 건 아니겠지.'

율리아나는 불안한 마음을 누르며 알마예르 후작의 옆으로 갔다. 휴렌은 자신의 자리에 앉았고 대신 후작이 자리에서 일어나서 율리아나를 제 옆에 세웠다.

"내 잃어버린 여동생, 니엘라의 딸 율리아나다. 하나뿐인 조카딸을 찾았으니 마땅히 알마예르의 이름을 주어 보호해야 맞겠지. 로젤리타, 앞으로 율리아나를 딸처럼 돌봐 주시오. 너희도 율리아나와 친동기간처럼 지내도록 해라."

후작이 한 소개말은 율리아나와 모두의 짐작을 뛰어넘었다.

이중에 누구도 후작이 아예 율리아나를 자식과 차별 없이 대우할 작정이라고 선언할 줄 예상하지 못했다.

만찬 홀이 소리 없는 경악에 휩싸였다. 율리아나는 놀라서 후작을 바라보았지만, 후작은 염려 말라는 듯 고개를 끄덕일 뿐이었다.

아까부터 궁금함이 가득한 얼굴을 하고 있던 바이델이 물었다.

"그, 그럼 니엘라 고모님은 어떻게 되신 건데요? 돌아가신 건가요?"

알마예르 후작은 감히 어떻게 그딴 망언을 하느냐는 듯 바이델을 싸늘하게 바라보았다.

"율리아나가 아파서 의사에게 보이느라 먼저 왔을 뿐이다. 엘은 지금 주변을 정리하고 있고 곧 후작저로 올 예정이다."

"그럼 당신 여동생도 후작저에서 머물게 되나요?"

로젤리타의 목소리가 날카롭게 울렸다. 제 자리를 위협받은 짐승처럼 한껏 경계심이 어려 있었다.

"그래. 내 동생이니 당연히 후작저에서 지내야지. 엘이 쓰던 방은 그대로 비어 있으니 당신이 불편할 건 없을 거요."

"쓰던 방이라면……. 설마, 파란 장미방인가요? 그게 여동생의 방이었다고요?"

전통이 오래된 후작저에는 직계 가족이 쓰는 방마다 방의 특징을 딴 별칭이 있었다. 파란 장미방은 대대로 후작 부인이 사용하던 방으로, 장인이 손수 푸른 장미를 그린 실크 벽지가 대단히 아름다워 파란 장미방이란 이름이 붙었다.

가구와 인테리어 역시 파란 장미방이라는 이름에 걸맞은 푸른 계열이었고, 샹들리에마저 푸른색 투어멀린을 사용하여 빛이 들어올 때마다 깊은 바닷속에 들어온 것 같은 기분이 들게 했다.

로젤리타는 후작저에 들어올 때부터 그 방을 쓰고 싶어 했으나 후작은 절대 허락해 주지 않았다. 로젤리타는 자신이 아들을 낳지 못한 후처이기 때문이라고 추측하여 언제나 열패감을 느꼈다.

그런데 그 방의 주인이 따로 있었다니?

'그대로 비어 있었다는 건, 전 부인에게도 주지 않았다는 뜻인가?'

부인들보다 특별하게 여긴 여동생.

로젤리타는 알마예르 후작에게 가장 특별한 여자가 여동생이라는 사실에 기뻐해야 하는지, 패배감을 느껴야 하는지 알 수 없었다.

후작은 혼란스러워 보이는 로젤리타에게 눈길을 거두고 율리아나가 앉을 자리를 살폈다. 바이델의 옆자리. 너무 멀게 느껴졌다. 후작은 시종에게 명했다.

"의자를 가져와라. 내 옆으로."

시종은 빠르게 의자를 가져와 후작의 옆자리에 두었다. 테이블 세팅도 다시 이루어졌다.

후작이 본 적 없는 상냥함으로 율리아나를 챙기는 모습이 후작저 사람들에게 똑똑히 각인되었다.

"편히 먹거라."

"……네. 신경 써 주셔서 감사합니다."

포크를 들던 율리아나는 눈을 부릅뜬 바이델과 시선이 마주쳤다.

'왜 저렇게 노려보지. 낯설지 않은 눈빛이긴 하지만.'

율리아나는 날 선 시선을 그대로 받으며 식사했다. 바이델이 죽일 듯 노려보는 건 익숙했다. 그는 율리아나가 아플 때조차 자신의 용건만이 중요한 사람이었으니까.

'재수 없게 왜 아프고 그래? 아픈 가이드한테서 가이딩을 받으면 운이 나쁘다는 말도 있는데.'

율리아나가 아프거나 말거나 그녀에게서 억지로 인도력을 흡수해 가던 바이델.

가이딩을 해 준 것 때문에 율리아나가 더 아프게 될 걸 알면서도 그렇게 했다. 바이델은 열에 들떠 괴로워하는 율리아나를 보며 침을 뱉듯 말했다.

'차라리 그대로 죽어 버려. 그편이 낫잖아. 황태자 전하나 안젤리카를 위해서도 죽는 게 나아.'

바이델과의 기억을 떠올리던 율리아나는 줄줄이 함께 떠오르는 얼굴들에 입 안 쪽 살을 꾹 깨물며 다짐했다.

'황태자와 안젤리카……. 이번 생에선 절대 엮이지 않을 거야.'

율리아나가 속으로 어떤 생각을 하는지 모르는 바이델은 그저 분노에 타오르는 중이었다.

휴렌은 장남으로서 모든 기대와 지원을 받고 있었고, 비앙카는 하나뿐인 딸로서 귀여움을 받게 될 예정이었다. 사이에 낀 바이델만 아무것도 아니었다.

그래서 후작의 사랑받는 조카딸인 율리아나의 존재는 바이델과 비앙카의 존재를 동시에 위협하는 셈이었다.

아직 여섯 살밖에 되지 않은 비앙카는 아무런 생각이 없겠지만 바이델은 달랐다. 율리아나에게 품었던 호기심과 동정심이 모조리 질투와 분노로 탈바꿈되었다.

사람의 감정에는 총량이 있다. 알마예르 후작의 감정은 총량 자체도 작았지만 자식들에게 주었던 그나마의 감정마저도 대부분 율리아나에게로 쏠렸다는 것을, 애정에 결핍된 아이의 민감한 촉각으로 느꼈다.

'이제 아버지는 내게 일말의 관심도 주지 않을 거야.'

바로 저 여자애 때문에.

바이델은 씨근거리며 억지로 음식을 씹어 삼켰다.

* * *

식사 자리가 끝난 뒤, 2층 방으로 올라가는 율리아나의 뒤로 바이델이 쿵쿵 발소리를 내며 좇아갔다.

억지로 바이델을 무시한 율리아나가 제 방문을 열고 들어가려 하자 바이델이 그녀의 등을 밀치며 자신도 방으로 쑥 들어왔다.

"아!"

거센 힘에 하마터면 앞으로 고꾸라질 뻔한 율리아나가 바이델을 쳐다보았다. 자신을 마음에 들어 하든 말든 상관하지 않으려 했는데 이렇게 찾아와서 시비를 걸다니.

회귀 전의 율리아나였다면 바이델의 이유 없는 분노에도 그러려니 했겠지만 지금은 다르다.

'날 이렇게 미워할 이유가 없잖아. 아버지의 사생아도 아닌데.'

그렇게 생각한 율리아나는 이럴 때 보통의 아이가 할 행동을 떠올렸다.

'보통……. 이럴 때 상대에게 화를 내겠지?'

억지로 미간을 찌푸리며 화를 내려던 찰나, 바이델이 숨을 몰아쉬며 먼저 화를 퍼부었다.

"야! 너 아픈 척 불쌍하게 굴어서 아버지한테 동정을 샀나 본데, 나한텐 안 통해!"

그 말에 율리아나는 어이가 없어졌다. 불쌍하게 굴어서 동정을 사? 다른 사람도 아니고 알마예르 후작에게 동정심 어필이 먹힐 것이라고 보나?

율리아나는 헛웃음을 터트리며 답했다.

"동정을 사려 한 적 없어."

바이델은 위협적인 몸짓으로 율리아나에게 한 걸음 다가서며 눈을 부릅떴다. 바람도 불지 않는데 바이델의 푸른 머리카락이 흔들리는 것을, 율리아나는 눈치채지 못했다.

Chapter 2. 진짜 아버지

"어차피 죽을 거니까 치료하지 말라고 하던 건 뭔데? 불쌍한 척한 거 아냐? 벌써 이렇게 건강해졌으면서! 친척이랍시고 돈 뜯어내려고 온 거면 돈만 가져가고 꺼져! 우리 집에서 썩 꺼지라고!"

"뭐?"

그 말엔 율리아나도 진심으로 화가 났다. 율리아나도 이 집에 오래 있고 싶지 않았다. 끔찍한 기억만 있는 집이니까. 곧 이곳으로 엄마가 온다는 말에 어쩔 수 없이 머무는 것뿐이었다.

작지만 아늑한 진짜 우리 집. 그곳으로 돌아가고 싶었다.

머뭇거리던 율리아나가 억지로 입을 열었다.

"나, 날 여기까지 데려온 건 후작님이거든? 나도 원래 살던 곳으로 돌아가고 싶어."

화를 내자. 화를 내야 해. 그래야 이전 생과 다른 삶을 살 수 있어.

부당한 일에는 화를 내야 한다. 이전 생에서는 그러지 못했으니까.

'내 자신을 바꾸고 싶어.'

율리아나는 눈을 질끈 감고 크게 한 걸음을 내디뎠다.

"나, 나도…… 이 집이 싫어! 엄마만 오면 당장 돌아갈 거야!"

싫어!

싫다는 말을 입 밖으로 냈다. 율리아나는 목에 핏대를 세우며 소리쳤다. 누군가를 향해 이렇게 화를 내는 것은 처음이었다.

'내, 내가 해냈어!'

헉헉, 숨을 몰아쉬며 율리아나는 작게 전율했다. 이전 생에선 미움받을까 봐 싫다는 말 같은 건 절대 하지 못했는데.

'나는 변할 수 있어.'

가슴이 벅차올랐다.

동시에, 바이델은 충격을 받았다. 꺼지라고 한 장본인이지만 정작 이 집이 싫다는 율리아나의 말은 쇼크였다.

어디서 굴러먹다 온 줄은 모르지만, 개국공신 알마예르 가문의 수도 저택보다 화려한 저택은 대공저와 황궁밖에 없을 텐데 이 집이 싫다니. 바이델은 아이답게 그 충격을 분노로 발산했다.

"감히 그딴 소리를 해? 이 집이 싫어? 그럼 당장 꺼져! 싫다는 사람 붙잡지 않으니까 지금 당장 꺼지라고!"

바이델은 얼굴이 시뻘게지도록 고래고래 외치며 발을 굴렀다.

쿵쿵! 커다란 망치로 두꺼운 대리석 바닥을 두드리는 것처럼 큰 소리가 났다.

그때, 율리아나는 온몸에 소름이 돋는 것을 느꼈다.

바이델을 중심으로 주변 공간이 일렁였다. 마치 뜨거운 여름날 열차의 선로가 흔들리는 것처럼 주변이 흔들렸다. 바닥이 기우뚱 기울었다.

'이 느낌은……'

지진을 감지하는 새처럼, 율리아나는 이 기묘한 느낌을 예민하게 감지했다.

'폭주! 황태자 전하나 자이거 대공이 폭주할 때와 비슷해!'

센티넬의 폭주 전조.

뛰어난 가이드로서 센티넬의 폭주를 기민하게 알아차린 율리아나는 한달음에 바이델에게 달려가 그를 와락 끌어안았다.

꼬옥—.

바이델의 몸과 접촉하자 맞닿은 피부를 통해 그의 몸 안에서 무슨 일이 일어나고 있는지 알 수 있었다.

마치 서로의 신경이 연결된 것처럼 생생히 느껴졌다.

"이거 놔! 꺼져! 꺼지라고!"

바이델은 발작하듯 고함을 치고 몸을 버둥거렸다. 율리아나는 온 힘을 다해 자신을 밀쳐내려는 바이델에게 매달렸다.

바이델의 감정이 격렬하게 날뛰자 그의 심장과 혈관 안에 고여 있던 이능이 호응하여 날뛰기 시작했다. 그러나 이능 회로가 제대로 여물지 못한 탓에 밖으로 방출되지 못한 채 바이델의 몸 안을 휘저으며 그를 파괴하려 했다.

'안 돼! 죽지 마!'

이능의 각성은 보통 14살에서 16살쯤, 2차 성징과 함께 온다. 바이델의 나이는 13살. 이르긴 하지만 발현 가능성이 아주 없는 나이는 아니다. 가이딩만 잘해 준다면 이대로 강력한 센티넬로 각성할 것이다.

그에 반해 율리아나는 고작 12살. 원래대로라면 가이딩을 할 수 없는 어린 나이다. 그나마 다행인 것은, 율리아나에게 회귀 전의 기억이 있다는 것.

율리아나는 황태자의 가이드이자 제국에서 가장 강력한 가이드였다.

단 한 번도 그 능력을 제대로 인정받은 적 없었지만.

'남들이 다 보는 앞에서 남자를 가이딩하다니 천박하긴!'

'얼마나 힘이 넘치면 남편이 아닌 남자에게도 가이딩을 해 주겠습니까? 역시 겉으론 음침해 보여도 침대에선 화끈하다는 소문이 거짓이 아닌 듯합니다.'

'저런 음탕한 모습을 전하께서도 아시는 건지…. 저런 여자는 부인이 아니라 정부로 두는 게 딱일 텐데요.'

남들 앞에서 가이딩을 했다가 들었던 뒷담들이 머리를 어지럽혔다. 그러나 율리아나는 고개를 내저으며 집중했다.

'할 수 있어. 아직 어린 바이델의 폭주 따위, 막을 수 있어. 가장 뛰어난 센티넬이라는 자이거 대공과 황태자의 폭주도 막은 나인걸. 집중해, 율리아나!'

율리아나는 눈을 감고 회귀 전, 자신이 가이딩하던 감각을 떠올렸다.

황태자는 제국에서 손꼽히는 강한 센티넬이었으나 자신의 강대한 힘을 제대로 컨트롤하지 못하고 힘에 휘둘릴 만큼 제어력이 부족했다.

그러나 그는 굳이 제어력을 키울 생각을 하지 않았다. 폭주하듯 이능을 쓰고 돌아와도, 언제나 율리아나가 완벽하게 가이딩해 주었으니까.

오히려 황태자는 폭주 직전까지 이능을 쓸 때의 해방감이 좋다며, 일부러 더 날뛰기도 했다.

어린 바이델의 폭주는 황태자의 난폭한 태풍 같은 폭주에 비하면 돌풍조차 되지 못한다.

율리아나는 평정심을 유지하려 애쓰며 몸속의 인도력을 깨웠다. 참전했을 때 발휘했던 인도력에 비하면 미약한 수준이었으나 바이델을 진정시킬 정도는 될 것이다.

율리아나는 눈을 감고 바이델의 폭주를 온몸으로 받아들였다. 그리고 가이딩의 감각을 떠올렸다. 과부하가 온 센티넬의 이능을 제 몸으로 받아들여 진정시킨 뒤 다시 상대에게로 되돌려 주던 그 감각을.

지금 생각하니 가이딩은 마치 정화와 비슷하게 느껴진다.

'정화라니. 일기장에서 말한 흡수의 개념과도 다르네.'

불현듯 일기장의 내용을 생각한 순간, 마치 어떤 계시처럼 침대 밑 일기장에서 읽었던 문구가 떠올랐다.

—센티넬과 가이드는 본질적으로 다르지 않다. 둘의 차이는 이능의 형태
뿐이다. 방출과 흡수.—

그 구절은 마치 절대적인 진리를 말하는 것처럼 확신에 차 있었다. 그러
나 다음 구절은 아니었다. 의식의 흐름에 따라 아무렇게나 휘갈긴 말이었
다. 그러나, 율리아나는 이상하게 그 구절이 지금 선명하게 떠올랐다.

—그렇다면 어떤 가이드는 센티넬로부터 흡수한 능력을 스스로 방출할
수도 있지 않을까?—

왜 하필 바이델의 이능을 가이딩하면서 그 구절이 떠오른 걸까. 율리아나는
폭주하듯 터지는 바이델의 이능을 제 안으로 흡수하며 잠시 고민했다.
'그래. 내가 이 이능을 정화해서 굳이 돌려줄 필요는 없잖아.'
어린 율리아나가 아직 가이드로 발현하지 않았음에도 그의 폭주를 막을
수 있는 이유는 회귀 전의 기억이 남아 있기 때문이다. 그리고 회귀 전 기
억 속에서 바이델은 언제나 그녀에게 폭언을 일삼았다. 어쩌면 율리아나는
바이델의 폭주를 막아 주는 것만으로도 충분히 은혜를 베푼 셈이다.
그렇다면 폭주해서 흘러넘친 이능을 돌려주지 않는 것쯤이야, 별거 아니
지 않을까?
'그래. 한 번 해 보지, 뭐.'
율리아나는 제 몸 안으로 받아들인 이능이 혈관을 타고 심장으로 고이는
것을 느꼈다. 눈을 감고 그 안에서 이능을 순환시켰다. 난폭하게 날뛰던 기
운이 점점 온화하게 가라앉았다. 제 색을 되찾은 그 이능은 주인에게로 돌
아가고 싶어 했다. 자연스러운 흐름이다.

율리아나는 의도적으로 그 이동을 막았다.

'가지 마. 그냥 내 안에 있어.'

모두 막을 수는 없었다. 한 번도 해 본 적이 없어서 반 이상 다시 바이델에게로 흘러 들어갔다.

율리아나는 눈을 질끈 감고 머릿속으로 댐의 문을 막는 이미지를 수없이 떠올렸다.

문을 닫자. 문을 닫자. 이능이 건너가지 못하도록.

쾅!

댐의 문이 닫혔다. 결국 바이델에게 돌아가지 못한 나머지의 힘이 율리아나의 안에 남게 되었다.

'됐다!'

아이의 몸으로 가이딩을 한 탓인지, 아니면 이능을 몸속에 가둔 탓인지 온몸이 땀으로 흠뻑 젖어 있었다. 팔다리에 힘이 하나도 없었다.

"허억…. 허억……."

다리에 힘이 풀려서 그대로 주저앉으려던 순간, 바이델이 반사적으로 율리아나를 끌어안듯 받았다.

"내가 지금……. 아니지, 너 지금 나를……."

반쯤 의식을 잃을 뻔했다가 제정신을 차린 바이델은 혼란스러운 얼굴로 그녀를 보았다.

곧 문을 열리는 소리와 함께 여러 소리가 들렸지만 율리아나는 점점 무거워지는 눈꺼풀을 이길 수 없었다.

다만 지금 무슨 일이 일어난 것인지 제대로 파악하지 못한 채 얼이 빠진 바이델의 얼굴이 너무 바보 같고 우스워서, 웃음을 터트렸다.

"하하……. 바보 같아……."

눈앞이 완전한 암흑이 되었다.

기분 탓일까, 가슴 속에서 푸른 불꽃 하나가 켜진 것만 같았다.

"지, 집사! 아니, 의사! 이봐, 빨리 누구든 당장 오지 못해?"

의식을 잃은 율리아나를 품에 꽉 안은 채, 바이델이 발을 동동 굴렀다. 결국 그는 율리아나를 안아 든 채로 저택 내 의사가 머무는 곳을 향해 달렸다.

센티넬로 태어났다고는 하지만 각성하지 않아 또래 일반인에 비해 좀 더 튼튼할 뿐이었던 바이델은, 이제 축 늘어진 여자아이를 깃털처럼 가볍게 안은 채로 쏜살같이 뛸 수 있었다.

"야, 정신 차려! 나 때문에 죽은 거 아니지? 야!"

바이델은 울 것 같은 얼굴로 율리아나를 불렀다. 바이델의 주변으로 물기가 고이며 부슬비가 내렸다. 그가 지나간 자리가 축축이 젖어 들었다.

이르지만 확실한 각성이었다.

그리고 의사에게 찾아간 바이델이 자신의 품에서 율리아나를 내려놓지 않겠다며 큰 소란을 피운 탓에, 율리아나와 바이델 사이의 사건은 저택 사람들 사이에서 빠르게 퍼져 나갔다.

* * *

바이델의 각성과 율리아나가 그를 잠재웠다는 소문은 당연히 후계자인 휴렌의 귀에도 들어갔다.

일찍부터 후작에게서 물려받은 작은 영지를 경영하고 있는 휴렌은 보던 서류에서 눈을 떼지 않으며 하인에게 되물었다.

"바이델이 각성했다고?"

"각성이 아니라……."

우물쭈물하던 하인이 답했다.

"폭주…에 가까웠던 것으로 보입니다."

"폭주?"

폭주라는 말에 휴렌은 만찬장에서의 바이델을 떠올렸다. 감정적으로 크게 동요하던 모습을 보면 그 뒤에 율리아나와 언쟁을 하다가 폭주했을 가능성이 없지는 않았다.

'그렇다 해도 좀 과하군. 그 여자애가 자존심은 세도 되바라지진 않은 것 같던데.'

휴렌은 저도 모르게 율리아나에게 후한 평가를 했다는 것을 깨닫고 얼른 생각을 철회했다. 선입견을 갖게 되면 제대로 된 판단을 할 수 없게 된다.

'가능성이 있으면 그럴 수 없는 일은 없어.'

센티넬은 선천적인 능력자이기 때문에 각성 전에도 무의식중에 이능을 쓸 수는 있다. 마치 탈피처럼 각성 후에 이능의 진정한 힘을 쓰게 되는 것뿐.

각성 시기가 가까워진 바이델은 가문의 가이드들에게 정기적으로 검진을 받고 있었다.

가이드들이 예상한 바이델의 각성 시기는 아무리 빨라도 내년. 그러니 지금 능력을 쓴 것은 각성이 아니라 폭주가 맞을 것이다.

"피해가 어느 정도지? 율리아나는 많이 다쳤나?"

"피해가… 없습니다."

"뭐?"

말도 안 되는 소리다.

근원 이능은 각성 전 센티넬의 잠재력을 평가하는 척도였고 바이델의 근원 이능은 무척 강해서 그가 각성하면 나라에서 손꼽히는 강력한 센티넬이 될 거라는 예상이 있었다.

그런 바이델이 폭주했는데 피해가 없다니? 그렇다면 근원 이능을 통한 잠재력 측정 모두 잘못되었다는 뜻이다.

'피해가 없다는 말이 설마 다른 뜻인가?'

휴렌이 다른 추측을 내놓았다.

"그럼 가이드의 숙소 근처에서 폭주해서 빠른 대응이 가능했던 건가?"

"아닙니다."

제대로 된 설명 없이 머뭇거리기만 하는 하인을 보며 짜증이 난 휴렌이 싸늘하게 일갈했다.

"내가 이렇게 여러 번 물어야 하나? 처음부터 제대로 설명해."

"아마도 율리아나 아가씨께서…… 가이드이신 것 같습니다."

"……!"

생각도 못 했다. 율리아나가 가이드라니.

'아니. 율리아나가 가이드여도 그럴 수는 없어. 그 아이는 아직 12살밖에 안 되었는걸.'

그렇지만 아무리 말이 되지 않아도 이미 일어난 일은 부정할 수 없다. 휴렌은 침착하게 되물었다.

"그 아이가 바이델의 폭주를 막았나?"

"네. 직접 목격한 사람은 없지만……. 정황상 그런 것으로 보입니다. 각성한 바이델 도련님께서 의식을 잃은 율리아나 아가씨를 안고 의사의 거처로 쳐들어갔다고 합니다."

가이드가 진정시키지 않는다면 폭주한 센티넬이 그렇게 금방 멀쩡해질 리 없다. 의사를 불러 자초지종을 물으면 바로 나오는 일에 대해 하인이 거짓말을 했을 리도 없다.

다만 짜증이 나는 부분은.

"그래. 네가 쉽게 말을 꺼내지 못한 걸 이해한다. 다만, 다시는 내가 두 번 묻게 하지 마라."

휴렌이 목소리에 기운을 담아 말하자 하인이 덜덜 떨며 새파래진 얼굴로 꾸벅 인사했다.

"네. 시정하겠습니다."

"그만 나가 봐."

하인이 나가자 휴렌은 의자 등받이에 몸을 기댄 채 천천히 고민했다.

'율리아나가…… 가이드라.'

알마예르는 센티넬 가문이다. 일반인이 태어나는 경우가 있어도 가이드가 태어나는 경우는 없다. 가이드와 혈통이 섞이지 않았다면.

'친부가 가이드인가. 대체 누구지?'

평민 가이드일 가능성도 있지만, 만약 귀족 가이드라면?

제국에서 가이드는 재산처럼 취급된다.

카를 제국에서 가이드인 동시에 귀족으로 인정받는 경우는 발라고프 백작가 출신뿐이다.

발라고프 가문은 카를 제국 본토 출신 가문이 아닌, 지금은 마족에게 점령되어 사라진 옛 왕국 출신의 귀족 가문으로, 특이하게도 가이드를 많이 배출하는 가문이었다.

그들이 살던 왕국은 센티넬과 가이드의 관계가 카를 제국과 달리 수평적이었다고 한다. 아니, 수평적인 것을 넘어서 관계가 역전되었다고 볼 수 있다. 가이드를 센티넬들에게 평화를 주는 존재로 인식하고 소중히 여겼다고 전해지니까.

물론 그 주장을 카를 제국의 센티넬 귀족들은 말도 안 되는 헛소리라고 치부하였지만 발라고프 가문 출신의 가이드들은 평민 가이드들과는 비교할 수도 없이 뛰어난 인도력을 지녔기에 감당하기 힘든 이능을 지닌 센티넬들은 발라고프와 혼맥을 이었다.

그리고 발라고프는 카를 제국의 귀족들이 가이드를 꺼리는 것을 이용하여 태어난 아이가 가이드일 경우에는 발라고프로 되돌려 받았다. 물론 상대 센티넬 가문에서도 흔쾌히 허락했다. 카를 제국에서 가이드 귀족은, 애물단지일 뿐이니까.

'설마 고모님께서 발라고프와……. 아냐, 이건 너무 비약이지. 평민 가이드와 정을 통해서 아이를 낳았을 수도 있어.'

만일을 대비해 모든 가능성을 열어 둬야 한다.

휴렌은 제 서재와 연결된 작은 방에서 업무를 보던 보좌관을 불러 명했다.

"율리아나에 관한 이야기가 가문 밖으로 새어 나가지 않도록 하인들의 입단속을 철저히 해라."

"이를 말씀입니까. 후작님께서 귀애하시는 아가씨라 다들 몸을 사리고 있습니다."

귀애하는 아가씨.

후작이 조카를 딸보다 귀애하는 것은 고용인들의 눈에도 확실해 보였다.

후계자인 휴렌은 아버지의 총애 따윈 개의치 않았지만 바이델은 달랐다. 그리고 총애에 목매는 사람이 바이델뿐만이 아니라는 것도 잘 알았다.

"어머니의 상태는 어떠시냐?"

"마님께서는… 아가씨께서 오신 뒤로 격양되어 있으신 편이나 큰 문제는 없어 보입니다."

"그래. 오늘 일은 여기까지 하고 이만 가서 쉬도록."

휴렌은 서류를 정리한 뒤 바이델의 방으로 향했다. 그러나 방에 바이델은 없어서 지나가던 하녀를 붙잡아 물었다.

"바이델은?"

"아가씨의 방에 계십니다."

"아가씨?"

"아, 율리아나 아가씨입니다. 비앙카 아가씨는 아기님으로 더 많이 부르던 탓에……. 죄송합니다."

"쯧, 호칭 실수라니. 어머니 앞에서 조심하도록 해라."

휴렌은 하녀를 꾸짖은 뒤 율리아나의 방으로 갔다. 노크를 하고 조금 기다렸다가 문을 열자 율리아나의 침대에 얼굴을 묻고 있는 바이델이 보였다. 주변에 물안개가 자욱했다.

"바이델."

"형!"

고개를 든 바이델의 얼굴이 붉었다. 휴렌은 고용인들에게 대하던 태도와는 달리 제법 다정히 물었다.

"각성했다면서. 몸은 괜찮으냐?"

일부러 폭주가 아닌 각성이란 단어를 골라 썼지만 바이델은 그런 휴렌의 배려를 인지하지 못했다. 그의 신경은 온통 율리아나에게 쏠려 있었다.

"괜찮아. 괜찮은 정도가 아니라 오히려……."

바이델은 율리아나 쪽을 보고 입을 꾹 다물었다가 조심스럽게 말문을 열었다.

"몸이, 너무 개운해. 가이딩을 받으면 원래 이래?"

"가이드와 상성이 맞지 않으면 오히려 불쾌할 때도 있다."

"그럼 저 애가……."

'나와, 상성이, 잘 맞는 거네.'

묘한 만족감이 들었지만 핏기 없는 율리아나를 보자 죄책감이 들었다.

자신이 화를 내다가 폭주해 버리는 바람에 이렇게 됐다. 아팠다가 침상에서 일어난 지 얼마 되지 않은 애인데.

바이델은 눈을 내리깔며 말했다.

"내내 몸 안에서 굴러다니던 돌덩이가 치워진 것 같아. 센티넬이 아닌 사람들은 다들 이렇게 사는 거야?"

"……."

휴렌 역시 평생 센티넬이었기에 일반인들의 삶을 알 방법은 없었다.

"글쎄."

바이델이 힘없이 늘어진 율리아나의 작은 손을 꼭 쥐었다. 손을 쥔 것만으로도 옅은 인도력이 흘러들어 와 기분이 나아졌다. 폭주하느라 힘을 썼는데도 피로하지 않았다.

그리고, 뭔가 이상했다.

'왜…… 낯설지 않지?'

분명 처음 본 낯선 손일 텐데, 그 손가락 사이사이로 깍지를 끼고 손바닥을 비비며 충만감과 안도감을 느꼈던 적이 있던 것만 같다.

'무슨 미친 생각을 하는 거야. 앤 사촌이라고. 사촌 동생.'

도리도리, 세차게 고개를 내젓는 바이델을 보며 휴렌이 한숨을 쉬었다.

"율리아나는 쉽게 깰 것 같지 않구나. 너도 네 방으로 가서 쉬고 내일 율리아나가 깨어나면 고맙다고 해라."

"알았어, 형."

"나는 이만 가마."

방을 나가며 휴렌은 뒤를 다시 돌아보았다. 바이델은 뭔가에 홀린 듯 율리아나만 뚫어져라 바라보고 있었다.

'폭주를 막아 준 가이드라서 애틋한 걸까.'

센티넬 중에서 상식 이상으로 자신의 가이드를 소중히 여기는 사람들이 있다고 했다.

가이드는 대체 가능한 소모품인데 그런 비이성적인 감정을 갖는 게 이해가 되지 않았다.

휴렌은 제 동생 바이델이 그런 분별없는 센티넬이 될까 걱정이 되었다.

"이럴 때 아버지는 대체 어딜 가신 거지."

만찬이 끝나자마자 다시 외출한 후작을 떠올리며 휴렌은 한숨을 쉬었다.

완벽한 후계자가 되기 위해 최대한 아버지의 행동 양식을 떠올려 똑같이 행동하며 가문을 다스리고 영지를 경영하고는 있지만, 아직도 아버지의 생각과 행동을 다 이해할 수가 없었다.

'직접 가르쳐 주시면 좋을 텐데.'

아쉬움을 삼키며 휴렌은 제 방으로 돌아갔다.

* * *

율리아나는 꿈을 꾸는 중이었다.

처음으로 알렉산더의 폭주를 저지했던 때의 꿈이었다.

황태자의 막사에서 며칠간 머물며 알렉산더의 폭주를 온몸으로 막고 난 뒤, 알렉산더는 다시 전투지로 떠났다.

급하게 오느라 하녀도 데려오지 못했던 터라 율리아나는 막사에서 홀로 만신창이가 된 몸을 수습했었다. 다리 사이에서 흐른 피를 닦고 멍든 몸에 연고를 발랐다.

가족에게 가이딩할 때는 이런 적이 없었다. 당연했다. 알렉산더는 율리아나가 처음으로 가이딩한, 가족이 아닌 센티넬이었다.

황태자가 이능을 과도하게 써서 폭주할 정도로 치열한 전쟁이었던 탓에 율리아나를 살뜰히 보살펴 줄 잉여 인력은 없었다. 그나마 황태자의 막사였기에 율리아나는 시동이 놓고 간 물로 세수하고 몸을 씻었고 들고 온 가방에서 그나마 화려한 옷을 꺼내어 입고 막사를 나섰다.

황태자의 막사는 부대 안쪽 가장 안전한 곳에 있었지만 그렇다고 조용하진 않았다. 시끄러운 막사에서 우두커니 앉아 있기엔 마음이 불안했다.

율리아나는 현재의 상황을 듣고 조금이라도 도움이 되기 위해 근처를 돌아다니다가 부상병들을 모아 둔 천막을 발견했다.

"아윽! 아악!"

"폭주 직전입니다! 모두 대피하세요!"

"대피보다 사살 쪽이 아군의 피해가 적습니다. 안타깝지만……!"

천막 안에서 기사들이 다친 기사를 질질 끌고 나오는 모습이 보였다. 허리춤에 찬 검이 철컹철컹 무거운 쇳소리를 냈다.

'폭주하기 전에, 죽이려는 걸까.'

나라면 폭주를 멈출 수 있잖아.

"제, 제가 가이딩할게요!"

생각이 끝나기도 전에 말이 먼저 나갔다.

"예? 당신은…… 가이드 부대도 아니고, 귀하신 분이 아니십니까."

센티넬과 가이드이기 전에 계급의 격차가 있었다. 아무리 수수하게 입었다고는 하나 율리아나는 누가 봐도 고위 귀족가의 영애로 보였다.

"제가 도울 수 있어요. 돕게 해 주세요."

"그렇지만……."

말단 기사는 잘 알지 못하는 윗분의 가이드가 일반병을 가이딩하게 내버려 뒀다가 자신이 큰 화를 입을까 봐 걱정했다. 율리아나는 머뭇거리는 상대에게 속삭였다.

"대신 비밀이에요. 걱정하시는 것처럼 제가 다른 사람에게 가이딩을 해 주었다는 사실이 알려지면 안 되니까요."

"알겠습니다. 그럼…… 동료를 부탁드립니다."

율리아나는 그대로 기사의 손을 잡고 가이딩했다.

제국에서 손꼽게 강한 황태자의 폭주도 막았던 율리아나다. 기사단장이면 모를까, 고작해야 평기사의 폭주를 막지 못할 리가 없었다.

얼마 안 되는 인도력이 빠져나가 기사의 폭주를 저지했다.

폭주를 멈춘 기사가 금세 제정신을 차리고 자신의 생명의 은인을 보고 절을 했다.

"가, 감사합니다!"

"존함을 알 수 있을까요? 은인의 이름을 알고 싶습니다."

"……."

율리아나는 입술을 달싹거리다가 답했다.

"율리아나예요. 그것만 말씀드릴게요. 굳이 보답하시려고 할 필요는 없어요. 보답하고 싶으시다면 신전에 봉헌물을 올려 주세요. 그럼 이만."

꿈을 통해 과거의 일을 본 율리아나는 깨달았다.

그래. 나는 가이딩하는 걸 좋아했어. 그래서 사람들이 욕하는 걸 알면서도 전쟁터에 나갔어.

'왜냐하면……. 내가 잘하는 거였으니까.'

그리고, 사람들을 구할 수 있었으니까.

나같이 사랑받지 못하는 사람도 남의 생명을 구할 수 있다는 사실이 너무 기뻤으니까.

율리아나의 의식이 과거이자 이제는 오지 않을 미래가 된 전쟁터를 떠났다. 깊은 물에서 빠져나오듯 잠에서 깼다.

눈을 뜨자 낯익은 천장이 보였다. 침대 밑엔 가이드와 센티넬이 동등하다는 말이 적힌 일기장이 있을 것이다.

'이번 생엔 황태자의 전속 가이드가 되진 않을 거야. 그렇지만 가이드로서 활동하고 싶어.'

이전 생에서는 황태자의 가이드로서 전쟁에 나갔다. 이번 생에는 어떻게 전쟁에 나가야 할까? 고민하던 그녀의 머릿속에 꿈속 기사가 했던 말이 떠올랐다.

'당신은…… 가이드 부대도 아니고, 귀하신 분이 아니십니까.'

'맞다. 가이드 부대!'

가이드로만 이루어진 발라고프의 가이드 부대가 있었다!

일반적인 센티넬 가문에 속한 가이드들과 달리 발라고프에서 편성한 가이드 부대는 대단한 전력으로 취급받았다.

게다가 발라고프 백작가는 가이드 가문이라서, 평민 가이드조차 소모품 취급하지 않는다고 들었다.

'가이드 부대에 나도 들어갈 수 있을까? 아니. 들어갈 수 없다고 해도 들어가겠어.'

엄마와 비앙카를 살리는 것 외에, 새로운 목표가 생겼다.

이제야 진짜 새 삶을 사는 기분이었다.

두근거리는 마음으로 이런저런 계획을 세우고 있는데, 율리아나의 손을 잡고 있던 바이델이 천천히 눈을 떴다.

"어?"

율리아나의 하늘색 눈과는 달리 어두운 곳에선 보랏빛으로 보이는 파란 눈에 초점이 생겼다.

깜빡깜빡, 눈을 감아 율리아나를 본 바이델이 그 자리에서 펄쩍 뛰며 소리를 질렀다.

"야, 너! 너 미쳤어?"

"……으, 귀 아파."

빽 내지르는 소리에 귀가 아프다 하자 바이델의 소리가 급격하게 작아졌다. 소곤소곤 말하는 것 같았지만 그래도 화가 난 듯 외치는 어조였다.

"너 미쳤냐고. 센티넬의 폭주가 얼마나 위험한 건데 거기서 도망도 안 가고 나를 막아? 죽고 싶어 환장했어?"

"……그러게 누가 폭주하래? 아니면 일부러 폭주한 거야? 나를 죽이려고?"

"뭐, 뭐? 그럴 리 없잖아! 원래 내 각성은 최소 1년 뒤였다고!"

그 말에 율리아나가 바이델이 잡고 있던 손을 빼내고 불퉁하게 팔짱을 꼈다.

"그럼 네 말은, 내가 각성이 1년이나 남은 널 일부러 폭주시켰다는 거야?"

"그런 뜻이 아니잖아! 내가 폭주하는 걸 알았으면 바로 도망갔어야지! 아무리 네가……."

가이드라고 해도.

뒷말은 삼켰다. 이게 억지라는 걸 바이델도 알고 있었다.

알마예르 후작가는 대대로 강력한 이능을 가졌기에 가이드들은 보통 그들의 힘을 진정시키는 것에 많은 인도력과 심력을 쏟는다.

지금도 저택에는 상주 가이드가 세 명이나 되지만 그들은 후작과 휴렌의 힘을 가이딩하며 진이 다 빠진 상태. 아직 바이델이 각성 전이기에 정기적으로 그의 상태를 체크하고 있지만 그의 각성을 두려워하고 있을 정도였다.

어렴풋이 느껴지는 힘만으로도 너무 강력해서, 도저히 세 명으론 감당이 안 된다며 가이드를 증원해 달라며 눈물로 호소하고 있던 상황이었다.

그런데 이제 고작 12살이 된 어린 가이드가 바이델을 감당할 수 있으리라고 그 누가 생각할 수 있을까.

'맞아. 일반적인 상황이라면 죽었을 거야.'

바이델은 묘한 얼굴로 율리아나를 보았다. 젖살이 통통한 소녀의 얼굴. 아직 몸이 다 회복되지 않았는지 얼굴이 창백하게 질려서 그저 여려 보이기만 했다.

'무서웠을 텐데……. 도망가지 않고 나를…….'

바이델은 입 안쪽 살을 깨물며 물었다.

"왜 도망 안 갔는데?"

율리아나는 한숨을 내쉬었다. 바이델의 폭주를 막던 때가 생생히 기억났다. 내버려 둘 수도 있었다. 아니, 가문 내 가이드들이 와서 가이딩했다면 죽지 않았을지도.

그렇지만.

그대로 내버려 둘 수 없었다. 그래서 솔직히 말하기로 했다.

"몰라."

"뭐?"

"나도 몰라. 근데 그냥 두고 가면…… 안 될 것 같았어."

"……."

율리아나는 표정 관리를 했다. 아무것도 모르는 어린애처럼.

사실은 폭주를 진정시킬 자신이 있었다고는 말할 수 없으니까.

"……고맙다."

율리아나는 자신이 잘못 들었나 귀를 후볐다. 그렇지만 귀는 멀쩡한 것 같다.

"뭐?"

"귀가 막혔어? 난 두 번 말 안 해!"

바이델이 새빨개진 얼굴을 팩 돌리며 발을 쿵쾅거리며 방을 나갔다.

아니, 나가려다 다시 돌아왔다.

"갖고 싶은 거 있으면 생각해 둬. 알마예르는 은원을 갚으니까."

고맙다고? 그리고 내게 갚겠다고? 율리아나는 얼떨떨한 얼굴로 바이델을 봤다.

'너 정말 미친 거 아니야? 당연히 너 따위보다 안젤리카를 훨씬 더 좋아하지! 아니, 너보다 싫어하는 사람 같은 건 이 세상에 없어!'

'너 같은 년 때문에 어머니와 비앙카가 죽은 이후부터! 네가 죽기만을 기도해 왔다고!'

젖살이 남아 있는 어린 얼굴 위로 악에 받쳐 외치던 다 큰 바이델의 얼굴이 흐릿하게 겹쳐졌다. 그 경멸 어린 얼굴은…….

'나중에 무슨 일이 생기면 나를 그런 눈으로 보게 될까?'

어린 바이델이 보내는 호의를 순수하게 받아들일 수 없었다. 비록 이미 회귀 전과 많은 것이 달라졌지만 그렇다고 다시 진창으로 굴러떨어지지 않으리란 보장이 어디 있는가.

오히려 자신의 그 비참했던 처지가 이렇게 쉽게 좋아질 것이었다니, 허무함이 엄습했다.

'차라리 지금이라도 벌레를 보는 얼굴을 하면 걱정하지 않을 텐데.'

무슨 비관적인 생각이람. 어쨌거나 좋은 인상을 남겼다면 다행인 거지. 율리아나의 얼굴로 씁쓸한 미소가 떠올랐다.

* * *

며칠 뒤. 내내 푹 쉬자 율리아나도 자신이 멀쩡하다고 느꼈다. 심지어 저택에 온 이후로 잘 먹고 잘 자서인지 오히려 지금이 이전보다 훨씬 건강하게 느껴질 정도였다.

주치의도 몸에 이상이 없다고 했고 가문의 가이드 역시 율리아나가 인도력이 조금 부족한 것 외에는 이상이 없다고 확인해 주었다.

인도력은 서서히 차오르는 힘이라 딱히 인위적으로 회복을 돕는 방도도 없다. 그저 시간이 약이다.

'사실 그 인도력도 약간…… 숨긴 거지만.'

일기장에서 센티넬과 가이드가 본질적으로 같다는 말을 본 이후로, 인도력도 이능처럼 숨길 수 있을까 실험해 보았다. 그 결과, 가문의 가이드들은 율리아나의 잠재력을 제대로 평가하지 못했다.

성공이었다.

"일어났다며?"

율리아나가 일어났다는 이야기를 들은 바이델이 방으로 찾아왔다.

율리아나는 씻고 간단하게 아침을 먹은 뒤 하녀들이 해 주는 단장을 받고 있었다.

대단한 단장은 아니었다. 빗으로 머리를 빗겨 주고 거친 피부에 로션을 발라 주는 정도의 일이다. 회귀 전에도 받았던 시중이지만 이상하게 그때보다 지금이 훨씬 더 정성이 가득한 손길처럼 느껴져서 기분이 묘했다.

"단장 중이니까 나가 줄래?"

바이델은 율리아나를 흘깃거리다가 코웃음을 쳤다.

"꼬맹이 주제에 여자 같은 말 하지 마."

"여자 맞거든?"

"나한테 여자로 보이고 싶어?"

"뭐?"

말도 안 되는 소리로 율리아나의 말을 막은 바이델은 뻔뻔하게도 남의 방 소파에 드러누워서 데굴데굴 굴러다녔다. 마치 말썽 피우는 것이 제 일인 줄 아는 새끼 고양이 같았다.

하녀들은 율리아나의 머리칼에 꿀과 아몬드 오일을 섞어 바른 뒤 두 갈래로 땋아 내렸다. 이렇게 계속 관리해 주면 거친 모발이 매끄럽게 흘러내리게 될 것이다.

째릿, 바이델이 눈치를 주자 할 일을 마친 하녀들이 방을 나갔다. 물론 방문을 완전히 닫지는 않았다. 아무리 두 사람이 사촌지간이고 나이가 어리다 해도 남자와 여자기 때문이다. 특히 백작 이상의 귀족들은 사촌 간의 결혼이 가능했기에 조심해야 했다.

정작 율리아나와 바이델은 서로를 이성으로 의식하고 있지 않았지만.

데굴데굴. 소파를 구르던 바이델이 물었다.

"그래서 갖고 싶은 거 생각했어?"

"이미 말했잖아. 딱히 없어."

"괜히 체면 차릴 거 없어. 알마예르의 차남의 목숨을 구하다니, 뭘 요구해도 다 들어줄 테니까."

"정말 없다니까?"

"……정말? 정말 없어?"

"없어!"

"말도 안 돼! 갖고 싶은 게 없는 게 말이 돼?"

바이델은 지금 당장 갖고 싶은 걸 말하라고 하면 5초 안에 10가지도 댈 수 있었다.

우선 율피 공방에서 선보였다는 새 단검을 갖고 싶었고, 파르스 말을 품종 개량했다는 조랑말도 갖고 싶었다.

물론 율리아나가 이런 종류의 물건을 갖고 싶어 한다면 현재 통장 잔고로는 어려우니 아버지에게 말하여 자금을 융통해 와야 하긴 했다. 그래도 차남의 목숨 값으로 치면 문제될 건 없다. 개인적인 선물 외에 가문으로부터 따로 포상을 받아야 할 일이니까.

그런데 갖고 싶은 게 없어? 그건 말이 안 된다.

"드레스든, 인형이든! 갖고 싶은 게 있을 거 아냐!"

바이델이 발을 구르며 신경질을 내자 그 입을 다물게 하기 위해서라도 고민하던 율리아나는 한 가지 하고 싶은 걸 생각해 냈다.

"책."

"어?"

"책이 갖고 싶어."

"아니, 뭔……. 책이 여기서 왜 나와."

책과 공부는 떼려야 뗄 수 없는 사이 아닌가. 공부를 그다지 좋아하지 않는 바이델은 어이가 없었지만 일단 갖고 싶다니까 물어는 봤다.

"무슨 책? 동화책? 그림책?"

"생각해 둔 건 아직 없어. 직접 보고서 고르고 싶어. 아, 여기는 서점이 있지? 내가 있던 동네에는 서점이 없었거든."

서점도 없는 동네라니. 대체 어느 촌구석에 처박혀 살았단 말인가.

'고모님은 왜 얠 데리고 시골에서 산 거야?'

이해가 되지 않는 부분이었으나 어른들의 사정이 있을 테니 접어 두었다. 어차피 눈앞의 율리아나도 딱히 아는 것은 없어 보였기 때문이다.

불쌍하다는 생각도 들고, 우월감이 들기도 해서 바이델은 이 시골 촌뜨기에게 시내 구경을 시켜 주기로 마음먹었다.

"그래! 어려운 것도 아닌데 뭐. 가자, 서점."

율리아나의 눈이 동그랗게 뜨였다. 깨끗한 하늘색 눈이 바닥까지 비쳐 보일 정도로 맑았다.

"같이 가 주게?"

"그럼 너를 혼자 보내리?"

핀잔을 준 바이델은 소파 위에서 늘어져 있던 몸을 둥글린 뒤 튀어 오르듯 바닥으로 착지했다. 고양이처럼 유연하고 무용수처럼 우아한 몸짓이었다.

폭주한 뒤 힘을 발산하여 자연스럽게 몸의 감각이 넓어진 터라 그의 움직임 하나하나가 비범했다.

바이델은 제 몸을 만족스럽게 내려 보다가 율리아나를 보며 샐쭉 웃었다.

"집사에게 말해 둘게! 준비해."

"지금 당장 가게?"

"딱히 할 일이라도 있어?"

"그건 아니지만……."

"그럼 빠른 게 좋지. 그리고 서점은 하나가 아니라 여러 군데 있으니까 오늘 안에 다 못 고를 수도 있어. 며칠간 구경하면서 골라도 돼."

자기가 서점 주인도 아니면서 으스대는 꼴이 우스웠지만 율리아나는 고개를 끄덕였다.

어린 바이델은…… 생각보다 어린애다웠다.

폭주에서 구해 줘서일까. 명백히 자신에게 호감을 드러내는 얼굴을 볼 때마다 기분이 묘했다. 기쁨과 절망이 하나로 뭉쳐 일렁이는 것만 같았다.

'됐어. 깊이 생각하지 말자. 엄마만 오면 떠날 거니까. 그전까지는 잘 지내도 되겠지.'

바이델과의 외출을 가볍게 생각한 율리아나는 생각 없이 하녀들에게 물었다.

"바이델과 외출하려고 하는데 적당한 옷이 있을까요?"

율리아나는 몰랐다. 율리아나에게 제대로 줄을 대기 위해 하녀들이 '지금이 바로 내 능력과 센스를 보여 줄 때!'라고 생각하여 그녀를 옷 갈아입히기 지옥에 가둘 줄은.

"아가씨, 이 개나리색 드레스는 어떠세요?"

"이 올리브색 드레스는요? 머리색과 잘 어울리실 것 같아요."

"빨간 리본은 어느 드레스에든 다 잘 어울린답니다."

"머리를 땋는 건 어떨까요? 제가 손재주가 좋아서 인두를 쓰지 않아도 예쁘게 정리할 수 있어요."

"어……. 그냥 서점 구경을 가는 거예요. 그렇게 신경 쓰실 필요는 없어요."

"보여드린 드레스들은 파티용 드레스도 아닌걸요. 나들이 갈 때 예쁜 옷을 입고 나가면 기분이 좋아지니까 보시기에 예쁜 걸 고르시면 된답니다."

"……그럼 이 드레스로."

수없이 드레스를 대 보다가 지친 율리아나가 고른 건 발목보다 살짝 위로 올라가는 올리브색 나들이 드레스였다. 걸을 때마다 드레스 밑으로 상앗빛 스커트 자락이 보이도록 고안된 사랑스러운 디자인이었다.

루시가 앞에 둔 검은빛에 가까운 가죽 구두를 신는 사이 하이디는 율리아나의 머리를 풀었다.

땋았던 머리를 풀고 손으로 살살 풀어 내리자 발라 두었던 꿀과 오일이 어느 정도 흡수되어 윤기가 자르르하게 흘렀다. 평생 관리해 오던 머릿결과는 비교할 수 없지만 그래도 임시방편은 되었다.

하이디는 숱 많은 머리칼의 반을 올려 묶은 뒤 그 위로 붉은 리본으로 마무리를 했다. 자연스럽게 구불거리는 머리칼에 붉은 리본이 포인트가 되었다.

하이디와 루시가 먼저 율리아나를 모신 탓에 잡일밖에 하지 못하게 된 다른 하녀들은 큰 거울을 가져와 모습을 비춰 주었다.

율리아나는 거울 속 자신의 모습을 새삼스럽게 바라보았다.

사랑을 듬뿍 받는 귀족 영애처럼 보였다.

"……."

회귀 전이 떠올랐다.

황후의 자리는 이미 오래전부터 비어 있었다. 황태자의 약혼녀가 된 순간부터 율리아나는 후작 영애가 아니라 제국에서 제일 높은 자리에 설 여인이 된 셈이었다.

실제 취급이 어떻든, 꾸밈만큼은 최고로 제공되었다. 화장, 드레스, 장신구, 구두 모든 것들이.

그래도 당당했던 적은 한 번도 없었다.

가장 화려하게 꾸미고 있었지만 가장 초라했다. 누구의 사랑도 받지 못하는 처지였으니까. 누구의 환영도 받지 못하는 처지였으니까.

그렇지만 지금은 달랐다.

평범한 나들이 드레스에 보석 하나 없는 리본 끈.

귀족이 아닌 부유한 상인의 자식도 이 정도로는 꾸밀 수 있다는 걸 안다. 그렇지만 율리아나는 회귀 전보다 훨씬 당당했다.

'지금의 나는 알마예르의 사생아가 아니니까.'

회귀를 했다 해서 씨를 준 아버지가 바뀌지는 않았을 텐데 어째서 지난 생은 후작의 조카가 아니라 사생아로 소개되었는지는 모르겠다.

그러나 이전처럼 살지는 않을 것이다.

'죄지은 것도 없는데, 죄인처럼 살지 않을 거야.'

율리아나는 거울 속 자신의 얼굴을 보았다. 사랑받고 자란 소녀처럼 보인다. 아니, 그게 맞다.

지금의 율리아나는 엄마의 사랑을 듬뿍 받고 자랐고, 엄마를 잃기는커녕 돈 많은 외삼촌과 사촌이 셋이나 생긴 소녀니까. 한 번도 상처받지 않은 상태일 테니까.

'지금 이 모습을 지키자. 내가 나를…… 지키는 거야.'

율리아나는 거울 속 자신에게 '내가 꼭 나를 지킬게.'라고 다짐하며 거울 앞을 떠나 방을 나갔다.

문 앞에는 바이델이 자신의 수행원과 함께 그녀를 기다리고 있었다. 바이델은 율리아나를 보고 놀란 듯 눈을 크게 떴다가 헛기침했다.

"흠, 흠. 그렇게 꾸미니까 꽤 봐 줄 만하네."

그리고 손을 내밀었다.

"가자."

"……응."

율리아나는 바이델의 손을 잡는 대신 그의 팔뚝을 잡았다. 아무리 그래도 바이델과 필요 이상으로 친해지고 싶지는 않았다.

바이델은 제 팔뚝을 잡는 율리아나를 살짝 노려보다가 흥! 콧방귀를 뀌고 집사가 준비해 마차로 갔다.

얼마 지나지 않아 율리아나와 바이델이 탄 마차가 시내로 나갔다. 율리아나는 마차 창문을 통해 시내까지의 전경을 구경했다.

'와. 아직 발전이 덜 됐구나.'

이전 생에는 저택의 구박데기였기 때문에 성인이 되기 전까지 외출을 거의 하지 못했다. 그래서 기억하던 시내의 모습과 지금 시내의 모습이 달라서 신기했다.

'아, 저기. 엄마가 오면 저 주택 지구에서 살자고 할까? 나중에 개발이 되는 곳이니 미리 사 두면 비싸게 차익을 남길 수 있을지도.'

지금 시세는 어떨지 모르지만 그래도 은행 대출을 받으면 살 수 있을지도 모른다. 물론, 지금은 12살이니 대리인을 세워야겠지만.

이런저런 미래 계획을 세우는 사이, 어느새 마차가 시내에서 가장 큰 도서관 앞에 섰다.

바이델은 마차에서 풀쩍 뛰어내린 뒤 손을 내밀어 율리아나를 에스코트했다. 그리고 서점을 향해 손을 뻗으며 으스대었다.

"자. 여기가 수도에서, 아니. 제국에서 제일 큰 서점이야."

"와……."

서점은 분명 책을 파는 곳일 텐데, 마치 신전처럼 웅장한 건물이었다.

황궁 도서관만 몇 번 다닌 게 전부인 율리아나는 사설 서점도 이렇게 도서관처럼 규모 있고 화려하게 꾸며져 있다는 사실에 무척 놀랐다.

"멋지지?"

"응. 서점이 아니라 꼭, 신전 같아."

그때, 낯선 목소리가 두 사람 사이에 끼어들었다.

"하하, 신전이라. 기분 좋은 말씀이군요."

발음이 약간 특이한, 마치 노래하듯 말하는 남자였다. 옅은 금발을 길게 길러 뒤로 묶은 남자는 학자라기보단 한량처럼 보였다.

"어떤 의미에서는 신전이 맞긴 하죠. 책을 숭배하는 광신도가 세운 신전이니까요."

"누구세요?"

"아, 이런. 레이디께 제 소개도 하지 않았군요. 저는 미하일. 이 서점의 주인이랍니다."

한량처럼 보였는데 서점 주인에 책을 숭배하는 광신도라니, 사람이 다시 보일 지경이다. 율리아나가 신기해하던 때, 미하일은 율리아나의 얼굴을 보고 고개를 갸웃거렸다.

"······어?"

시선을 돌려 율리아나와 함께 온 바이델을 쳐다본 뒤 다시 율리아나를 보았다.

지긋이, 눈도 깜빡이지 않고 그녀의 얼굴을 살폈다. 그 시선은 율리아나 자체를 살핀다기보다는, 얼굴을 통해서 뭔가 단서를 찾는 수사관의 눈빛과 닮아 있었다.

"대체 뭐야, 당신? 변태야?"

참다못한 바이델이 나서서 율리아나를 제 등 뒤로 숨겼다. 고작 한 살 차이지만 발육이 빠른 바이델의 몸은 율리아나를 다 가리고도 남았다.

그래 봤자 키가 큰 미하일은 바이델의 어깨 너머로 율리아나와 시선을 마주할 수 있었다. 그는 헛기침을 한 뒤 율리아나에게 물었다.

"레이디의 존함을 알 수 있을까요?"

"율리아나에요."

율리아나는 머뭇거리다가 이름만 말했다. 아직 스스로를 '알마예르'라고 하기엔 저항감이 있었다.

율리아나의 말에 바이델이 미간을 찌푸리며 끼어들었다.

"왜 이름을 반만 말해? 너는 알마예르잖아. 율리아나 알마예르라고 소개해야지."

"……알마예르?"

알마예르라는 말에 미하일의 눈이 거세게 흔들렸다. 그는 혼란을 감추지 못한 채 되물었다.

"아, 알마예르 후작가에 이런 어린 레이디께서 있으셨던가요?"

"그건 우리 집 사정이니 알 거 없으십니다."

이상한 낌새를 느낀 바이델이 율리아나의 손을 잡고 끌어당겼다. 바이델은 잡은 손으로부터 느껴지는 미약한 인도력에 저도 모르게 스르르 찌푸려져 있던 미간이 풀렸다.

"책 갖고 싶다며. 가서 책 구경이나 하자."

"어, 어."

율리아나는 바이델의 손에 이끌려 서점 안으로 들어가며, 저 뒤에서 자신을 멍하게 바라보는 미하일을 힐끔 보았다.

바이델 역시 미하일을 힐끔 보더니 작게 속삭였다.

"발라고프 가문 사람들은 다 가이드라던데, 너한테서 뭔가를 느껴서 저러는 건가?"

가이드 부대를 만든 발라고프라고? 율리아나가 깜짝 놀라 물었다.

"뭐? 방금 그 사람이 발라고프였어?"

"여기가 발라고프 서점이니까 그 주인도 발라고프지. 아마 저 사람이 발라고프 백작일걸?"

율리아나가 발라고프에 관심을 갖는 것 같자 바이델이 얼른 부정적인 이야기를 쏟아 내기 시작했다.

"발라고프 백작가는 좀 이상한 가문이야. 제국 출신 가문도 아니고, 사상도 좀 이상해. 가이드도 센티넬만큼 중요하다나 뭐라나……. 여튼, 가까이 하지 않는 게 좋겠어."

발라고프에 관해 험담하려던 바이델은 율리아나가 가이드인 걸 떠올리고 얼른 말을 돌렸다.

"다른 서점에 갈까?"

"아냐. 여기가 제일 크다며. 구경할래."

"쳇, 알았어."

투덜거리는 바이델에게 율리아나가 말했다.

"구경한다니까? 손 좀 놔줘."

"어? 어어."

'내가 왜 계속 얘 손을 잡고 있었지?'

바이델은 얼굴을 붉히며 율리아나의 손을 놔주었다. 떨어지는 온기가 아쉬워서 저도 모르게 다시 손을 뻗을 뻔한 걸, 억지로 멈췄다.

서점은 도서관처럼 컸지만 일반인이 구경할 수 있는 구역은 한정되어 있었다.

사서처럼 꾸민 직원에게 물어보니 이곳은 서점이라고는 하지만 일종의 박물관이라고 설명해 주었다. 일반인에게 공개되지 않는 구역에는 구하기 어려운 희귀 장서들이 보관되어 있는데 사 온 값 이상을 치르는 사람들에게만 판매한다고 한다.

일반인들에게 공개되는 섹션에 있는 책들만 해도 대단한 양이라서 율리아나는 발바닥이 뜨거워지도록 책장 골목을 기웃거렸다.

'가이드 부대. 가이드 부대. 에이, 따로 책이 있지는 않네.'

아쉽지만 다른 쪽으로 방향을 틀어서 찾아보면 된다.

'병법서나 전략서를 보면 관련 내용이 있으려나?'

율리아나는 작은 발을 열심히 옮겨서 역사/전쟁사 섹션으로 갔다. 목이 빠지도록 커다란 책장을 위아래로 꼼꼼히 훑어도 딱히 딱 맞는 제목은 보이지 않았다.

'센티넬 전쟁사라든가, 센티넬 가이드 운용 전략이라든가, 그런 종류의 책이 있으면 좋을 텐데. 그런 것도 없네.'

한숨을 내쉬는데 언제 옆으로 온 건지 바이델이 불쑥 끼어들었다.

"뭐야? 왜 이런 데에 와 있어? 너는 동화책 읽을 나이 아니야?"

"그럴 나이 지났거든?"

"동화책 무시하냐? 요즘 동화책도 좋은 거 많아. 이런 살벌한 섹션엔 왜 왔어. 이런 거 보지 말고 좀 귀여운 걸 봐."

바이델은 율리아나를 억지로 동화책 섹션으로 끌고 갔다. 그런데 의외로, 정말 동화책 퀄리티가 괜찮았다.

"괜찮지?"

"……예쁘네. 테마도 다양하고."

동화책이지만 꿈같은 동화 이야기만 있는 것이 아니었다. 전쟁에 관한 동화도 있었고, 제국의 건국 신화와 사라진 왕국의 이야기에 관한 설화를 담은 책도 있었다.

화려한 삽화와 흥미를 끄는 제목에 율리아나의 눈이 바쁘게 움직였다. 바이델이 뿌듯한 얼굴로 한 전집을 가리켰다.

"비앙카 선물로 사려고 눈여겨보던 건데 네가 먼저 읽으면 되겠네. 여기, 이 전집 한 질 주문하겠어."

"뭐? 아냐. 나는 한 권 정도면 되는데……."

"너만 읽으라고 사는 거 아니야. 비앙카도 글자를 떼면 읽어야 되니까 깨끗이 봐."

"……."

"이건 내가 사 주는 거고, 네가 읽고 싶은 책은 천천히 골라. 하루 만에 고르라고 할 생각 없어. 다른 서점도 가 보자."

"……응."

기분이 이상했다.

자신이 읽은 책을 비앙카가 읽는다니. 바이델에게서 선물 받은 책을, 비앙카에게 물려준다니.

'이상해.'

정말 가족처럼 대해지는 기분이라서.

몽글몽글, 심장 깊은 곳에서부터 어떤 뜨거운 증기 같은 게 피어오르는 기분이었다.

율리아나는 입술을 꾹 깨물며 그 감정을 외면했다.

'……싫어. 무서워.'

언제 돌변할지 모르는걸.

이전 생에선 그렇게 미워해 놓고……. 지금 잘해 주는 것도 믿을 수 있을 리가 없다.

서점 구경을 실컷 하고 마차를 타고 돌아가는 길, 율리아나는 복잡한 마음에 내내 창밖만 보았다.

갑자기 기분이 가라앉은 율리아나를 보며 바이델이 눈치를 보는 것도 알지 못했다.

"도착했습니다."

마부가 마차의 문을 열어 주었다. 마차에서 내려서 후작저로 들어선 순간, 율리아나는 뭔가 이상함을 느꼈다.

'뭐지?'

고용인들의 반응이 뭔가 이상했다. 율리아나는 이런 쎄한 분위기에 민감했기에 바로 알 수 있었다.

아니, 고용인들뿐만이 아니라 뭔가…… 후작저의 공기가 이상했다.

율리아나는 고용인들 중 그나마 익숙한 얼굴을 찾았다. 자신을 담당하는 하녀 하이디에게 물었다.

"무슨 일이 있었나요?"

"그게……."

하이디는 말을 삼가며 별채 쪽을 바라보았고, 율리아나의 반응을 보며 뒤늦게 이상함을 느낀 바이델은 별채 쪽에서 급하게 뛰어오는 견습 집사를 발견했다.

"집사. 집에 무슨 일이라도 있어?"

그러나 집사는 바이델이 아니라 율리아나를 불렀다.

"아가씨! 지금 바로 별채로……!"

율리아나는 엄습하는 불안감에 입술을 깨물었다. 견습 집사는 율리아나에게 달려와 숨을 헐떡이며 더듬더듬 말했다.

"아가씨, 지금 별채에 레이디 니엘라께서……."

"엄마가 와 계셔요? 별채로 가면 되는 거죠?"

엄마가 왔다는 말에 순수하게 기뻐하기엔 분위기가 너무 이상했다.

불안했다. 고용인들의 표정뿐만이 아니라, 어떤 불길한 예감이 온몸을 휘감고 있었다.

"야! 같이 가!"

바이델의 말은 들리지도 않았다. 율리아나는 절박한 몸짓으로 별채를 향해 뛰었다. 심장이 불안하게 쿵쾅거렸다.

율리아나는 힘껏 뛰었지만 견습 집사와 바이델에게 금세 따라잡혔다. 견습 집사는 차마 그녀의 몸에 손을 대지 못한 채 함께 뛰며 그녀를 진정시키려 애를 썼다.

"아가씨. 뛰지 마세요. 그러다 넘어지십니다."

"그래, 뛰지 말라니까? 몸도 약한 게."

"어머니는, 헉, 어디 계세요?"

본채에서 별채까지 전속력으로 뛰어오느라고 숨이 턱 끝까지 차올랐다. 그러나 불길한 예감 때문에 멈출 수가 없었다.

멀쩡한 엄마의 얼굴을 볼 수만 있다면 이것도 눈 녹듯 녹아내릴 것이다. 이 불안감도, 이 초조함도.

엄마만 보면 된다.

그러니까…….

'제발.'

율리아나는 속으로 기도하며 초조하게 입술을 깨물었다.

별채는 잘 관리되어 있었으나 어딘지 어둑하고 공기가 무거웠다. 병자가 있기 때문일 터. 일 분 일 초가 더디게 흘렀다.

"레이디 니엘라께서는 저 방에……."

집사가 알려 주지 않아도 알 수 있었다. 복도 끝에 있는 방 앞에 하녀들과 간호사로 보이는 사람들이 시립해 있었기 때문이다.

율리아나는 그 사람들 틈새를 비집고 들어가 문을 열어젖혔다.

벌컥!

"아, 아가씨!"

"조금 기다리셨다가 후작님이 부르시면……!"

"도련님께선 들어오시면 안 됩니다."

하녀들이 당황하며 율리아나와 바이델을 만류했으나 율리아나는 그대로 구르듯 방 안으로 들어갔다. 그래도 바이델은 들어가지 못하게 막았다. 후작의 명이었다.

방 안은 땀이 날 정도로 더웠다. 더워지는 지금 계절과는 어울리지 않는 무덥고 무거운 공기였다.

공기 중엔 쓴 약재 냄새가 풀풀 났다. 벽난로에 걸린 큰 화로에서는 이 냄새의 원인인 약액이 부글부글 끓고 있었다.

명백한 병자의 방.

햇볕이 들어오는 창 아래로 빗겨 위치한 커다란 침대 옆에서 큰 그림자가 일어섰다.

"……나갔다 왔느냐."

알마예르 후작이었다. 율리아나는 후작을 제대로 보지도 않고 허겁지겁 침대로 다가갔다. 후작이 몸으로 율리아나의 앞을 가로 막았다.

"비키세요! 우리 엄마예요? 엄마가 아파요?"

"그래. 치료 과정을 네게 보여 주지 않으려 했지만……."

후작은 입술을 깨물었다. 율리아나는 초조해서 미칠 것만 같았다.

"좀 비켜요, 난 우리 엄마를 봐야겠으니까!"

후작을 밀치고 침대 곁으로 간 율리아나는 충격에 말문을 잃었다.

해쓱하게 꺼진 뺨. 거뭇해진 눈 밑. 창백한 얼굴.

못 본 지 며칠이나 되었다고 이렇게 급격하게 병색이 완연해졌단 말인가.

"어, 엄마. 엄마……."

덜덜 떨리는 목소리가 니엘라를 부르자 그녀의 눈꺼풀이 파르르 떨렸다. 천천히 눈을 뜬 니엘라가 눈을 몇 번 깜빡여 초점을 맞추었다. 그리고 사랑하는 딸을 보았다.

"율리……. 내 딸."

"응, 엄마. 나 율리야. 엄마 딸 율리야."

눈물이 줄줄 흘러내렸다.

지난 생에선 어머니의 임종을 지키지 못했다. 세상을 떠나는 그녀의 곁을 지키지 못했다. 그것이 평생 한으로 남았다.

몰랐다. 니엘라는 율리아나에게 병색을 드러낸 적이 한 번도 없었고, 율리아나는 니엘라가 죽을 만큼 아픈 줄도 몰랐다. 매일매일 활기차게 살아가던 엄마였는데.

후작 역시 니엘라가 어떻게 죽었는지도 제대로 알려 주지 않았다. 지금 생각해 보면 여동생을 각별히 아꼈던 후작은 니엘라가 죽던 순간에 율리아나가 밖에서 친구들과 놀고 있었던 것에 심하게 분노했던 것 같다.

어머니가 어떻게 돌아가셨는지 알고 싶긴 했지만, 이렇게 직접 두 눈으로 보게 되다니. 심장이 갈래갈래 찢어지는 것처럼 아팠다.

'그런데 갑자기 몸이 나빠진다고? 이렇게 갑자기…… 약해졌다고? 그게 대체 무슨 병이지?'

말도 안 된다.

니엘라도 미약하긴 하지만 센티넬이다. 센티넬은 병도 걸리지 않을 정도로 튼튼한 신체를 지니지 않았던가? 그런데 어째서 엄마는 이런 알 수 없는 병에 걸렸단 말인가.

"내 딸……. 죽기 전에 오빠에게 널 맡길 수 있어서…… 다행이다……."

"엄마, 그런 말 하지 마! 후작님이 엄마를 엄청 아끼신대. 엄마를 위해 뭐든 해 주실 거야. 좋은 의사 선생님만 부르면 엄마를 고쳐 주실 수 있을 거야! 그쵸? 그러실 수 있죠?"

율리아나는 니엘라의 손을 꼭 붙잡고 방 한 켠에서 대기 중인 의사를 보았으나 그는 고개를 절레절레 저었다.

간절한 눈으로 후작을 올려 봐도 그의 얼굴은 침통하게 일그러질 뿐, 희망의 한 조각도 보이지 않았다.

파사삭.

얄팍한 희망이 깨진다. 율리아나는 심장이 깨지는 것 같은 고통에 헐떡이며 니엘라를 끌어안았다.

"가지 마. 엄마, 가지 마……. 나 두고 가지 마……. 응?"

"울지 마라, 율리. 나도 네 곁에 머물고 싶어……."

힘없는 손이 율리아나의 젖은 얼굴을 어루만졌다. 율리아나는 그 거친 손에 뺨을 비비며 엉엉 울었다. 눈물이 나서 앞이 보이지 않을 정도였다.

조금이라도 더 엄마의 얼굴을 봐야 하는데, 계속 흐려지는 시야가 원망스러웠다.

그때, 니엘라가 율리아나의 귓가에 입술을 가져다 댔다.

"평생…… 말하지 않으려 했건만. 혹시 네가 의지할 곳이 없어진다면, 발라고프를 찾아가거라."

"……엄마?"

"미하일 발라고프. 백작님이 네 친부란다."

벼락을 맞은 것 같은 충격이었다. 오늘 서점에서 본 남자가 자신의 친부라니.

진짜 아버지.

이전 생에서 알 수 없었던 친부의 존재를 알게 되었다. 어머니의 임종 직전에.

그런데 한편으로는 이런 생각도 들었다.

'이전 생에서도…… 엄마는 내게 이 사실을 알리려 하지 않았을까?'

나쁜 쪽으로만 추측하면 안 되겠지만, 회귀 전에 후작이 율리아나의 상황이 악화되도록 방치했다는 것은 자명했다.

만약 회귀 전 율리아나가 친부의 존재를 알았더라면 그렇게 허망하게 죽지 않았을지도 모른다.

'과연 후작이 내 친부를 몰랐을까?'

그렇다면, 후작은 일부러 율리아나에게 친부의 정체를 숨겼다는 뜻이다.

'알마예르 후작……!'

입술을 짓씹으며 화를 삭이던 율리아나는, 발라고프라는 이름에서 한 가지 묘수를 떠올렸다.

'맞아! 그거면 엄마를 구할 수 있어!'

율리아나는 니엘라의 손을 잡은 채로 뒤를 돌아 후작을 보았다.

"후작님."

그녀는 최대한 울음을 멈추고 손등으로 눈가를 닦으며 침착한 표정을 만들어 냈다. 그리고 괴로운 얼굴을 한 후작에게 말했다.

'지금은 분노를 드러낼 때가 아니야. 어차피…… 후작은 기억조차 하지

못하는 일이니까.'

증오스러운 남자다. 그러나, 지금은 엄마를 구하는 게 먼저였다. 율리아나는 후작의 눈을 똑바로 직시했다.

"제게 어머니를 살릴 방법이 있다면, 들어주실 수 있나요?"

후작의 눈이 커졌다. 순간 짙은 색의 눈동자 안에서 푸른 불꽃이 일렁였다. 그가 한걸음에 율리아나에게 다가왔다.

커다란 체격의 후작이 율리아나를 내려다보자 그녀는 마치 태산 앞에 선 것 같은 위압감을 느꼈다.

"그게…… 무슨 소리지?"

"말 그대로예요. 만약 제게 엄마를 살릴 방법이 있다고 한다면, 그게 무슨 방법이든 쓰실 의향이 있으신가요? 엄마를 살려 주실 수 있나요? 저는 아무 힘이 없어서 그 방법을 쓸 수 없어요."

옆에 대기하고 있던 의사가 그녀의 말에 반박했다.

"말도 안 됩니다, 후작님. 이건 열성 센티넬에게만 발현되는 특이한 희귀병이라 존재조차 모르는 사람이 태반입니다. 그걸 어린 영애가 어떻게 알고 고칠 수 있단 말입니까."

율리아나는 날이 선 목소리로 의사의 말을 잘랐다.

"고칠 수 있다고는 안 했어요."

"예?"

"빨리요, 후작님. 후작님의 결단이 필요해요."

"……."

후작은 기묘한 눈빛으로 율리아나를 바라보았다. 눈앞에 있는 게 무엇인지, 어떤 존재인지 이제야 궁금해하는 것 같은 표정이었다.

그러나 그 궁금함도 오래 가지 않았다. 그에게 가장 중요한 존재는 지금 이 순간에도 숨이 꺼져 가고 있었으니까.

"그래. 그게 뭐든 말하거라. 내가 모든 수단을 동원할 테니."

율리아나는 고개를 끄덕이고 근처 테이블에 있던 종이에 뭔가를 휘갈겨 썼다. 그리고 종이를 후작에게 내밀었다.

"……."

종이 안의 내용을 본 후작은 말없이 밀랍을 녹여 종이를 봉하고 가문의 반지로 밀랍 위로 인쳤다. 알마예르 후작가의 문장이 선명하게 남았다.

율리아나는 봉해진 편지를 확인한 뒤 후작의 눈을 마주 보았다. 그리고 또박또박, 입을 열었다.

"이 편지를 지금 당장 미하일 발라고프에게 전해 주세요."

"……미하일, 발라고프?"

"네. 미하일 발라고프."

내 친부이자 엄마의 남자인 그 사람을 불러 주세요.

"그래야만 엄마가 살아요."

율리아나의 하늘색 눈동자가 짙어졌다. 마치 폭풍을 부르는 검은 먹구름이 휘몰아치는 것처럼.

* * *

그 시간, 미하일 발라고프는 어떤 묘한 예감에 사로잡혀 있었다.

그럴 리가 없다고 생각하면서도 왠지 그럴 것 같은.

정황상 그의 추측이 맞을 테지만, 아니었다가는 크게 절망할 것 같아 차마 더 깊이 생각할 수 없는 강렬한 어떤—

예감.

아니, 차라리 기대에 가까운 어떤 감정이 심장 깊은 곳에서부터 움트고 있었다.

씨앗이 있는 줄도 몰랐는데, 예전에 피었다 져 버린 꽃에서 씨앗이 떨어졌었나 보다.

'율리아나……'

도서관에서 마주친 아이의 얼굴을 떠올려 보았다.

오밀조밀한 얼굴은, 놀라울 정도로 니엘라를 닮았다. 마치 쾌청한 날의 하늘을 그대로 옮긴 것 같은 하늘색 눈은 영원히 보고 있어도 질리지 않을 것만 같았다.

가장 사랑하는 여자의 얼굴과 빼다 박았지만, 자세히 보면 자신과 닮은 부분도 조금 보였다.

어쩌면 자신의 착각일지도 모른다. 그저, 바라는 대로 현실을 왜곡해 자신의 가설에 끼워 맞추는 걸 수도 있다.

그렇지만.

"……진짜일 수도 있으니까."

진짜라면 좋겠다.

'그 아이가, 율리아나가 나와 엘의 딸이라면.'

저도 모르게 숨이 가빠지고 볼이 불그스름해졌다. 생각은 자연스럽게 그녀에게로 뻗어 나갔다.

"알마예르 저택에 가면 엘을 볼 수 있을까."

13년 전, 니엘라는 갑자기 사교계에서 자취를 감추고 사라져 버렸다.

미하일은 니엘라의 행방을 수소문하려 했으나 당시에 소후작이었던 알마예르 퓌센의 방해를 받았었다. 제대로 된 조사를 하기도 전에 황제에게 발라고프의 힘을 증명하기 위해 전쟁터로 내몰렸다.

사람의 피를 말리는 듯한 국지적인 전투가 끝없이 이어졌고, 드디어 전쟁이라고 할 법한 큰 전투에서 승리하여 돌아왔으나 그때는 이미 흔적이 끊긴 뒤였다. 아무리 애타게 찾아도 소용이 없었다.

그런데 니엘라를 꼭 닮은 여자 아이가 나타나다니. 그것도 후작의 조카딸이라니.

'나이를 물어볼걸 그랬어.'

작은 후회가 들었지만 이미 가슴이 설렘으로 두근거리고 있었다.

벌써 눈앞에 니엘라와 율리아나가 자신을 반기는 모습이 그림처럼 그려졌다.

비록 풀어야 할 과거의 일들이 있지만, 미하일은 그게 무엇이든 감내할 수 있었다. 다시 헤어지는 것보다 힘들진 않을 테니까.

'이번에는 놓치지 않을 것이다.'

딸의 존재조차 몰랐던 주제에 율리아나의 앞에 아비라고 당당히 먼저 나설 염치는 없다. 그렇지만…… 니엘라가 주변을 맴도는 걸 묵인만 해 준다면, 줄 수 있는 모든 것을 퍼부을 작정이었다.

할 일은 많았으나 미하일은 예정보다 빠르게 백작저로 갔다. 재산 목록을 검토하여 당장 니엘라와 율리아나에게 떼어 줄 수 있는 자산들을 살피기 위해서였다.

가주의 이른 퇴근에 이상을 감지한 집사가 빠르게 따라붙었다. 미하일은 장갑을 벗어 건네며 주변을 둘러보았다.

"파벨은?"

"연무장에 계십니다."

미하일의 적장자, 파벨은 가이드로서는 특이하게도 검술을 익혀서 오러 발현을 눈앞에 두고 있었다.

'그러고 보니 율리아나는…… 가이드인 걸까.'

알마예르의 센티넬은 청색의 머리칼을 타고 나는 것으로 유명하다. 그런데 율리아나의 머리칼은 순은을 뽑아낸 듯 깨끗한 은색이었다. 다르게 말하면, 청색이 단 한 방울도 들어가지 않았다는 뜻이다.

아버지를 모르는 가이드 영애.

이것이 귀족 사회에서 어떻게 받아들여질지 예상이 가서 미하일은 저도 모르게 입술을 깨물었다.

그때, 땀을 닦으며 파벨이 저택 안으로 들어왔다.

"아버지. 오셨어요."

"그래."

미하일은 파벨을 보았다. 발라고프의 특징인 금발을 타고난 자신의 후계자.

파벨은 이제 10살이었지만 검술에 두각을 드러내고 있는 만큼 체격이 그 나이 대 아이들보다 월등히 뛰어났다. 율리아나와 함께 있으면 오빠로 보일 정도로 키가 컸다.

파벨이 후계자로서 잘 크고 있는지 확인할 뿐, 딱히 자식에게 각별한 애정은 없는 미하일은 새삼 파벨을 의식했다.

"……."

"무슨 할 말이라도 있으십니까?"

"……네게, 누나가 있다면 어떨 것 같으냐?"

"예?"

"만약의 경우를 말하는 게다."

"……."

여동생이 아니라 누나.

이건 문제가 된다. 어머니를 만나기 전의 관계를 통한 자식이라는 뜻에 파벨은 조금 놀랐으나 이내 평정을 되찾았다.

사랑 없는 정략결혼이다.

어머니는 후계자를 낳은 뒤부터는 애인을 여럿 두며 자신의 인생을 즐기며 살았고 몇 년 전, 화재 사고로 돌아가셨다.

그리고 어머니가 살아 계셨어도 크게 화를 내진 않았을 것이다. 파벨이 상속받을 몫이 줄어드는 것에 대해선 항의할지도 모르지만, 사생아를 인지하지 못하도록 방해하진 않았을 것 같다.

여러모로 생각해 보던 파벨은 누나의 존재에 관해 '딱히 상관없다'는 결론을 내렸다. 아니, 오히려…….

"잘 지낼 수 있다면 좋을 것 같아요."

"……그러니?"

"네. 외동이라서 아쉬웠으니까요."

"그렇구나. 알겠다."

물론 파벨의 의사와는 상관없이 율리아나를 딸처럼 대할 생각이었지만 더 잘됐다는 생각이 들었다.

그때, 시종과 함께 제복을 입은 기사가 들어왔다. 미하일이 미소를 지운 채 가주다운 표정을 지었다.

"무슨 일이냐?"

"알마예르의 기사가 왔습니다. 주인님께 급히 전해야 할 서신이 있다고……."

"무례를 용서하십시오. 알마예르의 기사, 필립입니다. 결례인 줄은 알지만 한시가 급한 사안이라 지금 바로 서신을 보시고 답해 주셨으면 합니다."

예전이라면 감히 기사 따위가 백작에게 회신을 독촉하는 행태에 화를 냈겠지만, 율리아나가 알마예르에 있으니 마음이 달라졌다. 혹시 그 아이와 관련한 급한 일인가 싶었다.

"아무리 후작가라지만 이 무슨 황당한—!"

"잠깐. 우선 내용을 확인하겠다."

가문의 문장으로 봉해진 종이를 펼치자 서툰 글씨가 보였다.

종이 자체도 제대로 된 편지지가 아니었고 내용도 인사말 없이 본론만 쓰인, 제대로 된 서신이 아니었다. 귀족의 허례허식을 따지는 알마예르 퓌센이라면 절대 이런 편지를 쓸 리가 없었다. 그러나 편지에는 가주의 인장이 찍혀 있었다.

게다가, 절대 무시할 수 없는 내용이 적혀 있었다.

서툰 글씨를 읽어 내려가던 미하일의 눈이 커졌다.

"이, 이건……."

「발라고프 백작님께.

제 어머니, 니엘라 알마예르가 이유 모를 병으로 죽어 가고 있습니다.
부디 발라고프의 물레를 빌려주시길 부탁드립니다.
존재를 인지하지 않은 사생아가 이리 대뜸 도움을 청하는 것이 당혹스러
우실 줄로 압니다.
그래도 어머니에 대한 안타까움이 있으시다면 도와주세요.
제발 어머니를 살려 주세요.

니엘라의 딸, 율리아나」

이제 막 수도로 왔다는 아이가 제국 내에서도 아는 이가 한 손에 꼽히는
'발라고프의 물레'를 어떻게 아는지, 혹시 알마예르 후작에게 비밀이 새어
나간 것인지 고민할 겨를이 없었다.
'엘이 죽어 가고 있다고?'
그 말에 미하일의 이성이 휘발되었다. 그는 편지를 구기며 보좌관에게 외
쳤다.
"지금 당장 마탑주를 불러와라!"
말을 마치자마자 그는 자신의 말을 번복했다.
"아니지, 마탑주를 알마예르 후작저로 오라고 해라. 가장 빠른 전령을 보
내라. 나도 지금 알마예르로 가겠다! 말을 준비해라!"
미하일은 하인이 말을 데려오는 것조차 기다리지 못하고 자신이 직접 마
사로 뛰어갔다. 당황한 마구간 지기가 가장 빠른 말에 안장을 얹었고 그 사
이 미하일은 집사가 다급히 입혀 주는 재킷에 팔을 꿰었다.
"아버지? 알마예르와 무슨 안 좋은 일이라도 생긴 겁니까?"
갑자기 미친 것처럼 서두르는 미하일을 따라 나온 파벨이 당황하여 물었

지만 아무런 말도 듣지 못했다. 미하일에게 말을 고를 정신이 없었기 때문이다.

"다녀와서 말해 주마. 앞을 막지 마라. 이랴, 이랴!"

말을 탄 미하일이 쏜살처럼 빠르게 달려 나갔다.

파벨은 얼떨떨한 얼굴로 아버지가 사라진 곳을 바라보다가, 바닥에 떨어진 구겨진 편지를 발견했다.

바스락.

말에게 짓밟힌 종이를 주워서 펼쳤다.

니엘라의 딸 율리아나. 편지의 서툰 글씨를 천천히 읽으며, 파벨은 편지를 보낸 사람의 이름을 입 안에서 굴려 보았다.

'율리아나.'

내 누나.

잔잔한 수면에 돌을 떨어트린 것처럼, 심장 주변에 작은 파동이 일었다. 그리고 문득, 이상한 생각이 들었다.

'가엾은 사람.'

순간 떠오른 생각은 금세 연기처럼 흩어져 흔적도 남지 않았다.

'응?'

방금 전 무슨 생각을 했는지 잊어버린 파벨은 괜히 입을 벌려 소리 내어 불렀다.

"율리아나 누나."

이전 생에서는, 한 번도 불러 본 적 없는 이름이었다.

* * *

'제발……. 제발, 깨어나요 엄마.'

율리아나는 니엘라의 손을 꼭 붙잡고 가이딩을 했다. 몸 안으로 인도력을 넣어 몸 전체의 이능 회로를 샅샅이 살폈다. 의미 없는 짓일 수도 있고, 아닐 수도 있다. 그래도 조금의 가능성이나마 있다면, 하는 게 맞다.

'난 뛰어난 가이드잖아. 의사가 잡아내지 못한 무언가를 잡아낼 수도 있어. 아니, 그래야 해.'

그런 희망으로 전신에 땀이 흐르도록 집중했다. 그러다, 미세한 이상을 발견했다.

'이건……'

이상했다. 아무리 힘이 미약한 센티넬이라 해도 그건 이능의 총량에 관한 것일 뿐. 이능 회로에는 문제가 없어야 한다.

그러나 니엘라의 이능 회로는 군데군데 끊겨 있었다. 마치 누군가가 인위적으로 잘라 놓은 것처럼.

'이게 뭐지? 이게 희귀병이라고? 그렇다기엔 너무⋯ 인위적이야. 현상이 회귀 전에도 있었나?'

맹렬하게 두뇌를 회전시키던 중, 집사가 들어와 전했다.

"후작님, 지금 발라고프 백이 도착했습니다."

"이곳으로 안내해라."

망부석처럼 니엘라의 머리맡에 서 있던 후작이 말했다. 곧 미하일 발라고프가 방으로 들어왔다. 율리아나는 숨을 삼켰다.

어쩌면, 어쩌면.

지금 이 순간이 생애를 통틀어 가장 열망하던 순간일지도 모른다.

친부가 자신을 찾아오는 순간이라니.

이전 생에 아주 어렸을 적에, 알마예르 후작이 찾아오기 전에 이런 순간을 상상했던 적이 있었다.

부자 아빠가 나와 엄마에게 찾아와서, 너희를 버려두어서 미안하다고 사과하며 이제 셋이 행복하게 살자고 말하는, 그런 상상.

알마예르 후작이 자신을 후작저로 데려갈 때는 그 상상이 현실로 이뤄졌다고 여겼던 적도 있다.

'지옥의 시작이었지만.'

율리아나는 눈을 지그시 감았다가 떴다.

발라고프 백작과 알마예르 후작은 극과 극처럼 달랐다. 미하일 발라고프는 푸른 빙하처럼 냉막한 알마예르 후작과는 반대로, 노란 달리아처럼 밝고 화려하다.

'아니, 백작에 대한 내 생각은 중요하지 않아. 그저 엄마만 구해 주면 돼.'

율리아나가 미하일을 보는 동안 미하일 역시 율리아나를 보고 있었다. 그 눈동자는 몇 시간 전과는 달리 확신에 차있었고 형언할 수 없는 감정을 품고 있었다.

"율─."

"와 주셔서 감사해요, 백작님. 그렇지만 인사는 나중에 해요. 빨리요. 어머니부터 봐 주세요."

"그, 그래요. 잠시만……."

율리아나의 재촉에 미하일은 얼른 정신을 차리고 침대로 가까이 갔다.

두근두근.

13년 만에 보는 옛 연인이다. 물론 위급한 정도의 상황이긴 했지만 가슴이 뛰었다. 미하일은 얼른 침대로 가서 무릎을 꿇고 니엘라의 얼굴을 살폈다.

"……."

숨을 삼켰다. 파리한 얼굴의 니엘라는 당장이라도 숨이 끊어져도 이상하지 않은 사람처럼 보였다. 미하일의 심장이 불안하게 쿵쾅거렸다.

미하일은 니엘라의 손을 잡아 맥을 확인하고 근처에 대기하던 의사에게서 자초지정을 들었다.

미하일은 결연한 얼굴로 명했다.

"우선 사람을 다 물려 주시고 저 불을 끄세요. 당장."

니엘라를 위해 오만한 성품을 억누르고 있던 알마예르 후작이 반박했다.

"뭐? 환자가 체온 유지를 못 하는데—."

"지금 몸이 너무 뜨겁습니다. 그리고 앞으로 할 일에 열기는 도움이 되지 않습니다."

반박에 다시 반박하던 미하일은 알마예르 후작의 얼굴을 보고 깨달았다.

'이자는 〈발라고프의 물레〉가 뭔지 모른다.'

뭔지 모르는 방법을 죽어 가는 사람에게 사용해 달라는 것이 가능한가? 아니, 불가능할 것이다.

이곳에 오면서도 알마예르 후작이 어떻게 〈발라고프의 물레〉를 알았는지 걱정했는데 기우였다.

'그렇다면… 율리아나인가? 대체 어떻게?'

율리아나는 마치 〈발라고프의 물레〉가 뭔지 안다는 듯 고개를 끄덕이고 있었다. 율리아나를 기묘한 눈으로 바라본 미하일은 일단 후작에게 설명했다.

"아무것도 모르는 것 같으니 설명해 드리죠. 제가 하는 건 치료가 아닙니다."

"뭐? 치료가 아니라면 소용없는 게 아닌가?"

"소용이 없진 않습니다. 치료는 아니지만, 죽지 않게 시간을 연장할 수 있으니까요."

"……설마, 시간 정지인가?"

역시 후작답게 머리 회전이 빠르다. 율리아나가 고개를 끄덕이며 나섰다.

"의사도 말했듯, 지금 엄마가 걸린 병은 희귀병이고 치료법도 모르잖아요. 임시방편이라도 우선 치료할 시간을 버는 게 맞다고 봐요."

"……."

"아니면, 엄마가 이대로 죽기를 바라시는 건가요?"

"그럴 리가. 다만……."

미하일 발라고프를 노려본 알마예르 후작은 한숨을 쉬다가 고개를 끄덕였다. 허락의 의미였다.

곧 문밖에서 큰 소리가 나고 문이 벌컥 열렸다.

"내가 왔다, 미하일!"

"저 자식은……."

미하일은 한숨을 내쉰 뒤 남자를 소개했다.

"이자는 마탑주 머르딘입니다. 〈발라고프의 물레〉는 마탑주의 마법과 내 기술로 완성되는 술법이죠."

"하. 센티넬이 없는 가이드가 마법사와 한편이 된 건가. 놀랍지도 않군."

"뭐야? 저 무례한 남자는."

"알마예르 후작이다. 자 준비해."

머르딘이 불퉁한 얼굴로 말했다.

"자자, 다들 나가 주시죠. 당연히 후작님도 포함입니다."

머르딘은 마치 잡상인을 쫓는 듯한 모양새로 손을 휘휘 저었다. 그의 손에서 뻗어 나간 보이지 않는 힘이 고용인들을 문밖으로 밀어내었다.

당연히 알마예르 후작에게 통하지 않았다. 알마예르 후작이 율리아나를 데리고 나가려던 순간.

"아, 그 아가씨는 빼고."

머르딘의 말에 알마예르 후작이 율리아나를 보호하듯 제 뒤로 세우며 그를 노려보았다.

"무슨 꿍꿍이지?"

"이 술법에 가이드는 큰 전력이 되거든."

머르딘은 율리아나에게 찡긋 윙크한 후 거대한 지팡이를 꺼냈다. 단지 손을 휘젓는 것만으로 아무것도 없던 곳에서 지팡이가 튀어나온 것이었다.

"전 괜찮아요, 후작님. 나가 계세요."

"……알겠다. 엘을 잘 부탁한다."

'역시, 태도가 좀 부드럽다 했더니 엄마 걱정을 해서였구나.'

기대할 것도 없었지만 역시나다. 율리아나는 고개를 끄덕이며 후작을 방 밖으로 내보냈다.

"네. 제가 잘 지켜볼게요."

"어련히 제가 알아서 할까요."

닫히는 문 사이로 미하일이 투덜거렸다.

니엘라와 딸 율리아나다. 알마예르 후작이 갖는 애틋함보다 더하면 더했지, 덜하진 않았다.

문이 닫히고 이제 방 안에는 니엘라와 세 사람뿐이다. 율리아나는 다급히 요청했다.

"시간이 없어요. 어머니께 〈발라고프의 물레〉를 써 주세요."

"걱정 말렴. 술법은 문제없이 발동될 거야."

"자, 그럼 이제 준비를 해 볼까?"

머르딘은 고개를 끄덕이고 아공간에서 마석들을 꺼냈다. 바닥에 선을 긋고 침대 주변에 일정한 간격을 두고 마석을 두었다. 마탑주가 뭐라 중얼거리자, 지팡이가 희미하게 빛나기 시작했다.

율리아나는 그 모습을 보며 회귀 전을 떠올렸다.

마법은 센티넬을 보조하기 위한 수단. 고작 그정도의 위치였다.

센티넬들이 마족과의 전쟁에서 주역을 차지한 탓에 마법사들은 상대적으로 저평가받았다. 전열에 서기보단 후방에서 물자 보급이나 부상자를 맡은 탓이다.

그러나 10년 뒤의 시대를 살았던 율리아나는 마법사들의 중요성을 뼈저리게 느꼈다.

센티넬의 이능은 전투에 특화되어 있지만 마법사의 마법은 다르다. 마법은 마족에게 직접 타격하는 것 외의 모든 일을 할 수 있었다.

마도구를 통해 제국민의 생활수준을 비약적으로 높여 줄 수 있을뿐더러 부상자의 생존율을 높일 수 있고, 심지어는 센티넬의 목숨까지 살릴 수 있다.

마족은 마귀족이 아닌 평범한 마족까지 마나 저항력이 세다. 그런 ·마족 부대를 상대하기엔 센티넬 기사와 병사가 턱없이 부족한 상황.

이때 전쟁의 패러다임을 바꾼 삼대 마법이 있는데 그중 하나가 바로 〈발라고프의 물레〉다.

뛰어난 가이드를 배출해 내기로 유명한 발라고프가 어떻게 마법 쪽으로도 손을 뻗어 그런 비전 마법을 개발했는지는 알려져 있지 않지만 술법 명에 가문 명을 넣을 정도로 발라고프가 대단한 기여를 했다는 건 알았다.

'엄마가 발라고프를 언급하는 덕에 그 술법이 생각나서 다행이야.'

율리아나는 슬픈 눈으로 이미 의식을 잃은 니엘라를 보다가 주먹을 꽉 쥐었다. 미하일 역시 니엘라를 보며 불안한 얼굴을 했다. 머르딘이 말했다.

"불안해하지 마, 미샤. 이미 충분한 실험을 거쳐서 성공 판정을 받은 마법이잖아."

"……성공한 지 얼마 안 됐나요?"

"그래. 성공 사례는 아직 3건밖에 없단다. 그래서 불안하니? 지금이라도 멈출까?"

짓궂은 얼굴을 한 마탑주에게 율리아나는 단호히 답했다.

"아뇨, 성공한 후라서 다행이라고 생각해요."

"오……."

마탑주는 의외라는 듯, 신기한 생물을 본다는 듯 율리아나를 관찰했다.

율라아나로선 진심이었다. 율리아나가 기억하는 마탑주는 언제나 이 사람이었다. 실력 만능주의의 마탑에서 공고한 1인자로서 십수 년을 군림해 온 것이다.

천재 마탑주인 그가 성공 판정을 내렸다면 성공일 것이다. 그 단호한 믿음에 머르딘의 눈에는 어떤… 감동이라고 불러도 될 법한 감정이 잔물결을 치며 퍼져 나갔다.

"진짜 신기한 애네. 그럼 시작한다."

마탑주는 손에 든 지팡이를 미하일 쪽으로 내밀었다. 미하일은 그 지팡이에 제 손을 올렸다. 마치 그 자신도 마법사인 것처럼.

눈을 감은 마탑주가 뭐라 작게 중얼거리자 곧 지팡이에 박힌 흑요석이 빛을 머금기 시작했다.

곧 침대를 둘러싼 마나석이 공명하여 빛을 발했다. 마나석에 고여 있던 마나가 해방되며 공기 중의 마나 농도가 짙어졌다.

휘오오오—!

침대 주변으로 마나가 휘몰아쳤다. 공기가 싸늘할 정도로 차게 식으며 점점 얼어붙었다. 온도가 뚝뚝 떨어지는 게 느껴졌다.

공기가 얼어붙은 얼음의 결정들이 수도 없이 생겨났다. 그 결정들은 서로 부딪치고 휘몰아치며 침대 위로 눈구름 같은 마법 구름을 뭉게뭉게 생성했다.

번쩍.

마탑주가 눈을 떴다. 그의 눈은 야명주처럼 스스로 발광하고 있었다. 인간을 벗어난 것 같은 모습에 율리아나는 소름이 끼쳤다. 마탑주는 무아지경의 상태에 빠진 채로 지팡이를 휘둘렀다.

마법 구름 주변으로 어룽어룽 눈의 결정들이 부딪치며 작은 스파크가 일었다. 마나석으로 만든 진 안으로 그가 지배하는 인공세계가 창조되는 것만 같았다. 아니, 꼭 방 전체가 그를 주인으로 삼은 세계가 된 것만 같았다.

바깥에서 들어오던 빛이 차단되고 이 공간에서 그의 허락 없이 숨 쉬는 것조차 죄처럼 느껴지던 그때.

"크윽! 이제 힘은 다 모였어! 진정해!"

버럭 외친 미하일이 눈을 감았다. 그리고 아주 천천히, 미하일을 중심으로 짙어졌던 마나의 흐름이 움직였다. 율리아나는 지금 미하일이 인도력을 쓰고 있다는 것을 깨달았다.

'가이드는…… 센티넬의 이능만 인도할 수 있는 게 아니구나!'

이 사실은 10년의 미래까지 보았던 율리아나도 모르는 사실이었다. 아니, 어쩌면 발라고프의 수장인 미하일 외엔 모르는 사실인지도.

마법사와 가이드의 연관성에 대해 발라고프 소속의 가이드 부대가 알았더라면 아무리 입단속을 한다 해도 직접 가이드로서 전쟁에 나갔던 율리아나의 귀에 닿지 않았을 리 없다.

'그래서 가이드는 도움이 된다고 했던 거구나.'

마법의 시작 전에 마탑주가 했던 말을 곱씹으며 율리아나는 지금 눈으로 보는 광경을 하나도 놓치지 않고 머리에 새겼다. 원리를 알지는 못하더라도 보는 것만으로 배우는 게 있을 것이다.

공기 중으로 흩뿌려진 마나가 휘몰아쳤다. 마나는 마법이 되어 구름으로 흡수되기도 했지만 나머지는 그대로 흩어지려 했다. 그것이 마나의 자연스러운 성질이니까.

그러나 이 인공적인 마나는 마탑주가 마법을 시전하며 깨운 것들. 원래 자연 상태의 마나가 아니기에 아직은 머르딘의 지배에서 벗어나지 못한 상태다.

마탑주 머르딘은 6써클 마법사로, 현재 제국에서 가장 뛰어난 마법사지만 6개의 마나석을 100% 활용하지 못한다. 미하일은 가이드이자 살아 있는 마도구로서 이를 보완했다.

미하일은 눈을 감고 공기 중으로 흩뿌려진 마나들을 천천히 마탑주에게로 모았다.

이는 센티넬의 몸속에서 회로를 벗어나 폭주하는 이능을 회로로 인도(guide)하는 원리와 같다.

센티넬은 이 과정이 몸속에서 이루어지고 마법사는 이 과정이 몸 밖에서 이루어진다는 것만이 다를 뿐.

'천천히……. 거의 다 됐어.'

숨을 몰아쉬며 집중력을 최대로 이끌어 내려는 찰나.

'이걸 실패하면, 엘은 죽어.'

마음을 다잡으려고 한 생각이 오히려 독이 되었다. 엘이 죽을지도 모른다는 생각을 하자 감정적으로 동요하는 바람에 미하일의 집중력이 순간 흐트러졌다.

"미샤!"

머르딘이 다급하게 미하일을 불렀지만 이미 늦었다.

가이드의 인도에 따라 마탑주에게로 모이던 마나의 흐름이 깨지며 서로 부딪치기 시작했다. 마치 천둥이 치는 것 같은 소음이 났다.

콰르릉—!

"아, 안 돼!"

미하일이 비명을 지르며 눈을 부릅뜨는 순간, 꽉 쥔 주먹을 조심스럽게 잡아 오는 작은 손이 있었다.

"율리아나······?"

미하일은 자신의 손을 잡은 율리아나를 내려다보았다. 키가 고작 허리께에 닿는, 작디작은 아이였다.

"저도 도울게요."

머르딘이 미하일과 지팡이를 함께 잡았고 미하일은 율리아나와 손을 잡았다.

'알고 한 걸까?'

미하일은 이 아이가 알고서 자신의 손을 잡은 것인지 궁금했다. 만약 율리아나가 자신이 아니라 마탑주의 손을 잡았더라면 큰일이 났을지도 모른다.

아무리 인도력이 부족한 위급 상황이라도 세컨드 가이드는 이미 가이딩 받고 있는 상대에게 직접 가이딩을 하면 안 된다. 가이드 대상의 몸속에서 서로 다른 인도력이 충돌하며 상대를 미치게 할 수도 있기 때문이다.

그럴 때는 두 번째 가이드가 첫 번째 가이드에게 인도력을 전달해 줌으로써 보조하는 방법을 쓰는 게 정석적인 방법이다.

'이 아이가 세컨드 가이딩 규칙을 알고 내 손을 잡았을까? 설마⋯⋯. 아니지, 이 아이는 〈발라고프의 물레〉를 아는 아이야. 알 수도 있어.'

머리가 복잡하게 돌아가는 가운데, 율리아나가 진중한 목소리로 미하일을 꾸짖었다.

"집중하세요."

"아, 미안하구나."

'지금 내가 12살 어린애한테 혼난 건가?'

얼떨떨해하면서도 미하일은 우선 흐트러진 집중력을 붙잡았다. 잡은 손을 통해서 율리아나의 인도력이 흘러들어 왔다.

"아⋯⋯."

따뜻했다. 마치 어머니의 품에 안긴 듯 안정적이고 따스한, 충만한 인도력이 그의 몸 구석구석으로 퍼져 나갔다.

발라고프의 수장으로서 인도력이 부족한 적이 거의 없었기에 다른 가이드들의 인도력을 받아들인 적이 별로 없었다.

그러나 본능적으로 알 수 있었다. 이 청명하고 맑으면서도 따뜻한 인도력은⋯⋯. 같은 가이드조차 회복시키는 힘을 지녔다는 것을.

미하일은 율리아나에게 받은 인도력을 최대한 손상시키지 않은 채 마탑주의 지팡이로 흘려보냈다.

전설급 지팡이로 원래 능력보다 확장한 머르딘의 마나 서클이 한층 더 격렬하게 회전하며 주변에 흩뿌려진 마나를 흡수했다.

"크읍⋯⋯!"

머르딘은 눈을 부릅뜨고 외쳤다. 형형히 빛나는 눈처럼, 그의 목소리에도 마법적인 기운이 어려 있었다.

"내 마법이 멈추지 못할 것은 없나니 가라, 시간을 멈추어라!"

그 주문이 끝남과 동시에 침대 위를 자욱이 덮고 있던 구름이 한곳으로 뭉쳐 들었다. 둥근 모양이 된 구름은 빙글빙글 회전했고 그 끝에서 밝은 빛이 마치 바늘처럼 쏟아져 나왔다.

밝은 빛이 시야를 가득 물들이자 율리아나는 눈을 감았다.

"서, 성공이다!"

환희에 찬 머르딘의 목소리를 듣고 다시 눈을 떴을 때, 율리아나는 알 수 있었다.

엄마가 마치 동화 속 공주님처럼 시간을 멈추는 잠에 빠졌다는 걸.

"어, 엄마……!"

평온한 잠에 빠진 것처럼 편안해진 표정. 율리아나는 그대로 미하일의 손을 내팽개치고 침대로 달려갔다.

"엄마. 엄마아!"

엄마가 살았다는 안도감에 율리아나는 눈물을 펑펑 쏟았다.

"성공……했다."

털썩.

미하일은 그 자리에 주저앉아서 숨을 헐떡였다. 그리고 어린아이처럼 흐느껴 우는 율리아나의 뒷모습을 보았다. 자신의 실수 때문에 니엘라가 죽을 수도 있었다. 그녀가 자신 때문에 죽었다면, 미하일은 더 이상 살 수 없었을지도 모른다. 그걸 저 작은 아이가 해결했다.

'율리아나……. 너는, 날 구하러 온 천사가 아닐까?'

미하일은 남몰래 고인 눈물을 훔치며 머르딘의 부축을 받아 몸을 일으켰다. 마탑주 머르딘은 다른 생각을 했다.

'너무 힘을 많이 쓰는데? 조금 더 개량하는 편이 낫겠어.'

원래대로라면 최소 5년은 더 흐른 후에 상용화될 정도로 개량되지만, 율리아나의 개입으로 마탑주 머르딘의 마음이 바뀌었다.

〈발라고프의 물레.〉

시간을 멈추는 마법으로서 전쟁터에서 제대로 된 치료를 받지 못하고 죽을 운명에 처한 센티넬들을 수없이 구한 마법은 몇 개월 뒤, 널리 공표된다.

* * *

술법이 제대로 정착된 것을 확인한 뒤 문을 열자 알마예르 후작이 한달음에 뛰어 들어왔다. 긴장으로 새하얗게 질린 후작의 얼굴은 지독하게 낯설었다.

후작은 숨을 거의 쉬지 않는 것처럼 보이는 니엘라의 코 밑에 손을 댄 후 미친 사람처럼 그녀를 만지며 확인했다.

"엘…! 일어나봐, 엘!"

"후작님, 그만하세요! 엄마는 죽은 게 아니에요. 잠이 든 것뿐이죠."

"이렇게 차가운데 무슨 소릴 하는 거냐!"

차가운 게 당연하다. 냉기를 이용하여 마치 얼음 속에서 잠든 것처럼 시간을 멈춘 술법이니까.

발광하는 알마예르 후작의 모습을 경악하며 보던 미하일은 자신의 주변에 후작가의 끄나풀이 있지 않나 의심하던 것을 완전히 내려놓았다.

'황제의 입도 무거운 것 같고. 다행이군.'

이 〈발라고프의 물레〉를 아는 것은 황제와 마탑주 머르딘, 자신 정도다. 황제가 제 아들이나 측근 귀족에게 흘리거나 할 줄 알았는데 공과 사는 철저히 구분하는 모양이다.

'율리아나가 어떤 경로를 통해서 알게 되었는지는 일단 나중 문제고.'

미하일이 율리아나를 두둔하며 나섰다.

"율리아나 영애의 말이 맞습니다, 알마예르 후."

"…발라고프 백. 이걸 내게 상세히 설명해야 할 거요."

형형한 눈빛으로 노려보는 알마예르 후작의 기백은 엄청났다. 그러나 미하일은 우습지도 않았다.

"제게 그럴 의무는 없지요. 이건 폐하께서 알고 계시는 발라고프의 비전 기술이니까. 니엘라는 잠든 것뿐입니다. 니엘라를 치료할 방도를 찾았을 때, 잠든 니엘라를 다시 깨울 것입니다."

"잠든, 것이라고?"

"네. 엄마의 시간을 멈춘 거예요. 고친 건 아니지만, 이대로 엄마를 죽게 내버려 둘 순 없었어요. 후작님도 동의하셨잖아요."

"……."

화를 가라앉힌 알마예르 후작은 침묵하다가 고개를 끄덕였다.

이때다 싶었는지 머르딘이 입을 열었다.

"그럼 이분은 발라고프저로 옮기는 쪽이……."

"그건 허락할 수 없소!"

"마탑주는 술법의 관리를 위해 발라고프저로 옮기는 게 낫다고 말하는 겁니다, 후작."

"내게서 니엘라를 또 빼앗겠다고? 네가 감히! 무슨 염치로!"

알마예르 후작은 평소 무감각하다는 소리를 들을 만큼 감정 표현이 희박한 사내였지만 지금은 아니었다.

니엘라에 관한 일이었다. 세상에서 그녀보다 중요한 건 없었다.

알마예르 후작은 이마에 핏대를 세우며 광분했다. 그의 감정에 따라 공기 중의 수분이 진동했다.

우우웅―.

그 여파로 창문이 흔들리며 금방이라도 유리가 깨질 것처럼 휘었다.

아무리 아끼는 여동생이라 해도 후작이 이렇게까지 예민하게 구는 것은 이해가 가지 않았다. 율리아나는 알마예르 후작의 행동을 보며 희미한 예감을 느꼈다.

'설마……. 아냐. 아니겠지.'

미하일 발라고프는 입술을 짓씹다가 고개를 끄덕였다.

"……그 일에 대해선 제가 할 말이 없지요. 그럼, 후작저로 주기적으로 마법사를 보내 상태를 확인하겠습니다. 자세한 조율은 조금 있다가 하죠."

후작과의 용건을 미룬 미하일은 율리아나에게로 걸어와서 한쪽 무릎을 꿇었다. 그리고 입을 열었다.

"고맙습니다, 율리아나 영애. 그대가 제게 오늘 얼마나 큰 선물을 주었는지 모릅니다."

"저는 드린 게 없는데요."

"아니, 주었어요."

'삶을 살아갈 목표와 희망을 말이야.'

미하일은 손을 내밀었다. 율리아나는 머뭇거리다가 손을 뻗어 그의 손 위로 겹쳤다.

"율리아나 영애. 싫지 않다면……. 발라고프 저택에 놀러 오지 않겠어요? 물론, 계속 있어도 좋습니다. 아니, 머물러 주세요. 열렬히 환영합니다."

"발라고프 백! 지금 뭐 하는 건가!"

"니엘라가 잠든 상태라 거취를 결정하긴 어렵겠지만……. 나는 영애가 원하는 일이면 그게 뭐든 들어주고 싶어요."

그는 머뭇거리다가 조심스럽게 말했다.

"……내 딸이니까."

"누가 네 딸이라는 건가!"

알마예르 후작이 벌컥 화를 내었다.

"그럼 율리아나 영애가 제 딸이지, 알마예르 후작의 딸입니까?"

"그건……."

율리아나는 후작의 얼굴을 보았다. 의외의 표정이었다.

후회로 뒤범벅된 얼굴. 차라리 '내 딸이라고 말할걸.' 과거를 후회하는 것 같은 표정이었다. 그러나 이미 여러 번 조카라고 말했고 친부에 관해 니엘라가 직접 말했기에 차마 번복하기 어려웠다.

'처음부터 내 딸인 척할걸 그랬어.'

알마예르 후작은 후회하다가 문득 이상함을 느꼈다.

'내 딸이었던 적이…… 있지 않았나?'

갑자기 엄습한 두통에, 그는 길게 생각을 이어 가지 못하고 이 생각을 바로 잊었다. 그저 미하일 발라고프에 대한 분노만이 그의 머릿속에 가득했다.

'언제나 내 것을 빼앗아 가는 놈!'

알마예르 후작을 지켜보던 율리아나는 결론을 내렸다.

이것으로 확실해졌다.

'지난 생에도 나는 당신의 딸이 아니었구나.'

아마도 알마예르 후작은 저 미하일 발라고프가 미워서 자신을 딸로 착각하도록 유도한 게 분명했다.

'정말…… 싫은 사람.'

엄마가 다시 깨어나 외삼촌과 잘 지내라고 말해도 단호하게 거부할 테다. 무슨 이유인지는 모르지만, 거짓말로 자신의 인생을 망가트린 후작과는 더는 엮이고 싶지 않았다.

율리아나는 일부러 미하일에게 밝게 웃으며 말했다.

"다른 건 몰라도 발라고프 저택에 놀러 가는 것 정도는 언제든 괜찮아요."

"율리아나!"

율리아나는 고개를 돌려 알마예르 후작의 눈을 직시했다. 무섭게만 느껴지던 푸른 눈.

'그러나 이 사람은 이제 나를 해칠 수 없어. 나는 엄마의 딸이고, 엄마를 죽음에서 구했으니까. 내게 뭐든 해 준다고 했으니까.'

그래서 더는 무섭지 않았다. 율리아나는 또박또박 말했다.

"안 되나요, 삼촌?"

"……이곳의 생활도 적응하기 전인데 벌써부터 밖을 나돌아 다니는 건 좋지 않다."

"오늘도 바이델과 함께 시내 서점을 다녀왔는걸요."

"좀 더 시간을 두자꾸나."

"네. 그럼 제가 나중에 편지를 보낼게요."

시무룩한 미하일을 보며 율리아나는 입술을 달싹거리다가 한 걸음 다가가 작은 목소리로 속삭이듯 말했다.

"……아버지."

미하일이 활짝 웃었다. 흐트러진 옅은 금발과 흐무러지는 녹색 눈. 12살 난 아이를 두고 있는 남자처럼 보이지 않는, 소년 같은 웃음이었다.

"그래, 율리아나. 언제든."

"……맙소사. 미하일이 저런 표정을 짓는 걸 다 보네."

중간에 나가기도 어색해서 구석에 처박혀 쥐죽은 듯 있던 머르딘이 중얼거렸다. 그는 이미 세 사람이 대화하는 동안 갈 준비를 마친 터였다.

머리에 꽃이라도 단 듯 헤실헤실 웃는 미하일을 보고 절레절레 고개를 저은 그는 율리아나에게 씨익 웃어 보였다.

"나중에 더 이야기할 기회가 있겠지. 마법에 관해 궁금한 게 있다면 마탑으로 편지를 보내도록 해. 그럼 다음에 또 보자."

머르딘은 왔을 때처럼 갈 때도 폭풍처럼 빠르게 사라졌다.

이후, 피곤하다며 마탑으로 돌아간 머르딘을 대신하여 협상하느라 미하일은 밤늦게까지 알마예르 후작과 이야기를 했다.

니엘라의 신변은 후작저에서 맡기로 했지만, 마탑에서 지속적으로 마법사를 보내는 일은 마탑주 단독으로는 진행할 수 없고 황제의 승인이 필요한 부분이었다.

두 사람은 이번 일에 관한 이야기를 하기 위해 집무실로 가서 오랫동안 나오지 않았다.

바쁜 고용인들도 자신의 일을 하러 흩어졌다.

모두의 시선이 사라진 뒤, 엄마가 있는 방으로 율리아나가 몰래 숨어들었다.

고요한 방. 니엘라가 누운 침대 위로 요요한 달빛이 떨어지고 있었다.

율리아나는 가만히 엄마를 내려 보았다.

'엄마……. 대체 알마예르 후작과는, 무슨 관계였어요? 보통 남매 사이가 맞아요? 발라고프 백작은 좋은 사람처럼 보이던데, 왜 날 임신한 채로 수도를 떠났던 거예요?'

묻고 싶은 말이 많다.

그러나, 대답은 들을 수 없다. 대답을 들으려면 한 가지 방법뿐이다.

'엄마가 죽지는 않았지만, 이걸로 끝이 아니야.'

니엘라의 이능 회로가 군데군데 끊겨 있던 것이 마음에 걸렸다. 대체 그게 무슨 병이란 말인가?

이 희귀병의 원인은 무엇인지, 누가 걸리는지, 치료법은 무엇인지 이세부터라도 알아낼 것이다.

'그래도 우선 엄마로부터 죽음을 멀리멀리 치워 냈으니 다행이야. 이 마법을 풀려면 마탑주와 발라고프 백작이 필요하니까, 엄마는 아무도 못 건드려. 알마예르 후작이라 해도.'

끼이익—.

그때, 방문이 열렸다.

갑작스런 불청객에 놀란 율리아나는 얼른 침대 커튼 뒤로 숨었다. 문을 열고 온 이의 얼굴이 달빛에 드러났다.

'알마예르 후작.'

시간이 멈춘 엄마 외엔 아무도 없는 공간. 알마예르 후작과 단 둘만 있다는 걸 깨닫자 숨이 가빠졌다.

죽기 전, 알마예르 후작이 자신에게 크게 화를 냈던 때가 떠올랐다.

'드디어 저 물건을 눈앞에서 영영 치워 버리는군.'

율리아나는 자신을 보면 알마예르 후작이 전생의 마지막 기억처럼 크게 화를 내지 않을까 걱정했으나 그건 정말 기우였다.

니엘라만을 오롯이 담은 알마예르 후작의 눈에는 율리아나 따윈 보이지도 않았으니까.

알마예르 후작은 어설프게 숨은 율리아나의 존재도 알아차리지 못한 채 니엘라가 잠든 침대로 천천히 걸어갔다.

그리곤 신께 기도하듯 경건한 모습으로 바닥에 무릎을 꿇었다. 신의 손을 붙잡듯 니엘라의 손을 간절히 붙잡고 그 손등에 얼굴을 비비며 중얼거렸다.

"엘……."

"엘라……."

"나의, 니엘라……."

율리아나는 그대로 숨을 죽인 채 가만히 기다렸다.

얼마나 시간이 흐른 걸까.

가만히 서 있던 다리에 쥐가 날 정도로 오랜 시간이 흐르고 나서야, 알마예르 후작은 방을 나갔다.

탁.

문이 닫히고 난 뒤에 율리아나는 바닥에 주저앉아 숨을 크게 쉬었다.

"……하아, 하아."

알마예르 후작이 홀로 자신의 생을 지옥으로 만들었다고 생각하지는 않는다. 그녀의 생을 지옥으로 만든 이는 여럿이었다. 가장 큰 지분을 차지한 건 알렉산더였다.

그러나 후작이, 이렇게 다를 수 있었던 율리아나의 인생의 첫 단추를 잘못 끼운 것도 사실이다.

그런데 그게 바로 집착 때문이라니.

'여동생에 대한 비정상적인 집착 때문에…….'

알마예르라는 완벽한 세계의 절대자처럼 보이던 그도 결국 감정을 지닌 한 사내에 불과했다니, 율리아나는 복잡한 기분이 되었다.

곧 마음을 다잡았다.

'그래도 용서하지 않을 거야.'

그리고…… 상관하지 않을 거야. 그 남자가 제대로 내 삼촌 노릇을 한다 해도, 그건 날 위한 게 아니니까.

'당장 내일 아침, 내가 죽었다는 소식을 들어도 안타까워하지도 않을 사람이니까.'

이상하게도 눈물이 났다. 딱 한 방울이지만 눈물은 눈물이다.

'이상하네. 이미 버렸다고 생각했던 기대였는데도, 아직 조금은 남아 있었나 봐.'

율리아나는 뺨을 타고 흐른 눈물 한 방울을 손으로 닦고 손을 털어 물기를 날렸다.

아버지였던 알마예르 후작에게서 사랑받고 싶었던 그녀의 마음은 그렇게 완전히 시들어 떨어졌다.

Chapter 3. 그 남자, 자이거 대공

발라고프와 알마예르의 교류가 늘었다. 의미 있는 교류라기보다는 사후 처리에 가까웠지만 니엘라를 마법 수면 상태에 빠트린 사건은 외부에는 알려지지 않았기에 그저 교류가 는 것으로만 보였다.

〈발라고프의 물레〉는 황제와 소수의 관계자 외엔 모르는 기술이었으므로 알마예르 후작이 어떻게 알게 되었는지 경위서를 작성해야 했고, 이 과정에서 니엘라 알마예르와 미하일 발라고프의 관계가 황제에게 알려졌다.

황제는 발라고프와 알마예르의 딸인 율리아나에게 관심을 기울였으나 그녀는 이를 모른 채 그저 매일매일 저택으로 배달되어 오는 물건을 보며 한숨만 쉴 뿐이었다.

"아가씨."

견습 집사가 찾아오자 율리아나는 연거푸 한숨을 폭 내쉬었다.

"오늘은 또 뭐죠?"

"응접실로 가서 직접 확인하시는 게 좋을 것 같습니다."

응접실로 걸어가는 길에 코끝에 진한 꽃향기가 밀려 들어왔다. 꽃다발의 향기가 이곳까지 퍼질 수 있나? 의아해하며 응접실로 들어선 순간.

율리아나는 눈을 크게 떴다.

응접실은 마치 꽃밭을 그대로 옮겨 온 것처럼 엄청난 꽃에 뒤덮여 있었다. 각기 다른 종류의 색색 가지의 꽃들이 사방의 벽을 다 두르고도 남아서 테이블 위까지 점령하고도 넘쳤다. 하녀들은 부지런히 바구니와 화병을 가져와 꽃을 꽂아 정리했다.

창문을 열었는데도 꽃향기가 너무 진해서 약간 어지러울 정도였다.

'대체 내게 뭘 바라는 걸까.'

한숨이 나왔지만 그래도 선물을 확인하지 않을 수는 없었다. 꽃에 점령당한 테이블 가운데엔 품에 안기도 힘들어 보이는 커다란 선물 상자가 있었다.

다가가서 상자 뚜껑을 열자 시원한 냉기가 흘러나왔다. 커다란 상자 안은 두 섹션으로 나뉘어 바깥쪽엔 아기자기한 디저트를, 안쪽엔 카드와 함께 책을 두었다.

'책?'

카드를 치워 제목을 확인한 율리아나가 탄성을 터트렸다.

〈대(對)마족 병법서〉

인쇄술의 발전 덕에 양산형으로 나온 책이 아닌 수작업으로 만들어진 책인 게 분명했다. 이런 책들은 시중에 잘 나오지 않아 인맥이 없다면 구하기 어려웠다. 특히 병법서 같은 종류는 더욱더.

침을 꿀깍 삼키고 손을 뻗어 책 표지를 어루만졌다. 무늬를 한 땀 한 땀 금실로 수를 놓은 가죽 표지는 매끄러웠고, 결이 살아 있어 윤기까지 날 정도였다.

'이건…… 거절할 수 없잖아!'

며칠간 모든 소녀들의 마음을 사로잡을 법한 인형과 장난감들을 보내다가 율리아나가 계속 거절하자 전략을 바꾼 듯했다. 율리아나가 거절하지 않을 법한 선물을 생각해 낸 것이다.

하아. 율리아나는 작게 한숨을 내쉬었다.

어떻게 〈발라고프의 물레〉를 알게 되었느냐고 묻는다면 설명하기 어려워서 만남을 피해 왔는데……. 만나긴 해야겠지.

이렇게 큰 선물을 받고도 그대로 입을 닦을 수는 없다. 아마도 카드에 언제 한 번 만나자고 쓰여 있지 않을까.

'일단 카드에 답장부터 해야겠다.'

그렇게 생각한 찰나, 누군가가 카드를 휙 뺏어 갔다.

"이게 다 뭐야?"

성이 난 바이델의 목소리에 반사적으로 몸이 움츠러들었다가 화가 났다. 반사적인 몸의 반응이 싫었다. 이미 없던 일이 되어 버린 회귀 전 사건에 얽매여 있고 싶지 않았다.

"내가 누구한테 선물을 받든 무슨 상관이야?"

"왜 상관이 없어? 넌 알마예르잖아!"

'언제부터 나를 그렇게 알마예르 취급해 주었다고?'

그 말에 울컥한 율리아나는 저도 모르게 날 선 말을 뱉었다.

"내가 언제까지 알마예르일 것 같아?"

"뭐……?"

"내가 계속 알마예르일지, 발라고프가 될지는 두고 봐야지."

직접적으로 이야기한 적은 없지만 바이델이 모를 리 없다고 생각해서 꺼낸 말에 돌아온 반응은 의외의 것이었다.

"발라고프? 그게 무슨 소리야?"

"뭐?"

'바이델은 내가 미하일 발라고프의 딸인 걸 모르나? 장남도 아니고 차남 한테까지는 이야기하지 않는 건가?'

율리아나는 의아해하면서도 일단 설명해 주었다.

"무슨 소리긴. 내가 미하일 발라고프와 니엘라 알마예르 사이에서 난 딸이라는 소리지."

바이델의 눈이 커졌다. 호수처럼 파란 눈이 폭풍을 만난 듯 거세게 흔들렸다.

"너……! 이건 배신이야!"

배신이라는 말에 코웃음이 나왔다.

"배신은 있는 믿음을 저버렸을 때나 하는 말이야."

알마예르를 너무도 사랑했던 이전 생이면 몰라도, 이제 알마예르가 된 지 한 달도 되지 않았는데 무슨 배신이란 말인가.

'바이델 입장에선 그렇게 생각할 수도 있겠지. 시골에서 살던 촌것에게 알마예르의 이름을 주었는데 감히 감격하지 않는다는 것 자체를 괘씸해할지도.'

인계와 마계의 경계가 허물어진 이후 인계는 사실상 마계에게 흡수된 것이나 마찬가지인 상황. 제국을 제외한 나라는 모두 멸망했다.

가장 강력한 센티넬이었던 황제가 이끄는 센티넬 기사들이 번성하여 지금의 귀족 가문이 되었다. 황족의 핏줄인 대공가와 변변찮은 후계가 없어 힘을 잃은 공작가를 제외하면 알마예르 후작이 제일 귀족이라고 해도 과언이 아닌 상황.

알마예르는 가장 강력한 센티넬 귀족 가문으로 손꼽히며 현 알마예르 후작은 물론 휴렌과 바이델 모두 대단한 이능을 가진 센티넬로 성장할 것이다.

물론 지금의 바이델은 본인의 수준을 모르니 그저 아버지와 형인 휴렌이 뛰어난 센티넬인 것을 자랑스럽게 여기는 것일 터.

율리아나도 바이델의 입장이었으면 자신을 이해하지 못했을 것이다. 그렇지만.

'알 게 뭐야. 나는 바이델이 아닌걸. 그리고 왜 내가 바이델에게 일일이 내 마음을 설명해야 해?'

율리아나는 뚱한 얼굴로 말없이 바이델을 보았다. 율리아나가 입을 열지 않자 바이델은 잘 정리된 머리칼을 헤집으며 말했다.

"고모님이 병 때문에 마법 수면 상태에 들어가셨다며. 고모님을 두고 발라고프로 갈 셈이야?"

"설마 이것도 모르진 않겠지? 그 수면 마법을 걸어 준 게 발라고프인데."

"아, 진짜!"

정말 몰랐던 것인지 바이델은 발을 구르며 신경질을 냈다. 율리아나는 저도 모르게 피식 웃음이 나왔다.

"바로 간다는 뜻은 아니야. 그렇지만 선물에 답장은 해야지. 카드 줘."

"……꽃, 좋아해?"

"어?"

"꽃 좋아하냐고! 온통 꽃투성이잖아!"

응접실 벽이 보이지 않을 정도로 꽃으로 둘러싸인 걸 보고 물은 듯했다. 사실 꽃을 의미 있게 여겨 본 적은 없어서 고개를 저었다.

"딱히."

"그럼 왜 너한테 꽃을 이렇게나 많이 보냈지? 부를 과시하는 건가?"

"글쎄. 거절하지 못할 선물을 보내고 싶었나 봐."

"꽃은 거절 못 해?"

얘가 왜 이럴까. 지난 생에선 귀족의 삶에 관해 아무것도 아는 것이 없어 바이델에게 자주 무시를 당했는데 어려서 그런가, 아는 게 없는 바이델을 보니 오빠는커녕, 철없는 남동생을 보는 기분이다.

"꽃은 보통 물건이랑 달리 쉽게 망가지고 금방 져 버려서 되돌려 줘 봤자 쓰레기밖에 되지 않아. 그래서 되돌려 주는 건 보낸 상대에게 엄청난 모욕이 돼."

"……넌 어떻게 그런 걸 잘 아는데?"

어떻게 대답할까 고민하던 율리아나는 대강 얼버무리기로 했다.

"책 좀 봐. 그렇게 훌륭한 장서관이 저택 내에 있는데도 책을 안 보다니, 말도 안 돼."

"……이익! 그래, 너 잘났다!"

바이델은 카드를 거의 던지듯 율리아나에게 건네고 뒤꿈치로 바닥을 쿵쿵 찧으며 응접실을 나갔다. 그리고 나가면서 외쳤다.

"빨리 답장 쓰고 준비해! 내가 그까짓 책보다 더 좋은 책을 사 줄 테니까!"

"또 나가자고?"

"그래. 발라고프가 준 것보다 더 좋은 책을 사 주고야 말겠어!"

활활 전의를 불태운 바이델은 견습 집사를 불러 희귀 서적을 다루는 서점을 찾아내라고 닦달했다.

그리고 다음날, 바이델은 의기양양한 얼굴로 율리아나에게 말했다.

"서점 가자."

바이델의 말을 따르는 것이 손해도 아니었기 때문에 율리아나는 고개를 끄덕였다. 자기 좋은 일도 아니면서, 뿌듯해하는 얼굴을 하는 바이델이 바보 같았다.

"그……래."

마차는 지난번과 다른 길을 달려 발라고프 서점이 아닌 다른 서점에 도착했다. 희귀 서적을 다루는 서점이라 그런지 건물이 크지 않았다. 대신 고풍스럽고 고즈넉한 느낌이 났다.

율리아나는 두근거리는 마음을 앉고 문고리를 잡고 문을 밀었다. 아니, 밀려고 했다. 안에서 누군가가 문을 확 당겨 열지만 않았다면.

"앗!"

문을 밀려던 힘이 방향을 잃으며 몸의 균형이 앞으로 쏠렸다.

"야!"

두 걸음 뒤에 떨어져서 있던 바이델이 율리아나를 잡는 것보다 문을 연 사람이 율리아나를 받치는 게 더 빨랐다.

포옥!

휘청거리는 율리아나의 작은 몸을 문을 연 남자의 단단한 팔이 부드럽게 휘어 감았다.

'아······!'

상대와 닿는 순간, 이상한 감각이 느껴졌다. 마치 피를 빨리는 것처럼 온몸의 힘이 빠져나가는 감각.

쑥하고 몸에 축적된 다량의 인도력이 빠져나갔다. 얼른 인도력이 빠져나가지 않게 닫았지만 이미 다량이 소진된 후였다. 머리가 핑 돌고 어지러웠다.

그런데 어딘가 익숙한 느낌이 들었다.

'이 사람은, 누구, 지?'

고개를 드는데 남자가 굉장히 당혹스러운 얼굴을 하고 있었다.

"괜찮으십니까?"

"아······."

남자의 얼굴은 익숙했다.

타오르는 불꽃같은 적발, 황홀하게 휘몰아치는 금안.

황금을 머금은 불꽃을 형상화한 것 같은 남자.

레온하르트 자이거.

제국의 방패이자 젊은 전쟁 영웅이 눈앞에 있었다.

'맙소사, 이 남자를 왜 여기서······.'

율리아나는 입 안을 깨물며 어지러운 머리를 부여잡았다.

자이거 대공 레온하르트를 보자 이전 생의 기억이 떠오른다.

때는 승전 연회였다.

* * *

원투쓰리포 원투 턴—

원투쓰리포 원투 턴—.

화려하고 경쾌한 궁중 음악에 맞춰 드레스 자락 속 겹겹의 레이스들이 흩날렸다. 수많은 레이디와 신사들은 서로의 손을 잡고 빙글빙글 돌며 춤을 추었으나 그들의 손은 각각 장갑에 감싸여 있었다.

딱 한 사람을 제외하고.

율리아나는 귀족 영애들에겐 알몸과도 같은 맨손을 그대로 드러낸 채 수많은 남자들의 손을 잡으며 춤을 추었다.

미혼과 기혼을 막론하고 모든 레이디들은 무도회장에서 장갑을 착용한다. 여름엔 얇은 레이스, 나머지 계절엔 실크나 고급 면수 장갑을. 장갑을 벗는 건 사적이고 규모가 작으며 모인 사람들 간의 친밀도가 높은 자리에서 허용된다.

레이디의 손과 발은 한 번도 고생한 적 없는 삶의 증거물로서 곱고 아름다워야 하며 같은 여성이 아니라면 그녀의 목줄을 쥔 남자들 앞에서만 드러낼 수 있다. 예를 들면 아버지나, 남편, 혹은 아들 같은. 그게 아니라면 제대로 된 레이디가 아닌 것이다.

여기, 후작가의 영애로서 황태자의 악혼녀 자리를 꿰찬 레이디 중의 레이디, 율리아나가 있다. 그런데 어찌된 일일까. 율리아나의 손에는 레이스 장갑도, 실크 장갑도, 흔하디흔한 면장갑조차 끼워져 있지 않다. 심지어 그녀는 그 꼴로 신사들의 손을 잡고 춤을 추고 있었다.

그 이유는 단 하나.

율리아나가 가이드이기 때문이다.

제국의 가이드들은 장갑 착용이 금지되어 있다. 언제든 센티넬의 손을 잡고 가이딩을 해 줘야 할 의무가 있기 때문에.

율리아나는 후작 영애이지만 가이드이기 때문에 장갑을 끼지 않고 있었다. 이 연회에 귀족 영애가 아닌 가이드로서 참석했다는 걸 보여 주고 싶었다.

사람들의 시선이 율리아나의 손에 꽂혔다.

붉은 딱지가 진 상처와 푸르고 누런 멍 자국까지 난 험한 손. 황태자의 가이드로서 칼덴 공국 수복 전쟁에 참전한 율리아나의 손엔 채 낫지 않은 상처가 많았다.

그러나 율리아나의 손을 보며 안타까워하거나 고마워하는 사람은 아무도 없었다. 당연히 율리아나의 이런 기행이 사교계에서 '혁명적인 행보'나 '편견을 깨는 당당함' 따위로 받아들여지는 일도 없었다.

이 연회는 카를 제국이 마족으로부터 칼덴 공국을 수복한 것을 축하하는 자리였으나 전쟁의 주역인 율리아나를 따라다니는 건 지저분한 추문뿐이었다. 승리의 영광은 오로지 센티넬에게만 돌아간다.

"어머, 또 맨손이네. 오늘은 장갑을 끼고 올 줄 알았는데 말이에요."

"부끄럽지도 않은지……."

"수치심을 알겠어요? 요행으로 후작가의 피를 훔쳤다 해도 나머지 반은 평민이잖아요? 아니, 평민이 맞기나 할까. 그런 여자가 제대로 된 레이디일 리가 없죠."

"레이디가 아니라는 걸 자랑하는 건지도 모르죠. 나는 가이드로서 전쟁에 나갔다 왔다! 라고 말하고 싶은가 봐요."

"어차피 가이드는 후방에서 안전하게 있지 않나요? 전쟁의 주역은 황태자 전하와 다른 센티넬들인데 뻔뻔하게 숟가락을 얹으려 하다니. 하긴, 황태자 전하께서 저 여자를 가이드로 받아들인 것도 친우이신 휴렌 공자 때문이라는 말이 있어요."

"전하와 휴렌 공자께서는 절친하시니까요. 알마예르 후작가를 밀어 주고 싶으신 것도 있을 테고……. 아무리 그래도 저런 천박한 여자를 거두실 필요가 있을까요? 가이드 따위야 노예를 사거나 평민을 고용하면 그만인 것을."

"글쎄요. 전하께는 제대로 된 연인이 계시니까 색다른 맛을 원하셨을 수도 있죠. 왜 멀끔해 보이는 신사분들이 뒤로는 창관에 다니겠어요?"

"아이 정말! 이런 얘기는 그만해요. 창부들의 이야기를 하니 차라리 소나 돼지의 이야기를 하겠어요. 적어도 소나 돼지는 남자들 입에만 맛있는 게 아니라 우리 레이디들 입에도 맛있잖아요?"

"어머, 말씀도 재밌게 하셔요."

아름다운 깃털 부채 너머로 속살거리는 소리가 율리아나의 귓가에 닿았다. 이제 와서 후회가 되었다.

'드레스 대신 군복을 입고 올걸.'

사실, 군복을 입고 오려고 했었다. 이 자리는 승전을 축하하는 연회 아니던가.

율리아나는 천치가 아니었다. 그녀는 사교계에서 자신의 평판과 위치가 어떤지 인식하고 있었다. 그녀를 두고 사람들이 어떤 말을 하는지도 아주 잘 알았다. 사교계에 데뷔한 이후로 언제나 비슷한 욕을 먹어 왔으니까.

파티에 군복을 입고 오지 못한 것은 휴렌 때문이었다. 파티 준비를 하던 중, 하녀가 깨끗하게 세탁한 군복을 율리아나의 방으로 가져가는 것을 본 휴렌이 따라와 그녀에게 화를 냈다.

'드레스가 없는 것도 아닌데 파티에 군복을 입고 간다니. 알마예르를 얼마나 더 우습게 만들 셈이냐?'

'드레스가 없어서가 아니라, 저는 군인으로서 참전했으니 군복을 입는 게 맞다고 생각해서…….'

'*네가 맞다고 생각하는 게 뭐가 중요하지? 더 이상 가문에 누를 끼치지 마라.*'

'*······네.*'

군인으로서가 아니라 황태자의 약혼녀로서 가는 파티라고 생각해서 화려하게 성장(盛裝)하고 참석했다.

그러나 언제나처럼 황태자는 율리아나에게 마차를 보내 주지도 않았고 에스코트를 해 주지도 않았다. 파티에 참석한 오빠들 역시 마찬가지였다.

홀로 파티장에 들어선 율리아나는 그녀를 비웃듯 둘러싼 사람들에게 질문을 빙자한 비난 세례를 당했고, 도망치듯 춤을 신청하는 남자들의 손을 잡고 춤을 췄다.

'그래도 괜찮아. 전하께선 날 필요로 하니까. 참모들도 내 덕분에 전쟁에서 이겼다고 말해 줬으니까.'

율리아나는 사교계에서 거의 황태자의 코르티잔과도 같은 취급을 받고 있었다. 아니, 어쩌면 코르티잔보다 못한 취급일지도 모른다. 코르티잔은 남자들의 선망을 받는 비싼 몸이시지만 가이드 율리아나는 규격을 벗어난 괴물 같은 여자이기 때문에.

센티넬(Sentinel).

'보초병'이라는 단어의 뜻처럼, 센티넬은 문 안으로 마족이 쳐들어오지 않는지 지키는 선천적 이능력자다.

카를 제국. 마계의 침략으로 온 세상이 마족에게 점령당했을 때, 가장 강력했던 센티넬은 마족에게서 수복한 땅에 카를 제국을 세우고 초대 황제가 되었다.

마족의 상대는 센티넬이다.

마법사가 마나를 연구하고 응용하여 후천적으로 마법을 쓰는 존재라면 센티넬은 선천적으로 이능을 타고나는 존재다. 마족 역시 센티넬처럼 선천적인 이능을 다루기 때문에 마법사들은 마족에게 큰 타격을 주기 어려워 마족과의 싸움에서 보조적인 역할만 수행했다.

강한 이능을 지닌 센티넬은 마치 신처럼 강력한 힘을 자유자재로 사용하지만 센티넬에게도 제약은 있다.

마법사가 마법을 쓸 때 마법식과 마력이 필요한 것처럼 센티넬이 이능을 쓸 때도 마찬가지다. 센티넬의 몸 자체가 마법식을 대신한다면, 센티넬의 심장과 영혼에 담긴 이능이 마력을 대신한다.

센티넬의 몸은 보통의 인간보다는 강력하지만 내구력은 무한대가 아니다. 마치 신의 안배처럼, 센티넬의 과부하를 올바르게 다스리고 인도해 줄 수 있는 존재가 있다.

가이드(Guide).

센티넬은 한계까지 이능을 사용하면 폭주하게 되는데, 이를 막아 줄 수 있는 존재가 가이드다. 가이드가 없는 센티넬은 결국 망가지게 되지만 그게 센티넬이 을이라는 뜻은 아니다.

카를 제국의 건국을 도운 가장 강력했던 센티넬들은 제국의 건국 영웅이자 공신 가문이 되었고 그대로 기득권층이 되었다. 강력한 센티넬들은 대부분 귀족이며 그들은 가이드를 회유하는 대신 철저하게 도구화하는 방법을 택했다.

건국 공신 알마예르 후작가의 사생아이자 가이드인 율리아나는 그녀가 갖고 있는 복잡한 위치 때문에 사교계에 등장할 때부터 파란을 일으켰다.

가이드는 센티넬 귀족의 도구로서 철저히 복속시켜야 하는 존재다. 그런데 율리아나는 감히 가이드인 주제에 도구 취급을 받는 게 아니라 황태자의 약혼녀가 되었고, 중요한 몇몇 전쟁에 종군하여 전공까지 세웠다.

콧대 높은 귀족들은 이제 와서 율리아나를 전쟁 영웅이라며 추앙할 수 없었다. 그러기엔 자존심이 상했다. 그래서 전부터 욕해 오던 관성에 따라, 아니 그보다 더 심하게 그녀를 헐뜯고 깎아내렸다. 딱 한 사람을 제외한 제국 귀족 전부가.

원투쓰리포 원투 턴.

원투쓰리포 원투 턴.

이름도 외우지 못한 남자의 손을 잡고 턴을 돌며 율리아나는 멍하니 잡념에 빠져들었다. 가장자리 쪽으로 턴을 돌다가 의도치 않게 작은 험담을 들어 버렸기 때문이다.

'레이디답지 않게 눈 밑이 검다는, 아까 들은 험담의 수위보단 훨씬 낮은 말이지만…….'

전쟁이 끝난 지 얼마나 되었다고, 피로가 풀리지 않은 게 당연하지 않은가? 율리아나는 신체 능력이 뛰어난 센티넬이 아니라 가이딩 능력을 제외하고선 지극히 일반인에 가까운 가이드인데 말이다.

아무리 별것 아닌 험담이라 하여도 자신을 향한 노골적인 악의는 언제나 그녀를 지치게 만들었다. 차라리 전쟁터가 편하게 느껴질 정도다.

'휴렌 오라버니 때문에 날 택했다고? 말도 안 돼. 휴렌 오라버니는 지금이라도 날 전하 옆에서 떼어 내고 싶어 하는걸.'

약혼자인 황태자를 떠올리자 차갑게 식어 있던 가슴이 따뜻해졌다.

미래를 약속한 센티넬과 가이드.

떼려야 뗄 수 없는 관계로 묶여 있다는 안정감이 바닥에서 붕 뜬 것 같던 영혼을 다시 현실 세계로 되돌려 놓았다. 황태자는 자신에게 차가운 가족들보다 더 가까운 존재였다. 그녀를 인정해 주었으며 다정했다.

황태자는 알고나 있을까. 오래전에 그가 지나가듯 손톱이 단정하고 깨끗하다는 말을 해 주어서 지금껏 손톱 정리에 열심이라는 것을.

'물론 전하께는 연인이 있었지만……. 그래도 약혼은 나랑 했으니까. 황제가 되실 분인데 그 정도 여성 편력은 이해해야지.'

자신과 만나기 전에 황태자와 깊은 관계였던 여성이 있었다는 걸 알고 있다. 그러나 그건 과거의 일일 뿐이다.

율리아나는 침울하게 바닥으로 가라앉던 감정을 가까스로 끌어 올렸다.

남들의 험담에 집중하기보다는 현재 상황을 봐야 했다.

'다른 사람들 말에 흔들리지 말자. 나는 황태자의 약혼녀야. 사람들은 나를 질투해서 욕하는 거야.'

감히 후작가의 사생아 주제에 황태자의 가이드로서 특별 취급을 받으니 그저 헐뜯고 욕할 구실이 필요할 뿐이다. 알고 있다. 끝없는 전쟁에 불안해하는 사람들에겐 공공의 적이 필요하니까.

그렇지만 전공을 세웠는데도 가족과 사교계에서 환영받지 못하는 신세라는 건 율리아나를 서글프게 만들었다.

"영애. 집중 좀 하시지요."

"윽!"

그때, 마주 잡은 딱딱한 손이 그녀를 마구잡이로 잡아서 회전시켰다. 그 바람에 순간적으로 발목을 삐끗했다. 높은 굽을 신고 몇 번이나 춤을 추는 바람에 이미 발목에 무리가 간 상태였기에 조금 삐끗한 것만으로도 발목을 불쏘시개로 찌른 듯 화끈거리는 고통이 엄습했다.

율리아나는 고통에 찬 신음을 터트리려다가 입술을 깨물며 참았다. 눈앞의 남자는 일부러 그녀를 거칠게 리드하며 그녀가 집중하기를 바라는 것 같았으나 율리아나는 그에게 시선을 한 번 주었다가 관심을 꺼 버렸다.

이름은 알고 있지만 별로 중요한 사람도 아니었다. 율리아나는 사생아인 자신을 받아 준 알마예르 후작가의 이름에 먹칠하지 않기 위해 한미한 귀족 가문의 족보까지 달달 외웠다.

지금의 춤 상대는 센티넬이긴 했지만 워낙 미약한 힘을 타고나서 군인으로서 종군할 수도 없는 수준의 센티넬. 평생 가이딩을 받지 않아도 되는 정도의 한미한 이능력자다.

'얌전히 춤이나 추고 다음 순서에게 넘기지, 왜 이런담?'

율리아나는 다시 상념에 빠져들었다. 최근 들어 그녀를 향한 악의가 더 커지고 있었기에 쉽사리 우울을 떨치지 못했다. 직접 전투를 한 것은 아니지만 처참했던 전쟁터에 오래 머물며 심신이 피폐해진 상태였기에 더욱 그랬다.

오해는 그만 받고 싶다. 그러나 어떻게 하면 오해를 바로잡을 수 있을지 알지 못했다. 율리아나는 평생에 걸쳐 오해를 받고 악의를 받는 삶에 익숙해져 있었기 때문이다. 마이너스의 고리를 끊을 방법을 알지 못했다.

'나도 선택지가 없었는데. 그저 가이딩을 하러 갔을 뿐, 예상치 못한 일을 당한 사람은 나란 말이야. 근데 왜 내가 사이좋은 연인을 갈라놓은 악녀 소리를 들어야 하는 걸까. 어차피 내가 없어진다 해도 자기들이 황태자 전하와 결혼할 수 있는 것도 아니면서.'

사교계에서 자신을 미워하는 이유가 질투심이라면 어느 정도 납득할 수 있다.

하지만.

'그럼 내 가족들은… 날 왜 죽도록 미워하는 걸까.'

저 사람들은 그렇다 치고, 가족들은 대체 왜 자신을 이렇게 오래, 지속적으로 미워하는 것일까.

사생아라서? 그건 자신의 잘못이 아니지 않은가. 그럼 가이드라서? 가이드인 덕분에 황태자의 약혼녀가 되었는데, 황실의 일원이 된다는 건 가문의 이름을 드높이는 것이 아니던가.

그래도 밉다고? 도대체 왜?

도통 집중을 하지 못하던 율리아나는 실수로 춤 상대의 발을 밟고 말았다.

콱!

"악!"

발등이 아니라 발가락 뼈 쪽을 밟는 바람에 상당히 고통스러운지 상대가 큰 소리를 높였다. 율리아나는 그제야 정신이 들어서 사과를 하려 했다.

"아, 죄송합니—."

"이게 어디다 정신을 빼 놓고!"

남자의 손이 높이 올라갔다. 깜짝 놀란 율리아나는 다가올 고통을 막기 위해 고개를 숙이며 이를 악물었다. 손으로 얼굴을 가릴 수는 없었다. 막으면 괘씸하다고 더 세게 때릴 테니까.

"림튼 자작. 지금 뭐 하는 겁니까."

그때, 온종일 들을 수 없을 거라 생각한 목소리가 들렸다.

'휴렌 오라버니?'

율리아나는 고개를 반짝 들고 목소리의 주인을 보았다. 내내 탁했던 율리아나의 눈에 생기가 감돌며 초롱초롱 빛났다. 그건 마치 잿빛 먹구름으로 가득했던 하늘이 깨끗하게 개며 새파란 본연의 색을 보여 주는 장면처럼 놀라운 광경이었으나, 안타깝게도 율리아나의 눈을 제대로 보는 이가 없어 아무도 발견하지 못했다. 단 한 남자 빼고는.

물론 그 한 남자가 목소리의 주인은 아니었다. 목소리의 주인이자 율리아나의 공식적인 친오라비인 휴렌이 율리아나를 때리려 한 림튼 자작을 낮게 꾸짖었다.

"림튼 자작. 황실의 물건에 흠집을 내려 하다니. 제정신이오?"

"아닙니다, 공작님. 제가 제정신이 아니었나 봅니다!"

림튼 자작은 개가 다리 사이로 꼬리를 감춘 것처럼 비굴하게 고개를 수그리며 뒤로 물러났다.

율리아나는 휴렌의 말에 쓰디쓴 웃음을 삼켰다. 초롱초롱하게 빛나던 그녀의 푸른 눈이 다시 어둡게 가라앉았다.

'황실의 물건. 난 황실의 물건…인 건가. 아직 결혼 전인데 차라리 후작가의 물건이라고 말해 주었다면…….'

휴렌은 자신의 여동생의 기분 따위 신경 쓰지 않고 말을 이었다.

"림튼 자작도 센티넬인 걸로 기억하네만. 아무리 약한 센티넬이어도 고작 레이디의 구두 굽 하나 못 버텨서 어떻게 센티넬이라 할 수 있는가?"

"…부끄럽습니다. 몸 상태가 좋지 않아 조금 예민했습니다."

"그리 안 좋다면 가이딩을 받고 휴게실에서 잠시 쉬게. 자네 때문에 제국 센티넬들의 명예가 떨어질까 두렵군."

"예, 심려를 끼쳐드려 죄송합니다."

으득, 이를 가는 소리. 율리아나는 소름이 끼쳤다. 화가 난 센티넬들은 굶 주린 짐승보다 위험한 존재다.

가이드는 그들의 샌드백이나 마찬가지다. 센티넬들은 가이드들을 학대해 도 가이딩을 받는다는 핑계를 대면 비난받지 않기 때문에.

림튼 자작은 분노가 이글거리는 눈으로 율리아나를 보았다.

"알마예르 영애. 저를 올바른 길로 인도(가이드)해 주시겠습니까?"

율리아나는 머뭇거렸다. 원칙적으로 그녀는 약혼자인 황태자 외의 상대 에게 가이딩을 해 줄 의무가 없었다. 그러나 큰오빠의 말이었다.

율리아나는 휴렌의 얼굴을 흘낏 훔쳐보았다. 휴렌은 북해의 차갑고 짙은 남색 눈으로 그녀를 책망하듯 바라보았다. 당장 가이딩을 하지 않고 무엇 하냐는 눈으로. 율리아나는 죄를 지은 사람처럼 고개를 푹 숙였다. 그리고 두 손을 내밀었다.

"……예."

그녀의 대답이 떨어지자 림튼은 율리아나의 맨손을 확 낚아채고 탐욕스 럽게 그녀의 인도력을 게걸스럽게 빨아들였다.

"남들이 다 보는 앞에서 남자를 가이딩하다니 천박하긴!"

"얼마나 힘이 넘치면 남편이 아닌 남자에게도 가이딩을 해 주겠습니까? 역시 겉으론 음침해 보여도 침대에선 화끈하다는 소문이 거짓이 아닌 듯합 니다."

"저런 음탕한 모습을 전하께서도 아시는 건지…. 저런 여자는 부인이 아 니라 정부로 두는 게 딱일 텐데요."

주변에서 수군거렸으나 율리아나는 그걸 신경 쓸 겨를이 없었다.

림튼이 흡수하는 인도력이 지나치게 많았다. 그는 휴렌에게 받은 모욕을 율리아나에게 풀고 싶은 것인지 굳이 이렇게 많이 가이딩을 받지 않아도 되는 수준이면서도 멈추지 않았다.

가이딩을 한다고 가이드의 몸에 상처가 나거나 하는 것은 아니지만 가이딩은 마치 기력을 빼앗아 가는 것과 같아서 이렇게 갑자기 힘을 쓰면 다음 날 몸살이 날 것이 분명했다.

몸이 아픈 것을 떠나서 가이딩은 아무에게나 해 주는 것이 아니기에 수치스러웠다. 특히 여자 가이드는 남편이나 직계 가족 외에는 가이딩을 해 주는 일이 없었기에 더더욱 그랬다. 그러니까 주변에서 다들 율리아나에게 창부 같다고 뒷말을 해 대는 것이 아닌가.

게다가 림튼은 마치 율리아나를 이대로 덮쳐서 모욕을 주고 싶다는 듯이 소름 끼치는 눈으로 그녀를 보고 있었다.

'싫어……!'

율리아나는 벌벌 떨리는 다리로 뒷걸음질을 쳤다. 그렇지만 바로 림튼 자작의 손아귀에 잡혀 다시 끌어당겨졌다.

율리아나는 손을 빼고 싶었다. 잡힌 손에서부터 힘이 빠져나가며 몸이 차가워지는 기분이었다. 아니, 기분이 아니었다. 과도한 가이딩은 가이드의 생명력을 위협할 수 있으므로 그녀가 느끼는 것은 실제로 일어나는 현상이었다.

이렇게 많은 사람이 있는 곳에서. 공개적으로 아무 사이도 아닌 남자에게 가이딩을 하다니.

휴렌 오라버니의 심기를 거스르고 싶지 않아서, 그의 말을 잘 들어서 아주 작은 칭찬이라도 받고 싶어서 한 결정이었는데 너무도 후회가 되었다.

"윽……. 흐윽……."

율리아나가 눈물을 참기 위해 숨을 몰아쉬었다. 언제부터인지 벌벌 떨리기 시작한 그녀의 몸은 당장이라도 쓰러질 듯 위태로웠다.

'싫어! 그만해!'

율리아나가 인도력을 빼앗김과 동시에 림튼 자작의 기운이 넘쳐흐르기 시작했다. 림튼의 발에서부터 냉기가 퍼져 나가 바닥이 얼었다. 가이딩 중인 율리아나에게는 그 냉기가 통하지 않았으나 림튼은 화풀이를 하듯 그녀의 손을 꽉 쥐고 있어서 그녀의 손은 피가 통하지 않아 새하얗게 변했다.

율리아나는 눈을 질끈 감으며 속으로 외쳤다.

'그만!'

순간, 빠져나가던 인도력이 뚝 멈췄다. 수도꼭지를 잠근 것처럼.

'어?'

의아해하려는 찰나, 낮은 목소리가 천둥처럼 귓가를 파고들었다. 동시에 잡혀 있던 손도 자유로워졌다.

"이게 뭐 하는 짓인가!"

타오르는 불꽃처럼 강렬한 빨강이 눈앞을 메웠다. 분노가 일렁거리는 황금빛 눈동자가 그 다음으로 시선을 끌었다.

카를의 붉은 사자, 레온하르트 자이거였다.

"대, 대공 각하……!"

림튼 자작은 그야말로 그 자리에서 지려 버릴 것 같은 표정으로 레온하르트를 올려다보았다. 레온하르트는 같은 남자들보다도 한 뼘은 더 컸고 턱에 수염이 나기 전부터 전장을 누볐기에 그 체격은 같은 센티넬조차 월등히 압도했다.

림튼 자작이 아무리 미약해도 센티넬로서 다른 일반 남성보다는 체격이 좋았어도 레온하르트 앞에서는 사자 앞의 하이에나보다 더 볼품없는 꼴이었다. 그는 숨이 넘어갈 것처럼 헐떡거리며 레온하르트에게 비굴한 웃음을 지었다.

"제, 제가 대공 각하의 심기를 거스른 것이라도……?"

"심기? 지금 내 심기가 문제인가?"

"네? 아니라면 대체 무슨 일로 제게 이러시는지 모르겠습니다……."

레온하르트는 미간을 찌푸렸다. 그저 그것만으로도 주변 공기가 1도는 더 올라갔다. 림튼 자작이 내뿜은 냉기 따위는 흔적도 남지 않았다.

"감히 숙녀를 겁박하다니. 아니지, 알마예르 영애는 단순한 숙녀가 아니라 황태자 전하의 가이드이시다. 승전을 축하하는 연회에서 승리의 주역을 웃음거리로 만들 셈이었나?"

레온하르트의 이능은 주변의 온도를 올렸으나 그의 말은 오히려 주변을 싸늘하게 식혔다.

단순한 숙녀가 아닌 존재.

황태자의 가이드.

승리의 주역.

연회장의 모두에게 들리도록 말한 덕에 지금껏 율리아나를 헐뜯고 비웃던 사람들의 입이 다물렸다.

평소라면 가이딩을 끝낸 율리아나가 울며 연회장을 뛰쳐나가도 아무도 불쌍히 여기지 않았겠지만 레온하르트가 그 분위기를 바꾸었다.

림튼이 얼렸던 바닥은 이제 절절 끓는 것처럼 뜨거웠다. 아지랑이가 피어오르는 착각마저 들었다. 림튼은 고개를 숙였다.

"제, 제가 생각이 짧았습니다. 용서하십시오, 각하."

"사과를 할 상대는 내가 아닐 텐데?"

레온하르트의 황금색 눈은 맑디맑아서 오히려 차가워 보였다. 마치 드래곤의 눈처럼.

림튼 자작은 레온하르트가 시선만으로도 저를 죽일 수 있을 것 같아서 덜덜 떨며 율리아나에게 허리를 깊이 숙여 사과했다.

"죄송합니다, 영애. 제가 크나큰 무례를 저질렀습니다."

"……."

분명 자신의 일이지만 한 번도 누가 나서 준 일이 없었기에 그저 관객처럼 지켜보던 율리아나는 림튼 자작의 사과에 화들짝 놀랐다. 레온하르트가 림튼에게 화낸 것은 그저 승전 연회를 망쳤기 때문이라고 생각했다. 자신에게 사과하게 할 줄은 몰랐다.

그녀는 당황하여 레온하르트를 보았다. 내가 사과를 받아도 되겠냐는 듯이.

레온하르트는 림튼 자작을 보던 무기질적인 눈 대신 조금 더 온화한 눈으로 그녀를 마주 보았다. 그러나 입에서 나오는 말은 전혀 온화하지 않았다.

"사과를 받지 않으셔도 됩니다, 영애."

"네, 네?"

"상대가 사과를 한다 해서 용서해야 할 의무는 없는 거니까요."

가차 없는 말이었다. 그러나 이상하게 마음에 남는 말이다.

'용서할 의무는 없다.'

율리아나는 자신에게 등허리가 다 보이도록 몸을 숙여 사과하는 림튼 자작을 보았다.

사실 괘씸한 작자다. 그러나, 휴렌의 말을 거역하기 싫어서 가이딩을 해 주겠다고 한 사람은 결국 자신이었다. 이자가 이렇게까지 사과했으니 더 모욕을 주지는 않아도 될 것이다.

"……일어나세요, 자작님. 사과를 받겠어요."

"가, 감사합니다."

고개를 든 림튼 자작의 얼굴은 수치심과 분노로 붉으락푸르락했다. 그는 소란을 구경하기 위해 자신들을 빙 두른 사람들 사이를 헤치고 연회장을 빠르게 빠져나갔다.

풋. 꽁지가 빠져라 도망가는 림튼 자작의 뒷모습을 보고 작게 웃음을 터트린 율리아나는 얼른 고개를 숙이고 표정을 갈무리했다.

'웃어 버리다니. 또 무슨 욕을 들을지도 몰라.'

율리아나가 시선을 아래로 떨군 사이 레온하르트가 악단에게 손짓했다.

멈춰 있던 음악이 다시 흐르기 시작하자 그의 눈치를 살피던 귀족들도 다시 춤을 추고 연회를 즐기기 시작했다. 진정으로 즐기는 것은 아니었으나

이 연회장에서 가장 높은 황족인 레온하르트의 의도에 맞추는 것이었다.

이제 춤도 어느 정도 추었으니 적당히 구석으로 가려던 율리아나는 제 위로 드리워진 거대한 그림자가 아직 사라지지 않았다는 사실에 깜짝 놀랐다.

"대, 대공 각하."

"인사도 못 드렸군요. 오랜만입니다, 영애."

딱딱하게 굳어 있던 얼굴에 미미한 미소가 깃들었다. 마치 천 년간 변함없던 바위에 생명이 깃든 것처럼, 감탄을 자아내는 온화한 변화였다.

레온하르트가 물었다.

"저와 한 곡 추시겠습니까?"

율리아나는 얼굴이 빨갛게 달아올랐다.

아마 이 무뚝뚝해 보이지만 은근히 다정한 대공 각하는 그녀가 당한 모욕이 신경 쓰여서 춤을 신청함으로써 기를 세워 주려 하는 모양이었다. 대공에게 동정을 받는 처지가 부끄러웠지만 거절하고 싶지는 않았다.

"……기꺼이요."

율리아나는 동정조차 기꺼웠다. 애정에 목이 말라 죽어 버릴 것 같았으니까.

레온하르트가 율리아나에게 손을 내밀고 율리아나는 그 손을 잡았다. 율리아나는 제 손의 두 배도 넘을 것 같은 커다란 손이 자신의 손을 온전히 감싸는 모습에 신기함을 느꼈다.

연회에서 춤을 거의 추지 않아 춤추는 법을 모르는 게 아니냐는 이야기까지 있는 레온하르트는 의외로 춤 솜씨가 무척 좋았다. 율리아나 역시 솜씨가 썩 나쁜 편은 아니지만 그가 춤을 리드하니 턴을 할 때 전혀 힘들지 않아서 저절로 감탄이 나왔다.

"춤을 무척 잘 추시네요."

"오랜만에 추는데 다행이군요."

"아까도 그렇고, 춤을 청해 주셔서 감사해요."

"도움이 된다면 기꺼이. 영애는 내 생명의 은인입니다."

진중한 레온하르트의 말에 율리아나는 파드득 놀라 고개를 저었다. 전쟁 중에 그를 가이딩해 준 일이 있지만 그게 이런 감사를 들을 정도의 일은 아니었다.

"은인까지는……."

"아니요. 은인입니다. 나뿐만이 아닙니다. 제가 그때 폭주했다면 절 막기 위해 여러 기사들이 희생되었겠지요. 그들의 은인이기도 합니다."

"너무 거창하신 말씀이세요. 가이드로서 해야 할 일을 한 것뿐이에요."

그 말에 레온하르트의 표정이 묘해졌다.

"영애는……."

그때, 음악이 멈추고 사람들이 한 곳을 향해 고개를 숙여 절을 했다.

"왜 음악을 멈추는 거지? 계속 즐기시게들!"

뱉는 말과는 달리 오히려 자신에게 시선이 더 쏠리도록 짝! 박수를 치는 남자.

붉은 기가 도는 금발에 금색 눈. 황가의 상징인 금발과 금안을 선명하게 타고난 적통 황자인 황태자, 알렉산더 카를이었다.

알렉산더는 인사를 건네 오는 측근들에게 웃어 주며 연회장의 중심부까지 미끄러지듯 걸어왔다. 연회장의 측근들에게 들어 레온하르트와 율리아나가 춤을 춘다는 소식을 전해 듣고 온 것이었다. 그렇지만 아무것도 모르는 척 레온하르트에게 반갑게 인사했다.

"오, 숙부. 연회에 참석하셨군요."

자이거 대공 레온하르트는 황제가 될 조카에게 깍듯이 예를 갖춰 인사했다.

"황태자 전하를 뵙습니다. 공국 영토를 수복한 것을 축하하는 기념비적인 연회이니 참석하는 것이 좋을 듯하여 참석했습니다."

"흐음. 지금까지의 승전 연회들은 너무 소소하여 참석하지 않았다?"

"그런 뜻은 아닙니다."

"물론 아닌 걸 알죠. 농담 한 번 해 봤어요. 그런데……."

레온하르트와 같으면서도 다른 금안이 차갑게 번뜩였다.

"제 약혼녀와 제법 친해지신 것 같습니다?"

지금껏 알렉산더는 율리아나를 '약혼녀'라고 칭하는 일 없이 그저 가이드라고만 부르곤 했다. 마치 그녀가 자신의 약혼녀라는 사실을 부정하고 싶다는 듯.

알렉산더의 그런 태도를 율리아나만 빼고 온 사교계가 다 알았다. 그런데 지금은 제대로 약혼녀라고 부르고 있다.

율리아나는 제게 관심을 기울이는 알렉산더의 태도에 가슴이 설렜다. 그녀의 눈이 기쁨으로 물들었다. 그녀는 입술을 열어 앞선 상황을 최대한 뭉뚱그려 설명하려 애썼다.

"그, 그게… 제가 곤란한 상황이었는데 자이거 대공 각하께서 도와주셨습니다."

표정 자체는 웃는 얼굴이었으나 심기가 불편해 보였던 황태자는 그녀를 당장이라도 죽이고 싶다는 듯이 뚫어져라 보았다. 율리아나는 숨이 막히는 것을 느꼈다.

"흡… 끄읍……."

최대한 티를 내지 않으려 했지만 기도가 짓눌리며 이상한 소리를 내었다.

'전하……? 어째서…….'

대체 뭐 때문에 심기가 상한 걸까. 율리아나는 당황스러워하며 알렉산더를 보았다.

지금 목을 조르는 사람은 알렉산더다. 상급 센티넬은 여러 이능을 갖기 마련이지만 알렉산더의 주된 이능은 황족에게 내려오는 불의 이능과 생각만으로 손을 대지 않고 물리력을 행사할 수 있는 염동력이다.

이유는 알 수 없으나 이런 화풀이는 익숙했기에, 율리아나는 당황하기보다는 몸에 힘을 빼고 최대한 편하게 견디려 했다.

1, 2, 3, 속으로 숫자를 세며 이 순간이 지나가기를, 알렉산더의 화가 풀리기를 기도했다.

율리아나의 얼굴이 핏기 없이 새하얗게 질렸을 때, 보다 못한 레온하르트가 미간을 찌푸리며 나서려 했다. 그 기척을 기민하게 알아차린 알렉산더는 언제 그랬냐는 듯 힘을 풀고 방긋 햇살처럼 웃었다.

"내 약혼녀가 남자를 밝히는 것은 모두가 아는 사실이니…. 내가 오기 전까지 여러 남자들과 춤을 춘 것쯤은 뭐. 관대히 넘어가도록 하지."

"코, 콜록! 네, 전하……. 콜록, 콜록!"

"……."

율리아나는 손으로 입을 가리고 터져 나오는 기침을 막으려고 애를 썼다. 그런 그녀를 싸늘하게 보던 알렉산더는 레온하르트에게로 시선을 돌렸다.

레온하르트는 마치 어쩔 줄 모르겠다는 듯 큰 덩치를 작게 수그리고 율리아나를 살피고 있었다. 율리아나는 작게 기침하는 데에 온 신경을 쏟느라 모르는 듯했지만.

'뭐지?'

알렉산더는 뱀처럼 차가운, 정말 물건을 보는 듯한 시선으로 레온하르트와 율리아나를 번갈아 보았다. 품질 좋은 경주마가 하찮은 잡종 당나귀 따위의 주위를 맴도는 것을 구경하는 주인의 눈빛도 저렇게 경멸 어린 눈빛은 아닐 것이다.

'숙부가 내 가이드에게……. 설마, 저딴 것에게.'

말도 안 되는 상상에 고개를 저으며 비웃음을 흘릴 때, 누군가 알렉산더의 팔에 부드럽게 팔짱을 끼었다. 딱딱한 팔뚝에 부드럽게 뭉그러지는 감촉에 알렉산더의 입가가 풀어졌다.

"절 두고 가셔서 한참을 찾았어요, 폐하."

꿀처럼 달콤한 목소리, 그리고 그 목소리보다 훨씬 더 달콤한 외모. 이름처럼 천사와 같다는 찬사를 받는 영애, 안젤리카였다.

안젤리카가 제 풍성한 분홍빛 머리칼을 쓸어내리며 알렉산더를 보았다.

"약혼녀분과 함께 계실 줄은 몰랐네요. 율리아나 영애. 안녕하세요."

안젤리카는 알렉산더의 팔에 몸을 기댄 채 율리아나에게 방긋 웃었다. 방긋 웃는 얼굴에는 온기라곤 없었다.

"아, 안녕하세요. 안젤리카 영애."

안젤리카는 백작 영애로 후작 영애인 율리아나보다 높은 신분은 아니다. 그러나 율리아나는 마치 황실의 대어른을 만난 듯 몸을 반쯤 접어 푹 숙여 비굴하게 보일 정도로 깍듯한 인사를 했다. 그녀가 비굴해서가 아니었다. 알렉산더가 그러길 원했기에 그리했다.

'한때 내 연인이었지만 너에게 그 자리를 양보하게 된 불쌍한 여인이야. 그렇게 해 줄 수 있지?'

알렉산더는 그렇게 말했지만, 율리아나는 과연 자신의 처지가 안젤리카보다 불쌍하지 않았던 적이 있기나 할까 문득 의문이 들었다.

부채로 살랑살랑 제 얼굴을 가리며 안젤리카가 웃었다.

"그렇게 격식 차리지 마세요. 우리 사이에."

"우리 사이라니. 누가 들으면 친한 줄 알겠어."

쯧, 못마땅하다는 듯 알렉산더가 혀를 찼다. 그러나 율리아나에게 보내던 무기질적인 눈빛과는 전혀 다른 온도의 말이었다. 사랑스러운 애정이 느껴지는 따뜻한 말이었다. 진정 귀애하고 연모하는 이에게 보내는.

알렉산더의 금빛 눈은 차가웠던 조금 전과는 달리 뜨거운 사랑의 불길로 활활 타오르고 있었다.

율리아나는 알렉산더와 안젤리카를 훔쳐보았다. 정말…… 끝난 사이가 맞는 걸까? 나 때문에 억지로 헤어져야 해서 아직 저렇게 불타는 걸까? 어떻게 하면 나는 전하께 저런 사랑을 받을 수 있을까.

'역시 안젤리카처럼 아름다워야 할까?'

사교계 제일의 미녀인 안젤리카니까 헤어진 뒤에도 황태자 전하께도 귀애받는 거겠지. 율리아나는 멍하니 생각했다. 그러다가 들리는 소리에 기겁했다.

"아이 참. 우리가 친하지 않으면 누가 친하겠어요? 같은 남자를 지아비로 섬길 사이인데 이보다 가까운 사이가 또 있을까요. 절친한 친구가 되기 위해 딱 맞는 조건이죠."

"네?"

"안젤리카!"

처음 듣는 이야기에 율리아나가 반문하자 알렉산더 역시 당황하여 안젤리카의 이름을 외쳤다. 안젤리카는 청초한 연한 초록빛 눈을 동그랗게 뜨며 되물었다.

"왜요? 제가 틀린 말이라도 했나요? 아, 감히 백작 영애 따위가 감히 황태자비가 되실 분께 망언을 해서 화를 내시나요? 죄송해요. 제가 실수를 했어요."

"안젤리카…. 그런 뜻이 아니잖아."

알렉산더가 쩔쩔매며 안젤리카를 달랬다. 그러나 율리아나는 이해를 하지 못했다.

'같은 지아비를 섬길 사이라니?'

이상한 말이었다.

몇 년 전, 원래 안젤리카와 연인 관계였던 황태자는 소규모 국지전에 나갔을 때 센티넬 능력을 과다하게 사용하다가 폭주하는 바람에 율리아나와 동침하게 되어 약혼식을 올렸다.

물론 율리아나는 일부러 몸으로 덤빈 것이 아니었다. 폭주 전이라면 모를까, 황제에 버금가는 황태자라는 강력한 센티넬의 폭주를 막으려면 보통 방법으론 어려웠다. 율리아나가 원한 관계가 아니었다.

그러나 약혼은 약혼. 황태자 알렉산더는 율리아나를 아내로 맞아야 한다. 제국에 처첩 제도는 존재하지 않으니까. 황제도 황후 한 명만을 아내로 둘 수 있으니까.

사교계의 퀸이자 황태자의 사랑스러운 연인이었던 안젤리카는 감히 율리아나 따위에게 연인을 빼앗긴 울분을 참지 못해 시비를 걸어오곤 했다.

그러나 지금은 시비라기엔 뭔가 묘했다. 사실 확인을 해야 했다.

"감히 저 같은 일개 영애가 전하의 정식 약혼녀이자 황태자비가 되실 분께 친한 척을 했군요. 머리 숙여 사죄드립니다."

안젤리카는 연극적인 태도로 드레스 자락을 들어 올리며 상체를 푹 숙여 인사했다. 조금 전의 율리아나의 비굴한 인사를 따라한 것이었다. 그것을 깨달은 율리아나의 얼굴이 수치심으로 발갛게 달아올랐다.

"사, 사죄는 됐어요. 같은 남자를 지아비로 섬길 사이라는 게 무슨 뜻이죠?"

"어머, 전하께서 아직 말씀을 안 해 주셨나 봐요?"

아름다운 안젤리카의 얼굴이 비웃음으로 가득 물들던 때, 황제의 시종이 알렉산더에게 다가와 귀엣말을 했다. 알렉산더의 얼굴이 한순간 흥분으로 뒤덮였다.

"드디어……!"

작은 목소리가 율리아나와 안젤리카에게 들렸다. 레온하르트는 그들에게서 한 발짝 뒤로 물러서 있어서 들었는지 알 수 없었다.

알렉산더는 재빠르게 표정을 갈무리하고 침통함을 가장했다. 그리고 짐짓 충격 받은 듯한 태도로 주먹을 꽉 쥔 뒤, 주변 사람들이 들을 수 있게 크게 외쳤다.

"황제 폐하께서, 붕어하시다니. 왜 진작 내게 언질 주지 않았나! 그랬다면 내가 폐하의 곁을 내내 지켰을 텐데. 제국의 태양이 이렇게 지다니 안타깝도다!"

연회장의 모든 이들이 다 듣도록 쩌렁쩌렁 외치는 알렉산더의 입가는 침중한 얼굴과 다르게 하늘을 향해 솟아 있었다.

그리고, 다음 날 율리아나는 황비 첩지를 받았다.

같은 지아비를 섬길 사이라는 안젤리카의 말은, 바로 그 뜻이었다.

* * *

'좋지 않은 기억을 떠올려 버렸어.'

마치 주마등처럼 스쳐 지나간 이전 생의 기억들을 재빨리 흩어 내며 율리아나는 레온하르트의 팔에서 벗어나려 했다.

그런데 그의 팔뚝을 잡는 순간 블랙홀에 빨려 들어가는 것처럼 얼마 남지 않았던 몸속의 인도력마저 훅 빠져나가는 게 느껴졌다.

'닳아났는데, 어떻게?'

"윽! 이, 이게 무슨…?"

깜짝 놀라 레온하르트를 올려보자 그가 당혹스러워하는 얼굴로 급하게 몸을 뒤로 물렸다.

"죄, 죄송합니다."

그리고 목소리를 낮춰서 구체적인 이유를 덧붙였다.

"가이드이신 줄 몰랐습니다. 알았더라면 접촉하지 않았을 텐데……."

"아니에요."

갑작스레 힘이 빠져나가서 당황하긴 했지만 철혈이라는 자이거 대공이 이렇게 당황하는 모습은 처음 봐서 신기했다. 황제의 앞에서도 표정 하나 변하지 않았던 사람인데.

"괜찮으십니까?"

"네?"

"제 상태가…… 그리 좋은 편은 아니라 영애의 인도력을 제법… 소모한 것 같습니다만."

제법이 아니라 '거의 다' 소모하였지만 율리아나는 내색하지 않았다. 아무리 정의로운 자이거 대공이라 해도 자신의 인도력의 총량을 짐작하게 하고 싶진 않았다.

"네. 조금 어지럽긴 하지만, 그래도 쓰러지거나 할 정도는 아니에요."

"그렇지만—."

"일행이 있으니 괜찮아요. 그런데 자…. 그쪽이야말로 괜찮으신 건가요?"

레온하르트가 소개도 하기 전인데 아는 체를 하면 안 될 것 같아서 얼른 말을 고쳐 물었다. 레온하르트는 그녀를 걱정하고 있지만 율리아나는 오히려 레온하르트가 걱정되었다.

'내가 닿았는데도 이렇게 많은 인도력을 가져갈 수 있다고? 게다가 옷 너머잖아?'

놀라웠다. 강력한 가이드는 옷 너머로도 가이딩을 할 수 있기는 하지만 마치 필터를 몇 겹 씌운 것처럼 효율이 낮은 편이다.

그만큼 레온하르트의 몸이 인도력을 필요로 하고 있다는 뜻이기도 할 터.

레온하르트는 율리아나가 뭘 묻는지 모르겠다는 얼굴로 되물었다.

"네?"

"잘은 모르지만 옷 위로 접촉하는 것만으로도 그렇게 인도력을 끌어갈 정도라면 상태가 심각한 것 같은데, 제대로 된 가이드에게 가 보셔야겠어요."

순간 레온하르트는 멍한 얼굴을 했다. 설마 이렇게 작디작은 소녀가 자신을 걱정할 줄은 몰랐다는 듯이.

"아……. 맞는 말씀입니다. 그런데 일반적인 가이드들이 잘 버티지 못

하더군요. 인도력을 아무리 쏟아부어도 밑 빠진 독에 물을 붓는 기분이라고."

머뭇거린 레온하르트가 작게 말했다.

"그리고 이상하게도 영애의 가이딩을 받으니…… 폭주할 것 같은 기분은 들지 않기도 합니다. 신기한 일이죠."

"네?"

"거기, 이제 그만 갈 길 가시죠? 서점 좀 들어갑시다."

서점 문을 열다가 일어난 작은 해프닝이다. 갑자기 과민반응하면 무례가 될까 봐 저편에서 참고 있던 바이델이 결국 끼어들었다. 레온하르트가 얼른 율리아나와 거리를 더 벌렸다.

"미안합니다. 일행분 되십니까?"

'딱 중요할 때 끼어드네. 폭주할 것 같지 않은 기분이라니, 그게 무슨 뜻인지 궁금했는데.'

율리아나는 입을 삐죽이며 바이델을 째려보았다.

"예, 이 녀석의 오빠……. 헉! 자이거 대공!"

다른 귀족 가문에 관련한 공부를 게을리하는 바이델이더라도 레온하르트 자이거의 얼굴쯤은 알았다. 작은 전투든 큰 전쟁이든, 나갔다 하면 승전보를 울리며 귀환하는 전쟁 영웅의 얼굴을 모를 리가.

"큼큼. 저는 바이델 알마예르입니다. 그런데 자이거 대공님께서 이 꼬맹이에게 뭐 볼일이라도 남아 있습니까?"

"알마예르였군요."

중얼거린 레온하르트는 일단 질문한 바이델에게 답했다.

"내가 레이디께 실수한 게 있었습니다. 후작저로 사과의 서신을 보내도록 하지요."

절도 있는 몸짓으로 몸을 돌려 율리아나를 본 자이거 대공은 기사 소설에서 튀어나온 것 같은 위엄 있고 단정한 기사의 모범이었다. 그렇지만 율리아나는 왠지 아까 당황하고 멍한 표정을 짓던 자이거 대공이 더 잘생겨 보인 것 같다는 생각을 했다.

그때는 바이델에게 말할 때와는 표정도, 목소리의 결도 달랐다. 더 부드럽게 누그러트린 형태였다. 그 모습을 다시 보고 싶다.

"그럼 알마예르 영애."

그 목소리가 나를 알마예르라고 부르지 않으면 좋겠다. 그런 소망으로, 율리아나가 말했다.

"그냥 율리아나라고 불러 주세요."

"……레이디 율리아나. 다음에 또 인사할 기회가 있으면 좋겠군요. 그럼 즐거운 시간 되시길."

레온하르트는 큰 보폭으로 나아갔다. '걸어간다.'라기보다는 '나아간다.'는 말이 잘 어울리는 동작이었다. 그의 주변으로 어떤 기묘한 아우라가 흐르는 듯, 그는 주변에 밀리지 않고 제 방향 그대로 인파를 뚫고 나아갔다.

"뭐 해? 들어가지 않고?"

"아, 응."

홀린 듯 멀어지는 레온하르트의 뒷모습을 보던 율리아나는 얼른 서점으로 들어갔다.

기대했던 방문이지만, 인도력을 많이 소모하여 머리가 아픈 탓인지 제대로 집중하지 못했다. 바이델의 성화에 책 한 권을 고르긴 했지만 제목조차 기억나지 않았다.

그날 율리아나는 저택으로 돌아와 죽은 듯이 푹 잤다.

며칠 뒤.

견습 집사가 전해 준 말에 휴렌이 자리에서 일어났다.

"자이거 대공으로부터 선물이 왔다고? 사칭은 아니겠지?"

"예. 감히 자이거 대공을 사칭하는 간 큰 이는 없지요."

"자이거 대공이라니 나오는 접점이 없는데. 혹시 아버님과 무슨 일이 있었나? 아니면 바이델?"

아버지나 바이델이나 자이거 대공과 접점이 있을 리 없지만 혹시나 바이델이 소년 모임 같은 곳에서 접점을 만들었나 싶었다.

"작은 도련님을 모셔올까요?"

"아니다. 내가 가지."

휴렌은 의아한 마음으로 바이델을 찾았다. 바이델이 검술을 연마한다는 핑계로 항상 죽을 치고 있는 연무장으로 갔으나 바이델은 그곳에 없었다.

휴렌은 연무장의 잡기를 관리하는 하인에게 물었다. 바이델과 제법 친한 이였다.

"바이델은 어디 있지?"

"바이델 도련님은 지금 공부방에 계십니다."

"공부방? 웬일로?"

바이델이 그와 제일 어울리지 않는 장소에 있다는 말에 휴렌의 눈썹이 위로 비죽 올라갔다.

"아가씨께서 책을 좋아하시다 보니 바이델 님께서도 자극받으신 게 아닌가 싶습니다."

"아가씨라면 어느 쪽?"

"아, 율리아나 아가씨를 이른 말씀이었습니다. 죄송합니다."

하인은 비록 휴렌, 바이델과 동복은 아니지만 같은 아비를 지닌 여동생 비앙카가 있는데 사촌인 율리아나를 자연스럽게 아가씨라는 대명사로 말한 것에 몹시 송구한 표정을 지었다.

"말조심하게."

미약하게 짜증을 낸 휴렌이 공부방으로 걸음을 옮겼다.

'……마음에 안 들어.'

그 아이의 존재 자체가 딱히 마음에 안 드는 것은 아니다. 그러나 아이의 태도는 거슬렸다.

'아비 없는 평민으로 자라다가 알마예르가 되었으면 감사한 줄 알아야지.'

너무 주눅이 든 채로 다니는 것도 못마땅하겠지만 자기가 대체 무슨 은혜를 입었냐는 양 고개를 빳빳이 들고 온당한 권리를 누리는 듯한 태도가 신경 어딘가를 건드렸다. 마치 평생 이 저택에서 살아온 것마냥 구는 꼴이란.

분명 휴렌은 율리아나의 당당한 태도를 마음에 들어 했으나, 이상하게도 시간이 흐를수록 거슬려서 뭐라도 꼬투리를 잡고 싶어졌다. 마침 복도에서 후작 부인의 시중을 담당하는 하녀와 마주치자 그녀에게 넌지시 물어보았다.

"비앙카는 요즘 어떤가?"

"비앙카 아가씨께서는……."

무심코 대답하던 하녀가 얼른 말을 고쳤다.

휴렌 알마예르가 진짜로 대화도 불가능한 막냇동생의 상태를 물은 것일리 없다. 비앙카의 모친인 후작 부인의 동태를 물은 것이리라.

그렇다고 채신머리없이 후작 부인의 일거수일투족을 고해바치는 것 또한이 긍지 높은 알마예르의 장자에겐 고까울 것이다. 하녀는 머릿속에서 말을 고르고 또 골랐다.

"……비앙카 아가씨께서는 저택에 환자가 있다는 소식을 들으시고 공부에 매진하고 계십니다."

고작 6살이 공부할 게 뭐가 그리 많겠는가. 하녀의 속뜻은 후작 부인이 시누이 되는 니엘라의 소식을 듣고 공연히 비앙카를 들들 볶는다는 거다.

하녀는 눈치를 보다가 한 마디를 더 보탰다.

"사촌누이가 되시는 율리아나 아가씨께 위로가 되고자 더 애쓰시는 것 같습니다."

후작 부인이 율리아나 때문에 비앙카를 잡는다는 뜻이다.

휴렌은 하, 코웃음을 쳤다.

지금껏 후작 부인 로젤리타에게 유감이나 사감은 없었다. 후작은 생모가 둘째인 바이델을 낳고 죽자 안타까워하기는 했으나 그뿐이었다. 생모가 살아 있을 때도 품는 여자는 여럿이었고, 로젤리타는 그들 중 유일하게 임신한 여자였다. 즉, 로젤리타는 비앙카 덕분에 후작 부인의 자리에 오를 수 있었던 것이다.

후작에게 자식이 없다면 모를까, 장자인 휴렌의 자리는 공고하기에 후작 부인이 아들을 낳는다 해도 휴렌에겐 위협조차 되지 못했다. 다만 그 존재가 장자의 심기를 거스를 수는 있을 터.

천만다행으로 로젤리타는 딸을 낳았고 그 후, 후작 부인은 후처이긴 하나 가문에서 가장 사랑받는 막내딸을 낳은 어머니로서 자신의 정체성을 공고히 하려 했다. 율리아나의 등장으로 다 어그러졌지만.

율리아나와 니엘라가 나타난 후로 후작의 온 신경은 모녀에게로 쏠렸다. 로젤리타는 그게 몹시 못마땅할 터.

특출난 능력도, 뒷배도 없는 후작 부인으로서는 가까스로 만든 자신의 자리가 위태로워지지는 않을지 불안할 것이다.

'……마음에 안 드는데, 조금 건드려 볼까.'

휴렌은 바이델을 찾아가려던 걸음을 돌려 후작 부인을 찾아갔다. 그리고 몇 마디를 던졌다.

'뭐, 이 정도의 심술은 부려도 되겠지.'

휴렌은 후련한 얼굴로 바이델을 찾아 공부방으로 향했다. 어쩐지 율리아나에게 심술을 부리는 것은 당연한 일처럼 느껴졌다.

"형이 웬일로 나를 찾아?"

공부방에서 지루한 얼굴로 책을 읽고 있던 바이델은 불청객의 방문을 기꺼워하며 얼른 책을 덮었다. 휴렌이 집사에게 들은 이야기를 건네자 고개를 갸웃거렸다.

"선물? 자이거 대공한테?"

"그래. 요즘 외출을 자주 했다던데 혹시 너와 접점이 있었나 하고."

"아……. 접점이 있긴 했는데 사실, 나와 있었다고 하기엔 애매하지. 그 선물 율리아나한테 온 걸걸?"

"뭐?"

율리아나에게 온 선물이라니? 자이거 대공이 율리아나에게 선물을 보낼 일이 있나? 의아함과 함께 유쾌하지 못한 감정이 스멀스멀 피어올랐다. 바이델은 설명했다.

"서점 앞에서 율리아나와 자이거 대공이 부딪쳤는데 사과의 의미로 자이거 대공이 집으로 뭘 보낸다고 하더라고. 제대로 두 사람 대화는 못 들었어. 자이거 대공이잖아."

바이델이 어깨를 으쓱하며 한 말은 쉬이 지나칠 말은 아니었다.

신체 능력이 일반인에 비해 월등한 센티넬은 보통 근처에서 하는 대화를 듣지 못하는 일은 거의 없다고 봐도 좋다. 아마도 자이거 대공은 이를 무력화시키는 어떤 능력을 갖고 있으리라.

보통 센티넬은 이능이 강할수록 주된 이능 외에 염동력이나 다른 응용 가능한 능력을 지니기 마련. 그 기술을 모두 공개하는 건 자기 무력과 전술을 공개하는 것이나 마찬가지니 자이거 대공에게 숨겨진 능력이 한두 개 정도 더 있는 것이 큰 문제는 되지 않는다. 그러나.

'소리를 차단하는 기술이라니 무슨 능력이 있으면 그게 가능하지? 바람인가? 아니면 공간계? 알렉산더에게도 말해 줘야겠군.'

알렉산더가 자이거 대공을 의식하는 것을 잘 알고 있는 휴렌은 이를 염두에 두며 바이델에게 말했다.

"그런 일이 있었으면 내게 말을 해 줘야지. 갑자기 자이거 대공에게서 선물이 오니 당황했잖아."

"나한테 들어온 선물도 아니니까 그랬지. 근데 뭘 보냈으려나? 궁금하네.

율리아나한테 보여 달라고 해야지!"

벌떡 일어난 바이델은 자연스럽게 어딘가로 향했다. 휴렌은 어디로 가느냐고 묻기도 그래서 말없이 뒤를 따랐다.

바이델은 공부방이 있는 복도 끝에 있는 도서실로 향했다. 마치 율리아나가 여기 있는 게 당연하고 그런 율리아나를 만나러 몇 번이고 왔었다는 듯이.

바이델이 문을 열고 율리아나를 불렀다.

"야! 자이거 대공이 보낸 선물이 왔대!"

율리아나는 창가에 둔 소파에 나른하게 반쯤 누운 채 책을 읽고 있었다.

레이스 커튼 너머로 쨍하게 노란 햇살이 하얗게 투과되어 바닥에 고였다. 그늘 속에 숨어 있던 율리아나가 누워 있던 몸을 일으키자 창백한 얼굴 위로 햇살이 비쳤다.

은색 머리칼이 보석처럼 반짝였고 햇볕을 받은 긴 속눈썹 아래로 그림자가 져서 맑은 하늘색 눈이 짙어 보였다.

휴렌은 뛰어가는 바이델의 등 너머로 율리아나를 보며 기묘한 환상을 보았다.

어린 율리아나의 위로 어떤 여자가 겹쳐 보였다. 동그란 젖살이 빠져 어른스럽고 아름다운 여자의 모습이. 그 여자의 하늘색 눈도 지금의 율리아나처럼 짙었으나, 그림자 때문이 아니라 물기 때문이었다.

'오라버니! 제발요……!'

눈물을 뚝뚝 흘리는 여자의 얼굴은 눈꺼풀을 깜빡임과 동시에 사라졌다.

한낮의 신기루일까.

율리아나의 목소리가 상념을 깼다.

"자이거 대공님이 선물을 보냈다고?"

"어. 어제 뭐 보낸다더니 그건가 봐. 선물 뜯어 보러 가자!"

바이델이 율리아나가 읽던 책을 손에서 뺏고 그녀의 손을 잡고 일으켰다. 율리아나가 슬쩍 바이델을 째려봤다.

"너 은근히 계속 그런다?"

"아, 왜. 이 정도는 괜찮잖아."

바이델은 타박에도 꿋꿋하게 율리아나의 손을 잡았다. 제대로 된 가이딩은 아니지만 이렇게 손과 손이 접촉할 때 은은하게 인도력이 흘러들어 와서 팽팽하게 당겨졌던 신경 줄이 부드럽게 이완되는 느낌이었다.

바이델은 틈만 나면 율리아나와 닿고 싶었고, 고작 손잡는 거 정도로 이렇게 타박하는 율리아나가 야속하게 느껴졌다.

'밖에서면 몰라도 집에 있을 땐 손 정도는 잡아도 되는 거 아닌가? 우린 사촌지간인데.'

"너무 짠 거 아냐? 내가 가이딩을 해 달라고 한 것도 아니고!"

"뭐?"

투덜거리는 바이델의 말에 율리아나는 잡은 손을 뿌리쳤다.

탁!

당황한 바이델의 얼굴 위로 전생의 바이델이 겹쳐 보였다. 율리아나가 아프건 말건 그저 인도력만 흡수해 가던 전생의 바이델이.

* * *

'고작해야 목석처럼 누워만 있는 하찮은 능력으로 황태자의 약혼녀가 되다니. 네가 여자가 아니었다면 이런 신분상승도 없었을 텐데 말이야.'

그 하찮은 능력이 없으면 폭주하다가 죽어 버리는 주제에, 알렉산더는 그렇게 말했다.

약혼한 이후부터 알렉산더는 마음 놓고 이능을 쓰기 시작했다. 지금 생각하면 전쟁 영웅인 자이거 대공을 의식해서 자신도 전공을 세우려 한 것이겠지만 그때의 율리아나는 몰랐다.

그저, 폭주 직전 상태라서 정신이 불안정하다는 핑계로 난폭하게 구는 알렉산더가 두려웠다.

난폭한 행위 뒤에 쏟아지는 화풀이는 또 얼마나 심하던가.

가이딩을 받아 상태가 진정되고 나면, 자신이 저지른 짓이 수치스러웠는지 율리아나에게 욕설부터 내뱉곤 했다.

'빌어먹을 계집! 또 가이딩을 빌미로 내 침대에 기어들어 오다니. 창부와 다를 게 뭐냐? 아니지. 차라리 창부였다면, 네가 귀족만 아니었더라면……!'

차마 입 밖으로 뱉지 않은 뒷말은 '약혼 따위 하지 않아도 될 텐데.'라는 말일 것이다. 그에겐 안젤리카라는 연인이 있었으니까.

'그렇지만, 첫 폭주 후로도 나를 유용하게 썼잖아? 내 기억보다 더 비겁한 남자였어.'

처음 폭주했을 때라면 모를까, 그 뒤로도 계속 같은 상황을 만들어 몸을 취하지 않았던가. 시간이 지날수록 율리아나는 알렉산더의 진짜 모습을 보게 되는 기분이었다.

물론 약혼은 첫 폭주 때의 일로 이뤄진 것이긴 했다.

율리아나가 평민 여성이었으면 모를까, 후작 영애이기 때문에 황태자는 레이디의 명예를 지켜야 할 의무가 있다.

황태자가 이러한 법도를 지키지 않으면 황실의 위엄은 땅에 떨어지는 법. 황제까지 나서자 결국 알렉산더도 상황을 받아들이고 신관을 불러 여러 절차를 생략한 채 율리아나와 약혼식을 올리는 데에 동의했다.

처음에 율리아나는 알렉산더의 당황을 포용하려 했다. 얼마나 당황스러울까. 깊이 사랑하던 연인이 있었는데. 자신도 그 일 이후에 무척 힘들고 괴로웠으나 갑자기 연인이 아닌 다른 사람과 약혼을 하게 된 알렉산더 역시 그럴 것이라고 이해하려 했다.

처음 뺨을 맞기 전까지는.

처음엔 뺨 한 대였으나 한 대는 곧 두 대가 되었고 물리적인 폭력과 함께 심한 폭언이 쏟아졌다.

아무리 집에서 사랑을 받지 못하고 자랐다고 하나 이런 폭력에 노출된 적은 없었다. 공포에 질린 율리아나는 조금 참아 보다가, 알렉산더의 태도가 변하지 않자 조심스럽게 큰 오빠 휴렌을 찾아가 말했으나 그는 싸늘하게 외면했다.

'*황태자 전하께서? 그럴 분이 아니다. 폭주했을 때 조금 세게 밀친 것 같은데 과민반응하지 마라.*'

그 정도가 아니라는 말은 들어 주지도 않았다.

'*그러게 작작 들러붙지 그랬느냐. 네가 하도 전하를 좇아 전쟁터를 다니는 것 때문에 온갖 추잡한 소문이 다 돌고 있는데……. 하, 입에 올리기도 싫군. 추잡스러워.*'

휴렌은 그대로 율리아나의 방을 나갔다.

'추잡하다니? 내 의지는 어디에도 없었는데?'

그때 율리아나는 바닥에서 온종일 울다가 혼절하였지만 그대로 방치되었다. 가족과 약혼자에게 외면당하는 그녀를 살뜰히 보살피는 고용인은 없었다.

차가운 대리석 바닥에 혼절한 채 하루 넘게 방치된 율리아나는 열병에 걸렸다. 그것도 지나가던 하녀가 너무 미동이 없어서 큰 일이 났나 싶어 살폈다가 알게 된 것이었다.

마음 착한 하녀 루시 덕에 방으로 옮겨져 가까스로 최소한의 보살핌만 받던 율리아나의 방에 아카데미에서 돌아온 둘째 오빠 바이델이 얼굴을 내밀었다.

'뭐야. 얘가 왜 여기 있어? 아. 온 김에 가이딩이나 받아야겠다.'

열에 들떠 정신이 없던 율리아나는 바이델의 목소리가 들리자 무척 기뻤다. 아프단 이야기를 듣고 걱정되어서 와 준 걸까? 부질없게 그런 생각을 했던 것도 같다.

'바이델…… 오빠……?'
'차라리 계속 기절해 있지 그래. 목소리도 듣기 싫어. 인도력이나 내놔.'

곧 바이델의 손이 율리아나를 거칠게 쓰다듬었다. 한 톨의 애정도 없는 손길이었다.
아픈 탓인지 원하는 만큼의 인도력을 받지 못한 바이델이 신경질을 냈다.

'더 만지기 싫은데 짜증나네. 야, 입 벌려.'

피부 위의 접촉보다 점막 접촉을 할 때 가이딩 효율이 더 높다는 것은 잘 알려진 사실.
아파서 비몽사몽 한 율리아나가 제대로 입을 벌리지 못하자 바이델이 억지로 그녀의 턱을 잡아 벌리고 손가락을 쑤셔 넣었다.

'우욱!'

두 개? 세 개? 두꺼운 손가락들이 입 안을 거칠게 헤집었다.

혀와 입천장이며 입 안의 점막이 손톱에 긁혀 쓰라렸다. 억센 힘에 벌려
진 턱도 빠질 것처럼 아팠다. 그러나 바이델은 자신이 만족할 수 있을 만큼
인도력을 받아 간 후에야 손을 빼내었다.

'황태자 전하와 같이 쓰는 거니까 이 정도로 만족해야지.'

율리아나는 눈물이 났다. 아니, 이미 울고 있었다. 옆집에서 기르던 개가
아파도 이렇게 잔인하게 대하진 않을 것이다.
하물며 가족이 아닌가. 아무리 자신이 사생아라 싫다고 해도, 이렇게까지
굴 필요가 있는가?
흠뻑 눈물에 젖은 얼굴로, 율리아나가 물었다.

*'왜 나를 그렇게까지…… 싫어해? 안젤리카를 밀어내고 황태자 전하와
약혼해서…?'*

내 의지도 아니었잖아. 휴렌 오라버니가 가라고 해서, 그래서 간 거였는데.
바이델이 더 화낼까 봐 차마 할 수 없는 말을 목구멍 아래로 삼키며 대답
을 기다렸다.
잠시간 침묵이 흐르고, 바이델이 크게 폭소했다.

*'너 정말 머저리 아니야? 안젤리카라니! 여기서 그 이름이 왜 나와? 난
널 처음부터 싫어했는데!'*

바이델은 잘생긴 얼굴을 잔뜩 일그러트리며 분노를 드러내었다.

'네가 우리 집에 들어온 후부터 불행이 시작됐어! 너 같은 년이 우리 집

에 굴러들어온 탓에 어머니와 비앙카가 죽은 거라고!'

율리아나는 열 때문에 성대가 부어올라 말하기 괴로웠지만 반박하기 위해 헐떡였다. 그러나 그녀가 입을 열기 전에 바이델이 다시 싸늘하게 일갈했다.

'하긴. 안젤리카 때문에 더 네가 싫어진 것도 있지. 너 때문에 불행해진 안젤리카를 보면 죽은 비앙카가 생각나. 넌 존재만으로도 주변 사람들을 불행하게 만드는 역병 같은 거야.'
'……'

율리아나 역시 막냇동생이었던 비앙카를 사랑했고 그녀를 몹시 그리워했다. 만약 정말 그녀가 목숨을 바쳐서 죽은 비앙카가 살아날 수 있다면 당장에라도 자진해서 단검으로 심장을 찌를 수 있었다. 어차피 이미 기쁠 게 없는 생이니까.

하지만 어째서 비앙카와 후작 부인이 죽은 게 자신의 탓이란 말인가.

뭐라 말하고 싶었으나 눈앞의 바이델은 그 모든 불행이 율리아나의 탓이라고 굳게 믿고 있어서, 율리아나는 헐떡이는 울음소리 외엔 아무 소리도 낼 수 없었다.

입 안에선 비릿한 피 맛만이 감돌았다.

* * *

과거 일을 떠올리니 그나마 친근하게 느끼던 바이델이 멀게 느껴졌다. 그렇게 나를 증오했으면서. 그렇게 나를 혐오했으면서, 지금은 이렇게 친한 척 굴다니.

"……내가 가이딩을 왜 해. 저택에 머무는 가이드가 몇 명인데."

싸늘한 어조를 눈치채지 못한 바이델이 약간 볼을 붉히며 중얼거렸다.

"그 사람들이랑 네가 같아? 그 놈들은 다 별로야."

"알마예르는 뭐든지 최고라더니? 평소 하던 말이랑 다르네."

"그, 그건……!"

"그건 율리아나의 말이 맞다. 저택의 가이드들은 아카데미에서 성적이 좋았던 학생들만 데려와서 수준이 높은 편이다."

알마예르에 대한 자부심이 드높은 휴렌이 바이델을 꾸짖으며 끼어들었다.

"그렇지만 진짜로 느낌이 다른걸!"

"기분 탓이겠지. 율리아나가 폭주를 막아 준 덕에 네가 율리아나의 가이딩을 특별하게 여기는 모양이다."

"그게 아니래도!"

"어허. 언성 높이지 마라."

휴렌과 바이델이 대화하는 사이 율리아나는 두 사람을 지나쳐 문으로 걸어갔다.

"대공님이 보내셨다는 선물은 어디에 있죠?"

선물을 방에서 열어 보고 싶었으나, 보낸 사람이 자이거 대공인 만큼 휴렌과 바이델이 내용물을 확인하고 싶어 했다. 휴렌은 답례품을 고려하기 위해서라지만, 바이델은 누가 봐도 흥미본위였다.

집사가 선물을 휴렌의 집무실로 옮겨 둔 탓에 어쩔 수 없이 휴렌의 집무실로 갔다.

"형 집무실은 나도 몇 번 안 와 봤는데."

바이델이 영광스러워하라는 듯 말했지만 율리아나는 코웃음을 치고 싶은 걸 참느라 힘들 뿐이었다.

'내가 쓰러졌던 게 이 방이었구나.'

그 뒤로 몹시 아파서 그 근처의 일은 단편적으로밖에 기억이 나지 않았지만 집무실로 들어오자 확실해졌다.

'얼른 나가고 싶다.'

집무실은 후작의 집무실과 비교했을 때 아주 넓진 않았으나 작은 회의를 위해 집무실에 마련된 소파와 테이블 정도는 있었다. 선물은 그 테이블 위에 있었다. 하녀가 차와 다과를 가져오고 나면 나갈 타이밍이 애매해질 터.

율리아나는 얼른 테이블로 가서 선물 상자를 들어 올렸다.

부욱—!

"야, 너는 그걸 그렇게 뜯냐?"

포장지가 뜯어지는 소리에 바이델이 기겁했지만 율리아나는 거침없이 북북 뜯었다. 상자를 열자 보이는 것은.

"장갑……과 브로치?"

고급품일 게 분명한 실크 장갑과 푸르게 빛나는 흰 오팔이었다.

"아니, 어제 부딪힌 거 하나로 주기엔 너무 과한 거 아니야?"

율리아나도 바이델과 같은 생각이었다. 상자 안에 든 편지를 꺼내서 읽고 싶었지만, 바이델이 훔쳐볼까 봐 여기서 읽고 싶지는 않았다.

"편지를 읽어 봐라."

'아, 이런 건 휴렌이 더 심하겠네.'

휴렌은 자신이 보는 앞에서 꼭 편지를 확인하라는 듯 율리아나를 응시했고 율리아나는 그러기 싫었다.

"선물을 보여드렸으니 된 거 아닌가요? 편지는 제게 온 건데 저 혼자 읽고 싶어요."

"……하. 어이가 없군."

되바라진 율리아나의 대답에 휴렌의 얼굴이 딱딱하게 군자 바이델이 눈치 보다가 얼른 끼어들었다.

"야, 너 혹시 이상한 생각하는 거 아니지? 선물 하나 받았다고 막, 대공비가 될 꿈 같은 거 꾸면 안 돼!"

"그런 거 아니야!"

율리아나가 화들짝 놀라 외쳤다. 대공비? 자이거 대공 같은 사람이 왜 자신 따위와. 말도 안 된다.

'생각해 보면 알렉산더가 아니라 대공님이 황제가 되었어야 했는데.'

우선 자신을 흉흉한 기세로 보는 휴렌을 진정시켜야 했다. 율리아나는 아무 말이나 지어냈다.

"대공비라니 그런 허무맹랑한 생각 따윈 꿈에서도 안 해요. 내용도 별거 없겠지만, 그래도 처음으로 남자한테 받은 편지인걸요. 오빠들에게 보이고 싶지는 않아요."

예상외로, 그 말은 무척 효과가 있었다.

"……하긴. 오빠에게 그런 걸 보이기는 쑥스럽겠군."

"맞아. 오빠한텐 부끄러울 수 있지! 진짜 별 말 아니겠지만!"

이상하게도 어딘가 만족스러워 보이는 표정으로 휴렌과 바이델이 한 발 물러섰다.

율리아나는 의아해하며 자신이 한 말을 되짚어 보았지만 딱히 두 사람이 만족할 만한 구절은 찾지 못했다.

'왜 저러지? 불길하게.'

묘하게 만족스러워 보이는 휴렌과 이유 없이 히죽히죽 웃는 바이델이 기묘하게 보이기까지 했다.

그래도 좋은 게 좋은 거니까. 둘이 이상한 틈을 타 율리아나는 "이만 제 방으로 가 볼게요."라고 말한 뒤 쌩하니 방으로 돌아왔다. 두 손엔 편지를 꼭 쥐고.

바스락.

두근거리는 마음으로 편지 봉투를 열어서 편지를 꺼냈다. 한 장짜리 단출한 편지였다.

편지지에선 불이 지나간 자리에서 맡을 수 있는 약간의 탄 냄새가 나서 신기했다. 자이거 대공의 힘이 닿은 흔적일까?

접힌 부분을 열자 강렬한 검은 무늬가 눈에 들어왔다.

"이래서 불 냄새가 났구나."

잉크나 실 등으로 새긴 무늬가 아니었다. 아주 좁은 면적을 불에 그슬려 만든 고유한 무늬였다. 이렇게 이능을 세밀하게 쓸 수 있다니. 인장이 없이도 자이거 대공임을 보여 주는 듯했다.

화려한 편지지에 비해 내용은 간단했다.

이런 물건으로 일전에 저지른 무례를 되돌릴 수 있다고 여기진 않습니다.

다만, 목마른 자에게 시원한 물을 끼얹어 주신 것에 대한 답례로 보냅니다.

언젠가 다시 뵈었을 때 인사를 받아 주시길 바라며.

'레온하르트'라는 이름은 아주 멋진 필기체로 적혀 있었다.

"고작해야 어린애한테도 엄청 정중하시네. 하긴 전에도 그러셨지. 정말…… 좋은 분이야."

회귀 전에도 자이거 대공만큼은 율리아나를 편견 없이 봐 주었다. 아니, 오히려 더 대단하게 봐 주었다. 모두가 황태자의 암캐라고 비웃을 때에도 자이거 대공만큼은.

'야, 너 혹시 이상한 생각하는 거 아니지? 선물 하나 받았다고 막, 대공비가 될 꿈 같은 거 꾸면 안 돼!'

그래서일까, 바이델이 했던 말이 귓가에 맴돌았다.

회귀 전에 약혼 소식도 들은 바 없지만, 대공비가 될 사람은 아주 아주 대단한 여자일 것이다. 자이거 대공에 걸맞은 짝이면 분명 그럴 테니까.

율리아나는 피식 웃었다.

"염치가 있지, 그런 말도 안 되는 꿈을 어떻게 꿔."

편지지를 조심히 접어 봉투에 넣었다. 편지지에서 나던 불 냄새는 방 안을 맴돌다가 스르륵 흩어져 사라졌다.

Chapter 4. 로젤리타의 함정

알마예르 후작 부인 로젤리타는 후작 부인으로서 여러 모임에 참여하고 있었다. 그 모임은 신진 예술가를 후원하는 문화 살롱이나 고아원에 봉사를 가는 모임, 가볍게 수다를 떠는 부인회 등 다양했다.

알마예르 후작은 자이거 대공처럼 전쟁의 최전선에 서는 기사는 아니지만 자신에게 맡겨진 외곽 영토를 지키기 위해 자주 자리를 비웠으므로 후작 부인으로서 이를 채우는 역할을 해야 했다.

오늘은 한 달에 한 번 백작 가문 이상의 부인들 몇 명과 갖는 소규모의 브런치 모임이었다. 겉으로는 읽은 책이나 다녀온 공연에 관한 감상을 나누는 모임이었으나 수다를 떠는 모임에 가까웠다.

'그런데 오늘따라……'

참석자가 많았다. 원래 인원은 8명이지만 개인 사정으로 빠지는 인원도 있고 해서 보통 대여섯 명 정도가 모인다.

수다회에 가까운 모임이다 보니 친구를 데려오는 경우도 있었는데, 오늘이 딱 그랬다.

오늘의 호스트인 로젤리타를 제외한 모임 인원 전체인 7명이 모두 모인데다가 각자 한 명씩 친구까지 데려와서 총 15명의 대인원이 되었다. 물론 브런치 모임이다 보니 친구를 데려갈 거라고 미리 고지를 해 주어서 음식이나 티를 준비하는 데에는 아무 문제가 없었으나 로젤리타는 조금 기분이 언짢았다.

'비앙카의 첫 생일 때도 이렇게 축하해 주러 오지 않았던 것 같은데.'

물론 그때는 후작 부인이 된 지 얼마 되지 않았을 때고 지금만큼 친분을 쌓기 전이니 그럴 수도 있다고 생각은 하지만, 머리와 가슴은 따로 놀았다.

'율리아나 때문이겠지.'

저절로 이가 갈렸다.

지금 저택 내 고용인들의 분위기가 묘하게 돌아가고 있다는 것을 로젤리타는 기민하게 느꼈다.

집사장과 하녀장이 율리아나에게 신경을 기울였다. 집사에게 말을 전달하는 후작의 보좌관도 율리아나를 무척 신경 쓴다고 하던가.

집사장과 하녀장이 그러니 그 아랫것들은 얼마나 눈치를 보겠는가. 벌써부터 율리아나의 하녀들이 득세여 으스대고 다닌다는 하소연을 자신의 측근 하녀로부터 들은 적이 있다.

'그런데 벌써 이렇게 외부에도 소문이 나?'

로젤리타는 폭풍의 눈 속에 있어서 몰랐으나 지금 사교계에는 알마예르 후작이 잃어버린 조카딸을 찾았다는 소문이 퍼진 지 오래였다. 오늘 브런치 모임에도 참여하고자 하는 부인들이 줄을 섰었다.

어쨌거나 로젤리타는 호스트로서 모임을 진행해야 했다.

"날씨가 좋아서 다행이네요. 온실에 자리를 마련하길 잘했네요."

부인들은 너도나도 말을 받으며 로젤리타의 안목을 칭찬했다.

"바람이 약간 서늘하게 불어서 너무 덥지도 않고 딱 좋네요."

"저는 후작저가 처음인데 이렇게 아름답게 꾸며 놓은 온실을 보니 감탄만 나와요."

"수도에서 이렇게 남부 식물들이 크게 자라다니. 마치 다른 세상에라도 온 것처럼 이국적이에요!"

적당히 근황을 나누자 갓 만든 요리들이 테이블을 채우기 시작했다.

신선한 토마토와 치즈를 넣은 오믈렛, 솜씨 좋기로 유명한 식당에서 공수해 온 요거트, 일부러 육즙이 줄줄 흘러나오게 만든 탱탱한 소시지 등 맛있는 냄새를 풍기는 음식들이 끝없이 나왔다.

부인들은 작게 탄성을 지르며 포크와 나이프를 들었다. 결혼한 여자들끼리 있으니 남자들 눈치 보지 않고 양껏 먹을 수 있었기에 분위기는 단숨에 화기애애해졌다.

그 편안한 분위기 속에서 로젤리타도 조금 풀어져서 팬케이크를 잘라 입에 넣었다. 버터를 잔뜩 써서 구운 팬케이크는 입에 넣자마자 녹는 듯했다.

이번엔 팬케이크 위로 블루베리 콩포트를 얹어서 입에 넣으려던 순간, 누군가 새 화제의 포문을 열었다.

"비앙카를 못 본 지 좀 되었네요. 비앙카는 잘 지내나요?"

로젤리타가 답할 시간도 없이, 바로 다른 사람이 말을 받았다.

"비앙카에게는 오빠밖에 없었잖아요. 이번에 사촌 언니가 생겼다는데 언니처럼 잘 챙겨 주겠네요."

모임 전에 미리 짜고 온 듯 아주 자연스러운 흐름이었다.

입맛이 떨어진 로젤리타가 포크를 내려놓았다. 한 번 말문이 열리자 다른 사람들도 은근슬쩍 화제에 편승했다.

"레이디 니엘라의 딸이라죠? 혹시 나이가 어떻게 되는지……. 제 아들과 비슷한 나이인지 궁금해서 그래요."

"레이디 니엘라는 사교계를 주름 잡던 꽃이었는데 딸은 어떨지 궁금하네요."

"그러게요."

그 말은 로젤리타에게 율리아나를 보여 달라는 압박이었다. 모인 사람 수를 보고서 이럴 거란 예상은 했지만 생각보다 더 노골적이다. 로젤리타는 차를 마시며 치미는 화를 진정시키려 했다.

"후작님의 말씀도 없는데 따로 인사를 시키기는 조금 그렇네요."

"어머, 알마예르의 안주인이신데 그런 자잘한 일까지 후작님의 허락을 받아야 하나요? 집에 있는 아이를 불러오는 일일 뿐인 걸요."

이 말은 후처인 로젤리타의 자존심을 건드리는 말이었다. 로젤리타는 분노로 까뒤집을 뻔한 눈을 깜빡이며 차를 마시는 척 입술을 세게 깨물었다.

'저년이……! 평소에 인사만 하던 사이면서 살살 긁어 대잖아?'

로젤리타는 급이 낮은 가문과는 교류도 하고 싶지 않았지만 자신보다 윗급의 비위를 맞추는 것도 싫었기에 일부러 백작 부인들과 교류했다. 지금도 후작 부인은 로젤리타 하나뿐이다.

'감히 백작 부인 따위가 후작 부인인 나를 무시해?'

화가 나서 눈을 사납게 치켜뜨는데, 온실 밖에서 약간 소란이 일어났다.

"맙……! 얼마나…… 데!"

들려오는 소음에서 바이델의 목소리가 들리자 로젤리타는 의아해졌다. 다른 부인들도 궁금해졌는지 바람을 들이기 위해 열어 둔 문 너머를 기웃거렸다.

"무슨 일이 난 것 같은데요? 저는 잠시."

아까 로젤리타를 은근히 비웃었던 오브라이언 백작 부인이 먼저 온실을 나가자 다른 부인들도 눈치를 보다가 뒤따라 나갔다.

로젤리타는 여기서 자신이 나가는 것이 우스워 보이지 않을까 고민하다가, 혼자만 무슨 일이 일어났는지 모르는 것이 더 우습다는 생각에 얼른 자리를 박차고 나갔다.

'맞아. 후작 부인은 난데 내가 꿇릴 게 뭐가 있어?'

주인의 마음으로 나간 로젤리타를 반긴 것은.

"히히힝—!"

아직 덜 자란 망아지와,

"제발, 율리아나. 나도 한 번만 타 보게 해 줘. 어?"

그 망아지 뒤꽁무니를 졸졸 따라다니는 바이델.

"싫어. 이건 내 말이야."

그리고 그 망아지 위에 올라탄 율리아나였다.

"어머! 저 아이가 바로……."

누군가가 지른 탄성이 닿았는지 율리아나가 부인들이 있는 쪽을 바라보았다. 율리아나는 당황한 얼굴을 하더니 망아지에서 내려왔다. 혹시 모를 사고를 대비해 망아지의 고삐를 쥐고 따라다니던 관리인이 율리아나의 손을 잡아 내리는 걸 도왔다.

"감사해요."

땅에 내려온 율리아나는 부인들을 향해 인사를 건네려다가 약간 고민했다.

'여기서 제대로 된 예법을 보이면……. 이상해 보이지 않을까?'

일단 눈이 너무 많았다. 파르스 혈통의 망아지에 정신이 팔린 바이델이야 뭐, 아무런 걱정도 안 되지만, 저 부인들의 입을 타고 어떻게 얘기가 돌지 모르는 일이다.

"안녕하세요. 시끄러웠다면 죄송합니다."

율리아나는 햇빛을 가리기 위해 쓰고 있던 모자를 벗으며 예의 바른 평민처럼 상체를 숙여 인사했다.

순간, 모자에 리본 끝이 걸려 머리를 단정히 묶어 두었던 매듭이 풀어졌다.

촤르륵!

하녀들의 아낌없는 관리를 받아 매끄럽게 찰랑이게 된 순은의 머리칼이 쏟아졌다. 오후의 햇살을 받은 머리칼은 반짝반짝 빛나는 것처럼 보였다.

"어머나!"

"정말 아름다운 영애네요."

"11살쯤 되었으려나. 제 아들과 동년배겠어요."

부인들이 까르륵 웃으며 율리아나에게 손사래를 쳤다.

"시끄럽지 않았으니 하던 거 마저 해요!"

그나마 로젤리타와 친한 부인 중 한 명이 그녀에게 물었다.

"망아지가 아주 늠름하네요. 어느 품종인가요?"

"글쎄요. 제가 말 품종은 잘 몰라서."

로젤리타의 얼굴이 일그러졌다.

품종을 잘 모른다지만 털에서 자르르하게 윤기가 도는 것이, 누가 봐도 엄청나게 비싼 품종마로 보였다.

군마가 아닌 품종마는 비싼 사치재다. 당연히 휴렌과 바이델은 자신의 말을 갖고 있지만, 레이디인 율리아나에게 말을 사 줄 이유는 없다.

'후작님이 사 줬나? 왜?'

최대한 평정을 지키려는데 측근 하녀가 조심히 다가와 귓속말을 했다.

"마님. 저 망아지는 30분 전 발라고프 백작이 보낸 선물입니다."

가까스로 유지하던 평정이 그 말에 깨졌다. 로젤리타는 저도 모르게 언성을 높였다.

"뭐? 발라고프 백작이?!"

그 크고 신경질적인 목소리를 주변 부인들이 듣지 못했을 리가. 안 그래도 로젤리타 쪽으로 귀를 쫑긋 세우고 있던 터라 귀가 따가울 지경이었다.

"어머. 발라고프 백작이 저 영애에게 망아지를 보낸 건가요?"

"그렇다면 알마예르와 발라고프 사이에 어떤 연결고리가 생겼다던 소문이 정말이었나 보네요."

"그 연결고리가 바로 저 영애고요."

아예 사교계 최상위 계층이라면 모를까, 애매한 권력을 쥔 백작 가문의 여자들은 눈치가 백 단이었다. 그녀들은 모두 율리아나가 레디 니엘라와 발라고프 백작 사이의 아이라는 것을 확신했다.

'젠장! 이것이 왜 하필 지금 그 얘기를 해서!'

로젤리타는 하녀를 사납게 노려보았다. 하녀로서는 로젤리타가 없는 동안 벌어진 일을 보고한 것이건만 모든 죄를 뒤집어썼다. 하녀는 고개도 들지 못한 채 벌벌 떨며 물러났다. 손님들이 다 가고 나면 채찍을 맞을 것이다.

'발라고프 백작, 정말 미친 거 아니야? 남자애도 아니고 여자애한테 저런 비싼 말이라니!'

하필 타이밍이 공교로웠다. 율리아나가 제도로 온 것과 비슷한 시기에 급격하게 늘어난 알마예르와 발라고프의 교류.

율리아나, 혹은 모습을 감추었던 후작 영애 니엘라가 발라고프와 관계되었다는 것은 누구나 짐작할 수 있었으나 진위여부는 아직 밝혀지지 않았던 상황.

이런 상황에 이렇게 확실한 증거를 보니 모두 입이 근질근질해졌다.

게다가 중요한 건, 율리아나가 알마예르와 발라고프의 딸이면서 두 가문 모두에서 귀애를 받고 있다는 사실이다.

알마예르는 공작가와 버금갈 정도로 위세가 대단한 정통성 있는 개국공신 후작가. 발라고프는 타 왕국 출신 가문이지만 뛰어난 사업적 성취를 이뤄 부를 쌓고 현 발라고프 백작이 황제의 측근에까지 올라갈 정도로 기세가 대단한 백작가다.

'저 영애 하나면, 두 가문과 모두 연을 맺을 수 있어!'

율리아나를 바라보는 부인들의 시선이 달라졌다. 특히 아들을 지닌 부인들이.

* * *

짜악! 짝!

기다란 말 채찍이 허공을 가르며 살갗을 때렸다. 쉼 없이 휘둘러지는 채찍은 마치 악기처럼 경쾌한 소리를 냈다.

"악! 마님, 용서⋯. 용서를⋯. 아악!"

하녀는 속옷만 입은 채 울며 로젤리타에게 빌었으나 그녀는 자신의 화가 조금 사그라들고 나서야 채찍질을 멈췄다.

"하아, 하아⋯⋯. 너 때문에 땀이 났잖아!"

비앙카가 젖을 떼고 난 후부터는 무거운 걸 들어 본 적 없는 팔이 고통을 호소했다. 로젤리타는 말채찍을 하녀에게 던지고 턱짓했다.

"시원한 물을 떠 오거라."

"네, 네. 금방 대령하겠습니다."

하녀는 채찍질에 찢어질까 봐 고이 벗어 둔 옷을 들고 방을 나갔다. 소파에 앉은 채 로젤리타는 손톱을 물어뜯었다.

"맞아. 휴렌의 말대로 걔는 예법이 부족해. 아까도 평민처럼 인사를 했잖아."

로젤리타의 눈이 음험하게 빛났다.

"선생을 구해야겠어. 그 애 수준에 딱 맞는 선생을."

며칠 뒤, 로젤리타는 잘 나오지 않던 조찬 자리에 나왔다. 후작은 자주 저택을 비웠고 휴렌은 원래 아침을 잘 먹지 않아서 바이델과 율리아나 둘이서만 먹던 자리였다.

"안녕. 바이델, 율리아나. 잘 잤니?"

"평소 같죠 뭐."

"네, 숙모님. 숙모님은 잘 주무셨어요?"

"그래. 나도 잘 잤단다."

사실 로젤리타는 잘 못 잤다. 요새 이리저리 사람을 구하고 서류를 검토하느라 바빴던 탓이다. 검은 눈 밑을 가리느라 화장이 두꺼웠다.

"나는 간단하게 수프와 샐러드로 부탁해."

"예, 마님."

음식이 준비되기 전, 로젤리타는 집사에게 율리아나에 관한 근황을 물었다.

"집사. 내가 안주인으로서 너무 조카딸에게 소홀했던 것 같아. 지금 율리아나는 무슨 교육을 받고 있지?"

"따로 교육을 받으시는 부분은 없으나 니엘라 님께 배워서 글은 떼신 것으로 알고 있습니다. 책 보시는 걸 좋아하셔서 장서관에서 시간을 많이 보내시곤 합니다."

갑자기 자신에 관한 걸 묻자 율리아나는 당황했으나 이내 표정을 숨겼다.

'하긴. 원래도 날 좋아하지 않으시던 분이니까. 오래 참으신 거지.'

아마도 며칠 전 친구들 앞에서 평민처럼 인사했던 것을 비꼬기 위해 꺼낸 말이리라.

집사의 말에 눈을 빛내며 웃는 로젤리타를 보자 기분이 묘했다.

곧 세 사람 앞으로 각자 먹는 아침 식사가 차려져 나왔다. 바이델은 고기가 듬뿍 들어간 스튜와 커다란 빵, 율리아나는 홍차와 스콘이었다.

따끈한 스콘이라도 먹으면 나을까 싶어서 한입 크기로 자른 스콘에 딸기콤포트를 왕창 발라서 입 안에 밀어 넣었다.

'날 안 좋아하는 걸 알고는 있어도 기분이 썩 좋지는 않네.'

회귀한 뒤로 직접적인 혐오를 받지 못해서일까. 자신에게 쏟아지는 적의

가 마치 바늘로 찌르는 것처럼 따끔거리는 기분이었다. 혀끝으로 새콤달콤한 딸기 맛이 느껴졌지만 여전히 입 안은 썼다.

"어머, 그러면 안 되지! 알마예르가 되었으면 그에 맞는 교육을 받아야지."

"그냥 나랑 같은 선생에게 배우면 되지 않아요?"

바이델이 제 몫의 고기 스튜를 와구와구 퍼먹다가 물었다. 로젤리타는 단호히 고개를 저었다.

"여자아이에겐 다른 가르침이 있어야 하는 법이야. 그리고, 바이델 너와 진도가 다르면 선생님은 두 번 수업해야 하는데 너무 힘들지 않겠니?"

"뭐……. 그렇죠."

'사실 쟤가 나보다 아는 게 더 많은 것 같은데.'

아무리 사실이 그렇다 해도 오빠로서의 자존심을 지키고 싶었던 바이델은 입을 다물고 수긍했다. 율리아나는 언제고 이런 일이 닥칠 줄 알았기 때문에 고개를 끄덕였다.

"가문에 누를 끼칠 수는 없지요. 열심히 배우겠습니다."

"그래! 그게 바로 좋은 학생의 자세야. 마침 내가 아주 좋은 사람을 소개받았단다."

로젤리타는 웃었다. 입 끝이 광대에 닿을 만큼 활짝 벌어져 가지런한 흰 치아가 번쩍였다.

약간 불편한 아침 식사 후, 율리아나는 정원을 산책하며 생각했다.

'선생님이라.'

선생님을 구한다면 원하는 인물이 있다.

엠마 브라운.

회귀 전, 발라고프의 부대의 유일한 여성 가이드로서 활약한 사람이다.

'아마 아직 발라고프에서도 두각을 드러내기 전이겠지.'

엠마가 자신을 가르쳐 준다면 얼마나 좋을까. 그렇다면 가이드로서 한 발짝 더 성장할 수 있을지도 모른다.

'내 선생님이 되어 주면 좋을 텐데. 발라고프 백작에게 부탁하기에는 너무 경험이 적은 사람인 게 문제야.'

율리아나는 발라고프 백작이 보낸 병법서를 한 번 더 읽으며 한숨을 내쉬었다.

12살. 대체 몇 년이 지나야 성인이 되는 걸까. 아득하게 먼 세월처럼 느껴졌다.

'일단, 후작 부인과 틀어지지 않으려면 가정교사와 잘 지내야 해.'

곧바로 의문이 들었다.

'그렇지만… 제대로 가르쳐 줄까?'

후작 부인 로젤리타는 율리아나가 마음에 들지 않는다는 티를 팍팍 내고 있다. 그런 상황에서 제대로 된 가정교사를 붙여 줄지는 미지수다. 아니, 아마 좀 이상한 사람이지 않을까.

그렇다고 로젤리타가 데려온 가정교사를 사소한 이유로 바꿔 버린다면 앞으로의 생활이 힘들어 질 수 있다.

'엄마가 알마예르 저택에 있는 한 후작 부인과 어느 정도 잘 지내야 해.'

게다가 엄마 외에 다른 이유도 있다.

비앙카.

지금은 아직 6살밖에 되지 않았지만 회귀 전에는 7살 무렵에 폭주를 일으켰었다. 비앙카가 폭주를 일으켰을 때 후작 부인도 폭주에 휘말려서 둘 다 목숨을 잃었다.

'바이델은 두 사람의 죽음이 내 탓이라고 했지. 그렇지만 나도 13살이었는데.'

바이델의 비난과는 별개로, 율리아나는 비앙카를 구하기로 마음먹었다. 지난 생에는 비앙카의 폭주를 막지 못했지만 이번엔 다르다.

12살의 몸이지만 회귀 전 기억을 모두 갖고 있어 가이드로서도 제법 괜찮은 실력을 지니고 있고 폭주가 일어날 시기도 알고 있다. 이 정도면 충분히 막을 수 있을 것이다.

'대체 7살짜리가 폭주할 일이 무엇인지는 모르겠지만, 지켜봐야지. 회귀전과 상황이 똑같이 돌아가지도 않을 테니까.'

그러니 로젤리타의 비위를 맞춰 주는 시늉이라도 해야 했다. 어차피 로젤리타의 태도를 보아하니 제대로 된 가정교사를 붙여 줄 것 같지는 않으니 적당히 트러블을 일으켜서 바꿔 버리면 될 터.

'엠마야 발라고프 쪽으로 부탁하면 되니까 급하지 않아. 우선 지켜보자.'

그렇게 마음먹은 바로 다음 날.

"율리아나, 인사 올리거라. 네 선생님이 되실 분이다."

로젤리타가 율리아나에게 네 선생이라며 인사시킨 사람은 40대 초반으로 보이는 유약해 보이는 인상의 남성이었다.

'……여자아이에겐 다른 가르침이 필요하다고 해서 여자 선생님을 구해 오나 했더니.'

호기심 어린 표정을 가장하며 남자의 얼굴을 살폈다. 외모만으로 사람을 판단할 수는 없지만, 어느 정도 묻어 나오는 인상은 있으니까.

시커먼 머리와 창백하게 질린 피부. 얼굴 전체적으로 좁쌀 같은 흰 비립종들이 다닥다닥 나 있어서 마치 물속에서 살던 어인처럼 보였다. 퀭하게 번뜩이는 눈빛은 아무리 좋게 봐도 학문에 매진하는 학자의 눈빛이라고 포장하기는 힘들어 보였다.

지난 생에서 하급 귀족 가문의 후계자까지 달달 외운 율리아나의 눈에도 남자의 얼굴은 낯설었지만, 로젤리타가 줄줄 읊는 이력을 들으니 모르는 게 당연하다 싶었다.

"콜린 선생님은 아카데미 여자 기숙사를 전담하며 십여 년간 교육에 매진하시던 분이다. 안타깝게도 건강 문제로 사퇴하셨고 지금은 지인들의 추천을 통해 음전하고 뛰어난 영애들만을 가르쳐 오시는 분이란다. 존경하는 마음으로 모시도록 하렴."

아카데미 여자 기숙사 사감이라면 율리아나가 모를 법도 하다. 그렇지만 이력을 들을수록 속으로 코웃음이 나왔다.

'내가 아무것도 모른다고 생각하니까 이런 사람을 데려온 거겠지?'

아카데미는 하급 귀족과 평민을 위한 교육 기관이다. 중상위층 귀족들은 아카데미라는 기관 없이도 활발한 교류를 하기 때문에 아카데미가 필요 없다.

게다가 아카데미의 교수 출신도 아니고, 기숙사 사감 출신의 남자를 선생이랍시고 데려오다니.

이건 명백히 율리아나를 제대로 교육하지 않겠다는 뜻이다. 아니, 교육하지 않는 게 문제가 아니라, 남들에게 비웃음을 사도록 만들겠다는 뜻이다. 귀족 영애로서의 소양을 기르지 못하게 만들려는 수작이니까.

'회귀 전에도 제대로 교육받지 못한 채로 사교계에 나섰을 때……. 얼마나 비웃음을 샀었는데.'

황태자의 약혼녀가 된 이후로 황실 예법 교사들이 붙어서 자세부터 손동작, 말씨까지 하나하나 다 교정해 주었지만 그 과정은 무척 혹독했다.

황실의 예법 교사들은 율리아나가 귀족 영애로서의 기본적인 소양마저 갖추지 못했다는 사실에 경악하여 경멸을 숨기지 못했고, 율리아나는 부끄러워서 쥐구멍으로 숨어 버리고 싶었다.

그래서 율리아나는 로젤리타의 행각에 머리칼이 쭈뼛 서도록 화가 났다.

'겉보기만 멀쩡하고 실속 없는 자를 데려올 줄 알았더니, 아예 대놓고 이런 식으로 수작을 부려?'

"뭐 하니? 선생님께 인사를 올리지도 않고. 다들 오냐오냐해 주니까 네가 진짜 날 때부터 귀족 영애라도 된 줄 아니?"

로젤리타가 날 선 목소리로 율리아나를 질책했다.

쏟아져 나오는 과거의 기억들, 그리고 로젤리타의 질책. 율리아나는 순간 로젤리타의 비위를 맞추자고 다짐한 것도 잊어버렸다. 그녀는 눈을 부릅뜨고 로젤리타를 노려보았다.

'너무해, 정말 너무해. 나를 또 비웃음거리로 만들려고? 그렇겐 안 돼!'

거친 숨을 씨근거리며 천천히 치맛자락을 들어 콜린을 향해 인사했다. 아주 완벽한 귀족식 예법으로.

"작은 별들을 위해 봉사한 분께 축복을. 처음 뵙겠습니다, 콜린 선생님. 알마예르의 율리아나입니다."

로젤리타는 깜짝 놀랐다. 태양은 황제를 상징하며 작은 별들은 아직 이렇다 할 업적을 이루지 못한 젊은 재원들을 뜻한다. 서점이나 도서관도 없는 시골구석에서 자랐다는 여자아이가 할 수 있는 인사는 아니었다.

콜린 역시 놀라 로젤리타를 보았다. 뻐끔거리는 입과 당혹스러운 눈이 그렇게 말했다.

'아무것도 모르는 건방진 계집애라더니, 말이 다르지 않습니까?'

로젤리타는 콜린의 시선에 눈을 부릅떴다. 그녀 역시 당황했지만 콜린 앞에선 티 내지 않았다. 책 좀 읽었다고 어설프게 흉내 내나 본데, 그 건방진 성격을 꺾는 게 바로 콜린이 할 일이었다.

'돈을 받았으면 시킨 일이나 잘해요. 어차피 제대로 공부를 가르치려고 온 건 아니잖아요?'

로젤리타의 표정을 읽은 콜린은 모자를 벗으며 어설프게 인사를 되돌려주었다.

"푸, 푸른 기사 가문이 되찾은 작은 별이 환하게 빛나기를. 콜린 그루입니다."

"호호. 인사는 잘 나눈 것 같군요. 그럼 사제지간에 서로 알아볼 시간을 가져야 할 테니 나는 이만 빠지겠어요. 즐거운 시간 되도록 해요."

로젤리타는 하녀 한 명조차 남겨 두지 않고 방을 나갔다. 아니, 둘만 남기기 위해 일부러 본인의 하녀조차 데려오지 않은 것이 분명했다.

탁. 문이 닫히자 율리아나와 콜린 단둘만 남은 공부방이 적막에 휩싸였다.

'맙소사. 내가 지금 무슨 짓을 한 거지?'

천천히 이성이 돌아온 율리아나가 방금 전의 행동을 후회하며 콜린의 얼굴을 살폈다. 다행히 콜린은 율리아나가 귀족 예법을 어디에서 배웠는지 이상해하지는 않는 것 같았다.

"큼큼. 우선 앉으실까요? 수업을 하기에 앞서 아가씨의 현재 지식 상태부터 보겠습니다. 제가 준비해 온 상식 퀴즈입니다."

낡은 가죽 가방에서 종이 뭉치를 꺼내어 책상 앞에 올려 두었다. 율리아나는 힐끗 종이를 훑었다.

'역사와 교양에 관련한 문제. 후작 부인께서는 첫 수업에서부터 나를 주눅 들게 하고 싶으신 모양이로군.'

비록 격에 맞지 않은 선생을 모셔 온 것은 큰 잘못이긴 하지만, 심술의 정도를 따지자면 그래도 아주 못된 수준은 아닌 것 같다. 이제 막 제도에 올라온 아이를 구박하는 전형적인 방법이지 않은가.

율리아나가 펜을 들려고 하려던 때, 갑자기 눈앞의 시험지가 없어졌다. 콜린이 종이를 손에 쥐고 히죽히죽 웃고 있었다.

"아, 그러고 보니 글자는 아십니까? 시골에서 글자를 배울 데가 있기나 했는지 모르겠군요."

"……압니다."

"아, 정말요? 어디 한 번 볼까요. 빈 종이에 모든 철자를 써 보도록 하세요."

"……."

기분 나쁜 어조에 율리아나는 대답하지 않은 채 바로 철자를 써 내려갔다. 정자를 쓰고 내친김에 필기체까지 유려하게 썼다.

아니, 쓰려고 했다.

'……이런.'

낭패였다.

몸이 어려졌다고 생각은 했지만 높이가 달라진 시야 외엔 딱히 의식할 일이 없었는데, 깃털 펜을 쥐고 잉크를 묻혀 글씨를 쓰자 익숙지 않은 몸의 어설픈 움직임이 그대로 태가 났다.

종이를 내려다보자 군데군데 물웅덩이마냥 둥그렇게 고인 잉크 자국과 삐뚤빼뚤 어설픈 글씨가 보였다. 너무 힘을 꽉 줘서 눌러 쓰느라 구멍이 난 부분도 있을 정도였다. 그나마 정자는 봐 줄 만한데 필기체는 제대로 알아보기 힘들었다.

자신만만했던 율리아나의 얼굴이 부끄러움으로 새빨갛게 달아올랐다.

"픔! 아, 아주 잘 쓰시는군요."

의외로 칭찬을 하나 했더니. 사람 말은 끝까지 들어 보아야 한다.

"물론, 평민 기준입니다. 평민이 이 정도로 글자를 쓴다면 당연히 칭찬을 받아야 할 일이지요. 그러나 아가씨께서는 알마예르의 일원이 되신 만큼 이딴 허섭스레기 같은 글씨는 쓰시면 안 됩니다. 다시 똑바로 쓰도록 하세요."

"……네."

율리아나는 천천히 또박또박 글자를 다시 썼다.

필기체는 나중에 더 연습해서 써야지, 하고 쓰지 않자 콜린이 버럭 성질을 내었다.

"뭐 하시는 겁니까?"

"네?"

"필기체는 왜 쓰지 않으십니까. 아까는 쓰셨지 않습니까?"

"아, 잘 못 써서 나중에 연습을 하려고 했습니다."

"나중이 어디 있습니까? 지금 연습하세요."

퀭한 눈동자가 물고기처럼 기이하게 빛났다. 아마 콜린은 타인을 괴롭히며 희열을 느끼는 편인 것 같았다.

'그래. 지금 연습해 두면 좋겠지.'

율리아나는 일부러 태연한 척하며 고개를 끄덕이고 필기체를 쓰려고 했다. 그런데 갑자기 억센 손이 율리아나의 턱을 콱 붙잡아 왔다.

"윽!"

"선생님께 턱짓만 하는 예의 없는 아이가 누구지요? 대답은 제대로 하세요!"

아무리 비쩍 마른 체형이라고 하나 성인 남자의 박력은 신체 연령이 12살밖에 되지 않은 율리아나로선 감당하기 어려웠다.

특히나 율리아나는 사랑하는 상대에게 회귀 전에 신체적·정신적 학대를 받은 경험이 있었기에 이런 압박을 더욱 견디기 힘들었다.

이건 의지와는 다른, 영혼에 남은 상처였다.

'제기랄, 너 때문에 안젤리카가……. 고작 너 따위 때문에 눈물을 흘리다니.'

'전하, 많이 취하셨습니다.'

'이거 놔! 또 가이딩을 핑계로 나를 유혹하려 하는 것이냐? 역겹다!'

짜악—!

파트너로 참석한 파티에서 안젤리카와 마주친 알렉산더는 술을 잔뜩 마셨다. 그리고 그날은 폭주도 없이 율리아나를 안았다. 뺨을 때린 것은 그가 행한 폭력 중 작은 일부였다. 그 뒤로 알렉산더는…….

턱을 억세게 잡은 손길에서 알렉산더를 떠올린 율리아나는 머리가 새하얘졌다.

외모만큼은 제국 최고로 손꼽히는 아름다운 황태자와 비쩍 곯은 콜린 사이엔 어떠한 공통점이 없음에도, 율리아나는 콜린의 얼굴 위로 알렉산더의 얼굴이 겹쳐 보였다. 숨을 쉬기 힘들었다.

"……죄, 송합니다. 지금 필기체 연습하겠습니다."

바들바들 떨리는 목소리가 사과하자 콜린은 만족스러운 듯 웃으며 율리아나의 턱을 놓아주었다. 어린아이라 그런지, 아니면 귀족 영애라 그런지 손끝에 감기는 피부가 녹을 듯이 부드러웠다.

"좋아요. 착한 아이입니다."

콜린은 율리아나의 탐스러운 머리칼을 쓰다듬으며 히죽 웃었다.

그날 율리아나는 종이에 잉크를 흘릴 때마다, 구멍을 낼 때마다 콜린의 윽박에 사죄해야 했다.

그렇게 몇 번 소리 지르던 콜린은 율리아나가 반성을 모른다며 얇은 회초리로 손등을 때렸다.

숨 막히는 수업이 끝나고.

"수고하셨습니다. 다음 수업 때 뵙겠습니다."

처음 공부방에 들어섰을 때와는 달리 콜린의 얼굴은 기름기가 번들번들 흐르고 만족스러움이 가득했다.

율리아나는 새하얗게 질린 얼굴로 인사했다.

"가르침에 감사드립니다, 선생님."

그날 밤, 율리아나는 침대 위에서 자괴감에 몸부림쳤다.

'아까 그 모습은 뭐야? 율리아나. 정신 차려.'

스스로가 너무 바보 같았다. 산전수전 다 겪고 자살이라는 극단적인 선택까지 했던 자신이다. 새롭게 마음을 먹고서 다시는 회귀 전과 같은 삶을 살지 않기로 결심했다.

그런데 이게 뭔가? 고작 기숙사 사감이나 했던 남자에게 움츠러들어서 고분고분하게 순종하다니. 그런 별거 아닌 남자에게 순종하다니.

차라리 황태자나 알마예르 후작, 휴렌, 바이델 등 이전 생과 관련된 사람에게 겁먹었다면 스스로도 납득이 갔을 텐데. 트라우마에 대한 반응은 의지로 제어할 수 없는 부분이건만 율리아나는 그저 자신이 못난 탓이라고 여겼다.

"흑……."

너무 속상했다.

너무 바보 같았다.

아니, 바보는 너무 순한 말이다. 머저리, 등신, 천치, 저능아. 율리아나는 제 스스로에게 욕설을 퍼부으며 뺨 위로 흐르는 눈물을 닦아 내었다.

"난 바보야……."

자괴감이 온몸을 지배하고, 앞으로의 모든 일들이 걱정되기 시작했다.

원래 율리아나는 자신이 알고 있는 미래를 기반으로 차근차근 홀로 설 수 있는 힘을 키울 생각이었다.

지난 생에서 깨달았다. 상대의 호의에 기댈 뿐인 삶은 지옥이라고. 스스로의 힘을 키워서 홀로 설 줄 알아야 한다고 말이다.

'내가 힘이 있어야 엄마도 지킬 수 있어.'

힘이 있어야만 나중에 알마예르 후작이나 발라고프 백작이 엄마를 빌미로 자신을 휘두르려고 할 때 대응할 수 있을 것이다. 지금은 두 사람 다 엄마를 애지중지 아끼지만, 사람의 마음은 모르는 것이니까.

힘을 키워서 아무도 자신을 건드리지 못하게 하려고 했다. 최대한, 존중하는 시늉이라도 하도록 호락호락하게 보이지 않겠다고 결심했다.

'그런데 내가…… 잘할 수 있을까? 고작 가정교사에게도 반항하지 못하는데.'

넘쳤던 자신감과 제법 괜찮게 짜둔 계획이 한순간에 확 꺾였다. 영혼에 난 상처가 아직 치유되지 않았기 때문이었다.

"흑……. 흐윽……. 율리아나, 이 천치."

톡, 토독.

자신을 욕하며 눈물을 줄줄 흘리던 율리아나는 누군가가 제 창문을 두드리고 있다는 것도 알아차리지 못했다. 하녀들이 쳐 주고 간 커튼이 두꺼워서인 소리가 잘 들리지 않는 것도 있었다.

안에서 응답이 없자 그 두드리는 소리는 점점 커졌다.

똑, 똑똑똑!

제법 큰 소리라서, 이번엔 율리아나의 귓가에 똑똑히 닿았다.

"……어?"

깜짝 놀란 율리아나는 눈물을 그치고 창문 쪽을 보았다. 자신의 방은 2층인데, 창 밖에서 누군가가 노크를 한다고?

다시 한번, 그녀를 부르는 것처럼 노크 소리가 났다.

똑똑, 똑똑.

'뭐지……?'

제일 먼저 든 생각은 암살자였으나, 만약 자신을 해하려는 사람이었다면 노크 따윈 하지 않았을 것이라는 판단이 섰다. 게다가 암살당할 정도의 원한을 산 적도 없기도 하고.

고민하던 그녀는 커튼을 쳤다. 창밖으로 보인 얼굴은.

"누구……?"

전혀 모르는 얼굴이었다. 유리창 밖에는 자신보다 작은 남자애가 창턱 위에 쭈그려 앉아 있었다.

찰랑이는 금발에 순간 알렉산더가 떠올라서 몸이 굳었지만, 불꽃이 흐르는 듯한 알렉산더의 적금발이 아니라 꿀처럼 달콤해 보이는 부드러운 빛이라 다르다는 걸 알았다. 게다가 커다란 녹색 눈이 사슴처럼 순해 보였다.

일단 계속 창문을 닫고 있어 봐야 궁금증이 해결되는 일은 없으므로 창문을 열었다.

탁, 창문이 열리자 바깥의 신선한 공기가 안으로 쏟아져 들어왔다. 서늘한 바람이 열이 올라 뜨겁던 얼굴을 훑고 지나갔다.

"그냥 얼굴만 보고 가려고 했었는데."

"어?"

"우는 것 같아서."

"응?"

대체 무슨 소리를 하는 걸까.

남자아이는 유순하게 눈을 내리깔고 머뭇거리다가 한참 만에 입을 열었다.

"동생이야."

"동생?"

"응. 파벨…… 발라고프."

"아!"

계속 알 수 없는 말을 한다 했더니 이제 알겠다. 동생, 파벨 발라고프. 두 단어에 상황이 파악되었다.

지난 생에서 발라고프 백작에게 뛰어난 후계자가 있다는 것은 들은 적이 있다. 발라고프 백작 자체가 일선에서 물러날 나이가 아니다 보니 후계자에 대해 깊은 관심을 둔 적은 없지만 말이다.

'발라고프 가문과 어울리지 않게 검술에 재능이 있다고 했나.'

아니, 어쩌면 발라고프와 어울리는 재능인지도 모른다. 신체 능력이 일반인보다 2배 이상 뛰어난 센티넬과는 달리 가이드는 일반인과 다를 바 없으니, 이를 보완할 능력을 키우는 게 맞는 걸지도.

'발라고프 백작에게 내가 누나라는 이야기를 들었나 봐. 그런데 왜 이 밤에 이러고 있지?'

율리아나는 파벨의 차림새를 보았다. 아마도 수련복인 게 분명한, 활동하기 편한 옷차림이다. 또 얼굴만 보고 가려고 했단 말은 뭘까. 침실에서 커튼을 열고 있던 적은 없는데.

"설마, 날 몰래 지켜봤니?"

"……."

"언제부터?"

"……."

"설마……!"

순간 얼굴이 붉어졌다. 설마, 수준 낮은 가정교사에게 고분고분 말을 듣던 것을 다 본 것일까.

'에이, 그게 언젠데. 아니겠지. 절대 아닐 거야.'

그렇게 생각하면서도 부끄러움이 온몸을 휩쌌다. 파벨은 율리아나의 눈치를 보며 느릿하게 물었다.

"내가 혼내 줄까?"

"……응?"

"내가 혼내 줄게. 누나를 울린 그 자식, 별것도 아니야."

"……."

명백히 자신보다 어린 소년이 콜린을 혼내 주겠다는 말에 율리아나는 안심되기보단 도리어 씁쓸함을 느꼈다. 이런 어린아이도 상대할 수 있을 만큼 별 볼일 없는 상대에게 꼼짝도 못 한 게 더 한심한 거니까. 속상함이 울컥 치밀었다.

"……내가 그렇게 한심하니?"

"어? 아니야!"

"맞잖아. 한심하니까, 그런 남자도 혼자 처리하지 못할 거라 여기는 거지?"

지금 엉뚱한 곳에 화풀이를 하고 있다는 것을 알면서도, 한번 쏟아져 나오기 시작한 속마음은 멈출 줄 몰랐다. 파벨은 쩔쩔매며 율리아나의 말을 들어 주었다.

"그래, 한심하겠지. 나도 내가 한심한데 네가 보기에 얼마나 더 한심하겠어. 멍청이 같지? 그런데 어떡해? 너무, 무섭단 말이야. 그 사람이…… 금방이라도 얼굴을 바꿔서 나를 때릴 것 같아서……!"

말을 하며 눈물이 터져 나왔다. 율리아나는 엉엉 울며 손등으로 제 눈을 세게 비볐다.

이런 말을 하며 울고 싶지 않은데, 파벨이 안타깝다는 눈으로 자신을 보고 있어서, 순한 녹색 눈이 저를 걱정하고 있다는 게 느껴져서 왠지 마음을 놓게 된다. 목을 놓아 울게 된다.

"우, 울지 마. 한심하지 않았어."

쩔쩔매며 달래려 하는 파벨은 사람을 대하는 데에 서툰 것 같았다. 그러나 율리아나도 누군가에게서 위로를 받아 본 적이 없기 때문에 이 서툰 위로도 괜찮았다. 옆에 있어 주는 것만으로 충분했다.

곧 위로하는 걸 포기한 파벨은 엉엉 우는 율리아나의 곁을 떠나지 않고 지켜 주었다.

시간이 흘러 율리아나는 제풀에 지쳐 울음을 그쳤다.

"흑…. 흐흑……."

목이 쉬도록 우는 바람에 훌쩍이는 소리까지 거칠거칠했다. 성대가 상한 게 아닌가 걱정될 정도였다. 파벨은 침대 옆 협탁에 놓인 물병에서 물을 따라다가 건넸다.

꼴깍꼴깍, 율리아나는 물을 마신 뒤 퉁퉁 부은 눈으로 파벨을 보았다. 설마 더 울 거냐는 듯 갸웃거리는 얼굴은 젖살이 통통했다. 그녀는 뒤늦은 부끄러움에 얼굴을 붉히며 꾸벅 인사했다.

"……고마워."

"어떤, 게?"

"울 때……. 엄마 말고 다른 사람이 있어 준 건 처음이야."

그 말에 파벨은 벼락을 맞은 사람처럼 딱딱하게 굳었다. 율리아나는 쑥스러워서 고개를 살짝 숙이고 있었기 때문에 그런 파벨의 반응을 보지 못했다.

율리아나는 파벨이 건넸던 위로의 말을 떠올려 뒤늦은 대답을 했다.

"혼내 준다고 해 준 것도 고마워. 그래도 내가 해결해 볼게. 이것도 내가 해결 못 하면 아무것도 못 할 것 같거든."

"그치만, 무섭다며. 때릴까 봐……."

"생각해 봤는데, 차라리 맞으면 빨리 해결될걸? 아무리 가정교사라고 해도 성인 남자가 알마예르를 때렸다고 하면 휴렌이 자존심 상해서 당장 자를지도 몰라."

어쩌면 그게 나을지도 모르겠다고 생각하자 마음이 편해졌다. 파벨 덕에 실컷 울면서 머리가 식어서 이런 아이디어가 난 것이다.

율리아나가 다시 고맙다고 하려고 얼굴을 들자 아까 순한 눈이 아니라 화가 난 눈이 보였다.

"안 돼."

"어?"

"맞는 건 안 돼. 맞을 거라면 내가 그 자식 가만 안 둘 거야."

괜찮다고 하려고 했지만, 호기심이 앞섰다. 아무리 재능이 넘친다고 해도 아직 파벨은 어린애인데, 어떻게 콜린을 가만 안 둔다는 이야기일까?

"어…… 어떻게 가만 안 두게?"

"그건…… 비밀이야."

파벨은 고민하는 듯하다가 씨익 웃었다. 멍해 보일 정도로 순하던 얼굴에 장난꾸러기 같은 미소가 깃들자 봉오리가 작은 노란 꽃이 피어나는 것처럼 주변이 화사해졌다.

"누나가 발라고프가 되면 말해 줄 수 있지만, 지금은 안 돼."

"그건……."

"강요하는 거 아니야. 그냥, 비밀이라는 거."

훌쩍, 창문턱으로 뛰어오른 파벨이 입가에 검지를 붙이며 쉿! 소리를 냈다.

"오늘 내가 온 것도 비밀."

율리아나는 파벨의 말을 듣고, 그가 어쩌면 오늘이 아니라 이전에도 후작 저에 왔을 수도 있겠다는 생각이 들었다.

"파벨! 이렇게 몰래 오면 안 돼. 들키면 어쩌려고 그래?"

"그럼, 누나를 만나려면 어떻게 해야 되는데?"

"내가 갈게. 발라고프 저택으로."

"알았어. 꼭 와야 돼? 기다릴게."

파벨은 순한 미소를 지으며 창문에서 훌쩍 뛰어내렸다.

'여긴 2층인데……!'

깜짝 놀란 율리아나가 창밖을 내다보았지만 파벨은 이미 나무들 틈으로 사라진 뒤였다.

아무도 몰래 찾아왔다가 아무도 몰래 사라진 작은 소년. 파벨.

꼭, 달밤의 요정이 그녀를 위로해 주고 간 것만 같았다. 그런데 생각해 보면 요정보다 더 좋았다.

"뭐야, 정말……."

율리아나는 저도 모르게 부드러운 미소를 지으며 파벨이 사라진 곳을 지 켜보았다.

'내 동생이라니.'

물론 비앙카도 동생이라고 생각했지만, 사실은 사촌동생이 아닌가. 사촌 이라고 그 소중함이 흐려지는 것은 아니지만, 가슴 한 구석이 허전했었다.

그런데 진짜 동생이 있다니. 텅 비었던 심장에 따뜻한 물이 차오르는 기 분이었다.

'파벨이 나를 싫어하지 않아서 다행이다.'

사실, 동생의 존재보다는 파벨이 자신을 싫어하지 않는다는 사실에 더 큰 위안을 얻었다.

언제나 자신을 미워하는 사람만 가득했는데, 그저 같은 아버지를 두었다 는 이유 하나만으로 자신에게 호감을 가져 주다니. 고맙고 또 고마웠다.

'나도 잘해 줘야지. 좋은 누나가 될 거야.'

어딘가 든든한 기분이 들면서, 동시에 책임감도 들었다. 파벨에게 부끄럽지 않은 누나가 되고 싶다는 생각이 들었다.

'그러기 위해선, 우선 콜린부터 치워야겠어.'

파벨이 걱정할지도 모르니까 일부러 맞은 뒤 쫓아낸다는 계획은 폐기해야겠다.

창문을 살짝 열어 둔 채로 침대에 들어간 율리아나는 계속 창문가를 바라보았다.

앞으로 창문이 잠길 일은 없을 것이다.

보고서 파일을 닫은 휴렌은 손으로 관자놀이를 꾹꾹 눌렀다.

'미친놈이군. 아니, 미친년놈들이군.'

휴렌은 이미 콜린에 관해 어느 정도 뒷조사를 마친 뒤였다.

'아무리 후작님이 신경 쓴다 해도 자리를 자주 비우시는 분이 아닙니까. 어머님께서 신경 써 주셔야지요.'

'뭘 어떻게…….'

'이제 곧 큰 행사도 있으니까요. 뒤늦게 알마에르가 되었다 해도 연장자인데 율리아나가 비앙카보다 못하면 안 되겠지요.'

'……!'

전에 그가 로젤리타를 찾아가 건넨 말은 율리아나가 사람들 앞에서 비앙카보다 못한 모습을 보여 주도록 하라는 뜻이었다. 교육은 시키되 알아서 망치라는 뜻.

자신이 부추긴 후에 무슨 일이 벌어질지 대강 짐작했지만 이렇게 격 떨어지는 선생을 데려오다니, 상상 이상이었다.

'아무리 그래도 이딴 새끼를 후작저에 들여?'

콜린은 가학적인 성향의 변태로, 처음엔 직접 학생들을 건드릴 용기가 없어서 여자 기숙사에서 학생들의 생활을 관음하는 것에 그쳤지만 사감으로서의 연차가 쌓이면서 본색을 드러내기 시작했다. 자신이 어느 정도 조절하면 들키지 않을 거란 자신감이 생긴 것이다.

뒷배 없는 평민 아이들을 추행하다가 아카데미에서 잘린 뒤에는 돈 없는 하급 귀족의 사생아나 평민이나 다름없는 몰락 귀족의 자제를 가르치며 살아온 수준 떨어지는 남자였다.

'그래도 일단 벌어진 일이니까……. 지켜볼까.'

평소의 휴렌이었다면 이런 질 떨어지는 사내가 후작저에 드나드는 것을 절대 용납하지 않았을 것이다. 그러나 지금의 휴렌은 달랐다.

'아무리 미친놈이라도 후작가의 영애에게 무슨 짓을 하진 않겠지. 이상하면 율리아나도 도움을 청할 테고.'

그렇게 생각하니 내버려 두는 것도 나쁘지 않은 선택지처럼 느껴졌다. 어차피 이 남자를 고용한 건 로젤리타가 아닌가. 자신은 손을 더럽히지 않고 목적을 달성하는 셈이다.

'……목적이라니? 내가 무슨 목적이 있어.'

휴렌은 자신이 한 생각을 무시했지만, 그의 무의식은 특정한 것을 갈구하고 있었다. 그에게 울며 매달리는 율리아나를.

'오라버니! 제발요……!'
'저를 버리지 마세요!'
'도와주세요, 제발!'

눈을 감자 본 적 없는 광경이 자연히 떠오르며 만족감이 차올랐다. 현재의 율리아나가 자신에게 매달리지 않는 것에 무척 불만스러워질 정도로.

"……."

휴렌의 부관은 콜린에 대한 보고를 마친 이후로 휴렌이 아무 조치도 취하지 않자 의아함을 느끼면서도 함부로 행동하지 못했다.

휴렌이 율리아나를 보호하려는 의도를 명백히 드러내지 않은 이상, 지시하지 않은 일을 할 수는 없었다. 휴렌은 주제 넘는 짓거리를 가장 싫어하므로.

휴렌이 이번 일을 통해 로젤리타의 행동에 제약을 걸려는 의도일 수도 있다고, 결국은 율리아나를 내버려 두지 않을 것을 믿을 뿐이다.

* * *

사각사각.

글씨 연습을 하던 율리아나는 손을 열심히 움직이며 머리로는 다른 생각을 했다.

'콜린을 어떻게 쫓아내지?'

어린아이의 몸이라 할 수 있는 게 없었다. 하인이나 하녀를 매수할 수도 없고. 사실 매수할 돈도 없기는 하다.

율리아나는 행동의 제약을 강하게 느끼며 한숨을 쉬었다. 그렇다고 다른 사람에게 솔직하게 말하고 싶진 않았다.

사실, 말할 수도 없었다. 후작 부인 로젤리타의 명을 거둘 만한 사람은 후작, 휴렌, 바이델. 이 셋뿐이다.

후작? 자리를 비웠다.

휴렌? 말한다 해서 딱히 자신의 편을 들어 줄 것 같지도 않다. 아예 신뢰가 없는 상황.

'그나마 바이델은……. 아니야. 또 몰라.'

이번 생에 바이델이 이상하게 자신에게 신경을 쓰고 있다고는 하나, 바이델은 원래 자신을 싫어했다. 싫어하는 정도가 아니라 증오했다. 그런 상대에게 뭘 어떻게 부탁하겠는가?

하녀들과는 친하긴 하지만, 콜린이 로젤리타가 데려온 인물인 이상 저택의 고용인인 하녀들로선 뭔가를 하기도 어려울 것이다.

정자를 다 쓰고 필기체를 연습하던 율리아나는 종이에 리스트를 쓰고 하나씩 지워 갔다.

바이델에게 부탁하기 — 안 들어줄 것 같음
하녀들에게 콜린의 뒷조사 부탁하기 — 불가능
파벨에게 부탁하기 — 절대 안 됨!

아무리 생각해도 바이델에게 부탁하는 것이 아니라, 그를 이용하는 게 그나마 제일 그럴 듯한 계획이다.

'바이델에게 수업이 일찍 끝나면 와 달라고 해서 그때⋯⋯.'

바이델의 생각을 하던 중, 율리아나는 제 몸 속에서 그녀를 부르는 힘을 느꼈다.

"아!"

잊고 있었다.

'바이델에게서 가져온 힘이 있었지!'

율리아나는 얼른 눈을 감고 자신의 몸속 마나 회로에 집중했다.

아마도 가이드에게서는 그 힘이 오래 남아 있기 힘든지, 바이델에게서 흡수한 이능은 처음보다 작아져 있었다.

이 힘 정도면 방 하나 크기의 비구름을 만들어 소나기를 쏟아 내면 끝일 터. 그리 오래 쏟아 내지도 못할 것이다. 1초 정도?

'이렇게 작은 힘으로 뭘 할 수 있겠어.'

제대로 이능을 사용할 줄 모르는 이라면 그렇게 생각할 것이다.

그러나 율리아나는 아니다.

직접 전투한 것은 아니나 율리아나는 전쟁에 나가서 센티넬들이 마족을 상대로 치열하게 싸우는 것을 봐 왔다.

황제를 제외하면 대륙에서 가장 뛰어난 센티넬 둘, 황태자 알렉산더와 자이거 대공 레온하르트가 이능을 이용하여 큰 전투를 이기는 것을 가까이 지켜본 일이 있으며, 알마예르 남자들이 일상적으로 이능을 쓰는 것을 본 일도 많다.

아마도 비센티넬 중에 그녀보다 이능 응용법을 잘 아는 사람은 없을지도 모른다.

'그래. 이 정도면 충분히……'

깃털 펜으로 턱을 쓸어내리며, 율리아나는 눈을 빛냈다. 하늘색 눈이 기쁨으로 빛났다.

며칠 뒤 콜린의 수업 날.

하녀 하이디의 안내를 받아 율리아나의 공부방으로 들어온 콜린이 입 끝을 광대 쪽으로 끌어 올리며 징그럽게 웃었다.

"강녕하셨습니까, 아가씨."

"네, 선생님."

"그럼……"

콜린은 자신을 안내한 하이디를 흘깃거린 뒤 율리아나를 보았다. 그녀를 내보내란 뜻이었다.

하이디는 눈을 부릅뜨며 자리를 지켰다.

"공부방이 넓은 편이라 제가 곁에서 시중을 들 예정입니다."

율리아나는 몰랐지만 하녀들은 알고 있었다. 후작 부인 로젤리타가 율리아나를 향해 손톱을 바짝 세우고 있다는 사실은 고용인들 사이에서 공공연했다.

안 그래도 로젤리타가 데려온 가정교사는 영 꺼림칙했었는데, 가정교사가 다녀간 다음날 퉁퉁 부은 율리아나의 얼굴을 보자 율리아나를 담당하는 하녀, 하이디와 루시는 화가 나서 뒤로 넘어갈 뻔했다.

율리아나는 상냥하고 배려심 깊은 아가씨였다. 갑작스러운 신분 상승으로 우쭐할 만도 한데 언제나 고용인들을 향해 다정하게 웃어 주었다.

평소 알마예르의 가풍에 맞게 의연한 얼굴을 하다가 가끔은 수줍게 부끄러워하는 모습이, 허공을 보며 그립다는 듯, 마음이 아프다는 듯 일그러뜨리는 얼굴이 안쓰러웠다.

아픈 어머니 때문에 마음을 굳게 먹는 거겠지 짐작하니 율리아나와 가까운 두 사람은 그녀를 안쓰러운 막냇동생 대하듯 챙겼다. 물론 로젤리타가 미친 듯이 히스테리를 부리는 덕에 가만히 있던 율리아나가 반사 이익을 본 것도 있었다.

어쨌거나 하이디는 오늘 이 방에서 나갈 마음이 없었다. 그러자 콜린이 미간을 찡그리며 대거리했다.

"감히 하녀 주제에, 수업을 뭐라고 생각하는 건가? 교사는 학생이 틀린 게 있을 때 엄하게 훈육을 해야 하는데 방에 편들어 줄 사람이 있으면 기고만장하게 굴 것 아닌가!"

"엄하게 훈육이요? 어린 아가씨를 얼마나 혼내려고……!"

"난 괜찮아, 하이디. 괜찮으니까 나가 봐도 돼."

앞으로 할 일을 위해서는 콜린과 단둘이 있어야 했다. 하이디는 이해할 수 없는지 걱정 어린 표정으로 율리아나를 설득하려 했다.

"그렇지만, 아가씨!"

"정말 괜찮아. 필요한 일이 있으면 부를게."

"……꼭 부르셔야 해요?"

하이디는 머뭇거리며 잉크만 쏟아도 자신을 부르라며 책상에 종을 두고 갔다. 저번에 서재에 고용인을 부르는 종조차 치워져 있던 것을 알고 경악했기 때문이었다.

탁.

하이디가 공부방을 나가자 콜린은 만족한 듯 웃은 뒤 일부러 인상을 험악하게 일그러뜨렸다. 분위기를 잡으려는 것이었다.

'으.'

화살 코에 다닥다닥 난 물사마귀가 찡그려진 주름 사이에서 볼록 튀어나와 징그러웠다. 율리아나는 기겁하여 고개를 돌렸다. 콜린은 성큼성큼 율리아나를 향해 걸어오며 외쳤다.

"도대체 하녀 교육을 어떻게 시키는 겁니까? 하녀들이란 존재를 드러내지 않고 봉사해야 하거늘! 나 같은 귀한 손님에게 목소리를 높이다니, 치마를 걷어 올리고 종아리에 피가 터지도록 회초리질을 해야 마땅합니다."

씨근거리며 화를 내던 콜린은 가방에서 뭔가를 꺼냈다. 길쭉하고 탄력 있는, 손때가 묻어 길이 든 회초리였다.

율리아나는 소름이 쫙 끼치는 걸 느꼈다. 저 회초리가 길이 들도록 얼마나 많은 학생들을 때렸을까.

'……안 돼. 떨지 마, 율리아나.'

화를 내는 콜린 때문에 다시 두려움이 덮쳐 올 뻔했지만 오히려 저 회초리를 보자 천천히 이성이 돌아왔다.

자신이야 익숙하니 괜찮지만, 어린 학생들에게 얼마나 큰 상처가 되었을까. 저런 놈은 다시는 훈육을 빙자한 폭력을 휘두르지 못하게 해야 한다.

"지금 가만히 서서 뭐 하시는 겁니까? 제가 방금 뭐라고 했지요?"

"……."

"치마를 걷어 올리고 종아리를 맞아야 한다고 했습니다. 기억 못 하십니까?"

"그건…… 하녀들에게 해야 한다고……."

"하녀들의 주인이 누구입니까? 율리아나 아가씨 아닙니까? 하녀가 잘못한 건 주인이 책임을 져야지요! 이 무슨 책임감 없는 발언입니까!"

휘이잉!

콜린이 허공에 회초리를 휘둘렀다. 탄성 있는 나무가 휘어지며 공기를 가르는 소리가 났다.

율리아나는 우물쭈물하다가 치맛자락을 잡아 올렸다. 복숭아뼈가 도드라진 흰 발목과 그 위로 쭉 뻗은 종아리가 드러나자 콜린의 얼굴이 희열과 기대감으로 붉어졌다.

눈꺼풀을 내리깐 채 콜린을 보던 율리아나의 눈이 매섭게 빛났다.

"더 높이 걷으세요. 무릎 뼈가 보이도록. 옳지, 더 높이!"

콜린은 웃음을 참지 못해 광대가 터질 것처럼 부풀었다. 혐오스러웠다.

율리아나는 치마를 올리는 척하다가 치마를 놓고 손을 번쩍 위로 뻗었다.

휘오오오—!

콜린이 오기 전에 천장에 뿌려 두었던 물방울들이 모이며 시커먼 구름을 만들어 냈다. 번개를 동반한 힘이 아니라 아주 조용했다.

드러났던 발목을 가려 버린 치맛자락에 화가 난 콜린이 율리아나를 노려보았다. 갑자기 허공을 향해 손을 든 율리아나. 대체 뭐 하는 걸까?

"지금 치마를 안 걷고 뭐 하는……. 악!"

율리아나가 손을 콜린에게 향하여 비가 내리도록 했다. 아주 좁게, 콜린의 얼굴에만 떨어지도록.

"이, 이게 뭐야! 설마 너 센……. 읍!"

너 센티넬이었냐고 묻기도 전에, 콜린의 얼굴을 적시고 흘러내렸던 물이 다시 위로 허공으로 떠올랐다.

율리아나가 센티넬이라고 착각한 콜린은 방에서 도망치려고 했고 율리아나는 정신을 집중했다.

"제발……. 제발!"

콜린이 움직이기까지 하는 바람에 힘을 더 쓰게 되었다. 고도의 집중력을 발휘하느라 이마엔 땀이 송골송골 맺혀 흘렀다. 그녀는 펼쳤던 손바닥을 쥐었다.

"지금!"

콱!

순간, 허공으로 떠오른 물들이 콜린의 얼굴을 중심으로 둥글게 모였다. 물방울이라고 하기엔 너무 커다란 물의 구체는 콜린의 얼굴을 완벽히 감쌌다.

물속에 얼굴을 처박고 있게 된 콜린은 꼬르륵 꼬르륵 물을 삼키며 바동거렸다. 그가 물을 삼킬 때마다 구체의 크기가 약간씩 줄어들었지만 다 삼키기에는 역부족이었다. 콜린은 물에 빠진 사람처럼 점점 파랗게 질려 갔다.

"좋아. 이제…… 됐어!"

율리아나는 꽉 쥐고 있던 주먹을 펼쳤다. 물의 구체가 흩어지고, 율리아나는 두 손을 휘저어 물줄기의 방향을 움직였다. 콜린의 입으로.

"쿨럭! 읍, 꼴깍……!"

삼킨 물을 뱉어 내리던 콜린은 입 안으로 쏟아지는 물줄기를 그대로 마실 수밖에 없었다.

"미안해요. 그치만 어쩔 수 없어요."

공부방에 출처를 알 수 없는 물웅덩이가 있으면 안 되지 않은가. 증거 인멸을 위해 어쩔 수 없다.

"끄읍, 끅!"

조절이 아직 미숙해서 물줄기는 콜린의 코와 입으로 마구 부딪쳤고 콜린은 구체를 벗어난 보람도 없이 제대로 숨을 쉬지 못한 채 기절하고 말았다.

털썩.

기절한 그의 하체 주변으로 작은 물웅덩이가 생겼다. 죽음의 위협을 느꼈던 몸이 그만 지려 버린 것이었다. 절대 율리아나가 의도한 것이 아니었다.

"맙소사. 더러워."

율리아나는 미간을 찌푸리며 약간 남은 물을 어떻게 할까 고민하다가 콜린의 물웅덩이에 조금 섞고, 남은 것은 창밖의 나무에 흩뿌렸다. 소량이니 아마 큰 의심을 사진 않을 것이다.

'또 바이델의 힘을 흡수할 일이 있을진 모르지만, 다음부턴 공부방에 큰 식물 화분 같은 걸 두도록 해야겠어.'

좋은 아이디어라고 생각하며 율리아나는 책상에 놓인 종을 잡고 흔들었다. 근처 복도에서 대기하고 있던 하이디가 바로 들어왔다.

"아가씨, 들어가겠습니다."

씨근거리며 들어온 하이디는 혼자가 아니었다. 험하게 인상을 찡그린 하녀장이 함께였는데, 기세 좋게 들어온 두 사람은 바닥에 쓰러진 콜린을 보고 얼떨떨한 표정을 지었다.

"아가씨, 무슨 일이 있으셨습니까?"

하녀장의 물음에 율리아나는 눈가로 흘러내린 땀이 꼭 눈물이라도 되는 것처럼 코를 훌쩍이며 울상을 지었다.

"흑…. 갑자기 선생님이 화내다가 발작을 일으키셔서……. 내가 깨워 보려고 했는데 도무지 일어나질 않았어요."

"네? 발작? 가까이 가지 마세요, 아가씨!"

"뭐지, 간질 발작이라도 일으켰나?"

하녀장은 허겁지겁 율리아나에게 다가가 손수건으로 눈가를 닦아 주었다.

"어머, 식은땀 흘리신 것 좀 봐!"

콜린에게 다가가던 하이디는 지린내를 맡고 코를 막았다.

"발작이 문제가 아니라……. 이 남자, 오줌을 쌌어요! 미친 거 아니에요?"

율리아나는 하녀장의 품에서 아무도 몰래 씨익 웃었다.

이능 자체는 바이델의 것을 빌려온 것이지만 그것은 수단일 뿐, 콜린을 쓰러트리기 위한 전략은 온전히 자신의 것이었다.

'고마워, 바이델.'

활짝 열린 문밖으로 소리가 나가는 바람에 다른 하녀며 하인들이 구경을 하러 기웃거렸다. 그 소란에 다른 공부방에서 공부하던 바이델도 땡땡이 칠 핑계를 대고 뛰쳐나왔다.

"무슨 일이야?"

하녀장이 율리아나를 대신하여 설명했다. 이능을 써서 그런지 몸이 나른 해져서 율리아나는 하녀장의 품에 몸을 맡기고 있었다. 그렇게 하녀장의 설명을 듣는데, 좀 민망했다.

'아무리 그래도 너무 자극적으로 지어내는 것 아닌가?'

하녀장의 말에 추임새를 넣는 하이디의 이야기까지 종합하면, 콜린은 율리아나를 핍박하다가 제풀에 발작하고 쓰러져서 오줌까지 지린 더러운 버러지였다.

'그 말이 꼭 틀린 것도 아니겠지만.'

뒷조사를 한 건 아니지만 하는 행동을 보니 견적이 나왔다. 피곤해서 하품이 나오려던 걸 참으니 눈에 눈물이 맺혔다.

"야, 너 울어?"

하녀장의 설명을 들으며 이미 분노하고 있던 바이델이 율리아나의 눈가에 맺힌 물방울을 보자 폭발했다.

'율리아나는 내 가이드야.'

자각 없는 소유욕과 함께 속에서 화가 치솟았다. 그리고 그 감정은 이능과 함께 휘몰아쳤다.

휘오오오—!

공기가 휘몰아치며 허공에서 물줄기가 흘렀다. 고용인들은 놀라 뒤로 물러났다.

율리아나가 만들어 낸 구체와는 비교도 할 수 없이 불어난 물이 한곳으로 모여 창의 형상이 되었다. 물이 몇 번이나 압축되어 강철만큼 단단해진 물의 창이었다. 율리아나는 순수하게 감탄했다.

'역시 진짜 센티넬의 공격은 다르구나.'

가까스로 비구름을 모아 물을 만들어 낸 자신과는 달리 바이델은 허공에서 바로 물을 만들어 냈다. 아마도 공기 중에 있는 수분을 매개로 삼아 극대화시킨 것일 터. 자신이 써보니 대략적인 원리를 알 것 같았다.

율리아나는 센티넬 이능의 원리를 제대로 연구해 보고 싶다는 생각을 했다.

"도, 도련님! 참으세요!"

고용인들은 벽이 있는 곳까지 물러나며 겨우 외쳤다. 화가 난 센티넬을 막을 간 큰 사람은 없었기 때문이다. 율리아나는 이능을 쓰고 멍한 상태라 말릴 정신도 없었다.

"그만!"

그런 바이델을 멈추게 한 사람은 당연히도 휴렌이었다.

'앗, 휴렌은 위험한데.'

바이델보다 훨씬 뛰어난 능력을 지닌 휴렌은 방 안에 남은 이능의 잔재를 알아볼 수도 있다. 율리아나는 바짝 긴장했다.

"……."

휴렌은 공부방을 슥 훑어본 뒤 하녀장의 품에 안겨 있는 율리아나를 잠시 뚫어지게 보다가 등을 돌렸다. 휴렌이 뭔가 알아차린 게 아닐까 걱정했던 율리아나는 그의 등을 보자 차라리 안심했다.

"바이델, 따라오거라."

휴렌은 이미 바이델이 힘을 쓰는 걸 보았기에, 방 안에 남은 물 이능의 흔적을 보고도 별 상관하지 않은 것이었다. 그건 율리아나가 쓴 것임에도.

휴렌의 시선은 율리아나의 젖은 눈가에 닿았을 뿐이었다.

바이델을 제 집무실로 데려간 휴렌이 한숨을 쉬며 화를 냈다.

"대체 무슨 생각이냐? 물의 창이라니. 그런 걸 만들 줄 아는 것도 처음 알았지만……. 사람을 죽이기라도 할 셈이었냐?"

바이델이 왈칵 화를 내었다.

"그깟 새끼 좀 죽이면 뭐가 어때서? 평민 출신 가정교사 하나 죽인다고 뭐가 문제가 돼?"

"바이델."

"어린 여자애랑 단둘만 있겠다고 고집부리고, 하녀가 자기 말을 무시한다고 길길이 뛰었대. 그러다가 하녀가 나가고 발작을 일으켰다는데, 둘만 있던 때에 뭔 일이 있었는지 어떻게 알아? 나를 혼내기 전에 율리아나 상태부터 걱정해야 하는 거 아니야?"

"바이델!"

"왜!"

"지금 누구 앞에서 언성을 높이는 거냐? 흥분을 가라앉혀!"

휴렌이 제 기세를 드러내며 바이델을 압박하자 바이델이 천천히 이성을 찾았다. 그래도 화가 풀리지 않는지 씨근거리며 숨을 골랐다.

"율리아나는 내 가이드야. 제대로 된 가정교사를 구하기 전까진 나랑 같이 배우게 하겠어!"

쾅!

문을 닫고 나간 바이델을 보며 휴렌은 이마를 짚었다.

"내 가이드라니……. 문제가 있군."

센티넬이 '기적을 행하는 자'라는 칭송을 받는 반면 가이드는 '센티넬의 개'라며 멸시를 받는다. 가이드는 센티넬의 부담을 줄여 주는 역할, 즉, 센티넬이 이능을 쓰면서 쌓인 피로를 없애 주는 것 외엔 별다른 능력이 없는 존재로 알려져 있기 때문이다.

특히 여성 가이드들은 센티넬의 첩, 혹은 정부처럼 여겨지곤 했다. 가이딩을 하려면 신체 접촉이 필수적이었고 손을 잡는 것 이상의 은밀한 접촉을 하는 편이 효율이 좋았다.

가장 센 강도의 가이딩은 점막 접촉이었고, 이 때문에 귀족 여성들은 자신이 가이드임을 알고 싶어 하지도 않을뿐더러 알더라도 밝히려고 하지 않는다. 여성 가이드는 대부분 평민 출신이었고 그중 누구도 전공을 세운 일이 없어 여성 가이드의 인식은 언제나 나빴다.

드물게 귀족 여성이 가이드로 발현할 경우에 집안에서만 가이딩을 하기도 했지만, 제국은 사촌간 결혼을 허용하기 때문에 이도 인식이 그리 좋지는 않다.

'센티넬은 어쩔 수 없이 가이드에게 애착을 갖게 되니까. 이 때문에 벌어진 치정 사건들이 암암리에 많지.'

사실, 귀족 여성들이 여성 가이드를 멸시하는 건 일전에 여러 사건이 있었기 때문이다. 가이드인 고모에게 집착해 고모부를 죽인 센티넬 조카라거나, 제 이복 누나에게 집착한 영식이라거나. 평민 가이드를 두고 귀족끼리 이능으로 싸워 댄 일은 10년이 지난 지금도 이야깃거리다.

그렇기에 귀족 가문에선 어린 센티넬들에게 최대한 다양한 가이드를 만나게 하며 한 명에게만 애착을 형성하는 걸 막는다.

그런데 바이델은 휴렌이 신경을 쓰지 못하는 사이 이미 율리아나에게 애착을 형성해 버린 듯했다.

그것도 일방적인.

휴렌은 아까 하녀장의 품에서 눈물짓던 율리아나를 떠올리며 한숨을 내쉬었다. 만족스러우면서도 묘하게 만족스럽지 않았다.

"내게 도와달라고 하기도 전에 일이 해결됐군."

매달렸으면 했는데.

"어쨌거나……. 격 떨어지는 짓을 한 후작 부인을 어떻게 처리할까."

사실 후작 부인에 관한 처리는 아버지에게 맡겨야 할 일이지만, 전달할 때 어느 편에 서서 말하느냐에 따라 판단이 달라질 것이다.

'그래도 후작 부인보다는 율리아나의 편을 들 것 같긴 한데.'

사실, 후작 부인이 이 뒤로 어떻게 날뛸지 궁금하기도 했다. 가만히 쥐죽은 듯 숨어 있을까? 아니면, 자신도 몰랐다고 뻔뻔하게 더 활개를 칠까?

'일단 보류하도록 하자. 남자의 총애를 잃은 여자가 어디까지 가나 보고 싶으니까.'

휴렌은 비뚠 미소를 지으며 보고서를 꺼내지 않은 채 서랍을 닫았다.

하루하고 반나절 뒤, 율리아나는 아주 개운한 기분으로 일어났다.

하이디와 루시는 눈물을 그렁그렁 매달고 먹을 걸 가져다주며 안 깨어나서 큰 병이라도 걸린 줄 알았다고 했다. 자신이 잘 때 바이델이 와서 한참 곁을 지키다 갔다는 이야기도 했지만, 뭐. 별 감흥은 없었다.

'생각해 보면 바이델이 머리맡에서 뭐라고 중얼거리던 게 기억이 나는 것 같기도 한데. 모르겠다.'

일단 콜린을 처리했으니 그 다음 단계로 넘어가야 했다. 율리아나는 그릇을 다 비운 뒤 루시와 하이디에게 말했다.

"외출하려는데 준비를 도와줄 수 있나요?"

"어디 가세요, 아가씨? 조금 더 쉬셨으면 좋겠는데……."

"발라고프 백작가요."

멈칫.

루시와 하이디는 잠시 시선을 교환하다가 고개를 끄덕였다. 율리아나가 정확히 무슨 생각을 하는지는 몰랐으나, 큰일을 겪은 아이가 친부를 만나고 싶어 하는 것은 당연하다고 여겼기 때문이다.

"이 드레스는 어떠세요?"

"허리를 조이지 않아서 편하실 거예요."

리본으로 허리를 잡은 편안한 피크닉 드레스는 격식은 갖추되 그 나이대의 사랑스러움은 잃지 않는 스타일이었다. 율리아나는 루시와 하이디에게 꾸밈을 맡기고 속으로 하품을 참았다.

이능을 조금 빌려 쓴 자신도 이렇게 피곤한데 물의 창까지 만들어 냈던 바이델은 괜찮은지 모르겠다.

'뭐, 가문의 가이드들에게 가이딩 받았겠지.'

율리아나는 둘 중에 연장자인 루시와 함께 마차에 탄 뒤 발라고프 백작
가로 향했다.

해야 할 일 두 가지를 한꺼번에 처리할 셈이었다.

* * *

발라고프의 집사는 침착함을 잃지 않으려 애를 쓰며 눈앞의 작은 레이디
를 보았다.

"연락 없이 찾아와서 죄송해요. 혹시 기다리면 발라고프 백작님과 파벨을
만날 수 있을까요?"

'오, 맙소사. 그걸 말이라고 하십니까?'

"당연합니다. 율리아나 아가씨는 언제나 환영받으십니다."

무심코 뱉을 뻔한 말 대신 환영의 인사를 건넨 집사는 율리아나를 가장
좋은 응접실로 안내했다.

이곳은 원래 왕족을 위한 응접실로, 옛 왕국의 전통을 따라 만든 장소다.
제국에선 황족이 몇 없고 귀족과 친밀하지 않아 아무도 쓰지 않는 불필요
한 공간이었으나 이젠 가족의 공간이 될 것이다.

집사는 율리아나를 왕녀처럼 대하며 응접실 문을 열었다.

'하긴 왕녀나 다름없으시지. 발라고프는 원래 왕비를 배출하던 집안이었
으니.'

레이디 니엘라와 꼭 닮은 어린 레이디는 제국의 실내 장식과는 사뭇 다
른 응접실의 장식들을 보며 신기해했다.

'정말, 사랑스러우시군.'

십수 년 전 서로 마음을 나누던 미하일과 니엘라를 떠올리던 집사는 눈

물을 글썽거리다가 얼른 하늘을 보았다.

"잠시 앉아 계시면 다과를 내오겠습니다."

붉게 물든 눈가를 들키지 않기 위해 집사는 황급히 응접실을 나갔다. 발라고프 백작이 자신의 부재 시 율리아나가 왔을 때 해야 할 일을 이미 지시해 두었기에 고용인들은 물 흐르듯 접대 준비를 했다.

하녀들은 매일같이 버려지던 호화로운 디저트와 차를 종류별로 내왔고 응접실은 곧 꽃이 가득 든 화병들로 꾸며졌다. 율리아나는 당황하며 집사를 바라보았다.

"불편하신 부분이 있다면 기탄없이 말씀해 주십시오."

"아니에요. 그런 부분 없어요. 그런데 너무…… 과한 것 같은데요."

"아가씨께 과한 것은 없습니다. 이제껏 누리시지 못했던 것을 맘껏 누리셔야지요."

집사의 공손한 말에 율리아나는 얼떨떨하며 일단 집사가 우려 주는 차를 한 모금 마셨다. 입 안에 딸기향이 퍼졌지만 혀끝에 닿는 맛은 담백했다. 블렌딩이 궁금할 정도였다.

"차 맛이 좋네요."

"칭찬 감사합니다."

나이 지긋한 집사는 부드럽게 미소 짓고 앞 접시에 다과를 올려 주었다.

차를 홀짝이며 밀푀유를 한 입 떠먹는데, 밖에서 작은 발소리가 들리더니 쿵! 문에 부딪히는 소리가 났다가 조금 뒤에 문이 열렸다.

"……?"

문은 열렸는데 들어오는 이가 없어서 문 주변을 보니 파벨이 문틈으로 얼굴만 빼꼼 내밀고 있었다.

"누님이 오셨다고……. 아!"

파벨의 시야에는 율리아나가 꽃병 사이에 가려져 보이지 않았다. 율리아나를 발견한 파벨이 상기된 얼굴로 쪼르르 달려왔다.

"누님을 뵈어서 반갑습니다. 파벨 발라고프입니다."

집사 앞이라고 처음 보는 척하는 모습이 귀엽고 앙큼했다. 율리아나는 일어나서 살짝 치마를 들어 올려 인사했다.

"안녕하세요, 발라고프 영식. 율리아나 알마예르입니다. 공언된 관계는 아니지만, 누이로 여겨 주신다면 저도 발라고프 영식을 동생으로서 아끼겠습니다."

검술 연습을 하고 왔는지 미약한 땀 냄새가 났다. 저도 모르게 코를 킁킁거리자 파벨은 얼른 뒤로 물러나며 얼굴을 새빨갛게 물들였다. 파벨은 손을 꼬물거리다가 중얼거렸다.

"……샤라고……."

"네?"

"파샤라고, 불러주세요. 발라고프 영식 말고요. 존대도, 쓰지 말고……."

'파샤? 파벨의 파인 건 알겠는데 샤는 뭘까?'

의아해하면서도 율리아나는 끄덕였다.

"응, 파샤."

파벨의 얼굴이 밝아졌다. 집사가 율리아나의 의문을 눈치챘는지 귓가에 속삭여 주었다.

"이름 첫 글자 뒤에 샤를 붙여 애칭을 만드는 것은 옛 왕국 시절의 풍습이랍니다."

"그렇군요."

옛 왕국 시절의 풍습. 발라고프 백작저의 외양은 다른 귀족 저택과 크게 다르지 않지만 내부는 조금 독특했다. 응접실의 벽지나 실내 장식도 그렇고, 소품도 어딘가 이국적인 분위기가 묻어났다.

'발라고프가 속해 있던 옛 왕국은 센티넬과 가이드의 관계도 제국과 조금 달랐다고 했지.'

율리아나는 발라고프의 장서관이 궁금해졌다. 책을 사랑한다는 미하일은 얼마나 다양한 책을 모으고 있을까? 작가에 관해서도 많이 알겠지? 내 침대 밑 일기장을 누가 썼는지도 알고 있을까?

미하일 본인도 가이드인 데다가 가이드 부대를 만들기까지 했으니 그가 지닌 지식은 정말 대단할 터. 알고 싶은 게 너무 많았다.

그래도 일단 지금은.

"파샤. 서 있지 말고 여기 앉아."

"아……. 저 옷 좀 갈아입고 올게요."

"괜찮아. 땀이야 금방 마를 텐데."

"냄새 날 텐데……."

"애한테서 냄새가 나 봤자 얼마나 난다고."

군인들의 땀 냄새도 맡았던 율리아나다. 그녀는 땀 냄새 걱정을 하는 파벨이 너무 귀여워서 쿡쿡 웃으며 손수건을 꺼내 이마의 땀을 닦아 주었다. 손수건에 코를 묻고 킁킁거려 봐도 기분 나쁜 냄새는 나지 않았다.

"이거 봐. 냄새 안 나."

"누님……."

파벨은 아까와 비교도 할 수 없이 빨갛게 되어 손바닥에 얼굴을 푹 묻었다.

"……그래도, 금방 씻고 올게요. 잠시만요."

파벨은 얼마 전 율리아나의 방을 찾아왔던 그 날쌘 몸놀림으로 후다닥 응접실을 나갔다. 집사가 율리아나에게 살짝 조언했다.

"누님께 잘 보이고 싶은 사내에게 너무하셨습니다."

"그, 그런가요?"

고작 10살짜리인데 사내라고 할 수 있나? 고개를 갸웃거리는데 집사의 기침 소리와 함께 작은 웃음소리가 들렸다. 다른 소리도 섞여 들렸다.

"뭐? 율리아나가 왔다고?"

우당탕! 커다란 소리가 난 뒤 곧 문이 열리며 발라고프 백작이 뛰어 들어

왔다. 그 모습이 파벨이 우당탕 응접실로 들어올 때와 너무 닮아서 율리아
나는 웃음을 터트릴 뻔했다.

"율리아나!"

큰 소리로 율리아나의 이름을 부르며 들어온 발라고프 백작은 오히려 자
신이 더 놀란 것처럼 보였다. 언제 뛰었냐는 듯 얼른 옷매무새를 다듬은 그
가 다정한 미소를 지었다.

"안녕, 율리아나. 잘 지냈니?"

"안녕하세요, 백작님."

"집에 잘 왔다. 뭐라도 좀 먹었니?"

명백히 상기된 얼굴이었다. 기뻐 보였다. 그는 심지어 바로 뒤에 파벨이
다가온 것조차 뒤늦게 눈치챘다.

"파벨도 왔구나."

"네, 아버지."

정말 빠르게 씻고 옷을 갈아입고 온 파벨은 표정 없이 꾸벅 인사한 뒤 율
리아나에게로 시선을 돌렸다. 발라고프 백작과 미하일을 번갈아 본 율리아
나는 신기함에 눈을 깜빡거렸다.

꿀빛 금발에 약간 채도가 다른 녹색 눈. 발라고프 백작과 파벨은 서로 나
이만 다른 같은 사람으로 느껴질 정도로 비슷한 얼굴을 하고 있었다. 기분
이 묘했다.

'나는 엄마를 많이 닮았고 파벨은 발라고프 백작을 많이 닮았으니까, 넷
이 함께 있으면 단란한 가족처럼 보일까?'

그런 생각을 하던 율리아나는 고개를 저었다. 가족 놀이를 하러 온 것이
아니다. 물론 보러 오겠다고 파벨에게 한 약속을 지키러 온 것도 맞지만,
이곳에 온 진짜 목적이 따로 있었다.

파벨은 율리아나의 옆자리에 앉았고 미하일은 율리아나의 맞은편 자리에
앉았다.

두 사람이 조금 숨을 고를 시간을 준 뒤, 율리아나는 적당한 때를 봐서 본론을 꺼냈다.

"백작님, 부탁을 드리러 왔어요."

"율리아나의 부탁이라면 뭐든 들어줄 수 있단다. 물론 뭐든지 다 할 수 있는 건 아니지만……."

"백작님께서 하실 수 있는 일이에요."

작게 호흡을 고른 뒤 미하일의 눈을 응시했다. 설렘과 호기심이 가득한 녹색 눈 두 쌍이 자신을 바라보는 것이 느껴졌다.

"가이딩을 가르쳐 줄 선생님을 소개해 주실 수 있나요?"

"……가이딩?"

발라고프 백작은 잠시 고민하다가 입을 열었다.

"율리아나, 가이드로 태어났다고 해서 꼭 가이드로 살아야 하는 것은 아니란다. 특히 귀족 영애는ㅡ."

"그건 알아요. 그렇지만, 저는 가이드로 살고 싶어요."

"그 말이 무슨 뜻인지 아는 거니?"

"네. 가이드로서 전쟁에 나간다는 뜻이죠."

미하일의 얼굴이 왈칵 일그러졌다. 그리고 그건 파벨도 마찬가지였다. 부끄러워할 때에도 약간 멍해 보이던 파벨은 눈을 동그랗게 뜨고 율리아나를 보았다.

"전쟁이라니, 네가 왜! 귀족 영애가 왜 전쟁에 나간단 말이냐. 절대 안 된다."

"안 되고 되고는 제가 정하는 거예요. 귀족 영애가 전쟁에 나가면 안 된다는 명문화된 법은 없으니까요."

"율리아나!"

"……."

율리아나는 발라고프 백작을 지그시 바라보았다. 말 없는 시선은 많은 뜻을 담고 있었다. 미하일은 자신의 입 안쪽 살을 깨물었다.

율리아나의 시선은, '당신이 무슨 권리로 내 뜻을 막나요?'라고 말하는 것만 같다.

아닐 수 있다. 기분 탓일지도 모른다. 율리아나는 그저, 말싸움을 하기 싫어서 입을 다문 것인지도 모른다.

그러나 미하일은 알고 있었다. 율리아나가 진짜로 그에게 그렇게 말한다 해도 자신이 할 말은 없다는 것을.

아버지니까? 키워 준 적도 없는데 무슨 아버지란 말인가. 존재도 몰랐다는 말은 변명일 뿐이다.

'애초에 내가 니엘라에게 굳센 믿음을 주었더라면 그녀가 말없이 떠나지 않았을 테지.'

당시 니엘라가 했던 수많은 고민을 미하일은 감히 헤아릴 수 없다. 그러나 임신까지 한 몸으로 익숙한 수도를 떠났을 그녀를 생각하면, 아는 사람 없는 곳에서 딸을 낳아 홀로 있는 힘껏 길렀을 걸 생각하면, 뼈가 녹을 것 같았다. 애간장이 녹는 것처럼 힘들었다. 눈물이 날 것만 같았다.

그런데 니엘라의 딸도 다른 형태의 힘든 길을 걷겠다니.

제국의 온갖 좋은 것만 즐겨도 모자랄 소중한 아이인데 말이다.

'이 아이도. 이렇게 단단해지기까지 얼마나 힘들었을까.'

율리아나는 어린 나이답지 않은 성숙한 눈빛을 하고 있었다. 제법 부자인 친부를 만났는데도 들뜬 기색 하나 없다.

아니, 후작가의 고용인들을 매수하니 고귀한 알마예르 후작이 내가 네 외삼촌이라며 후작저에 데려왔을 때조차도 기뻐하거나 흥분하는 모습을 보인 적이 없다고 한다.

평민으로 자랐다면 귀족 영애가 되는 것이 기뻐야 할 텐데 어린아이가 어떻게 그럴 수 있을까.

'환경이…… 율리아나를 어린아이답지 않게 만든 거겠지.'

그래서 '내가 네 아버지니까 참견할 거다.'라는 말보다, 행동으로 보여 주고 싶었다. 언젠가 딸이 자신을 의지하고 믿을 수 있도록.

'그래도 지금도 내게 부탁하고 있는 걸 보면, 아주 안 좋은 시작은 아닐 거야. 천 리 길도 한 걸음부터니까.'

미하일은 스스로를 다독이며 최대한 율리아나에게 상냥한 미소를 지었다. 억지로 입꼬리를 올리는 바람에 입가에서 파르르 경련이 일었다.

"가이딩을 가르쳐 줄 선생님이라. 음……. 넌 아직 어리니까 참전 경험보다는 이론 쪽에 빠삭한 사람으로 구해 보도록 하마."

"감사해요."

율리아나는 싱긋 미소를 지었다. 기쁨과 안도가 섞인 미소를 보자 마음 한 구석이 따뜻해지는 기분이었다.

미하일은 율리아나에 마주 웃어 주며 머릿속으로 자신의 가이드 부대원들의 리스트를 떠올렸다.

'절대 여자. 절대 여자 선생으로 골라야 해!'

제정신이 박힌 놈이라면 후원자의 딸에게 헛짓거리를 하지 않겠지만, 또 모른다. 작고 어린 여자아이는 쉬운 먹잇감으로 보일 수 있으니까. 율리아나를 신분 상승의 기회로 여긴다거나, 화풀이 대상으로 생각할 수도 있다.

'물론 그딴 짓을 하면…… 뼛조각 하나 남지 않게 죽여 버릴 거지만.'

이미 알마예르 후작가에서 구한 선생이 율리아나에게 해코지를 할 뻔했다는 걸 모르는 미하일이 속으로 이를 으득 갈았다.

"그래, 그건 내가 알아보는 것으로 하고……. 저녁 먹고 가렴."

"네? 이제 점심이 지난 시간인데……."

"그러니까 말이야. 한 끼도 먹지 않고 보내면 내가 너무 미안하잖니."

율리아나는 당황스러운 얼굴로 테이블을 보았다. 삼단 에프터눈티 세트에는 아직 손도 안 댄 디저트들이 한가득이었다. 그 삼단 세트 외에도 개별 접시에도 케이크와 타르트가 많았다.

"디저트를 많이 먹었는걸요."

"디저트는 식사가 아니잖니! 발라고프에 식사 대접도 안 하고 손님을 내쫓는 문화는 없단다."

파벨은 속으로 '우리한테 그런 문화가 어디 있어.'라고 생각했지만 율리아나가 빨리 떠나는 것은 싫었기에 잠자코 고개만 열심히 끄덕였다.

"저녁 먹고 가요."

파벨까지 초록색 눈을 애처롭게 빛내며 조르자 율리아나는 고개를 끄덕였다. 딱히 후작저로 돌아가서 할 일이 있는 것도 아니니까.

"그렇다면…… 그럴게요."

"잘 생각했다!"

박수를 짝! 친 발라고프는 율리아나에게 손을 내밀었다.

"디저트 먹은 걸 소화시킬 겸 저택 구경이라도 시켜 줄까? 아니면 정원 산책이라도? 구경하고 싶은 곳이 있다면 편하게 말하렴."

'장서관이 보고 싶다고 말해도 되려나?'

고민하는 율리아나를 눈치챈 파벨이 얼른 미하일의 말을 받았다.

"어디든…… 괜찮아요. 백작님은 비밀 금고라도 흔쾌히 보여 주실 거예요."

"농담도 참. 백작님이 그러실 리가 없잖아."

피식 웃은 율리아나는 몰랐다. 미하일이 파벨의 말에 옳다구나 '금고를 보여 줄까!'라고 외치려다 말을 삼켰다는 걸.

저녁 식사는 즐거웠다.

미하일은 유쾌하고 이야기하기 좋은 상대였고 파벨은 말이 별로 없었지만 상대방의 이야기를 잘 들어 주는 편이었다. 추임새는 없어도 '당신의 말을 경청하고 있다'라고 눈빛이 말해 주었다.

식사도 맛있었다. 디저트를 너무 많이 먹어서 저녁은 간소하게 먹고 싶다고 하자 미하일은 고민하다가 발라고프 특식이라며 특이한 스튜를 맛보게 해 주었다.

감자, 소고기, 비트 외 갖가지 채소를 향신료와 함께 끓인 보르쉬라는 요리였다. 국물 맛이 진한데 독특해서 조리법이 궁금해졌다.

이렇게 대화가 가득하고 마음이 편한 식사 시간은 처음이었다. 후작저로 돌아가는 게 아쉬울 정도였다.

"아가씨, 이제 가셔야 할 것 같습니다."

여름이라 해가 긴데도 하늘은 이미 어두워지고 있었다. 율리아나는 아쉬움을 감추며 고개를 끄덕였다. 미하일도 아쉬운 얼굴로 말했다.

"하루 자고 가도 좋을 텐데……. 사실, 혹시 몰라서 네 방을 꾸며 놓고 있는데 한번 보겠니?"

"네? 제 방이요?"

"그래. 물론 그냥 내 만족으로 꾸며 둔 방이란다. 부담을 주려는 건 아니고!"

"그냥 한 번 보기만 하는 건……."

파벨의 말도 있고 해서 루시를 쳐다보자 루시가 고개를 끄덕였다.

미하일을 따라가서 구경한 방은, 정말 사랑스러웠다.

너무 유치하지 않게, 그러나 이 나이 대 아이들이 절대 싫어할 수 없을 것 같은 것들로 꾸며진 방. 최신 유행 디자인의 드레스를 입은 도자기 인형부터 보드라운 천으로 만든 테디 베어, 작은 미니어처 소품들까지. 소녀를 위한 세심한 꾸밈이 가득했다.

물론 율리아나를 위한 방이다 보니 언제나 손을 뻗어 볼 수 있는 작은 책장과 책상까지 짜 두었다.

자신이 좋아하길 바라며 모든 방면에서 고안한 게 분명한 방.

율리아나는 코끝이 찡해지는 걸 느꼈다.

"아……."

"별로니? 다시 꾸며도 된단다. 일단 내가 꾸며 보는 중인데……. 내가 뭐 네 나이 대 여자아이에 대해 아는 게 있어야지."

초조한 모습으로 율리아나의 반응을 보다가 머쓱하게 웃는 미하일. 그를 보자 왈칵 눈물이 나올 것만 같아서 얼른 고개를 떨구었다. 엄마가 보고 싶어졌다.

율리아나는 얼른 화제를 돌렸다.

"……엄마는, 어떠세요?"

"그때 네가 말해 준 단서를 토대로 여러 검사를 해 보고 있단다. 문헌도 찾아보고……. 예전에 이 비슷한 병증이 있지는 않았는지 확인하고 있어."

"그렇군요."

"너무 걱정하지 말렴. 네 어머니는 꼭 깨어날 거야. 이렇게 예쁜 딸을 두고 어딜 가겠니?"

"맞아요. 누님을 두고 가실 리 없어요."

미하일과 파벨의 위로에 율리아나는 애써 웃어 보였다.

"그럼 조심히 가렴."

"또 놀러오세요, 누님."

미하일은 문밖까지 나와서 율리아나를 배웅했다. 파벨이 얼른 율리아나가 탄 마차 옆으로 제 말을 데려와 훌쩍 올라탔다.

"누님을 배웅해 주고 올게요."

"그래."

율리아나가 깜짝 놀랐다. 파벨의 역량은 모르지만 그래도 어린아이인데 호위도 없이 혼자 다니다니. 물론 전에도 몰래 혼자 후작저까지 온 적이 있긴 했지만, 이건 아예 미하일이 허락하는 것이지 않은가!

"백작님! 파샤는 아직 어려요. 혼자 먼 거리를 오가는 건―."

"그럼 나도 함께 갈까?"

"네? 그건 좀. 백작님은 바쁘실 텐데요."

"으윽!"

마음이 아프다는 듯 가슴을 부여잡은 미하일은 하하 웃으며 걱정 말라는 듯 손을 휘저었다.

"그럼 파벨에게 기사 한 명을 붙여 주마. 그럼 되겠지?"

"네."

그대로 떠나기 전, 율리아나는 미하일에게 가까이 와달라고 손짓했다. 미하일이 몸을 기울였다.

"파샤에게 다정히 대해 주세요. 어른 못지않게 강할지는 몰라도 아직 저보다도 어린걸요."

"알겠다. 정말 사려 깊구나."

"그럼 이만 갈게요."

"그래, 또 놀러 오렴."

이랴! 마차가 출발했다.

백작저에서 점점 멀어져 갔지만 미하일은 계속 율리아나를 향해 손을 흔들고 있었다.

'언제까지 흔드시려고 그러나.'

다정하게 손을 흔드는 발라고프 백작을 보자 왠지 이상하게 눈물이 날 것 같아서 율리아나는 얼른 의자에 몸을 묻었다.

'만약 내가 처음부터 이곳에서 자랐더라면……'

엄마를 원망하는 건 아니다. 다만, 지난 생의 자신에게도 다른 선택지가 있었을까 싶어서 기분이 묘했다.

그 불행했던 자신은 회귀와 함께 사라진 것일까?

그렇다고 하기엔 가슴 속의 통증과 상처는 여전했기에, 율리아나는 혼란스러워졌다.

* * *

그 시각 알마예르저.

후작 부인 로젤리타 알마예르는 너덜한 손톱을 감추기 위해 부드러운 실크 장갑을 낀 채 집무실 밖 응접실에서 휴렌을 기다리고 있었다.

평소라면 적당히 집무실로 들여보내 줄 텐데 오늘의 그는 쉽게 그녀를 들이지 않고 있었다. 장갑을 낀 것을 잊고 손톱을 깨물 뻔했다가 얼른 내려 놓았다.

'그렇게 금방 일이 생길 줄은……!'

이상한 남자야 많다. 그러나 콜린처럼 어느 정도 출신과 경력이 확실하면서 이상한 남자는 찾기 어려웠다. 어쨌거나 사감 출신이니까 일반 평민보다야 교양이 있는 편이고.

적당히 율리아나의 기를 꺾은 뒤, 작은 티 파티에서 망신을 줄 셈이었다. 그 정도는 할 수 있는 것 아닌가?

그 후에는 제대로 된 교사를 붙여 줄 생각이었다. 그런데 수업을 두 번도 하지 않고 불미스러운 일이 생길 줄은 몰랐다.

'발작하다가 소변을 지려? 미친놈 같으니! 그래도 아카데미 출신으로 고를걸.'

잃을 것이 얼마 없는 사람이어야 자신이 쥐고 흔들 수 있어서 콜린으로 택했건만. 지금은 지독히도 후회되었다.

한숨을 푹푹 내쉬고 있는데 집무실에서 서류철을 든 부관이 나와 고개를 숙여 인사한 후 빠르게 나갔다. 곧 휴렌이 등장했다. 너무 깊어 그 바닥을 알 수 없는 묵직한 존재감. 로젤리타는 저절로 압도되어 말을 더듬었다.

"휴, 휴렌!"

"여기까진 어쩐 일이세요, 어머니. 할 말이 있다면 식사 때 하셔도 될 텐데."

"내가 무슨 말을 할지 알고 있잖니. 몰랐어. 그런 남자인 줄 몰랐다. 정말이야."

기껏 립스틱으로 잔뜩 쥐어뜯은 입술을 가려 놓았건만 로젤리타는 자꾸 혀로 입술을 축여서 하녀들의 수고를 무용지물로 만들었다. 그래도 어쩔 수 없었다. 입술이 바짝바짝 말랐으니까.

"그냥…… 바로 귀족 가정교사를 들이면 아이 수준에 맞지 않을까 봐 평민 중에서 골랐는데, 그 과정에서 뭔가 착오가 있었던 모양이다. 나는 명망 있는 여학교에 오래 재직한 선생인 줄 알았어."

"전부, 몰랐다?"

"그래. 몰랐어! 내가 알았다면 그랬겠니?"

"하."

조금 전보다 더 싸늘해진 목소리와 어이없어 하는 한숨에 로젤리타의 얼굴이 파랗게 질렸다.

'그렇게 큰 실수였나? 그렇지만, 나는 비앙카의 엄마인걸. 이 정도쯤은 해도 되는 거 아니야? 어차피 뭘 해보지도 못하고 들켰는데.'

아니다. 아닐 것이다. 휴렌은 지금껏 후처인 나를 어머니처럼 대하며 깍듯했는데 고작 안 지 얼마 되지도 않은 사촌 때문에 화를 낼 리 없지 않은가.

로젤리타가 애써 부정하며 마른 성대를 쥐어 짜냈다.

"휴렌……?"

"차라리 알고 그랬다고 하셨으면 나았을 겁니다, 어머니."

"……그게 무슨 뜻이니?"

"그 자식이 기숙사 사감으로 일하다가 계속 학생들을 추행해서 쫓겨난 걸 반나절도 안 되어서 알아냈는데, 그걸 몰랐다? 말도 안 되는 멍청한 일이죠. 차라리 알고 그랬다는 변명이 낫지."

"머, 멍청하다니! 네가 시킨 거잖아!"

휴렌은 싸늘한 얼굴로 로젤리타를 보았다. 노려보는 게 아님에도 그 암청색 눈이 너무 차갑게 가라앉아 있어서, 로젤리타는 거대한 심해를 눈앞에 둔 사람처럼 몸을 떨었다.

"제가 언제 그런 짓을 시켰습니까?"

"그, 그건⋯⋯!"

물론 휴렌은 로젤리타가 제대로 되지 못한 가정교사를 들이도록 유도한 것이지만, 그게 시킨 것은 아니다. 로젤리타는 그 사실을 깨닫고 낭패를 느꼈다.

'휴렌은 이런 걸 제일 싫어하는데⋯⋯!'

로젤리타는 얼른 변명하려 했다.

"휴렌, 내가 말실수를 했구나. 당연히 너는 그런 짓을 시키지 않았지. 나는 그저―."

"됐습니다. 알마예르 내에서 알력다툼은 얼마든지 일어날 수 있습니다. 그러나 무능한 알마예르는 없어야 합니다."

"⋯⋯."

"뭔가 하실 거라면 똑바로, 철저하게 하세요. 들키지 마시고. 아니면, 들켜도 그럭저럭 넘어갈 만한 변명을 준비하시던가."

휴렌은 로젤리타를 지나쳐가며 그녀의 귓가에 속삭였다.

"부인께는 다행히도, 후작님은 니엘라 고모님 때문에 새 부인을 맞을 여력도 없어 보이시니까요."

쾅!

문이 닫히고, 휴렌이 떠난 자리에는 모멸감만이 남았다.

로젤리타는 부들부들 떨며 방 안의 연결된 문을 통해 비앙카의 방으로 갔다.

블록 놀이를 하고 있던 비앙카는 로젤리타를 보고 흠칫 놀랐지만 그녀는 아랑곳하지 않고 자신의 딸을 세게 끌어안았다.

"비앙카, 내 딸. 아아, 엄마는 너밖에 없어. 알지?"

부들부들 떨리는 손이 비앙카의 뺨을 끊임없이 쓰다듬었다. 길쭉하게 기른 손톱이 비앙카의 뺨에 생채기를 내었다.

"아야!"

"비비! 대답해! 엄마를 지켜 줄 거지? 응?"

비앙카는 두려움과 애정이 뒤섞인 눈빛으로 로젤리타를 보았다. 그리고 작은 손을 뻗어 로젤리타를 마주 안으며 중얼거렸다.

"비앙카가…… 엄마를 지켜 줄게요."

천천히, 뺨 위의 생채기가 옅어졌다.

Chapter 5. 비앙카의 비밀

자이거 대공 레온하르트는 오늘도 비명이 난무하는 곳에 있었다. 평소와 다른 게 있다면 싸우는 상대가 마족이 아니라 인간이라는 것이다.

"아악!"

"막아, 센티넬을 막아!"

악을 지르며 문을 막으려는 사람들은 요즘 유행하는 사교도의 신도들이 었다.

마족을 섬기는 사이비 종교라니, 평화가 너무 오래 지속된 것인가.

제국의 방패이자 검으로서 언제나 최전방에서 싸우는 레온하르트로서는 이런 종교가 배부른 투정으로밖에 보이지 않았다.

마족을 섬긴다? 이보다 더욱 쓸모없는 짓은 없다. 그럴 시간에 잠이라도 자는 것이 건강에 좋고, 그럴 시간에 씨라도 뿌리는 것이 가계에 도움이 될 것이다.

마족은 인간을 잡아먹는 맹수다. 마족에게 인간은 먹잇감에 불과하다. 인간을 잡아먹는 맹수를 섬긴다한들 그들이 인간에게 뭘 해 주겠는가? 설마 보호를 기대하는 것일까? 아니면 애완동물이나 가축이 되겠다고?

택도 없다.

가축으로 삼으려 했다면 초대 황제가 제국을 세웠을 때의 인구가 그렇게 처참하게 적지는 않았을 터.

수백 년이 흘러 이제야 좀 살 만해졌는데 역사를 잊고 헛된 망상으로 사람들을 미혹하다니.

레온하르트는 이 사이비 종교를 만든 인간의 얼굴을 보고 싶었다. 눈에 보인다면 갈가리 찢어 죽일지도 모르겠다.

"한곳으로 몰아 가둬라."

작게 중얼거린 레온하르트가 하늘로 손을 뻗자 불의 기둥이 치솟았다. 벽을 통과한 불꽃이 커다란 뱀처럼 움직여 사이비 교도들을 한데로 모았다. 바로 위층만이 아니라 다른 층에 있는 신도들도 마찬가지였다.

평소라면 여러 갈래의 불꽃을 다스리기는커녕 두 갈래도 힘들 텐데, 이상하게도 아주 잘 쓸 수 있었다. 꼭 자주 이렇게 싸워 본 사람처럼.

'……뭐지?'

레온하르트가 의아해하는 사이 다른 센티넬 기사들이 각자의 능력을 사용하여 건물을 점거했다.

바람의 이능을 지닌 기사가 동료들과 함께 옥상으로 올라가 위에서 아래로 내려갔고, 남은 병력은 아래서 위로 올라가며 숨은 곳은 없는지 샅샅이 뒤졌다.

"건물 전체 확인 완료하였습니다!"

"잔당은 더 없습니다!"

"서류가 정리된 캐비닛을 찾았습니다!"

레온하르트와 그의 자이거 기사단이 나서자 사이비 교도의 큰 구심점 하나가 사라졌다. 이걸로 끝은 아니었다.

아직 교주는 털끝도 보이지 않은 상태고, 이곳이 근방에서 가장 큰 지부로 알려져 있긴 하지만 작은 점 조직까지 소탕한 것은 아니니 말이다.

'믿음'은 이래서 골치가 아프다.

덫에 걸린 희생양들은 본인들이 자발적으로 믿고 행동한다고 여기기 때문에 돈을 받고 일하는 사람들보다 더 부지런하고 더 헌신적이다. 아니, 맹목적이라고 할 수 있다.

"기껏 전쟁터에서 벗어났다고 생각했더니 이런 잡일이오?"

기사단의 부단장 칼로스가 투덜거렸다. 레온하르트는 건물을 둘러보았다.

"잡일이라니. 생각보다 규모가 꽤 큰데."

"그래 봐야 단장의 손짓 한 방이면 끝이지, 뭐."

칼로스가 호탕하게 웃었다. 절대로 남 밑에서 일할 성격이 아닌 이 센티넬 기사는 아직 어렸던 레온하르트의 실력과 가능성을 보고 자발적으로 검을 바쳤다.

주제넘을지 몰라도 레온하르트를 친동생처럼 여기는 칼로스였기에 레온하르트의 얼굴에 그늘이 드리운 것을 기민하게 눈치챘다.

"그런데, 무슨 걱정이라도 있소?"

"왜."

"표정이 평소랑 다른데? 어딘가에 정신이 팔려 있는 것 같구만."

정신이 팔려 있다니. 어디에?

스스로에게 묻는 순간 답이 나왔다.

'……아. 설마 내가 그 영애를 계속 생각하고 있었나.'

부정하려 해도 계속 생각이 났다. 생각이 나는 수준이 아니라, 계속 몸속을 어른거리는 느낌이다.

그때의 만족감이.

그때의 감정이.

첫 가이딩을 받을 때에도 이런 기분을 느낀 적은 없었는데.

"단장—."

칼로스가 레온하르트에게 말을 거는 순간, 작전을 지켜보고 있던 황실 기사단의 기사가 다가왔다.

"황제 폐하께서 부르십니다."

"바로 가겠네."

칼로스는 뒤에서 중얼거렸다.

"뒷짐 지고 지켜보다가 일 끝나니까 득달같이 부르네."

당연히 황제 직속의 황실 기사단은 자이거 기사단보다 공식적으로 더 높은 서열의 기사단이다. 실력과 실적만으로 사람을 판단하는 칼로스의 눈에는 그렇지 않았지만.

칼로스의 눈에 황실 기사단은 대단한 능력을 갖고도 제대로 싸우지도 않는 족속들이었다.

"칼로스."

"네, 네. 알겠습니다요. 뒤는 제가 정리하겠습니다."

엄한 얼굴을 하는 레온하르트에게 불퉁하게 답하면서도 칼로스는 약간 답답했다.

현황제야 대단한 센티넬이니 그렇다 치자. 황태자라는 놈은 변변찮아도 어쨌거나 황태자니까 넘기자. 대체 왜 계승 서열 2위의 레온하르트가 이까짓 잡일에 직접 나서야 한단 말인가?

'그러니까 나서시는 거지. 차라리 황태자가 대단했다면 단장이 이렇게까지 전장을 떠돌지도 않았을걸.'

자이거 기사단의 브레인인 바네사가 했던 말을 떠올리며 칼로스는 한숨을 쉬었다.

멀어지는 레온하르트의 등은 제국을 감당할 수 있을 정도로 넓어 보이기도 했고, 지독히 외로워 보이는 것 같기도 했다.

시종장의 안내를 받아 황제의 방에 들어섰을 때 제일 먼저 한숨 소리를
들었다.

레온하르트는 약간 긴장을 한 채로 들어갔다. 전쟁터에서보다 더 떨었다.

아니, 실제로 그보다 더 긴장해도 이상하지 않았다. 황제는 마물과 평마
족과 같은 한낱 잡졸이 아닌 그보다 위대하고 강대한 존재이니.

이미 사교도에 대한 보고는 받았는지 황제는 레온하르트를 앉혀둔 채 한
숨만 푹푹 쉬었다.

그러다 찻잔의 차가 다 식을 때 쯤 툭, 뱉었다.

"약혼 생각은 없느냐?"

"아직 생각이 없습니다."

"아이고. 했으면 하는 놈은 생각이 없고, 좀 천천히 했으면 하는 놈은 하
고 싶어서 죽겠다는구나."

당연히 하고 싶어 죽겠다는 놈은 알렉산더를 이르는 말이다.

황제는 아예 차게 식힌 차를 가져 오라고 하며 푸념을 늘어놓았다.

"알지 않느냐. 네 조카가 너무도 어린 것을. 너라도 자리 잡는 모습을 보
여 주어야지."

"알렉산더가 그렇게 어린 나이는 아닙니다."

"맞다. 내가 어리게 키워 그렇지."

연장자인 자신이 약혼을 하지 않는 핑계로 알렉산더의 약혼을 늦추면 되
지 않느냐고 하려던 찰나, 황제가 그저 듣고 넘길 수 없는 말을 했다.

"직계 황족의 이능 숙련도가 이렇게 낮을 수 있나……."

"……."

아무 말도 덧붙일 수 없었다.

황제와 레온하르트는 배가 다른 형제지만 황제는 형이기 전에 황제였다.

카를 제국에서 황제는 살아 있는 신에 가까운 존재. 형제지간이라 해도 결코 넘을 수 없는 벽이 존재했다.

해결책이면 모를까 감히 상심한 황제에게 위로의 말 따위를 건넬 수는 없다.

"레온. 네가 몇 살에 각성했지?"

"10살쯤이었습니다."

차게 식힌 차를 가져온 시종장이 황제에게 귓속말을 했다.

"시종장이 9살이라는구나."

"10살이나 9살이나 크게 다르지 않습니다."

"쯧쯧. 크게 다르지 않기는. 알렉산더는 14살 때이니 발현도 늦고 숙련도도 낮은 셈이구나."

황제는 깊은 한숨을 쉬었다. 역사상 가장 강력한 이능을 가진 황제로 손꼽히고 있는 황제로서는 알렉산더의 모자란 능력이 너무도 아쉬울 수밖에 없었다.

물론 약한 황제도 존재할 수도 있다. 그러나 문제는 바로 옆에 현 황제에 버금가는 이복동생이 있다는 것이었다.

대안이 없으면 모를까, 이렇게 약한 센티넬을 후계로 세우기엔 황제로서 자존심이 상했다.

얼음을 띄우지 않아도 머리가 띵할 정도로 차게 식힌 차를 단숨에 들이켠 황제가 외쳤다.

"너무 느려. 너무 약해! 좋은 가이드가 있다면 당장에 결혼을 시킬 터인데, 아무 능력도 없는 여자를 데려와!"

황제는 강력한 센티넬이기에 가이드의 중요성을 똑똑히 알았다. 좋은 가이드는 일반 가이드의 열 배도 넘는 효율을 낸다. 아니, 효율이 문제가 아니다.

좋은 가이드는, 정말로 센티넬을 인도(guide)한다.

몸 안에서 덧없이 소모되던 이능을 전부 활용할 수 있게 올바른 길로 인도해 주며, 과부하가 오지 않도록 조절해 준다.

아마도 알렉산더는 이능 회로가 꼬여 있다거나, 막힌 곳이 있다거나 할 가능성이 컸다. 이능의 양 자체가 작지는 않을 터다. 그럴 수 없는 혈통이니까.

문제는, 그걸 고칠 수가 없다는 거다.

'미하일을 설득해 볼까? 미하일이라면 알렉산더를 좀 고쳐 줄 수 있을지도. 아, 그러다가 두 사람이 싸우기라도 하면 곤란한데.'

한숨을 푹푹 쉬는 황제의 앞에서 레온하르트는 드물게 다른 생각을 하고 있었다.

'좋은 가이드.'

황제의 말을 듣자 머릿속에 레이디 율리아나의 얼굴이 스쳐 지나갔기 때문이다.

한탄하던 황제는 무슨 생각을 하는지 멍한 표정이 된 레온하르트를 보고 물었다.

"왜. 좋은 가이드를 아는 것이냐?"

"…아닙니다."

"흐음. 그래?"

잠깐 들인 뜸이 의아했다. 그렇지만 황제는 평생 귀족들을 구워 삶아 온 절대자답게 겉으로 내색하지 않았다.

"그래. 약혼 생각이야 없다지만, 그래도 다른 귀족들과 어느 정도 친교는 쌓아야지. 친하게 지내는 사내들은 없느냐?"

황제는 적당히 다른 화제로 대화를 나누다가 만남을 파했다.

레온하르트가 돌아간 뒤에야 시종장에게 물었다.

"거짓말을 안 하는 녀석인데 어딘지 묘하군. 최근 녀석의 행보 중에 특이한 게 있던가?"

"딱히 없었습니다. 다만—."

"다만?"

"그 알마예르 영애 있지 않습니까."

"아, 발라고프의 딸."

"네. 그 딸과 딱히 친분은 없는 것으로 아는데 무슨 연유인지 저택으로 선물을 보낸 적이 있다고 합니다."

"그래? 선물의 품목은?"

"오팔 브로치와 실크 장갑입니다."

"……그냥 친분으로 보내기엔 과하군."

황제는 시종장이 가져다주는 다과를 먹으며 천천히 고민했다.

'발라고프의 딸이라…….'

황제는 미하일 발라고프와 공생 관계를 유지하고 있었다. 바로 센티넬과 가이드로서.

겉으로 보기에 제국은 센티넬을 숭상하고 가이드를 배척하지만, 실제로 센티넬만 우대했다간 전선이 붕괴된다.

상급 센티넬들이 고위 귀족 가문에 많고 비센티넬 귀족들마저 센티넬에 대한 자부심을 갖고 있으니 그 체제를 유지할 뿐 가이드의 중요성을 모르는 것은 아니었다.

특히 황제 같은 강력한 센티넬은 처절히 가이드의 중요성을 느낄 수밖에 없다.

타국 출신 발라고프 백작가가 단기간에 유력 가문이 될 수 있던 이유도 발라고프 백작이 대대로 황제의 가이드로서 봉사하며 그에 따른 이익을 누렸기 때문이다.

황제의 총애와 다른 가문과의 혼맥. 타왕국 출신의 발라고프 백작가가 제국의 공신 가문들에 비견될 만큼 성장한 건 바로 강력한 가이드를 배출한 덕분이다.

발라고프 백작가는 가이드 가문이기에 승승장구했다. 다른 귀족 가문은 인정하려 들지 않지만 말이다.

그래서 황제는 알마예르와 발라고프 딸이라는 율리아나의 존재에 주목했다.

알마예르의 피를 이어 센티넬로 발현한다면 그것도 제국의 복이고, 발라고프의 피를 이어 가이드로 발현한다면.

'말이 사생아지, 양친 모두 귀족이면 귀족이지. 가이드라면 황자의 짝으로 붙여 준다면 딱 좋을 텐데……'

그런 생각을 하고 있는데 마치 시종장이 황제의 마음을 읽은 것처럼 적절한 말을 던졌다.

"참고로 알마예르 영애는 깨끗한 은발을 지닌 아름다운 소녀라고 합니다."

알마예르의 푸른 꽃이었던 니엘라는 능력이 거의 없는 센티넬이었다. 아마도 그 딸은 엄마보다 아빠의 능력을 이어받은 듯했다.

"그렇군."

황제가 만족스러운 미소를 지었다. 이미 사냥감을 손에 넣은 포식자의 미소였다.

* * *

비앙카 알마예르.

알마예르 가문의 막내딸은 아직 6살이지만 집안을 둘러싼 분위기가 누구 때문에 이상해졌는지는 알고 있었다.

'바로 저 언니 때문이야.'

문틈으로 고개를 빼꼼 내민 비앙카는 책을 읽고 있는 율리아나를 노려보았다. 본인은 몰래 보고 있다고 생각했으나 율리아나는 아까부터 눈치채고 있었다.

'푸흡. 귀여워. 그래도 진지해 보이는데 웃으면 안 되겠지?'

하늘색 머리칼을 양 갈래로 나누어 땋은 뒤 둥글게 묶은 머리가 사랑스러웠다.

'그런데 왜 멀리서 보고만 있는 거지? 동화책을 가지러 왔는데 내가 있어서 못 들어오고 있나?'

새로운 가정교사가 정해지기 전까지 율리아나는 바이델의 교사에게 임시로 교육을 받았다. 임시기 때문에 기본적인 예법 등만 가르쳐 주고 있지만, 그는 율리아나가 한 번만 알려 주어도 빠르게 습득한다며 놀라워했다.

나머지 시간은 모두 장서관에서 보내고 있었다. 엄마를 도울 실마리를 찾고 센티넬의 이능에 관하여 공부하고 싶어서다.

'들어오라고 얘기를 해 줘야 하나?'

고민하는데 작은 비명이 들렸다.

"꺄!"

"우리 비비, 왜 생쥐같이 훔쳐보고 있어?"

"오빠!"

바이델 손에 달랑 들려진 비앙카는 활짝 웃으며 조그마한 손으로 바이델의 목을 끌어안았다. 바이델이 부드러운 얼굴을 하며 장서관으로 들어왔다. 한 손에는 쿠키 접시를 든 채였다.

"간식 먹어 가면서 봐."

"아, 고마워."

콜린 사건 이후로 바이델은 율리아나에게 정말 '다정'하고 '친절'하게 굴었다. 율리아나조차 자신이 바이델에게 그런 단어를 쓰게 될 줄은 몰랐지만, 정말이었다!

바이델은 율리아나가 무슨 유리로 만든 인형이라도 되는 것처럼 굴었다. 아니, 어떨 때 보면 동화에 나오는 할머니처럼 구는 것 같기도 했다. 틈만 나면 뭘 먹으려고 했고, 튼튼해져야 한다고 잔소리를 했다.

"자, 비비도 먹자."

바이델은 율리아나의 맞은편 소파에 앉아서 테이블에 쿠키 접시를 두고 하나를 비앙카의 입에 대 주었다. 비앙카는 바이델의 손이 얼굴로 다가오는 것을 보고 순간 흠칫 놀랐지만, 쿠키인 걸 확인하고 안심했다.

'……뭐지?'

율리아나는 왠지 모를 찝찝함에 비앙카와 바이델을 번갈아 보았다. 그러나 정확한 이유를 파악하지 못해서 일단 쿠키를 먹었다.

바삭, 쿠키 속에 자잘하게 박힌 초코 칩이 혀 위에서 녹으며 달콤한 맛이 퍼졌다.

'아, 몰랐는데 당이 필요했나 봐.'

그저 나른하다고만 생각했는데 쿠키를 먹자 몸에 활력이 도는 게 느껴졌다. 율리아나는 비앙카를 챙기는 바이델을 보다가 무심히 툭 던졌다.

"고마워."

"비비, 한 입 더……. 잠깐, 뭐?"

"못 들었으면 됐어."

"아니! 들었거든! 지금 나한테 고맙다고 한 거지?"

바이델이 함박웃음을 지으며 쿠키를 와작 한 입에 털어 먹었다.

"하하! 오빠가 잘해 주는 게 이제 좀 느껴져? 와, 내가 얘한테서 고맙단 소리를 듣네."

"…내가 뭐 고마움도 모르는 앤 줄 알아? 고마운 건 고마운 거지."

그렇게 말하면서도 바이델이 은근히 신경 써 줄 때도 고맙다고 한 적은 없는 것 같아서 찔렸다.

괜히 쿠키만 오작오작 씹고 있는데 비앙카가 소파에서 내려와서 율리아나에게로 다가왔다. 작은 발로 앙증맞게 걸어오는 모습이 귀여워서 몸을 숙여서 시선을 맞추며 물었다.

"안녕, 비앙카? 이 쿠키 먹을래?"

그때, 비앙카의 조막만 한 손바닥이 율리아나의 입과 턱 쪽을 후려쳤다.

"아!"

"오빠한테 건방지게 굴지 마!"

퍽, 소리가 나도록 때린 후 하는 말에 율리아나와 바이델 모두 바로 반응하지 못했다.

'건방지게 굴지 마!'라니? 비앙카를 그저 귀여운 막내둥이로 보는 두 사람은 제법 오만한 단어 선정에 놀란 것이었다.

욱신욱신.

놀란 상황에도 아픈 건 아팠다. 센티넬로 발현할 아이라 그런지 고사리 같은 손으로도 타격감이 제법이었다.

게다가 갑작스레 얻어맞은 탓에 심장이 쿵쿵 뛰어서, 율리아나는 아까보다 약간 창백해진 얼굴로 해명했다.

"건방지게 굴지 않았어. 고맙다고 한 거야."

"오빠라고 부르지도 않고! 고마울 땐 감사합니다, 하고 공손하게 말하는 거야. 그것도 못 배웠어?"

"……."

아이는 주변 사람의 말투를 닮아 간다던데, 대체 누가 저런 말을 하는 건지. 6살인데도 심상치 않은 어휘에 율리아나는 약간 아득해졌다.

바이델은 비앙카를 데려와 소파에 앉히고 약간 엄한 얼굴로 말했다.

"비앙카. 함부로 사람을 때리면 안 돼. 너야말로 그것도 못 배웠어?"

"오빠…!"

비앙카는 충격 받은 얼굴로 바이델을 보았다. 언제나 자신을 예뻐만 해 주던 오빠가 다른 언니, 그것도 엄마한테 나쁘게 구는 언니의 편을 들자 엄청난 배신감을 느낀 것이었다.

"비, 비비는……. 으, 으아앙!"

"난 괜찮으니까 얼른 비앙카를 달래 줘."

"알았어. ……진짜 괜찮은 거 맞지?"

바이델은 비앙카를 안아 달래면서 율리아나의 얼굴을 살피려 했지만 율리아나가 피하는 게 빨랐다.

빠른 걸음으로 자신의 방으로 돌아온 율리아나는 거울 속의 자신의 얼굴을 보았다. 입술 주변이 약간 빨개지긴 했지만, 그렇다고 멍이 들거나 할 정도는 아니었다.

'뭐, 금방 낫겠네.'

전생의 기억 덕분이라고 하기는 뭐하지만, 어쨌거나 상처를 보자 대강 어느 정도인지 느낌이 왔다. 별거 아닌 상처였다.

그러나 하이디와 루시의 눈에는 경미해 보이지 않았던 것 같다. 그녀들은 경악하며 율리아나에게 달려와 울먹였다.

"아가씨, 얼굴이 왜 그러세요!"

시간이 흐를수록 비앙카에게 맞았던 부분이 빨갛게 올라온 것이다.

율리아나는 간단히 아까 있던 일을 설명했다. 하이디와 루시는 율리아나의 설명에 고개를 끄덕이면서도 속상한 마음을 못내 감추지 못했다.

"막내 아가씨께서 아직 어리시긴 하지만……."

"귀한 우리 아가씨 얼굴에……."

차라리 뺨이라면 머리칼을 내려 가려 줄 수라도 있을 텐데 입과 턱 쪽이라서 가릴 수도 없었다.

다행히 다음 날쯤엔 가라앉았다.

그러나 한 번의 해프닝이라고 생각했던 비앙카의 기행은 이후로도 계속되었다.

이전에 잘 마주치지 않았던 게 신기할 정도로 율리아나는 비앙카와 자주 마주치게 되었다.

율리아나는 파벨이 생기긴 했지만 파벨보다 어린 비앙카를 제 동생처럼 여겼기에 비앙카를 보면 먼저 인사하고 말을 걸었다.

"비앙카, 안녕."

"안녕 못 해."

말을 걸 때마다 비앙카는 언제나 뚱했다. 그런 것치고는 꼭 율리아나가 자주 가는 장소를 따라다니는 것처럼 산책을 가서도 마주쳤다.

"안녕, 비앙카. 꽃이 참 예쁘지?"

"몰라!"

비앙카는 자리를 박차고 뛰어가며 율리아나를 약간 밀쳤다.

"아!"

집 안에서 입는 가벼운 차림인 덕분에 얼른 균형을 잡아 넘어지지는 않았지만, 팔을 뻗어 덤불을 잡는 바람에 손에 생채기가 났다.

"대체 비앙카 아가씨는 왜 그러신대요? 6살짜리가 어디서 못된 것만 배워 가지고."

율리아나의 손을 치료해 주던 하이디가 속상함에 볼멘소리를 하자 루시가 그녀를 자제시켰다.

율리아나도 처음엔 당황스러웠으나, 이제는 좀 알 것 같았다.

'아마, 후작 부인이 내 욕을 하고 있나 보군. 콜린 사건 때문일 수도 있고 그 전부터 그랬을 수도 있고.'

아이는 주양육자에게 큰 영향을 받는다. 비앙카는 후작의 손을 거의 타지 않았으니 로젤리타의 영향을 많이 받을 수밖에 없다.

'회귀 전엔 이렇지 않아서 몰랐어. 그때 후작 부인이 나를 위협적으로 느끼지 않아서 괜찮았던 걸까?'

그래도 율리아나는 이걸 기회로 삼기로 했다. 비앙카의 평소 생활을 알게 되면, 회귀 전에 그녀가 왜 폭주했는지에 관한 단서를 찾을 수도 있을 터.

그렇게 다짐했던 그날 저녁. 집사장이 모두에게 전했다.

"후작님께서 오랜만에 만찬에 참석하실 예정입니다. 함께 단란한 시간을 보낼 수 있기를 바라시는군요."

그 이야기를 들은 율리아나는 별 생각이 없었다. 그냥 후작이 왔나 보다, 하고 말았다. 그러나 비앙카는 아니었나 보다.

벌컥!

격식 있는 만찬 자리를 위해 단장을 시작한 율리아나의 방문이 활짝 열렸다.

거울 앞에서 하녀들이 몸에 대주는 옷을 보고 있던 율리아나는 문을 연 상대방의 얼굴을 보고 놀랐다. 온통 눈물에 젖은 얼굴은…….

"비앙카?"

"너 너무 미워!"

"아빠 딸은 나란 말이야!"

벼락처럼 빠르게 뛰어온 비앙카가 펄쩍 뛰어서 율리아나의 몸에 제 몸을 부딪쳤다. 루시와 하이디가 막기엔 너무 재빨랐다.

율리아나는 그 힘을 이기지 못하고 그대로 뒤로 넘어갔다.

쿠웅!

"까악!"

"아가씨!"

"비앙카 아가씨, 왜 그러세요!"

"너 진짜 싫어! 꺼져! 꺼지라고!"

비앙카는 울부짖으며 율리아나의 몸 위로 올라타서 주먹을 마구 휘둘렀다.

붕붕 방방. 보통 아이가 휘두르는 주먹이라면 귀여운 수준이겠지만 비앙카는 아니었다. 두 팔을 들어 얼굴을 가렸지만 팔뚝을 강타하는 주먹은 돌덩이 같았다.

작은 주먹이 손목을 뻑! 때리자 악 소리가 날 만큼 아팠다. 아무리 힘이 세도 아이니까 그럴 수도 있겠다고 생각하며 참으려 해도, 이 상황 자체는 율리아나가 견디기 힘든 종류의 것이었다.

"비앙카 아가씨, 진정하세요!"

하이디가 비앙카를 끌어안고 율리아나에게서 떼어 내려 했지만 비앙카는 심하게 저항했다.

"내려 놔아! 싫어!"

바동거리던 비앙카의 소매 단추에 율리아나의 머리카락이 걸렸다. 하이디는 그걸 모르고 비앙카를 율리아나의 위에서 끌어냈다.

우두둑!

"꺄악!"

머리카락이 뽑혀 나가는 고통에 율리아나가 비명을 질렀다.

그 순간. 수룡이 비앙카를 감싸서 하늘로 들어 올렸다. 물을 용의 형태로 만들어 자유자재로 사용하는 센티넬은 한 명뿐.

알마예르 후작이었다.

"이게 무슨 상황이지?"

싸늘한 목소리가 방 안에 내려앉자 모두가 굳어서 후작을 보았다. 아까부터 줄줄 울고 있던 비앙카는 이제 딸꾹질까지 하고 있었다.

"히끅! 히끅!"

후작의 시선이 잠시 비앙카에게 향했다가 율리아나에게 닿았다.

바닥에 쓰러진 채 아직 상태를 추스르지 못한 율리아나는 만신창이었다. 드레스를 걸치기 전이라 얇은 잠옷 차림을 한 율리아나의 머리는 산발로 헝클어져 있었고 갑작스런 상황에 놀란 얼굴은 새파랬다. 벌벌 떨리는 몸은 쇼크 상태로 보였다.

비앙카가 친 사고 현장에 후작이 난입했다는 사실을 듣고 로젤리타가 혼비백산해서 나타났다.

"후, 후작님? 우리 딸은 왜 공중에……. 비앙카를 내려 주세요."

"로젤리타. 애 교육을 대체 어떻게 하는 거지?"

후작의 목소리는 드물게 노기에 가득 차 있었다. 로젤리타는 애써 변명하려 입술을 깨물었다.

"애, 애들끼리 싸우며 크는 거지요. 비앙카가 요즘 활동량이 늘어서……."

"저게 단순히 싸운 것으로 보이나? 판단력이 모자라는 게 확실하군."

후작의 말에 로젤리타의 심장이 철렁, 아래로 떨어졌다.

'혹시, 벌써 콜린 사건을 알게 되었나?'

후작저에 격 떨어지는 놈을 들인 것으로 모자라 아이 양육까지 제대로 하지 못한다는 평을 받으면 큰일이다.

로젤리타는 그 자리에 털썩 주저앉아 후작에게 빌었다.

"후작님, 용서하세요. 비앙카는 제가 알아듣게 잘 가르칠게요. 하나밖에 없는 딸이라고 제가 너무 오냐오냐했나 봐요."

수룡에게 묶이듯 들어 올려진 비앙카는 점점 상황이 자신과 엄마에게 안 좋게 돌아가는 것을 깨달았다.

비앙카는 입술을 달싹였다. 뭐라도 말을 해야 했다.

후작의 말을 다 이해하는 건 아니었지만 자신 때문에 후작이 화가 났다는 것쯤은 알 만한 나이였다. 게다가 애초에 비앙카가 율리아나에게 화를 낸 이유 역시 후작 때문이었다.

"흐, 흐흑! 아니야! 율리 때문이야! 후작님이 언니만 예뻐하니까……! 그래서 비앙카가 화가 난 거야! 엄마한테 화내지 마세요……."

비앙카는 엉엉 울며 두 손을 모아 싹싹 빌었다.

하이디와 루시의 부축을 받아 일어난 율리아나는 그 모습을 보며 앞뒤 상황을 짐작했다.

'만찬에, 비앙카를 데려오지 말라는 이야기를 했나?'

회귀 전에도 후작은 딱히 비앙카를 아끼지 않았다. 아니, 휴렌이나 바이델도 아끼지 않았다.

그저 누구도 사랑하지 않는 사람 같았다. 그저 의무를 위해서 살아갈 뿐인.

퓌센 알마예르에게 세상 모든 것은 그저 의무와 의무가 아닌 것으로 나뉘었고, 그중에 유일하게 혐오하는 것이 있다면 바로 율리아나였다.

'차라리 공평하게 무관심하면 모를까, 갑자기 편애받는 내가 등장해서 후작 부인이 비앙카를 들들 볶았나 보군.'

비앙카에게 당한 게 없지는 않지만, 그래도 율리아나에게 비앙카는 지켜주지 못해서 미안한 막냇동생이었다.

게다가 저렇게 엄마를 위해 엉엉 울며 비는 모습을 보자 마음이 움직이지 않을 수가 없었다.

괜찮다고 변명을 해 주려는 순간, 후작이 아까보다 더 싸늘한 목소리로 일갈했다.

"듣기 싫다. 애나 어미나 꼴 보기 싫군. 두 사람 다 당분간 방에서 근신하도록 해라."

그 말에 율리아나의 마음속에서 반발심이 일었다.

'뭐? 방에서 근신? 저 나이 대 아이가 얼마나 활동량이 많은 줄이나 알기나 하나? 그리고, 애초에 당신이 부인에게 믿음을 주지 못한 게 문제잖아!'

남편의 조카의 등장에 위기를 느끼는 부인과 딸이라니. 그게 대체 뭔가. 율리아나가 발끈하며 한 걸음 나섰다.

"저는 괜찮아요. 그러니 근신 명령은 거둬 주세요."

"뜯긴 것은 네 머리칼이다. 아프지도 않았느냐?"

"네. 괜찮아요. 제 머리칼이니까 제 말대로 해 주세요."

"……."

후작은 눈을 가늘게 뜨며 율리아나를 훑어보았다. 네가 왜 비앙카의 편을 드냐는, 절대 비앙카의 아비로 보이지 않는 얼굴이었다.

"네 고통과는 별개로 연장자에게 손을 올리는 버르장머리 없는 아이와 제대로 교육하지 못한 어미를 처벌하는 건 내 권한이지."

"그럼 그 아이의 아버지에 대한 처분은요? 육아에 참여하지도 않으신 분이 그런 말 할 자격 없으세요."

허억. 당돌한 걸 넘어서서, 선을 넘은 수준의 발언에 하이디와 루시가 숨을 삼켰다.

후작은 율리아나를 보았고, 율리아나는 피하지 않고 그 시선과 마주했다. 짙푸른 색의 눈동자는 마치 우주처럼 깊고 아득했다.

몇 초의 대치 후, 후작이 먼저 고개를 돌렸다.

"……그래, 네 뜻대로 하마."

후작은 그대로 방을 떠나며 주저앉은 후작 부인에게 한마디 했다.

"로젤리타, 지금 널 도운 게 누군지 똑똑히 기억하도록."

후작의 수룡이 비앙카를 바닥에 내려 주고 허공으로 흩어져 사라졌다. 바닥에 내려온 비앙카는 힘이 풀려 그대로 주저앉았다. 상황이 끝났다는 안도감 때문인지 그녀는 엉엉 서럽게 울었다.

"으아앙! 흐아앙!"

율리아나가 비앙카를 위로해 주러 다가가는데, 로젤리타와 함께 온 비앙카의 유모가 그녀를 탁 낚아챘다.

"아가씨, 방으로 돌아가시죠. 오늘 정말 큰 사고를 치셨습니다."

"그래, 비비. 너……. 엄마에게 혼나야겠구나."

하녀의 부축을 받아 일어난 로젤리타가 형형한 눈으로 비앙카를 노려보았다. 후작이 율리아나에게 고마워하는 마음을 가지라고 했으나, 로젤리타는 원래 고마움을 느끼지 못하는 성격이었다.

"호, 혼나? 시, 싫어! 잘못했어요!"

그 소리에 비앙카가 유모의 품에서 발작하듯 경기를 일으켰다.

"비앙카……."

율리아나는 비앙카의 행동을 보며 신음했다.

길지 않은 시간이지만 비앙카를 지켜본 결과, 비앙카는 조금 이상했다. 회귀 전의 비앙카도 조용했다가, 활달했다가를 반복하는 성격이기는 했지만 이렇게 쌓인 것을 폭발하듯 터트리는 스타일은 아니었다.

'뭔가 반응이 이상해. 혼난다는 말에 저렇게 경기하는 것도, 남을 쉽게 때리는 것도. 폭력이 익숙하지 않다면……. 아!'

율리아나의 머리 한 켠이 싸하게 식으며 한 가설이 떠올랐다.

'그러고 보니 비앙카는 왜 7살에 폭주해서 죽은 걸까.'

후작 부인 로젤리타도 그때 폭주에 휘말려서 함께 목숨을 잃었었다. 정확히 기억은 나지 않지만 폭주 현장에는 로젤리타와 유모도 함께였다고 들은 것 같다.

'내 기우라면 좋을 텐데. 일단, 확인은 하자.'

"잠깐만요, 숙모님."

율리아나는 후작 부인을 멈춰 세웠다. 비앙카를 들쳐 안고 방을 나가려는 유모가 자연스레 걸음을 멈췄다.

"……뭐지?"

"비앙카와 저 사이에 오해가 있는 듯한데요. 오해도 풀 겸 비앙카를 제 방에서 재울까 하고요. 비앙카, 너는 어때?"

유모의 품에서 울던 비앙카는 율리아나의 말에 울음을 멈추려 애쓰며 물었다.

"흐윽, 언니, 언니는……. 비비가 밉지 않아? 때려, 때렸는데. 흑!"

"밉지 않아. 비앙카는 언니를 싫어하니?"

"아니! 아니야. 싫어하는 거 아니야!"

율리아나가 엄마를 괴롭게 한다고 생각했을 때는 미웠다. 싫었다. 그래서 자신이 괴롭혀 주었다.

그러나 지금은 무서운 아버지로부터 지켜 주고, 유모에게서 구해 주려고 하고 있지 않나.

비앙카는 고개를 세차게 끄덕이며 답했다.

"응! 응! 나 언니랑 잘래!"

비앙카가 그러겠다고 하기도 했고, 후작이 율리아나에게 감사하라고도

했기 때문에 로젤리타는 그 말을 무시할 수 없어졌다.

"……그러도록 해. 비앙카 때문에 곤란했을 텐데 괜찮겠어?"

"네. 숙모님 말씀대로, 애들끼리는 싸우면서 크는 거니까요."

율리아나가 생긋 웃으며 답하자 로젤리타는 속으로 욕을 뱉으며 방을 빠져나갔다. 그녀의 뒤를 따르려는 유모에게 율리아나가 말했다.

"그쪽은 유모치고는 체격이 좋군."

유모가 슬쩍 눈치를 보며 말했다.

"아가씨께서는 모르시겠지만 센티넬로 발현할 아이들에게는 저 같은 사람이 꼭 필요합니다. 보통 아이보다 신체 능력이 뛰어난 아기를 감당하려면 저 정도는 되어야지요."

유모의 말은 중의적이다. 율리아나가 평민들 틈에서 자랐기 때문에 이런 귀족적인 돌봄 형태를 모른다는 것과, 율리아나가 가이드라서 센티넬의 생리를 모른다는 것을 동시에 꼬집은 것이다.

'비앙카의 유모가 왜 굳이 나에게 적대적으로 구는 거지?'

의아해하는 사이 유모는 도망치듯 방을 떠났다.

탁, 문이 닫히자 율리아나는 드디어 한고비를 넘긴 기분이 되었다.

"하아……. 두 사람 다 놀랐겠네. 미안해."

루시와 하이디에게 말하자 두 사람이 눈물을 터트릴 것 같은 얼굴로 율리아나를 끌어안았다.

"무슨 소리세요, 아가씨. 제일 놀라신 분이 아가씨실 텐데……."

"괜찮으세요? 얼굴에 상처는 안 나셨어요?"

루시와 하이디가 허겁지겁 율리아나의 몸을 살폈다. 비앙카는 옆에 오도카니 서서 그 광경을 지켜보며 고개를 푹 숙였다.

"미, 미안해…. 미안해……."

율리아나는 비앙카에게 손짓했다. 비앙카가 머뭇거리면서 다가가자 율리아나는 비앙카를 꼬옥 끌어안았다.

"괜찮아, 비비. 하나도 안 아팠어."

맞은 곳이 아프긴 했지만, 그래도 비앙카를 잃은 것보다는 나았다.

'내가 생각한 게 맞으면 좋겠는데. 아니지. 틀리면 좋겠어. 비앙카를 위해서.'

* * *

율리아나와 비앙카는 나란히 만찬에 불참했다. 아까 그 난리를 목격한 사람이 후작이니, 참석하지 않아도 충분히 이해해 줄 것이다.

두 사람은 루시와 하이디가 가져다준 식사로 배를 채운 뒤 목욕을 하러 들어갔다.

"아, 좋다."

뜨끈한 물을 가득 받은 욕조에 몸을 풍당 담그자 긴장했던 근육이 사르르 풀어졌다.

비앙카는 처음엔 너무 뜨겁다고 싫어했지만 물에 거품을 풀자 호기심을 보이며 들어와서 물장난을 치기 시작했다.

율리아나는 비앙카에게 물을 뿌려 같이 장난을 치며 비앙카의 몸을 살폈다.

'……이상한 부위에, 사라져 가는 멍 자국들이 있네.'

애들이 이곳저곳에 부딪히며 뛰어다닌다고 하기엔 좀 많아 보였다.

그나마 사라져 가는 멍이라는 게 다행이긴 하지만, 비앙카의 행동들을 생각하면…… 미심쩍은 구석이 많았다.

"자, 아가씨들. 로션 발라드릴게요. 오늘은 일찍 주무세요."

하녀들이 머리며 몸을 뽀송하게 말려 주고 로션까지 발라 주자 몸이 노곤노곤해졌다.

"자, 여기서 같이 자자. 평소엔 불을 켜 두고 자?"

"응……. 작은 등을 하나 켜 둬."

"그래. 잘 때는 유모랑 같이 자니?"

"아니? 비앙카는 혼자 자. 유모는 할 일이 많아서 같이 못 잔대."

"……그렇구나."

6살이면 혼자 잘 나이인가. 어린 시절을 귀족가에서 보내지 않아서 이 부분은 판단하기 힘들었다.

율리아나와 비앙카는 넓은 침대에 나란히 누웠다.

잠자리가 바뀌어서 잠이 오지 않는지 바스락거리는 비앙카에게 율리아나가 다가갔다.

"잠이 안 와? 손잡아 줄까?"

"응……. 졸린데, 무서워."

비앙카에게 다가간 율리아나는 비앙카의 작은 손을 잡았다. 그리고 천천히 인도력을 불어 넣었다. 비앙카는 몸속으로 들어오는 따뜻한 기운에 놀라 눈을 깜빡였다.

"어?"

"괜찮아. 무서운 게 아니야. 언니가 하는 거야."

"알았어……. 아, 따뜻해."

스르륵 눈을 감은 비앙카는 멍하니 고개를 끄덕였다.

따스한 힘이었다. 자신을 해치지 않는 힘이라는 걸. 아니, 자신을 살리는 힘이라는 걸 본능적으로 느낄 수 있었다. 따뜻한 물로도 풀리지 않았던 피로가 저절로 스러졌다.

"이게… 뭐야? 좋아. 따뜻해. 행복해."

"아무나 느낄 수 있는 힘은 아니야. 비앙카가 센티넬로 발현할 아이라서 느낄 수 있는 거야."

"그렇구나."

가이드는 가이딩을 할 때 센티넬의 감정을 어렴풋이 느낄 수 있다. 처음 가이딩을 받는 비앙카는 놀라워하면서도 금세 적응하고 있었다. 가이딩이 제게 좋은 행위라는 걸 본능적으로 알아차린 것이리라.

그런데 이 느낌은.

'……비앙카는 발현 전이라 이능을 쓴 적이 없을 텐데 왜 인도력이 많이 줄고 있지?'

이론적으로 센티넬은 이능을 쓴 후에 가이딩을 필요로 한다. 따라서 이능을 쓰지 않으면 가이딩도 필요 없다.

그런데 비앙카의 몸은 율리아나의 인도력을 제법 소모하고 있었다. 마치 이능을 쓰는 센티넬처럼.

그때, 율리아나의 잠옷을 빌려 입느라 헐렁한 목깃 사이로 뭔가가 보였다. 같이 목욕할 때 보았던 멍이, 사라지고 있었다!

번개와 같은 깨달음이 왔다.

'맙소사, 비앙카의 이능은 치유력이었어!'

비앙카는 지금껏 상처 입은 제 몸을 자가 치유 하고 있었던 것이다.

이상하게 많던 멍들. 비앙카가 치유 이능을 지닌 것을 감안하면 원래는 더 심했을 터였다.

아까의 의문들이 떠올랐다. 갑자기 다가온 손을 두려워하던 모습, 자신의 엄마와 유모를 두려워하여 경기를 일으키던 모습까지.

'로젤리타와 유모. 둘 중에 누구지?'

율리아나의 하늘색 눈동자가 새파랗게 타올랐다.

'이렇게 작은 아이를 때리다니.'

충격적이었다.

비앙카는 모두에게 사랑받았다고 생각했다. 사생아인 자신과는 다르게.

물론 지금은 자신이 사생아가 아니라는 것을 알게 되었지만, 회귀 전 전생에서는 그렇게 생각했다.

아름다운 후작 부인은 자신의 딸에게 사랑을 아낌없이 퍼부었고 휴렌과 바이델도 어린 이복동생을 지극히 아꼈다.

'비앙카가 생각난다는 이유 하나로 안젤리카를 아낀다고 했으니까.'

지끈―.

예전 일을 떠올리자 심장께가 아릿하게 아파 왔다. 율리아나는 고개를 저어 악몽 같던 옛날 일을 떨쳐 내며 비앙카의 문제에 집중했다.

'만약 유모가 비앙카를 학대하고 있었다면, 후작 부인은 그 사실을 알고 있을까?'

설마 후작 부인과 유모 두 사람이 모두 비앙카를 학대하던 것은 아니겠지.

'……제발 그건 아니면 좋겠다.'

적당한 수준의 체벌이라면 모를까, 이렇게 옷 아래에 가려져 보이지 않는 곳을 때리는 유모라니. 차라리 후작 부인이 비앙카에게 무관심해서 모른 게 나을 것 같다.

율리아나는 한숨을 쉬며 비앙카를 재웠다. 이미 뜨끈한 목욕과 가이딩으로 비앙카는 꾸벅꾸벅 졸고 있었다. 자유로운 다른 손으로 머리를 쓰다듬어 주니 금세 골아떨어졌다.

"후훗."

작은 입을 새처럼 벌리고 자는 모습이 사랑스러웠다. 통통한 뺨은 씻고 나와서 발그레했고 속눈썹을 길게 내려 깐 모습은 마치 성화 속 천사님처럼 사랑스러웠다.

요즘 매번 심통 난 얼굴을 보다가 이렇게 풀어진 얼굴을 보자 마음 속 앙금이 사르르 녹았다.

"편하게 자자."

비앙카를 안아서 베개 위로 눕힌 뒤 이불을 덮어 주었다. 율리아나도 눈을 감고 잠들려는 찰나.

똑똑똑.

창문을 두드리는 소리가 들렸다.

"파샤?"

율리아나는 눈을 크게 떴다. 오늘따라 자신을 찾는 사람들이 참 많은 것 같다.

비앙카를 깨우지 않게 조심히 일어나서 창문으로 가자 예상대로 창문 뒤에 파벨이 있었다.

'또 혼내려나? 별거 아닌데.'

파벨은 설레는 맘으로 창문이 열리길 기다렸다. 안쪽에서 발소리가 들리는지 귀를 최대한 쫑긋 세우게 되었다.

혹시 벌써 자나? 아니면 노크 소리를 못 들었나? 괜히 초조했다.

누님의 얼굴을 보지 못한 며칠간 왜 그리 허전하던지. 율리아나의 존재도 모르던 때는 이런 감정도 몰랐는데, 한번 누나를 갖게 되니 곁에 없는 게 너무 허전했다.

'같이 살면 좋을 텐데. 왜 알마예르에서 누님을 데려간 거지? 누님도 알마예르들보다 발라고프에서 살고 싶어 할지도 모르는데.'

파벨은 휴렌과 바이델을 알았다. 휴렌은 나이 차이가 꽤 커서 딱히 말을 섞은 적은 없지만 바이델은 비슷한 나이 대 모임에서 얘기도 몇 번 나눠 본 적이 있다.

콧대 높고 재수 없는, 전형적인 센티넬 귀족.

이야기를 들어 보니 휴렌은 바이델보다 더하면 더했지 절대 덜 하지는 않을 것이다.

'상냥하고 걱정 많은 누님이 그런 놈들을 좋아할 리가 없지.'

근거 있는 자신감이 넘쳐흘렀다.

그리고, 창문이 열렸다.

"누님!"

화악, 무표정했던 파벨의 얼굴이 꽃처럼 피어났다. 동그랗게 올라붙은 볼살이 그를 제 나이 대 어린아이처럼 보이게 했다.

율리아나는 짐짓 엄한 표정을 지었다.

"이렇게 오는 거 위험하다고 했지."

"그치만……. 보고 싶었는걸요."

눈썹을 아래로 늘어트리면서 불쌍한 척을 했다. 다른 아이들이 이렇게 조르는 것을 본 적이 있지만 한 번도 똑같이 해 본 적 따위 없었는데. 율리아나의 마음을 녹일 수 있다면 수백 번이라도 할 수 있을 것 같다.

"편지를 보내면 되잖아."

"이미 며칠 참았어요. 편지를 보내면 또 시간이 걸리니까요."

"그래도 이렇게 몰래 침입하는 건—."

"언니, 누구야?"

언제 깨어났는지 비앙카가 눈을 비비며 침대에서 율리아나를 불렀다.

파벨이 미간을 찌푸리며 비앙카를 보았다. 자신보다 서너 살쯤 어려 보이는 여자아이.

'저 애가 후처가 낳았다는 딸인가? 그런데 왜.'

"왜 저 아이가 누님 방에 있지요?"

"아, 친해지려고 오늘은 함께 자려고."

"친해지다니. 이유가 뭐죠? 누님 동생은 저인데, 왜 다른 애랑 친해지려고……."

"응?"

두 사람이 대화하는 사이 가까이 다가온 비앙카가 율리아나의 허리를 꽉 끌어안았다.

"내 언니야! 비앙카가 동생이야!"

"웃기지 마. 누님의 동생은 나밖에 없어."

파지직.

비앙카와 파벨 사이에 불꽃이 튀었다.

애처로운 표정을 지운 파벨의 얼굴은 율리아나로선 상상도 하지 못할 정도로 서늘하고 무서웠는데도, 어린 비앙카는 겁도 먹지 않고 눈을 부릅뜨고 마주 노려보았다.

율리아나는 당황하며 아이들을 중재했다.

"처음 보자마자 싸우다니. 그러지 마."

"누님. 저랑도 같이 자요. 그래 주실 거죠?"

"그건 좀……."

"언니는 나랑 잘 거야, 바보야!"

"백작저에 와서 자기 그러시면 제가 여기로 올게요. 정식으로 편지를 보내면 될까요?"

다급하게 말하는 파벨을 보며 율리아나는 작게 웃음을 터트렸다.

나랑 같이 자는 게 뭐라고 저렇게 필사적으로 같이 잘 방 안을 쥐어짜고 있는지.

"그래. 내가 발라고프 저택에 가든지 네가 알마예르 저택에 오든지 하자."

즐거운 마음에 흔쾌히 수락의 말이 나왔다.

'사실 파샤 말이 맞긴 하니까. 비앙카는 내게 사촌 동생이지 친동생은 아니니까 파샤를 더 챙기는 게 맞지.'

알마예르에게 버림받고 삶을 포기했던 율리아나로서는 파벨에게로 마음이 더 갈 수밖에 없었다.

'물론, 비앙카의 일을 해결한 뒤에.'

어린아이가 학대를 당하는 것을 방치할 수는 없다. 이 일을 해결하면 그 뒤로 딱히 별달리 할 일도 없으니 발라고프 백작저로 쉽게 놀러갈 수 있으리라.

'내가 이겼어.'

씨익 웃는 파벨을 보며 비앙카는 분해서 발을 굴렀다.

"이익! 너 싫어! 가!"

"흥. 오늘은 이만 가지만 다음엔 혼내 줄 거야, 알마예르 꼬맹아."

"비앙카는 꼬맹이 아니야!"

"꼬맹이 맞아."

싹둑 비앙카의 말을 자른 파벨은 다시 또 꿀 떨어지는 눈으로 율리아나를 보며 웃었다.

"그럼 누님 좋은 꿈 꾸세요. 내일 편지 보낼게요."

"알았어. 조심히 가."

"다른 말은 안 해 주시나요?"

"응?"

"나는 했는데."

그게 뭐지? 고개를 갸웃하던 율리아나는 파벨의 말뜻을 깨닫고 "아!"하고 외쳤다. 그리고 활짝 웃으며 파벨의 흐트러진 옷깃을 여며 주었다.

"너도 잘 자, 파샤. 좋은 꿈 꿔."

"……네."

파벨은 부드러운 미소를 띤 채 창밖으로 훌쩍 뛰어내렸다.

"앗, 떨어졌다! 그래도 움직이네?"

비앙카는 창틀에 매달려서 파벨을 구경했다. 율리아나는 파벨이 멀어져서 더 이상 보이지 않을 때까지 지켜보다가 창문을 닫았다.

"이제 진짜 자자."

"응, 언니랑 같이 잘래."

비앙카는 눈을 비비다가 율리아나의 옆에 딱 붙어서 잠들었다. 율리아나는 제 옆구리를 따끈하게 데우는 온기를 느끼며 잠들었다.

'파벨은 잠버릇이 어떠려나?'

일단 비앙카는 별로 얌전하지 않았다. 율리아나는 침대 위에서 데굴데굴 구르는 비앙카를 피해서 침대 구석에 몸을 말고 잤다.

* * *

다음 날, 율리아나는 비앙카를 데리고 아침 식사를 하러 내려왔다. 그런데 평소 바이델 외에는 참석하지 않던 조찬 자리에는 의외의 사람들이 많았다.

'……후작과 후작 부인, 휴렌까지.'

바이델은 원래 참석하니 모든 가족 인원이 모인 셈이다.

후작이 신문을 보며 커피를 마셨다. 그는 율리아나를 보다가 율리아나의 뒤에 숨은 비앙카에게 시선을 주었다.

쏙, 비앙카는 율리아나의 치맛자락 뒤로 완전히 몸을 숨겼다.

"언니랑 아침 먹기로 했잖아."

"비앙카는……. 방에서……."

"괜찮아. 아무도 화 안 내."

"……."

못 믿겠다는 듯 비앙카가 율리아나를 올려보았다.

비앙카에게 율리아나는 너무 약해 보였다. 자신이 때리는 대로 그대로 맞아 주었고, 함께 씻을 때 보니 몸에 멍도 쉽게 생겼다.

'엄마는 내가 튼튼해서 상처도 잘 낫는 거라고 했는데. 언니는 안 튼튼해서 그래.'

그래서 그냥 평소처럼 방에서 아침을 먹겠다고 하려고 하는데, 율리아나가 말했다.

"후작님이 혼내려고 하시면 언니가 막아 줄게. 어제처럼."

"어제…처럼……?"

비앙카는 어제를 떠올렸다.

'저는 괜찮아요. 그러니 근신 명령은 거둬 주세요.'

'그럼 그 아이의 아버지에 대한 처분은요? 육아에 참여하지도 않으신 분이 그런 말 할 자격 없으세요.'

'잠깐만요, 부인.'

'비앙카와 저 사이에 오해가 있는 듯한데요. 오해도 풀 겸 비앙카를 제

방에서 재울까 하고요.'

어제의 율리아나는 비앙카가 가장 무서워하는 아버님과 엄마에게 당당히 할 말을 하고 비앙카가 혼나지 않게 지켜 주었다. 이걸 보면 또 강한 것 같기도 하다.

어린 비앙카는 '튼튼하진 않지만 강하다.'는 개념이 양립 가능한 것에 관해 고민에 빠졌고, 조금 뒤 결론을 내렸다.

"응. 근데 못 지켜 줄 것 같으면 말해 줘. 그냥 방에서 먹을래."

고개를 끄덕인 율리아나는 자신의 자리에 앉고 비앙카를 제 옆에 앉혔다. 그리고 속삭였다.

"근데 왜 매번 방에서 먹었어? 오빠들이랑 같이 먹기 싫어?"

"아니!"

합! 너무 크게 소리를 내 버린 탓에 비앙카가 놀라 제 입을 막았다. 주변의 눈치를 보았으나 다들 모른 척해 주고 있어서 비앙카는 제 목소리가 그리 크지 않았나 보다고 착각했다.

사실 로젤리타를 제외한 알마예르 남자들은 모두 센티넬이라 비앙카와 율리아나의 대화를 전부 듣고 있었다.

'들으라고 한 말이지만.'

율리아나는 재촉하지 않았고 비앙카는 우물쭈물하다가 답했다.

"비앙카가 계속 음식을 흘리니까. 후작님과 오빠들 앞에서 부끄러운 짓을 하면 안 돼."

"비앙카는 아직 아기니까 음식을 흘리는 게 당연한데?"

"비앙카는 6살이야! 엄마를 지킬 수 있을 만큼 컸어!"

엣헴, 허리에 손을 얹고 당당하게 6살이라고 말하는 비앙카가 사랑스러웠지만, 아이의 말에는 걸리는 부분이 있었다.

"엄마를… 지켜야 하니?"

"응. 왜냐하면 여우 같은—."

"비비! 어젯밤부터 너무 언니한테 신세를 지고 있잖니. 얼른 엄마 옆으로 오렴. 빨리!"

비앙카가 뭔가 말하려는 순간 후작 부인 로젤리타가 얼굴이 새파래져서 비앙카를 불렀다.

"어? 그렇지만……."

"아무리 언니가 다정해도 그렇게 폐를 끼치면 안 된다. 네 말대로 너는 먹으면서 계속 음식을 흘리는데, 그러면 언니 식사에 방해가 돼. 그러니까 이리 와. 유모, 뭐 해!"

로젤리타가 뒤에서 대기하던 유모를 부르자 유모가 얼른 로젤리타에게로 가서 그녀의 팔 아래를 잡고 휙 들어 올렸다.

율리아나는 분명 보았다. 유모의 손이 닿기 직전, 비앙카가 눈을 질끈 감은 것을.

'이걸 어떻게 밝혀야 하지.'

고민하며 음식을 먹는데, 후작 부인의 옆에 앉은 비앙카가 보였다. 아이는 몹시 긴장한 채 음식을 반쯤 테이블에 흘리며 먹었다.

포크를 쥔 작은 손이 애처롭게 떨리자 포크에 반쯤 꽂힌 소시지가 테이블로 툭 떨어졌다.

"아직 어려서 그런가, 칠칠치 못하다니까."

로젤리타가 호호 웃으며 냅킨으로 비앙카의 입 주변을 톡톡 닦아 주었고 유모는 비앙카의 식사를 도왔다.

그런데 어딘가 이상했다.

유모가 비앙카에게 가까이 갈 때마다 비앙카가 약간 움찔거렸고 점점 표정이 점점 어두워졌다.

식사를 하는 척 유심히 지켜보고 있던 율리아나가 뭔가를 포착하고 자리에서 벌떡 일어났다.

끼이익!

갑작스러운 힘에 밀린 무거운 의자가 바닥을 긁으며 기분 나쁜 소음을 내었다.

"잠깐만요."

"뭐지?"

어제 율리아나가 자신에게 반항적으로 군 이후로 그녀에게 제법 신경을 기울이고 있던 후작이 반응했다.

뚜벅뚜벅, 율리아나는 레이디는 언제나 사뿐사뿐 걸어야 한다는 예법도 내던지고 성큼성큼 비앙카가 있는 테이블 맞은편으로 걸어갔다.

"아, 아가씨. 왜 이러시는지……."

"당신, 이쪽 주먹 펴. 빨리!"

율리아나는 당황하는 유모의 왼쪽 손목을 잡고 흔들었다.

"빨리 펴라니까!"

"대체 왜 이러시는 겁니까. 제가 변변찮은 고용인이라 해도 이렇게 부당하게 대하시면……!"

"당당하면 손 펴 보라고!"

율리아나는 주먹을 꽉 쥔 유모의 손가락을 하나하나 억지로 폈다. 어찌나 주먹을 펴지 않으려고 힘을 주는지, 율리아나는 젖 먹던 힘까지 짜내어 손가락을 펴야 했다.

그렇게 유모의 주먹을 펴자, 손바닥에는 끝이 뭉툭한 바늘이 있었다.

"꺄악! 세상에……!"

로젤리타가 과장스러운 비명을 질렀다. 율리아나는 비앙카의 소맷자락을 확 걷어 올렸다.

"이런 미친!"

바이델이 벌떡 일어났다. 휴렌 역시 드물게 놀란 얼굴이었다.

그럴 만했다. 비앙카의 여리고 흰 피부는 그 뭉툭한 바늘에 찔려 빨갛게 변해 있었다. 피가 날 정도는 아니었지만, 꾹꾹 누른 빨갛고 동그란 자국이 선명했다. 아마 시간이 흐르면 혈관이 터져 멍이 들었을 것이다.

자신이 비앙카의 몸에서 본 멍들은 이 상처가 나아 가던 과정이었을까? 아니면 다른 학대가 더 있었을까? 율리아나의 몸이 분노로 부들부들 떨렸다.

짜악!

율리아나의 손이 유모의 뺨을 후려쳤다. 저도 모르게 손이 올라갔다.

"어떻게 어린아이에게 이렇게 잔인한 짓을 할 수가 있어!"

"……아가씨께서는 모르시겠지만 센티넬 아이에겐 보통 수준의 체벌이 먹히지 않습니다."

유모의 황당한 변명을 막은 것은 바이델이었다.

"내 유모는 나한테 그런 짓 안 했었는데?"

어느새 율리아나와 비앙카의 앞을 가로막은 바이델이 유모를 매섭게 쏘아보았다.

푸른 눈에 일렁이는 살기에 유모는 덜덜 떨며 뒤로 물러났다. 그리고 자신을 외면하고 있는 로젤리타를 발견했다.

"마, 마님! 뭐라고 말씀을 좀……!"

"무, 무슨 말? 감히 내 딸을 학대해 놓고도 나한테 매달려? 이 망할 년!"

짜악! 짝!

로젤리타는 유모가 뭐라 더 말하기 전에 그녀의 뺨을 수차례 후려쳤다.

체격 자체는 유모가 건장했으나 그래 봤자 고용인이었다. 현장 검거를 당한 이상 반항은 불가능했다.

유모는 빠르게 판단했다. 로젤리타가 자신을 버리려 한 건 이해가 가능하다. 꼬리를 잘라 자리보전을 하려 하겠지. 여기서 뭐라고 더 말하지 않으면 뒷돈이라도 두둑이 챙겨 주리라.

만약 괜히 여기서 로젤리타를 고발했다간 아무런 보상도 받지 못한 채 쫓겨날 것이다. 그것만은 피해야 했다.

"……마님! 죄송합니다, 마님! 그렇지만 정말, 정말 힘들어서 약간만 체벌하려는 생각뿐이었습니다…!"

"매달리지 마라! 후작가의 유모가 되는 은혜를 내렸더니 감히 내 뒤통수를 쳐? 배은망덕한 것 같으니!"

무릎을 꿇고 비는 유모를 구둣발로 차 버린 로젤리타가 헉헉 숨을 몰아쉬며 흐트러진 머리칼을 정리했다. 그러다 뒤늦게, 율리아나의 품에 안겨 있는 비앙카를 보았다.

"비비! 많이 무서웠지. 자, 엄마에게 오렴!"

"흑…. 흐흑……."

"비비? 언니한테 그만 붙어 있고 엄마에게 오라니까? 엄마 말 안 들려?"

금방이라도 비앙카를 채 갈 기세라, 바이델이 싸늘한 얼굴로 로젤리타를 막았다.

"……어머니. 이번 일은 제대로 된 조사가 필요할 것 같습니다만."

"응? 바이델. 그게 무슨 뜻이니. 엄마는 그저 유모를 너무 믿었을 뿐이야. 설마 유모가 비앙카에게 그런 몹쓸 짓을 하는 것을 알고도 내버려 뒀겠니?"

"그럴 수도 있긴 하겠군요. 얼마 전 콜린 건도 있었으니까요. 그때도 그 남자가 그렇게 쓰레기였다는 건 모르셨다고 하셨죠."

휴렌이 말을 보태자 로젤리타가 눈에 핏발을 세우며 휴렌을 노려보았다.

"소후작! 그건 정말 몰랐던 거라고—!"

"콜린? 그건 또 뭐지."

"여보, 아무것도 아니에요. 그냥 작은 해프닝 정도예요."

로젤리타는 억지로 웃느라 입가에 경련이 났지만 후작은 넘어가지 않았다.

"입 다물어. 휴렌, 보고해라."

후작의 말에 휴렌이 간략한 설명을 했다. 로젤리타가 구해 온 가정교사 콜린의 이력과 그가 이 집에 와서 어떤 꼴로 나갔는지 말이다.

율리아나와 비앙카를 지키고 서 있던 바이델은 휴렌의 말에 경악했다. 그 남자의 이력을 대강 짐작했던 율리아나는 평온했다.

"그 새끼, 역시 죽여 버렸어야 했어!"

"바이델, 난 괜찮아."

"뭐가 괜찮아! 그때 놀라서 하루 내내 끙끙 앓아 놓고…!"

"내가 없는 사이 많은 일이 있었군."

후작의 말과 함께 소란스럽던 조찬장이 차가운 물을 끼얹은 것처럼 조용해졌다.

'이능인가?'

공기의 온도 자체가 몇 도 아래로 내려간 느낌에 율리아나는 놀라 후작을 보았다. 후작은 평소보다도 더 차가운 얼굴로 휴렌을 불렀다.

끼이익! 휴렌은 다급히 의자를 박차고 자리에서 일어나 후작의 옆으로 갔다. 그의 얼굴은 그 어느 때보다 긴장하여 딱딱하게 굳어졌다.

"휴렌."

"예."

"아무리 후계자라 해도 네가 이런 세세한 일들을 모두 알아야 한다고 생각하진 않아. 그러나."

"……."

"이렇게 시끄러워지기 전에 전조가 있었을 텐데. 아니면, 전조도 느끼지 못할 정도로 네가 무능한 건가?"

"면목 없습니다."

"잘해라."

툭, 툭. 어깨를 치는 후작의 손길이 묵직했다. 휴렌은 바닥을 바라보며 이를 악물었다.

'젠장. 로젤리타가 자기 딸만큼은 소중히 대할 줄 알았건만……!'

후작저 내에서 로젤리타의 지위가 위태로운 만큼 아이에게 더 잘하리라 여겼다. 그렇게 단정 짓고 아무런 정보 수집도 하지 않은 게 휴렌의 패인이었다.

뚜벅뚜벅. 자리에서 일어난 후작이 로젤리타에게로 걸어갔다. 로젤리타
는 시체처럼 허옇게 질린 채 미친 듯이 고개를 저었다.

"여, 여보……. 전 정말 몰랐어요! 아무것도 모르는 일이에요!"

"글쎄."

후작이 작게 손짓하자 죽은 듯이 바닥에 엎드려 있던 유모가 물의 구체
에 갇혔다.

"으읍! 컥!"

커다란 물의 구체에 갇힌 유모는 숨을 쉬지 못해 곧 정신을 잃었다. 후작
이 다시 손짓하자 구체는 껍질과 같은 물의 막만 남긴 채 비워졌다. 구체
안에서 유모가 물을 토해 내며 기침했다.

'내가 한 것보다 더 스케일이 크지만, 소름 끼칠 정도로 정교한 응용력
이야…….'

누군가를 죽이는 것에 전혀 거리낌이 없어 보이는 무감한 후작의 행동에
율리아나는 두려움을 느끼며 비앙카를 꽉 안았다.

비앙카는 자신 때문에 이런 소란이 벌어진 이후부터 내내 울고 있었다.
모든 게 다 자신이 음식을 흘려서 벌어진 일인 것 같았기 때문이다.

"흐흑, 언니. 잘못했어…. 비앙카가 잘못했어……."

"아니야. 비앙카는 잘못한 거 없어."

율리아나는 부들부들 떠는 비앙카를 달래 주며 가이딩을 해 주었다. 맞닿
은 뺨과 손을 통해 비앙카의 몸속으로 천천히 인도력이 흘러갔고, 그 따스
한 감각에 비앙카는 스르륵 잠이 들었다.

율리아나는 의자에 앉은 채 후작이 로젤리타에게 어떤 처분을 내릴지 관
전했다.

"로젤리타. 당신은 기대보다 잘해 주었어. 후작 부인으로서의 역할도, 사
교계 활동도."

"네, 네! 당연하죠. 제가 얼마나 노력했는지 아시잖아요."

희망에 부푼 얼굴로 로젤리타가 얼른 말을 받았다. 그러나 후작은 냉정하게 판결을 내렸다.

"그간의 정을 생각해서 위자료는 여생을 걱정 없이 살 만큼 챙겨 주지. 내일 안으로 후작저를 떠나라."

"예……. 예? 여보?"

"한 번 더 묻는다면 위자료는 절반이 되고 오늘 당장 나가야 할 거다."

"……!"

가차 없는 판결에 로젤리타는 입을 다물었다.

후작은 감정 없는 눈으로 로젤리타를 보다가 비앙카를 안은 율리아나에게 시선을 주었다.

"아이에게 엄마를 빼앗을 생각은 없다. 아이가 조금 커서 사리 분별을 할 줄 알게 되면 자유롭게 만나게 할 생각이다. 네 말대로, 육아에 참여하지 않은 내가 모든 걸 판단할 생각은 없으니."

"……네."

율리아나는 자신의 의견을 수용해준 후작의 말에 무척 놀랐으나 겉으로 드러내지 않은 채 고개만 숙였다.

후작은 무슨 일이 있었느냐는 듯 평온한 걸음으로 난장판이 된 조찬장을 떠났다.

곧 집사와 하인, 하녀들이 와서 자리를 정리했다. 하녀들은 허망하게 우는 로젤리타를 데려 가며 달랬다.

"마님. 놓고 가시는 물건 없이 짐을 하나라도 더 챙기셔야 합니다. 마음을 굳게 드세요."

로젤리타의 물욕을 자극하며 달래는 솜씨가 수준급이었다.

조심스럽게 하이디와 루시가 다가와서 비앙카를 대신 안겠다고 했다.

"아가씨……. 팔 아프지 않으세요?"

"괜찮아."

"그래도 저희가 안을게요."

"그럼…… 자고 있으니까 조심히 옮겨 줘."

율리아나는 믿을 만한 하녀 언니들의 손에 로젤리타를 맡기고 안도의 한 숨을 쉬었다.

오늘 이렇게 바로 해결될 줄은 몰랐는데. 갑작스러운 태풍이 마을을 덮친 것처럼 집안이 초토화됐다.

"하아."

"야, 고생했어."

바이델이 의자를 끌어와 율리아나의 앞에 앉아서 그녀의 어깨를 도닥였다.

"제법이더라? 너 그렇게 무섭게 화내는 거 처음 봤어."

"…괜찮았어? 사실 엄청 떨었는데."

사실 아직까지 떨린다.

율리아나는 유모의 뺨을 때린 제 손을 내려다보았다. 손바닥이 빨갰다.

"어어, 손이 왜 이래. 이봐, 여기 얼음주머니 좀 가져와!"

바이델이 호들갑을 떠는 사이, 율리아나는 아직 정리가 덜 된 식탁에서 빵 하나를 집어 먹었다.

"야. 지금 그게 넘어가냐?"

손에 얼음주머니를 대 주면서 황당하게 묻는 바이델에게 율리아나는 씨 익 웃어 보였다.

"그럼. 먹는 게 남는 거잖아."

이것으로 비앙카의 폭주는 막은 것일까?

마음의 짐이 모두 사라진 듯 후련했다.

Chapter 6. 황궁으로의 초대

　다행인지 불행인지, 후작 부인 로젤리타가 떠나고 난 뒤 비앙카는 빠르게 안정을 찾았다.

　후작은 집사를 시켜 유모에게서 증언을 받았고, 아이를 학대했다는 사유로 빠르게 이혼을 신청했다. 신전은 큰 사유가 아니고서는 이혼을 수락하지 않지만 이번 경우는 큰 사유가 맞았다.

　후작의 이혼이야 율리아나와 관계가 없었고, 율리아나는 그저 비앙카와 함께 평온한 일상을 보냈다.

　지금 편지를 받기 전까지는 말이다.

　집사가 깍듯한 태도로 은쟁반을 내밀었다.

　"아가씨 앞으로 온 편지입니다."

　"고마워요."

　익숙한 편지 봉투가 눈에 보였다.

　'파샤인가 보네.'

그런데 쟁반에 있는 편지는 하나가 아니었다.

'왜 두 통이지?'

율리아나의 존재가 알려진 후로 후작 부인 로젤리타 앞으로 초대 편지가 오곤 했지만 그녀가 사라진 이후엔 휴렌이 관리했다. 그 초대장들이 아직 어린 율리아나에게까지 전해지는 일은 없었다.

로젤리타는 아무리 좋은 모임에서 초대를 받아도 절대로 율리아나와 함께 참석하지 않았다. 휴렌은 비앙카의 유모를 다시 뽑는 일이며 주변 입단속을 시키느라 바빠서 급하지 않은 편지는 쌓아 놓고만 있었다.

그래서 율리아나는 제 앞으로 초대 편지가 수없이 오는 것도 모른 채 한가로운 일상을 보낼 수 있었다.

그런데 오늘은 왜인지 편지가 두 통이다.

'발라고프 백작님이 함께 보냈나?'

의아해하며 쟁반에서 편지를 들어 뒤집는데, 익숙한 문장이 눈에 들어왔다.

"아……."

피가 식었다.

왕관을 쓴 사자가 울타리를 지키고 있는 인장은 황가의 인장이었다.

아니, 정확히는 황가 전체의 인장이 아니다. 제국에서 금을 녹인 밀랍으로 인장을 찍을 수 있는 사람은 한 사람뿐이니까.

'황제의 인장이야.'

율리아나는 편지를 열기 전에 잠시 회상에 잠겼다.

황태자 알렉산더에게 유감이 많은 것과는 반대로 율리아나는 황제에게 고마운 것이 많았다.

황제는 알렉산더의 폭주를 막기 위해 몸을 던졌던 율리아나의 명예를 지켜 주고자 했다. 물론 그 이면에는 율리아나 개인이 아닌 알마예르에 대한 존중과 혼인 동맹에 관한 계산속이 있었을 것이다. 황제란 모든 것을 고려해야 하는 위치니까.

그렇다 하더라도, 당시의 율리아나는 그런 체면치레조차 기뻤다.

아무도 율리아나를 상대로 체면치레라는 것을 하지 않을 때였다. 아무리 몸을 갈아 전공을 세워도, 아무리 참고 견뎌도, 고맙다는 말조차 듣지 못하던 시절이었다.

그때 그녀에게 따스한 손길을 내밀어 준 황제는 각별할 수밖에 없다. 특히 황제는 가이드에 우호적인 사람이었기에 더욱 호감이 갔다.

언젠가 황제는 율리아나와 티타임을 가지며 그녀를 위로해 준 적이 있었다.

알렉산더가 율리아나와 약혼했다는 사실을 알게 된 안젤리카가 저택에 처박혀 칩거하자, 저택 앞에서 그녀를 애타게 기다리던 때였다.

율리아나는 알렉산더의 마음을 이해하려 하면서도 속상함에 눈물을 짓곤 했다.

황제의 부름에 그의 정원으로 가자 테이블에는 달콤한 디저트들이 가득했다. 율리아나가 기억하는 몇 안 되는 좋은 기억 중 하나다.

그때 황제는 알렉산더의 흉을 보았다. 사실, 황제가 율리아나를 위로하기 위해 알렉산더를 탓하는 것은 자주 있는 일이었다.

'알렉, 그 멍청한 놈. 센티넬도, 가이드도 아닌 평범한 영애에게 빠져 허우적거리다니.'

율리아나는 그 말이 의아했다.

'가이드도 아니라니, 가이드는 결혼 상대로 기피되지 않나요?'
'무슨 소리를 하는 것이냐. 너처럼 전장에 나가는 아이가 드물어서 그

렇지, 가이드로 태어난 귀족 영애들은 왕왕 있단다. 가문 차원에서 숨길 뿐이야.'

'그런 이야기는 처음 들어요.'

'원래 센티넬과 가이드는……. 아니다. 이런 이야기는 혼란만 가중할 뿐이겠지. 너는 그저, 알렉산더를 믿고 기다리기만 하면 된다. 알렉산더는 결국 너를 선택하게 될 거야.'

황제의 말에는 힘이 있었다. 황제는 제국의 기둥이자 왕관이며 인류의 수호자다. 율리아나는 벅찬 얼굴로 고개를 끄덕였다. 언젠가 알렉산더가 자신을 사랑할 거라는 말을 믿었다.

아니, 그 말 때문에 버텼다.

최후의 최후까지.

'결국 안젤리카를 선택했지요, 알렉산더 전하께서는.'

씁쓸함을 삼키며, 율리아나는 황제의 편지를 열었다.

값싼 종이가 아니라 소가죽을 얇게 펴 만든 고급 편지지. 고급스럽고 씁쓸한 나무향이 풍기는 편지지에는 금박으로 장식이 되어 있었다. 그 편지지의 위아래로는 길고 긴 인사말이 있었으나 내용 자체는 간결했다.

명명식 전에 얼굴을 한번 보고 싶구나. 좋아하는 디저트가 있다면 말해주련?

명명식은 4년에 한 번씩 10살이 넘은 귀족 자제들이 치르는 의식으로, 이전까지는 가문에 귀속된 존재였다면 이제는 어엿한 한 사람의 제국 귀족이 되었다는 증명 의식이다.

실제로 인구가 많을 적에는 명명식 이전에 죽는 아이들에 관해서는 심각한 이상 소견이 없지 않으면 가문의 입장 표명을 그대로 따랐다고 한다. 이를 악용한 유아 살해 사건도 많았다고.

지금처럼 귀족 한 사람, 한 사람의 목숨도 중요한 시대에는 어림없는 일이라 이제는 그저 황제의 위용을 알리는 화려한 의식에 불과하다. 또는, 세례를 받지 못한 귀족가의 사생아를 귀족 명부에 올리는 등용문으로 여겨졌다.

그랬기에 세례식을 주관하는 신전과 명명식을 주관하는 황궁의 기 싸움이 팽팽했다.

사생아를 인정하지 않는 신전, 눈 가리고 아웅 할 구실만 있다면 혼외 자식도 귀족의 일원으로 받아들이는 황실.

황실의 힘이 강대해지고 신전의 힘이 미약해진 지금은 기 싸움이랄 것도 없지만, 명명식에 신전이 항의하는 일은 제법 있었다.

'그러니 지금 황제가 나를 부르는 행동은……'

신전에게 명명식 때 쓸데없이 나서지 말라고 정치적으로 보여 주는 행위일 것이다.

'황제의 초대를 거절하는 건, 미친 짓이지. 하물며 챙겨주겠다고 말하고 있는데.'

알마예르와 발라고프의 딸. 결혼 서약을 하진 않았으나 두 가문의 결합을 증명하는 율리아나를 신전이 공격하도록 황제가 방치하지 않을 것이라는 표현.

율리아나는 고민했다.

'명명식은 일단 나중에 생각하고, 우선 황궁에 누구와 함께 가야 할지부터 정해야겠다.'

고민하던 율리아나는 일단 발라고프 백작과 파벨을 배제했다. 아무리 친부와 이복동생이라 해도 엄마가 깨어나지 않은 이상 공식적인 활동에 그들의 에스코트를 받을 수는 없었다. 엄마가 왜 발라고프를 떠났는지 제대로 듣지 못했으니까.

'그럼 알마예르밖에 없다는 뜻인데.'

현재 알마예르 후작은 부재중이니 제외한다. 그리고 자리에 있다 하더라도 굳이 후작의 에스코트를 받아 입궁하고 싶지는 않다. 꼭, 예전이 생각나니까.

그렇다면 휴렌, 바이델 중에 골라야 하는데…….

'역시, 바이델?'

바이델도 이번 명명식에서 귀족 명부에 올라가게 되니 바이델과 함께하는 게 모양새가 좋을 수 있다.

그러나.

'휴렌……은 명예를 중시하지.'

게다가 이번에 콜린 건과 로젤리타 건으로 후작에게 질타받은 것 때문에 자존심이 많이 상했을 터. 하필 그 두 가지 사건에 자신이 연관되었기 때문에 자칫하면 그 화가 자신에게로 튈지도 모른다.

율리아나는 결론을 내렸다.

* * *

똑똑.

휴렌은 문을 두드리는 노크 소리가 평소와 다른 것을 감지하며 답했다.

"들어와라."

노크 소리가 약간 가볍다 싶더니만, 문을 열고 들어온 얼굴은 역시나 익숙한 부관이나 집사의 얼굴은 아니다.

살피는 듯한 조심스러운 소녀의 얼굴. 볼 때마다 울상을 짓는 걸 보고 싶기도 하고 웃는 모습을 보고 싶기도 한, 이상한 감정을 불러일으키는 아이.

율리아나.

"소후작님."

"……무슨 일이지?"

율리아나가 자신을 찾았다는 게 의외라서 휴렌은 약간 늦게 답했다.

"저, 제가 황제 폐하의 다과 시간에 초대를 받았는데 함께 가 주실 수 있을지 물어보려고……."

율리아나의 입에서 나온 말은 더 의외였다.

'황제 폐하의 초대? 왜 내가 몰랐지? 설마 초대장을 내가 아닌 율리아나에게 직접 보내신 건가?'

그런데 그것보다 걸리는 게 있었다.

'바이델은 이름으로 부르면서, 왜 나는 소후작님이라고 부르는 거지?'

율리아나의 작은 입술이 자신을 소후작님이라고 부르는 것이 어딘지 마음에 들지 않았다. 소후작님이라니. 너무 거리감 있는 호칭 아닌가.

다르게 부를 말도 많지 않은가? 오빠라든가.

'……오라버니!'

어디선가 들려온 이명에 순간 머리가 아파서 이마를 짚었다.

"소후작님? 괜찮으세요?"

"왜 나한테는……. 윽. 아니, 아니다."

쓸데없는 말을 지껄일 뻔한 탓에 얼른 혀를 깨물었다.

어린애도 하지 않을 투정을 부릴 뻔했다는 생각에 귀 끝이 붉게 물들었다. 감정을 갈무리한 뒤 휴렌이 답했다.

"황제 폐하의 초대라니 당연히 같이 가야지. 걱정 말거라. 의상실에 말해서 제대로 된 외출복을 몇 벌 가져오라 해야겠군."

"그런 부분은 걱정하지 않으셔도 돼요. 하녀들이 챙겨 줄 거예요."

"그래. 그럼 가서 쉬거라."

"네, 시간 내주셔서 감사해요."

살짝 인사하고 문을 나서는 율리아나는 제법 그럴듯한 귀족 영애처럼 보였다. 아니, 제법 그럴듯한 수준이 아니다. 거의 평생을 귀족으로 산 듯한, 몸에 예법이 밴 모습이다.

대화할 때는 용건만 간단히 하는 스타일도 휴렌과 무척 잘 맞는다.

그러나.

'이상해.'

이상하다.

'왜 오라버니라고, 오빠라고 불러 주지 않는 게 화가 나는 거지?'

게다가.

'자리에 앉지도 않고 문 근처에 서서 이야기하다가 가는 게……. 왜 화가 나는 거지?'

왜인지 납득이 되면서도 정당한 권리를 빼앗긴 듯한, 복잡하고 이상한 기분이었다.

* * *

초대장이 온 지 며칠 뒤. 뒤늦게 율리아나와 휴렌의 황궁행을 알게 된 바이델이 떼를 썼다.

"뭐? 황궁? 왜 나만 두고 가! 나도 갈 거야!"

"너만 두고 간다니. 비앙카도 두고 가잖아."

"비앙카는 아기잖아!"

근처에서 과자를 오작오작 씹고 있던 비앙카가 발끈해서 외쳤다.

"비앙카 아기 아니야!"

"맞아. 비앙카는 아기 아니고 어린이야. 바이델, 폐하께 이마 우리 둘이 간다고 답신을 드렸다. 이제 와서 셋이 갈 수는 없어."

바이델이 화가 난다는 듯 씨근거리며 볼멘소리를 했다.

"왜 처음부터 나한테 말 안 한 거야?"

감정이 격해져서 눈가가 발갛게 물든 것을 보니 정말 섭섭했나 보다. 율리아나는 조금 당황해서 바이델의 손등에 자신의 손을 올리며 달랬다.

"소후작님이 동행하는 게 맞다고 생각했어. 저번에 나 때문에 후작님께 혼나기도 했고."

"그게 왜 너 때문이야? 미친 새끼랑 미친 여자 때문이지."

"바이델, 비앙카 앞에서 말조심해 줘."

"아, 알았어! 그치만……."

바이델도 귀족인 만큼 이제 와서 황궁 초대에 끼어들 수 없다는 것은 안다. 그렇지만, 너무너무 걱정이 되고 속이 상했다. 왜냐하면.

'너를 황태자의 짝으로 점찍으면 어떡하려고?'

황제가 왜 율리아나를 불렀는지는 정확히 모른다. 그래서인지 이상한 억측을 하게 되었다.

게다가 황태자의 짝이면 황후가 되는 것인데, 율리아나가 그걸 원할지도 모른다는 생각에 너무 불안해졌다.

'얘는 내 가이드인데.'

이 말을 율리아나에게 하고 싶었다. 너는 내 가이드니까, 멀리 갈 때는 내가 동행해야 한다고. 그렇게 말하고 싶었다.

그런데 이상하게 그 말을 입 밖에 낼 수가 없었다.

'왠지 그렇게 말하면 안 될 것 같은 기분이야……. 왜지?'

본능적으로 그 말을 하면 율리아나가 무척 화를 낼 거라는 생각이 들었다. 그래서 바이델은 입을 꾹 다물고 볼을 부풀리기만 했다.

율리아나는 골이 난 바이델을 달래기 위해 손등을 어루만지며 쩔쩔맸고, 바이델은 은근슬쩍 그 접촉을 즐기다가 탁, 그녀의 손을 낚아채듯 잡았다.

"그럼 오늘은 하루 종일 나랑 손잡고 있어."

"뭐? 왜?"

"나한테 잘못했잖아! 황궁 구경 가고 싶었는데. 황제 폐하도 뵙고."

"하아……. 알았어."

귀족으로서 황제를 만나는 것은 영광스러운 일이었기에 율리아나도 이해했다.

꼬옥. 율리아나의 작은 손이 바이델의 손을 마주 잡자 바이델은 비실비실 새어 나오는 웃음을 참기 위해 애를 써야 했다.

'아직 화난 척을 해야 해. 화난 척. 화난 척.'

억지로 미간을 찌푸리려고 해도 손을 잡은 것만으로도 기분이 좋아졌다. 아니, 그냥 모든 감각이 하나부터 열까지 달랐다.

탁한 공기 속에서 숨 쉬고 있다가 나무가 가득한 숲속으로 들어온 기분. 상쾌하고 충만했다.

"나도! 나도 언니 손잡을래!"

과자를 다 먹은 비앙카가 치마에 손을 쓱쓱 문지르고 율리아나의 손을 냉큼 잡았다.

"비비. 옷에 손을 닦으면 안 돼."

"헤헤. 알았어. 근데 오늘도 언니랑 같이 자도 돼?"

"물론이지. 그런 건 안 물어봐도 돼."

"응!"

비앙카는 생글생글 웃으며 율리아나의 품에 폭 안겼다. 비앙카는 '내가 이겼어!'라는 느낌의 표정으로 바이델을 보았고 바이델은 분한 기분이 들었다.

'나, 나도 6살이었으면 율리아나가 안아 줬을지도 모르는데!'

세상에서 가장 귀엽고 사랑스럽던 비앙카가 알미워 보인다니, 믿을 수 없었다.

＊ ＊ ＊

왠지 시무룩해 보이는 바이델과 신이 난 비앙카와 하루 종일 손을 잡았던 하루가 지나고, 율리아나는 떨리는 마음을 가라앉히며 마차 밖을 보았다.

황궁의 백색 벽을 지나 부지 안으로 들어온 순간부터 별세계였다. 같은 세상이라고 볼 수 없을 정도로 흰색과 금빛으로 가득한 휘황찬란한 장소. 마치 천국을 인세에 형상화한 것 같은 곳. 황궁.

"내궁에 도착했습니다."

마부가 안내했고 곧 내궁의 시종들이 문을 열어주었다. 휴렌이 먼저 내려 율리아나에게 손을 뻗었다.

'황궁에 오면서……. 이런 정중한 에스코트를 받은 게 얼마만이지.'

율리아나는 마른침을 꼴깍 삼키며 휴렌의 손을 잡고 마차에서 내렸다. 익숙하고도 낯선 풍경이었다.

황궁은 기억하던 것보다 생기 넘쳤다.

'하긴, 이 나이 대에는 황궁에 온 적이 없지.'

율리아나가 기억하는 황궁은 지금보다 훨씬 뒤의 모습이다.

"안으로 드시지요."

안내를 따라 정원을 지나 안으로 들어갔다.

내궁 곳곳엔 기사들이 엄중한 태도로 경비를 서고 주변을 순찰하고 있었다. 요새처럼 철저한 보안을 유지하는 내궁엔 인류의 보물이 살고 있기 때문이다.

내궁에 들어서서 황제가 있는 내실로 들어가는 중에 역대 황제의 초상화를 볼 수 있었다. 금과 보석을 아낌없이 사용해 꾸민 초상화들은 역대 황제들을 신성화하고 있었다.

당연했다. 모든 인류는 초대 황제의 결계 덕에 살아가는 것이니까.

초대 황제는 인간의 몸을 한 신이나 마찬가지였고 그 결계를 유지하는 역대 황제들은 신의 후손이나 마찬가지다. 그래서 황족은 모든 제국민의 존경을 받았고, 이미 황족의 성이 박탈된 방계라 할지라도 귀족들의 존경을 샀다.

아무리 자이거 대공이 전쟁에 나가 큰 공을 세워도 황제에 비할 수는 없었다.

자이거 대공이 황제의 검이라면 황제는 존재하는 것만으로 제국의 수호자다. 모든 제국민은 황제와 황족에게 감사하는 마음을 지녀야 한다. 그렇게 배웠다.

"알마예르 소후작 휴렌과 알마예르 영애 율리아나입니다."

문을 연 시종이 황제에게 고했다.

율리아나는 눈을 내리깔고 인사를 올린 뒤 천천히 고개를 들었다.

'아······. 훨씬, 젊으셔.'

황제의 얼굴은 마지막 기억보다 생기 넘쳤다.

당연한 일이었다. 지금의 황제는 그때보다 10년은 더 젊었고, 전성기를 누리고 있기 때문이다.

알렉산더는 황제가 서거하기 전까지도 황제의 힘을 뛰어넘지 못했다. 알렉산더가 아닌 자이거 대공이 황제를 뛰어넘었다는 이야기도 있었지만 다들 쉬쉬했었다.

지금의 황제는 자이거 대공을 가볍게 압도할 것 같은 기세를 내보이고 있었다. 황제가 젊은 사자처럼 웃었다.

"알마예르 영애. 드디어 그대를 보는군. 소후작도 오랜만이야."

"황공합니다."

"황공합니다."

"자, 앉게. 내게 황후가 있다면 이런 자리를 더 일찍 마련해 주었을 텐데, 홀아비다 보니 이런 자리가 어색하군."

"이를 말씀이십니까. 이제 수도에 막 상경한 시골 소녀를 신경 써 주신 것만으로도 감격스럽습니다."

황제를 앞에 두니 저절로 황궁 예법이 나오려는 것을 참아야 했다. 의식에 밴 황궁 예법 대신 일부러 귀족식 인사를 하자 어색한 몸짓이 나왔다.

자신의 모습을 황제의 금안이 냉정하게 훑는 것이 느껴졌다. 긴장으로 손바닥에 땀이 고였다.

'나를 부른 것에, 다른 이유는 없겠지. 그럴 거야.'

카를 제국은 황권에 관한 갈등이 없다. 황제가 곧 신과 같은 존재이기 때문이다. 대대로 황제에게 내려오는 왕홀은 제국 결계를 관장하는 절대적인 성물이다. 왕홀을 통해 황제는 결계를 더 넓게 확장시킬 수도 있고 일정 부분을 축소하여 황제의 보호를 거둘 수도 있다.

물론, 확장은 말처럼 쉬운 게 아니다. 마의 존재는 결계를 뛰어넘지 못할 뿐, 결계 안에서 죽는 것이 아니기 때문이다.

결계를 넓힐 지역을 깨끗이 청소한 뒤 넓히지 않는다면, 결계를 넓힌다 한들 마족과 마물이 들어올 수 있기에 무용지물이다.

역대 황제들은 현재의 영토를 유지하는 것만으로도 벅차했었다. 그러나 현 황제 알브레히트는 다르다.

'조금씩 영토를 넓히고 내가 기억하는 마지막에는 공국까지 영토를 넓혔지. 본인의 힘이 강대할뿐더러 자이거 대공이란 무기가 있으니까 가능했던 것이지만.'

그런데 문득.

'……어? 잠깐.'

의아함이 생겼다.

생각해 보면 이상하다. 영토를 넓힐 정도의 강대한 힘을 지니고도 그렇게 맥없이 죽는 것이 가능한가?

'폐하께서는 승전 연회 중에 돌아가셨어.'

연회 후에 바로 알렉산더가 황제 대리가 되어 황비 품계를 되살려 첩지를 내렸으니 똑똑히 기억한다. 절대 잊을 수가 없으니까.

만약 황제가 오래 아팠다거나, 상태에 이상이 있었다면 공국까지 결계를 넓히는 게 불가능했을 것 같은데.

'내가 왕홀에 관해 잘 모르니까 이상하게 느껴지는 거겠지만.'

율리아나는 황태자의 약혼녀로서 황궁 도서관을 다녔기에 이런 결계나 왕홀에 관해서도 남들보다 잘 아는 편이었다. 아마 보통 귀족이었다면 결계에 관한 자세한 이야기도 알지 못했을 것이다.

'아니야. 지금은 폐하의 건강에 관해 생각할 게 아니지.'

일단 자신을 황궁에 부른 이유를 추측하는 데에 전력을 쏟아야 한다.

의도는 행동을 낳는다. 행동은 곧 의지의 표명이다.

율리아나는 황궁과는 절대 엮이고 싶지 않았기 때문에 황제의 행동 하나하나에 온 신경을 곤두세웠다.

그저 알마예르와 발라고프의 딸이기 때문에 신경을 써 준 것일까? 그렇지만 그것은 후작과 백작에게 신경을 써 주는 것만으로 충분할 것이다.

그렇다면 비약일 수도 있지만 한 가지 의혹이 있다.

'내가 가이드라는 걸 알았나?'

황제의 첩보망은 언제, 어디에나 촘촘히 존재한다. 게다가 율리아나가 가이드라는 건 후작가 고용인들이라면 거의 아는 사실이니 황제가 모를 일도 아니다.

'그렇다 해도 이렇게 자리를 만들었다는 건…….'

회귀 전에도 황제는 이상할 정도로 율리아나를 좋아했고 챙겨 주었고 안타까워했다. 알렉산더가 제 짝을 알아보지 못한다며 한탄했다.

……왠지 예감이 좋지 않았다.

적당히 휴렌과 대화하며 차를 홀짝이던 황제가 율리아나에게 다과를 권했다.

"먹거라. 팔이 너무 가늘구나."

"감사합니다."

디저트는 맛있었다. 알마예르 후작가의 디저트도 훌륭하다고 생각했는데, 황궁의 디저트라 그런지 더욱 화려하고, 맛도 더 섬세했다.

가만히 먹기만 하는 것도 민망해서 율리아나는 앞에 놓인 케이크를 화제로 삼았다.

"그런데 이 케이크는 맛있지만 조금 특이하네요. 황궁의 비법으로 만든 것인가요?"

"역시 알아보는 것이냐. 네 아버지 미하일이 내게 종종 가져다주는 케이크란다."

네 아버지 미하일. 아주 자연스럽게 친부를 언급하는 황제의 말에 순간 사레가 들릴 뻔했다.

당황함을 감추며 차를 마셨지만 황제는 다 안다는 듯 씨익 웃으며 설명을 이었다.

"발라고프 가문에 전해지는 비장의 레시피라고 하더구나. 고왕국의 유산이라 그런지 더 특별한 기분이 들어. 메도빅이라는 케이크다. 너도 백작저에 놀러 가면 만들어 달라고 해 보렴."

"······감사합니다."

벌꿀을 층층이 쌓은 케이크는 정말 맛있었지만, 황제가 자신을 흥미로운 눈으로 바라보고 있어 제대로 씹지도 못하고 삼킨 율리아나였다.

그렇게 시간이 얼마나 지났을까.

황제가 약간 초조한 얼굴로 시종장을 보았다. 시종장은 바로 눈을 내리깔았고 황제는 한숨을 내쉬며 중얼거렸다.

"어휴. 이 녀석이 늦는구나."

내내 적당히 사교적인 표정을 유지하고 있던 휴렌의 얼굴에 옅은 동요가 일었다.

"알렉산더 전하를 말씀하십니까?"

"그래. 휴렌, 너도 왔으니 알렉산더도 오라고 했지. 아, 영애. 알렉산더는 내 아들이란다. 휴렌과는 절친한 친우지."

아무리 평민처럼 살았어도 황태자의 이름을 모르지는 않는다. 그런데 이렇게 친히 설명까지 해 주다니.

"네. 그렇군요."

더욱 강렬한 불안감이 들었다.

왜 굳이 이 자리에 알렉산더를 부를까? 이상한 예감이 드는 건, 자의식 과잉일까?

그때, 시종이 다급히 문을 열며 말했다.

"알렉산더 황태자 전하 드십니다."

알렉산더.

그 말을 들은 순간부터 시간이 느리게 흐르는 것만 같았다.

쿵.

쿵쿵.

쿵쿵쿵.

호흡이 가빠지고 심장이 커지기라도 한 듯 심장이 불안하게 뛸 때마다 온몸이 진동했다.

뚜벅, 뚜벅.

알렉산더는 천천히 방 안으로 들어왔다.

기억보다 앳된 얼굴이었다. 아직 젖살이 남아 있는 어린 얼굴이지만, 그 차이는 눈에 들어오지 않았다.

깔끔히 넘긴 붉은 기가 도는 금발과 신경질적으로 찌푸려진 미간. 감히 황제 앞에서도 입술을 불퉁하게 내민 오만한 표정.

소름 끼칠 정도로 똑같은 모습에 과거의 기억이 덧씌워졌다.

'꺼져! 감히 나를 몸으로 유혹하다니……!'

'폐하를 어떤 감언이설로 속여 넘긴 것이냐? 설마 폐하께도 네 몸을 제공

한 건 아니겠지? 더러운 것.'

'안젤리카가 불쌍하지도 않나? 하. 됐다. 그럴 염치가 있는 여자였다면……'

약혼 기간을 유지하는 수년간 들은 폭언은 셀 수 없이 많았다.

남들, 특히 황제 폐하 앞에서는 신사적인 태도를 유지하다가도 둘만 있을 때면 무섭게 돌변하여 자신을 비난했다.

어린 알렉산더의 얼굴 위로 과거가 겹치자 율리아나는 동요를 감추지 못했다.

"율리아나?"

율리아나의 이상함을 느낀 휴렌이 그녀를 작게 불렀다.

확장된 동공, 이마에 맺힌 식은땀.

'이건, 백마 탄 왕자님에게 첫눈에 반한 소녀가 보일 반응이 아닌데.'

물론 휴렌으로서는 율리아나가 알렉산더에게 반하지 않는 편이 나았다.

괜히 불러서 잡담이나 하더니 알렉산더를 부른 황제. 아마도 황제는 알렉산더와 율리아나를 이어 주고 싶은 모양이지만, 알렉산더가 그럴 수 있을 리 없지 않은가.

'누구보다 안젤리카에게 푹 빠져 있는데.'

알렉산더가 상황을 정치적으로 볼 수 있다면 모르겠으나, 지금의 알렉산더는 전혀 그렇지 못했다. 오히려 황제의 의도를 안다면, 율리아나에게 반감을 갖고 못되게 대할 가능성이 더 컸다.

'그건 안 되지. 율리아나는 어쨌건 알마예르. 알마예르는 황제 폐하도 함부로 대할 수 없는 존재니까.'

그렇게 생각하는 순간, 누가 바늘로 뇌를 찌른 것처럼 격렬한 고통이 느껴졌다.

'알마예르? 네가?'

흐릿한 환상이 머릿속을 스쳐 지나갔다. 율리아나와 무척 닮은 여성을, 자신이 혐오스러운 눈으로 보고 있었다.

'뭐지?'

곧 격통이 사라짐과 함께 그 기억은 남김없이 휘발되었다. 휴렌은 작은 위화감을 느꼈으나, 알렉산더가 입을 열자 금세 잊어버렸다.

"제국의 유일한 태양을 뵙습니다."

"하하, 이 녀석. 지각한 주제에 당당하구나."

"제게도 일정이란 게 있는걸요. 진작 말씀해 주지 그러셨습니까."

아무리 황태자라고는 하나 인신(人神)이나 마찬가지인 황제 앞에서 이보다 오만할 수 없었다. 그러나 황제는 허허 웃어넘기며 제 옆자리로 황태자를 앉혔다.

"일찍 어미를 잃은 게 안쓰러워서 오냐오냐 키웠더니 버릇이 좀 없는 편이라 부끄럽군."

"부자간의 허물없는 모습이 보기 좋을 뿐입니다."

알렉산더와 눈인사를 한 휴렌은 율리아나의 상태를 다시 확인했다.

하아, 하아. 가쁜 숨을 몰아쉬는 율리아나는 여전히 이상해 보였다. 마치 쇼크 상태에 빠진 사람 같아서 의아해하는데, 알렉산더가 더 빨랐다.

"저 여자애는 상태가 이상해 보이는데?"

"그렇구나. 알마예르 영애. 어디 불편한 데라도 있는가?"

'황궁에 와서 긴장했나. 어쩔 수 없지.'

휴렌이 나서려는데, 율리아나가 먼저 입을 열었다. 파랗게 질린 입술이 안쓰러워 보였다.

"제가, 코르셋을 처음 착용해서……. 숨을 잘 쉬지 못했습니다. 송구합니다."

율리아나는 말을 마치며 물 흐르듯 매끄러운 동작으로 알렉산더에게 인사를 올렸다. 휴렌은 깜짝 놀랐다. 지금 율리아나가 인사를 올리는 방식은.

'어? 이걸 언제……'

아까의 어설픈 귀족 예법이 아닌, 완벽한 황궁 예법이었다.

심지어 보통 예법도 아니고, 황궁의 일원으로서 더 높은 황족에게 올리는 인사였다. 일개 귀족 영애가 올릴 수 없는.

'……이 앙큼한 것을 보았나. 이렇게 야심을 드러내는군.'

황제는 저절로 벌어지는 입을 숨기기 위해 얼른 차를 마셨다. 알렉산더 역시 율리아나의 인사를 보고 느끼는 바가 있었다.

'하, 이거 봐라? 아주 맹랑한 꼬맹이네?'

황태자인 그에게 접근하는 영애들은 수없이 많았으나, 이런 식으로 마음을 표현하는 여자애는 또 처음이다.

'황족의 예법으로 인사를 올리다니 패기가 넘치네. 뭐, 안젤리카한테 머리채라도 잡히면 바로 꼬리 내리고 도망가겠지만.'

이런 때에도. 안젤리카의 생각뿐이었다. 알렉산더는 안젤리카가 그저 아름다워서 좋아하는 것이 아니었다.

안젤리카는 아주 대단한 여자였다.

어려서부터 강단이 있고 자기 주관이 뚜렷해서, 황태자인 알렉산더에게도 의견을 양보한 적이 없었다. 타고난 여장부에 왈가닥이라 모두를 휘어잡는 힘이 있었고, 점점 나이를 먹으며 아름답고 오만한 꽃으로 개화하고 있었다.

'물론 이 애는 아직 꼬맹이라서 여자로 느껴지지도 않지만.'

픽 웃은 알렉산더는 순간, 고개를 드는 율리아나의 눈과 마주쳤다. 청명한 하늘 같은 눈이 그와 눈이 마주치자 크게 떨리기 시작했다. 푸른 하늘이 순식간에 먹구름에 뒤덮이는 것처럼 어지럽게 소용돌이치더니 다시 푹 고개를 숙인다.

'뭐야? 나는 아무 짓도 안 했는데?'

순간 억울했다. 자신이 짓궂은 면이 있기는 하지만 이렇게 어린아이를 상대로 나쁜 장난을 치지는 않는다.

한 것 없이 나쁜 놈이 된 기분이라 기분이 상하려는 때, 황제가 그에게 작게 속삭였다.

"괜찮은 아이지? 자이거 대공에게 브로치를 받은 아이라고 하더구나."

알렉산더의 눈이 매섭게 빛났다.

'숙부가 브로치를? 그 자이거 대공이?'

알렉산더는 황제의 유일한 자식으로서, 황제가 다른 황후를 들이지 않겠다고 선언하며 황태자로 책봉한 이후부터 제국은 그의 것이나 마찬가지였다.

역사를 보아도 마족이라는 외부의 적이 생긴 이래로 카를 제국 내부에서 큰 정치 갈등이 없는 편이었으나 그렇다 해서 황제와 후계의 갈등이 아예 없지는 않았다.

신처럼 여겨지는 황제의 권력을 탐내지 않는 후계자가 있을까. 그리고, 후계자 자리에서 밀려난 황자가 신이 되기 위해 제 핏줄을 해할 음모를 꾸미지 않는 경우가 있을까.

이 모든 일들은 알렉산더에겐 아무 상관도 없는 일이었다. 알렉산더는 경쟁할 형제자매가 없고 아버지인 황제는 그의 편이니까.

그러나.

'자이거 대공 레온하르트.'

선황제의 막내아들이자 황제의 이복동생인 자이거 대공의 존재는 알렉산더를 유일하지 못하게 만들었다.

물론 자이거 대공은 제국의 검이라는 별명에 걸맞게 전장에서 제일 앞에 서며, 용맹하게 마족을 무찌른다. 황위에 관심이 없다는 제스처를 온 몸으로 표현했다.

하지만 그렇다고 해서 알렉산더가 자신의 숙부인 자이거 대공을 견제하지 못할 이유는 없다.

'계승 서열 2위에, 국민의 사랑을 받는 전쟁 영웅이라니. 너무 싫어.'

알렉산더는 자이거 대공을 티 나게 싫어했다. 아무것도 모르던 어릴 땐 사이가 좋았다. 그땐 선황제도 살아 계셔서 알렉산더는 할아버님의 병문안을 할 겸 또래인 숙부와 놀 겸해서 자주 선제궁으로 놀러 가곤 했었다.

그러나 나이를 먹고 머리가 커지면서 숙부가 다시 보였다.

'어쩌면 숙부는, 나보다 강할지도 몰라.'

비슷한 수준의 센티넬은 서로의 힘을 견주어 볼 수 있다. 정확한 건 제대로 붙어 봐야 알겠지만, 알렉산더의 눈에는 자이거 대공의 능력이 날이 갈수록 향상되어 가는 것이 보였다.

뛰어난 이능을 지닌 덕분에 어린 나이부터 황제와 황태자를 대신해 전쟁에 나갔으나 알렉산더는 그것마저 마음에 들지 않았다.

주변의 측근들조차 '자이거 대공이 없으면 알렉산더가 전쟁에 나가야 할지도 모른다.'며, 그를 적당히 치하해 주며 잘 이용하기를 바랐지만 알렉산더는 짜증이 치밀었다.

'전쟁? 그까짓 거 내가 나가면 되지, 무슨 문제야?'

황제와 귀족들에게 보호받으며 안전한 전투만을 치렀던 알렉산더는 전쟁을 얕보았다. 전쟁을, 그저 제국을 내부적으로 결속시키는 요식 행위라고 여긴 것이다. 지금도 국경 지대에선 마족과 끊임없이 전투하며 죽어 가는 병사들이 있음에도 불구하고.

너무 평화로운 시대에, 강력한 황제의 적자로 태어났기에 알렉산더는 마족의 무서움과 영토를 빼앗기는 공포를 알지 못했다.

그만큼, 가이드의 중요성도 알지 못했다. 황제도, 자이거 대공도 아는 그 중요성을.

'자이거 대공이 왜 이깟 꼬마에게 선물을?'

아무리 알마예르와 발라고프의 딸이라고 해도 만사에 무관심하고 여자와는 춤도 추지 않던 숙부가 신경 쓸 정도는 아니다.

'설마, 이제 와서 자기 파벌을 만들어 볼 셈인가?'

알마예르 후작가의 후계자인 휴렌은 자신과 친하다. 확실한 황태자파다.

발라고프 백작가는 황제파다. 제국 내의 기반이 약하기에 황제에게 충성하며 후계 싸움에는 몸을 사린다.

그런데 만약, 알마예르와 발라고프의 딸이 자이거 대공과 결혼한다면?

아무리 자신과 친한 휴렌이라 해도 혼맥을 맺는 이상 자이거 대공과 척을 질 수는 없을 것이고, 발라고프 역시 그럴 터이다.

'하! 무관심한 척, 깨끗한 척하시더니 뒤에서 이런 수작을 부려?'

대단한 보석도 아니고 고작 브로치를 준 것뿐이지만 알렉산더는 이미 자신의 추측이 맞다고 결론을 내렸다. 분노와 함께 날 선 기운이 몸에서부터 뿜어져 나왔다.

알렉산더의 주된 능력은 염동력과 열. 그가 기운을 발산하자 테이블 위에 있던 식기들이 진동하며 공기가 뜨거워지기 시작했다.

이 여파는 센티넬이 아닌 율리아나에게 가장 크게 미쳤다. 율리아나는 갑자기 얼굴이 뜨거워질 정도로 훅 달아오르는 공기에 숨을 멈췄다. 알렉산더는 분노할 때마다 폭언과 폭력을 퍼부었기에 반사적으로 몸이 굳었다.

"알렉! 뭐 하는 거냐!"

깜짝 놀란 황제가 제 힘으로 알렉산더의 이능을 눌렀다. 그러나 알렉산더가 다치지 않게 누르려다 보니 완벽하게 눌러지진 않았다.

"쯧."

휴렌이 손을 뻗어서 공기 중의 수분을 매개로 삼아 물의 크기를 키웠다. 순식간에 불어난 물이 율리아나를 감싸며 방어막을 쳤다. 덕분에 식기가 부딪치며 나던 시끄러운 소음과 뜨거운 열감이 차단되었다.

"아……."

방어막 안에서는 시원하고 촉촉한 공기로 호흡할 수 있었다.

"괜찮나?"

"네. 감사해요, 소후작님."

"이런. 소후작님이라니, 생각보다 거리감 있는 호칭인데?"

어느새 진정했는지 알렉산더가 능글거리는 말투로 끼어들었다. 황제는 옆에서 한숨을 쉬고 있었고, 휴렌은 더 이상 위험하지 않을 것 같다는 판단으로 방어막을 해제했다.

"전하."

꾸짖는 눈으로 보자 알렉산더가 히죽 웃었다.

"미안. 잠시 나쁜 생각을 하는 바람에."

"제게 말고 율리아나에게 하십시오."

"응?"

알렉산더가 지금 한 말을 알아듣지 못했다는 듯 눈을 끔뻑거렸다. 휴렌은 다시 한번 말했다.

"사과는 제가 아니라 율리아나에게 하시라고 말씀드렸습니다. 어차피 저는 센티넬이라 타격이 없지만 이 아이는 아니라서 무척 놀랐을 겁니다."

"어⋯⋯. 아주 안 친한 것도 아닌가 보지?"

"알렉. 사과하거라."

옆에서 황제가 엄하게 말했다. 오냐오냐 자란 외아들답게 알렉산더는 순간 부아가 치밀었지만, 일단 자신의 잘못은 맞았으므로 고개를 끄덕였다.

"미안하다. 초면에 비이성적인 모습을 보였군."

"아닙⋯⋯니다. 저는 괜찮습니다."

"그래? 안 괜찮은 것 같은데."

"괜찮습니다."

"흐음. 난 거짓말을 싫어하는데."

알렉산더가 눈을 가늘게 뜨며 율리아나를 샅샅이 훑었다.

창백하게 질린 흰 얼굴에 뺨만 빨갰다. 아마 자신의 이능 때문이리라.

'툭 건드리면 쓰러질 것 같은 여자애군. 내 취향은 절대 아냐.'

그렇게 시선을 돌리려는데, 계속 눈을 내리깔고 있던 율리아나가 벌벌 떨리는 손을 뻗어 휴렌의 팔을 절박하게 붙잡았다.

알렉산더는 휴렌이 당황스러워하는 반응을 느낄 수 있었다. 그리고, 그의 얼굴 근육이 조금 느슨하게 풀어졌다는 것도.

'아. 설마 이 꼬맹이……. 가이드인가?'

왜 이제 알아챘을까 의아할 정도로, 잡티 하나 없이 깨끗한 은발이다. 알마예르의 이능은 푸른색으로 발현되는데 잡티 하나 없는 은발이라?

'하. 숙부가 눈독 들이는 게 알마예르와 발라고프의 딸일까, 아니면 가이드일까. 이거 제법 궁금한데?'

알렉산더는 진심으로 웃으며 차를 마셨다. 황제는 어디로 튈지 모르는 아들을 보며 한숨을 내쉬었다.

* * *

알렉산더가 황제의 장단을 맞춰 주지 않고 틱틱거리다 자리를 뜬 덕에 자리는 금세 파하게 되었다. 황제는 명백히 아쉬워하는 태도로 율리아나와 휴렌을 보냈다.

쏴아아—

율리아나는 멍하니 흐르는 물에 손을 씻고 있었다.

'대체 황제는, 휴렌은 무슨 생각인 걸까?'

일단 수도꼭지를 잠그고 화장실을 나온 율리아나는 손수건에 젖은 손을 닦으며 복도를 걸었다. 구조는 같았기에 율리아나는 앞도 보지 않고 기사들이 없는 쪽을 향해 걸었다.

'설마 황제가 나와 알렉산더를 엮을 생각은 아니겠지. 그렇겠지. 자기 아들을 그렇게 아끼는 사람인데……. 아들이 좋다는 여자와 짝지어 줄 거야. 그럴 거야.'

아무리 황제가 전생에서 자신을 예쁘게 보았다고 해도, 이번 생에선 예쁘게 볼 계기가 없지 않나.

지난 생에선 알렉산더를 폭주에서 구하는 사건이 있었다. 그 사건 없이는 자신을 좋게 볼 이유가 없다.

'후작가와 백작가의 딸이라 해도 혈통으로 따지자면, 공작가의 영애도 있어. 아닐 거야.'

생각에 몰두하여 발이 가는대로 걷다 보니 어느새 복도를 빠져나와 장미 정원을 걷고 있었다.

"아."

흰 장미로 가득한 이 정원은 회귀 전 율리아나가 남몰래 좋아했던 곳이었다.

거처에서 멀리 떨어진 곳이라 자주 오지는 못했지만, 황제는 알렉산더에게 홀대당하는 율리아나를 불러다 이런저런 이야기를 해 주며 말동무가 되어 주었다.

아니, 지금 생각해 보면 율리아나가 이곳을 좋아하는 것을 알고 불러 준 것일 수도 있겠다. 일부러 일이 덜 끝났으니 정원 산책을 하라고 시종장을 통해 말해 준 적도 있으니까.

'여전히 아름답구나.'

물을 준 지 얼마 되지 않았는지 하얀 꽃잎마다 방울방울 물방울이 맺혀 있었다.

"봉오리가 작네. 귀여워."

아직 장미들이 화려하게 만개하지 않아서일까, 아니면 아직 장미들이 덜 자랐기 때문일까. 기억보다 규모가 작은 것 같았다.

가끔 엉엉 울어 버리고 싶을 때가 있었다. 아니, 사실은 가끔이 아니었다.

그러나 한 번 울기 시작하면 그대로 눈물이 그치지 않을 것 같아서. 눈물을 그치고 웃을 일이라곤 없는 것 같아서, 일부러 눈물을 참았다.

울어 봤자 위로해 줄 사람 따위 없으니까 참았다. 울더라도 억지로 참고 또 참다가 한두 방울 흘리는 게 고작이었다.

그러다가 이 장미 정원을 보았다.

이 흰 장미 꽃잎 위에 맺힌 물방울이 얼마나 아름답던지⋯⋯. 슬픈 마음에, 죽으면 이 장미꽃으로 다시 태어나고 싶다는 생각도 했었다. 장미는 눈물을 흘려도 아름다울 테니까.

율리아나는 주변을 살피다가 살금살금 정원 안으로 들어갔다. 정원사는 장미 덤불을 둥글게 다듬기 때문에, 그 수형 사이로 아늑한 틈이 생긴다. 율리아나는 장미 덤불 사이로 몸을 숨겼다.

작은 몸이 틈에 꼭 맞게 들어갔다. 저도 모르게 키득키득 웃음이 나왔다.

"이렇게, 숨고 싶은 적도 있었지. 그때는 커서 못 들어갔지만."

황제가 아무리 잘해 줘도 가끔은 그 호감마저 부담일 때가 있었다. 그녀의 약혼자는 황제가 아니라 알렉산더니까.

가끔은 황제의 다정한 말조차 질책으로 들렸다.

'네가 좀 더 알렉산더에게 적극적으로 다가가 보는 건 어떻겠느냐?'

그런 말을 들으면, 이미 잠자리까지 했으면서도 알렉산더를 홀리지 못하는 자신이 바보, 멍청이, 천하의 석녀처럼 느껴졌다.

황제와 황족에겐 감사해야 한다. 제국민은 황제와 황족에게 목숨 빚을 지고 있다.

그래서 제국의 태양인 황제 폐하께, 아무런 말도 하지 못했다.

피부를 꽁꽁 가린 옷 속에 멍과 상처가 있다는 것을. 알렉산더가 자신을 귀히 여기기는커녕, 기르는 개만도 못하게 험한 취급을 하고 있다는 것을.

'나는 왜 폐하의 위로조차 꼬아서 듣는 걸까. 이러니까 알렉산더 전하가

나를 싫어하는 것도 당연해.'

황제와 만나고 나면 오히려 더 기분이 가라앉았다.

꽃들을 봐도 기분이 좋아지지 않을 때에는 이 꽃 덤불 사이에서 아무도 몰래 죽고 싶다는 생각을 했다.

그러나 이제는 다르다.

엄마가 살아 있고, 친부와 동생도 만났다. 삶의 목표도 생겼다.

'이전과는 달라. 나는 이제 그런 말을 듣지 않는 삶을 살 거야.'

황제를 만나는 바람에 머리가 어지러워졌지만 굳게 마음을 다잡았다.

그렇게 살 수 있어.

꼭 그렇게 살 거야.

그렇게 되뇌던 때, 바스락. 멀지 않은 곳에서 잔디를 밟는 소리가 들렸다.

'황실 기사인가? 아, 나를 찾으러 온 건가? 그러고 보니 휴렌이 기다릴 텐데……!'

집에 가기 전에 화장실에 간다고 했던 아이가 이렇게 늦게 돌아오지 않으면 당황할 것이다.

충동적으로 한 행동의 여파가 작지 않을 것 같다는 생각에 놀라서 고개를 들었다.

순간, 덤불의 장미에 얼굴이 긁혀 찌릿한 아픔이 느껴졌다.

"아!"

"거기 누구냐."

싸늘한 목소리가 들리며 공기가 달아오르기 시작했다. 율리아나가 숨어 있는 곳은 작은 동상 뒤의 덤불 속으로, 쉽게 눈에 띄지 않는 곳이었다. 그 말은, 암살자나 수상한 자가 숨기도 좋다는 뜻이다.

경계하는 기색이 역력한 날 선 이능에 알렉산더가 생각나 몸이 굳었다. 방금 전에 그녀를 공격한 사람이었기에 반사적으로 가장 먼저 떠오른 것이었다.

'황궁의 기사인가? 얼른 나가야 하는데……'

수상한 사람이 아니라고 나가서 해명해야 하는데, 알렉산더를 떠올린 후유증인지 몸이 굳어 움직이지 않고 목소리 역시 나오지 않았다.

저벅저벅.

풀을 밟으며 다가오는 발소리가 점점 더 커졌다.

"거기서 쥐새끼처럼 숨어서……! 아니, 레이디 율리아나?"

동상 뒤에서 몸을 드러낸 사람은 황제의 기사가 아니었다. 아니, 황제의 기사이긴 했으나 그것만이 전부인 사람이 아니었다.

"여기서 뭐 하십니까? 혹시 길을 잃으셨습니까?"

알렉산더가 아니었다. 무서운 사람이 아니었다. 오히려, 무뚝뚝한 얼굴을 애써 부드럽게 만들어 다정하게 물어 주는 사람이었다.

율리아나가 안도하며 작게 그를 불렀다.

"…자이거 대공님."

"네. 레이디 율리아나."

기억해 줘서 고맙다는 듯 레온하르트의 얼굴이 부드럽게 풀어졌다.

율리아나는 제게로 몸을 숙인 레온하르트의 얼굴을 자세히 보았다.

이렇게 얼굴을 자세히 본 건 처음인 것 같다. 춤을 출 때조차 부끄러워서 그의 얼굴을 자세히 보지 못했으니까.

자세히 본 그의 얼굴은 생각보다…….

'알렉산더 전하와 닮았네. 그런데 전혀 달라.'

확실히 숙질지간이라 그런지 은근히 닮았다. 아니, 두 사람 다 황제를 닮은 얼굴이라고 해야 맞다.

마치 명화 속에서 튀어나온 것처럼 눈썹이 진한 남성스러운 얼굴.

알렉산더는 이기적이고 다혈질이라 얼굴에 혈기가 드러나는 반면, 레온하르트는 모든 감정을 안에서 갈무리하듯 바위처럼 고요한 얼굴이다.

'감정이 모두 머리카락에 몰린 것처럼 새빨개서 재밌지만.'

그러고 보니 전생의 기억보다 그의 머리가 더 진한 것 같기도 하다. 더 빨갛진 않지만 내부로 응축되어 새카맣게 타오르는 불길 같은 느낌. 착각인가?

"영애? 괜찮으십니까?"

뚫어져라 보는데 레온하르트는 자신이 능력을 쓴 것 때문에 율리아나가 겁을 먹었다고 여겼는지 안절부절못했다.

"죄송합니다. 많이 놀라셨습니까? 제 손을……. 아니지. 혼자 일어나실 수 있겠습니까?"

드물게 허둥대는 레온하르트의 모습에 율리아나는 별로 없는 장난기가 샘솟았다.

"손을 잡으면 또 인도력을 빼앗아 가실 건가요?"

그 말에 레온하르트가 얼굴을 붉혔다. 그는 면목 없다는 듯 고개를 떨구고 끄덕였다.

"가이딩을 받긴 했지만……. 네. 그럴 것 같습니다. 불편하시다면 제가 하인을 불러오겠습니다."

율리아나는 스스로에게 물었다.

불편한가?

'아니. 불편하지 않아.'

자이거 대공을 가이딩하는 것도, 자이거 대공의 손을 잡는 것도.

둘 중에 어떤 것도 불편하지 않았다.

황제에게는 감사와 불편함을 동시에 느꼈지만, 자이거 대공에게는 고마움만을 느낀다. 자이거 대공은 율리아나를 가이드로서 인정해 주었고 대접해 주었고, 지켜 주려 애를 썼으니까.

'……감사한 분.'

율리아나는 거두어지는 손을 향해 자신의 손을 뻗었다.

덥석!

서로의 손은 장갑에 감싸여 있었지만 가장 강력한 센티넬과 가장 강력한 가이드의 접촉이었기에 천 두 장 따위는 아무런 영향도 끼치지 못했다.

"윽……!"

율리아나는 갑자기 몸에서 힘이 쫙 빠져나가는 감각에 눈을 질끈 감았다. 그와 동시에, 레온하르트는 자신의 몸을 채우는 따스한 감각에 제 입술을 깨물었다.

'이건……'

어딘가 그립고, 안타까운 감각에 그의 금색 눈동자가 촉촉하게 젖어 들었다.

레온하르트는 눈을 감고 율리아나의 가이딩을 받았다.

어린 영애라고 믿을 수 없을 정도로 섬세하고 능숙한 가이딩이었다. 이전에는 그저 인도력을 빼앗기는 수준이었다면, 지금은 마치 댐의 문을 조절하여 흘러나가는 물의 양을 조절하는 것처럼 적절한 양만을 레온하르트에게 건네고 있었다.

'다른 가이드들은……. 이런 느낌이 아니던데.'

대체 차이가 무엇일까. 이 차이점을 알게 되면, 다른 가이드들도 이 소녀처럼 충만하게 가이딩해 줄 수 있을까.

여러 의문을 가지면서 레온하르트는 율리아나의 가이딩을 받았다.

염치없게도 율리아나가 허락하는 만큼 제법 오랜 시간을.

절대로 먼저 끝내고 싶지는 않았다.

* * *

휴렌은 마차 앞에서 초조하게 서성이며 시종을 닦달했다. 시종 역시 당황하며 휴렌의 성질을 받아 주고 있었다.

황궁의 시종들은 대부분 몰락 귀족 출신이 많았으나 내궁의 시종은 제법 권세가 있었다. 그래도 하위 귀족이라면 모를까, 알마예르 소후작 휴렌에게 거만하게 굴 정도는 아니었다.

"고작 그 작은 아이가 어디를 갔겠느냐. 아직도 못 찾은 것인가?"

"황궁의 하인들이 함께 찾아 주고 있으니 곧 찾을 것입니다."

"그런 기약 없는 말 따위는 필요 없다. 황궁이 얼마나 넓은데. 이제 곧 해가 질 텐데 빨리 찾아야 한다! 우선 레이디스 룸 주변은 다 찾아보았는데도 없었다는 것이지?"

"네. 저도 찾아보러 가겠습니다."

휴렌의 신경질을 참지 못한 시종이 자리를 뜨자 휴렌은 신경질적으로 주변의 하인이며 마부를 닦달하기 시작했다.

'후작님은 이 아이와 관련된 일에 예민하신데 이 일을 알면 내게 실망하실 거야.'

물론 율리아나의 부재 자체도 걱정이 되었으나, 휴렌은 자신이 그저 후작 때문에 이렇게 초조한 줄로만 알았다.

잠시 레이디스 룸만 들렀다가 온다고 한 아이가 한 시간이 넘도록 돌아오지 않고 있으니 걱정이 이만저만이 아니었다.

조금 뒤, 하인들과 함께 율리아나가 나타났다. 옆에 의외의 인물을 달고서.

"소후작. 여기서 보는군."

휴렌이 눈썹을 치켜올리며 대뜸 언성을 높였다. 평소라면 절대 하지 않을 행동이었다.

"대공 전하께서 어떻게 저희 집안 아이와 함께 오십니까?"

"흰 장미 정원에서 헤매고 있기에 에스코트해 드렸을 뿐이오."

"율리아나. 흰 장미 정원이면 제법 거리가 있는 곳인데 어찌 그곳까지 갔느냐."

"질책은 나중에 하시오. 영애께서 많이 지쳐 보이시는군."

레온하르트는 휴렌을 재촉했다. 휴렌이 보기에도 율리아나의 상태가 썩 좋아 보이지는 않았기에 더 가타부타 말을 얹지 않고 그녀를 마차에 태웠다.

마차에 타기 전, 휴렌은 뒤늦게 레온하르트에게 인사했다.

"저희 아이를 찾아 주셔서 감사합니다."

"감사받을 만한 일은 아니오. 그럼 율리아나 영애. 다음에 또 보길 바라겠습니다."

마차에 탄 율리아나는 창문에 대고 꾸벅 인사한 뒤 등받이에 몸을 푹 기댔다.

황제를 만나는 것만으로도 긴장이 됐는데 예상에 없던 알렉산더까지 만나고, 자이거 대공에게 가이딩까지 해 주다니. 오늘 하루 너무 많은 일들을 했다.

'피곤해……'

눈을 감으면 금방이라도 곯아떨어질 것만 같아서 눈을 부릅떴다.

마차에 탄 휴렌이 마부에게 출발 신호를 보냈다. 이랴! 마차가 출발하자 일정한 진동이 의자로 전해졌다. 그 진동은 꼭…… 자장가 같았다.

결국 율리아나는 졸음을 이기지 못하고 꾸벅꾸벅 졸기 시작했다.

"율리아나. 아까는……."

말을 붙이려던 휴렌이 율리아나를 보고 멈칫했다. 고개를 끄덕이며 새근새근 졸던 율리아나가 화들짝 놀라서 고개를 도리질 쳤다.

"아, 제가 졸았나요? 죄송해요."

"아니다. 피곤하면 자도 된다. 다만……."

자도 된다는 말이 끝나기도 전에 다시 꾸벅꾸벅 졸기 시작한 율리아나는, 평소 아이답지 않던 모습과는 전혀 다르게 천진난만해 보였다. 그 모습을 보며 휴렌은 작게 한숨을 쉬었다.

'물어보고 싶었는데. 알렉산더가 왔을 때……. 그건 뭐였지. 분명히 가

이딩 같았는데.'

아까, 알렉산더에게서 율리아나를 지켜 줬을 때 율리아나와 옷 너머로 닿았던 감각이 떠올랐다.

분명 가이딩은 피부의 접촉이 있어야 되는 줄 알았는데. 알고 있던 것과는 달리 율리아나의 가이딩은 천 너머의 간접적인 접촉만으로도 이루어졌다.

게다가 보통의 가이들과는 달랐다.

'옷 너머로도 가이딩을 할 수 있나? 그것도, 아직 12살짜리 어린애가 가문의 가이드보다 뛰어난 능력을 지녔다니. 말도 안 돼. 그리고 그 느낌이……'

아니다. 다른 가이드보다 더 좋은 느낌이라니. 원래 가이딩이란 효율의 차이만 있지, 다 거기서 거기가 아닌가?

믿기지 않았다. 어쩌면 가이딩도 다 착각일지도 모른다. 그냥, 기분 탓일지도 모른다.

'……그냥 기분 탓인 것도 이상하잖아.'

사촌 동생을 만졌다고 기분이 좋아지는 것도 이상하다. 물론 사촌 간에도 결혼이 가능하다고는 하지만 율리아나는 아직 12살밖에 안 된 소녀이니 말이다.

'일단, 가문 내 가이드들에게 물어봐야겠어.'

12살이 가이딩을 할 수 있는지, 할 수 있다면 천 너머의 고차원적인 가이딩이 가능한지 말이다.

그렇게 일단락을 낸 휴렌은 잠든 율리아나에게서 신경을 끄고 창밖을 보았다.

……정말 신경을 껐다.

계속 고개를 꾸벅거리며 자는 아이가 불편해 보여서 쿠션을 쌓아 눕힌 것은 그저, 꾸벅거리는 게 불안해 보여서 한 행동일 뿐이다.

아이가 잠에서 깨지 않도록 마차를 저속으로 달리게 한 것도, 저도 모르게 율리아나의 손을 계속 힐끔거리던 것도, 그저 아무 의미 없는 행동일 뿐이다.

장갑으로 곱게 감싸인 작은 손을 잡아 보고 싶다고 생각한 것도 그저, 호기심일 뿐이다.

휴렌은 그렇게 믿었다.

Chapter 7. 명명식

모두의 부러움을 사며 누구의 눈치도 보지 않아도 되는 사람. 보통은 황제를 뜻하는 말이겠으나, 사교계에서라면 다른 사람을 뜻한다.

사교계의 핑크로즈 퀸, 안젤리카 채텀.

카를 제국의 태양을 손에 넣을 여자. 아니, 이미 손에 넣은 여자다. 황제는 작은 태양의 말이라면 끔뻑 죽으니, 작은 태양을 가진 안젤리카는 이미 황제조차 쥐락펴락한다고 해도 과언이 아니다.

채텀 백작가는 개국공신 가문도 아니오, 중앙 정치와 연이 닿은 가문도 아니지만 뛰어난 이능으로 세력을 떨쳐 백작위까지 받은 능력 있는 가문이었다.

채텀 백작은 지금도 종종 전장에 나가 전공을 세울 정도로 대단한 혈기를 과시하고 있다. 세간에서는 채텀 백작의 능력이 후작가에 비할 바는 아니지만 그래도 백작들 중에서는 가장 뛰어나다고 꼽힌다고 한다.

채텀 가문이 백작가로 승격되고 전성기를 맞이한 때에 차녀로 태어난 안젤리카는 가문을 이끌어야 할 부담을 짊어진 장녀와 달리 어화둥둥 온갖 사랑을 한 몸에 받으며 자랐다. 물론 부담을 주지 않은 이유에는 그녀가 센티넬로 태어나지 않은 것도 있었다.

규중에서 꽃처럼 자란 아이는 우연히 황궁에서 만난 소년과도 친해져서 소꿉친구처럼 우애 좋게 자랐다. 나중에 그 소년이 황태자라는 걸 알았으나 그게 무슨 상관인가? 이미 그 소년은 안젤리카의 포로가 되었는데.

채텀 백작가의 금지옥엽이자 미래의 황태자비. 안젤리카 채텀은 평생 모두의 관심과 애정, 숭배를 받으며 살았고 모든 것이 자신을 위해 존재한다고 믿어 의심치 않았다.

그러나 요즘 그 믿음에 약간의 균열이 생기고 있었다.

"네? 뭐라고 하셨어요, 지금?"

안젤리카는 들어 본 적 없는 부탁에 풍성한 분홍빛 머리칼을 쓸어내리며 제 연인이자 카를 제국의 작은 태양인 알렉산더에게 물었다.

알렉산더는 잘 익은 청포도 한 알을 입에 넣으며 우물거렸다.

"율리아나가 어떤 앤지 봐 달라고. 네가 퀸이잖아."

"율리아나면 그…… 알마예르의 사생아를 말하는 건가요?"

안젤리카의 날 선 물음에 알렉산더가 움찔했다. 귀족 여성들이 남자들이 밖에서 낳아 오는 사생아에 얼마나 예민한지 잠깐 잊고 있던 알렉산더는 민망해하며 변명을 덧붙였다.

"음……. 그렇게 알려졌나 보군. 그래도 출신이 구린 아이는 아니야. 폐하께서 알마예르와 발라고프의 딸이라고 공언하시기도 했고."

'그런다고 사생아가 아닌 게 되나? 혼인하지 않은 남녀가 만든 아이는 다 사생아지.'

속으로 그렇게 빈정거리며 안젤리카는 알렉산더의 뒷말을 기다렸다. 알렉산더는 짙은 눈썹을 약간 아래로 내리며 안젤리카의 눈치를 보았다.

"내가 어려운 부탁을 한 건가?"

언제 어디에서나 오만한 알렉산더가 저에게만은 이런 귀여운 모습을 보여준다는 것을 확인할 때마다 안젤리카의 마음은 너그러워졌다. 그녀는 부채로 제 얼굴에 살랑살랑 바람을 일으키며 답했다. 이 아름다운 실크 부채도 알렉산더가 선물해 준 것이었다.

"뭐……. 그다지 어려운 부탁은 아니긴 해요. 전하 말씀대로 저는 퀸이니까."

"휴. 그렇지?"

"그런데 왜 관심을 가지시는 거예요? 알마예르와 발라고프의 딸이라서? 그게 그렇게 중요한가?"

안젤리카가 고개를 갸웃하자 알렉산더가 고개를 저었다.

"아니. 좀 신경 쓰이는 게 있어서."

"그게 뭔데요?"

"……."

알렉산더는 입을 다물었다. 안젤리카는 뾰로통하게 볼을 부풀렸다. 분홍빛이 도는 둥근 뺨은 사랑스러웠다.

알렉산더는 피식 웃으며 그 뺨으로 손을 뻗다가, 문득 다른 사람을 생각했다. 피부 밑으로 피가 흐르지 않는 것처럼 창백하게 질려 있던 소녀를.

"전하?"

"아. 아니야. 뭐, 일단 그 아이는 휴렌이 챙기는 아이이기도 하니까 리카 네가 신경 써 주면 좋지."

"하긴, 그렇네요."

고개를 털어 눈앞에 어른거리는 창백한 얼굴을 지워 낸 알렉산더는 안젤리카의 말랑한 뺨을 쓰다듬었다.

'굳이 리카에게 숙부에 관한 이야기는 할 필요 없지.'

일종의 열등감이자 수컷의 자존심이었다. 자신의 암컷 앞에서 다른 수컷을 견제하는 모습을 보여 주고 싶지 않았던 것이다.

가만히 알렉산더의 손길을 받던 안젤리카는 고개를 갸웃거리며 그의 입에 포도 알을 더 넣어 주었다. 흰 잇새로 연둣빛 포도가 톡 터지며 뭉그러졌다.

* * *

이번 명명식은 유례없이 화려하게 준비되었다.

몇 년간 개방되지 않던 앰버 홀을 개방하고 아직 어린 소년 소녀들이 즐거운 시간을 보낼 수 있도록 그들의 취향에 맞는 음식과 음악 리스트를 짰다. 수없이 많은 물자 마차가 황궁으로 들어갔다.

또한 명명식을 치르는 당사자와 가족들만 참여할 수 있던 규정을 완화하여 참석하고 싶은 귀족들의 입장을 모두 허용했다. 당사자들만의 작은 의식이 아닌, 어린 소년 소녀들 중심의 큰 연회로 의미를 확대한 것이다.

이 변화를 보고 대부분의 사람들은 '황제가 신전을 노골적으로 찍어 누르려 한다.'고 말했지만 몇몇 소수는 그 이면에 주목했다.

"율리아나 알마예르."

대신관이 중얼거렸다. 옆에 있던 수석 사제가 대신관의 말을 받잡았다.

"그 사생아를 신경 쓰십니까."

"황제가 보란 듯이 두둔하니 신경이 쓰이는구나."

대신관의 말을 이해하지 못한 수석 사제가 입을 다물었고 대신관은 혼잣말을 이어 갔다.

"신전에 개입하지 말라는 제스처는 이전으로도 충분했다. 그런데 이렇게까지 판을 키운다? 이상하구나."

"이번 명명식이 화려해진 게 그 소녀 때문이라 여기십니까?"

"아닐 리가 있겠느냐. 원래 이렇게 크게 할 계획이었더라면 진작부터 준비했을 터."

대신관은 자리에서 일어나서 창가로 갔다. 신전은 인간을 굽어보는 신의 시선과 닮고자 황도에서 가장 지대가 높은 곳에 지어져 있었다. 교황의 창문에서 보면 황궁이 내려다보였으나 대신관의 방에서는 약간 빗겨보였다.

대신관은 황궁을 노려보며 혀를 찼다.

"이럴 때 성하께서 깨어 계셨더라면 좋았을 것을."

교황에게는 수면을 취하는 만큼 수명을 늘릴 수 있는 특별한 능력이 있었다. 교황으로 세워진 후부터의 기록은 있지만 이전의 기록은 없기에 교황이 몇 년간 살아왔는지 아무도 알지 못한다.

몇 년 만에 잠에서 깨어나 무아지경으로 예언과 같은 말들을 뱉는 교황은 인간보다는 천사나 신의 사자처럼 보이곤 했다.

'이런 분이 계신데도 황제는 신을 자처하며 신성을 모욕하고 있다. 성하. 어서 깨어나셔서 저희를 이끌어주십시오.'

대신관은 한숨을 내쉬며 황궁에서 눈을 떼고 반대편을 보았다.

저 지평선 끝에는 현세에 강림한 악마들과 싸우는 기사들이 있었다. 대신관은 마족에 대항할 천사들을 보내지 않는 신의 뜻을 궁금해하며 기도실로 향했다.

* * *

명명식 당일.

"자, 다 됐습니다!"

"아가씨, 이렇게 꾸미시니 공주님 같아요!"

"황녀님이 계신다 해도 아가씨만큼 아름답지는 않을 거예요!"

하이디와 루시, 그리고 드레스를 입혀 주러 온 의상실 도우미들이 호들갑을 떨며 율리아나를 전신 거울 앞으로 데려갔다. 율리아나는 몇 시간이나 앉아 있느라 지친 몸을 세워 거울 속의 자신을 바라보았다.

이미 어려진 몸으로도 꾸미는 것에 익숙해져서 별 감흥이 없을 거라 여겼는데도 오늘은 달랐다.

"와……."

"정말 정말 예쁘세요! 오늘 연회장에서 아가씨보다 예쁜 사람은 없을 거예요!"

"맞아요! 드레스도 완벽하고, 액세서리와 구두도……. 아니, 모든 게 완벽해요!"

하이디와 루시는 서로 손뼉을 부딪치며 격하게 기쁨을 드러냈다.

'과장이 섞이긴 했지만, 진짜 예쁘긴 하네.'

율리아나는 거울 속 자신을 얼떨떨한 얼굴로 바라보았다. 그동안 잘 먹고 푹 쉬며 관리받은 덕에 얼굴과 머리칼에서는 전에 없던 윤기가 자르르 흘렀다.

물론 그것만이 전부가 아니다.

깨끗한 은빛 머리칼은 정말 듣도 보도 못한 모양새로 꾸며져 있었다. 대체 어떻게 한 것인지, 가늘게 묶은 머리 갈래를 이리저리 꼬고 겹쳐서 뒤통수에 커다란 장미 세 송이를 붙인 것 같은 화려한 모양을 만들어 두었다!

나머지 머리는 컬을 넣어 자연스럽게 뒤로 내렸는데, 머리칼 중간중간에 크리스털이 달린 은실을 섞어 꼰 덕에 머리칼 전체가 아름다운 보석 장식처럼 보였다.

물론 중간중간 크기가 다른 진주알들을 박아 넣고 머리칼로 만든 장미꽃 위로 커다란 사파이어를 중심으로 수많은 다이아몬드를 장식한 뒤꽂이를 꽂아 주었다.

앞에서 보기엔 수수하지만 뒤에서 보는 이들은 율리아나가 얼마나 대단한 가문의 영애인지 알 수밖에 없었다.

'너무 천박하게 꾸미면 안 되니까!'

'우리 아가씨께는 이렇게 고상한 게 어울려!'

하이디와 루시는 뿌듯함에 콧김을 뿜을 기세였다.

머리 장식만이 다가 아니었다. 메인은 드레스다.

율리아나가 오늘 입은 드레스는 원래 황후와 황녀의 의상을 제작하던 의상실에서 만든 작품으로, 의상실로 치수를 재러 갔을 때 율리아나를 실제로 본 디자이너가 시릴 정도로 깨끗한 그녀의 순은색 머리칼을 보고 떠올린 영감으로 만들어진 드레스였다.

마치 웨딩드레스처럼 보일 정도로 시린 빛의 은색 드레스에는 세밀한 무늬로 작은 크리스털들이 빼곡히 박혀 있었는데, 그 크리스털은 다리로 내려갈수록 점점 푸른빛을 띠는 그라데이션으로 이뤄져 있었다.

디자인 자체는 상체를 모두 가리는 클래식한 A라인 드레스이지만 수천 개의 크리스털이 심플함을 화려함으로 바꿔 주기에 전혀 문제없었다.

심지어 율리아나의 머리색이 은빛이기 때문에 그녀의 머리끝에서 시작된 은빛이 푸른빛으로 물드는 것처럼 보일 정도다.

"이걸 만드느라 정말…… 직원분들이 고생이 많았겠네요."

율리아나가 의상실 직원들을 보며 말하자 그녀들이 머뭇거리다가 고개를 끄덕였다.

"네. 남작님께서 오늘 못 오신 것도 며칠 밤을 새우시며 마지막까지 고치시느라……. 그래도 본 연회 때는 꼭 참석하시겠다고 하셨습니다."

"피곤하시면 쉬어도 되는데. 이따 직접 뵈면 감사하다고 전할게요."

의상실 직원들은 자신들에게도 공대를 해 주는 율리아나를 어떻게 대해야 할지 몰라 머뭇거리다가 괜히 드레스의 매무새를 정리해 주었다.

그때, 하이디가 율리아나의 보석 상자를 가져왔다. 후작저에서 보관되고 있던 니엘라가 소녀 시절 쓰던 보석들을 모아 둔 함이었다. 새로 추가된 보석은 딱 하나뿐이었다.

"아가씨. 혹시 이건…… 안 쓰실까요?"

달칵, 함이 열리고 하늘색과 연두색 등 귀여운 사이즈의 영롱한 보석들 사이로 특이한 보석 하나가 눈에 들어왔다.

"아……."

레온하르트가 보낸 오팔 브로치였다. 율리아나는 브로치를 꺼내서 만지작거렸다.

'이걸 해도…… 될까?'

사실 드레스랑 딱 어울릴 것 같은데, 왠지 직접 착용하는 것은 쑥스러웠다. 선물을 자랑하는 느낌이다. 뭐, 물론 아무도 모르겠지만.

'생각해 보니 자이거 대공님이 명명식에 오진 않겠구나.'

그러면 해도 되지 않을까? 그냥, 이곳에 와서 가족 아닌 타인에게 받은 첫 선물이니까.

고민하던 율리아나를 보고 의상실 직원 한 명이 나섰다.

"무척 아름다운 아이스 오팔이네요. 드레스와도 무척 잘 어울릴 것 같습니다."

"그럴까요?"

"네. 이렇게 대 보시면, 어머! 예상보다 더 잘 어울리네요. 이대로 달아 드릴까요?"

"드레스가 상하지는 않을지……."

"이런 핀 하나로 상하지 않는답니다. 물론 상해도 저희가 흔적도 없이 고쳐드릴 거예요."

직원의 말에 율리아나가 고개를 끄덕였다. 직원은 냉큼 율리아나의 오른쪽 가슴에 브로치를 달았다.

화려하게 반짝이는 드레스 위로 우아한 아이스 오팔 브로치가 더해지자, 조화로우면서 한 단계 더 고급스러워 보였다.

그렇게 치장이 끝나고.

"다른 드레스보다 조금 무겁겠지만 구두 굽이 높진 않으니 괜찮으실 거예요."

하이디가 율리아나의 손을 잡아 부축하며 투왈렛 룸의 문을 열었다. 문밖에는 율리아나만큼은 아니지만 제대로 성장(盛裝)한 바이델이 서 있었다.

율리아나의 드레스 디자인과 맞춘 것인지 짙푸른 색 프록코트 아래로 입은 은색 질레에 크리스털이 알알이 박혀 있어 화려하게 번쩍거렸다. 눈썰미가 좋은 사람이라면 드레스의 무늬와 같은 무늬라는 것을 알아볼 것이다.

혼자만 있을 땐 조금 과하게 보일 수도 있는 디자인이나, 율리아나와 함께 보면 인형처럼 귀여운 커플로 보였다.

"치장은 다 끝났나?"

무심한 척, 어떤 말을 기대하는 것 같은 얼굴로 바이델이 물었다.

이렇게 작정하고 꾸민 적이 없는 바이델이라, 매일 얼굴을 봐 온 루시와 하이디에게서도 감탄이 흘러나왔다. 특히 하이디는 율리아나와 바이델의 투 샷을 보고 감격했다.

"어머, 두 분 너무 잘 어울리세요!"

말이 구체적이지 않다는 듯 바이델의 눈살이 찌푸려지는 걸 보고 얼른 말을 바꿨다.

"도련님께선 꼭 기사처럼 너무 멋있으시고, 아가씨는 인형 같으세요!"

"흐흠. 그렇지?"

바이델이 약간 으스대며 율리아나를 보았다. 너는 뭐 해 줄 말 없냐는 얼굴이었다.

율리아나는 작게 한숨을 폭 내쉬고 말했다.

"나랑 맞춰서 화려하게 꾸미느라 고생했네."

"이게, 칭찬 한 번을 안 하네."

바이델이 투덜거리는데 율리아나가 작게 덧붙였다.

"잘 어울려. 얼굴 덕분인지 옷에 잡아먹힌 느낌은 안 나네. 머리도 넘긴 게 낫다."

율리아나는 바이델의 에스코트를 기다리지 않고 그를 슥 스쳐 지나갔다. 바이델은 한 박자 늦게 율리아나의 말뜻을 이해했다.

"야, 너 지금 나한테 잘생겼다고 한 거지? 맞지?"

바이델은 신이 나서 율리아나의 옆으로 달려와 재잘거렸다.

"그냥 솔직하게 잘생겼다고 말하면 될 것을 뭘 그리 부끄러워해? 잘생겼다는 건 사실이니까 칭찬도 아니야. 사실을 말하는 건 부끄러운 게 아니잖아. 안 그래? 뭐, 너도 오늘 제법 예ㅡ."

"왜 이리 소란을 떨어."

계단을 내려가던 두 사람이 대화를 끊는 목소리의 주인을 보았다.

의외의 인물이었다. 일주일이 넘도록 코빼기도 보이지 않은 사람.

"······후작님."

"그래. 율리아나, 잘 지냈느냐?"

알마예르 후작이었다.

후작이 율리아나 옆의 아들은 보이지도 않는다는 듯, 부드럽게 미소 지으며 손을 내밀었다.

"에스코트하러 왔다."

와락, 바이델의 미간이 찌푸려졌다.

"아버지. 순서를 지켜 주시죠? 얘는 제가 먼저 에스코트하기로 했거든요."

홧김에 필터 없이 말해 버린 바이델은 아차, 싶어 입 안을 깨물었다.

아버지께 이렇게 불손하게 말해 본 적은 없는데 저도 모르게 불만이 튀어 나갔다. 그렇지만 말을 주워 담고 싶지는 않았다. 아무리 아버지라 해도 이런 식의 새치기는 좋지 않다!

바이델은 율리아나가 아버지의 관심을 가져갈까 봐 경계하던 시절은 없던 것처럼 오히려 제 아버지를 견제했다. 후작은 바이델을 빤히 바라보다가 대꾸했다.

"이제야 명명식을 치르는 사내가 에스코트는 무슨. 자, 율리아나. 이리 오 거라."

그때, 저 멀리서 곤란한 얼굴을 하며 휴렌이 걸어왔다.

"……후작님께서 참석하실 줄 몰랐습니다. 연락이 없으셔서. 오늘 율리 아나는 제가 에스코트하려 했는데요."

한쪽 이마를 내어 깔끔하게 정리한 머리칼과 바이델의 예복과 유사하지 만 더 어른스러운 차림의 예복. 휴렌은 누가 봐도 연회에 참석하는 복장이 었다.

"형까지 왜 그래? 얘는 내가 에스코트할 거야!"

바이델이 발을 구르며 씨근거렸고 휴렌은 바이델을 꾸짖었다.

"아버지 말씀대로다. 너는 명명식을 치르는 입장이라 신경 쓸 게 많아서 율리아나를 잘 챙기지 못할 테니 내가 에스코트하는 게 맞다. 후작님께선 차림새도 그렇고……. 여독을 푸신 후에 참석하시죠. 아이들은 제가 데려가 겠습니다."

깔끔히 정리하는 휴렌의 솜씨에 율리아나가 감탄하려는 찰나, 집사를 재 촉하며 손님들이 들어왔다.

"율리아나! 오, 천사가 강림한 줄 알았단다. 정말 아름답구나!"

"누님. 오랜만이에요."

발라고프 백작과 파벨이었다.

"백작님? 파샤?"

발라고프 백작은 알마예르의 남자들에게 대강 인사한 뒤 율리아나의 앞 으로 와서 섰다.

"이럴 줄 알았다. 아주 온몸으로 알마예르 사람이라고 티 내고 있구나. 네가 알마예르의 이름을 받게 되더라도 발라고프를 잊지 않기를 바라는 마음에 준비했단다."

발라고프 백작은 율리아나 앞에 무릎을 꿇고 준비해 온 벨벳 상자를 열었다. 발등 부분에 커다란 옐로 다이아몬드가 박힌 앙증맞은 구두 한 쌍이었다. 율리아나는 몰랐지만, 이 다이아몬드에는 마탑주가 걸어 둔 보호 마법이 내장되어 있었다.

"이건······."

"예쁘지? 드레스 안에 신는 거니까 겉으론 잘 보이지 않을 거란다. 그래도, 네가 가는 걸음걸음마다 발라고프가 함께한다는 걸 잊지 말아 주렴. 이걸 신어 줄 수 있겠니?"

"······네."

눈치 빠른 파벨이 얼른 손을 내밀자 율리아나는 파벨의 손을 잡아 몸을 지탱하고 구두를 갈아 신었다. 발라고프 백작은 바닥에 덩그러니 남겨진 구두를 보며 피식 웃고 시종에게 치우도록 했다.

찰랑.

파벨의 손을 잡은 쪽의 손목이 무거워져서 시선을 돌리니 파벨이 생긋 웃었다.

"이건 내 선물이에요."

백금 사슬 팔찌였다. 율리아나의 눈 색과 유사한 맑은 하늘색의 터키석이 조롱조롱 매달린 디자인이 발랄하고 사랑스러웠다. 율리아나는 웃으며 파벨의 뺨에 키스했다.

"고마워, 파샤."

"이, 이잇! 언니! 비비한테도 뽀뽀해 줘!"

우다다다 저 멀리서 뜀박질 소리와 함께 비앙카가 나타났다. 율리아나와 비슷한 디자인이지만 제 나이에 맞게 풍성하고 사랑스럽게 과장된 하늘색 드레스를 입고 있었다. 힘차게 뛰는 비앙카 뒤로 새로 배정된 하녀가 허덕거리며 뛰고 있었다.

"비비. 하녀 언니랑 함께 와야지."

"그치만, 준비가 너무 오래 걸렸는걸."

볼을 부풀리며 대꾸한 비앙카가 파벨을 견제하며 율리아나의 드레스 자락에 매달리려 했다. 휴렌이 얼른 비앙카를 달랑 안아 들었다.

"드레스 망가진다."

"비비는 언니 드레스 안 망가트려!"

비앙카는 자신을 말썽꾸러기 취급하는 큰 오빠에게 항의했지만 심통 난 모습조차 귀여울 뿐이었다.

바이델은 비앙카를 안은 휴렌을 견제하며 애써 등을 곧게 펴서 키가 커 보이려고 애를 썼다. 듬직한 모습을 보이려 한 것이다. 그리고 율리아나에게 물었다.

"그래서. 누구의 에스코트를 받을 건데?"

"……."

율리아나는 당황스러운 얼굴로 자신을 둘러싼 남자들을 보았다.

발라고프 백작과 파벨은 애초에 에스코트를 하러 온 것이 아니었기에 한 걸음 뒤로 물러났지만 나머지 세 알마예르들은 아주 기세가 등등했다.

'아니, 이게 이럴 일이야?'

어이가 없을 지경이었다. 바이델은 자신을 고르라는 듯 눈을 크게 뜨고 헛기침을 해 댔고, 휴렌은 느긋한 척하지만 초조해 보였으며 알마예르 후작은 당연히 율리아나가 자신을 고를 것처럼 태연했다.

'……그래도 후작은 싫어.'

그렇다면 역시…….

또각또각. 율리아나가 걸을 때마다 구두에서 경쾌한 소리가 울렸다. 드레스에 촘촘하게 수놓인 크리스털이 걸음걸음마다 반짝거려서 마치 은하수의 여신이 걸어가는 것처럼 보였다.

비앙카는 작은 손으로 제 뺨을 감싸며 중얼거렸다.

"언니 너무 예뻐……."

그리고 율리아나는 싱긋 웃으며 상대에게 손을 내밀었다.

"결정했어요."

그리고 한 마디를 덧붙임으로써 터져 나오려는 항의를 막았다.

"그리고 한 명 더."

* * *

이번 명명식은 제국의 온 귀족들을 위한 이벤트라 해도 과언이 아니다. 물론 아이가 없는 귀족들은 굳이 참여하지 않은 경우도 있었지만 황제의 의도를 알아보기 위하여, 혹은 몇 년 만에 공개된 앰버 홀을 구경하기 위하여 수많은 귀족들이 참석했다.

10살 이상의 귀족 가문의 아이들의 이름을 귀족 명부에 명명(命名)하는 이 의식은, 4년에 한 번씩 열리기에 보통 10살에서 14살 사이에 치르는 경우가 보통이다. 14살이 넘어서 치르는 경우는 명명식을 치를 나이가 지나서 귀족 부모에게 인지되는 경우였다.

전생의 율리아나는 후작저의 구박데기로 방치되다가 열두 살의 명명식을 놓치는 바람에 16살에 명명식을 치르고 사람들의 호기심과 비웃음 어린 시선을 샀었다.

그러나 오늘은 다르다.

"퓌센 알마예르 후작, 미하일 발라고프 백작, 휴렌 알마예르 자작 외 3인 입장합니다."

호명관이 아직 명명식을 치르지 않은 아이들의 이름은 생략한 채 알마예르와 발라고프의 입장을 알렸다.

이미 식전 연회부터 모여 있던 귀족들의 시선이 문으로 몰렸다.

알마예르와 발라고프가 함께 입장하다니. 이건 오늘 명명식에 온다던 소녀의 출신을 증명해 주는 것이나 마찬가지다.

흥미로운 시선 속에서 문이 열리고, 푸른 카리스마를 두른 알마예르 후작과 햇살처럼 부드러운 미소를 띤 발라고프 백작이 입장했다.

그 뒤로 알마예르의 후계자로서 자작위를 받은 휴렌이 어린 비앙카를 안고 입장했다. 사람들의 시선이 그 뒤로 쏠렸다.

"어머, 귀여워라!"

누군가의 탄성처럼 아주 귀여운 광경이었다. 두 소년이 소녀의 양손을 꼭 잡고 에스코트하는 광경은.

어떤 사람들은 작게 중얼거렸다.

"상징적이군. 알마예르와 발라고프가 합력하겠다는 정치적인 선언처럼 보여."

물론 그런 의도는 아니었다.

'그냥, 명명식을 치르는 사람끼리 같이 입장한 것뿐인데.'

원래 바이델만 고르려고 했다. 그런데 파벨이 눈에 밟혀서 어쩔 수 없었다.

당연히 나는 안 되겠지, 하고 뒤로 빠진 모습이 안쓰러웠다. 그래서 손을 잡아 주고 싶었다. 내가 지금 당장 발라고프의 성을 쓰지는 못해도 네 누나라고 말해 주고 싶었다.

'선물도 받았으니까.'

10살인 파벨은 올해 명명식을 치러도 되고 다음에 명명식을 치러도 된다. 그래서 미처 생각하지 못했는데 파벨만 선물을 준비하다니, 누나가 되어서 동생에게 선물을 받기만 할 수는 없는 노릇이었다.

바이델은 율리아나의 손을 꼭 잡은 채 입을 삐죽거렸다.

"날 고른 것까지는 좋았는데."

"레이디의 결정에 토 달지 마세요. 추하니까."

"뭐, 뭐? 추해?"

"바이델. 조용히 해."

"지금 이 녀석이 하는 말 너도 들었잖아!"

물론 들었지만-사실 파벨이 그런 말을 하다니 충격도 받았지만- 바이델의 편을 들어 주고 싶지는 않아서 모른 척했다.

"긴장해서 못 들었어."

"와……. 이거 완전 남매 사기단 아니야?"

무심코 말한 바이델은 율리아나의 손을 잡지 않은 다른 손으로 제 입을 때렸다. 자연스럽게 남매라고 말한 게 짜증나서였다.

두 가문의 입장이 끝나자 늦게 온 다른 가문들의 입장이 이어졌다. 발라고프 백작이 율리아나와 파벨에게로 와서 설명해 주었다.

"이제 30분 뒤쯤 황제 폐하께서 오시면 명명식이 시작될 거란다. 그때까지는 자유롭게 사교 활동을 하면 되는데, 이런 자리에선 딱히 영양가 있는 인물들을 만나기 힘들지. 그냥 우리끼리 놀아도 된단다."

발라고프 백작이 가볍게 윙크하자 율리아나 옆에 있던 바이델이 헛구역질하는 시늉을 했다.

"바이델."

율리아나가 바이델을 째려보자 그가 툴툴거렸다.

"남자가 남자 윙크를 보면 이런 반응을 하는 게 보통이거든."

"그 말은 맞지. 하하."

발라고프 백작이 주변을 두리번거리다가 음식이 차려진 쪽을 가리키며 물었다.

"가벼운 요깃거리라도 가져다줄까?"

"음……. 네."

아침부터 단장을 하느라 제대로 먹은 게 없어서 허기가 지던 참이다. 발라고프 백작이 음식을 가지러 잠시 자리를 비우고, 바이델도 가만히 있기가 힘든지 발을 들썩거리더니 아는 얼굴을 보고 그쪽으로 뛰어갔다.

"언니!"

"비비."

"왜 너희 둘만 있지?"

주변에 인사를 마친 휴렌이 비앙카를 안은 채로 다가왔다. 율리아나는 가볍게 설명해 주고 비앙카에게 손을 뻗었다. 비앙카는 후다닥 휴렌에게서 거의 점프하듯 뛰어내려 율리아나에게 안겼다.

"비비. 위험하다."

"그래. 누님이 다치면 어쩌려고 그래."

휴렌은 비앙카에게 뛰어내리는 게 위험하다고 했지만 파벨은 달랐다. 율리아나가 위험할까 봐 혼낸 것이다. 심지어 비앙카가 뛰어내리는 순간, 재빨리 율리아나가 뒤로 넘어지지 않도록 등을 받쳐 주었다.

'……역시, 내 편이구나.'

편 가르기를 할 생각은 아니지만 그래도 자신을 우선해 주는 존재가 있다는 건 마음이 든든해지는 일이다.

"미안……."

율리아나는 시무룩한 비앙카의 뺨에 괜찮다고 입 맞춰 준 뒤 파벨에게 웃었다.

"고마워, 파샤."

"당연한 거죠."

그 우애 좋은 모습을 보며 휴렌이 뭐라 입을 열려던 때, 멀리서 호명관이 부르는 이름이 귀에 꽂혔다.

"채텀 백작가의 안젤리카 영애 입장합니다."

'안젤리카?'

그 이름을 듣는 순간 악몽이 되살아나는 기분이었다.

반사적으로 문 쪽을 본 율리아나는 기억 속 얼굴보다 어린, 그러나 여전히 아름다운 안젤리카를 보고 굳어 버렸다.

백작 영애지만 공작 영애보다 더 화려하게 꾸민 안젤리카는 눈부시게 아름다웠다. 15살의 안젤리카는 그 나이 대에만 뿜어낼 수 있는 생생한 활기를 뿜내며 누군가의 에스코트 없이 홀로 주인공처럼 등장했다.

"와, 저 언니도 되게 예쁘다. 그치?"

비앙카가 율리아나의 귓가에 속삭였지만 율리아나는 그 말을 받아 줄 정신이 없었다.

주르륵, 팔에서 힘이 빠지자 비앙카가 자연스럽게 바닥으로 내려섰다.

"언니? 왜 그래? 비비가 무거워?"

율리아나의 얼굴을 올려다 본 비앙카는 입을 다물었다. 공주님처럼, 천사처럼 예쁘게 꾸민 언니의 얼굴이 정말 인형처럼 딱딱하게 굳어 있었다.

* * *

'진짜 짜증 나. 왜 전하는 오늘 에스코트를 못 해 준다는 거야?'

평소 안젤리카는 알렉산더의 에스코트를 받아 파티에 참석했다. 그런데 오늘은 무슨 일인지 알렉산더가 황제 폐하와 입장을 하게 되었다며 에스코트를 할 수 없다는 게 아닌가!

'미리 말을 해 주던가. 뭐, 미리 말해 줬어도 다른 남자의 에스코트를 받는 건 못 하게 했겠지만.'

질투가 많은 알렉산더는 안젤리카의 주변에 다른 남자들이 있는 꼴을 못 견뎠다. 물론 안젤리카 앞에선 태연한 척하곤 하지만, 뒤에선 갖은 짜증을 다 내며 시종과 하인들에게 화풀이를 한다는 것이다.

그런 모습도 귀엽지만 연회 바로 전에 통보를 받는 바람에 다른 상대를 구하기도 애매했다. 남들에게 아쉬운 소리하는 걸 질색하는 안젤리카는 차라리 혼자 입장하길 택했다. 그래서 오늘을 위해 공들여 준비한 어깨부터 치마 끝단까지 실크 장미 장식을 단 분홍빛 드레스도 감흥이 없었다.

"안젤리카 영애, 오늘도 너무 아름다우세요."

"어쩜, 핑크로즈의 요정 같으세요!"

"황태자 전하께서 선물하신 건가요?"

"오늘은 전하와 함께 입장하지 않으셨네요?"

적당히 칭찬을 흘려듣던 안젤리카는 마지막 질문을 한 영애를 노려보았다. 별 뜻 없이 말했던 영애는 얼굴을 새빨갛게 물들이며 어깨를 움츠렸다.

"전하께서는 오늘 폐하와 함께 입장하신다고 하시더군요."

안젤리카의 심기를 눈치챈 다른 영애들이 얼른 말을 받았다.

"하긴, 이번 명명식은 다른 때보다 더 심혈을 기울이셨다고 들었어요. 전보다 규모도 훨씬 키우셨다고."

"신전을 견제하고 황권을 드높이시려는 의도라고 들었어요."

"맞아요. 그러니 작은 태양이신 황태자 전하도 함께 입장하셔야 했겠죠."

황제의 의도가 있으니 황태자도 어쩔 수 없었을 거라며 위로하는 말들 사이로 다른 누군가의 중얼거림이 섞여 들었다.

"그러고 보니 폐하께서 '그' 영애를 유독 신경 쓰신다고 들었어요. 명명식 전에도 불러서 함께……."

말이 끝나기 전에 호명관이 우렁차게 외쳤다.

"제국과 인류의 유일한 태양이신 알브레히트 요제프 카를 황제 폐하와 작은 태양이신 알렉산더 콘라두스 카를 황태자 전하께서 입장하십니다!"

모두 하던 일을 멈추고 문을 바라보았다. 홀이 고요한 침묵에 빠진 가운데 문이 열리고 황관을 쓴 황제가 천천히 들어왔다. 태자관을 쓴 알렉산더가 뒤따랐다. 웅장한 오케스트라가 태양들의 걸음을 환영했다.

금빛 카펫을 따라 단으로 올라 선 황제가 입을 열었다.

"식전 연회는 잘 즐기셨는가? 지금부터 장차 제국의 동량이 될 아이들을 위한 시간을 가질까 하오."

딱 평소만큼 시끄러운 명명식이 시작되었다.

명명식의 절차는 간단하다.

교황의 대리인이 나와 축문을 읊고 황제가 축사한 뒤 귀족 명부에 올라가는 아이들의 이름을 부르고 추가된 명부에 인장을 찍으면 끝이다.

물론 이 간단한 절차를 정하기 위해 신전과 황제가 엄청난 기 싸움을 벌였으나 이는 귀족들이 알 바 아니었다.

명명식에 참석하는 아이들의 숫자는 약 40명 내외. 참석자들은 단 앞에 준비된 의자에 앉았다.

가문의 작위와 위세에 따라 배치되었기 때문에 자연스럽게 바이델과 율리아나는 맨 앞자리에 앉게 되었다.

공작가에는 이번 명명식에 참석할 아이들이 없으니 자연스레 알마예르 후작가의 두 사람이 앞에 앉은 것이다. 여러 후작가 중에서도 개국공신 가문인 알마예르를 제일 앞에 세운 것은 알마예르의 위세를 모두에게 보여 주는 것이었다.

나머지 후작가의 자제들이 앉은 뒤 그 옆에 발라고프 백작가의 파벨이 앉았다. 백작가 중의 으뜸이라고 인정받은 것이었다.

'총애를 보여 주려고 이렇게 큰 자리를 만든 거였구나.'

율리아나는 아이들이 앉은 순서를 두고 수군거리는 귀족들을 의식하지 않으려 애썼다. 사교계 행사는 아니지만 이렇게 귀족들이 많이 모인 곳에 오자 회귀 전의 안 좋은 기억들이 떠올라 머리가 아팠다.

"야. 왜 그래?"

바이델이 율리아나에게 몸을 기울이며 물었다.

"그냥… 좀 어지러워서. 긴장했나 봐."

율리아나가 애써 괜찮은 척하려 하자 바이델이 콧잔등을 찡그리며 말했다.

"괜찮은 척하지 마. 약해 빠진 게……. 내 어깨에 좀 기대고 있어."

"그 정도는 아닌데."

"됐어."

바이델은 허리를 똑바로 펴더니 율리아나의 머리를 제 어깨에 기대게 했다. 아무리 철없는 어린애 같은 바이델이라지만 키나 덩치는 율리아나보다 훨씬 컸기 때문에 어깨가 높아 기대기 편했다. 율리아나는 자기도 모르게 편안한 숨을 내쉬었다.

"좀 낫지?"

"……그래. 고마워."

머리를 기대서라기보다는, 이 많은 사람들 중에 내 편이 있다는 사실이 율리아나의 긴장을 풀어준 것이었지만. 곧 교황의 대리인인 대신관이 나오자 율리아나는 바이델에게 기댔던 몸을 제대로 세웠다.

대신관이 축문을 읊었다.

"……그러므로 간절히 바라오니, 인세에 강림한 지옥 가운데서 바로 선 중심으로 합력하여 신께 기도드리게 하시고 자비를 베푸시어 눈에 덮어진 비늘이 떨어지게 하소서."

'내용이 좀 이상한데?'

명명식처럼 주기적으로 행해지는 의식의 축문은 보통 형식이 정해져 있다. 물론 지금 읊는 축문 역시 틀은 있으나 내용이 교묘하게, 황제를 공격하는 듯한 구절로 바뀌어 있었다.

바로 선 중심으로 합력하여야 한다는 것은, 제대로 서지 않고 힘을 합치지도 않는다는 뜻이다.

눈에 덮어진 비늘이 떨어지라는 구절 역시 눈이 비늘로 덮여 제대로 보지 못한다는 뜻.

"온 세상 만물이 내 것이 아니라 신께서 빌려주신 것임을 깨닫고 겸허히 베풀며 살도록 인도해 주십시오."

'……황제 저격 맞네.'

기도를 드리느라 눈을 감고 있어서 보지 못하지만, 아마 지금 황제의 얼굴은 볼 만할 것이다.

"높은 자리에 서서도 낮은 곳의 백성들을 위해 살게 하소서."

그래도 이런 구절은 어린 귀족들을 위해 하는 기도가 맞다. 센티넬이 아닌 귀족들은 잊은 것 같지만 모든 귀족에겐 제국민을 지킬 의무가 있으니 말이다.

축문이 끝나자 율리아나가 천천히 눈을 떴다.

'응?'

눈을 뜨자 자신을 뚫어지게 쳐다보는 대신관과 시선이 마주쳤다. 대신관은 눈을 가늘게 뜨고 율리아나를 가늠해 보듯 훑다가 고개를 돌려 단상에서 내려갔다.

대신관이 떠난 자리에 황제가 올라와 축사했다.

제국의 어린 인재들을 보게 되어 기쁘고, 오늘부터 공식적으로 귀족 명부에 오르게 되는 만큼 책임감 있게 행동해야 할 것이라는 이야기였다.

평범한 축사였다. 마지막에 덧붙인 말만 아니었다면 말이다.

"개인적으로, 잃어버린 줄 알았던 알마예르의 작은 꽃송이를 되찾게 되어 기쁘다는 말을 하고 싶다. 앞으로 피어날 모습이 기대되는군."

율리아나는 깜짝 놀랐다. 아니, 연회장의 모두가 놀랐다.

꽃.

이는 상징적인 단어다.

보통 사교계의 여왕이 꽃으로 불리며 한 시대에 두 송이 꽃은 존재하지 않는다. 물론 사교계에 동등한 격의 레이디들이 있다면 드물게 두 송이일 수 있지만, 보통 여왕으로 불리는 레이디가 더 화려한 꽃의 이름을 갖게 된다. 마치 붉은 장미와 노란 튤립처럼.

게다가 개인적이라는 말을 붙였다는 뜻은 여러 가지로 해석될 수 있다. 황제가 아니라, 아들을 둔 아버지로서 한 소녀에게 주목한다는 뜻이 될 수 있는 것이다.

'설마, 황태자비로 알마예르를 밀겠다는 뜻인가?'

모두의 시선이 율리아나에게로 꽂혔다. 그리고 곧바로 안젤리카에게로 옮겨 갔다. 안젤리카의 얼굴이 새빨갛게 물들었다.

폭탄 같은 발언을 한 황제는 태연하게 의자에 앉아 다음 식순을 진행하게 했다.

방계 황족인 시종장이 오늘부터 귀족 명부에 오를 이름들을 불렀다. 서기관은 옆에서 명부에 그 이름들을 적었다.

"바이델 알마예르. 율리아나 알마예르⋯⋯."

이름이 불린 아이들은 연습한 대로 일어나서 황제를 향해 인사해야 한다. 바이델 다음으로 이름이 불린 율리아나는 자리에서 일어서며 약간의 현기증을 느꼈다.

"오, 과연⋯⋯. 아직 어린데도 무척 예쁘네요."

"후작의 조카딸이면 니엘라 알마예르의 딸이라는 거겠죠? 레이디 니엘라를 닮아서 저렇게 예쁜가 봐요."

"미모만으로 황태자비가 될 수 있겠어요? 알마예르와 발라고프의 핏줄이잖아요. 저 영애를 황태자비로 올리면 두 가문을 한 손에 틀어쥘 수 있는걸요."

"충직한 가문들인데 굳이 혼맥을 맺을 필요까지 있을지⋯⋯."

작은 목소리로 여러 의견이 오가는 사이, 안젤리카는 사나운 눈초리로 알렉산더를 노려보았다. 알렉산더는 당황한 얼굴로 아니라며 고개를 저었지만 안젤리카는 화가 풀리기는커녕 더 치솟을 뿐이었다.

'대체 폐하는 무슨 생각이신 거야? 나를 딸처럼 여기신다고 하던 때는 언제고.'

자신을 힐끔거리는 시선 속에서 호기심과 비웃음이 느껴졌다. 안젤리카는 부채로 얼굴을 가리고 얼굴을 잔뜩 일그러뜨렸다. 당장에라도 발을 구르며 소리를 지르고 싶은 기분이었지만 참아야 했다. 지금 나가면 싸움에 진개가 자리를 피하는 꼴밖에 되지 않는다. 최대한 당당히, 아무런 일도 없던 것처럼 굴어야 한다.

'연회가 끝나면 바로 따질 거야. 가만 안 둬! 진작 약혼식을 올렸어야 했어. 뭐? 어차피 모두가 우리가 연인이라는 걸 아는데 약혼식을 왜 하냐고? 이렇게 뒤통수치려고 안 했던 거지?'

부채에 얼굴을 가리고 씨근거리며 감정을 추스르는 사이 모든 소년 소녀들의 이름이 불리었다. 황제는 서기관이 내민 귀족 명부에 황제의 인장을 찍었다.

쾅!

도장을 찍는 동시에 우레와 같은 박수 소리가 앰버 홀을 가득 메웠다. 오케스트라가 축하의 음악을 연주하기 시작했다.

황제는 시종이 가져다준 잔을 위로 들어 올렸다. 귀족들도 황제를 따랐다.

"카를 제국의 빛나는 미래를 위하여!"

"위하여!"

이름을 불린 소년 소녀들도 탄산 주스가 든 잔을 들어 올리며 함께 외쳤다.

"위하여!"

숨길 수 없는 기쁨과 흥분이 묻어났다. 진짜 어른이 되었다는 희열에 찬 목소리였다.

그렇게 본격적인 파티가 시작되었다.

황제는 자신에게 인사를 하는 귀족들과 담소를 나누며 슬쩍 사라지는 알렉산더를 흘겨보았다.

'못난 놈.'

딱히 안젤리카가 싫은 것은 아니었으나, 황제가 될 아들이 한 여자에게 잡혀서 절절매는 꼴을 보면 한숨이 절로 나오곤 했다. 과연 안젤리카가 황후로서 제대로 된 역할을 해낼까 의구심이 들기도 했고 말이다.

지금도 혈기 때문에 기가 약한 영애들을 괴롭히곤 한다는데 과연 제국의 어머니로서 공명정대하게 나라 살림을 할 수 있을까.

'그리고…… 알렉산더 나이 대에 뛰어난 가이드가 없는 것도 문제가 크다.'

황제에게는 발라고프 백작이 있다. 제국의 결계를 책임지는 황제는 직접 전쟁에 참여하지는 않아도 주기적으로 이능을 쓸 수밖에 없는 자리다. 결계 관리는 막대한 힘과 섬세한 컨트롤이 필요한 작업이기에 뛰어난 가이드의 보좌는 필수적이다.

가이드는 다 거기서 거기인 줄 알았던 황제는 발라고프 백작의 가이딩을 받았을 때 엄청난 충격을 받았다.

가이드를 수십 명씩 바꿔가며 가이딩을 받아도 개운하지 않았던 몸이 단박에 개운해졌다. 막혀 있던 회로가 뚫리고 전신에 활력이 도는 감각.

'황제에겐 그에 걸맞은 가이드가 필요해.'

황제는 저 멀리 알렉산더의 뒤를 따라 연회장을 빠져나가는 안젤리카를 보며 한숨을 내쉬었다.

'어깨의 부담을 함께 짊어질 센티넬도, 부담을 덜어 줄 가이드도 아닌 평범한 여자애라니…….'

뛰어난 미색을 많이 보아 온 황제로선 안젤리카의 외모가 그다지 특별해 보이지도 않았다.

더 나은 선택지가 없을 때야 상관없었지만, 이젠 다르다.

황제는 발라고프와 알마예르에 둘러싸인 채 웃고 있는 소녀를 바라보았다.

'영악한 레온 녀석이 채가기 전에 미리…….'

호랑이도 제 말 하면 온다더니, 홀의 문이 열리고 자이거 대공이 다급한 걸음으로 들어왔다.

"오, 레온. 이런 파티에 다 오고 웬일이더냐."

혹시 저 아이의 명명식이라는 이야기에 온 것일까? 황제는 속으로 레온하르트의 의도를 짐작해 보며 물었다. 그러나 레온하르트는 고개를 저었다.

"아닙니다, 폐하. 지금 수도에⋯⋯."

주변을 의식한 레온하르트가 황제에게 가까이 다가가 작은 목소리로 흉문을 알렸다.

"수도에 마물이 나타났습니다."

황제가 사색이 되어 주변 귀족들을 물렸다.

"그게 무슨 소리냐? 수도 안에 마물이라니. 불가능하지 않은가?"

"마족들이 결계와 가까운 곳에서 마물들을 순간 이동 시키려다 실패한 적이 몇 번 있었습니다만, 이번에야 그 시도들이 성공한 것인지는 아직 확실하지 않습니다."

"순간 이동이라니, 여긴 결계와 가까운 곳이 아니라 수도이지 않은가!"

"면목 없습니다. 강력한 마물은 아닌 터라 수도군을 동원하여 바로 제압하였고 연구를 위해 살려 둔 채로 마탑으로 이송하였습니다."

"그건 다행이지만⋯⋯. 하아. 이건 심각한 문제야. 우선 결계부터 점검해야겠군."

"예. 상황을 더 자세히 조사한 뒤 보고 올리겠습니다."

이야기를 나눈 몇 분 사이에 황제는 몇 년은 더 늙은 사람처럼 피로한 얼굴이 되었다. 그는 알렉산더가 사라진 방향을 바라보았다가 변명하듯 중얼거렸다.

"알렉산더가 아직 어려서⋯⋯."

"⋯⋯예. 훌륭하게 성장 중이시니 미래가 기대됩니다."

레온하르트는 자신의 말이 혹여라도 황제의 기분을 상하게 할까 봐 조심히 말을 골라 답했다. 황제는 그조차도 한숨이 나왔다.

고작 두 살 차이다. 그런데 알렉산더는 애인 치마폭에 싸여서 이런 중대한 사건이 일어났을 때 자리를 비웠고, 레온하르트는 이미 수도군을 지휘하여 일을 해결했다.

물론 각자의 위치가 다른 탓도 있다. 황태자는 군대와 가깝지 않고 정무를 처리하는 것에 더 능숙하다. 레온하르트는 황제의 기사로서 전쟁과 전투에 더 익숙할 뿐이다.

'그렇다고 넘기기엔……'

이제 알렉산더의 나이가 너무 많아졌다.

아직 17살이지만, 레온하르트는 17살이 되기도 전에 전쟁을 나갔다.

황제가 알렉산더에게 황태자 위를 일찍 내린 것은 귀족 세력이 분산되는 것을 막기 위해서였다. 레온하르트가 알렉산더와 비슷한 나이 대라는 이유로 후계 전쟁이라도 나면 곤란했다.

황제의 의도대로 귀족 세력은 분산되지 않았다. 귀족들은 알렉산더를 차기 황제로 여기고 있고 그 누구도 레온하르트를 황제로 만들겠다는 야욕을 부리지 않는다.

그렇지만.

'……아니야. 알렉산더는 훌륭한 황제가 될 수 있어.'

황제의 시선이 다시 율리아나에게 닿았다.

'저 애가 황태자비가 되어 준다면 가능해.'

이유는 정확히 알 수 없지만, 저 소녀가 알렉산더의 짝이라는 확신이 들었다.

마치, 이미 갔던 길을 다시 걷는 것 같은 기시감마저 느껴질 정도로.

"……짐은 이만 빠지도록 하지. 다 같이 즐겁게 노는데 눈치 없이 오래 있을 수는 없으니까. 레온, 너는 나 대신 귀빈들과 인사를 나누다 가거라."

"예, 폐하."

황제는 레온하르트를 내세우며 연회장에서 빠져나갔다. 알렉산더가 돌아왔을 때 이야기를 전하라는 뜻이었다. 황제가 나가는 걸 본 발라고프 백작이 눈치 빠르게 함께 따라붙었다. 이능을 써야 하는 황제로서는 반가운 일이었다.

레온하르트는 잘 알아듣고 황제를 대신하여 귀족들과 인사하며 근황을 주고받았다.

"대공 전하, 못 보던 새에 더 훤칠해지셨습니다."

귀족들은 처음엔 적당한 잡담으로 인사치레하더니, 곧 본색을 드러내기 시작했다.

바로, 중매였다.

"제 딸아이가 이번에 명명식에 참석했는데 인사를 드려도 될까요?"

"명명식에 참석한 따님이라니, 너무 나이가 어리지 않나요. 저희 딸아이는 올해 열여섯인데……."

"제 조카딸입니다. 인사하거라, 메리."

딸이나 조카를 데리고 인사를 하려는 인파가 몰리기 시작하자 레온하르트는 당황하여 뒷걸음질 쳤다.

그러던 중, 알렉산더가 휘파람을 불며 나타났다.

"우리 숙부님이 이렇게 인기가 좋으신 줄 몰랐네."

알렉산더가 나타나자 레온하르트에게 신붓감을 들이밀던 사람들이 슬그머니 뒤로 빠져 주었다. 레온하르트는 간소한 인사를 올렸다.

"황태자 전하를 뵈옵니다. 레이디 안젤리카, 오랜만입니다."

"오랜만이에요, 대공님. 그리고 알렉, 원래 대공님은 인기 많아요. 알렉보다 더 많을걸요?"

알렉산더에게 팔짱을 낀 안젤리카가 까르르 웃으며 알렉산더를 놀렸다. 그녀는 주변을 훑으며 율리아나를 찾았다. 알렉산더에 대한 화가 풀리고 나니 그 아이에게로 신경이 간 것이었다.

'폐하께서 한마디 좀 했다고 해서 기고만장해져 있진 않겠지?'

주변을 돌아보자 한눈에 들어왔다. 마치 주변에 배리어가 쳐진 것처럼 알마예르와 발라고프에 둘러싸인 소녀. 율리아나는 꽃송이라고 비유한 황제의 말처럼 아직 다 피지 않은 싱그러움을 자랑하고 있었다.

수천 개의 크리스털이 반짝이는 드레스에 잡아먹히지 않는 것은 그 미모 덕분이리라.

드레스는 율리아나의 앳되면서도 청초한 미모를 더욱 빛나게 했다. 깨끗한 은발이 크리스털이 반사한 빛을 받아 별빛처럼 반짝였다. 드레스 아래로 내려갈수록 진해지는 푸른빛은 그녀를 밤하늘의 요정처럼 보이게 했다.

안젤리카가 화려한 장미라면 율리아나는 수국이다.

안젤리카는 자신이 갖지 못한 매력을 지닌 율리아나를 보며 왠지 모를 부아가 치밀었다.

'데뷔탕트도 아닌데 저 차림은 뭐야? 뒤통수의 보석은 또 뭐고. 어린애가 너무 과한 거 아냐? 건방지게.'

사실 알마예르와 발라고프의 재정 규모를 생각하면 소박한 수준의 꾸밈이다. 그러나 따로 광산이나 유의미한 부동 자산이 없는 채텀 백작가의 차녀에겐 어림도 없는 드레스와 장신구였다.

물론 알렉산더가 재단사를 붙여 주어 드레스 걱정은 없지만, 남자가 주는 선물과 집 자체가 부유한 것은 느낌이 다르다. 박탈감을 느낀 안젤리카는 저도 모르게 턱에 힘을 주었다.

'저렇게 화려한 드레스라니, 꼬맹이가 사치스러워. 고작해야 사생아 주제에.'

황제의 인정을 받는다고 사생아라는 사실이 지워지는가? 신성한 결혼 없이 태어난 더러운 사생아라는 사실은 여전하다.

물론 자신은 황후가 될 몸이니 결혼 전의 신분 따윈 큰 문제가 되지 않지만, 고작해야 이제 출세한 백작 영애라는 사실은 안젤리카의 드높은 자존심에 걸림돌이었다.

"리카?"

알렉산더가 자신이 아닌 어디에 집중을 하느냐는 듯 채근했다. 안젤리카는 알렉산더의 얼굴을 보며 기분을 풀었다.

점차 완성되어 가는 잘생긴 얼굴과 불꽃을 머금은 듯한 금발. 안젤리카는 알렉산더가 자신의 왕관 그 자체라는 생각을 하곤 했다.

'나를 빛내 줄 왕관.'

생긋, 기분 좋은 미소를 지으며 그의 팔을 더 꼭 끌어안았다.

"아니에요. 오늘따라 더 근사하시네요, 전하."

정복을 차려입은 알렉산더는 레온하르트에 비견될 정도로 근사했다.

'두 남자에겐 다른 매력이 있지.'

알렉산더는 금빛 갈기를 휘날리는 어린 사자, 레온하르트는 검붉은 갈기를 지닌 차분한 사자라는 느낌이다.

사실 외모만 따지자면 레온하르트가 더 취향이지만 안젤리카는 그에 대한 미련을 버린 지 오래되었다. 아무리 레온하르트가 더 취향이라 해도 출세에 관심 없이 전쟁에만 몰두한 남편은 싫으니까.

그래도 지금 이곳에서 레온하르트와 가장 가까운 여자는 안젤리카다.

안젤리카는 제국에서 가장 고귀한 미혼남 둘이 제게 주목하는 것에 짜릿함을 느끼며 주변의 시선을 즐겼다. 저절로 간드러진 목소리가 나왔다.

"물론 지금 이곳에서 인기가 가장 많은 신사분은 대공님이시지만요. 대공님, 소개받은 영애 중에 눈에 들어온 영애는 없으셨나요?"

자이거 대공이 나이가 차도록 약혼조차 하지 않는 이유가 알렉산더 때문이라는 사실은 공공연했다.

결혼은 가문과 가문의 결합. 대공가에 걸맞은 가문과의 결합은 자칫 잘못했다간 황태자를 견제하는 파벌을 만들려는 시도로 보일 수 있으니 알아서 몸을 사리는 것일 터.

안젤리카는 이 사실을 알면서 일부러 더 언급했다. 자이거 대공과 그나마 친분이 있는 여자가 바로 그녀다. 제국에서 가장 고귀한 두 남자에 둘러싸인 자신이 바로 제일 뛰어난 여자인 것이다.

'내게 대공님과 자리 좀 만들어 달라고 청탁이 오는 건 짜증나지만……. 그만큼 친해 보이는 건 좋아.'

둘 중에 하나를 고르자면 알렉산더지만, 그렇다고 주인 없는 레온하르트를 가만히 내버려 두고 싶지도 않다. 남자의 숭배는 받을수록 기분 좋으니까.

안젤리카가 앞이 보이지도 않을 정도로 잔뜩 눈을 휘어가며 웃는데, 이상하게 대답이 없다.

"……대공님?"

"아, 잠시."

다른 곳을 보고 있던 레온하르트가 알렉산더에게 양해를 구했다.

"전하, 잠시 인사 좀 하고 오겠습니다."

"어, 뭐. 편하게 하세요, 숙부."

성큼성큼 긴 다리를 뻗어 향한 곳은 바로.

'저 사생아?'

뿌득.

순간 너무 힘을 주었는지 턱뼈가 어긋나는 소리가 났다. 턱이 뻐근해진 안젤리카는 얼른 부채로 얼굴을 가리고 손으로 턱을 문지르며 레온하르트를 지켜보았다.

'대체 저 사생아에겐 무슨 볼일이지?'

레온하르트는 가족들과 이야기를 하는 율리아나에게 다가가 헛기침을 했다.

"큼. 오랜만에 뵙습니다. 알마예르 후작님."

"대공 전하."

알마예르 후작은 간단히 인사를 받았다. 비앙카가 휴렌의 율리아나의 치맛자락 뒤에 숨어서 레온하르트를 훔쳐보았다.

"소후작과 알마예르 영식도 안녕하셨는지. 레이디 율리아나. 명명식을 치른 것을 축하합니다."

"감사합니다, 대공 전하. 오늘 저와 바이델, 파벨 이렇게 셋이 명명식을 치렀답니다."

율리아나는 대공이 알마예르 후작에게 볼일이 있어서 왔나 싶어서 인사를 한 후 뒤로 빠져 주려고 했다.

그때, 비앙카가 불쑥 물었다. 나름대로 작게 말하려던 모양인데 주변에다 들렸다.

"저 오빠, 언니 남자 친구야?"

그 말에 레온하르트가 놀라서 숨을 잘못 들이쉬었다. 그 탓에 반사적으로 기침이 터져 나왔다.

"콜록, 콜록…!"

당황한 레온하르트와 율리아나를 대신해 휴렌이 비앙카에게 단호히 말했다.

"비앙카. 절대 그런 거 아니야."

"맞아! 남자 친구라니, 이 꼬맹이한테 백 년은 이르지!"

바이델 역시 발이라도 구를 듯 역정을 내며 고개를 끄덕였다.

"……남자, 친구?"

누나 앞에서 유순하게 풀어져 있던 파벨의 눈이 매섭게 빛나며 레온하르트를 노려보았다.

시종에게서 음료수를 받아 마시고 겨우 기침을 진정시킨 레온하르트가 드물게 시뻘게진 얼굴로 말했다.

"레이디 비앙카. 전혀 아닙니다. 저는 나이도 많고, 아니, 우선 절대 그런 사이가……."

"맞다, 비앙카. 쓸데없는 소리하지 마라."

알마예르 후작도 엄한 어조로 딱 잘랐다. 모두가 격하게 아니라고 하자 비앙카는 당황하며 율리아나를 올려보았다. 율리아나는 다정하게 비앙카의 머리를 쓰다듬어 주며 설명했다.

"남자 친구 아니야, 비비. 전하께선 그냥 인사하러 오신 거야. 갑자기 그건 왜 물었어?"

"아니……. 오늘 언니 너무 공주님 같구 예뻐. 언니랑 결혼해서 우리 가족이 되면 좋겠다 싶어서! 너무 멋있어!"

횡설수설하던 비앙카가 볼을 발그레하게 물들이며 레온하르트를 힐끔거리다가 다시 드레스 뒤로 쏙 몸을 숨겼다.

"헤헤. 꼭 왕자님 같다……."

수줍게 웃으며 레온하르트를 구경하는 비앙카의 모습은 왕자와 공주 동화를 좋아하는 평소 모습 그대로라서, 율리아나는 그냥 웃어넘겼다.

사실, 레온하르트가 자신의 남자 친구라니. 언감생심 꿈꿔 본 적도 없는 일이라 별로 감흥도 없었다. 말도 안 되지. 딱 그 정도.

"그저 인사를 온 것이었는데 소란을 만들었군요. 그럼 이만 가 보겠습니다. 즐거운 연회 되시길."

아직 붉은 기가 남아 있긴 하지만 레온하르트는 금방 평소와 같은 얼굴이 되어 떠났다. 뒤에서 봐도 귀 끝이 빨갛게 물든 걸 보니 그로선 드물게 당황한 것 같았다. 의외로 귀여웠다.

'아직 어려서 그런가, 귀여운 모습도 있네.'

귀여운 자기 대공이라니. 이전 생에선 상상 못 했던 모습이지만, 모든 게 예상을 벗어나는 요즘은 뭐든 그럴 수 있겠다 싶었다.

"야, 너…… 허튼 생각하는 거 아니지?"

그때, 바이델이 옆에 와서 채근했다.

"뭐를?"

"누님. 아직 결혼은⋯⋯. 아니, 연애는 안 돼요."

"맞아. 남자 친구? 아직 코 흘리는 애가 무슨!"

"나 코 안 흘리거든?"

"맞다. 남자는 모두 다 늑대다."

파벨과 휴렌까지 합세해서 이상한 말을 하자 율리아나는 당황해서 세 사람을 번갈아 보았다.

그런데 심지어.

"황태자건 대공이건 안 된다."

"네?"

알마예르 후작까지 결의에 찬 얼굴로 말하는 걸 보자 어이가 없어졌다.

'결혼은 무슨. 일단 제 몸은 아직 12살이거든요⋯⋯.'

살아온 세월로 따지면 이미 결혼할 수 있는 나이인 건 물론이고, 이미 약혼자까지 있던 몸이지만 그렇게 말할 수 없으니 율리아나는 그냥 입을 꾹 다물었다.

* * *

"뭐야. 지금 저 애한테 인사를 하러 간 건가?"

레온하르트가 향한 곳을 확인한 알렉산더는 안젤리카 몰래 술이 든 음료를 마시며 헛웃음을 터트렸다.

안젤리카 역시 레온하르트를 힐끔거리다가 뒤늦게 알렉산더가 한 말의 뉘앙스가 이상하단 것을 알아차렸다.

"알렉. 저 애가 누군지 알아요?"

"알마예르 영애잖아."

"그거 말고요."

안젤리카의 눈꼬리가 사나워지자 알렉산더는 찔끔했다. 방금 가까스로 화를 풀어 준 참인데 또 화나게 하고 싶지 않았다.

"별건 아니야. 폐하께서 숙부님이 저 애한테 관심을 주는 거 같다고 말해서 알고 있는 것뿐이야."

"네? 대공님이요?"

안젤리카는 이상함을 느꼈다.

아까 명명식을 마치며 황제가 한 말은 마치 저 여자애를 알렉산더의 짝으로 찍어다 붙이려는 듯한 뉘앙스였다. 그런데 황제가, 자기거 대공이 저 애에게 개인적인 관심을 두고 있다는 걸 알고 알렉산더에게 언질을 줬다고?

'뭔가…… 이상한데.'

정치적인 부분에선 둔한 안젤리카는 위화감을 느끼면서도 정확히 파악하지 못했다. 다만, 확실한 것은 있었다.

'어쨌거나 저 애가 사교계에 데뷔하면 내 밑이란 걸 모두에게 보여 줘야 해.'

황제가 특별히 언급한 영애라는 사실이 오늘이 지나기도 전에 쫙 퍼질 것이다.

결혼한 귀부인들은 남편의 작위나 위치에 따라 실리에 맞게 행동하지만 미혼 영애들의 사교계는 이보다 더 소문에 민감하다.

지금껏 안젤리카는 황태자의 연인으로서 다른 영애들에게 횡포를 부린 일이 적지 않았다. 반감을 가진 영애들이 있다는 걸 알아도 개의치 않았다.

'어차피 내가 황후가 될 건데 왜 그런 사소한 불만에 신경 써야 하지? 그러게 내가 밟기 전에 알아서 나한테 잘했어야지.'

이런 마음으로 사교계를 쥐락펴락했으니 적도 많다. 그 영애들이 모두 저 알마예르 꼬마에게 몰려들면 큰일이다.

'그러니 내가 확실히 더 우위라는 걸 과시해야 해.'

안젤리카가 다짐하고 있을 때 인사를 마친 레온하르트가 안젤리카와 알렉산더에게 돌아왔다. 안젤리카는 험악해졌던 얼굴을 부드럽게 만들며 일부러 눈을 감았다 떴다.

깜빡깜빡. 한 올 한 올 공들여 말아 올린 긴 속눈썹은 진주 가루를 발라 반짝거리기까지 했다.

"레이디. 잠시 전하를 빌려가도 되겠습니까?"

"…네?"

"잠시면 됩니다."

무슨 이야기를 하려나 했는데 고작 이런 이야기라니. 안젤리카는 이해심 깊은 표정을 지으려 애쓰며 끄덕였다.

"물론이죠. 다녀오세요, 전하."

홀짝홀짝 술을 마셨던 알렉산더는 아까보다 벌게진 얼굴로 레온하르트를 따라 나섰다.

황족용 휴게실에 온 알렉산더가 소파에 털썩 앉았다. 레온하르트는 서서 보고했다.

"수도에 마물이 나왔습니다. 제압하여 마탑으로 보냈지만 폐하께서는 결계를 확인하시겠다며 연회장을 떠나셨습니다."

"뭐? 마물?"

약간 알딸딸해졌던 알렉산더는 술이 다 깨는 기분이었다. 마물이라니? 수도에 왜 마물이? 경악 뒤로 분노가 차올랐다.

"숙부! 이런 건 바로 말했어야지! 왜 이제야 말하는 겁니까?"

"황제 폐하께 보고할 때 전하께서 잠시 자리를 비우셨던 터라."

"그건……!"

하필 안젤리카를 달래러 나갔을 때였다니.

알렉산더는 황제가 자신의 능력을 못 미더워하는 것을 느끼고 있었다. 자신조차도 능력이 약해서 초조한데 아버지인 황제는 어떻겠는가.

'아버지가 또 뭐라 하시겠군.'

잔소리도 잔소리지만, 황제가 자신을 혼낼 때 안젤리카를 못마땅해하는 것이 싫었다.

'나를 사랑한다면 내가 고른 여자도 인정해 줘야 하는 거 아닌가?'

"…조금 기다렸다가 말할 수도 있지, 참나! 숙부는 너무 원리원칙주의자라니까."

억지인 줄 알면서도 알렉산더는 레온하르트의 탓으로 돌렸다. 레온하르트가 이를 용인해 주었기 때문이기도 했고, 자신의 권력이 황제로부터 나오는 것을 알고 있기에 황제 탓을 할 수 없는 것도 있었다.

"노력하겠습니다."

알렉산더가 제 탓을 하는 것에 익숙한 건 레온하르트도 마찬가지였다. 무표정한 얼굴로 노력하겠다고 하는 레온하르트를 보자 알렉산더는 약간 그를 놀려 주고 싶어졌다. 마침 놀릴 거리도 있었다.

"그래서, 그 알마예르 영애가 마음에 든 겁니까? 벌써부터 찜해 놓기엔 너무 어리지 않나?"

"네?"

"알마예르와 발라고프의 딸인 데다가 예쁘니까. 명명식도 치렀으니 구혼하는 가문이 줄을 서겠지. 그래서 먼저 찜해 둔 거 아냐? 건드리지 말라고?"

"무슨…! 그런 거 아닙니다!"

"그런 거 아니라기엔, 숙부가 이러는 거 처음 보는데?"

알렉산더는 킬킬 웃으며 계속 놀렸다.

"12살이니까 삼 년만 지나도 제법 여자 티가 나겠지. 안젤리카도 열넷에서 열다섯이 될 때 확 달라졌으니까."

율리아나도 열다섯이 되면 소녀티를 벗기 시작할 것이다.

"키도 더 크고 몸매도 잘록해지겠지. 보기엔 말라 보여도 의외로 볼륨감도 있어서 만질 맛이……."

중얼거리던 알렉산더는 화들짝 놀랐다.

'내가 지금 무슨 소리를 한 거지?'

이상한 기시감을 느꼈다. 마치 어른이 된 율리아나를 안은 적이 있는 것처럼. 왠지, 그 몸을 알고 있다는 느낌이었다.

"……전하. 아무리 사석이라도 말씀을 가리셔야 합니다."

레온하르트가 굳은 표정으로 지적하자 알렉산더가 울컥하며 쏘아붙였다.

"실수야! 그리고 뭐 대단한 말도 아니잖아?"

레온하르트는 긍정하지 않았고 알렉산더는 부아가 치밀어서 씨근거렸다.

"자기 여자도 아니면서 왜 그리 정색해? 섭섭해, 숙부."

"황태자로서의 체통을—."

"아니잖아. 그냥 걔가 마음에 들어서 그런 거 아니야?"

"아닙니다."

단호하게 딱 자르니 더 꼬투리를 잡기도 뭐하다. 알렉산더는 화풀이할 곳을 찾지 못하고 벌떡 일어나서 연회장으로 나갔다.

"리카!"

"전하?"

사람들에 둘러싸여 즐겁게 웃고 있던 안젤리카가 알렉산더를 돌아보았다. 풍성한 분홍빛 머리칼이 탐스럽게 흔들렸다.

이상했다.

왜 저 색이 아니라…… 깨끗한 은발이 아른거리는 걸까.

왜 안젤리카의 몸은 상상도 되지 않는데, 본 적도 없는 율리아나의 성숙한 몸은 손에 잡힐 듯이 그려지는 걸까.

"우리, 춤추자."

"어머! 갑자기요?"

알렉산더는 안젤리카의 손을 잡고 연회장 가운데로 나갔다. 오케스트라는 바로 연주하던 곡을 멈추고 알렉산더가 가장 좋아하는 곡의 악보를 펼쳤다.

알렉산더와 안젤리카가 춤출 준비를 마치자 경쾌한 춤곡이 시작되었다.

황태자가 나서서 춤을 추자 다른 귀족들도 짝을 맞춰 춤추기 시작했다. 자연스레 명명식을 마친 어린 소년 소녀들은 주인공 자리에서 밀려나 들러리 신세가 되었다.

'폐하께서 그리시던 그림과 다른 것 같은데.'

정치에 관여하지 않는 레온하르트지만 황제의 의도 정도는 알고 있다. 눈에 보이니까.

알렉산더는 알고도 무시하는 것인지, 모르는 것인지 알 수 없다. 다만 평생을 황제의 심기를 살피며 살아온 자신으로선 알렉산더의 행보가 신기할 뿐이다.

'아무리 폐하의 하나뿐인 적손이라도… 하긴, 나와 위치가 다르니까.'

이해를 포기한 레온하르트는 연회장을 나가면서 의외의 무리를 보았다. 신관들이었다. 그들은 연회장 벽에 서서 매서운 눈으로 황태자를 보고 있었다.

'…저들 역시 내가 상관할 바는 아니지.'

레온하르트는 앰버 홀의 전경을 한 번 훑은 뒤 연회장을 나갔다.

해가 길어서 아직 밝았지만 홀 안의 공기보다 상쾌하게 느껴졌다.

"…후우."

절로 한숨이 나왔다. 앰버 홀에 좋지 않은 기억이 있던 탓이다.

어릴 적, 앰버 홀에서 열린 연회에서 누님이 알레르기 발작을 일으키는 일이 있었다. 누님의 병세는 낫지 않아 결국 죽음에 이르렀다.

손이 많았던 선황제의 자식은 결국 차남인 황제와 막내인 자신밖에 남지 않았다.

'절대 알브레히트의 심기를 거스르지 말거라. 죽은 듯 조용히 살아. 그러면 너는 살려 줄 거라고 약속했다.'

선황의 유언을 떠올리자 레온하르트는 가슴이 답답해졌다.

'그렇지만, 언제까지 이렇게 살아야 할까요.'

묻고 싶었다.

그렇지만 물을 곳이 없었다.

외로웠다.

세상에 오롯이 자신 하나만 남은 듯.

누군가의 손을 잡고 행복해지고 싶지만 대체 누구의 손을 잡아야 하는지, 누구의 손을 잡지 말아야 하는지 알 수 없어 모두를 거절하며 살았다.

때때로, 아니 자주, 레온하르트는 알렉산더가 부러웠다.

알렉산더는 코흘리개 시절에 이미 평생의 연인을 만났고, 알아보았고, 꽉 붙잡았다.

어떻게 그렇게 확신할 수 있을까. 운명적인 사랑이란 그런 것일까. 아니면 그저 알렉산더가 행운을 타고 난 것일 뿐인가.

끝없이 이어지는 상념에 잠긴 채 발길이 가는대로 걸었다. 코너를 도는 순간, 누군가가 자신의 몸에 부딪혀 튕겨 나갈 뻔한 것을 반사적으로 붙잡았다.

"아야! …대공님?"

눈을 동그랗게 뜬 율리아나가 품에 안겨 있었다.

"레이디 율리아나?"

왜 홀로 고민에 빠질 때면 이 소녀를 만나게 되는 걸까.

레온하르트가 당황해서 율리아나를 놓아주자 율리아나는 옷매무새를 다듬더니 새초롬하게 물었다.

"여기서 뭐 하십니까? 혹시 길을 잃으셨나요?"

레온하르트는 그 말이 자신이 흰 장미 정원에서 율리아나에게 했던 말임을 몇 초 뒤에 깨달았다.

"정처 없이 걷고 있었습니다. 그런데 여기는……."

피식, 저도 모르게 미소를 지은 레온하르트는 주변을 돌아보았다. 어딘가 눈에 익은 듯 낯선 장소.

"알마예르의 휴게실 후원이에요."

유력 가문은 저마다 황궁에 휴게실을 갖고 있었다. 알마예르가 휴게실을 갖고 있다는 건 놀랍지도 않은 일이라 레온하르트는 끄덕였다. 왜 자신이 여기로 온지는 모르겠지만.

"혹시 후작님이나 소후작님께 볼일이 있으신 거라면……."

"아닙니다. 정말 걷다 보니 이곳까지 오게 된 겁니다. 오랜만에 연회에 참여해서 그런지 정신이 없었나 봅니다."

인사를 하고 그대로 가려고 하는데, 율리아나가 옷자락을 잡아 왔다.

"혹시…… 가이딩이 필요하신가요?"

"네?"

"방금 접촉으로도, 인도력이 소모됐거든요. 제가 반사적으로 막기는 했지만."

그 말에 레온하르트는 의문을 가졌다. 인도력을 의지로 막을 수도 있던가? 그러나 가이드에 관한 지식이 깊지 않았기에 흘려 넘겼다.

'레이디 율리아나의 가이딩.'

꼴깍. 저도 모르게 침이 고인다.

율리아나의 인도력은 다른 가이드들과는 차원이 달랐다. 하나부터 열까지 모두 달랐다.

이능을 쓴 센티넬을 전투에 더러워진 기사로 비유하자면, 가이딩은 그 더러움을 씻겨 주는 물이라고 할 수 있다.

보통 가이드들의 가이딩은 얕은 흙탕물 개울에 몸을 담그는 것에 불과하다면 율리아나의 가이딩은 맑고 깊은 샘에 풍덩 몸을 던지는 것만 같았다.

마치 정화되는 것처럼. 마치, 새로 태어나는 것처럼.

그러니 이것은 거부할 수 없는 유혹이다.

레온하르트는 머뭇거리다가 답했다.

"영애께 무리가 되지 않는 선에서라면, 부탁드립니다."

"네. 제가 조절할게요."

장갑을 벗을까 말까 고민하던 율리아나는 벗지 않기로 결정했다. 자이거 대공의 품성을 믿는 것과는 별개로, 사랑 받기 위해 가진 모든 것을 퍼 주던 전생과는 다르게 살기로 결심했기 때문이었다.

'어차피 대공님은 장갑 하나로 효율이 달라지지 않기도 하고.'

레온하르트가 조심스레 두 손을 율리아나에게 내밀었다. 율리아나는 그 커다란 손바닥 위로 작은 두 손을 올렸다.

레온하르트의 손이 작은 손을 조심히 쥐었다. 율리아나는 손을 잡고 가이딩을 시작했다.

닿은 손을 통해 그의 이능 회로로 인도력을 흘려 넣었다.

'인도력을 붓는 대로 족족 사라져 버리다니……. 뭔가 부자연스러워.'

무리가 가지 않는 선이라 해도 제법 많은 양인데도 레온하르트는 바닥없는 우물처럼 끝없이 인도력을 흡수했다.

율리아나는 레온하르트의 얼굴을 살폈다. 눈을 감은 얼굴은 나른하고 기분 좋아 보였다. 그러고 보니 전생에선 다급할 때 외에 가이딩을 해 본 적이 없어서, 가이딩을 받을 때 이런 얼굴을 하는 줄 몰랐다. 왠지 얼굴이 달아오르는 기분이라 천천히 손을 꼼지락거렸다.

"여기까지만 할게요."

눈을 감고 율리아나의 가이딩을 즐기던 레온하르트는 화들짝 놀라 손을 떼었다.

"감사합니다. 그리고…… 면목이 없군요. 마치 가이딩을 받기 위해 찾아온 것 같아서요."

"아니에요. 제가 선물에 대한 답례도 제대로 못 했으니까요."

율리아나가 제 가슴팍을 가리키자 레온하르트는 부드러운 얼굴을 했다.

아까도 보았지만 선물하고 생색을 내는 꼴일까 봐 일부러 언급하지 않았는데.

"예상대로 잘 어울립니다. 그리고 알마예르로부터 답례는 받았습니다."

"그건 소후작님이 보내신 거니 제 답례는 아니지요."

"만날 때마다 가이딩을 해 주고 계십니다. 제 쪽이 너무 약소합니다."

그런데 건물 쪽에서 문이 열리며 율리아나를 찾는 목소리가 들렸다. 레온하르트는 자신이 지금 오해받기 딱 좋은 짓을 했다는 것을 깨닫고 황급히 인사했다.

"선물은 답례를 받기 위함이 아니니 편히 받아 주십시오. 그리고 제 도움이 필요한 일이 있으시다면 언제든 편히 연락 주십시오. 오늘 감사했습니다. 먼저 가 보겠습니다."

다다다 말을 쏟아 내고 자리를 뜬 레온하르트는 후원에서 제법 거리가 멀어졌을 때 살짝 뒤를 돌아보았다. 연회장에서 보았던 비앙카라는 아이와 발라고프 영식 파벨이 율리아나의 손을 잡고 건물로 들어가고 있었다.

'음?'

파벨이 자신을 매섭게 노려본 것 같았지만, 아직 어린아이가 이렇게 먼 곳의 기척을 감지할 리 없으니 느낌 탓이라고 여겼다.

그대로 황궁을 나와 수도군청으로 간 레온하르트는 책임자에게 물었다.

"추가로 발견한 마물은 없나?"

"예. 계속 수색하고 있으나 따로 보고된 바는 없습니다."

"수도는 이게 다인가 보군. 수도 외의 장소는 모르겠지만⋯⋯."

수도군 외의 병력은 땅을 다스리는 영주들의 사병이기 때문에 레온하르트가 지시를 하기엔 애매한 부분이 있었다.

물론 황제의 명령이 있다면 어느 정도 통솔할 수 있겠으나 제국 내에서 마물이 돌아다닌다는 소문이 났다간 큰 혼란이 생길 수 있다.

'이 부분은 폐하께 말씀드려야겠군.'

그렇지만 아마도 황제는 다른 귀족들에게 알리지 않는 쪽으로 결정할 것이다. 그래야 황제 본인이 공격당하지 않을 테니.

카를 제국의 황제는 결계를 유지하는 것만으로도 신과 같은 권력을 휘두를 수 있다. 그런데 마물이 인간의 땅에 침투했다는 말이 퍼지면 황제의 권위에 금이 가게 된다.

황제의 권위가 백성의 목숨보다 절대적으로 중요하지는 않으나, 권위에서 나오는 안정감이 백성들의 생활을 유지시키고 있다는 사실은 부정할 수 없는 사실이기에 레온하르트는 황제의 결정에 이의를 제기할 마음은 없었다.

'다만, 빨리 원인을 찾아야지.'

레온하르트는 수도군의 입단속을 철저히 하라는 명령을 내린 뒤 마탑으로 향했다.

마탑주 머르딘은 살아 있는 마물에게 실험할 수 있다는 사실에 기쁨의 비명을 지르고 있으리라. 이렇게 빠르게 뭔가를 알아내진 못했겠지만, 생포한 마물들을 죽이지는 않았는지 확인해야 했다.

* * *

마탑이 아닌 곳에서도 기쁨의 비명이 흘러 나왔다. 신전이었다.

대신관은 평소처럼 손수 교황이 잠든 공간을 정리하며 기도를 올리다가 이변을 발견했다. 수면 중이던 교황의 손가락이 움찔, 떨린 것이다.

대신관은 숨도 쉬지 못하고 손끝을 뚫어져라 쳐다보다가 교황의 눈꺼풀이 천천히 뜨이자 감격에 차서 외쳤다.

"성하! 깨어나셨습니까!"

"나를…… 일으켜다오."

대신관은 허겁지겁 화려한 관으로 다가가 누워 있는 교황을 부축해서 일으켰다.

대신관은 감격에 찬 눈으로 교황을 자리에 앉히고 아래 신관들을 불러 빨리 교황이 요기할 수 있도록 씹기 쉬운 음식을 내오라고 재촉했다.

오랜만에 수면에서 깨어난 교황은 멍한 얼굴로 있다가 대신관에게 말했다.

"이번엔 조금 오래 깨어 있을 거란다."

"예, 성하."

대신관은 교황의 말에서 약간의 목적성을 느꼈다.

"예언 외에…… 따로 하셔야 하는 일이 있으십니까?"

교황은 멍한 얼굴로 고개를 끄덕였다.

"너무 많은 걸 봐서 정리할 시간이 필요하구나……."

"우선 음식부터 드시고 천천히 하시지요."

"그래."

신관이 가져다준 묽은 수프를 먹으며 교황은 작게 중얼거렸다. 자신이 무슨 말을 하는지도 모르는 얼굴이었다.

"이번엔 성녀님……. 핍박당하시지 않게……."

대신관은 손수 교황의 시중을 들며 모든 말들을 한 글자 한 글자 머릿속에 새겼다.

* * *

마탑에 도착한 레온하르트는 수련생의 안내에 따라 엘리베이터에 탔다.

마탑은 전쟁 이전 번영 시대의 유물로, 현재 마법사들이 이해할 수 없는 마법이 가득했다. 일례로 이 엘리베이터가 그랬다. 마법 엘리베이터는 탄 사람이 갈 곳을 생각하는 것만으로 목적지에 데려다주었는데, 현재 마법사들은 이러한 마법이 어떻게 가능한지 알 수 없었다.

마탑주의 연구실은 여러 곳에 있었으나 레온하르트는 마탑주가 있는 곳을 생각했기 때문에 엘리베이터는 알아서 그를 한 연구실로 데려다주었다.

낙서와 구별할 수 없는 종이 더미들과 냄비와 천칭, 빛을 잃은 값비싼 광석들의 잡동사니들이 레온하르트를 반겼다.

"마탑주."

"끄응⋯⋯. 자이거 대공."

마탑주는 마탑과 마탑이 다스리는 영지의 영주로 분류된다. 물론 세습될 수 없는 단승 작위이지만 마탑주라는 직위는 공작과 같은 위치이다. 관습법적으로 마탑주는 황제 외의 사람에게(심지어 황태자에게도) 예의를 차리지 않아도 되기 때문에 둘은 서로 격식 없이 말했다.

예상과 달리 마탑주 머르딘은 기쁨에 환호하고 있지 않았다. 언제 감았는지 모를 더러운 새집 머리를 쥐어뜯으며 고민하고 있을 뿐이었다. 레온하르트는 머르딘과 간격을 유지한 채 물었다.

"연구는 잘 되어 가나?"

"마물을 데려오고 반나절도 안 지났는데 벌써 재촉하는 건가. 양심도 없지."

투덜거리는 머르딘은 연구 마법사들을 쥐어 짜내서 대강이나마 작성한 보고서를 건넸다.

일단 1차적인 검사를 한 결과, 우리가 해석할 수 있는 마법적 흔적은 없었다는 결론이었다.

레온하르트는 보고서를 자세히 살폈지만 추가 검사를 해야 한다는 내용 외에는 별다른 소득이 없다는 것을 인정했다.

"이건 폐하께 전달드리지. 폐하께서도 결계를 점검하고 계시니까."

"으음⋯⋯. 그런데, 좀 이상한 부분이 있어. 혼자 생각한 거라 보고서에 적진 않았는데."

"그게 뭐지?"

"근거 있는 추측은 아니고. 제대로 된 검증을 하려면 다른 사람의 도움이 필요해."

"도움?"

자존심 강한 마탑주의 입에서 도움이라는 말이 나오다니, 놀라웠다.

"무슨 가설이길래 그러지?"

"가설이라는 이름을 붙일 수도 없는, 그냥 의혹이긴 해. 근데 아무리 봐도……."

머르딘은 거친 손끝으로 턱을 쓸면서 중얼거렸다.

"이 마물의 마나 회로가 중간 중간 끊겨 있는 것 같아서. 꼭…… 니엘라처럼."

의외의 이름에 레온하르트의 눈이 커졌다.

"니엘라? 니엘라 알마예르를 말하는 것인가?"

"어. 아는지는 모르겠지만 현재 니엘라 알마예르는 이유도, 치료법도 모르는 희귀병에 걸려서 마탑에서 연구 중이거든."

"설마 그녀와 마물의 마나 회로가 비슷하게 끊긴 상태인가?"

"확신할 수는 없어. 이 마물의 마나 회로도 끊긴 게 맞는지 확신하지 못하겠으니까."

"무슨 뜻이지? 니엘라 알마예르의 경우엔 끊겨 있다고 확신하지 않았나?"

"니엘라의 마나 회로가 끊긴 것도 내가 발견한 게 아니라서."

"다른 사람의 도움이 필요하다는 게 그 뜻이로군."

"어."

머르딘이 중얼거렸다.

"율리아나는 어떻게 마나 회로를 느낀 걸까…?"

"지금 뭐라고 했지? 율리아나?"

"율리아나를 아나? 하긴, 알마예르니까. 각설하고 말하자면, 율리아나가 가이드로서 자기 엄마의 이능 회로에 이상이 있다는 걸 알아차렸어. 심지어 미하일도 몰랐는데."

"가이드로서 뛰어난 것은 알았지만……."

"뛰어난 가이드니까 느낄 수 있는 건지도 모르지. 신성력과 이능, 마나, 검기 등 모든 힘은 에테르를 기반으로 한 힘이니까."

"율리아나 영애가 에테르에 민감한 것으로 볼 수 있겠군."

"그럴 수도 있고, 아닐 수도 있고. 그런데 율리아나에게 도움을 구할 수 있을지가 미지수네."

"그렇지. 너무 어리고 위험하니까."

"어? 아, 뭐 그렇지. 나는 미하일이나 알마예르 후작이 허락하지 않을 거라 예상했긴 하지만."

"아…. 그도 그렇군."

어린 영애의 경우 보호자의 의사가 최우선시 된다는 것도 잊어버렸다. 아니, 아예 알마예르 후작과 발라고프 백작을 떠올리지도 못했다. 율리아나의 존재감이 너무 강해서.

'하지만 이번 건에 관해서 율리아나를 끌어들이는 건 좋지 않다.'

엄마의 이상을 알아차린 것과 마물 출현 문제에 개입하는 것은 차원이 다른 문제다. 발라고프의 어린 영식이었어도 나이 때문에 꺼려질 일인데 하물며 가이드 소녀라니.

"마탑주."

"엄마와 관련된 일일 수도 있으니 율리아나도 분명……. 응?"

"어차피 율리아나 영애의 도움을 받더라도 관계가 있다, 없다 두 가지로 답할 뿐이겠지."

"아마도 그렇…겠지?"

"그렇다면 도움을 받지 말게."

"어? 왜?"

순진무구하기까지 한 머르딘의 물음에 레온하르트의 눈이 싸늘하게 가라앉았다.

"마탑이 세속과 떨어져서 지내는 건 알지만 상식은 알아야지. 레이디가 가이드라는 게 밝혀지는 건 평판에 좋지 않아. 게다가 마물에 관한 조사다. 어린 소녀에게 부탁할 만한 일이 아니다."

"으음, 그건 맞는 말이지만."

"발라고프 백작과 상의해 보도록. 아마 백작도 나와 같은 의견일 거다."

"하아. 그럴 것 같긴 하네. 알았어. 어차피 율리아나가 확인해 준다 하더라도 모든 경우의 수를 따져야 하는 것은 맞으니까. 도움 없이 조사를 진행하지."

레온하르트가 보고서를 정리해서 가려는데, 앞으로의 연구 계획을 짜던 머르딘이 툭 물었다.

"그런데 대공은 어떻게 율리아나가 가이드라는 걸 알고 있지?"

"……!"

"그리고, 폐하께 올릴 보고서에 율리아나에 관한 이야기가 없는데도 따로 지적하지 않네."

"그건……."

"나도 황제에게 보고하고 싶진 않아서 안 쓴 거기는 해. 내가 다른 건 몰라도, 지금 황태자가 대공만큼의 활약이 없는 건 알거든? 그리고 미하일이 매번 황제에게 불려가는 걸 보면 센티넬에게 가이드가 얼마나 중요한지도 알고."

머르딘이 다 안다는 듯 씨익 웃었다.

"아무리 좋은 마나석을 써도 마법사는 타고난 자질은 이길 수 없어. 그게 가능했다면 나처럼 후원자도 없던 놈이 마탑주가 될 수 있을 리 없지. 황제는 그걸 모르는 것 같지만."

"……못 들은 걸로 하겠다."

"아니. 잘 생각해야 할걸. 황제는 제국을 지키는 방패야. 지금이 역사 속 태평성대라면 모를까, 지금 황제가 아무리 잘해도 다음 황제가 무능하면 제국은 무너진다."

너무 비약이 심하지 않느냐고 말하려던 레온하르트는 놀라서 말을 잇지 못했다.

바람이 부는 것도, 마법을 행하는 것도 아닌데도 머르딘의 긴 머리칼이 나풀거렸다. 초점을 잃은 머르딘의 눈은 기묘한 빛을 내며 번뜩였다. 마치 미래를 훔쳐보는 예언가처럼.

"결계가 깨지는 건 순식간이고 결계가 없으면 대다수의 제국민은 마물들의 먹잇감으로 전락한다. 결계는 초대 황제가 홀로 만든 게 아니다. 마지막 인류가 모두 힘을 합쳐 만든 인류의 유산이지. 어떤 황제가 와도 결계를 다시 만들 수는 없어."

마치 불에 타는 제국을 보는 것처럼 머르딘이 비통한 신음을 흘렸다.

"황제는 오판하고 있어. 황제의 자리가 황제를 만드는 게 아니다. 가장 강한 자가 황제가 되어야 한다. 본인이 그랬던 것처럼."

현 황제 알브레히트는 차남이었으나 장남과의 목숨을 건 결투에서 승리하여 황제의 자리에 올랐다. 다른 형제자매도 암살과 독살, 사고사를 위장하여 죽이거나 불구로 만들었다.

그래서 본인은 아들 하나만 본 것이었다. 자신의 전철을 밟지 않게 하겠다는 듯이.

"아들이 황태자만 있는 것도 아니면서……."

"뭐? 그게 무슨 뜻이지?"

알브레히트는 따로 사생아가 없다.

머르딘이 중얼거린 소리에 레온하르트가 경악하여 물었으나 그는 허공을 바라보다가 그대로 눈을 감고 픽 쓰러졌다.

"제대로 설명이나 해 주든가…!"

화가 끓어올랐으나 이미 쓰러진 상대에게 무슨 말을 할 수 있을까. 레온하르트는 엘리베이터를 타고 1층으로 내려왔다. 출구까지 안내하는 수련생에게 물었다.

"혹시 마탑주가 예언을 하기도 하나?"

그 질문에 수련생은 무슨 뜬구름 잡는 소리를 하냐는 표정을 짓다가 상대가 자기거 대공임을 깨닫고 공손히 답했다.

"뛰어난 추론의 결과물은 가끔 예언처럼 보이기도 합니다. 탑주님의 깊은 지식 때문에 평범한 사람은 과정을 이해할 수 없을 때도 많습니다."

결국 '네가 멍청해서 못 알아들은 거지 예언은 아니다.'라는 말이다. 레온하르트는 민망함을 꾹 참으며 머르딘이 한 말을 잊기로 했다.

'마탑주의 말을 믿느니 점쟁이를 믿겠어.'

마법과 관련한 일이 아니면 상식도 없는 머르딘의 말을 믿어서 뭐 하겠는가? 또 홀로 공상하며 이상한 소리나 지껄인 게 분명하다.

레온하르트는 씩씩거리며 황궁으로 가서 이를 보고했다.

결계를 점검하느라 진이 빠진 황제는 "추가 연구가 더 필요하다고 합니다."라는 레온하르트의 요약을 듣더니 보고서를 제대로 읽어 보지도 않았다.

"결계에는 딱히 이상이 없었다."

황제가 지친 얼굴로 말했고 레온하르트는 그저 그 말을 믿었다. 믿을 수밖에 없었다. 제국을 지키는 결계는 황제와 황태자 외엔 접근할 수 없으니까.

그렇지만, 이상하게도 머르딘의 말이 머릿속을 맴돌았다.

'지금 황제가 아무리 잘해도 다음 황제가 무능하면 제국은 무너진다.'
'결계가 깨지는 건 순식간이고 결계가 없으면 대다수의 제국민은 마물들의 먹잇감으로 전락한다.'

왜일까. 레온하르트는 결계가 무너져 불타 버린 제국이 손에 잡힐 듯이 선명하게 그려졌다.

* * *

명명식이 끝나고 몇 주 뒤. 알마예르 저택으로 한 마차가 들어갔다.

마차에서 내린 사람은 갓 스무 살을 넘긴 듯 아직 앳된 티가 나는 여성이었다.

'알마예르 후작저. 여기가 바로 내가 일할 곳!'

고풍스러운 저택을 앞에 두고 주먹을 불끈 쥔 여성의 이름은 엠마 브라운. 발라고프 백작 미하일이 율리아나의 가이드 교사로 최종 선택한 사람이었다.

미하일은 율리아나의 교사를 뽑으며 턱없이 적은 여성 가이드 숫자에 한탄했고, 이를 보완하도록 명령했다.

'내 딸이 가이드로 활동할 때는 여성 가이드라고 무시당하거나 별종 취급받아선 안 돼!'

지극히 개인적인 사유에서였지만 어쨌든 덕분에 발라고프에서 육성하는 가이드 부대에 여성 가이드를 더 뽑게 되는 좋은 결과를 낳았다.

그건 그거고, 율리아나의 교사가 되려면 지금 당장의 기준을 충족해야 했다.

여자일 것.

실력이 뛰어날 것.

원래는 이 두 가지 조건 외에 '동료들과 원만한 관계를 유지할 것'이란 조건도 있었으나, 여성 가이드를 무시하는 쪼잔한 사내새끼들과 마찰이 있던 경우도 많아서 이는 삭제하였다.

모든 후보자의 서류를 미하일이 직접 검토하였고, 한 명 한 명 꼼꼼히 면접까지 보았다.

그렇게 최종 선발이 된 사람이 바로 이 엠마 브라운이었다!

"엠마 브라운 씨 되십니까."

엠마가 안내를 받아 후작저 응접실로 들어가자 집사장이 그녀를 맞았다.

"아, 예. 맞습니다."

"추천서와 서류를 확인하겠습니다."

종이와 도장이 위조되지는 않았는지 집사가 꼼꼼히 확인했다. 콜린 사건으로 후작이 크게 분노하였기 때문이지만 것이지만, 엠마는 그저 '역시 후작가라 그런지 일 처리가 깐깐하구나.'라고 생각할 뿐이었다.

"예. 확인하였습니다. 아가씨께 안내드리겠습니다."

"네."

꼴깍. 엠마는 마른침을 삼키며 집사의 뒤를 따라갔다.

최종 선발되었다고는 하지만 어쨌거나 자신은 평민이다. 감히 귀족 영애, 그것도 후원자의 따님을 가르치는 게 가당키나 할까?

'물론 귀족 예법은 다 숙지하고 있긴 하지만……'

같은 평민 가이드 사이에서도 은근히 무시 받던 엠마로서는 귀족이라는 단어 앞에 주눅이 들 수밖에 없었다.

똑똑.

"아가씨. 들어가겠습니다."

터져 나오려는 한숨을 삼키며 집사가 열어 주는 문으로 들어간 순간.

'아……! 천사……!'

엠마는 저도 모르게 감탄하고 말았다.

흰 원피스를 입은 천사가 자신 쪽으로 고개를 들자 깨끗한 은발이 찰랑였다. 그리고 자신을 바라보는 청량한 하늘색 눈동자. 복숭앗빛으로 발그레한 뺨은 더없이 사랑스러웠고 살짝 벌어진 입술은 아기 새처럼 귀여웠다.

귀족 영애보다는, 어릴 적 수백 번도 더 읽은 동화책에서 나온 천사님과

똑 닮은 모습에 엠마가 감탄할 때, 율리아나는 크게 소리를 높였다.

"피하세요!"

"네?"

뭘 피하라는 건지 어리둥절할 때에, 머리 위에서 뽀글뽀글 물소리가 들렸다.

"어? 이게 무슨……."

촤아악—!

고개를 위로 들자마자 작은 물의 구체가 그대로 얼굴 위로 쏟아져 내렸다.

"악!"

"바이델!"

"하하하! 원래 신고식은 다 하는 거야!"

엠마는 율리아나에게 정신이 팔려 그 옆에 있던 바이델을 보지 못했다. 그녀는 젖어서 축 처진 머리를 쓸어 넘기며 눈을 부릅떴다.

'저놈이 바로 그 악명 높은 물의 악마!'

강력한 센티넬을 배출하기로 유명한 알마예르의 명성에 걸맞게 평균보다 일찍 센티넬로 발현했다는 알마예르 바이델. 바이델은 파란 머리에 파란 눈을 지닌 잘생긴 소년이었다.

'꿀밤 한 대만 먹여 주면 소원이 없겠다!'

엠마의 눈에는 그저 얄미워 보일 뿐이었지만 말이다.

"죄송해요. 바이델이 너무 철이 없어서……."

율리아나가 급히 하녀들에게 가져오게 한 수건을 건네자 엠마는 짧은 머리를 털며 웃었다.

"아닙니다. 더 짓궂은 짓도 당해 봤는걸요."

"네? 누구에게요…?"

'역시. 곱게 자란 아가씨라서 이런 쪽으론 생각도 못 하는군.'

율리아나가 곱게만 자란 건 아니지만 다수에게 물리적인 괴롭힘은 당한 적은 없었기에 어떻게 보면 틀린 말은 아니긴 했다.

"마을 남자애들은 여자가 군인이 된다며 설친다고 괴롭혔고 같은 가이드들도 여자 가이드는 비겁하다고 따돌렸죠."

"비겁해요? 뭐가요?"

엠마는 어깨를 으쓱이며 답했다. 어쩌면 어린 아가씨에게 해 줄 말은 아닐지도 모른다. 그렇지만 자신이 들은 명령을 생각하면 지금이라도 말해 주는 게 나을 것 같아서 말했다.

"당연히 센티넬들이 여자 가이드를 선호할 텐데, 실력으로 승부할 생각하지 않고 비겁하다고요."

경악할 소리에 율리아나의 얼굴이 군자 엠마는 몇 가지 일화를 덧붙였다.

"어느 날은 여자라는 걸 이용해서 출세할 생각이냐고 괴롭혔다가 다른 날은 출전은 개뿔, 그저 귀족을 잡아서 결혼할 생각 아니냐고 욕을 퍼붓더군요."

"뭐 그런 모순되는 말을……."

"그렇죠? 자기들이 무슨 말을 하는지도 모르는 머저리들이었어요."

피식 웃은 엠마가 젖은 수건을 하녀에게 건네며 아직 덜 마른 머리칼을 쓸어 넘겼다.

신고식이랍시고 엠마에게 물세례를 퍼부은 바이델은 입을 밀랍으로 봉한 것처럼 한마디 말도 꺼내지 못했다. 실제로 바이델은 율리아나가 가이드가 아니었다면 다른 여자 가이드에게 비슷한 말을 지껄였을 터.

'아니, 사실은 지금도……. 왜 굳이 여자 가이드가 군인으로 종군하는지 모르겠어.'

이해가 가지 않는다. 율리아나가 가이딩에 관해 더 배우고 싶다고 발라고프 백작에게 요청한 것도 도무지 이유를 알 수 없다.

그렇지만.

"그렇다고 센티넬이라고 저를 욕하지 않는 것도 아니에요. 이 남자, 저 남자 손을 잡는 게 부끄럽지도 않냐고 욕하기도 했죠."

"하아……."

그 소리는 율리아나도 들어 보았다. 공감을 표할 수는 없으니 속으로만 생각하는데, 엠마가 눈을 빛내며 물었다.

"그래도, 배우고 싶으세요? 가이딩에 대해?"

"……네."

"왜요? 영애께서는 집안도 좋으신데요. 가이드라고 모두 가이드로서 사는 길을 택하는 건 아니에요."

엠마의 말에는 바이델도 동의하지만 고용인이 고용주에게 할 말은 아니다.

"이 무슨 건방진—."

"저는 제가 제법 괜찮은 가이드라는 걸 알아요."

율리아나는 바이델의 말을 끊고 대답했다.

이 문제에 관해서 고민했었다.

무슨 이유인지는 모르겠지만 시간을 거슬러 왔다. 과거에 일어났던 사건들을 바꾸었고, 미래 역시 바뀌고 있을 것이다.

그렇다면 자신도 꼭 가이드로 살지 않아도 된다는 뜻이다.

'그렇지만…… 나는 가이딩이 좋아.'

알렉산더와의 폭력적인 관계는 싫었다. 그러나 가이딩 자체는 좋았다.

상대방의 이능을 진정시키고 그 사람의 상태가 나아진 것을 확인했을 때, 뿌듯하고 기뻤다.

직접 세상을 구하진 못해도, 세상을 구하는 일에 손을 보탰다는 사실이 기뻤다. 나도 잘하는 게 있구나, 나도 쓸모가 있구나 깨달을 수 있는 순간이었다.

율리아나는 엠마의 눈을 응시하며 말을 이었다.

"저는 가이드예요. 남들이 뭐라고 해도, 저는 제 삶의 방식을 바꾸지 않을 거예요."

"……."

엠마는 허리를 곧게 펴고 자세를 바로 했다. 그리고 정중하게 인사했다.

"가이드 엠마 브라운입니다. 가르치게 되어 영광입니다."

"가이드 율리아나입니다. 아낌없는 지도 편달 부탁드리겠습니다."

율리아나 역시 스승에게 올리는 인사를 했고 두 사람은 고개를 들고 서로를 향해 미소 지었다.

"야, 뭐야. 나는 안 보이냐? 저기요. 여기 저도 있거든요?"

바이델은 투덜거리다가 두 사람을 위해 슬쩍 빠져 주었다.

일주일에 세 번, 두 시간씩. 율리아나는 엠마의 지도 아래에서 센티넬과 가이드에 관한 이론과 실습수업을 들었다.

그렇게 평온한 시간이 흘렀다.

Chapter 8. 에잇틴 어게인

디플로마 홀에서 열린 로열 아카데미 졸업식에는 졸업생과 그 가족들, 관계자나 기자들 등 많은 인파가 몰렸다.

아카데미는 일반적인 학교보다 고등한 학문과 기술을 가르치며, 그 목표는 뛰어난 실무 관리자를 양성하는 데에 있다. 제국에는 지역별로 아카데미가 있지만 그중 수도에 위치한 황도 로열 아카데미는 그중에서도 최고로 꼽혔다.

군 장교 육성을 위해 세워진 엠러퍼스 나이트 사관학교는 센티넬만 들어갈 수 있고 대부분이 귀족 자제들, 혹은 그 가문에서 후원하는 센티넬들이었기 때문에 일반 평민들은 언감생심 꿈도 꿀 수 없다. 게다가 비싼 학비와 교재비까지 들어서 오히려 하위 귀족의 경우에는 사관학교보다 아카데미를 선호한다는 말이 있을 정도다.

모든 아카데미는 학비와 교재비가 무료이며 황도 로열 아카데미의 경우는 소정의 품위 유지비까지 나온다. 물론 그렇기 때문에 부유한 귀족들은 더 선호하지 않는 경향도 보이지만 능력은 있으나 인맥이 없는 평민을 데려오기에는 최적이다.

인맥이 있는 능력 있는 평민은 귀족 가문의 후원을 받길 원하고 후원자에게 충성을 바치기 때문에 중차대한 나랏일을 시키기 곤란하다.

또한 아카데미는 평민들의 마음을 달래 주는 교화책으로도 쓰였다. 황제와 귀족에게 모든 권력과 부가 쏠려 있는 구조에서 '누구나 입학할 수 있는 등용문'이 있다는 사실은 마음의 위안이 되었기 때문이다.

실제로 황제는 아카데미에서 훌륭한 성적을 거둔 졸업생들을 요직에 배치하여 평민들을 위한 정책도 다수 펼쳤기에 반응이 좋았다.

아카데미 졸업 시즌이 되면 메이저 신문사에서 '이번 수석 졸업생을 만나 보다!', '평민 졸업생들이 배치될 행정 부서는 어디인가?'라는 특집 기사들을 낼 정도였다.

하지만 올해는 수석 졸업생보다 더 주목을 받는 졸업생이 있었다.

모두가 목소리를 낮추고 수군거렸지만, 그들의 시선은 한 곳을 향했다. 같은 학과 학생들도 그리 친해지지 못한 상대기에 오늘 처음 보는 사람들은 더할 터.

"저 사람이 바로 센티넬 가문의 이단아……."

"알마예르가 왜 사관학교에 안 가고?"

"친부 발라고프가 아카데미의 최대 후원자잖아. 친부랑 더 친한가?"

"일단 사관학교는 센티넬만 갈 수 있지 않나."

"에이. 솔직히 일반인급인데도 가문으로 밀어붙여서 들어가는 사람 많다던데 알마예르면 얼마든지 갈 수 있지."

"사관학교는 여자 센티넬들도 들어가기 힘들다던데."

여러 말들이 오가는 가운데, 아카데미의 총장은 모든 학생들의 이름을 하나하나 부르며 졸업 증서를 건네고 격려해 주었다.

바로 다음 차례가 화제의 주인공이었다.

"졸업생 율리아나 알마예르."

순서를 기다리고 있던 율리아나가 단상 위로 올라갔다. 눈썹까지 센 지긋한 나이의 총장이 율리아나를 보며 인자한 미소를 지었다.

율리아나는 안도의 한숨을 내쉬었다. 자신 때문에 기쁜 졸업식 날이 너무 소란스러워진 것이 아닌가 걱정했는데 일단 총장님은 별다르게 생각하지 않는 것 같다.

총장의 목소리가 디플로마 홀에 울려 퍼졌다.

"위 학생은 로열 아카데미 가이드학과 전 과정을 이수하고 가이드 학사 자격을 얻었으므로 이 증서를 수여한다."

율리아나는 예법에 맞춰 인사한 뒤 학위 증서를 받았다. 벨벳 케이스에 담긴 증서는 지난 3년의 시간이 담겨서인지 괜히 묵직하게 느껴졌다.

'이게 내 졸업장이야.'

뿌듯한 마음으로 증서를 꼭 안고 단상에서 내려가려는데 번쩍번쩍, 눈앞에서 흰 빛이 터졌다.

"알마예르 영애! 아카데미를 조기 졸업하는 소감이 어떠십니까?"

"레이디 율리아나! 마법학을 부전공한 이유가 뭡니까?"

"이쪽을 봐 주세요!"

사진기의 플래시가 팡팡 터졌다.

십여 년 전 아카데미 졸업생이 발명했다는 사진기는 이제는 제법 발전이 되어 기자들이 등에 메고 다닐 수 있을 만큼 작아졌다.

수많은 사진기가 뿜어낸 플래시 빛들이 너무 번쩍이자 율리아나는 계단을 내려오다가 발을 약간 헛디디고 말았다.

"앗!"

휘청이는 몸을 잡아 준 것은 바로—

"바보야."

"바이델!"

—바이델이었다.

율리아나는 눈을 깜빡이며 자신을 단단히 붙잡은 바이델을 올려다보았다.

예전에도 올려다보긴 했지만, 그래도 대단한 수준은 아니었는데 이제는 다르다.

떡 벌어진 어깨와 남자다워진 몸 선, 더 높고 또렷해진 콧대, 짙어진 눈썹과 단단해진 턱.

사관학교 외출 정복을 입고 있는 바이델은 이제 완연한 사내의 모습을 하고 있었다.

"바이델, 너……."

"못 본 사이에 더 잘생겨졌지?"

우쭐하며 어깨를 으쓱인 바이델이 율리아나를 꽉 안았다 놓아주었다. 입가에 걸린 미소가 근사했다.

"졸업 축하해."

톡, 삐뚤어진 학사모도 제대로 씌워 준 바이델은 모르는 남자처럼 낯설었다. 율리아나는 얼떨떨했지만 바이델이 손을 내밀자 반사적으로 잡았다. 바이델은 씩 웃고 홀 뒤쪽으로 걸었다.

성큼성큼, 키가 큰 탓일까. 바이델은 그저 빨리 걸을 뿐인데도 그의 속도에 맞추기 위해 율리아나는 종종종 뛰듯이 걸어야 했다.

"어떻게 왔어? 지금 동계 훈련 중 아니었어?"

"좀 빨리 끝냈어. 어차피 내가 메인이잖아."

"바이델. 권력을 그렇게 남용하는 건—"

"아, 괜찮아! 솔직히 내 이름만 듣고도 벌벌 기는 애들이 태반인데 거기서 겸손한 척해 봐야 얕보이기만 하지."

"……그래. 얕보이는 건 별로지."

"오? 네가 그런 소리를 하다니. 아카데미도 어지간했던 모양이다?"

킬킬 웃는 바이델이 데려간 곳은 바로…….

"비앙카! 파벨!"

"이런. 애기들만 보느라고 나는 보이지도 않는 모양이구나."

"백작님!"

비앙카와 파벨, 발라고프 백작이 있는 작은 휴게실이었다.

12살이 된 비앙카는 귀여운 꼬마 숙녀의 모습이었고 16살이 된 파벨은 이제 제법 사내 태가 났다.

율리아나는 지금껏 빠르게 졸업하려고 근 3년 넘게 아카데미에 틀어박혀 기숙사와 건물만을 오갔다. 오랜만에 보는 얼굴들이 반가웠다. 눈물이 핑 돌았다.

"언니, 울어?"

비앙카가 놀라서 율리아나의 허리를 덥석 안았고 파벨은 허둥지둥 품에서 손수건을 꺼내 율리아나의 눈가를 닦아 주었다. 미하일은 한 발짝 떨어져서 그 모습을 따뜻한 눈으로 지켜보았다.

"슬퍼서 우는 거 아니야. 그냥, 드디어 졸업이구나 싶어서."

'그리고, 내 졸업식에 와 줄 사람이 이렇게나 많다는 게…… 기뻐서.'

무사히 학위 증서를 받아서 끝이 났다고 생각해서일까. 저도 모르게 옛날 생각이 났다. 그때는 주변에 아무도 없이 외로웠는데, 지금은 너무 달라서.

"크흠."

바이델이 헛기침을 하며 변명하듯 말했다.

"후작님과 형은 지금 현장에 나가 있어서 못 왔어. 일부러 안 온 건 절대 아니고, 시간을 내려고 했는데 도저히 안 될 것 같더라고."

"괜찮아. 그냥 졸업식인걸."

"그냥 졸업식은 아니지! 보통 사람의 5년 과정을 2년이나 단축했는데!"

미하일이 끼어들어서 한마디 하자 바이델은 슬쩍 미하일을 흘겨보다가 고개를 끄덕였다. 호시탐탐 율리아나를 데려가고 싶어 하는 발라고프 백작이 마음에 드는 것은 아니지만 그 말은 사실이니까.

"사실 1년만 단축해도 성공이다 싶었는데, 뿌듯하긴 하네요."

올해 데뷔탕트 전엔 졸업하고 싶었는데, 다행히 시간을 맞추었다.

'아니, 일단 아카데미를 입학한 것부터 다행이었지.'

율리아나는 15살 때의 생일을 떠올렸다.

* * *

율리아나가 알마예르 백작저에 온 지도 벌써 4년 차. 함께 생일 파티를 하게 된 것도 벌써 세 번째였을 때의 일이다.

첫 생일 파티 때만 해도 발라고프 백작가 사람들이 오는 것을 껄끄러워 했던 알마예르가 사람들도 세 번째쯤 되니 익숙해졌다.

생일 축하합니다. 생일 축하합니다. 사랑하는 율리아나— 생일 축하합 니다—!

후우! 노래가 끝나자 율리아나는 촛불을 부는 걸 좋아하는 비앙카와 함께 촛불을 불었다.

율리아나가 가장 좋아하는 메도빅 케이크는 보름달만큼이나 커다랬다. 매해 율리아나는 자신이 먹을 것만 조금 남겨 두고 고용인들을 위해 양보 했다.

"자, 이건 내 생일 선물이야."

"누님. 이건 제 거예요."

"언니! 이건 내 거야!"

바이델, 파벨, 비앙카. 세 명이 앞다투어 선물을 줬고 휴렌은 차를 홀짝이 며 여상히 말했다.

"내 선물은 네 방에 두게 했다."

파벨은 의아하다는 얼굴로 미하일을 보았다. 언제나 누님의 생일을 휘황찬란하게 챙기는 아버지가 그저 웃기만 하고 있었기 때문이다.

"백작님?"

"쉬. 다 생각이 있단다."

선물을 가득 쌓아 둔 채로 율리아나는 후작의 눈치를 보았다. 작게 숨을 들이마시고 후작을 불렀다.

"후작님."

"그래. 받고 싶은 선물이라도 있느냐?"

후작은 언제나 같았다. 후작의 최우선 관심사는 니엘라였고 그 다음은 율리아나였다. 그래 봤자 원래 감정이라는 것이 희박한 사람이지만.

"네. 받고 싶은 게 있어요. 선물로, 후작님의 허락을 주세요."

그 말에 신문을 보고 있던 후작이 시선을 들어 율리아나를 쳐다보았다. 율리아나는 침을 꼴깍 삼키고 잠시 미하일을 보았다. 미하일은 괜찮다며 고개를 끄덕였다.

율리아나는 눈을 질끈 감고 말했다.

"……저, 아카데미에 가고 싶어요."

"……뭐!? 아카데미?"

대답은 후작이 아닌 바이델에게서 먼저 튀어나왔다. 바이델을 슬쩍 흘겨본 후작이 답했다.

"교육이라면 이미 가정교사에게 받고 있을 텐데 굳이 아카데미? 안 된다."

아카데미는 제법 똑똑한 평민들이 출세하기 위해 들어가는 고등 교육 학교라는 인식 때문에 알마예르 후작은 율리아나의 입학을 반대했었다. 그러나 미하일이 열심히 설득하여 주었다.

어떻게 설득했는지는 모르지만 며칠 뒤 후작은 율리아나가 아카데미에 입학해도 좋다고 허락했고, 미하일은 율리아나의 생일 선물로 총장의 도장이 찍힌 입학 허가서를 주었다.

그때는 초봄, 아카데미 입학은 바로 다음 달이었다. 율리아나는 엠마와 함께 조촐한 송별회를 열었다.

* * *

보통 아카데미는 15살 무렵에 입학하여 5년간의 교육 과정을 이수하게 되지만 학과별로 졸업 과제가 만만치 않아 졸업 재수를 하는 학생도 많다.

'그런 학교를 3년 만에 졸업하느라고 너무 힘들었어.'

사실 꼭 조기 졸업을 해야 하는 것은 아니었다. 다만 준비를 마쳐 두고 싶었다.

'분명 내가 사교계를 데뷔했을 때에 그 사건이 일어났으니까.'

율리아나가 잠시 생각에 잠겨 있는 것을 다르게 오해한 바이델이 큰 소리로 말했다.

"너무 섭섭해하지 마. 곧 있을 네 데뷔탕트에는 두 사람 다 참석한다고 했으니까."

'섭섭하지 않은데……'

전생의 데뷔탕트를 떠올렸다.

율리아나는 후작저로 온 뒤 방치에 가까운 시간을 보냈기 때문에 귀족 사회에 관해 잘 알지 못했다.

아무리 사교계에 정식 데뷔하게 되는 데뷔탕트 무도회를 18살 때 치른다고 해도, 친분이 있는 귀족 가문의 소년 소녀들은 자연스럽게 교류하며 자란다는 것을 말이다.

보호자를 따라다니며 아이들이 동석 가능한 살롱이나 작은 티 파티에서부터 친교를 다지는 것이 대부분. 전생의 로젤리타는 율리아나를 그런

곳에 데리고 다니지도 않았으며 비앙카의 폭주로 사망했기 때문에 율리아나는 데뷔탕트 무도회 전에 다른 귀족 자제들과 친분을 쌓을 기회가 전혀 없었다.

예법은 그나마 데뷔탕트 전에 가문의 이름에 먹칠을 할까 봐 걱정을 한 휴렌이 급하게 구해준 예법 선생 덕에 속성으로 배우긴 했지만 그렇다고 완벽한 것도 아니었다.

귀족이 특별한 이유는 그저 혈통뿐만이 아니다. 귀족들이 지켜야 하는 수많은 몸가짐에 관한 예법과 언어 규칙, 행동 관습들이 귀족들을 특별한 존재임을 증명한다. 평민들과는 다른 언행, 생활양식 전반이 그들의 존재를 증명하는 셈이다.

율리아나는 그때의 자신을 떠올렸다.

알마예르 후작이 평민에게서 본 반쪽짜리 혈통에다가 귀족적인 몸가짐도 어색한 18살짜리 소녀.

만약 가문 차원에서 신경을 쓰는 아이였다면 혈통은 어쩔 수 없어도 예법과 화법이라도 완벽했을 터. 가문에서도 환영받지 못하는 아이라는 것이 데뷔탕트 무도회를 통해 만천하에 알려진 것이나 다름없다.

'세상에 무시당해도 되는 사람은 없다지만, 자존심 높은 귀족들 기준에선 정말 신경 쓸 가치도 없는 자격 미달이었겠구나.'

그런 주제에 가이드라는 이유만으로 황태자의 약혼녀가 되다니. 모든 사람들이 자신을 물어뜯었던 것도 이해가 되었다.

'그런데, 왜 아직도 황태자와 안젤리카는 약혼을 하지 않았지?'

올해 자신이 18살이니 안젤리카는 21살, 황태자 알렉산더는 23살이다. 이미 약혼식을 올리고도 남을 나이인데 이렇게 오래 연인인 상태를 지속하는 게 이해가 되지 않았다.

순간 어떤 기시감이 스쳐 지나갔지만 무시했다.

'자의식 과잉이야. 아무리 전생에서 황제 폐하께서 나를 좋게 보셨대도

이번 생은 다르겠지.'

고개를 저었다.

"그래서 데뷔탕트의 첫 춤은 누구랑 출 거야?"

"응?"

바이델의 말에 다들 귀가 쫑긋해졌다.

율리아나는 당황해서 입을 뻐끔거렸다. 딱히 첫 춤에 의미를 두지 않았건만, 바이델과 미하일, 파벨까지 눈을 반짝이고 있으니 말문이 막혔다. 그러다 묘수를 찾았다.

"어……. 일단, 내 앞으로 온 편지들을 확인한 후에 결정해야지."

"편지?"

"어. 아카데미 동기들 중에도 파티에 오는 사람들이 있을 테니까."

동기라는 말에 미하일의 눈매가 뾰족해졌다.

"가이드 학과에 괜찮은 놈은 없을 텐데?"

율리아나는 고개를 갸웃거렸다. 미하일이 가이드 부대를 운영하기는 하나, 모든 가이드가 미하일의 가이드 부대에 속한 것은 아니다. 그런데 어떻게 가이드 학과의 모두를 아는 것처럼 말하지?

"어……. 백작님 기준이 높으신 것 같은데요. 착한 애들도 많아요."

"율리아나, 새겨 두렴. 남자가 착하다는 건 착한 것 외엔 볼 게 없다는 뜻이란다."

미하일이 아름다운 금발을 쓸어 넘기며 싱그러운 미소를 지었다. 40대 중반의 남자라고는 믿기지 않는 미모를 뽐냈다.

'외모를 봐야 한다는 뜻일까?'

율리아나는 갸웃했다.

"착한 걸 기준으로 상대를 정한다는 뜻은 아니었어요."

"그래. 여러 가지를 따져야지. 착한 건 기본이고 외모, 가문, 능력, 모아 둔 재산 등등! 쉽게 골라선 안 된다."

"아니…. 결혼하는 것도 아니고 고작 첫 춤 상대인데요."

"고작? 고작이라니! 첫 춤 상대와 결혼하는 케이스가 얼마나 많은 줄 아니?"

미하일이 입에서 불을 뿜을 기세로 말했고 바이델은 괜히 옷매무새를 정돈하며 넓은 어깨를 으쓱거렸다.

"흐흠. 여기에 바로 외모며 가문, 능력, 모든 게 다 되는 상대가 있는데?"

"풋. 너는 착하지 않으니 예선 탈락이야."

"뭐? 나같이 착한 남자가 어딨다고!"

항의하는 바이델을 보며 까르르 웃던 율리아나는 비앙카가 난데없이 던진 말에 깜짝 놀랐다.

"그럼 대공님은? 자이거 대공님!"

"비비. 너 아직도 대공님이 좋아?"

"당연하지. 나 대공님이 나온 신문 기사 스크랩북도 있어."

어릴 적에 자이거 대공을 보고 왕자님 같다고 했던 비앙카는 여전히 자이거 대공을 좋아했다. 심지어 그냥 좋아하는 게 아니라.

"대공님이 언니랑 결혼하면 좋겠다!"

여전히 자이거 대공과 율리아나의 로맨스를 꿈꾸고 있었다!

율리아나는 피식 웃으면서 비앙카의 통통한 뺨을 살살 쓰다듬었다. 바이델이 비앙카의 머리를 살짝 잡아당기며 통박을 놓았다.

"큰일 날 소리를. 그런 말 어디 가서 하면 안 돼."

"왜?"

"자이거 대공은……. 하여튼! 안 돼."

비앙카에게 황태자의 자이거 대공에 대한 은근한 견제를 말할 수도 없는 노릇이니 입단속만 시킬 뿐이다. 비앙카는 볼을 부풀리며 바닥을 툭툭 찼다.

"율리 언니는 제일 잘생긴 남자랑 결혼해야 돼. 자이거 대공님처럼!"

"뭐? 저번엔 오빠가 제일 잘생겼다며?"

"그건 과자 먹으려고 한 소리고!"

비앙카와 바이델이 투닥거리는 사이 똑똑똑, 휴게실 문을 두드리는 노크 소리가 들렸다.

"들어오세요."

문이 열리자 드러난 얼굴은 율리아나에겐 익숙하지만 다른 이들에겐 낯선 얼굴이었다.

잿빛 머리칼의 무뚝뚝해 보이는 남자가 꾸벅 인사한 뒤 율리아나를 불렀다.

"율리아나. 뒤풀이 간다고 하지 않았어?"

"아! 고마워, 월터."

"월터? 이번에 가이드 학과를 수석으로 졸업한?"

말해 주지 않았는데도 어떻게 아는지, 미하일이 눈을 매섭게 뜨고 물었다. 월터는 예법에 맞게 미하일에게 다시 인사했다.

"발라고프 백작님을 뵙습니다. 율리아나의 동기 월터 롬멜입니다. 말씀대로 졸업 후 발라고프 가이드 부대에서 근무할 예정입니다."

"롬멜은 못 들어 본 성인데. 평민인가?"

다 알면서 평민이라고 꼬집어 말하는 바이델을 보며 율리아나가 한숨을 내쉬었다.

"내 친구한테 그러지 마. 하여튼, 뒤풀이 갔다가 집으로 갈게."

그대로 휴게실을 나가려던 율리아나는 머뭇거리다가 작은 목소리로 말했다.

"졸업식 와 줘서 고마워요."

그리고 후다닥 도망치듯 휴게실을 나갔다. 솔직하게 고마움을 표현하려니 얼굴이 화끈거렸다.

"가족들과 사이가 좋나 보네."

뒤풀이 장소로 리드해 주던 월터가 말하자 율리아나는 고개를 끄덕였다.

"으응……. 다들 잘해 주셔."

"그래 보인다."

그것으로 대화는 끝이었다. 그래도 불편하지 않았다. 원래 월터는 말이 없는 성격이고, 율리아나가 명문가의 영애라는 것에 개의치 않기 때문이다. 안 친한 동기들이라면 아카데미의 휴게실을 마음대로 쓰는 것만으로도 엄청나게 흉을 보았을지도 모른다.

아카데미 밖의 식당가 중 한 곳으로 들어가자 왁자지껄한 소음이 들렸다. 아니, 이 식당가는 오늘 어디를 가나 다 시끄러울 것이다. 가이드학과, 마법학과, 경제학과, 행정학과, 법학과 등 아카데미의 모든 졸업생이 다 이 거리에서 뒤풀이를 할 테니 말이다.

"오, 왔다! 왔다!"

"지각자는 벌주~!"

"자, 율리를 위해 준비한 특별한 폭탄주가 나간다!"

두구두구두구! 테이블을 마구 두드리는 소리와 함께 친한 동기 한 명이 대체 뭘 섞었는지 모를 오묘한 색의 술을 내밀었다.

"으윽! 냄새가 이상해."

"맥주에 럼을 탔을까, 진을 탔을까? 또 뭘 더 탔을까? 알아맞혀 보세요!"

제국법적으로 15살부터 성인이기에 입학 때부터 술을 마셔 온 아카데미 학생들은 이제 폭탄주 제조의 장인이나 마찬가지였다.

율리아나는 인상을 찡그리며 술을 받아 들고 이걸 마실지 말지 고민했다.

"마셔라! 마셔라, 마셔라! 언제까지 동기들을 기다리게 할 거야!"

지크가 어깨를 들썩여 춤을 추며 분위기를 고조시켰다.

'에잇, 이거 먹는다고 죽는 것도 아닌데!'

눈 딱 감고 잔을 비우려던 순간, 손이 가벼워졌다.

"내가 마실게."

"오! 월터, 갑자기 흑기사?"

"어, 괜찮은데……."

"내가 마시고 싶어서 그런 거야."

월터는 무표정한 얼굴로 그대로 맥주잔 한가득 담긴 폭탄주를 꿀꺽꿀꺽 마시기 시작했다. 율리아나가 얼떨떨한 얼굴로 월터를 보고 있는데, 테이블에서 누군가의 비웃음이 들렸다.

"벌써부터 줄을 대는 건가. 월터 사회생활 잘하네."

줄.

율리아나가 발라고프 백작의 딸이라는 건 공공연한 사실이니 월터가 율리아나에게 잘 보이려는 걸 비꼬는 것이었다.

율리아나가 뭐라고 한마디 하려던 때, 동기들 중 가장 발이 넓고 호감을 사는 지크가 정말 궁금하다는 듯이 대꾸했다.

"응? 벌써라기엔 너무 늦지 않나. 줄을 댈 거였으면 진작 친한 척했어야지."

"……."

생각해 보면 맞는 말이다. 율리아나는 아카데미에 입학할 때부터 유명했는데, 줄을 대려고 지금에 와서 친한 척을 하는 건 늦은 판단이다.

여전히 무표정한 얼굴로 다 마신 맥주 컵을 들어 보이는 월터에게 다른 동기들이 환호성을 질렀다.

"한 잔 더! 한 잔 더!"

"마셔라! 마셔라, 마셔라!"

시끄러워진 틈을 타 지크가 율리아나에게 찡긋 윙크했다.

"신경 쓰지 마. 졸업하니까 널 괴롭히던 걸 후회하나 봐."

"뭐, 딱히 괴롭힘도 아니었어."

"넌 참……. 가끔 보면 노인네같이 세상사에 미련이 없어 보인다니까."

"내가 괴로워야 괴롭힘이지."

율리아나의 시선을 피하는 몇 명의 무리는 아카데미를 다니는 내내 율리아나를 괴롭혔다. 귀족 영애가 아카데미에 와서 뭘 하겠느냐고, 가이딩을 할 수나 있겠느냐고 비웃었다. 입학시험을 잘 본 율리아나가 바로 3학년에 편입하자 특혜라며 근거 없는 비방을 하기도 했다.

뒤에서 다 들리게 험담을 하거나 책을 숨기고 수업 장소를 잘못 알려 주는 등, 여러모로 애를 썼지만 율리아나는 딱히 타격이 없었다. 폭력을 휘두르는 것도 아닌데 이정도야, 뭐.

그리고 월반에 관한 험담은 이해가 갔다. 솔직히 귀족인 덕에 뛰어난 가정교사인 엠마에게 배워서 월반할 수 있던 것이니 말이다.

그럴 수도 있지.

이런 마음으로 대하자 괴롭히던 무리는 별 힘을 쓰지 못했고 주변에 율리아나를 적당히 챙겨 주는 사람들이 생겼다.

성격 좋은 지크와 그 무리들. 월터는 어디에도 속하지 않았지만 무심하게 챙겨 주곤 했다. 그래서 아카데미 생활이 힘들지 않았다. 물론 과제나 논문 작성, 개인 연구를 진행하는 것은 힘들었지만……

"자, 그래도 한 잔 해야지."

"고마워."

쌉쌀한 맛이 특징인 이 식당의 수제 맥주를 홀짝이며 동기들을 보았다. 아카데미 생활의 종지부를 찍은 것이 무척이나 기쁜지, 동기들은 광란의 술 파티를 벌이고 있었다. 저기에 끼고 싶진 않지만, 그래도 저절로 흥이 돋아서 금방 맥주잔을 비웠다.

'이제 졸업하는 실감이 나네.'

"안주도 먹어."

"너는 저기 안 끼고?"

이런 자리에서 절대 빠지지 않는 지크가 계속 자신의 옆에만 붙어 있자 율리아나가 고개를 갸웃했다. 지크는 약간 긴장한 얼굴로 물었다.

"물어볼 게 있어서."

"응? 물어봐."

"데뷔탕트 파티, 누구랑 가?"

지크에게서까지 이 질문을 받다니? 율리아나는 눈을 크게 떴다.

"딱히… 생각 안 해 봤는데."

"그래? 이미 정해진 건 아니지?"

"응."

얼떨떨하던 율리아나는 한 가지 생각에 도달했다.

'아. 지크는 귀족 가문의 전속 가이드가 되는 게 목표라고 했지.'

아카데미를 졸업한 가이드들의 진로는 크게 두 가지로 나뉜다.

제국군 소속 가이드와 귀족 가문 소속의 가이드.

무상 교육을 받은 대신 제국군 소속 가이드로서 3년을 의무 종군해야 하긴 하지만, 이 의무기간이 끝나면 자유롭게 거취를 정할 수 있다.

(참고로 발라고프의 가이드 부대는 발라고프 가문 소속의 가이드 부대지만 제국군을 보완하는 목적으로 육성되었기 때문에 중간적인 성격을 띤다.)

강한 센티넬 가문일수록 뛰어난 가이드를 필요로 하기 때문에 귀족 가문들은 아카데미의 우수 졸업생들에게 끝없이 러브콜을 보낸다.

현재 지크에게도 여기저기서 러브콜이 오고 있겠지만 전속 계약은 쉽게 무를 수 없는 이상 신중하고 싶은 모양이다.

데뷔탕트 무도회는 신년회에 버금가는 큰 행사이니 미래의 고용주들을 직접 볼 수 있는 좋은 기회일 터.

평민인 지크가 자신과 함께 데뷔탕트 무도회에 참석하고 싶어 하는 것은 당연한 것일지도 모른다.

그렇지만.

'바이델이 가만있지 않을 것 같아. 바이델뿐만이 아니라 백작님이랑 파벨도……'

휴게실에서 살벌하게 이를 갈던 미하일이나 언성을 높이던 바이델을 떠올리니, 지크를 파트너로 데려가는 건 오히려 그에게 못 할 짓 같았다.

"글쎄. 일단 나 혼자서 결정할 수 있는 문제는 아니라서."

'이럴 땐, 핑계 돌려막기가 최고지!'

율리아나가 일단 둘러대자 지크가 작게 한숨을 내쉬었다.

"그렇구나. 아쉽네."

"응?"

"데뷔탕트 파티 같은 때가 아니라면 내가 네 파트너가 될 수 있는 기회가 없잖아?"

"아……."

그 말에 피가 식는 기분이었다.

아카데미에서 제일 좋았던 건, 자신이 가이드라는 사실을 아무도 이상해하지 않는다는 것이었다. 그저 귀족 영애가 왜 굳이 아카데미까지 와서 가이드로 살려 하냐고 수군거리는 말뿐이었다.

그런데 이렇게 졸업식이 끝나자마자, 그것도 나름 친하다고 생각한 지크한테 편향된 말을 듣자 화가 치솟았다.

"기회가 없다는 뜻은 내가 여자 가이드니까, 당연히 남자 센티넬들과 파트너를 할 거라서?"

저도 모르게 뾰족하게 나간 말에 지크가 화들짝 놀랐다. 그는 두 손을 저으며 혼신의 힘을 다해 부정했다.

"그런 뜻이 아니야. 내 말은—."

목이 타는지 손에 든 술을 벌컥 들이켠 뒤 말을 쏟아 냈다.

"아름다운 미모에 빛나는 재능, 게다가 뛰어난 가문까지. 율리아나. 누군들 너를 가만히 놔두겠어?"

갑작스러운 상찬의 말에 율리아나가 눈을 깜빡거렸다. 그러다 뒤늦게 얼굴이 붉어졌다.

괜한 편견에 사로잡힌 것은 바로 자신일지도 모른다는 생각이 들었다.

'나를 보는 시선은 전생과 달라졌는데, 나만 계속 과거에 갇혀 있는 것 같아.'

씁쓸하면서도 억울했다. 모두가 다 알고 있는 사실이라면 모를까, 자신의 머릿속에만 있는 일인 데다 현재는 너무나 달라져 버렸으니 누군가한테 하소연할 수도, 원망을 퍼부을 수도 없었다.

그렇다고 해도 지크가 한 말은 너무 과했다. 율리아나는 빨개진 얼굴에 손부채질을 했다.

"그, 그 정도는 아닌데……."

"어떤 부분을 부정하고 싶은 건데? 빛나는 재능? 아니면 아름다운 미모?"

지크가 짓궂게 묻자 율리아나는 버벅거리며 답했다.

"두, 둘다!"

"오, 율리아나. 미모야 너도 거울을 보니 알 테고. 빛나는 재능? 마법학과와 협업해서 최초로 가이드석을 개발한 사람이 할 말은 아니지?"

"……그건 인정할게."

가이드석의 발명자.

이 말을 들을 때마다 율리아나는 벅찬 기분에 휩싸였다.

회귀 후 이룬 성과가 무엇이냐고 물으면 첫 번째는 엄마의 생명을 연장한 것, 둘째는 비앙카의 죽음을 막은 것, 마지막은 가이드석을 발명한 것이다.

율리아나의 얼굴이 뿌듯함으로 가득해지자 지크도 흐뭇하게 웃었다.

"드디어 인정하는구나. 처음엔 '에테르를 연구하다 보니 우연히 알게 되었을 뿐이야.'라고 겸양을 떨었으면서."

"지크! 그만 놀려."

"어이쿠. 무서우니 그만해야지."

지크는 엄살을 떨며 율리아나에게 잔을 내밀었다. 율리아나는 든 잔을 지크의 잔에 부딪힌 후 꼴깍꼴깍 마셨다.

가이드학과 내에서 뿐만 아니라 아카데미의 마당발인 지크는 훈훈한 외모와 서글서글한 성격으로 모두의 인기인이다.

이것만 보면 바이델과 전혀 다른데, 툭툭 놀리는 화법이 왠지 바이델과 비슷한 느낌이라 편하게 말을 섞게 된다.

"지크, 어딨어?"

"간다, 가! 율리, 주는 대로 다 받아 마시지 말고 적당히 마셔."

"알았어."

지크가 다른 동기들이 있는 테이블로 떠나고 율리아나는 적당히 먹고 마시며 앞으로의 일들을 계획했다.

아카데미를 졸업했으니 이제 시작이었다. 군 가이드로서의 삶이 그녀를 기다리고 있었다.

'아, 물론. 그전에 데뷔탕트부터 치러야 하지만.'

벌써부터 피곤한 기분에 율리아나는 남은 맥주를 단번에 삼켰다.

* * *

"이거 별론데."

"네? 레이디께서 다 확인하셨던 디자인인데⋯⋯."

"그래. 그런데 별로라고. 다시 못 만들어?"

제국에서 가장 값비싼 사치품이 모이는 거리, 엘로즈 스트릿의 키스 의상실은 한 손님으로 인해 곤란을 겪고 있었다.

안젤리카 채텀.

황태자의 오랜 연인으로 사교계를 휘어잡는 백작 영애가 주문한 드레스가 마음에 들지 않는다고 트집을 잡고 있었기 때문이다.

의상실의 대표이자 메인 디자이너인 키스는 쩔쩔매며 안젤리카의 시중을 들었다.

"그럼 다른 디자인을 가져오겠습니다. 우선 이 디자인 북을 보시면⋯⋯."

"이제 와서 언제 새 드레스를 맞춰? 무도회가 코앞인데. 아니면 저 드레스는 어때? 나한테 딱 어울릴 것 같은데. 저거 가져와 봐. 좀 입어봐야겠어."

"죄송합니다만, 저건 이미 예약이 되어 있는 드레스입니다."

안젤리카의 눈매가 뾰족하게 올라갔다. 키스는 가슴이 철렁했지만, 다 완성이 되어 픽업만을 기다리고 있는 드레스를 다른 손님에게 내어 줄 수는 없었다.

"그게 누군데?"

"네?"

"누구냐고. 내가 갖고 싶어도 못 줄 상대야?"

"그건⋯⋯."

키스는 말을 잇지 못했다. 드레스의 주인이 누구인지가 중요한 게 아니었기 때문이다.

그러나 이미 안젤리카의 마음은 상했고, 키스가 모르는 사이 상황은 끝이 나 있었다.

"뭐야. 지금 재 보는 거야? 저 예약자랑 나 중에 누가 더 높은가? 하! 지금 나를 뭘로 보는 거야?"

"아닙니다, 아가씨! 절대 그런 게 아니—."

"됐어. 이 샵의 운영 방식에 내가 간섭할 바는 아니지. 그렇지만, 이제 이 샵에서 황궁에 납품할 물건은 없어질 것 같네."

그 말에 키스의 심장이 바닥으로 굴러떨어졌다.

"네? 아, 아가씨! 아가씨! 잘못했습니다, 무슨 드레스든 다 원하시는 대로⋯⋯!"

"싫어. 누구를 거지로 알아? 건방지긴."

안젤리카는 콧방귀를 뀌며 샵을 나왔다. 키스가 울며 그녀를 붙잡으려 했으나 안젤리카를 따라 다니는 기사가 그를 거칠게 제압했다.

"감히 누구의 몸에 손을 대려는 건가."

"아악! 그게 아닙니다, 저는 다만…! 크윽!"

"오해받을 행동 하지 말도록."

키스를 바닥에 내팽개치듯 떠민 기사는 안젤리카를 호위하며 다른 가게로 떠났다.

"이럴 수가……."

이제 막 유명세를 얻어 자리 잡기 시작한 신진 디자이너 키스는 황궁에 납품하지 못하게 될 것이라는 말에 절망했다. 사업을 확장하기 위해 빚까지 내며 엘로즈 거리에 본점을 내었는데 열매가 여물기도 전에 싹부터 뽑혀나가다니.

그러나 안젤리카는 자신의 감정에 취해 타인의 생계나 꿈 따위 알 바 아니었다.

'흥. 그 드레스가 패털리 자작 영애 건 줄 모를까봐? 고작 자작 영애 따위를 신경 쓰느라 나를 홀대하다니. 일이 다 끊겨도 싸!'

감히 자신에 대해 험담을 한 영애를 비호하다니, 저 의상실은 꼭 망하면 좋겠다.

쿵쿵쿵! 신경질적으로 걷는 안젤리카는 주변을 볼 여유 따위 없었다. 그러나 호위 기사가 누군가가 안젤리카에게 부딪히기 전에 먼저 나서서 사람들을 밀쳐내었다.

"악, 뭐야?"

"길을 막지 마라."

호위 기사 쟝이 황궁 기사 단복을 입고 있는 만큼 불만을 표하는 사람은 없었으나 기사는 자괴감을 느꼈다.

'이러려고 사관학교를 졸업한 게 아닌데…….'

쟝은 안젤리카를 보았다. 아름다운 영애지만, 호위를 하면서 느낀 것은 성격은 얼굴만큼 아름답지 않다는 것이다.

'이러니 황제 폐하께서 약혼을 반대하시지.'

황제의 반대로 황태자의 약혼이 계속 미뤄지고 있다는 사실은 아주 공공연했다.

처음엔 그저 아들을 결혼 전까지 자유롭게 풀어 주려는 아버지의 마음인 줄 알았으나, 한 해 한 해가 지날수록 여론이 변했다.

'혹시 안젤리카 영애에게 뭔가 중대한 결격 사유가 있는 것은 아닐까?'

이렇게 생각하는 사람들이 많아졌다.

안젤리카를 보는 사람들의 시선도 조금씩 변했고, 안젤리카는 이를 예민하게 감지했다.

게다가.

알렉산더에게 접근하는 영애들의 수가 눈에 보이도록 늘었다. 황제에게 자신의 딸이나 조카딸을 선보이는 귀족들도 늘어났다. 어떻게든 눈도장을 찍으려 하는 것이다.

심지어 호위 기사인 쟝까지 '이 영애보다는 내 사촌 동생이 더 나은 것 같은데.'라는 생각을 할 정도니 다른 귀족들은 어떻겠는가.

"신문 사세요. 신문이요! 아카데미 졸업생 특집 기사가 포함되었습니다! 단돈 오 쿠퍼!"

거리에 나와서 신문을 파는 아이는 아주 똑똑하게도 뻣뻣한 나무판에 신문의 하이라이트 페이지를 붙여서 흔들며 사람들의 시선을 끌고 있었다.

"어제 졸업식이었지."

쟝이 중얼거렸다. 사촌 동생의 졸업은 아직 몇 년이나 남아 있다. 만약 어제 졸업했다면 사촌 동생을 핑계로 화제의 레이디를 볼 수 있었는데 말이다.

쟝의 중얼거림에 안젤리카가 관심을 보였다.

"졸업식? 아카데미 졸업식을 말하는 건가?"

"맞습니다. 어제 황도 로열 아카데미 졸업식이었죠."

눈치가 별로 없기도 하거니와 안젤리카가 한 번도 언급한 적이 없어서 잘 몰랐던 쟝이 '그' 이름을 꺼냈다.

"알마예르 영애도 어제 졸업했다고 합니다. 아, 특집 기사에 사진도 실려 있네요. 옆에는 기사 바이델이군요. 기사 바이델은—."

"그 알마예르 영애? 그 사생아를 말하는 건가요? 하, 어이없네."

바이델이 자신의 후배라는 말을 하려던 쟝은 신경질적인 목소리에 입을 다물어야 했다.

"정신이 나갔어. 주목받고 싶어서 안달이 난 거야. 알마예르에서 받아 줬으면 얌전히 있다가 결혼이나 할 것이지. 아, 구혼하는 남자가 없어서 공부를 하나?"

안젤리카의 이죽거리는 목소리엔 가시가 가득했다. 쟝은 사촌 동생에게 들은 알마예르 영애의 이야기와 안젤리카의 추측 사이의 괴리가 너무 커서 의아했다. 그러나 지금 그걸 설명했다가는 큰일 난다는 것쯤은 눈치 없는 그로서도 알 수 있었다. 쟝은 얼른 저 멀리 있는 가게로 뛰어가서 문을 열었다.

"아가씨. 너무 오래 걸으셨습니다."

"그래요. 여긴 좀 제대로 된 물건을 만들면 좋겠네."

또각또각. 구두 굽 소리가 날카롭게 울렸다.

* * *

데뷔탕트 무도회를 앞두고 많은 사람들이 엘로즈 거리를 찾았다. 율리아나 역시 그들 중 하나였다.

보통은 이미 맞춰 둔 의상과 코디에 추가할 것이 없는지 구경하러 나왔거나 마지막 수정 사항을 말하기 위해 온 것이지만 율리아나는 아니었다.

그녀는 이제야 데뷔탕트 무도회에서 입을 새 드레스를 사러 나온 것이었다!

물론 드레스가 없는 것은 아니었다. 하지만.

'그렇게 화려한 드레스를 어떻게 입어?'

율리아나가 졸업 때문에 알아서 하라고 전했더니 미하일이며 바이델이며 엄청나게 화려한 드레스들을 준비해 둔 게 아닌가. 보석이 주렁주렁 달려서 똑바로 바라보기도 힘든 드레스며, 몸에 딱 달라붙는 라인에다가 엉덩이에 버슬을 넣어 몸매를 자랑하는 드레스까지!

가뜩이나 아카데미를 졸업한 가이드 귀족 영애로 원치 않은 주목을 받고 있는데 거기에 기름을 끼얹고 싶진 않았다.

"아가씨. 어디로 가시게요?"

"생각해 둔 곳이 있어."

하이디에 비해 침착한 루시만 데려온 율리아나는 한 의상실로 들어갔다. 바로 〈키스 의상실〉로.

딸랑—

문을 열자 낭랑한 종소리가 반겨 주었다. 율리아나는 의상실 안으로 들어서자마자 의아해졌다.

'으응? 원래 이렇게 사람이 없나? 유명한 곳일 텐데. 게다가 왜 조명이 어두운 것 같지.'

이 의상실은 율리아나가 기억하기로 미래에 굉장히 인기가 있는 곳이다. 기존의 디자인이 아니라 맞춤 드레스를 입으려면 예약하고 드레스를 받을 때까지 1년이나 기다려야 하는.

최고급 의상실이라고 할 수는 없지만, 트렌드와 클래식을 조화롭게 매치하여 큰 반향을 일으켜 분점을 몇 개나 냈다. 한마디로 호불호 없이 대중적인 디자인을 내는 곳이라는 뜻.

'대중적으로 흥한 의상실이 지금은 왜 이렇게 사람이 적은지 모르겠지만.

아직 흥하기 전인가?'

일단 율리아나는 너무 튀는 디자인을 지양하고 싶었기 때문에 이곳으로 마음을 정했다.

사실, 딱히 아는 곳이 없기도 했다. 회귀 전 알마예르에 있을 땐 알마예르가 주로 의뢰하는 의상실을 이용했고 황태자의 약혼녀가 되었을 땐 황궁 전속 디자이너가 알아서 맞춰 주었으니.

"사람이 없는데…. 다른 곳으로 가시는 건 어떨까요?"

루시가 소곤거리는데 안쪽에서 직원으로 보이는 여자가 비척비척 걸어 나왔다.

"어서 오세요…. 처음 오시는 분이신가요? 뭘 도와드릴까요?"

창백한 얼굴의 직원을 확인한 루시는 제발 다른 곳으로 가자며 율리아나를 보았지만 율리아나는 일단 드레스부터 보고 난 다음에 결정하기로 했다. 비록 좀 의구심이 들긴 하지만.

"드레스를 구입하려고 하는데, 혹시 며칠 뒤에 바로 입을 수 있는 게 있을까요?"

"네? 며칠 뒤요? 그렇다면 설마……."

"네. 데뷔탕트 무도회에서 입을 드레스를 구입하려고 해요."

"데뷔탕트 드레스를 지금 구하신다고요?"

직원의 되물음에 루시가 발끈해서 답했다.

"드레스를 준비 못 한 게 아니에요. 이미 준비한 드레스가 있지만 아가씨께서 추구하시는 이미지와 맞지 않아서 다른 것도 보려고 나온 거예요."

귀한 우리 아가씨가 드레스도 준비 못 한 세력 없는 귀족 영애로 보일까 루시가 눈을 부릅떴다.

'역시 이런 단정한 디자인 말고 화려한 외출복을 입자고 강권했어야 하는데!'

루시가 부들거리는데 직원은 당황하여 손을 내저었다.

"네, 네. 놀라서 죄송합니다. 다른 의도는 아니었고……. 사실, 예약 취소된 드레스 몇 벌이 있어서 진짜인가 하고 되물은 거였습니다."

그 말에 루시는 아예 율리아나에게 바짝 붙어서 귀엣말을 했다.

"아가씨. 지금 이 시기에 예약 취소가 되다니 무슨 큰 문제가 있는 곳인 게 틀림없어요!"

"디자인만 멀쩡하면 무슨 문제겠어. 난 그냥 평범한 드레스를 찾는 거니까 괜찮아."

하이디보다 어른스럽다고 생각한 루시 역시 극성 하녀였다니. 약간 절망한 율리아나는 평온한 얼굴로 직원에게 말했다.

"그 드레스들 좀 보여 주세요. 혹시 무도회까지 완성할 수 있는 드레스 디자인이 있다면 미완성품이어도 좋으니 보여 주시고요."

"……아, 네! 네! 바로 보여드리겠습니다."

잠깐 멍해 보였던 직원은 번개를 맞은 것처럼 빠릿빠릿하게 움직여서 드레스가 입혀진 마네킹을 옮겨 왔다.

루시는 율리아나를 소파에 앉히고서 음료와 다과를 내오는 직원도 없다는 것에서 혀를 찼다. 그리고 경력직 하녀의 눈치로 쇼룸 근처에 있는 서랍에서 쿠키를 꺼내 가져왔다.

"이렇게 마음대로 가져오면……."

"괜찮아요. 손님을 이렇게 방치하는 게 더 무례한 거예요."

"그럼 같이 먹어. 거기 서 있지 말고 여기 앉아."

"…아가씨는 고용인들에게 너무 무르세요."

애정과 염려가 섞인 루시의 눈을 보며 율리아나는 싱긋 웃었다.

오작오작 쿠키를 먹는데 마네킹들을 옮기고 드레스의 매무새를 다듬은 직원이 소파에 앉은 두 사람을 보고 깜짝 놀라 외쳤다.

"아이고, 차라도 내올 것을. 잠시만 기다리세요!"

"아니에요. 괜찮아요. 드레스는 이게 다인가요?"

"아, 잠시만요. 디자인 화집을 가져다 드리겠습니다."

손님 접대며 디자인 설명까지 전부 홀로 하는 직원을 보고 루시가 물었다.

"그런데, 혼자 일하시나요? 사장님은요?"

"아……. 사실, 제가 사장이자 디자이너입니다. 키스 의상실의 키스가 바로 저죠."

"어머!"

루시의 감탄사에는 여러 감정이 섞여 있었다. 왜 직원이 한 명도 없어? 라는 의아함과 불신 등.

전생의 기억을 가진 율리아나조차 스멀스멀 의심이 차오르려던 찰나, 키스가 드레스들을 가지고 나왔다.

"오……."

율리아나는 쿠키 가루가 묻은 손을 털고 일어나서 드레스들을 가까이서 보았다.

'예쁘다. 너무 튀지도 않고.'

왜 예약이 취소되었는지 의아할 정도로 괜찮은 드레스들이었다.

비록 미하일과 바이델이 준비한 드레스의 화려함에 미치지는 못하지만 깔끔하고 단정했다. 물론 율리아나는 그것이 기꺼웠다.

그중에서도 눈을 사로잡는 디자인이 있었다.

"음…. 이거, 입어 봐도 될까요?"

"물론입니다! 이쪽으로 오시지요."

키스는 반색하며 마네킹에서 드레스를 벗겨서 율리아나를 드레스 룸으로 안내했다. 키스는 율리아나에게 드레스를 입혀 주면서 허리의 남는 부분은 조심스럽게 핀으로 잡아 핏을 맞추었다.

그리고 드레스에 어울리도록 가볍게 머리를 틀어 올려 고정시킨 뒤 시야를 가리던 커튼을 열었다. 키스가 커튼을 열자 커다란 전신 거울이 율리아나를 비추었다.

"……음."

율리아나는 마음을 정했다.

"이 드레스, 구매하겠어요."

* * *

데뷔탕트 무도회를 위해 황궁의 다이너스티 홀이 개방되었다.

황궁의 연회장 중에 가장 큰 연회장인 다이너스티 홀은 아름다운 천장 벽화로 유명했다. 조명 또한 다른 홀에 비해 밝아 건전한 느낌을 주어서 사교계에 첫걸음 하는 청년들에게 딱 알맞은 곳이었다.

중하급 귀족들이 입장하고 어느 정도 시간이 흐른 뒤, 상급 귀족이 입장할 때마다 문 옆에 세운 은등불이 흰빛을 내며 타올랐다.

화르륵!

호명관이 입장하는 귀족을 호명하자 은등불이 빛을 냈다.

"채텀 백작가의 레이디 안젤리카와 뮬러 백작가의 기사 쟝이 드십니다!"

화려한 드레스를 입은 안젤리카가 쟝의 손을 잡고 입장했다.

핑크 로즈라는 별명을 탄생시킨 분홍 머리칼을 탐스럽게 틀어 올리고 연분홍빛 드레스를 입은 안젤리카는 천사처럼 아름다웠다. 이건 안젤리카를 싫어하는 사람들도 인정하는 바였다.

"그런데 오늘도 전하와 따로 입장하네요."

"오늘도, 라기엔 같이 입장했을 때가 너무 오래 전인데요? 공식 석상에선 언제나 따로 입장하시니까요."

"역시 폐하께서 반대하신다는 소문이 사실인 것 같네요."

수군거리는 소리가 들린 쪽을 안젤리카가 노려보았다.

안젤리카의 머리엔 핑크 다이아몬드가 박힌 작은 티아라가 얹혀 있었다.

황족 여성 외엔 티아라를 쓰지 못한다는 사실을 모르는 귀족은 없었다. 안젤리카의 티아라가 보여 주는 의도는 명백했다.

나는 곧 황족이 될 여자다―라는 뜻.

'그렇지만 진짜 티아라도 아니고 작은 티아라인걸. 물론, 황태자 전하께서 선물한 거지만.'

누군가가 속으로 삐죽거렸다. 알렉산더가 안젤리카에게 사랑의 증표로 핑크 다이아몬드로 만든 작은 티아라를 선물한 것은 유명했다.

그렇지만 비슷한 일화들이 유명해질 때마다 사람들은 더 수군거렸다. 증표만 남발하고 실제로 약혼식은 올리지 않았으니까.

'진짜 짜증 나! 알렉 때문에 다른 남자들은 나한테 파트너 신청도 안 하는데 알렉은 같이 입장도 안 해 주고!'

사람들의 수군거림을 들은 안젤리카가 속이 상해서 샴페인을 들이켜는 사이, 은등불이 세차게 타올랐다.

"자이거 대공 레온하르트, 태양의 검께서 드십니다!"

자이거 대공 레온하르트라는 이름이 울려 퍼진 순간부터 홀을 뒤덮고 있던 소음이 짠 것처럼 가라앉았다.

저벅저벅, 문을 통과해 홀로 들어오는 레온하르트는 한 마리의 붉은 사자와 같았다.

고요한 홀 안에서 바람이 불 리 없건만 레온하르트의 붉은 머리칼은 타오르는 불꽃처럼 흩날렸고 진한 황금빛 눈 안에서도 이글거리는 열기가 느껴졌다.

압도적이고 묵직한 존재감에 짓눌렸던 사람들은 레온하르트가 홀 내부를 한 번 훑어본 뒤 뒤편으로 가자 그제야 숨을 내쉬었다. 딱히 그가 기세를 올린 것도 아닌데 그랬다. 남자들은 언제 짓눌렸냐는 듯 과장되게 목소리를 높였고, 여자들은 동경이 깃든 목소리로 소곤거렸다.

"역시… 자이거 대공님은 남다르신 데가 있군요."

"한동안 사교 행사에 참석하지 않으시더니 무슨 심경의 변화라도 있으신 걸까요?"

"결혼 상대를 찾는 걸지도요? 새로운 얼굴들이 대거 등장하는 무도회니까요."

"어머, 가능성이 있네요."

레온하르트의 등장 이후로도 다른 중상위 귀족들이 입장하였으나 아무도 주목을 얻지 못했다. 모두들 아닌 척했지만 홀 뒤편 소파에 앉아 와인을 마시는 레온하르트의 일거수일투족을 의식하고 있었다.

'정말 딱딱하다니까. 먼저 인사 좀 해주면 어디 덧나나?'

안젤리카는 입술을 삐죽거리며 자리에서 일어났다. 레온하르트가 자신에게 오기를 기다리다가 이대로라면 영영 오지 않을 것 같았기 때문이다.

"대공님."

"레이디 안젤리카. 오늘도 아름답군요."

레온하르트가 일어서서 안젤리카를 맞았다. 안젤리카는 그의 옆자리에 앉으며 주변을 둘러보았다.

레온하르트는 모두의 주목을 끌고 있었지만 다들 힐끔힐끔 눈치만 볼 뿐, 그에게 다가가지 못했다. 해가 갈수록 더욱 무거워지는 존재감 덕분이었다. 그만큼 레온하르트에게 서슴없이 다가가는 안젤리카가 돋보였다.

안젤리카는 자신에게 쏟아지는 부러움의 시선을 즐기며 레온하르트와의 대화를 이어 갔다.

"요즘 많이 바쁘시다더니 이렇게 뵙게 되어 기쁘네요."

"예. 최근 들어 바깥이 더 기승이어서 그렇습니다."

바깥은 결계 밖을 말하는데, 사실 레온하르트는 최근 들어 결계 밖으로 나간 적이 없었다. 대외적으로는 결계 밖을 지킨다고 하고서 제국 내부를 순찰하며 조사 중이었다.

6년 전, 제국 내에서 마물이 발견된 이후로 황제와 레온하르트는 마탑과 힘을 합쳐 몇 가지 조건이 맞물리는 장소에서는 결계가 약해진다는 사실을 알아내었다.

사실 그 조건조차 아직 명확하지 않다.

우선은 '전염병이 발생하여 센티넬을 포함한 수많은 인명 사고가 일어났을 때' 결계가 약해진다는 것으로 가설을 세웠는데, 이를 확인하기 위해 레온하르트가 그의 기사단과 함께 직접 발로 뛰고 있었다.

마족들이 결계의 파훼법을 알아내면 제국은 아수라장이 될 터.

그렇게 바쁜 레온하르트가 데뷔탕트 무도회에까지 오게 된 사유는 하나였다.

호명관이 외쳤다.

"알마예르 후작가의 레이디 율리아나와 마탑주 머르딘께서 입장하십니다!"

호명관의 말에 다들 놀라서 문을 쳐다보았다.

"바, 방금 마탑주라고 한 게 맞나?"

"마탑주는 처음 보는데⋯. 어머, 마탑주가 저렇게 젊었군요?"

"마탑주가 무도회에 참석하는 건 처음이군."

마탑주 머르딘은 마탑주만이 입을 수 있는 화려한 로브를 입고 허리까지 오는 긴 흑발을 땋아 내리고 있어 누가 봐도 첫눈에 마법사라는 것을 알 수 있었다.

"알마예르 영애는⋯ 예상보다 평범하네요."

"얼굴은 미인이지만요. 취향이 수수한가?"

"보석은 수수하지 않네요. 어머, 저거 알마예르의 가보 아닌가요?"

상대적으로 머르딘이 에스코트하는 율리아나는 평범하다는 인상을 주었다. 바로 그것이 율리아나가 노린 것이었지만.

그러나 율리아나는 드레스에만 신경 쓰느라 하녀들이 자신의 목이며 팔에 가문의 값비싼 보석을 둘러주었다는 것을 간과했다. 루시와 하이디는 로젤리타가 떠나자마자 후작의 승인 하에 부인의 보석함을 받아 율리아나를 꾸미고 있던 것이다!

귀족들은 율리아나의 수수하면서도 화려한 꾸밈에 혀를 내둘렀다.

"알마예르 후작, 알마예르 소후작, 알마예르 후작가의 기사 바이델이 드십니다."

"발라고프 백작이 드십니다!"

이후에 알마예르의 세 남자와 발라고프 백작이 입장했지만 마탑주라는 말에 다들 놀라 두 가문의 입장은 상대적으로 주목을 덜 받았다.

"알마예르 영애가 이번에 아카데미에서 부전공으로 마법학을 공부했다더니, 그것 때문에 마탑주와 입장했을까요?"

"마탑주가 아무리 젊어 보여도 실제 나이는 그렇지 않을 텐데요. 혼맥은 어려울 것 같은데……."

"수제자로서 들이겠다는 뜻일까요? 마탑주는 아직 수제자가 없지요? 발라고프 백작이 전부터 마탑과 긴밀한 관계라는 이야기는 있었는데요."

다들 여러 추측을 할 때 안젤리카는 눈을 뾰족하게 떴다.

'마탑주를 파트너로 데려와? 관심을 받고 싶어서 아주 날뛰는구나.'

마탑주를 파트너로 데려오다니. 자신이 황태자와 함께 입장했어도 지금과 같은 화젯거리를 모으지는 못했을 것이다.

'잠깐만. 저 드레스는…?'

부채질을 하는 척 율리아나를 맹렬히 노려보고 있던 안젤리카는 율리아나의 드레스를 단박에 알아보았다.

'저건 분명—.'

그때, 옆에 앉아 있던 레온하르트가 일어났다.

"잠시."

안젤리카에게 양해를 구하고 미련 없이 등을 보인 레온하르트가 율리아나에게 향했다. 안젤리카는 화들짝 놀라 일어나 레온하르트를 잡아 당겼다.

"알마예르 영애에게 가시려는 건가요?"

"그렇습니다만."

"그럼 같이 가요. 화제의 주인공인데 저는 친분이 없어서 대화해 본 적이 없거든요. 어떤 분인지 궁금해요."

안젤리카는 애써 눈을 휘며 말했다.

'대공이 저 계집애에게 신경 쓰는 건 이번이 처음이 아니야.'

안젤리카는 아직도 생생하게 기억했다.

6년 전, 명명식 후에 열린 연회에서 레온하르트가 알렉산더와 자신을 내버려 둔 채 율리아나에게 갔던 것을 말이다.

'그럴 리는 없다고 생각하지만, 만약 대공이 저 사생아와 짝을 맺는다면.'

생각만 해도 열통이 터졌다.

물론 당연히 황태자의 연인이자 미래의 황후가 될 자신의 지위가 훨씬 더 높겠지만, 그래도 출신 가문의 위세는 중요한 법이다.

드높은 명성의 알마예르 후작가와 이제야 자리를 잡아 간다는 평을 듣는 채텀 백작가.

둘 다 무력이 뛰어난, 같은 궤의 가문이라 더욱 쉽게 비교가 되었다.

안젤리카는 최대한 밝게 미소 지으며 레온하르트에게 손을 내밀었다.

"같이 가 주실 거죠?"

"네. 그러지요."

딱히 거절할 만한 일도 아닌지라 레온하르트는 안젤리카의 손을 잡아 에스코트했다.

자이거 대공이 황태자의 연인과 함께 움직이는데 그 앞을 막는 이가 있을 리 없다. 파도가 갈라지듯 생겨나는 길에 안젤리카는 약간 우쭐해지는 기분을 느꼈다. 호위 기사인 쟝은 약간 거리를 둔 채 졸졸 쫓아오고 있었다.

"대체 자네와 율리아나가 언제 이렇게까지 친해진 건지 모르겠군."

"딸의 교우 관계까지 간섭하는 아버지라니, 좀 징그러운데."

"머르딘!"

율리아나의 일행 쪽으로 가까이 다가가자 발라고프 백작과 마탑주 머르딘이 티격태격하는 소리가 들렸다.

레온하르트와 안젤리카가 무시할 수 없는 거리까지 오고 난 후에야 알마예르 일가와 발라고프, 마탑주가 두 사람을 돌아보았다.

그리고 율리아나 역시도.

예법상 신분이 더 높은 레온하르트가 말을 걸지 않으면 먼저 말을 할 수 없다. 안젤리카는 레온하르트의 신분을 옆에서 즐기며 율리아나의 위아래를 훑어보았다.

클래식한 크림색 엠파이어 드레스 위로 레이스 숄을 걸치고 가슴 아래에서 비단 리본으로 매듭지은 스타일은 우아한 맛은 있었지만 화려함은 떨어졌다. 물론 화려함을 보완하는 보석들을 하고 있었지만 드레스 자체에서 나오는 화려함은 또 다른 법이다.

'풋. 역시나. 내가 예약을 취소한 드레스를 입고 있네.'

디테일이 달라지긴 했으나 자신이 취소한 키스의 드레스가 맞았다.

자존심도 없을까. 남이 취소한 드레스를 구해 입다니.

'뭐, 물론 내가 예약했던 드레스인 만큼 예쁜 건 확실하지만 말이야. 근데 너무 수수하잖아?'

속으로 비웃고 있을 때, 레온하르트가 안젤리카의 손을 놓고 율리아나에게로 한 걸음 성큼 다가갔다.

"역사에 남을 만한 위업을 달성하셨다고 전해 들었습니다, 레이디 율리아나. 늦게나마 아카데미 졸업을 축하드립니다."

'뭐? 위업?'

레온하르트는 답지 않게 약간 상기된 얼굴로 계속 율리아나에게 다가갔다. 안젤리카는 덩그러니 남겨 둔 채.

레온하르트는 목소리를 낮추고 율리아나에게 요청했다.

"혹시 제게 그 연구 결과를 볼 수 있는 영광을 주시겠습니까? 염치없지만 너무도 궁금하여……."

율리아나가 뭐라 대답하려 입을 여는데 저 멀리서 호명관의 외침이 쩌렁쩌렁하게 울려 퍼졌다.

"제국의 태양이신 알브레히트 황제 폐하와 알렉산더 황태자 전하 드십니다!"

태양과 작은 태양의 등장에 연회장에 있는 모두가 고개를 숙여 예를 표했다.

황제는 황태자와 유사하지만 더 화려한 예복을 입고 있었고 그 예복은 자이거 대공이 입은 예복과도 비슷했다.

황제의 의복에 의미가 없을 리 없다. 귀족들은 눈알을 굴리며 자이거 대공과 황태자를 번갈아 보았다. 오늘따라 황태자의 얼굴이 창백했다.

황제는 자신의 의자에 앉으며 웃었다. 그의 시선이 율리아나와 레온하르트를 향했다가 거두어졌다.

"새로운 얼굴들이 보이니 좋군. 짐이 일부러 늦게 왔더니 아이들이 잔뜩 몸이 단 게 보이는구나. 늙은이들은 빠져 주고, 이제 데뷔하는 아이들의 춤 솜씨를 좀 볼까?"

황제가 손을 들자 오케스트라가 춤곡의 전주를 연주했다.

"자, 그럼 율리. 내가 열심히 갈고닦은 춤 솜씨를 보여 줄게."

머르딘이 율리아나에게 손을 내밀었다.

첫 춤은 파트너와 추는 것이 관례. 이것 때문에 알마예르 남자들과 발라고프 백작이 기 싸움을 벌였지만 최후 승자는 머르딘이었다.

율리아나는 가이드학을 전공, 마법학을 부전공하며 가이드석 개발에 힘을 쏟았는데, 이때 큰 도움을 준 사람이 머르딘이었다. 머르딘은 절친한 친우인 미하일을 놀릴 겸 율리아나의 데뷔탕트 파트너가 된 것이었다.

물론, 귀족 영애로서 가이드의 삶을 살겠다는 율리아나의 뒷배에 마탑도 있다는 사실을 보여 주기 위해서기도 했다.

율리아나는 머르딘의 손 위로 손을 올리며 싱긋 웃었다. 키는 껑충 크지만 지금껏 봐 온 남자들 중 가장 마른 체격의 머르딘은 춤을 출 때 몸을 맡기기엔 약간 불안했다.

"기대할게요. 뭐, 넘어질 것 같으면 마법이라도 써 주겠지."

"날 뭘로 보는 거야? 춤 정도는 출 줄 안다고."

머르딘은 미남은 아니었지만 마법사 특유의 지성적인 분위기와 아우라가 있었다. 센티넬 기사를 숭배하고 마법은 하급으로 치는 귀족들 사이에서는 볼 수 없는 타입.

머르딘이 율리아나의 손을 잡고 홀 중앙으로 가자 파트너의 손을 잡고 나온 다른 영애들의 힐끔거리는 시선이 느껴졌다.

전주가 끝나자 율리아나와 머르딘은 서로에게 인사하고 자세를 잡았다.

춤곡은 경쾌했다.

이제 막 18살이 된 영애들이 파트너의 손을 잡고 빙글빙글 돌기 시작했다. 피어나는 꽃처럼 화려하게 퍼지는 드레스 자락들과 상기된 장밋빛 뺨, 울려 퍼지는 웃음소리.

율리아나는 나이 차이를 뛰어넘어 학문적 동지이자 친구가 된 머르딘의 손을 잡고 춤을 추었다.

호언장담한 대로 머르딘은 능숙하진 않지만 서툴지도 않게 율리아나를 리드했다. 파트너를 들어 올리는 순간에는 너무 높이 들어 올려 율리아나를 놀래키기까지 했다.

"머르딘!"

"하하. 미안. 내가 너무 키가 커서."

뭐라고 더 타박하려는 찰나, 노래가 끝이 났다. 기다렸다는 듯이 바이델과 미하일이 달려왔다.

"이번에는 나와 춤추자꾸나."

"이런 무도회에서 어딜 애 아빠가 낍니까? 주책맞다고 흉봐요. 율리, 나랑 추자."

"늙은이는 안 된다, 이 말이냐?"

"잘 알고 있으시네."

미하일이 분해하는 사이 바이델이 선수를 쳐서 율리아나의 손을 잡고 홀 안쪽으로 미끄러지듯 들어갔다. 능숙한 리드에 율리아나가 깜짝 놀랄 정도였다.

"놀랐지? 난 몸으로 하는 건 뭐든 잘해."

바이델이 으쓱거리며 말하자 율리아나가 픽 웃었다.

"센티넬 기사가 할 말은 아닌데?"

"센티넬 기사도 기사 훈련 받거든?"

팔뚝이 얼마나 두꺼워졌는지 보라며 자랑하는데 옆으로 레온하르트와 안젤리카가 와서 섰다. 안젤리카가 율리아나를 향해 방긋 웃으며 말을 걸었다.

"두 번째 곡부터는 다른 사람들도 춤을 춰도 되어서요. 너무 마음 상해하지 마세요."

'내가 마음 상할 일이 뭐가 있지?'

의아해하면서 율리아나는 고개를 끄덕였다.

"마음 상하지 않았어요."

"하긴. 등장부터 첫 춤까지 화제를 모았는데 두 번째 춤까지 주인공이 되려는 건 욕심이죠. 게다가 그 드레스는……."

풋, 하고 작게 웃음을 터트리며 말했다.

"제가 취소한 키스의 드레스잖아요? 주인공이 고른 드레스치곤 소박하네요."

안젤리카는 나름대로 목소리를 낮췄으나 레온하르트와 바이델에게 들리지 않을 리가 없었다. 바이델이 어이가 없어서 입을 쩍 벌리는데 레온하르트가 안젤리카의 손을 잡고 몇 걸음 물러서서 조금 이르게 춤을 시작했다.

파트너와 마주 보고 다른 커플과 간격을 지켜야 하고 춤을 추다 보니 파트너와 대화하는 게 주변에 잘 들리지 않았다. 레온하르트는 안젤리카에게 대놓고 물었다.

"제게 춤을 춰 달라고 하신 이유가 레이디 율리아나를 견제하기 위한 목적이었습니까?"

"왜요. 그러면 안 되나요?"

"레이디 안젤리카."

레온하르트가 굳은 얼굴을 하자 안젤리카는 왈칵 얼굴을 일그러트렸다.

"정말 너무하시네요. 이정도 투정도 받아 주지 못하시나요? 대공님이 보기에 저는 어떤 위치인가요. 예전이면 가족이 될 사이라고 말했을 텐데, 이제는 확신할 수 없지 않나요?"

"……."

"따로 입장하는 것은 그렇다 쳐도, 알렉산더는 어쩜 저에게 한번 눈길도 주지 않는지. 이렇게 오랜 시간 알렉산더의 연인으로 알려져 있던 제게 다른 남자가 춤 신청이라도 하는 줄 아나요?"

물론 알렉산더의 눈치를 볼 뿐, 아름다운 안젤리카와 춤을 추고 싶어 하는 남자들은 많았으나 레온하르트는 그것까진 알지 못했다.

안젤리카의 입장을 알게 된 레온하르트는 작게 한숨을 내쉬며 답했다.

"……그 울분을 왜 레이디 율리아나에게 푸는 겁니까."

"몰라서 하는 말씀은 아니죠? 황제 폐하께서 저 알마예르 영애를 특별하게 생각하시는 건 모두 알아요."

율리아나를 대놓고 지목한 명명식 이후로 황제가 율리아나를 황궁으로 부르려다가 발라고프 백작과 언쟁하였다는 소문은 유명했다.

황제가 알마예르와 발라고프의 딸을 알렉산더의 짝으로 찍었다는 말이 돌 때쯤, 율리아나가 아카데미에 입학하는 바람에 소문은 사그라들었지만, 그 반대로 생각하는 사람도 있었다.

황제가 이능이 약한 센티넬 알렉산더를 보완하기 위해 가이드인 율리아나를 황태자비감으로 점찍었고 아카데미까지 보냈다!—라는 터무니없는 생각이었다.

그게 아니고선 율리아나가 아카데미를 다닌 것이 이해가 되지 않았기에 생긴 가설이기도 했다.

"가이드가 뭐라고……. 차라리 센티넬이었다면 이해하겠는데, 정말 자존심 상해."

안젤리카가 중얼거린 말에 알렉산더는 눈살을 찌푸렸다.

"레이디 안젤리카. 가이드를 비하하는 발언은 불쾌하군요."

"네?"

"센티넬이 없으면 가이드는 아무것도 아니라는 말이 있지만, 그 반대도 마찬가지입니다. 가이드가 없으면 센티넬은 죽음에 이르죠."

중립적인 말인 것 같지만 결국 율리아나를 편드는 말이었다. 안젤리카는 속상함과 분노로 눈물이 핑 돌았다. 커다란 눈에 투명한 눈물이 어룽어룽 고였다.

"…그래서요? 그래서, 내가 알렉산더와 저 여자가 이어지는 꼴을 지켜봐야 된다는 말씀인가요?"

"그런 뜻은 아니었습니다."

"대공님은 저를 철없이 질투나 하는 여자로 만드시네요."

"……."

'사실 그게 맞지 않나.'

속마음을 삼킨 레온하르트는 그 이후로 안젤리카와 대화 없이 기계적으로 춤만 추었다. 안젤리카가 '알렉산더가 와 주지 않으니 대공님이라도 춤 상대가 되어 달라.'고 했을 때 거절할걸 그랬다고 생각하면서.

레온하르트와 안젤리카가 언쟁하던 때, 바이델과 율리아나 역시 제법 격한 대화를 나누고 있었다.

"쟤 뭐야? 왜 너한테 시비를 걸어? 그리고 드레스 얘기는 또 뭐고."

"안젤리카 영애잖아. 황태자 전하의 연인. 드레스는……. 뭐, 누가 취소한 드레스라고는 했는데 마음에 들어서 입었어."

"지가 취소했으면 끝이지, 그걸 남이 입든 말든 왜 시비야? 그렇게 내가 준비한 드레스를 입었어야지!"

씩씩거린 바이델이 의아해하며 고개를 갸웃거렸다.

"안젤리카라면 몇 번 대화한 적도 있는데 저런 또라이는 아니었던 것 같은데. 왜 저러지?"

"또라…. 풉!"

바이델의 원색적인 욕에 율리아나는 웃음을 터트렸다.

'또라이. 또라이라. 안젤리카를 그렇게 말하는 건 처음 들어.'

천사 같은 안젤리카—라는 찬사가 율리아나에게는 익숙했다. 그런데 또라이라는 말을 들으니 이보다 더 잘 어울릴 수 없겠다는 생각이 들었다. 그도 그럴 게.

'내가 뭘 어쨌다고?'

전생에서는 자신이 안젤리카의 연인인 알렉산더를 빼앗은 셈이었으니 미워하는 게 이해가 된다. 그러나 이번 생에선 자신을 미워할 일이 없지 않은가?

심지어 가만히 있는 사람에게 와서 시비를 걸었다. 바이델의 말처럼 또라이 같은 짓거리였다.

'게다가 나보다 안젤리카가 훨씬 더 좋다던 바이델이 이런 말을 하니까…. 기분이 더 좋네.'

유치할 수도 있지만 사실이었다.

다른 사람도 아니고 바이델이 그렇게 말을 해서 더 기뻤다.

회귀 후 알마예르 사람들에게 정을 주지 않으려 애를 썼다. 알마예르 후작은 마주친 적 자체가 몇 번 없으니 애를 쓸 필요도 없었지만 휴렌과 바이델은 아니었다.

휴렌은 왜인지 모르게 상냥하고 자신에게 더 신경을 써 주었고 바이델은……. 말하기 입이 아플 정도였다.

'휴, 이제는 인정하자. 너무 잘해 줘서…. 마음을 안 주려야 안 줄 수가 없어.'

폭주했을 때 구해 줘서일까, 아니면 그저 가족으로서 정을 붙여서일까. 가끔 정말 투닥거리며 자란 연년생 오빠처럼 느껴지곤 했다.

"자기가 관심 못 받으면 화가 나는 병이 있나 봐. 그런데 데뷔탕트 무도회인데 데뷔탕트 하는 여자애들이 주목도가 높은 게 당연하잖아. 아, 생각할수록 열 받네."

춤을 능숙하게 리드하면서도 쉴 새 없이 수다를 쏟아 내는 바이델 때문에 율리아나는 하나도 기분이 나쁘지 않았다. 바이델이 이제는 자신의 편이란 걸 알아서였다.

"너도 그렇게 생각하지? …어? 너 왜 그런 얼굴로 나를 봐?"

"내가 뭐?"

"아니, 너 지금 꼭……."

바이델이 답지 않게 민망해하며 말하려는 때, 멀리서 비명 소리가 들렸다.

"꺄악! 화, 황태자 전하께서!"

황제보다 아랫단에 있던 알렉산더가 축 늘어졌다. 의자에 앉아 있어서 바닥에 쓰러지는 일은 없었으나 의식을 잃었는지 허리가 무너져 팔걸이에 걸치듯 눕게 되었다.

"전하, 정신을…. 아악!"

아래에 시립해 있던 시종장이 달려갔으나 알렉산더의 몸을 만지다가 비명을 지르며 손을 떼었다. 시종장의 손바닥이 화상을 입어 벌겋게 익어 버렸다.

알렉산더의 주위로 작은 불티가 흩날렸다. 주변의 온도가 훅훅 올라갔고 사람들은 당황하며 멀리 흩어졌다.

폭주의 전조 증상이었다.

"이게 무슨 일이야. 알렉!"

안젤리카가 찢어지는 비명을 질렀으나 레온하르트는 그녀를 달래는 대신 손을 놓았다. 레온하르트는 황족이자 강한 센티넬로서 상황을 수습해야 할 책임이 있었다.

술렁거리는 인파 속에서 율리아나는 알렉산더를 응시했다.

'전생에서도 데뷔탕트 무도회 때 일어났던 일이야.'

전생에선 같은 이능계의 상위 센티넬인 황제가 직접 알렉산더를 옮긴 후 수많은 황궁의 가이드들을 동원하여 알렉산더를 안정시킨다. 가이딩을 받아 안정된 알렉산더는 이전보다 더 강한 이능을 쓸 수 있게 되지만 잠깐뿐이다.

자신의 이능을 믿은 알렉산더는 전쟁에 나가서 무리하게 이능을 쓰다가 폭주하게 되니까.

'그리고 그때 내가 폭주를 막았지.'

알렉산더의 폭주를 막을 때를 기억한다.

알렉산더의 이능 회로는 꼬이고 뒤틀린 곳이 있었다. 처음에 율리아나는 첫 경험의 아픔 때문에 몰랐다. 그러나 가이딩을 할수록 이상함을 느끼게 되었다.

알마예르 후작과 휴렌, 바이델에게는 없는 뒤틀린 회로. 그녀는 인도력을 퍼부어 그 뒤틀린 회로를 교정하고 보수했다. 한 번으로 고쳐지진 않았다. 가이딩을 할 때마다 율리아나는 알렉산더를 고치기 위해 애를 썼다. 아마도 알렉산더도 율리아나의 가이딩을 받을 때마다 자신의 몸이 더 나아지는 것을 느꼈을 것이다.

'지금은 그대로 뒤틀린 상태일 테지. 이능은 강대한데 회로가 뒤틀려 있으니 제대로 순환이 안 되어서 저렇게 부작용이 터지는 거고.'

데뷔탕트 무도회 날짜가 가까워질수록 율리아나는 그런 생각을 했었다.

다시 알렉산더의 가이드가 될 생각 따윈 눈곱만치도 없지만, 만약 알렉산더를 그대로 방치한다면 그의 폭주 때문에 무고한 사람들이 죽게 된다.

그렇다면, 폭주의 전조가 있었던 데뷔탕트 무도회 때 알렉산더를 어느 정도 고쳐 두면 되지 않을까?

그래서 오늘을 위해 준비했다.

"야, 전하 상태가 이상하다. 여기는 아버지와 폐하께 맡기고 우리는 빠지자."

바이델이 보호하듯 율리아나를 감쌌다. 율리아나는 바이델에게 몸을 붙이며 작게 속삭였다.

"나 좀 가려 줘."

"응?"

되물으면서도 바이델은 넓은 등으로 율리아나를 가려 주었다. 율리아나는 그의 한쪽 어깨에 달린 망토로 살짝 몸을 가리며 자신의 가슴팍에 손을 쑥 집어넣어서 가이드석을 꺼냈다.

"야, 야! 너 지금 뭐 해?"

드레스의 가슴팍을 살짝 벌려서 손을 넣은 바람에 바이델이 화들짝 놀라며 주변에 누가 보진 않았는지 두리번거렸다.

"주머니에라도 넣든가! 왜 거기에다가…!"

"주머니에 넣기엔 무겁거든. 드레스가 한쪽만 처져서 이상해 보였을 거야."

가슴 아래쪽은 코르셋에 굴곡을 넣어 받치고 있으니 뭔가를 넣어 보관하기엔 딱 알맞은 장소다.

율리아나가 가슴에서 꺼낸 가이드석은 주먹보다 조금 작은 크기의 광물로, 마나를 담고 있는 마나석처럼 인도력을 담은 보석이었다.

'내 인도력을 담고 있지. 이거면 미봉책 이상은 될 거야.'

이유는 알 수 없지만 율리아나의 인도력은 알렉산더와 굉장히 상성이 좋았다.

율리아나는 머르딘에게로 갔다. 머르딘은 혼란스러운 연회장 안에서도 이 모든 게 남 일이라는 듯 태연했다. 뭐, 마법사들은 기본적으로 속세의 일을 자신들의 일로 여기지 않으니 이해가 갔다.

"머르딘."

"어. 분위기도 안 좋은데 이제 갈까?"

"아뇨. 이걸, 폐하께 전해 주세요."

"뭐?"

율리아나가 가이드석을 건네자 머르딘이 깜짝 놀랐다.

"이건 네가 제일 열심히 만든 가이드석이잖아."

'네. 오늘을 위해서 제일 열심히 만들었어요.'

솔직히 말할 수는 없으니 율리아나는 고개를 끄덕였다.

"원래도 황제 폐하께 진상할 생각이었으니 지금 쓰는 것도 괜찮죠."

"진상할 생각이었다고?"

"새로운 사업을 시작할 때 최고 권력자에게 뇌물을 바치는 건 자연스러운 일이잖아요?"

"뇌물? 하하. 하긴, 그게 맞지."

사실 사업의 가능 여부 자체가 불투명하긴 하지만, 황제에게 가이드석을 진상하는 이유로는 완벽하다.

"왜 네가 직접 바치지 않고?"

율리아나는 솔직히 답했다.

"…황태자 폐하와 엮이기 싫어서요."

"오! 잘 생각했어. 애인 있는 남자랑 엮이는 건 좀."

바이델이 고개를 끄덕였다. 머르딘 역시 납득했는지 자리를 떴다.

"다녀올게."

머르딘은 투덜거리며 황제와 황태자가 있는 곳으로 향했다. 그런데 조금 이상했다.

'어? 왜 황제 폐하가 아니라 자이거 대공이 알렉산더를 옮기지?'

기억과 다른 상황에 의아했지만, 전생과 달라진 것이 한두 개가 아니었기 때문에 율리아나는 그냥 넘어갔다.

저편에서 다른 귀족들과 친교 활동을 하던 휴렌이 바이델과 율리아나의 곁으로 왔다. 알마예르 후작과 발라고프 백작은 황제 옆으로 가 있었다. 미하일은 가이드이고 알마예르 후작은 물의 이능을 사용하기 때문에 무슨 문제가 났을 때 발 빠르게 대응할 수 있는 인물이기 때문이다.

"후작님은 전하의 상태를 지켜보시다가 올 것 같군. 우리는 이만 집에 가도록 하자."

"그래요."

"그대로 가긴 아쉽겠는데? 이 녀석 데뷔탕트인데 이렇게 소란이 생겨서 말이야."

"괜찮아. 데뷔탕트에 그리 큰 의미를 두는 것도 아니고."

사교계에 대한 기억은 온통 안 좋은 것뿐이다. 아까도 갑자기 안젤리카가 시비를 걸어 와서 기분이 좋지는 않았고 말이다.

"그럼 케이크나 하나 사 갈까? 비비도 기다릴 테니까."

"그래. 그러도록 하지."

휴렌과 바이델은 율리아나를 가운데에 두고 호위하듯이 연회장을 빠져나갔다.

다시 무도회를 이어 가는 것인지, 이대로 파장인 것인지 결정을 기다리던 사람들은 세 사람의 퇴장을 보며 슬금슬금 자리를 떴다.

그대로 연회장을 나가 집으로 향하는 사람들도 많았지만 황궁 휴게실이나 다른 살롱으로 가서 회포를 푸는 무리도 많았다.

"알마예르 영애가 집안에서 귀한 대접 받는 건 알았는데 생각보다 더 예쁨 받나 보네요?"

"방금도 나갈 때 두 알마예르 자제가 기사처럼 양 옆을 지키고 말이에요! 아, 멋져라."

"휴렌 소후작은 아직 약혼 안 했죠?"

"바이델 영식도 아직이에요. 눈에 차는 영애가 없는 걸까요?"

"후작 부인 자리도 공석이니까요. 후작이 이혼한 후로 안주인이 없어서 그런 대소사를 살뜰히 신경 쓰는 사람이 없나 봐요."

"내가 5년만 어렸으면 소후작을 확 자빠트리는 건데."

살롱에서 차를 마시며 떠드는 귀부인들. 그녀들의 짓궂은 말에 이제 막 데뷔탕트를 치른 소녀들의 얼굴이 붉어졌다.

소녀들로서는 엉망으로 끝이 난 데뷔탕트 무도회 때문에 속이 상했지만 황태자의 몸 상태가 안 좋으니 차마 입 밖으로 낼 수는 없었다.

대신 그 속상한 마음을 다른 이를 흉보는 것으로 풀었다.

"그런데 그 영애 말이에요. 생각보다… 별로죠?"

"네. 유명세에 못 미친다고나 할까. 물론 아름답긴 하신데요. 성격도 좀 히스테릭해 보여요."

"맞아요. 자기거 대공님께 찰싹 달라붙어 있던 것도 좀."

한 사람에 대한 험담을 할 때는 반대로 상찬해 줄 대상이 있는 쪽이 편하다. 자연스럽게 비교하며 험담하는 대상을 더 깎아내릴 수 있기 때문이다.

마치 회귀 전, 율리아나와 비교하여 천사 같다는 평을 들었던 안젤리카처럼.

소녀들은 목소리를 낮춰 조잘거렸다.

"저는 차라리 알마예르 영애가 우아해서 멋지다고 느꼈어요."

"맞아요. 아카데미까지 우수한 성적으로 졸업했다던데, 놀라운 행보예요."

"뭔가 심지가 굳어 보여요. 차분해 보이고."

"황태자비에는 그분이 더 어울리는 것 같은데."

누군가의 말에 다들 입을 다물고 서로 눈짓했다.

여기서 딱히 남에게 이 험담을 전할 사람은 없겠지? 그럴 것이다. 우린 예전부터 친하게 지낸 사이니까!

소녀들은 안심하고 마음껏 수다를 떨었다.

"맞아요. 저희 아버지께서 그러시는데 폐하께선 황태자 전하를 지금 그분과 약혼시킬 생각이 없으시대요."

"저도 들었어요! 누군가를 염두에 두셨으니 그렇게 확고하게 반대하시는 게 아닐까요?"

"맞아요. 사실 알마예르 영애의 아카데미 행에 관해서도 이런 얘기가 돌던데……."

신이 난 소녀들은 별의별 이야기를 다 떠들었다.

귀족들은 잘 모르지만, 귀족들이 있는 곳엔 수많은 고용인들이 있고 그 고용인들은 여러 주인을 섬기는 경우가 많았다.

이 이야기는 며칠 뒤 가십지에 '데뷔탕트 무도회의 뒷이야기'로 크게 기사가 났다.

* * *

채텀 백작가의 고용인들은 때아닌 전쟁을 치르는 중이었다.

방 안의 소품이며 기물을 모두 내던지고 부수는 막내 아가씨, 안젤리카 때문이었다.

쨍그랑! 와장창!

하녀들은 방 한구석에서 오들오들 떨며 자리를 비우지도, 안젤리카를 말리지도 못한 채 서 있었다.

"아아악!"

분을 못 이겨 악을 지르는 안젤리카는 평소보다 더욱 무서웠다. 원래도 성품이 고운 편은 아니었으나 그래도 이 정도는 아니었다.

귀족 영애답게 점심 무렵 느지막이 일어난 안젤리카는 브런치를 먹으며 평소 흥미롭게 읽던 가십지를 펼쳤고 그 결과가 이것이었다.

"이 신문사 대체 뭐야? 이런 유언비어를 마구 퍼트려? 고소할 거야! 가만 안 둘 거라고!"

귀족 및 유명인들의 소문을 자극적으로 부풀려 쓰는 가십지다. 불륜과 사생아 이야기가 제일 히트를 치곤 했지만 매일같이 불륜이 일어나지는 않는 법이다. 혹은 잘 숨기는 것이거나.

하여튼 소재가 부족하다 보니 귀족들 간의 세력 구도나 파벌의 변화도 크게 부풀려 쓰곤 했는데 이번 타겟은 바로 안젤리카였다.

화려한 핑크 로즈, 결실 없이 시들다?

사교계에서 안젤리카의 별명은 핑크 로즈 퀸. 누가 봐도 안젤리카를 겨냥한 기사다.

기사를 작성한 기자는 고소를 우려했는지 평소보다 훨씬 온건한 어조로 썼지만 웃으며 말한다고 비난이 칭찬이 되는 것은 아니다.

집안도 개인의 능력도 별 볼일 없는 안젤리카는 황제의 눈 밖에 난 지 오래라는 것이다. 대놓고 율리아나가 안젤리카의 자리를 차지할 거라고 말하진 않지만, 기사 전체에서 안젤리카와 율리아나를 비교해 놓았기 때문에 결론은 하나로 귀결되었다.

"아악! 그 사생아 년이 뭐라고 나한테 이러는 거야! 그 년이 사주했나?

이렇게 기사를 쓰라고 뇌물을 먹였나?"

안젤리카는 온몸을 떨며 분노했다. 그러나 운동 한 번 하지 않은 귀족 영애의 체력은 세 시간이면 동이 난다.

힘이 빠져 침대에 털썩 주저앉은 안젤리카를 보던 하녀들이 조심히 다가갔다.

"목 아프지 않으세요? 레몬차를 가져다 드릴까요?"

"쇼핑을 나가시는 건 어떠세요? 오늘 날씨가 무척 좋아요."

"됐어. 황궁으로 갈 거야. 준비해!"

안젤리카는 표독스럽게 눈을 뜨며 명령했다. 하녀들은 급하게 준비를 시작했다.

"목욕물을 받아 놓았습니다. 몸을 담그시면 몸이 좀 풀리실 거예요."

눈치 빠르게 목욕물을 준비해 두었던 하녀의 말에 방을 나가던 안젤리카는 언니인 프레데리카와 마주쳤다. 프레데리카는 안젤리카의 사랑스러운 연분홍빛 머리칼과 달리 분홍빛이 살짝 도는 갈색 머리칼이었다.

"안젤리카."

"안녕하세요, 언니."

안젤리카는 프레데리카가 어려웠다. 나이 차이도 좀 있는 데다가 장녀에다가 제법 강한 센티넬인 프레데리카는 가주 교육이며 훈련 때문에 언제나 바빴다.

무뚝뚝한 채텀 백작을 그대로 빼닮은 언니가 어려운 건 당연지사. 안젤리카는 난동을 피우느라 헝클어진 머리칼을 손으로 빗어 내리며 딴청을 피웠다.

"그럼 저는 씻으러 가야 해서……."

"요즘 네 행실에 관해 여기저기서 이야기가 들리는구나."

"네?"

"처신을 똑바로 해. 가문에 누를 끼치지 말고."

"……."

난데없는 지적에 가까스로 가라앉았던 화가 다시 치솟았다. 평소에 나한 테 얼마나 관심이 있었다고 지적질이야?

집 안팎으로 오냐오냐 대접받던 만큼 안젤리카는 조금의 훈계에도 파르 르 떨며 분노했다. 상대가 어려웠던 언니라도 말이다.

"저는 언제나 똑같았어요. 주변이 변한 거죠! 내가 알렉산더랑 약혼하지 않으니까 나를 무시하기 시작한 거라구요!"

"안젤리카. 그렇게 남 탓만 할 게 아니라—."

"안 그래도 지금 황궁으로 가서 담판을 지으려고 했어요. 내가 언제까지 이렇게 모욕을 당해야 하죠? 이건 우리 가문을 무시하는 것이기도 해요. 황제 폐하가 우리 가문을 생각하면 나를 이렇게 방치하면 안 되는 거죠!"

"……."

그건 프레데리카에게도 일견 맞는 말처럼 들렸다.

채텀 백작가를 생각한다면 진작 안젤리카와 알렉산더의 약혼식을 올려 주든지, 확실히 말을 해 주었어야 했다.

물론 이면에는 황제와 황태자의 의견 다툼이 있었지만 그걸 모르는 프레 데리카로선 안젤리카의 분노도 어느 정도 정당하다고 생각했다.

안젤리카가 교묘하게 본인의 행실에 대한 화제를 황제 탓으로 돌린 것을, 프레데리카는 의식하지 못했다. 기사로서 자란 프레데리카는 사교계식 화 법에 익숙하지 않은 탓이다.

"…너무 전하를 몰아붙이진 마라. 몸 상태도 좋지 않으시다고 들었는데. 병문안 선물이라도 준비해 가는 건 어떻겠니?"

"언니 말씀이 맞네요. 씻으면서 생각해 봐야겠어요."

프레데리카의 제안에 안젤리카는 언제 화를 냈느냐는 듯 방긋 웃고 욕실 로 들어갔다.

프레데리카는 어딘지 석연찮은 얼굴로 가던 길을 갔다. 빈민촌에서 계속 사람이 죽어 나가는 사건이 있어 이를 조사하러 가야 했다.

* * *

"전하. 이제 몸은 어떠십니까?"

"나쁘지 않아. 아니, 평소보다 더 컨디션이 좋은 것 같군."

"다행입니다. 가이드석이란 게 참 신통하군요."

황궁의가 허허 웃으며 보석함에 들어 있는 가이드석을 보았다.

투명한 물빛의 가이드석. 가공하지 않은 원석과 비슷한 형태지만 센티넬은 신경을 기울이면 가이드석에서 묘한 기운을 느낄 수 있다. 아니, 강한 센티넬들만 느낄 수 있을 것이다.

알렉산더는 가이드석을 뚫어져라 바라보았다.

"……궁의. 원래 가이드석이란 건 없지?"

"예. 저도 가이드지만 처음 듣습니다."

황궁의는 가이드지만 의학을 공부하여 평민 출신임에도 황궁의라는 명예로운 자리에 오를 수 있었다. 물론 가이드의 중요성을 알고 있는 알브레히트 황제의 등용이라 가능했다.

"알마예르 영애와 마탑주가 함께 개발한 것이라고 하더군요."

"율리아나 말인가?"

바로 이름을 부르는 알렉산더를 보고 황궁의가 약간 눈을 크게 떴다.

"예에. 아카데미에 입학할 때만 해도 부정적인 말이 많았던 걸로 압니다만, 조기 졸업에다가 이렇게 뛰어난 결과를 낸 걸 보면 대단한 학자가 될 것 같습니다."

"학자? 대단한 가이드가 아니라?"

"아, 예. 물론 대단한 가이드도 되겠지요. 그러나 직접 가이딩을 하는 게 아니라 가이드석을 발명한 걸 보면…. 직접 가이딩을 하는 것보다 더 큰 그림을 그리고 있는 게 아닐까 싶습니다."

"……그래, 궁의는 나가 봐."

"네."

궁의가 나가고 방에 혼자 남은 알렉산더는 소파에 벌렁 누웠다. 그리고 가이드석을 제 가슴팍에 올려 두었다. 가이드석에서부터 시원하고 따뜻한 기운이 흘러나와 몸을 감쌌다.

화륵!

손을 뻗어 힘을 끌어 올리자 평소보다 두 배는 큰 불꽃이 피어오른다.

'이게 내 원래 힘이겠지. 지금까지 전전긍긍한 게 허무할 정도야.'

데뷔탕트 무도회에서 끔찍하게 아프고 나자 이능을 더 쉽게 쓸 수 있게 되었다. 마치 밤새 성장통을 겪은 뒤 키가 한 뼘이나 더 커진 어린아이처럼.

'그리고, 이 가이드석이… 도움이 됐어. 황궁 가이드들보다.'

알렉산더는 생생하게 기억했다.

굴욕적이게도 레온하르트의 품에 안겨 침실로 왔었다. 온몸이 쥐어짜지는 것처럼 아팠다. 어딘가에서 피가 막혀 제대로 돌지 않는 것처럼 금방이라도 죽을 것 같았다.

그때, 황제가 이 보석을 손에 쥐여 주었다. 그러자 아픔이 가셨다.

알렉산더는 그 감각을 알고 있었다.

'이건… 가이딩이야.'

가이드가 몸에 인도력을 불어 넣어 줄 때 느끼는 잠깐의 편안함. 그 감각을 몇십 배로 키운 것 같은 안정감이었다.

'가이드들은 뭣들 하느냐! 빨리 알렉산더를 가이딩하지 않고!'
'예, 예. 폐하. 충돌을 피하기 위해 가이드석은 잠시 옆으로 치우겠습니다.'

가이드석을 치운 황실 가이드들이 달라붙어 알렉산더에게 인도력을 퍼부었지만 훨씬 못 했다. 알렉산더는 다시금 몰려드는 고통에 소리를 지르며 불꽃을 내뿜었다. 알마예르 후작이 불꽃이 주변으로 퍼지기 전에 물의 막을 쳐 막았다.

'발라고프 백작 하나만 좀 달랐지.'

발라고프 백작만이 가이드석에 버금가는 효과를 냈지만 가이드석만큼 편하진 않았다. 그러나 가이드석보다 나은 점은 하나 있었다.

'잠시만요. 황태자 전하의 이능 회로가 좀… 이상합니다.'

발라고프 백작은 고개를 갸웃거리며 다시 한참을 가이딩했다.

온몸이 땀으로 흥건해진 뒤에야 발라고프 백작이 황제에게 작은 목소리로 고했다.

'전하의 이능 회로가 뒤틀린 곳이 있습니다. 이 뒤틀림 때문에 전하의 이능이 제대로 발현되지 못했을 가능성이 큽니다. 지금의 고통 역시 그 때문입니다.'

'그랬군. 그러면 이제는 고칠 수 있나?'

'아마도…. 그렇지만 바로 고쳐지지는 않을 겁니다.'

'천천히 고치면 되지! 아, 역시 나의 발라고프. 나의 충성스러운 가이드.'

바로 해결할 수는 없어도 일단 알렉산더가 늦된 이유를 알게 된 황제는 크게 기뻐했다. 방 한구석에 정물처럼 서 있던 레온하르트는 어떠한 감정도 드러내지 않으려 애를 썼다.

'그런데, 백작은 알렉을 몇 번 가이딩한 적 있지 않은가? 회로가 뒤틀린 것을 몰랐나?'

'예. 평소엔 드러나지 않았던 것으로 보입니다. 이번에 크게 앓으시면서 보인 것이 아닐까 합니다.'

'그렇군. 아프길 다행이군.'

황제는 크게 만족하였지만 속으론 다른 생각을 했다. 황제는 다음 날, 의식을 차린 레온하르트에게 찾아와 말했다.

'네 목숨을 살린 건 가이드다. 네 문제를 찾아낸 것도 가이드지.'

'……'

'그 가이드석이 황실 가이드들보다 더 좋은 가이딩 효과를 낸다고 말했다지? 그 가이드석을 만든 게 누군지 아느냐?'

'모릅니다. 혹시 발라고프 백작입니까?'

'쯧. 덜떨어진 놈.'

황제는 혀를 차더니 방을 나갔다. 그리고 오늘, 궁의가 이 가이드석을 만든 사람이 율리아나라는 것을 알려 준 것이다.

"……율리아나."

한번 죽을 만큼 크게 아프고 나니 세상이 다르게 보였다.

아프지 않은 몸 상태의 귀중함도 알았고, 확연히 달라진 이능의 수준도 기뻤다.

그리고.

"……내가 알던 가이딩이 아니잖아."

가이딩이라는 게 이렇게 좋은 것인 줄은 처음 알았다. 황실 가이드들의 가이딩은 그저 두통을 가시게 해 주는, 진통제와 같은 효과 밖에 없었는데.

착잡한 마음에 입술을 깨무는데, 방 밖의 시종이 노크했다.

"들어와라."

문을 열고 온 시종이 평소였다면 알렉산더가 크게 반겼을 소식을 전했다.

"레이디 안젤리카가 뵙기를 청합니다."

그러나 지금은 아니었다.

"……."

잠깐 고민하던 알렉산더는 자신의 고민조차 낯설어졌다.

'내가 안젤리카의 방문 소식을 듣고 이런 감정을 느낀 적이 있던가?'

안젤리카는 언제나 반가웠다. 그녀는 언제나 환영받는 사람이었다.

안젤리카는 자신의 운명적인 사랑이었고 단 하나뿐인 여자다. 물론 가끔 다른 여인들의 유혹에 응한 적이 있기도 했지만 그건 단순한 하룻밤의 유희에 지나지 않았다.

사랑하는 여자는 오로지 안젤리카뿐.

알렉산더는 안젤리카를 자신의 분신처럼 느꼈다. 가끔 안젤리카는 다른 배를 빌어 태어난 제 쌍둥이 여동생 같기도 했고, 다른 운명을 타고 난 자신 그 자체 같기도 했다. 사랑스러웠고 가소로웠고 귀여웠고 짠했다.

알렉산더가 안젤리카에게 느끼는 감정은 단순한 사랑과는 달랐기 때문에 다른 여자는 그의 머릿속에 파고들지 못했다.

그러나.

자신의 결핍을 자각하게 된 지금의 알렉산더는 달랐다.

알렉산더는 센티넬로서의 정체성보다 황제의 아들이자 황태자로서의 정체성이 더 컸다. 그런데 죽을 것 같은 고통 속에서 센티넬로서의 자신을 더 크게 느끼게 된 것이었다.

알렉산더는 몰랐지만, 회귀 전의 알렉산더에겐 이런 깨달음이 없었다.

율리아나의 회귀 전 시간 속에서 알렉산더는 자신이 불완전한 센티넬인 것을 인정하지 않고 홀로 극복해 보려다 폭주했다. 그리고 죽지 않기 위해 율리아나를 안았다.

목숨을 구하고자 여인을 억지로 안다니. 율리아나가 유혹한 것도 아니었다. 그녀는 그저 자신을 구하려 했고, 알렉산더는 율리아나에게 매달리며 가이딩을 받다가 그녀를 취했다.

제정신이 든 후 알렉산더는 그 일을 수치스럽게 여겼다. 가이드에게 의존할 수밖에 없는 자신의 처지가 부끄러웠고, 그 부끄러움을 알게 한 율리아나를 증오했다.

율리아나의 회귀 후로 바뀐 지금 생은?

결핍이 사라지자 모든 것이 달라졌다.

가이드석을 통해 간접적으로 가이딩을 해 준 율리아나 덕분에 알렉산더는 상황을 객관적으로 볼 수 있었다.

직접 몸으로 느끼기도 했다. 황제가 언제나 말했던 충고를.

'강대한 센티넬에겐 그에 걸맞은 가이드가 필요한 법이다. 특히 황제에겐 더더욱.'

황제가 왜 그렇게 발라고프 백작을 아끼는지 절절히 이해하게 되었다.

"레이디 안젤리카를 돌려보낼까요?"

대답을 기다리던 시종이 묻자 알렉산더는 고개를 저었다.

"5분 있다가 들여보내라."

"네, 전하."

아무리 그렇다 해도 관성은 어쩔 수 없다. 알렉산더는 거의 평생에 가까운 시간 동안 제 옆에 두고 사랑한 안젤리카를 여전히 사랑했다.

* * *

"잠시만 기다려 주십시오."

당연히 바로 들어갈 수 있을 줄 알았던 안젤리카는 시종의 저지에 미간을 찌푸렸다가 얼른 폈다. 어제 팩을 하지 않고 자서 오늘 화장이 덜 먹는 기분이었기 때문이다. 도자기처럼 희고 깨끗한 얼굴에 실금 한 줄이라도 가면 안 된다.

"얼마나?"

"잠시 앉아서 기다리시겠습니까?"

"…그래."

황궁 시종들은 다 의뭉스럽다. 그들은 황실을 섬기기에 귀족을 작위에 따라 대우하지 않고 황족이 그들을 어떻게 생각하는지에 따라 행동한다.

안젤리카는 점점 시종들이 계속 자신에게 이전보다 살갑지 않다고 느꼈다. 피해의식이 아니라 사실이었다. 예전이었다면 생글생글 웃으며 직접 시중을 들었을 태자궁 시종장도 바쁘다며 나오지 않았다.

'물론 알렉산더가 아팠으니까… 정신이 없을 수는 있지.'

그렇지만 석연치 않았다. 불안한 마음이 안젤리카의 여유를 좀먹었다.

"이제 드시지요."

"그래. 내가 가져온 간식은?"

"여기 있습니다."

황궁으로 들어오는 외부 음식은 검사를 거쳐 진상된다. 안젤리카는 접시에 예쁘게 플레이팅 한 마카롱을 직접 들고 알렉산더의 방으로 들어갔다.

"전하!"

알렉산더는 소파에 나른하게 기대어 있었다. 아팠던 사람답게 볼이 약간 패여 있었으나 평소보다 더 관능적으로 보였다.

안젤리카는 접시를 든 채 멈춰 섰다. 알렉산더는 앉은 채 두 팔을 벌렸고 안젤리카는 접시를 테이블에 두고 달려가 그 품에 안겼다.

"진짜… 그렇게 쓰러지셔서… 큰일 나는 줄 알았어요."

"괜찮아. 별일 아니었어."

드레스가 얇아 천 너머로 뜨거운 체온과 말랑한 여체가 느껴졌다. 순간 알렉산더는 초조함이 몰려와 안젤리카의 입술을 찾았다. 달콤한 맛이 느껴지는 입술을 탐하면서 봉긋한 가슴으로 손을 뻗었다.

찰싹!

"쓰러진 지 얼마나 됐다고."

"다 나았는데?"

알렉산더가 안젤리카의 손등에 키스하며 능청을 떨었다. 안젤리카는 웃으며 그의 입술에 번진 립스틱을 손으로 닦아 주며 일부러 몸을 부비듯 안겼다.

"약혼식을 치르고 나서요, 전하."

"……."

"기다리신 만큼 좋을 거예요. 저도 기대하고 있어요."

약혼식이라는 말에 알렉산더가 다시 이성을 찾았다. 알렉산더는 잠시 고민하느라 대답하지 않았고 눈치가 빠른 안젤리카는 바로 그 간격을 느꼈다.

"우리 약혼식은 언제쯤 올리게 될까요? 이번에 느꼈어요. 약혼녀가 아닌 나는 황궁 하녀만도 못한 신세라는걸. 알렉이 아파도 옆에서 간호조차 할 수 없다니. 충격이었어요."

끝에 가서는 울음기가 섞이더니, 흑흑! 하며 알렉산더의 어깨에 고개를 묻고 울기 시작했다.

"속상해요. 내가 이대로 죽으면 전하께 아무 것도 아닌 여자가 된다는 사실이."

"리카. 왜 그런 슬픈 얘기를 해."

"사실이잖아요. 내가 지금 죽으면, 전하 옆에 이름이 남길 해요? 아무것도 아니잖아요."

눈물 젖은 얼굴로 안젤리카가 항의했다. 연둣빛 눈동자가 비를 맞은 새싹처럼 가련했다.

"아니야. 내가 그렇게 두지 않을 거야."

알렉산더는 안젤리카를 번쩍 안아 들고 소파에서 일어났다. 우는 아이를 달래듯 둥기둥기하며 방을 돌아다녔다. 안젤리카는 흑흑 과장되게 우는 소리를 냈다.

결국 한참 만에, 알렉산더가 백기를 들었다.

"폐하께 다시 한번 말씀드려 볼게."

"흑…. 정말요?"

안젤리카가 젖은 눈을 닦으며 활짝 웃었다. 그리곤 알렉산더의 목을 덥석 끌어안고 몸을 비볐다.

"폐하께서 허락해 주시면 좋겠다! 얼른 알렉이랑 함께 살고 싶어요."

"…나도 그래."

알렉산더는 입가에 미소를 띠며 안젤리카를 다독였다.

'뭐…. 안젤리카는 아내로 들이고 그 아이는 황제의 가이드로 삼으면 되는 것 아닌가? 지금 폐하와 발라고프 백작의 관계처럼.'

알렉산더는 안일하게 생각하며 품에 안은 안젤리카를 쓰다듬었다.

품에 안은 온기는 오롯이 자신의 것이었고, 다른 여자를 안기 위해 굳이 포기할 필요는 없었다.

두 여자 모두 자신의 것으로 만들면 된다. 황제는 그래도 되는 존재이기에.

* * *

그 무렵, 알마예르 저택.

졸업 후 군 의무 복무 기간 전까지 시간이 있었다. 갑자기 생긴 여유를 주체하지 못하던 율리아나는 연무장으로 향했다.

깡, 깡!

검과 창, 방패가 부딪치는 소리가 요란했다.

"맙소사, 도련님. 정말 하루가 다르게 느시는군요! 이젠 소후작님과 공방전을 이어 가실 수 있겠습니다!"

기사단장이 감탄하는 목소리와 바이델의 쾌활한 대답이 이어졌다.

"그럼! 내가 얼마나 열심히 훈련하는데."

"어, 아가씨 오셨습니까."

"간식 좀 먹어요."

"우와, 감사합니다!"

율리아나는 루시와 하이디와 함께 들고 온 음료와 쿠키를 나누어 주었다. 함께 훈련하던 기사와 병사들이 구름처럼 몰려왔다.

"웬 거야?"

"심심해서 주방 하녀들이랑 같이 만들었어."

"아니, 아가씨께서 직접 만드신 쿠키란 말입니까? 가문의 영광입니다!"

"왠지 쿠키에서 좋은 향기가 나는 것 같습니다."

"으아아! 힘이 난다!"

"어머!"

"고, 고마워요."

쿠키를 먹은 남자들이 주접을 떨자 하이디와 루시가 웃음을 터트렸다. 율리아나는 마초적인 반응에 얼떨떨해하며 나눠 주지 않은 바구니를 들어 올렸다.

"이건 바이델 거."

"그래. 단장, 나 좀 쉬다 올게!"

"계속 쉬셔도 됩니다. 도련님이 계시니까 애들이 주눅이 들어서 몸이 굳습니다. 우수한 사관생도님이 병사들 기를 죽여야 되겠습니까?"

기사단장은 누구 들으라는 듯 일부러 '우수한' '사관생도'를 강조했다. 바이델은 어깨를 으쓱였다.

"그래! 내가 너무 우리 기사단 기를 죽였나 보네. 알았어. 이대로 가서 쉬지, 뭐."

몸에 걸친 보호구를 떼어 낸 바이델이 홀가분해진 몸으로 율리아나의 옆으로 붙어 손에 든 바구니를 뺏어 들었다.

"가자. 어디 뭐 말 타고 언덕이라도 갈까? 어어, 너희들도 쉬어. 내가 시중들지 뭐."

"그래. 말 탄 지도 오래됐네."

바이델은 루시와 하이델을 쉬라고 하고 율리아나를 마구간으로 데려갔다.

어릴 적 미하일이 선물했던 파르스 혈통의 망아지는 이제 근사하게 자라 있었다.

아카데미에 있는 동안 방치했던지라 미안한 마음에 저택에 와서부터는 간식을 듬뿍듬뿍 주었더니 이제 율리아나가 다가가니 간식부터 찾는다.

"이 먹보야. 사과 하나밖에 없어."

율리아나는 푸르릉 콧김을 뿜으며 성질을 부리는 말에게 사과를 먹였다. 그리고 본인의 아름다운 백마를 탄 바이델과 함께 저택을 나섰다.

"이랴!"

"달려, 달려!"

다그닥 다그닥, 바닥을 박차는 말발굽 소리가 경쾌했다.

저택 뒤편의 언덕으로 달려 나온 바이델이 율리아나와 자신의 말을 풀어 놓았다.

이곳은 알마예르 사유지로, 조금 더 들어가면 숲이 있어 가볍게 사냥을 할 수 있었다. 익숙한 곳이기에 말들도 자유롭게 돌아다니며 풀을 뜯었다.

바이델은 언덕에 벌러덩 누우며 율리아나를 보며 짓궂게 웃었다.

"그래서. 뇌물까지 주면서 하고 싶은 말이 뭐야?"

"뇌물이라니."

"뇌물이 아니면 뭐야?"

율리아나가 바이델의 옆에 앉으려 하자 바이델이 얼른 품에서 손수건을 꺼내어 바닥에 깔아 주었다. 율리아나는 감탄했다. 손수건을 갖고 다녀? 게 다가 그걸 바닥에 깔아줘?

"와, 바이델. 너 진짜 신사 다 됐구나. 사관학교에서 이런 것도 가르쳐?"

"야, 진짜! 너는 오빠를 무시해도 이렇게 무시하나?"

율리아나는 투덜거리는 바이델에게 깔깔 웃어주며 손수건 위에 앉아 바 구니의 내용물을 꺼냈다.

사실 직접 만들었다고는 했지만 별로 한 것은 없었다. 엉성하게 반죽 을 섞고-치대는 것은 다른 하녀들이 해 주었다- 펼쳐진 반죽에 쿠키 틀 을 찍은 것 밖에 없어서… 자신이 만들었다고 해도 되나 싶은 쿠키지만, 그래도 대부분의 과정을 전문가들이 해 주었으니 맛은 확실히 훌륭할 것 이다.

대신 아이스티는 직접 만들었다. 이것도 식혀 둔 홍차에 과일 청을 섞은 것뿐이긴 했지만 말이다.

어쨌거나 직접 한 게 있긴 하니까 거짓말을 한 것은 아니다!

율리아나가 아이스티가 담긴 병을 바이델에게 내밀었다.

"이거 식혀 줘."

"와. 당연하게 요구하는 것 좀 봐."

말은 그렇게 하면서도 바이델은 병을 받아서 이능을 사용했다. 곧 병 표 면에 살얼음이 낄 정도로 음료가 차가워졌다.

바이델은 율리아나가 건네는 잔에 아이스티를 따라서 꼴깍꼴깍 단번에 마신 후 다시 벌러덩 누웠다.

"그럼 이제 가이딩이라도 해 주나?"

낄낄 웃는데 율리아나가 바구니에서 작은 돌을 꺼냈다.

"응."

"어?"

"가이딩해 준다고. 직접은 아니고, 이걸로."

언제나 가이딩을 해 달라고 조르고 율리아나가 거절하는 것이 일상이었기에 바이델은 율리아나가 흔쾌히 오케이 할 줄 몰랐다.

'근데 직접은 아니라고?'

바이델은 얼떨떨한 얼굴로 율리아나가 건넨 돌을 받았다.

"아, 완성품이야? 근데 이거 너무 작은⋯. 어?"

돌을 손에 쥔 순간, 따스한 청량함이 돌과 닿은 곳에서부터 몸속으로 퍼져 나갔다. 율리아나가 주는 안정감과 고양감, 행복감을 뭉쳐 놓은 것만 같았다.

"⋯⋯."

스르륵. 바이델은 눈을 감고 그 감각을 즐겼다.

바이델은 율리아나가 가장 손쉽게 실험할 수 있는 센티넬이었다. 바이델은 율리아나의 요구에 응해서 샘플들을 만지고 감상을 말해 주었고, 그 대부분은 실패작들이었다.

바이델에게 완성작을 주는 것은 이번이 처음이었다.

율리아나는 초조하게 눈을 감은 바이델을 바라보았다. 당연히 성공작이니 돌을 만지는 것으로 가이딩을 받을 수 있겠지만, 자신의 가이딩을 좋아하는 바이델인 만큼 감상이 궁금했다.

"⋯⋯와."

가이드석을 쥐고 있던 바이델이 한참 만에 눈을 떴다. 술에 취한 사람처럼 눈이 약간 몽롱했다.

"이거⋯ 좋다. 너를 계속 끌어안고 있으면 이런 기분일 것 같아."

"뭐?"

"아, 아니! 그러고 싶단 게 아니라…. 야, 무슨 말도 못 하냐?"

바이델은 얼굴을 시뻘겋게 물들이며 투덜거렸다. 손에서 가이드석을 놓지 않은 채로.

"이거 나 주는 거야?"

"응. 선물."

"음……."

바이델은 여기저기로 눈알을 굴리다가 기쁘다는 듯 배시시 웃었다. 완연한 사내가 된 그였지만, 지금의 얼굴은 꼭 처음 만났던 13살 무렵의 어린 소년같았다. 율리아나는 괜히 가슴을 벅벅 긁고 싶은 기분이 들었다.

"고마워."

"징그러우니까 그런 말 하지 마."

왠지 자신까지 다 부끄러워지는 기분에 율리아나가 바이델의 어깨를 퍽 때리고 언덕에 누웠다.

"이런 걸 만들려고 하니까 집에도 못 들어오지."

"왜. 그럴 만한 물건이다 싶어?"

"솔직히 말하면……. 어. 내가 누누이 말했잖아. 네 가이딩은 다른 가이드랑 차원이 다르다고. 그런데 이 가이드석은 너한테 가이딩 받는 느낌이 나."

"기분 좋네."

"근데."

"응?"

갑자기 낮아진 목소리에 율리아나가 바이델을 보았다. 바이델이 걱정스러운 얼굴로 말했다.

"그때 이거보다 더 큰 걸 황태자 전하를 고치라고 준 거지? 마탑주한테."

"어."

"그럼…… 위험하지 않을까?"

"위험해? 어떤 게?"

바이델이 율리아나의 눈동자를 응시했다. 구름 한 점 없는 하늘처럼 맑은 율리아나의 눈에 비해 바이델의 눈은 태풍을 몰고 오는 먹구름처럼 짙었다.

바이델은 입 안이 마르는 걸 느끼며 조심히 말을 골랐다. 욕심이 드러나지 않도록. 제발. 부담스럽지 않도록.

"황제가, 널 더 탐낼 거야."

"……아니겠지. 황태자 전하께는 오랜 연인도 있잖아."

"그 또라이? 그 여자랑 이어 줄 거였으면 진작 약혼식부터 올리게 했겠지."

쏴아아—

바람이 불자 녹색의 풀들이 몸을 이 방향 저 방향으로 뉘었다. 들판에 피어 있던 야생화의 꽃잎이 바람을 따라 하늘로 치솟았다가 하늘하늘 떨어졌다.

바람에 날린 머리칼이 시야를 가리자, 율리아나는 눈을 찡그리며 손으로 머리칼을 정리하려 애를 썼다.

그사이 바이델이 율리아나의 옆으로 훅 가까이 다가왔다.

바이델에게선 상쾌한 비 냄새와 함께 짙은 살 냄새가 났다. 땀이 식으며 불쾌한 냄새는 날아가고 남성적인 체취만이 남은 것이었다. 율리아나는 저도 모르게 약간 뒤로 몸을 물렸다.

"그래서 말인데…. 만약, 만약에."

바이델이 마른 침을 삼키며 남자다운 목울대가 흔들렸다.

"황제가 억지로 널 황태자와 결혼시키려고 하면 말이야…. 네가 그 결혼이 싫을 경우를 말하는 거야. 좋다면 뭐 상관없겠지만."

불안하게 눈을 굴리던 바이델이 율리아나를 직시했다.

"나한테 도망쳐도 돼."

"……."

"너 하나는 내가 지킬 수 있으니까."

쏴아아—

두 사람 사이의 정적을 바람 소리가 채웠다.

* * *

황궁의 밤은 밝고 고요하다.

안젤리카는 자신이 자주 머무는 태자궁 손님방 앞의 정원을 우울하게 거닐었다.

손님방은 손님방이라는 말이 무색하게도 안젤리카의 물건이 가득했고 정원 역시 안젤리카가 좋아하는 꽃들로만 꾸며져 있었다.

안젤리카는 시종에게 명령해 정원을 몽땅 뒤엎을 수도 있었고 방의 가구를 모조리 바꾸게 할 수도 있었다.

그렇지만 그녀는 여전히 손님이었다.

안젤리카가 원하는 건 정당한 권리였다. 알렉산더가 시혜하듯 허락한 가짜가 아니었다.

속상한 마음이 여유를 갉아먹자 안젤리카의 가장 깊은 곳에 있던 열등감이 수면 위로 떠오르기 시작했다.

'내가 센티넬이었다면… 달랐을까?'

강력한 센티넬 기사들을 배출하면서부터 신진세력으로 떠오른 채텀 백작가. 채텀 백작가는 센티넬이 태어나지 않으면 다시 고꾸라질 가문이다.

언니인 프레데리카가 있었기에 안젤리카가 사랑을 받으며 자랄 수 있었지, 그게 아니었다면 안젤리카의 처지는 구박데기였을 터.

'사실… 언니와 똑같은 대접을 받고 싶었어.'

프레데리카는 가문의 자랑과 기대를 한 몸에 받고 있다. 그럴 만한 재목이고 그럴 만한 능력이 있다. 프레데리카는 강력한 센티넬 기사로서 황실을 보필하게 될 것이다.

안젤리카에게 주어지는 것은, 언젠가 다른 가문으로 떠나보낼 모자란 딸에게 적선하는 사랑이었다.

뿌리 깊은 열등감은 지금의 상황도 똑같이 해석했다.

'내가 센티넬이었다면……. 내가 센티넬이었다면 황제 폐하께서도 다르게 생각하셨겠지.'

안젤리카가 프레데리카를 뛰어넘는 강한 센티넬이었다면 황제도 다르게 생각했을지도 모른다. 이것은 사실이었다.

"흑, 흐흑."

안젤리카는 정원에 주저앉아 울었다. 주변에 아무도 없는 것을 알고 운 것이었다.

안젤리카는 고용인에게 패악을 부리면 부렸지, 절대 약한 모습을 보이지 않았다. 고용인이란 것들은 빈틈을 보이면 기어오르니까.

황제와 황태자의 손과 귀가 되어 주는 궁인이 있었다면 더 가련하고 예쁘게 울었을 것이다. 혹시라도 동정심을 살 수 있을까 하고.

아무도 없기 때문에, 온 얼굴을 일그러트리며 엉엉 울었다.

"흑…. 흐어엉. 이게 뭐야. 이게 뭐냐고……."

주변 영애들은 이미 진작 약혼했고 이젠 하나둘씩 결혼 날짜를 잡고 있었다. 그 소식을 들을 때마다 움츠러들었다. 연인이 없는 것도 아닌데 약혼식 날짜조차 잡지 못한 제 처지가 부끄러웠기 때문이다. 집안사람들도 자신을 추궁하듯 바라보는 것 같아 집 안에서도 편하게 쉴 수 없었다.

"짜증 나…. 내가 센티넬이었다면……."

화가 나서 드레스 자락을 쥐어뜯으며 울던 때.

"센티넬이 되고 싶으십니까?"

낯선 목소리에 안젤리카가 화들짝 놀랐다. 그러나 고개를 들지는 않았다.

흉한 꼴일 테니까.

급하게 손수건을 찾는데 시아에 손수건을 든 손이 불쑥 들어왔다.

"이걸 쓰세요."

"……쓰긴 하겠지만. 누구시죠? 아무도 들이지 말라 명했는데요."

손수건으로 눈물을 닦고 부은 눈가를 꾹꾹 누른 안젤리카가 매서운 얼굴로 상대를 올려다보았다. 그리고 아연해졌다.

"당신은……."

달을 등진 미소가 불길하게 빛났다.

Chapter 9. 내 가이드가 되어라 (1)

검지 두 마디 정도의 둥근 광물 두 개. 한 개는 보석처럼 영롱하게 빛이 나고 있었고, 나머지 하나는 아직 가공이 되지 않은 듯 둔탁하고 희미한 빛을 낼 뿐이었다.

율리아나는 그 빛나지 않는 돌을 손에 쥐었다.

눈을 감고 몸속의 인도력을 일으켰다.

회귀 전엔 가이딩에 관해 제대로 배운 게 없었다. 몸으로 부딪쳐 가며 터득했다.

알마예르의 남자 세 명이 센티넬이었고 후작에 비해서 휴렌과 바이델은 율리아나의 가이딩을 자주 받아 갔기에 가능했다.

그 후엔 알렉산더와 부딪치고 깨지며 익혔다.

알렉산더는 강대한 이능을 가졌으나 이능 회로가 뒤틀려서 제대로 힘을 발산하지 못했다. 율리아나가 가이딩을 해 주면 가라앉았으나 그것도 잠시뿐이었다.

율리아나는 자주 폭주 상태를 겪는 알렉산더를 가이딩하며 그의 뒤틀린 이능 회로를 고쳐 주었다. 그러면서 숙련도가 엄청나게 올랐다.

회귀와 함께 실제 경험치는 사라졌을지 몰라도 머리로는 그 감각을 기억하니 다행이었다. 그리고 이번 생에는 뛰어난 가이드인 엠마에게 요령을 배웠다.

그렇게 전생과 현생에서 배운 것을 토대로 아카데미에서는 연구에 힘을 썼다.

단순히 이론만 내는 연구는 필요 없었다. 율리아나가 원하는 것은 결과였기 때문이었다.

율리아나는 제대로 된 가이드석 하나를 만들기 위해 수없이 실패했다. 그 과정에서 인도력을 많이 소진하는 것은 필연이었다.

노력은 배신하지 않는다—라는 말을 믿는 것은 아니었다. 이전 생에서도 그녀는 노력하지 않았던가? 그러나 삶은 그녀를 배신했다.

'그러니까 이건 내 노력의 결과가 아니라, 우연이 만들어 낸 기적이겠지.'

율리아나는 손안에 쥔 완성품에 자신의 인도력을 불어넣었다. 길거리에 굴러다니는 돌멩이와 다를 바 없던 광물이 인도력을 머금자 아름다운 빛을 뿜어내기 시작했다.

율리아나는 휴렌에게 가이딩을 할 때의 감각을 떠올렸다.

무표정하고 무감각해 보이는 얼굴 아래에는 날뛰는 혈기가 있다. 이를 가라앉히는 것을 상상하며 인도력을 불어넣었다.

특정한 인물을 상상하며 가이드석을 만들면 정말 그 인물에게 잘 맞는 가이드석이 만들어진다.

그래서 알렉산더도 율리아나의 가이드석을 사용하고서 눈에 보이게 나아진 것이었다. 물론 무한대로 쓸 수는 없겠지만.

흰 이마에 송골송골 땀방울이 맺히고, 돌이 과부하에 걸려 덜덜 떨리기 시작한 순간 율리아나는 가이딩을 멈췄다. 더 이상 인도력을 퍼부으면 돌이

견디지 못하고 깨질 것이었다.

"하아, 됐다."

이렇게 가이드석 두 개가 완성되었다.

책상 위에서 돌 두 개를 이리저리 굴려 보면서, 율리아나는 입술을 삐죽였다.

처음엔 알마예르 후작과 바이델에게도 가이드석을 줄 필요가 있을까 생각했지만 생각을 고쳐먹었다.

'어쨌거나, 내가 은혜를 입은 건 맞아.'

물론 율리아나가 발라고프 백작에게 입적하고 싶다고 말했다면 미하일은 황제와 담판을 지어서라도 율리아나를 법적으로 완벽한 자신의 딸로 만들었을 것이다.

그렇지만 율리아나는 그렇게 하지 않았다.

퓌센 알마예르 후작.

전생에선 친부로 알았고 이번 생에선 엄마의 오라버니인 걸 알게 된 남자.

후작에게 율리아나가 갖는 감정은 복잡했다.

전생을 생각하면 증오가 차오르다가도, 소소한 행복이 가득한 이번 생을 떠올리면 그 미움이 흐려졌다.

게다가.

'기억도 없는 사람을 계속 미워하는 게… 의미가 있을까.'

미련을 완전히 끊어 냈기도 했고, 아버지도 아닌 남자에게 뭔가를 기대는 하지 않는다. 그렇지만 받은 것들이 있는데 얹혀사는 조카로서의 도리는 해야 하지 않을까 싶었다.

'전생에선 가이딩이라도 했는데 이번 생엔 정말 한 게 없잖아. 엄마를 살린 거야 내가 원했던 거고.'

율리아나는 물욕이 없었지만 그녀의 마음과 실제 상황은 별개였다.

나날이 커 가는 몸은 계절마다 치수가 달라져 매년 옷과 신발을 새로 지어야 했고, 입에 들어가는 음식이야 따져 무엇 하랴.

알마예르 장서관에서 본 책이 몇 권이며 알마예르의 고용인들이 준 따스한 보살핌은……. 어휴. 생각을 이어 갈수록 지금껏 보답할 생각을 하지 않은 자신이 배은망덕하게 느껴질 정도였다.

'그래. 이거야 뭐. 나한텐 별거 아니니까.'

이거 하나로 모든 값을 퉁칠 수 없다는 걸 안다.

'음…. 의무 복무 기간에도 월급이 나오니까 그거라도 드려야겠다.'

율리아나는 스스로의 생각에 고개를 끄덕이며 보석함에서 새끼손톱만 한 자잘한 보석들을 한 움큼 꺼냈다.

그리고 손에 쥔 보석들에 가볍게 인도력을 불어넣었다. 이것은 비앙카에게 줄 것이다. 팔찌로 만들어서 평소에도 차게 할 생각이다.

6살에 학대로 이능을 사용하게 된 이후로, 비앙카는 반각성 상태였다. 아주 각성한 것도, 그렇다고 이능을 쓸 수 없는 상태도 아닌.

폭주할 정도는 아니겠지만 자신도 모르게 이능을 사용하니 의식 없이 피로해질 것이다.

'그럴 때 이 팔찌가 도움이 되길.'

율리아나는 개운한 기분으로 벨벳 주머니들에 완성된 가이드석들을 넣었다.

좌르르륵, 돌들끼리 부딪히는 소리가 듣기 좋았다.

"이제 공방에 맡겨야지."

일어서려는데 책상 한편에 둔 작은 거울에 자신의 모습이 비쳤다.

가슴에는 자주 애용하는 아이스 오팔 브로치가 달려 있었다.

자연스럽게, 브로치를 선물해 준 사람이 떠올랐다.

'맞아. 자이거 대공님이 가이드석에 관심을 보였었지?'

하긴 언제나 많은 인도력을 필요로 하는 대공인데, 가이드석과 같은 보조 수단이 있으면 좋을 것이다.

율리아나는 다시 자리에 앉아서 원석이 가득 담긴 보석함을 뒤졌다. 머르딘과 미하일이 마음껏 쓰라고 모아 준 것들이었다.

조금 뒤적거리다가 답답해져서 아예 책상에 전부 꺼내 놓고 꼼꼼히 골랐다.

"음……. 이것도 아니고. 이것도 별로고. 아, 이거다!"

처음엔 길쭉해서 검붉은 수정 같기도 한 게 무슨 보석인지 몰랐는데, 지금 보니까 신기할 정도로 붉은빛을 발하는 오팔이다.

힘을 불어넣기 전부터 이렇게까지 선명한 색이라니, 인도력을 불어넣으면 아마도 영롱하게 빛날 것이다.

마치 자이거 대공의 불타는 금안처럼.

"자, 집중하자."

머릿속에 떠오른 자이거 대공의 얼굴을 지워 내며 율리아나는 손에 파이어 오팔을 쥐었다.

잘생긴 얼굴 대신, 자이거 대공에게 가이딩을 해 주던 때를 떠올렸다. 모든 별을 흡수하는 블랙홀처럼 끝없이 인도력을 흡수해 가던 그를.

손을 잡는 것만으로도 자신의 모든 것을 삼킬 것만 같던 그 순간을.

"아…!"

너무 집중하는 바람에 인도력이 거의 남지 않을 정도로 소진해 버렸다.

시야가 가물가물해지고 머리가 핑 돌았다. 율리아나는 비틀거리며 소파로 가서 몸을 뉘였다.

쿠션에 머리를 대자마자 졸음이 쏟아졌다. 그래도 완성품은 봐야지 싶어서 손에 쥔 오팔을 들어 올리자, 드래곤의 불길을 머금은 듯 금색과 적색으로 빛나는 가이드석이 드러났다.

"예쁘다……."

율리아나는 그대로 잠들었다. 그리고 거의 반나절 만에 일어난 그녀는 의욕이 넘쳤다.

"루시, 하이디. 나 잠깐 시내에 나가려고."

"네? 그러고요?"

"잠시만요, 아가씨!"

루시와 하이디는 깜짝 놀라 나들이 드레스들을 가지고 나왔다.

율리아나는 한숨을 내쉬었다. 아카데미에서 공부하는 동안은 아카데미 유니폼을 입어서 정말 편했다. 깨끗하게 다리지 않아도 망토 같은 걸 둘러서 가리면 끝이라 막 자다 일어나서 수업에 가도 괜찮았고 말이다.

"대단하게 꾸미지 않아도 돼……."

"이건 꾸미는 것도 아니에요, 아가씨!"

"맞아요. 이 정도는 기본이죠."

"굳이 화장까지 해야 할까…?"

"얼마 전에 갖다드린 신문 못 보셨어요? 아가씨 얼굴이 대문짝만하게 실려 있었잖아요. 시내에 나갔다가 사진이라도 찍히면 어떡하시려고요?"

"하긴. 그것도 그렇구나."

소문을 듣지 않는 삶을 살고 있어서 까먹었다. 자신이 지금 얼마나 화젯 거리가 되고 있는지.

"그래, 마음껏 꾸며."

율리아나는 포기하고 루시와 하이디의 손길에 자신을 내맡겼다.

신이 난 루시와 하이디는 인두까지 가져와서 율리아나의 머리칼을 탱글하게 말았다. 상자 하나가 넘는 화장품들로 그녀의 얼굴을 색칠했다.

치장이 끝난 것은 그로부터 1시간 후였고, 율리아나는 결국 너무 시간이 늦어서 나가지 못했다. 대신 공방 사람을 불러 의뢰를 맡겼다.

"왜 이렇게 예쁘게 꾸몄대?"

"몰라. 내일 머리 안 감을 거야."

의아해하는 바이델에게 씩씩거리며 대답한 율리아나는 전투적으로 저녁을 먹었다. 하이디와 루시가 만족했으니 다행이지만.

저녁을 다 먹고 한결 나아진 기분으로 차를 한잔하고 있는데 집사장이 은쟁반을 들고 왔다.

"아가씨 앞으로 온 편지입니다."

군청색의 편지 봉투. 율리아나는 이 편지 봉투 색이 황궁의 어느 부서를 뜻하는지 알고 있다.

'이 편지는…… 훈련 통지서야.'

입영 통지서.

이제 입대가 코앞이었다.

* * *

며칠 뒤, 율리아나는 공방에서 보낸 심부름꾼을 통해 가공이 완료된 보석들을 받아 보았다.

원래 이렇게 빨리 완성이 되진 않는데 율리아나가 공방에 갔을 때 별생각 없이 "가족들에게 선물할 거라서요."라고 말했더니 엄청나게 빠른 속도로 완성이 되었다.

'일부러 재촉한 건 아니었는데 미안하네.'

잔금을 치를 때 사례금을 더 얹어 주면 조금이나마 보상이 되겠지.

벨벳 함들을 열자 어두운 색의 쿠션 위로 보석들이 줄지어 있었다.

비앙카에게 줄 팔찌는 알알의 보석 사이로 작은 백금 구슬들을 넣어 만들었다. 사슬 참을 매달아 움직일 때마다 잘그락거리는 소리가 나서 귀여웠다.

알마예르 후작과 휴렌의 가이드석은 검에 매다는 장식 참으로 만들었다. 장식 매듭에 가이드석을 달고 수술을 길게 늘어트리니 제법 근사해서 율리아나는 완성품을 보고 뿌듯해졌다.

그리고 마지막 하나.

자이거 대공의 가이드석은, 일단 세 사람의 것에 비해 길쭉해서 어떻게 가공을 할까 고민을 했다.

공방 주인은 끝에 장식을 달아 목걸이로 만들면 어떨까 하는 제안을 했지만 목걸이는 살에 닿는 느낌이라… 왜인지 부끄러웠다. 율리아나는 고민하다가 너무 화려하지 않은 부토니에를 만들어 달라고 의뢰했다.

그렇게 완성된 부토니에는 길쭉한 붉은 오팔을 금잎사귀들이 감싸는, 붉은 검을 형상화한 모양새였다.

'너무 과한가…?'

생각했던 것보다 더 화려한 모양새라 조금 당황했지만, 이 부토니에를 한 레온하르트를 상상하니 흡족했다.

레온하르트의 붉은 머리칼과 황홀한 금안에 이 부토니에는 맞춘 듯 잘 어울릴 것이다.

'브로치도 잘 쓰고 있으니까 괜찮겠지.'

자신의 아이스 오팔 브로치를 내려다보던 율리아나는 고개를 끄덕이고 보관함을 닫았다.

그날 저녁.

똑똑똑, 문을 두드리는 소리에 휴렌은 서류에 파묻은 고개를 들지도 않고 답했다.

"들어와."

당연히 보좌관일 거라 생각한 그는 달칵, 문이 열리고 나서도 상대에게서 아무 말이 없자 미간을 찌푸렸다. 바쁜 거 알면서 왜 이렇게 미적거리지?

"용건은?"

"음…. 식사도 거르셨다고 들어서, 요깃거리를 가져왔는데요."

예상하지 못한 목소리에 깜짝 놀라 고개를 들자 율리아나가 머쓱한 얼굴로 서 있었다. 두 손에는 음식이 가득한 쟁반을 들고.

책상 위에는 서류가 가득해서 쟁반을 놓을 자리가 없어 보였다. 율리아나는 책상이 아니라 소파 테이블에 쟁반을 올려 두고 휴렌을 보았다. 휴렌은 멍하니 있다가 자리에서 벌떡 일어났다. 그 반동으로 책상이 진동하며 맨 위의 서류 한 장이 팔랑팔랑 바닥으로 떨어졌다.

"바쁜 건 알지만 그래도 끼니는 거르지 마세요. 샌드위치라도 챙겨 드세요."

율리아나는 휴렌의 앞으로 샌드위치 접시를 내밀었고 휴렌은 멍하니 고개를 끄덕이며 우걱우걱 샌드위치를 먹었다.

'얘가 웬 일이지? 뭐 부탁할 거라도 있나?'

그렇게 생각하면서도 이런 일은 처음이라, 괜히 마음 한구석이 설렜다. 그는 율리아나가 무슨 부탁을 하든 들어줄 거라고 다짐했다.

샌드위치 하나를 순식간에 먹어 치운 휴렌이 율리아나가 내민 아이스티까지 벌컥벌컥 들이켠 후 물었다.

"그래서, 부탁할 게 뭐지?"

"네?"

"편하게 말해. 뭐든…. 내가 해 줄 수 있는 선에서는 들어줄 테니까."

해 줄 수 있는 선이라고는 했지만, 후작 대리로서 월권을 행사하게 되더라도 뭐든 들어주리라 결심한 후였다.

샌드위치가 무슨 맛인지 느끼지는 못했지만 배 속은 든든했다. 그건 단순히 음식을 먹었기 때문만은 아니었다.

율리아나는 민망해하며 뺨을 긁적였다. 어지간히 어려운 부탁인가 본데. 대체 뭐지? 휴렌이 고민할 때, 율리아나는 길쭉한 벨벳 함을 내밀었다.

"부탁할 건 없고, 이건 제가 만든 가이드석인데… 일단 검 장식으로 만들어 봤어요. 그렇지만 꼭 검에 달지는 않아도 되고요."

"…가이드석이라고? 전하께 드린 것과 같은?"

"네. 황태자 전하께 전달한 것과 아주 같지는 않은데, 둘 다 제가 만들긴 했으니까."

선물을 하는 건데 왜 이렇게 쑥스러울까. 율리아나는 민망함에 얼굴을 들지 못한 채 상자 하나를 더 꺼냈다.

"이건 후작님 건데, 후작님께 서류 같은 거 보내실 때 같이 보내 주시면 될 것 같아요."

휴렌은 율리아나의 말을 듣는 둥 마는 둥 하며 함을 열었다.

파랗게 빛나는 보석이 달린 검 장식. 손끝으로 보석의 표면을 더듬자 닿은 곳에서부터 따뜻한 감각이 퍼져 나갔다.

"아……."

휴렌이 저도 모르게 눈을 감고 그 감각을 느끼는 사이 율리아나가 설명했다.

"가이드석은 인도력을 담은 돌이에요. 마법사의 마법 시전을 돕는 마나석과 같은 거죠. 급하게 힘을 썼는데 주변에 가이드가 없다면 비상용으로 쓸 만할 거예요."

'비상용?'

가이드석에서 손을 뗀 휴렌은 고개를 끄덕였다. 하긴 주변에 가이드가 있다면 이렇게 귀한 것을 매번 쓸 수는 없겠지.

끝까지 버티다가, 더 이상 버틸 수 없을 때 쓰리라.

"고맙다. 잘 쓰마."

휴렌이 일어나서 제 책상으로 가서 서랍을 뒤적이기 시작했다. 부탁할 게 있나 했더니 선물을 받고. 답례로 좋은 걸 주고 싶은데 마땅한 게 생각이 나지 않았다. 그러다 무언가 눈에 들어왔다.

'아. 이게 있었군.'

휴렌은 서랍 안쪽에서 실크 주머니를 꺼내어 율리아나 앞에 두었다.

"답례다."

"답례를 받으려고 드린 건 아닌데요. 지금까지 뭐 해 드린 것도 없고 해서⋯⋯."

"연장자로서 받고만 넘어갈 수 없지. 나도 받고서 안 쓰는 거니까 부담 없이 써라."

받고서 안 쓰는 게 뭐지? 율리아나가 실크 주머니를 열자 단검 한 자루가 나왔다.

"단검이네요?"

"그래. 생각해 보니 검 하나 들려 준 적 없구나. 호신용으로 하나쯤 들려 줬어야 했는데. 그리고, 이제 의무 복무를 하러 가지?"

"네."

"단검 외에 다른 방어구를 챙겨 가도록 말해 두마."

"네⋯. 감사해요."

율리아나가 조심히 검집에서 검을 꺼내자 스르릉, 아주 부드러운 소리와 함께 검이 빠져나왔다.

'날이 검은색이네?'

흑철 같은 건가? 검에 대해 잘 모르지만 굉장히 예리하고 아름다워 보여서 대단한 물건인 건 확실히 느껴졌다.

'나중에 바이델에게 물어봐야지. 그냥 가이드석을 주러 온 건데 과한 걸 받은 기분이네.'

원래 선물만 주고 가려고 해서 율리아나는 제 몫의 차도 가지고 오지 않았다. 그녀는 자리에서 일어났다.

"바쁘신데 방해해서 죄송해요. 그럼 가 볼게요."

"아니다. 언제든 찾아오거라. 부탁할 게 있으면 편히 말하고."

"네."

탁. 휴렌의 서재에서 나와 바이델의 방으로 향하던 율리아나는 걸음을 멈추었다.

'아……'

바이델과는 지난번 뒷산으로 나들이를 갔던 때 이후로 대화하지 않고 있었다.

"그래서 말인데…. 만약, 만약에."

"황제가 억지로 널 황태자와 결혼시키려고 하면 말이야…. 네가 그 결혼이 싫을 경우를 말하는 거야. 좋다면 뭐 상관없겠지만."

"나한테 도망쳐도 돼."

만약이라고 했지만. 여러 전제 조건도 붙이긴 했지만. 어떻게 모를 수 있겠는가.

'바이델이 나를……'

좋아한다는 것을 말이다. 자신을 동생이 아니라 여자로 보고 있다는 것을 말이다.

소름이 끼친다거나, 기분이 나쁜 것은 아니었다. 다만 바이델이 다르게 보였다. 가족으로 여기고 제 편이라고 믿었던 상대가 자신과 다른 생각을 하고 있었다는 사실이 충격적이었다. 본능적인 거부감이 들었다.

'결혼이건 약혼이건, 이번 생에는 생각하지 않았는데.'

전생에서 워낙 약혼 상대로부터 상처받은 탓에 율리아나는 무의식적으로 약혼이니 결혼이니 하는 것들을 삶에서 배제하고 있었다.

그저, 가이드로서 종군하다가 군인으로 죽을 거라는 소망만 있었다.

'결혼을 하면. 내가 가이드로 살 수 있을까? 남편이 나를 이해해 줄까? 내가, 정상적인 아내가 될 수 있을까?'

저마다 정상의 기준이 달라서 의견이 분분하겠지만, 율리아나는 자신이 없었다.

사람들은 율리아나에게 아무에게나 가이딩을 해 주는 매춘부나 마찬가지라고 했으나, 정작 그녀를 안은 알렉산더는 목석을 안는 것처럼 재미없다며 폭언을 퍼부었다.

전생의 약혼 생활은 그저 괴롭기만 했다. 황태자의 약혼녀라는 위치는 율리아나에게 부와 명예를 가져다주었을지는 모르나, 실제로는 명예롭지도 않았고 부를 느낄 겨를도 없었다. 비싼 드레스와 아름다운 보석은 아무런 위안도 되지 못했다.

알렉산더는 폭력적이었고 고압적이었으며 그녀를 배려하지 않았다. 언제나 고통뿐.

결혼을 한다면 부부 관계는 필수일 텐데, 그 고통을 다시 겪고 싶지 않았다. 게다가 두려웠다.

현재의 몸은 남자를 모르지만, 머리로는 알렉산더와 함께한 행위를 기억하고 있다. 이를 남편이 알아차린다면?

수많은 고민 속에서, 고민의 근원을 꿰뚫는 질문이 튀어나왔다.

'내가 어딘가 이상하다는 걸……. 알아차리면?'

율리아나는 눈을 꼭 감았다. 바닥이 무너지는 것 같았다.

사랑받을 자신이, 없었다.

* * *

율리아나가 받은 입영통지서의 내용은 간단했다.

가문과 이름, 입영 부대, 모이는 장소. 그리고 그 아래에 적힌 문구.

제국 군법 10조 아카데미 졸업생에 관한 규정에 의하여 가이드병으로 입영할 것을 통지한다.

그 밑으로는 이 통지서를 받은 사람이 입영하지 않을 경우 어떤 처벌을 받는지가 적혀 있었다. 어차피 율리아나는 평생 군인으로 종군할 생각이니 그 부분은 읽지도 않았다.

드디어 입대 날이다.

'바로 오늘이야.'

아직 해도 뜨지 않아 깜깜한 새벽에 일어난 율리아나는 미리 싸 둔 짐을 점검했다. 기사단장이 함께 골라 준 방어구들을 확인한 뒤 지급받은 옷을 입었다.

바지와 셔츠, 재킷으로 이루어진 가이드 병사복을 입고 망토를 둘렀다.

머리를 하나로 질끈 묶자 제법 군인 티가 나는 것 같아 율리아나의 볼이 발그레하게 달아올랐다.

'잘하자, 율리아나. 넌 전처럼 특별 취급 받는 가이드가 아니야. 일반 병사랑 똑같아. 열심히 하자!'

아카데미 졸업생들은 통지받은 부대에 배치되어 2주간 기본 훈련을 받은 뒤 복무한다. 어차피 아카데미는 공무원을 육성하기 위한 기관이기 때문에 의무 복무 기간에도 각자 전공에 맞는 일을 맡게 된다.

당연히 가이드병은 가이딩을 하게 되는데, 가이딩이란 센티넬에게 하는 것이다 보니 업무가 과중하지 않다.

특히 웬만한 센티넬을 가이딩하는 게 아니면 피로를 느끼지도 않는 율리아나로선 아주 쉬울 것이다.

'어차피 강력한 센티넬 기사들은 보통 귀족이고, 귀족들은 가문의 가이드를 쓰니까.'

게다가 보통 가이드병보다 발라고프의 가이드 부대가 더 윗급이라는 인식이 있어서 일반 가이드병을 기피하는 현상까지 있다고 한다.

그래도 율리아나는 복무 기간 동안 최선을 다하기로 결심했다.

더 많은 센티넬들을 가이딩하여 더 많은 목숨을 구하는 것.

이것이 율리아나의 목표니까.

'음…. 그래도 혹시 모르니까 이것도 가져가 봐야지.'

쉬면서 만들어 둔 가이드석들을 담은 주머니가 제법 묵직했다. 주머니를 짐 속에 넣은 뒤 율리아나는 트렁크를 들고 방을 나섰다.

간단하게 아침 식사를 하고 인사만 하고 떠날 생각이었기 때문에 루시와 하이디도 깨우지 않았다.

저벅저벅.

적막한 복도를 지나 계단을 내려가 식당으로 가자.

"내 이럴 줄 알았지."

바이델의 한숨 어린 목소리에 깜짝 놀랐다.

깜빡깜빡.

눈을 감았다 떠도 눈앞에 있는 사람들은 흐려지지 않았다.

가벼운 평복 차림의 휴렌, 사관학교 정복을 입고 건방지게 다리를 꼬고 앉은 바이델, 잠옷에 가운만 걸치고 졸린 눈을 비비는 비앙카.

"다들 어떻게……."

"언니, 너무해! 인사도 안 하고 가려고 했어?"

"아니야. 그냥 먼저 아침 먹고 가기 전에 인사하려고 했어."

변명이 아니라 진짜인데, 순식간에 젖어 드는 비앙카의 눈망울을 보니 꼭 거짓말을 하는 기분이라 쩔쩔매게 된다.

"미안해. 언니가 잘못했어. 울지 마, 응?"

율리아나가 트렁크를 내려놓고 얼른 비앙카에게로 가서 그녀를 안아 올렸다.

이제 제법 커진 비앙카지만 하도 바이델이 안고 다닌 통에 남이 자신을 안는 것에 거부감이 없었다.

비앙카가 가느다란 팔다리를 율리아나에게 휘감아 꽉 안고서 훌쩍거렸다.

"온 지 얼마나 됐다구 또 가? 이번엔 언제 와?"

"오래 안 가. 2주 훈련만 마치면 출퇴근이야. 그러니까 잠깐만 떨어져 있는 거야."

졸업 전에 집에도 잘 못 오고 논문에 매진했던 탓인지 비앙카는 쉽게 떨어지려 하지 않았다.

비앙카를 안아서 달래는데 음식이 나왔다. 따뜻한 고기 스튜였다. 맛있는 냄새가 식당을 가득 채웠다. 휴렌이 비앙카에게 엄하게 말했다.

"비비. 이제 내려오거라."

"그래. 네 언니 밥도 못 먹겠다."

"알았어……."

비앙카가 꾸물꾸물 율리아나에게서 내려왔다.

바이델은 갓 만들어 따끈따끈한 빵을 손으로 잘게 찢어 스튜에 담근 후 율리아나에게 밀어 주었다.

"든든히 먹고 가. 첫날이 제일 힘들어."

"으응."

자리에 앉은 율리아나는 스푼으로 국물을 떠서 먹었다. 긴장으로 차가워졌던 위장에 뜨끈한 국물이 들어가자 사르르 녹는 기분이었다.

꼬르륵.

식욕이 돌아 그대로 스튜 한 그릇을 뚝딱 비워 내었다. 원래대로면 부엌에 남은 빵과 우유 정도나 먹고 가려고 했는데.

율리아나가 스튜를 먹을 동안 나머지 세 사람도 간단하게 아침을 먹었다. 벌써 같이 산 지 몇 년째인데 이렇게 같이 아침을 먹은 게 손에 꼽았다. 이것도 율리아나가 아니었다면 없을 자리였다.

숟가락을 내려놓은 율리아나가 식사를 마치고 자신을 기다려 준 세 사람을 바라보았다.

"잘… 먹었습니다."

어쩐지, 다른 때보다 바로 지금 이 순간에서야 비로소. 가족이 되었다는 느낌이 들었다.

식당에서 나오자 문까지 가는 길에 고용인들이 모두 시립해 있었다. 얼떨떨하게 그 사이를 걸어가자 다들 고개를 숙이며 말했다.

"건강히 잘 다녀오십시오, 아가씨."

문 앞에는 루시와 하이디가 눈물을 그렁그렁 머금은 채 서 있었다. 그녀들은 율리아나의 손을 꼭 잡고 간절히 말했다.

"다치지 말고…. 무리하지 말고 다녀오세요."

"너무 열심히 하지도 마세요. 아가씨가 제일 중요하니까…. 아셨죠?"

모두의 배웅에 코끝이 찡해졌다. 왜, 왜 눈물이 나려고 하는 거야. 정말 별것 아닌 훈련일 뿐인데.

"전쟁에 나가는 것도 아니잖아. 고작 훈련인걸. 금방 다녀올게."

"흐흑…. 제가 간식 들고 찾아갈게요."

"드시고 싶은 거 꼭 편지로 보내 주셔야 해요!"

엉엉 울 기세인 루시와 하이디를 달래서 나오자 집사장이 마차 앞에 서 있었다.

"조심히 다녀오시길."

집사장의 에스코트를 받아 마차에 올랐다. 마차에 타서 창문으로 보니 모든 고용인들과 휴렌과 비앙카가 그녀를 배웅했다. 마차가 천천히 출발했다.

"너 진짜 인기 좋다. 나 입대할 때도 안 저럴 텐데. 비비가 울어 주긴 하려나 모르겠네?"

함께 마차에 탄 바이델이 말했다. 율리아나는 바이델의 말에 어떻게 답해야 할지 몰라 눈알을 이리저리 굴렸다. 바이델이 그 모습을 보고 혀를 찼다.

"야, 대답은 좀 해라. 너 나 엄청 피하는 거 티 나거든?"

"…티 안 내려고 한 건 아니야."

조그맣게 대꾸하자 바이델이 "허, 참 나." 하고 한숨을 내쉰 뒤 말했다.

"부담 갖지 마. 네가 받아 줄 거라고 생각하고 말한 거 아니니까. 평소대로 행동하면 돼."

"……."

평소대로 행동하라니, 그게 어떻게 가능한가? 율리아나가 바이델을 편하게 대했던 건 그를 남자가 아닌, 남동생 같은 친척으로 여겼기 때문이다.

바이델이 자신을 여자로 보고 있었다는 사실 자체에 거부감과 거리감이 느껴져서 도무지 예전처럼 바라볼 수가 없었다.

율리아나가 대답하지 않고 창밖을 보자 바이델이 다시 한숨을 내쉬었다. 그 한숨마저도 자신을 탓하는 것 같아, 율리아나는 기분이 가라앉았다.

"야. 율리아나."

"……."

"……너는 정말, 6년을 알았는데도 모르겠다. 뭐, 아카데미 다닐 땐 그마저 얼마 보지도 못했지만."

다그닥다그닥, 마차를 모는 말들의 편자 소리와 마차의 바퀴가 땅을 달리는 소음이 적막을 채웠다.

바이델은 주머니에 손을 넣고 가이드석을 만지작거렸다. 언제나 몸에 지니고 다니는 가이드석은 그에게 마치 부적과도 같았다. 불안한 상황에서도 가이드석을 만지면 율리아나의 손을 잡은 듯 든든했다. 세상에서 가장 강한 남자가 된 기분이었다.

매끈한 가이드석의 표면을 손끝으로 굴리며 작게 중얼거렸다. 혼잣말이기도 했고 들으라고 하는 말이기도 했다.

"말하지 않는 게 나았을까? 그렇지만… 점점 더 네가 멀어지잖아."

"……."

"네가 어디 가지 않고, 어떤 남자도 선택하지 않고. 계속계속…. 우리랑 함께 있으면 좋겠어."

"……."

율리아나는 대답하지 않았다.

바이델은 눈을 감고 침묵을 지키는 율리아나를 훔쳐보았다.

군복을 입고 머리를 질끈 묶은, 연회에 나갈 때와는 달리 화장기 하나 없는 말간 얼굴.

드레스를 입어도, 군복을 입어도, 그 어떤 옷을 입어도 바이델의 눈에는 그 어느 여자보다 율리아나가 예뻤다. 가장 아름다웠다. 가장 사랑스러웠다.

'……젠장.'

그래서 지끈거리는 심장이 그녀를 취하자고 아우성을 쳐도 그 고통을 속으로 삼킬 뿐이다.

사실은, '계속 우리랑 함께 있으면 좋겠다.'라는 말은 거짓말이다.

나랑 함께 있으면 좋겠어.

나와.

너와 나, 단둘이만 영원히.

"……."

"……."

덜컹덜컹, 마차는 군부대가 있는 황성 외곽으로 향했고 율리아나가 눈을 감은 내내 바이델은 그녀를 훔쳐보았다. 이런 순간이 다시 오지 않을까 걱정하며.

왜인지 불어오는 바람에서 불길한 냄새가 나는 것만 같았다.

* * *

자이거 대공저는 대공 저택이라는 이름에 비해 규모가 크지 않고 아늑했다. 수도에 머무는 대신 전쟁터를 돌아다닌 역대 대공들의 특성 때문이었다.

대신 정원이 아름답고 아늑한 분위기를 풍겼다. 그러나 이번 대의 대공은 어린 나이에 대공위에 올랐고 부인은커녕 약혼녀도 없은 지 오래기 때문에 대공저는 그 안락한 분위기를 잃어 가고 있었다.

집사가 아무리 꾸미고 챙겨 봐야 무심하고 툭하면 자리를 비우는 주인을 두면 황량해지는 것을 막을 수 없다.

그리고 그것은 대공의 마음도 그러할 것이다.

대공저의 집사는 자신의 주인이 어디에도 마음 둘 곳이 없는 것을 안타까워했다.

'빨리 좋은 분을 만나셔야 할 텐데.'

물론 집사도 황제의 심기를 거스르려 하지 않으려는 주인의 마음이야 알았지만, 언제까지 황제의 눈치를 보며 마음 졸이며 살 순 없지 않은가.

이제 주인의 나이도 스물다섯. 보통의 귀족 영식들이면 결혼하고 첫째 아이를 볼 수도 있는 나이다. 그런데 약혼은커녕 여자를 만나는 기색도 없다. 아니, 여자는 바라지도 않는다. 친교를 나누는 신사도 없는 것 같다!

물론 자이거 기사단과는 좋은 친분을 유지하고 있지만 비슷한 신분의 신사들과는 다르다.

들어오는 파티 초대장과 신사 클럽 초대장의 수는 언제나 동일했다. 그건, 레온하르트가 어떤 친교 활동도 하지 않는다는 뜻이었다.

그런데 오늘은 달랐다.

"어디서 왔다고?"

"알마예르저에서 보내온 물건이라고 합니다."

"알마예르?"

집사는 몇 년 전의 일을 기억했다.

갑자기 레온하르트가 어린 소녀에게는 어떤 선물을 줘야 할까 조언을 구하더니 상인들을 부르도록 했다.

레온하르트가 고심하며 고른 품목은 오팔 브로치와 실크 장갑.

혹시 안주인이 생기시려나, 집사는 두근거리는 마음으로 선물을 직접 포장하여 보냈던 것을 바로 어제 일처럼 기억했다.

'혹시… 그분인가? 아직 교류를 하시나?'

나이를 계산하니 알마예르의 어린 영애는 이미 18살로, 결혼할 수 있는 나이가 넘었다.

집사는 두근거림을 감추지 못하며 선물을 두 손으로 고이 들고 레온하르트의 집무실 책상에 두었다.

레온하르트가 저택으로 돌아왔을 때 보고 기뻐하길 바라면서.

* * *

"그럼, 잘 다녀와. 어차피 네가 알마예르라는 걸 모르는 사람은 없으니까, 잘 대해 주겠지만……. 힘들면 연락해."

바이델은 착잡한 얼굴로 율리아나를 보다가 마차 안으로 들어갔다.

마차가 군부대 앞에서 떠나고, 율리아나는 부대 안으로 들어섰다.

이제 2주간 훈련소에서 기본적인 것을 배우고 부대 실전 업무를 맡게 된다.

'가이드 1부대. 이게 내 소속이야.'

사실 율리아나는 발라고프 부대에 배치될 가능성이 높다고 생각했다.

친부가 발라고프 백작으로 널리 알려져 있기도 했고, 실제로도 성적이 높은 학생들은 발라고프 부대에 배치가 되니까.

그런데 일반 가이드 부대에 배치되다니, 의외라고 생각하긴 했지만 나쁜 일은 아니었다. 발라고프 부대야 의무 복무 후 들어가게 될 테니 일반 가이드 부대의 분위기를 아는 것도 좋을 터.

오리엔테이션 장소로 가자 익숙한 얼굴이 보였다.

'월터도 여기에 있네.'

졸업 성적이 높은 월터도 이 부대에 함께 배치된 걸 보니 올해부터는 성적과 관련 없이 졸업생 배치를 섞는 것일 수도.

"안녕, 월터. 일찍 왔네."

"안녕. 너야말로 일찍 왔네."

자리가 하나둘씩 차기 시작하고, 이제 시작 시간이 되어 갈 때, 입구 쪽에서 웅성거리는 소리가 들렸다.

"발라고프?"

"여기는 발라고프 부대가 아닌데?"

"아, 설마……."

웅성거리는 소리에 지나칠 수 없는 이름이 끼어 있어서 훈련소 규칙 책자를 읽던 율리아나가 고개를 들었다. 월터보다 훨씬 익숙하고 애정하는 얼굴이 보였다.

"율리."

부드럽게 휘어지는 초록색 눈. 처음에 봤을 때보다 나이가 들긴 했지만 여전히 제 나이보다 어려 보이는 얼굴.

커다란 부대 하나를 움직이는 남자라고 하기엔 책사나 학자에 더 가까운 얼굴을 한 남자, 미하일이었다.

"백작님?"

율리아나가 깜짝 놀라 일어서자 미하일이 웃으며 다가왔다.

"오늘이 입소일이라고 들어서 인사차 들렀어. 복무 기간 중에 훈련소 기간이 제일 힘들다는 우스갯소리도 있거든. 2주만 참으면 되니까, 너무 힘들어하지 말고."

미하일은 팔을 벌려 율리아나를 가볍게 포옹했다. 포옹하며 가까워진 귓가에 작게 속삭였다.

"그래도 혹시 부대장이 개같이 굴면 이걸로 연락하렴. 인도력을 넣으면 내게로 연락이 올 거야."

율리아나와 인사를 마친 미하일은 자신에게 어색하게 인사하는 졸업생들에게 부드럽게 웃어 주며 홀을 나갔다. 율리아나는 로브 주머니에 손을 넣었다.

'반지네. 아마 마도구겠지.'

인도력을 불어넣으라는 걸 보니 에테르 감지 장치가 달려 있는 연락 도구인 게 분명했다. 이렇게 세세한 것까지 신경 써 주는 것이 참 감사하다. 그런데 약간 마음에 걸리는 부분은.

'개같이 군다니. 혹시 이 부대장과 사이가 안 좋나?'

그리고 율리아나의 추측이 맞았다.

홀을 나서던 미하일은 홀에 들어오던 부대장, 알베르토와 마주쳤다.

알베르토는 미하일에게 이를 드러내며 인사했다. 웃는 것으로 보기엔 어려운 표정이었다.

"발라고프 백작. 여기는 무슨 일이지?"

"아는 얼굴이 있어서 인사하러 왔지."

"아, 그래. 인사는 잘했고?"

이죽거리는 알베르토를 보며 미하일은 입술을 달싹거렸다.

발라고프 가이드 부대는 아카데미 졸업생을 받기도 하지만 자체 시험을 쳐서 인재를 뽑는다. 어차피 파벨이 다른 부대로 갈 일은 없으니 다른 부대 장들에게도 적당히 개같이 굴었는데, 이게 후회가 될 줄이야. 관계 개선을 해 보려 했으나 이미 늦은 지 오래였다.

알베르토는 미하일에게 열등감을 심하게 드러내는 인물로, 아무리 잘해 주어도 그를 향한 적개심을 숨기지 않았다.

"……이미 알고 있잖아. 잘 부탁해."

"하. 부탁? 그 잘나신 발라고프 백작이 내게 부탁이라. 남들이 들으면 절대 안 믿을 이야기군."

알베르토는 코웃음을 치며 미하일을 지나쳤다. 일부러 어깨를 부딪치며 가는 알베르토. 미하일은 오리엔테이션이 진행될 홀로 들어가는 그의 뒷모습을 보며 입술을 깨물었다.

부디 자신 때문에 율리아나에게 해가 가지 않기를.

탕!

"일동 기립!"

군홧발이 바닥을 차는 소리와 함께 상관이 명령했다. 어리마리한 신병들이 벌떡 일어났다.

"경례!"

배운 대로 단상을 향해 손을 뻗어 경례하자 알베르토가 앞으로 걸어 나왔다. 간부 군복을 입은 알베르토의 가슴에는 계급장과 훈장들이 붙어 있었다. 사실, 방금 전에 발라고프 백작의 군복에 붙어 있던 것보단 적었다.

"반갑다. 나는 가이드 1부대 부대장 알베르토다."

가이드 1부대에 배치된 아카데미 졸업생은 총 20명. 그중에 율리아나만 여자였다.

알베르토는 가벼운 인사말을 읊은 뒤에 본론을 꺼냈다.

"훈련소에서 배울 것은 많지 않다. 가이드로서 할 일은 아카데미에서 배웠다고 친다. 규칙은 책을 읽어 숙지하도록 한다. 그럼 남은 2주 동안 할 일은 무엇이냐?"

알베르토가 씨익 웃었다.

"바로 체력 훈련이지. 자! 나가서 연무장을 30바퀴 뛰어라."

다들 미리 지급받은 군복과 신발을 신고 있었기 때문에 환복은 필요치 않았다. 신병들은 로브만 벗은 채로 연무장으로 나갔다.

조교가 신병들을 2열로 세우고 구보를 맞췄다.

"왼발! 왼발!"

커다란 구령에 맞춰 뛰는 것은 처음이다.

"뭐 합니까! 제대로 못 뜁니까!"

얼떨떨하던 신병들은 매섭게 화를 내는 조교들의 목소리에 움츠러들며 점차 대열을 맞추었다. 율리아나는 키가 제일 작다는 이유로 맨 앞에 서야 했는데, 조교들은 눈에 띄는 그녀를 향해 소리 질렀다.

"1바퀴 뜈 때마다 소리 지릅니다. 악!"

"아악!"

율리아나는 악을 지르며 뛰었다. 30바퀴 중 고작 한 바퀴만 뛰었는데도 땀이 쏟아졌다. 첫날부터 성의 없는 모습을 보여 주기 싫어서 억지로 허벅지와 종아리에 힘을 주었다.

"신병, 제대로 못 뜁니까!"

어릴 적 동네를 뛰어다니며 자란 덕에 일반 귀족 영애보다야 체력이 좋은 편이지만 그래 봤자 귀족 영애 평균보다 나은 수준이었다.

"왼발! 왼발! 귀가 없습니까. 귓구멍 열고 제대로 듣습니다!"

입영 전에 기사단장의 지도하에 약간의 체력 훈련을 하기는 했다. 그러나 체력이란 건 꾸준히 기르는 것이지 단기간에 길러지는 것이 아니라는 것만 알게 되었다. 해 본 운동이라곤 승마가 전부인 율리아나가 바로 일반 남자 병사가 하듯 연무장을 30바퀴 돌 수는 없었다.

"왼발! 왼발! 왼발!"

두 바퀴를 뛰자마자 속도가 느리다는 이유로 맨 뒤로 밀려났다.

열을 맞춰 뛰는 것은 5바퀴째부터 실패했고, 10바퀴부터는 다른 남자 가이드들보다 두 바퀴 이상 차이가 나서 혼자 헉헉거리며 달렸다.

20바퀴째.

"허억…. 헉……."

팔다리가 무겁고 폐가 찢어질 듯 아팠다. 산소가 모자란 기분이었다. 증상은 한 바퀴, 한 바퀴 돌수록 심해져 갔다.

"장난칩니까! 지금 혼자 뭐 하는 겁니까! 군인이 되고 싶긴 합니까!"

어떻게든 뛰어 보려고 버텼지만 점점 눈앞이 노랗게 물들었다.

털썩.

"윽! 흐윽…!"

눈앞이 핑 돌고 다리에 힘이 빠진 율리아나는 그 자리에서 쓰러졌다. 바닥에 얼굴을 대고 엎드렸다. 일단 숨부터 고르는데, 저 멀리서 지켜보던 알베르토가 다가왔다.

"기상! 지금 잠이라도 자는 건가?"

알베르토의 목소리에는 비웃음과 기쁨이 가득했다.

뛰는 내내 느리다고, 정신이 빠졌다고, 여자는 이래서 안 된다며 욕을 하던 조교들은 그의 눈치를 보며 뒤로 빠졌다. 알베르토는 이때다 싶었는지 율리아나에게 폭언을 퍼부었다.

"뒷배가 있어서 이렇게 배짱을 부리는 건가? 하, 여자 가이드라고 우대받을 거라 여겼다면 오산이야! 일어나, 이 쓰레기 같은……!"

전신이 땀에 전 율리아나는 자신이 지금 우는 건지 땀을 흘리는 건지 분간도 하지 못했다. 웅웅, 알베르토의 욕설조차 멀게 들렸다.

"지금 이게 무슨 상황인가?"

그러나 쩌렁쩌렁하게 울리는 분노한 목소리의 주인은 알아차렸다. 율리아나는 멀어지는 의식 속에서도 의아했다.

'그분이 왜 여기에……?'

노기 어린 목소리의 주인은 바로, 황제였다.

"폐, 폐하!"

알베르토가 새파랗게 질렸다. 눈앞에 선 사람을 믿을 수 없었다.

황제의 의복이 아닌, 평범한 귀족처럼 입은 남자가 황제가 아니라고 믿고 싶었다. 그러나 자신에게 작위를 준 상대의 얼굴을 몰라보기란 불가능했다.

알베르토는 본능적으로 몸을 낮추며 눈알을 굴렸다.

"폐, 폐하…. 가혹해 보일 수 있으나, 이건 훈련입니다. 한 병사가 체력 훈련 중에 낙오했을 뿐입니다."

"그저 낙오했을 뿐이다?"

"네. 그렇습니다."

뻔히 보이는 것을 속이려 드는 알베르토를 보며 황제는 불꽃처럼 타오르는 분노를 삼켰다.

연무장의 흙바닥에 쓰러져서 일어나질 못하는 율리아나는 땀에 절어 기절한 듯, 모든 부대의 병사들이 뛰쳐나와 황제 앞에 엎드린 상황에도 일어나질 못했다. 황제의 뒤에 있던 시종장이 나서서 엎드린 율리아나의 몸을 뒤집자 더 처참했다.

"……폐하, 영애를 의무실로 옮겨야 할 것 같습니다."

가쁜 숨을 쉬는 얼굴이 피가 돌지 않는 것처럼 창백하게 질려 있었다.

황제가 눈앞의 광경에 분노하여 알베르토를 노려보자 그는 몸을 더 낮추며 시선을 피할 뿐이었다.

'비열한 놈!'

군내 가혹 행위가 만연하다는 것쯤이야 알고 있던 사실이다.

엄정한 군기를 유지하기 위해선 어느 정도 병사들을 조이고 몰아붙이는 건 필요한 처사다. 그러나.

'어른끼리의 감정싸움에 어린 딸을 괴롭히다니.'

심지어 율리아나는 공식적으로 알마예르 후작가의 사람인데도 말이다.

가이드 병사에게도 체력 훈련이 필요한 건 맞으나 귀족 가이드에게 이런 훈련은 행해진 적이 없었다. 게다가 이런 식으로 다른 부대가 볼 수 있는 연무장에서 한 명을 콕 집어 괴롭히는 것은 훈련이 아니다.

황제는 혀를 차며 시종장에게 명했다.

"됐다. 마차에 태워라. 의무실이 아니라 궁으로 데려갈 것이다."

"구, 궁으로 데려간단 말씀이십니까? 폐하. 오늘은 훈련 첫날입니다. 의무실이면 족합니다."

"그건 내가 판단하는 것이다."

알베르토의 말을 싸늘하게 잘라 낸 황제가 뒤를 돌았다. 황제의 시종들이 율리아나를 조심스레 옮겨 마차에 실었다.

알베르토는 초조하게 뒤를 따르며 황제에게 변명할 거리를 찾았지만 황제가 마차를 타고 황궁으로 떠날 때까지도 입을 열지 못했다.

"젠장! 빌어먹을 발라고프!"

이 와중에도 그는 자신의 행동을 후회하는 대신 바닥을 차며 발라고프를 욕했다. 남을 탓하는 사람들은 자신의 행동을 돌아보지 않기에.

〈다음 권에 계속〉